사람은 무엇으로 사는가

톨스토이/ 이 철 옮김

지성문화사

책머리에

레프 리콜라예비치 톨스토이는 자신의 세계관과 예술에서, 특히 종교적 신념과 인간성과의 모순으로 고민하면서 그 모순을 극복하기 위하여 생애를 마칠 때까지 영혼 속에서 격렬한 투쟁을 계속한 문학가이다.

러시아 문학에서 최대의 구도자적 작가라고 할 수 있는 톨스토이는 명문 백작가에서 출생했지만 러시아 사회의 처절한 현실에 깊은 양심의 가책을 느끼고, 지주들은 그들의 특권에 대해서 민중에게 보상해야 할 의무가 있다고 생각했다. 이를 위한 하나의 수단은 몽매한 민중을 계몽하는 길이라고 생각하여 자기가 소유하고 있던 야스나야 폴랴나에 학교를 세워 스스로 농민 교육에 발벗고 나서는 동시에 농노 해방 운동에도 적극 참여했다.

또한, 그는 원시적인 간소한 생활 원칙을 수립하여 도시 문명에 매달린 모든 것을 배척했다. '자연으로 돌아갈 것'을 주장한 루소의 사상이 생애를 통하여 그에게 큰 영향을 미쳤던 것이다.

이 사상은 《유년 시대》를 비롯한 초기의 자연적 경향을 띤 3부작과 유럽 문명을 부정한 《르체》에서 나타났으며, 《카자흐》와 그 밖의 작품에서도 생활의 최고 의미는 자연과의 융합에 있다는 사상이 표현되어 있다.

마침내 그는 러시아의 민족 문제를 다룬 《전쟁과 평화》에서 조국 전쟁을 중심으로 러시아의 사회를 확대 묘사한 서사문학을 완성시켰다. 그리고 그의 두번째 대작 《안나 카레니나》에서는 귀족과 서민의 관계, 연애, 결혼, 가정 등등의 제반 문제를 제기했다.

주인공 안나는 사랑 때문에 남편과 자식을 버리지만, 그 사랑을 관철시키지 못한 채 자살하고 만다. 그러나 그녀는 신의 벌을 받은 것이 아니라 위선에 찬 귀족 사회와의 싸움에서 패하고 만 것이다. 처음에 톨스토이는 안나를 부도덕한 여인으로 그리려 했으나, 결국 그 여인을 죄인으로 인정하지는 못했다. 안나의 생활과 지주 레빈의 생활이 대조되고, 레빈은 오랜 혼미 속에서 인간 구원은 자아를 버리고 자기 희생으로 신의 계시에 따라야 한다는 자각을 하게 된다.

《안나 카레니나》를 완성한 후, 톨스토이의 사상은 대전환을 이루게 되어 농민적 무정부주의, 악에 대한 무저항 정신이 그의 중심 사상이 된다.

그는, 모든 인간이란 태어나면서부터 선을 지향한다고 생각한 점에서 일종의 사회주의 사상과 근접했다고 할 수도 있겠지만 근본적인 인간의 구원은 사회 제도의 개혁에 있다고 보지는 않았다.

그는 당시의 전제적 경찰국가와 그 사회 제도가 만들어 낸 여러 가지 악을 극렬히 반대하고, 국가 사회 및 사유 재산의 부정론에까지 이르지만 이를 극복하는 것은 비폭력에 의한 인간의 도덕적 희생으로 달성할 수 있다고 생각하여 그리스도교적 인간애와 악에 대한 무저항주의를 주장하기도 했다. 그는 《참회록》을 비롯한 몇몇 저작에서 이 사상을 피력했다. 이른바 '톨스토이즘'이라고 불리는 이 교의는 그후 러시아뿐만 아니라 전세계에 전파되어 많은 신봉자를 갖게 되었다.

그는 《안나 카레니나》 이후 사상적 변천을 한 뒤, 그때까지의 모든 작품에 대한 가치를 부정하고 민중에게 도덕을 가르칠 목적으로 민화적 성격의 작품을 쓰기 시작했다. 한편, 《일리이치의 죽음》을 비롯해 《크로이체르 소나타》 《하지 무라트》 등 주옥 같은 명작을 남겨 인간의 도덕적 가치를 추구했다.

톨스토이는 평생에 걸쳐 사회의 모든 부정을 격렬하게 항의했다. 황제 암살 사건으로 체포된 나로드니키 혁명가들의 처형에 반대하는 〈알 산드르 3세에게 보내는 편지〉를 비롯, 제1차 혁명 후의 혁명 당원들의 대량 처형을 항의한 〈나는 침묵할 수 없다〉에 이르기까지 수십 가지의 논문을 통해 일관된 목소리로 막강한 권력에 저항하는 러시아 국민의 양심을 대변했다.

그리스 정교회(正敎會)는 그를 파문했지만, 오히려 이 사건은 그의 권위를 높여 주는 결과를 초래했다. 정부는 톨스토이의 책을 가지고 있는 민중을 추방했지만, 전세계에서 숭배받는 작가에게 손을 대지는 못했다. 일부에서는 톨스토이의 체포를 요구했으나 '톨스토이를 가둘 만한 감옥이 러시아에는 없다.'고 응답했다.

그러나 그 자신은 제1차 혁명 후의 러시아 사회의 혼란 속에서 자기 교의로서는 해결하지 못할 많은 문제에 직면하면서 자기의 생활과 민중의 빈곤과의 모순으로 더욱 고민하게 되었다. 재산을 버리고 토지를 농민에게 분배하려던 계획도 가족의 강한 반대로 실현되지 않았다.

드디어 생활상의 모든 특권을 버리고 한낱 농민으로서 소박한 생활을 하기 위해 가출했으나, 1910년 11월 7일, 작은 시골 정거장에서 객사함으로써 그의 위대한 생애를 마쳤다.

그의 유해는 야스나야 폴랴나로 운구되었다. 야스나야 폴랴나 농민들의 손에 의해 그의 유해는 안식처로 옮겨졌다. 그리고 그가 원하고 있던 바로 그 숲속의 장소, 즉 언젠가 그의 형 니콜라이가 열 살 때 만인의 행복을 위한 비밀이 적힌 초록빛 막대기를 파묻었다는 곳에 묻혔다.

춘원 이광수는 <톨스토이의 인생관>에서 이렇게 말했다.

"톨스토이는 지주가 산출한 가장 큰 사람 중의 하나였다. 예수 이후 첫사람이라고 한들 누가 이의를 제기하겠는가? 그는 예술가였으나 그것이 그의 본령(本領)은 아니었다. 그는 사회비평가였으나 그것도 그의 본령이 아니었다. 그는 인류의 영(靈)이라는 혁명을 실행하고 선전하는 것을 본령으로 삼았다. 인류의 모든 불행이 악에서 나타난다는 것을 믿고, 그 악을 분쇄하여 지상에 인류의 이상향을 세우는 것을 본령으로 삼았던 것이다.'

차 례

하지 무라뜨

나는 들판을 지나 집으로 돌아오고 있었다. 때는 바야흐로 한여름이어서 초원은 이미 벌초가 되어 있었고 이제는 한창 보리를 거둬들이는 철이었다.

해마다 이 무렵에는 갖가지 아름다운 꽃들이 어울려 피어 있는 것을 볼 수 있다. 빨갛고 하얀 꽃들, 향기 짙은 몽실몽실한 모양의 클로버, 산뜻한 내음이 기분 좋게 풍기는 샛노란 데이지, 꿀처럼 달콤한 향기를 머금은 노란 들겨자, 튜울립처럼 머리를 높이 쳐든 흰빛과 엷은 보랏빛의 물봉숭아, 땅에 기어 퍼지고 있는 까마귀 완두, 노랗고 빨간, 또는 장미빛을 띤 스카비오즈, 연분홍빛을 띤 솜털에 싸여 향긋한 냄새를 있는 듯 없는 듯 풍기는 질경이, 햇빛을 받고 있을 때는 짙은 담황색을 띠지만 저녁이나 꽃이 지기 전에는 물빛이 되어 가는 도깨비부채풀, 편도(扁桃)와 같은 냄새가 나고 화사하지만 시들기 쉬운 메꽃.

나는 갖가지 꽃을 꺾어 예쁜 꽃다발로 만들어 집으로 돌아오고 있었다. 그러다가 길가의 도랑 속에 지금 막 피어나고 있는 아름다운 진홍빛 삽주풀(註 : 엇거시과에 속하는 풀이름)을 보았다. 그것은 이 근처에서 달단초라 불리고 있는 종류의 꽃이다. 그러나 이 꽃을 꺾을 때는 주의를 해야만 한다. 자칫 잘못해서 이 꽃에 손을 베었을 때는 깊이 찔리지 않도록 마른 풀을 가려내어 꺾어야만 한다.

그러나 나는 이 삽주풀을 꺾어 꽃다발 한가운데 함께 묶고 싶은 충동을 느꼈다. 나는 도랑으로 내려갔다. 꽃술로 파고들어 기분좋게 잠들어 있는 털이 보송보송한 땅벌을 쫓아내고 나는 꽃을 꺾기 시작했다. 그런데 이것은 매우 힘이 드는 일이었다. 손수건으로 손을 둘둘 말고 있었는데 그 자락 사이로 사방팔방에서 돋아난 가시가 마구 손바닥을 찌르는 것이었다. 뿐만 아니라 그 줄기는 놀랄 만큼 질겨서 나는 그 섬유(纖維)를 끊기 위해 5분 가량

이나 애를 써야 했다. 그러나 간신히 꽃을 꺾었을 때 줄기는 이미
시들시들해지고 꽃도 처음의 싱싱한 아름다움을 잃어버렸다. 더
구나 이 꽃은 너무 투박해서 다른 화사한 꽃들과는 어울리지도
않았다. 나는 들판에 있을 때는 그런 대로 아름다웠던 꽃을 공연
히 꺾어버렸다고 후회하면서 이내 그 꽃을 길바닥에 버리고 말
았다.

'그렇지만 그 강인한 생명력은 참으로 경탄할 만하다.'

나는 이 꽃을 꺾기 위해 소비해야 했던 노력을 상기하면서 이
렇게 생각했다.

'자기 자신의 생명을 오래도록 지키기 위해서 그 사이 얼마나
끈질기게 버티었더냐! 그리고 얼마나 많은 대가를 내게 지불하
도록 했더냐!'

집으로 가는 길은 바로 얼마 전에 밭갈이를 한 검은빛 들판 한
가운데로 뻗어 있었다. 이 밭은 앞으로 한 해 동안 놀리기로 되어
있는 밭이었다. 나는 먼지투성이의 검은 오르막길을 올라가고 있
었다. 이 밭은 지주의 소유여서 매우 넓었다. 오르막길 좌우와 앞
쪽도 밭갈이가 잘 되어 있었다. 훨씬 앞쪽에 아직 밭갈이가 안 된
검고 굳은 땅이 있었는데, 그 밖에는 아무것도 눈에 들어오는 것
이 없었다. 밭갈이는 참 잘 되어 있어서 밭 전체에 잡초 한 포기
눈에 띄지 않고 시야 전체가 그저 거뭇거뭇해 보이기만 했다.

'인간이란 얼마나 파괴적인 동물인가! 자기의 생활을 유지하
기 위해 얼마나 많은 동물과 식물을 그토록 무참하게 망쳐 놓았
는가!'

이 죽어 있는 것과 같은 검은 들판 속에서 무엇이든 살아 있는
것을 발견해 보려고 의식적으로 주의를 기울이면서 나는 이렇게
생각했다. 오르막길 저편 왼쪽에 무언가 조그만 관목같은 것이
보였다. 가까이 가보았더니 거기에는 바로 내가 무참하게 꺾어버

린 것과 똑같은 달단초 한 포기가 있었다.

그 달단초는 세 개의 굵은 줄기로 되어 있었는데 그 중 한 줄기는 꺾여 있어서 마치 부러진 팔과 같았다. 나머지 두 줄기는 각각 한 개씩 꽃을 달고 있었다. 이 꽃도 전에는 틀림없이 붉은 빛을 띠고 있었겠지만 지금은 검붉게 변색되어 있었다. 가지 하나는 허리가 꺾여서 끄트머리에 더러운 꽃을 매단 채 아래쪽으로 축 늘어져 있었다. 나머지 한 줄기는 새까만 흙탕물 속에 잠겨 더럽혀져 있었지만 그래도 곧장 위쪽을 바라보고 있었다. 보아하니 이 달단초는 나무 전체가 바퀴에 짓밟혔던 모양이었다. 바퀴가 지나가자 얼마 후 다시 일어난 모양이지만 그 때문에 조금 옆으로 기우뚱해 있는 듯했다. 그렇지만 어쨌든 이 나무는 일어서 있는-----마치 몸뚱이의 일부가 떨어져 나가고 위장이 노출되고 한쪽 팔이 부러져 나가고 한쪽 눈을 후벼버린 것과 같은 상태였지만 그래도 역시 의연하게 버티고 서 있는-----것이었다. 그리고 주위의 동포들을(초목들을) 모조리 멸망시켜 버린 인간에게 끝끝내 굴복하지 않으려는 듯한 자세로 서 있는 것이다.

'얼마나 끈질긴 정력인가! 인간은 모든 것을 정복하고 몇 백만 포기의 풀을 멸종시켜 놓았지만 이 풀만은 아직 굴복하지 않고 있는 것이다.'

나는 생각했다.

그리고 나는 이 달단초를 보면서 훨씬 전에 까프까즈에서 일어났던 어느 사건을 상기했다. 이 이야기의 일부분은 나 자신이 직접 본 것이며 다른 일부분은 목격자로부터 들은 것이고, 또 다른 일부분은 내가 상상해 본 것이다. 나의 추억과 사상 속에 엮어진 사건의 줄거리는 다음과 같다.

1

그것은 1851년 말경의 일이었다. 추운 12월의 어느날 저녁, 하지 무라뜨는 냄새가 짙은 끼쟈끄(註 : 말똥을 말려서 굳힌 벽돌 모양의 땔감)의 연기가 일고 있는 마호께뜨 촌에 말을 몰고 들어섰다. 그곳은 아직 러시아에 귀순하지 않은 체첸 인의 부락이었다.

방금 무에진(註 : 회회교의 승려. 조석으로 교회의 첨탑에 올라가서 노래를 부르고 일반 민중에게 기도 시간을 알림)의 긴장된 노랫소리가 그친 후여서 끼쟈끄의 연기 냄새가 배어 있는 깨끗한 산의 공기 속과, 꿀벌의 벌집처럼 빽빽하게 맞붙어 있는 초라한 오막살이 집들을 향해 목장에서 뿔뿔이 흩어져서 돌아오는 소떼의 울음소리, 그리고 염소들이 음매 음매 하며 우는 소리가 들렸다. 또한 그 사이사이에는 무엇인가 말다툼을 하는 남자들의 목이 잠긴 듯한 목소리며, 아래쪽에 있는 샘터에 모여 있는 아녀자들의 목소리가 들려 오고 있었다. 이 하지 무라뜨라는 사나이는 여러 가지 공훈으로 이름이 알려진 샤밀의 태수(太守)였다. 어제까지 그는 여남은 명의 부하들에게 호위를 받으며 자기 자신의 기(旗)를 들지 않으면 결코 밖에 나가지 않는 신분이었지만 지금은 두건과 부르까(註 : 외투의 일종)로 몸을 감싸고 그 밑으로 총구를 내밀고서 겨우 한 사람만의 부하를 거느리고 되도록 사람의 눈에 띄지 않게 마음을 써야만 했다. 그리고 도중에 만나는 마을 사람의 얼굴을 매의 검은 눈과 같은 눈으로 쏘아보면서 말을 타고 마을로 들어섰다.

마을 한가운데로 들어서자 하지 무라뜨는 광장으로 통하는 한길이 아닌, 왼쪽의 좁은 골목으로 구부러졌다. 골목 어귀에서 둘째 집이 되는 조금 높이 쌓아 올린 흙 속에 파묻힌 듯싶은 오막살이집 앞에 이르자 그는 주위를 둘러보면서 멈춰 섰다. 오막살이 집 처마 밑에는 아무것도 없었지만 지붕 위에는 새로 칠한 진흙 굴뚝 옆에 모피 외투를 뒤집어쓴 사람이 자고 있었다. 하지 무라뜨는 지붕 위에서 자고 있는 사람들을 채찍 끝으로 툭 치며 혀를 찼다. 모피 외투 밑에서 밤의 두건을 쓰고 땟국으로 찌들은 속옷을 입고 있는 노인이 벌떡 몸을 일으켰다. 노인의 눈은 눈썹이 없었으며, 빨갛고 축축했다. 그는 들러붙어 있는 눈꺼풀을 떼기 위해 두세 번 눈을 껌벅거렸다. 하지 무라뜨는 언제나처럼 '셀럄 알레이꿈'(註 : 저녁 인사)하며 얼굴을 내밀었다.

"알레이꿈 셀럄!"

노인은 하지 무라뜨를 보자 이가 없는 입을 벌려 벙긋 웃으며 이렇게 대답했다. 그리고 아주 가느다란 다리로 겨우 일어서서 굴뚝 옆에 있는 덧신에 발을 쑤셔 넣기 시작했다. 덧신에는 나무로 된 뒤축이 달려 있었다. 그것을 신고 나자 그는 서두르지 않고 천천히 주름투성이가 된 모피 외투 소매에 팔을 꼈다. 그리고 지붕에 걸려 있는 사닥다리를 짚고 내려오기 시작했다. 외투를 입을 때도 사닥다리를 내려 올 때도 노인은 햇볕에 그을은 주름투성이의 목에 위태롭게 걸려 있는 머리를 연방 흔들었다. 그리고 이빨이 하나도 없는 입을 오물거렸다. 밑으로 내려오자 그는 공손하게 하지 무라뜨가 타고 있는 말고삐와 말의 왼쪽 등자를 붙들었다. 그러나 재빨리 자기 말에서 뛰어내린 민첩하고 씩씩한 하지 무라뜨의 부하가 노인을 밀어내고 노인 대신에 하지 무라뜨가 말에서 내리는 것을 도와주었다.

하지 무라뜨는 말에서 내려 조금 절뚝거리면서 처마 밑으로 들어섰다. 안에서는 열 다섯 살 정도 되어 보이는 사내아이가 빠른 걸음으로 달려나와 그들을 맞았다. 그리고 딸기처럼 반짝거리는 눈으로 두 사람의 손님을 바라보았다.

"절로 뛰어가서 애비를 불러 오렴!"

노인은 말했다. 그리고 끽끽 소리가 나는 문을 열었다. 하지 무라뜨가 들어서자 노란 웃옷 위에 빨간 조끼를 입고 푸른 빛의 헐렁거리는 바지를 입은 여자가 의자를 들고 안쪽에서 나왔다. 그다지 젊지는 않지만 마르고 늘씬한 키의 여자였다.

"참 잘 오셨어요!"

그 여자가 말했다. 그리고 허리를 구부리고 정면의 창 옆으로 의자를 나란히 놓으며 손님을 위한 자리를 마련하기 시작했다.

"아이들도 잘 있겠지?"

하지 무라뜨가 말하며 외투와 총과 칼을 풀어 노인에게 넘겨 주었다.

노인은 총과 칼을 조심스럽게 못에다 걸었다. 그 옆에는 번쩍번쩍 빛나는 두 개의 커다란, 이 집 주인의 무기가 벽에 걸려 있었다. 매끈하게 다듬은 벽은 새하얗게 칠해져 있었다.

하지 무라뜨는 어깨에 걸고 있는 권총을 매만지면서 창가에 놓인 의자 앞으로 다가갔다. 그리고 저고리의 앞섶을 여미고 의자에 걸터앉았다. 노인은 맨발의 발뒤축을 모으며 그 옆에 앉았다. 그리고 눈을 감고 손바닥을 모아 양손을 위로 쳐들었다. 하지 무라뜨도 똑같은 동작을 했다. 두 사람이 기도문을 외고 나자 그는 두 손으로 얼굴을 쓱 문지르듯 하며 턱수염 밑에서 두 손을 맞잡았다.

"하바르(뭐, 새로운 소식이라도 없느냐)?"

노인에게 물었다.

"하바르 이오끄(아무것도 새로운 일은 없습니다)."

노인이 게슴츠레한 눈으로 하지 무라뜨의 얼굴이 아닌 가슴쪽을 바라보면서 이렇게 대답했다.

"저는 양봉장(養蜂場)에서 살고 있는데 오늘은 아들놈을 보러 왔지요…… 아들놈은 뭐 좀 알고 있을 겁니다."

하지 무라뜨는 노인이 자기가 알고 있는 얘기를, 즉 하지 무라뜨가 알고 싶어하는 얘기를 하고 싶지 않은 기분에 젖어 있음을 깨달았다. 그래서 가볍게 고개를 끄덕이면서 그 이상 더 물으려 하지 않았다.

"좋은 소식은 아무것도 없습니다."

노인은 입을 떼었다.

"단지 별다른 이야기가 있다면 토끼들이 모여 앉아서 어떻게 하면 독수리를 쫓아낼 수 있을까 상의하고 있는 것뿐이죠. 그런데 굶주린 독수리 떼는 닥치는 대로 토끼를 찢어 놓고 있습니다. 바로 지난 주에도 러시아의 개놈들이 미치쯔끼에서 건초 더미에 불을 질러 태워 버렸습니다. 정말 능지처참을 해도 시원치 않을 놈들입니다."

노인은 독기가 서린 쉰 목소리로 말했다.

하지 무라뜨의 부하가 들어왔다. 그는 건장한 다리로 성큼성큼, 그러나 부드러운 걸음으로 들어와서 외투를 벗고 총과 칼을 풀었다. 그러나 단검과 권총을 그대로 몸에 지닌 채 하지 무라뜨의 무기가 걸려 있는 못에 자기 것도 함께 걸었다.

"저 사람은 누구지요?"

노인은 들어온 사람을 가리키면서 하지 무라뜨에게 물었다.

"나의 부하인 엘다르야."

하지 무라뜨가 대답했다.

"예, 그렇습니까."

노인은 하지 무라뜨의 옆에 깔려 있는 융단을 가리키면서 그에게 앉기를 권했다.

엘다르는 다리를 꼬고 앉았다. 그리고 조용히 입을 다물고 양과 같은 아름다운 눈으로 이야기를 하고 있는 노인의 얼굴을 바라보았다. 노인은 지난 주에 부락의 젊은이가 두 사람의 병졸을 포로로 잡아서 한 사람은 죽이고 다른 한 사람은 베제노에 있는 샤밀에게 보냈다는 이야기를 들려 주었다. 하지 무라뜨는 이따금 문 쪽으로 눈을 돌리고 밖에서 들리는 소리에 귀를 기울이며 명청히 노인의 이야기를 듣고 있었다. 오막살이집 처마 밑에서 발소리가 들리는가 했더니 이내 문소리가 나면서 주인이 들어섰다.

이 집 주인인 싸도는 짤막하게 턱수염을 기르고 코가 기다란 사십 안팎의 사나이였다. 아까 아버지를 부르러 나갔다가 지금 함께 들어와서 문 밖에 앉아 있는 열 대여섯 가량된 아들과 똑같이 새까만 눈을 하고 있었으나 아들만큼 반짝이지는 않았다. 주인은 문 앞에서 신발을 벗자 낡고 헤어진 까자끄 모자를 추켜올리면서 재빨리 하지 무라뜨 앞에 쭈그리고 앉았다. 오랫동안 이발을 하지 않았기 때문에 그의 뒷머리는 더부룩했다.

싸도는 아까 노인이 했던 것처럼 두 눈을 감고 손바닥을 모아 위로 치켜올리면서 기도문을 외우기 시작했다. 그런 후 두 손으로 얼굴을 쓱 문지르고 겨우 이야기를 하기 시작했다. 그의 말에 의하면 생포를 하든 죽이든 상관없으니 좌우간 하지 무라뜨를 잡으라는 샤밀의 명령이 하달되었고, 그 명령을 갖고 온 사자(使者)가 바로 어제 돌아갔다는 것이었다. 그리고 이 곳의 모든 사람들이 샤밀의 명령에 배반하는 것을 두려워하니까 주의하지 않으면 안 된다는 것이었다.

"그러나 제 눈이 살아 움직이는 한 저의 집안에서는 저의 귀한 손님에게 누구도 감히 손을 대지는 못할 겁니다. 하지만 바깥에 가실 때에는 한번쯤 생각하시고 각별한 주의를 하셔야 합니다."

집주인 싸도가 말했다.

하지 무라뜨는 그의 말을 주의깊게 들으면서 아무럼 아무럼 하는 듯이 고개를 끄덕이고 싸도의 말이 끝나자 이렇게 덧붙였다.

"좋아. 그런데 이제부터 러시아 인에게 편지를 보내야겠는데……편지는 내 부하가 직접 가지고 가겠지만 누가 길 안내를 해주어야겠어. 적당한 사람이 없을까?"

"제 동생 바따를 보내지요."

싸도는 이내 대답했다. 그리고 아들쪽을 돌아보며 소리쳤다.

"바따를 불러 오너라."

소년은 용수철처럼 일어나 두 손을 휘두르며 급히 달려나갔다. 한 10분쯤 지나자 소년은 힘줄이 서고 다리가 짧고 검게 햇볕에 탄 체첸 사람과 함께 돌아왔다. 싸도의 동생 바따였다. 그는 털이 빠지고 소매가 너덜너덜하게 늘어진 노란 윗도리를 입고 있었고 보기 흉한 검은 장화를 신고 있었다. 하지 무라뜨는 그와 인사를 나누고 나자 단도직입적으로 말했다.

"내 부하를 러시아 사람에게 안내해 줄 수 있겠나?"

"네, 있고말고요."

바따는 쾌활하게 대답했다.

"무엇이든지 하겠습니다. 길 안내에 관한 한 저와 상대할 체첸 사람은 한 사람도 없습니다. 다른 놈들은 길잡이로 나간다 해도 큰소리만 칠 뿐 아무것도 할 줄 모릅니다. 그러나 저만은 어림없지요."

"좋아, 좋아! 안내 삯은 이 정도로 하지."

하지 무라뜨는 손가락 세 개를 펴 보이면서 말했다.

바따는 알았다는 듯이 고개를 끄덕였다. 그러나 자기는 돈이 탐나는 것이 아니라, 그보다도 일신의 명예를 위해서 하지 무라뜨의 도움이 되고 싶을 뿐이라고 덧붙였다. 이 산간지방(山間地方)에서는 '돼지' 같은 러시아 놈들을 때려 죽인 영웅으로서 하지 무라뜨를 모르는 사람은 없었던 것이다.

"좋아! 좋아! 새끼줄은 긴 편이 좋지만 말이란 짧을수록 좋다니까."

하지 무라뜨가 말했다.

"그럼 잠자코 있죠."

바따가 대답했다.

"아르군 강 절벽 저편에 숲이 있고 그 가운데 쯤에 펑퍼짐하게 넓은 곳에 커다란 말오줌나무가 두 그루 서 있지. 그건 알고 있나?"

"알고말고요."

"거기에 가보면 내 부하 세 명이 말을 타고 기다리고 있을 걸세."

"예."

바따는 고개를 끄덕이면서 대답했다.

"거기에 가서 마고마란 자에게 물으면 될 거야. 그는 무엇을 어떻게 하면 되는가를 잘 알고 있으니까. 그 사나이를 러시아의 대장 보론쪼프 공작에게 안내하란 말일세. 안내할 수 있겠나?"

"안내할 수 있습니다."

"그를 데리고 갔다가 다시 데려오는 거야. 할 수 있겠지?"

"할 수 있습니다."

"데리고 갔다가 그 숲 속으로 돌아와. 나는 거기서 기다리고 있을 테니까."

"분부대로 하겠습니다."

이렇게 말하고 바따는 일어서서 양손을 가슴에 얹어 보이고는 밖으로 나갔다.

"그리고 또 한 사람, 게히한테 심부름을 보낼 사람이 필요한데……"

바따가 나간 다음 하지 무라뜨는 싸도에게 말했다.

"게히한테 가서는 이것을……"

그는 웃저고리에 달려 있는 약주머니에 손을 가져가며 말을 시작하려다가 집안으로 들어서는 두 여자를 보고는 이내 입을 다물어 버렸다.

나이가 좀 든 여자는 싸도의 아내인데, 아까 의자를 갖다 놓았던 여윈 얼굴이 바로 그 여자이다. 또 한 여자는 아주 젊은 소녀로서 폭이 넓은 빨간 바지와 녹색 베쉬메뜨(註 : 속옷의 일종)를 입은 은화(銀貨)를 꿰어서 만든 장식으로 가슴 전체를 덮고 있었다. 마른 양어깨 사이로 땋아 내린 그다지 길지는 않지만 굵고 빳빳해 보이는 칠흑의 머리 끝에는 1루블리짜리 은화가 매달려 있었다. 아버지와 동생을 닮아 딸기처럼 눈이 큰 젊디젊은 얼굴이 영롱하게 빛나고 있었다. 소녀는 손님쪽을 쳐다보지 않았지만 그 존재를 분명히 의식하고 있는 것 같았다.

싸도의 아내는 낮은 원탁을 들고 왔다. 그 위에다 차(茶)와 삘리기쉬와 버터를 바른 블린(註 : 떡의 일종)과 치즈와 츄레끄(註 : 얇게 만든 빵)와 꿀이 놓여 있었다. 딸은 세면기와 물통과 수건을 들고 있었다.

싸도와 하지 무라뜨는 이 두 여자가 뒤축이 없는 부드러운 빨간 가죽신으로 소리가 나지 않게 움직이고 있는 동안 가만히 입을 다물고 있었다. 엘다르는 양과 같은 눈으로 자기의 포갠 다리 아래를 내려다보며 여자들이 방을 나갈 때까지 조각처럼 몸을 움직이지 않고 앉아 있었다.

두 여자가 나가고 그 부드러운 발소리가 완전히 문밖 저쪽으로 사라지자 엘다르는 이제야 안심했다는 듯 숨을 몰아쉬었다. 하지 무라뜨는 다시 윗도리 가슴팍에 달린 약주머니에 꽂아 놓은 총알 하나를 꺼내어 그 총알 밑으로부터 뚤뚤 만 종이쪽지를 끄집어냈다.

"내 아들에게 전해 주게."

종이쪽지를 내보이면서 그는 말했다.

"답장은 어디로?"

"우선 자네가 받아서 다시 내게 전해 주면 좋겠군."

"알았습니다."

싸도는 말하며 자기 웃저고리의 약주머니에 그 쪽지를 넣었다. 그 다음 물통을 들고 세면기를 하지 무라뜨의 앞에 갖다 놓았다. 하지 무라뜨는 소매를 걷어 올리고 근육이 발달된 하얀 팔을 팔꿈치까지 내밀고서 깨끗한 수건으로 손을 닦은 다음, 음식 앞으로 다가앉았다. 엘다르도 똑같이 했다. 손님들이 식사를 하는 동안 싸도는 그 앞에 가만히 앉아서 자기 집에 찾아와 주어 고맙다는 인사를 몇 번씩이나 했다. 문 옆에 앉아 있던 소년은 그 반짝이는 검은 눈망울을 하지 무라뜨에게서 떼지 않으며 싱글벙글 웃고 있었다.

하지 무라뜨는 하루종일 아무것도 먹지 못했음에도 불구하고 국수와 치즈만을 조금 먹었다.

그는 허리에서 주머니칼을 빼내고는 그것으로 꿀을 찍어 빵에다 천천히 발랐다.

"저희들의 꿀은 진품입니다. 올해는 꿀 풍년이었거든요. 많이 채집되었고 맛도 참 좋지요."

손님이 자기네 꿀을 먹는 것에 만족해서 노인은 이렇게 말했다.

"고맙소."

하지 무라뜨는 이렇게 말하며 식탁에서 물러났다.

엘다르는 더 먹고 싶었지만 함께 식탁에서 물러나며 하지 무라뜨에게 물을 권했다.

싸도는 하지 무라뜨를 집안에 들여놓는다는 것이 목숨을 건 모험임을 잘 알고 있었다. 샤밀과 하지 무라뜨 사이에 불화가 생긴

후, 샤밀이 하지 무라뜨를 집안에 들인 자는 사형에 처한다고 체
첸 주민들에게 포고를 내렸기 때문이다. 싸도는 언제 어느 때 이
웃 사람이 자기 집에 하지 무라뜨가 있음을 알고 그 신병의 인도
를 요구할는지 모른다는 것도 이미 잘 알고 있었다.

그러나 싸도는 조금도 당황하지 않았다. 뿐만 아니라 그는 도
리어 기쁨을 느끼고 있었다. 싸도는 설혹 목숨을 건 모험을 하는
한이 있더라도 이 귀한 손님을 보호하는 것이 자기의 의무라고
생각했다. 그리고 자기가 당연히 해야 할 일을 하고 있다고 생각
하니 마음이 저절로 기뻐지고 흡족해지는 것이었다.

"당신이 우리 집에 계신 동안은, 그리고 제 머리가 어깨 위에
달려 있는 동안은 누구도 당신한테 손가락 하나 건드릴 수 없을
겁니다."

그는 거듭거듭 이렇게 말했다.

하지 무라뜨는 그의 빛나는 눈을 보고 그것이 진정임을 알자
약간 엄숙한 어조로 말했다.

"음! 자넨 기쁨과 생명을 받게 될 걸세."

"......"

싸도는 대답 대신 두 손을 가슴에 얹고 이 고마운 말에 대해 감
사의 뜻을 표시했다.

그리고 그는 대문의 빗장을 걸고 난로에 장작을 넣은 다음 유
쾌한 흥분을 느끼면서 손님 방에서 나가 가족들이 있는 거실로
돌아왔다. 여자들은 아직도 자지 않고 자기 집 객실에 들어 있는
이 위험한 손님에 대해서 아주 낮은 목소리로 소곤거리고 있
었다.

2

바로 그날 밤, 하지 무라뜨가 묵고 있는 마을에서 15킬로 가량 떨어져 있는 보즈드뷔젠스끄의 전위요새(前衛要塞)에서는 하사(下士)에게 인솔된 세 명의 병사가 챠흐기린 문으로 해서 보루(堡壘)를 나왔다. 그들은 그 당시 까프까즈에 근무하고 있던 병사들의 풍습에 좇아 모피 반외투와 같은 모양의 모자를 쓰고 얇은 망토를 어깨에 걸치고 무릎까지 올라오는 장화를 신고 있었다. 그들은 총을 메고 처음에는 큰길을 따라 걷고 있었지만 약 오백 보쯤 지날 무렵부터 옆길로 접어 들었다. 그리고 낙엽 위를 버석거리며 다시 스무 발자국 가량 왼쪽으로 걷다가 검은 나무줄기가 어둠 속으로 비쳐 보이는 한 그루의 부러진 프라탄 나무 곁에 와서 섰다. 대개 이 프라탄 나무를 목표로 해서 비밀정찰이 파견되곤 했다.

병사들이 숲 속을 거닐고 있는 동안은 나뭇가지 끝을 따라 달리는 것같이 보이던 밝은 별들이 지금은 나뭇가지 사이로 선명하게 빛나며 가만히 움직이지 않고 있었다.

"고맙게도 다 말랐군!"

하사인 빠노프는 총검이 달린 커다란 장총(長銃)을 어깨에서 내리면서 말했다. 그리고 찰카닥 소리를 내면서 장총을 프라탄 나무줄기에 기대 세웠다. 세 사람의 병사들도 똑같이 그렇게 했다.

"아니, 이거 잃어버린 거 아냐."

빠노프는 화가 나는 듯 중얼거렸다.

"잊어버리고 온 것인가, 아니면 도중에서 떨어뜨린 것인까?"

"무엇을 찾고 있는 겁니까?"

한 병사가 기운찬 쾌활한 목소리로 물었다.

"파이프 말이야. 어디서 떨어뜨렸는지 알 수가 있어야지. 제기랄!"

"물부리는 무사합니까?"

"물부리는 이렇게 있는데……"

"그렇다면 땅바닥에 물부리를 꽂아 놓고 담배를 피울 수 있는 방법이 있습니다."

"그렇지만 어떻게 그런 짓을……"

"무얼, 그까짓 일은 문제없이 해드릴 수 있습니다."

비밀정찰중에 담배를 피우는 것은 금지되어 있었지만 이 비밀정찰은 거의 비밀이 아니라 오히려 일종의 전초(前哨) 행동에 지나지 않았다. 그것은 넘지 산사람[山民]들이 이전에 잘 그랬듯이 비밀로 무기를 운반하거나 요새를 향해서 발사를 하는 일이 없도록 하기 위한 목적으로 파견되는 것이었다. 따라서 빠노프는 흡연의 즐거움을 삼가야 한다고는 생각하고 있지 않았기 때문에 쾌활한 병사의 제안에 찬성했다.

쾌활한 병사는 호주머니에서 주머니칼을 꺼내어 땅을 파기 시작했다. 조그만 구멍을 파자 근처를 깨끗하게 다듬어서 거기에 물부리를 꽂았다. 그리고 구멍 속에 담배를 넣고 꽉꽉 눌렀다----이렇게 해서 파이프가 된 것이다. 성냥이 확 그어졌다. 땅바닥에 엎드린 병사의 광대뼈가 나온 뺨이 밝게 비쳤다. 물부리를 들이마실 때마다 이상한 소리가 났다. 그리고 빠노프는 엽초가 타들어가는 기분좋은 냄새를 느낄 수가 있었다.

"잘 되었나?"

그는 일어나면서 물었다.

"되지 않으면 어떻게 하게요?"

"용한데…… 아브제예프! 정말 악착 같은 놈이군! 좌우간 어디 한번 피워 볼까?"

아브제예프는 입에서 연기를 내뿜으면서 빠노프에게 장소를 양보하기 위해 옆으로 한바퀴 딩굴었다. 빠노프는 배를 깔고 누워서 물부리를 소매 끝으로 닦아내고 열심히 빨기 시작했다.

마음껏 담배를 피우고 난 다음 병사들은 이야기를 주고 받기 시작했다.

"글쎄, 중대장이 상자(금고) 속에 손을 들이밀었다지 뭐야. 카드 놀이에 졌기 때문에 말이야."

한 병사가 시들한 목소리로 말했다.

"그렇지만 갚을 거야……"

빠노프가 말했다.

"하긴 훌륭한 장교니까요."

이 이야기를 끄집어 낸 병사가 어두운 표정으로 말을 이었다.

"하지만 내 생각으론 말이야. 이 문젠 중대(中隊) 전체의 입장에서 그 사람하고 담판을 해 봐야만 할 것 같아. 만일 정말로 금고에서 돈을 꺼냈는가, 그리고 언제 갚을 것인가, 그것을 분명히 일러 달라고 말이야……"

"그건 중대 전체의 의사에 따라서……"

"……"

파이프를 입에서 떼며 빠노프는 말했다.

"그야 뭐, 군대의 조직이란 하나의 커다란 인간과 같은 것이니까……"

아브제예프는 또다시 맞장구를 쳤다.

"차츰 귀리도 사들이지 않으면 안 되고…… 앞으로 돈은 자꾸 필요해질 텐데, 그 사람이 끄집어내 간다면……"

불평가인 병사는 처음부터 우겨댔다.

"그러니까 중대 전체의 의사대로 하자고 말하지 않았어?"

빠노프는 되풀이해서 말했다.

"뭐, 처음 있었던 일도 아니고…… 꺼내 썼다고 치더라도 곧 또 갚을 거야."

그 당시 까프까즈에서는 어느 중대에서나 자신들이 선출한 위원들이 중대 전체의 회계를 관리하고 있었다. 그들에게는 국고에서 일인당 6루블리 50카페이카씩 지급되어 그것으로 자급자족하고 있었던 것이다. 캐비지를 심기도 하고 중대의 마차를 비치하기도 하고 중대의 말[馬]을 길러 그것이 살쪄가는 것을 자랑으로 삼기도 했던 것이다. 그리하여 중대의 돈을 일정한 상자(금고) 속에 넣어서 그 열쇠는 중대장이 맡고 있었다. 그 때문에 중대장이 상자 속에서 돈을 꺼내 임시 융통을 한다는 것은 그다지 이상한 일이 아니었다. 이번에도 그러한 일이 있었기 때문에 병사들이 이 이야기를 하고 있는 것이었다. 니끼찐이란 음울한 병사는 중대장으로부터 분명한 설명을 요구하자고 말하고 있는 데 반하여 빠노프와 아브제예프는 그런 필요성을 느끼지 못하고 있었다.

빠노프 다음에 니끼찐도 담배를 빨았다. 그리고는 외투를 깔고 나무에 기대어 앉았다. 병사들은 입을 다물어 버렸다. 그러자 사방은 조용해지고 오직 그들의 머리 위에서 나뭇가지 흔드는 바람 소리만이 들렸다. 이 끝없이 고요한 나뭇잎이 흔들리는 소리 사이로 별안간 개들이 우짖고 떠드는 소리가 들려 왔다.

"뭐야! 저놈의 개새끼들이! 왜 저렇게 시끄럽게 짖어대지?"

"저건 비웃고 있는 거야. 네 상통이 삐뚤어졌다고!"

다른 병사가 소러시아 사투리로 나직이 말했다.

또다시 주위가 조용해졌다. 오직 바람이 나뭇가지를 흔들어 별을 감추었다가 다시 드러내놓곤 했다.

"그런데 어떻습니까? 안또느이치!"

별안간 쾌활한 아브제예프가 이렇게 빠노프에게 물어 왔다.

"당신 같은 사람도 쓸쓸하고 적적한 생각이 들 때가 있습니까?"

"그런 일이 있을 게 뭐야?"

빠노프는 시큰둥하게 대답했다.

"그런데 나는 가끔 공연히 쓸쓸하고 허무한 생각이 들어서 차라리 죽어버리고 싶은 기분이 될 때가 있거든요."

"무슨 소릴 하고 있는 거야?"

빠노프가 말했다.

"그럴 때면 나는 돈이 있는 대로 술을 마셔 버리지요. 그게 다 쓸쓸한 심정 때문이에요. 갑자기 이상한 기분이 들어서 '제기랄, 엉망진창으로 취해 버리고 말자' 하고 생각하는 것이지요."

"술을 마시면 도리어 더 기분이 나빠지는 때가 있는데……"

"그야 그렇지만 달리 몸둘 곳이 없으니까요."

"그런데 왜 그렇게 따분해지지?"

"저 말입니까? 그야 집이 그립기 때문이지요."

"그래, 유복한 생활이라도 하고 있었던가?"

"별로 유복한 생활을 하지는 않았지만 불편을 느끼지 않고 살아왔죠. 어느 만큼은 넉넉했으니까요."

그리고 아브제예프는 이제까지 벌써 몇 번씩이나 빠노프에게 해 왔던 말들을 또다시 시작하는 것이었다.

"실인즉, 나는 형을 대신해서 군대에 나오게 된 거예요. 형한테는 아이가 셋이나 있었지만 나는 겨우 아내를 맞았을 뿐이니까 어머니는 내가 대신 나가는 것이 좋다고 생각하셨어요. 그래서 어머니는 나를 종종 설득했고 나는 그렇다면 좋다 하고 군대에 나왔죠. 언젠가는 나의 친절을 가족들이 생각해 주겠지 하면서요.

나는 아버지한테 갔지요. 아버지는 정말 좋은 사람이어서 '그건 참 기특한 일이다. 대신 가는 것이 좋겠다'라고 말해 주었습니다. 이렇게 되어서 나는 군대에 나오게 된 겁니다."

"무얼, 참 좋은 일이 아닌가?"

빠노프는 말했다.

"그런데 어떡합니까? 이제 와서야 공연한 짓을 했다는 생각이 든단 말입니다. '무엇 때문에 형 대신 군대에 나왔던고'하는 생각이. 그러자 자꾸 억울한 기분이 되는 거예요. 형은 지금 대장이나 된 듯한 뻐기고 있는데 나는 이렇게 괴로운 꼴을 당하고 있으니, 생각하면 할수록 더욱 마음이 쓸쓸하고 따분해집니다. 무언가 전생에 죄라도 지었던가 싶어집니다."

아브제예프는 입을 다물었다.

"그건 그렇고, 다시 담배라도 피울까요?"

"그것도 좋겠군. 준비를 하게나."

그러나 그들은 담배를 피우지 못했다. 아브제예프가 일어나서 다시 파이프를 준비하려 할 때 도로변에서 갑자기 사람의 발소리가 들려왔기 때문이다. 빠노프는 총을 들고 발로 니끼쪈을 찼다. 니끼쪈은 뛰어일어나서 외투를 집어 들었다. 다음 세 번째로 일어난 것은 본다렌꼬였다.

"이봐, 모두들 내가 지금 무슨 꿈을 꾸었는지 아나……"

아브제예프는 본다렌꼬에게 조용히 하라고 일렀다. 병사들은 귀를 세우고 서 있었다. 장화와는 다른 부드러운 발소리가 점점 가까와졌다. 낙엽을 밟는 소리와 시든 나뭇가지를 헤치는 소리가 어둠 속에서 점점 분명히 들려 왔다. 얼마 후 체첸 인의 목구멍이 울리는 듯한 독특한 말소리가 들려왔다. 병사들은 이미 발소리나 목소리뿐이 아니라 나무 틈 사이를 비집고 다가오는 두 사람의 자태를 볼 수 있었다. 한 사람은 키가 좀 작고 다른 하나는 키가 컸다. 이들이 병사들의 곁에까지 왔을 때, 빠노프는 총을 쳐들고 두 병사와 함께 그들 앞으로 나섰다.

"누구야?"

그는 소리쳤다.

"저는 선량한 체첸 사람입니다."

키가 작은 사람이 말했다. 그는 바로 바따였다.

"총도 없습니다. 칼도 없습니다."

그는 자기의 몸을 뒤적거리며 말했다.

"공작님을 만나 뵈러 가는 길입니다."

키가 큰 쪽은 동반자 곁에 잠자코 서 있었다. 그의 몸에도 역시 총은 없었다.

"우리편 첩자(諜者)로군. 연대장을 만나고 싶다는 거야."

빠노프는 동료에게 설명하듯이 이렇게 말했다.

"보론쪼프 공작님을 꼭 만나 뵈어야 합니다. 큰일이 있습니다. 아주 큰일이."

바따는 서투른 러시아 어로 말했다.

"좋아, 좋아! 데려다 주지."

빠노프는 말했다.

"어때, 자네 본다렌꼬와 함께 이 두 사람을 데려다 주지 않겠나?"

그는 아브제예프 쪽으로 얼굴을 돌리며 말을 이었다.

"그리고 일직장교에게 인도를 한 다음 다시 돌아오는 거야. 하지만 똑똑히 정신을 차려야 해. 이들을 앞세우고 걷는 거야."

"차라리 이렇게 하면 어떻습니까?"

아브제예프는 총검을 움직거리며 찌를 듯한 시늉을 하면서 말했다.

"이걸로 한 번 푹 쑤시면 그걸로 만사 끝인데……"

"찔러 죽이면 아무런 도움도 안 되지."

본다렌꼬가 말했다.

"자, 그럼 가 볼까?"

두 사람의 병사와 첩자들의 발소리가 사라지자 빠노프와 니끼 찐은 원위치로 다시 돌아왔다.

"저놈들 무엇하러 밤중에 싸돌아다니는 걸까요?"

하고 니끼찐은 말했다.

"아마 무슨 일이 있는 모양이야."

빠노프가 대답했다.

"그런데 좀 추워지는 걸……"

그는 말을 이으며 말아 놓은 외투를 펴 몸에 두르고는 프라탄 나무 곁에 앉았다.

두 시간쯤 지나서 아브제예프는 다시 돌아왔다.

"그래 잘 인도했나?"

빠노프가 물었다.

"인도했습니다. 연대장님의 숙소에서는 아직 자고 있지 않았기 때문에 금방 연대장님께 데려갔습니다. 그런데 그 삭발한 체첸 인이란 놈, 참 좋은 놈이더군요. 정말 그들과 재미있게 이야기를 했습니다."

"네놈이니까 얘기를 하지."

니끼찐이 불만스럽게 말했다.

"정말 그들도 러시아 인과 다를 것이 없더군. 한 놈은 여편네를 갖고 있는데, '마루쉬까 바르?' 하고 물으니까 '바르' 하고 대답 하지 않겠어? '바란츄끄 바르?'(註 : 아이들이 있느냐는 뜻) 하 고 물으니까 '바르' 하고 대답하고 둘이 있느냐고 물으니까 둘이 라고 말하더군. 이렇게 해서 잘 얘기가 통한 거야. 정말 좋은 놈 이야."

"뭐가 좋은 놈이란 말이야? 만약 네놈이 혼자서 그 놈과 마주 쳤으면 네놈의 배때기에서 창자가 쏟아져 나왔을 텐데."

니끼찐이 말했다.

"아, 벌써 동이 트려는가 봐."

그 때 빠노프가 말했다.

"아, 벌써 별이 점점 스러지는군요"

이번에는 아브제예프가 자리에 앉으며 대꾸했다. 병사들은 다시 조용해졌다.

3

병영(兵營)과 병사들이 살고 있는 작은 집들의 창문들은 벌써 오래 전에 어두워져 있었으나 요새(要塞) 내에서도 눈에 띄게 훌륭한 한 채의 집에서는 아직도 창마다 밝은 불빛이 흐르고 있었다. 이 집은 총지휘관의 아들이며 시종무관(侍從武官)인 꾸린 연대의 연대장 세몬 미하일로비치 보론쪼프의 주택이었다. 보론쪼프는 뻬제르부르그에서도 유명한 미인의 아내 마리야 바실리예브나하고 여기서 함께 살고 있었는데, 그들의 생활은 이 조그만 까프까즈의 요새 같은 곳에서는 아직껏 예가 없을 정도로 호사스런 것이었다. 보론쪼프와 특히 그의 아내는 이 곳에서의 자기들의 생활이 검소하다기보다 오히려 부자유스럽기 짝이 없는 것으로 느끼고 있었다. 그러나 이 곳 사람들은 그들의 그 지나치리만큼 호사한 생활에 도리어 놀라고 있었다.

언제나 자정이 지날 때까지 무거운 커튼을 내린, 주단을 꽉 차게 깐 넓은 객실에서는 네 개의 촛불을 세운 골패(骨牌)용 탁자를 마주하고 주인 부부가 손님을 상대로 카드놀이를 하고 있었다.

카드놀이로 내기를 하는 사람들 중의 하나는 바로 이 집 주인인 보론쪼프였다. 그는 시종무관의 견장을 달고 장식혁대를 매고 있었다. 얼굴이 길쭉하고 머리카락이 희끄무레한 대령(大領)이었다.

그 상대는 **뻬째르부르그** 대학 졸업생으로 최근 보론쪼프 공작 부인이 전 남편과의 사이에 생긴 어린 아들을 위해서 가정교사로 초빙한, 음울해 보이는 더벅머리 청년이었다. 이 두 사람에 대항해서 다른 두 사람의 장교가 승부를 겨루고 있었는데 그하나는 뽈또라쯔끼라고 하는 친위대에서 전속해 온 중대장이었다. 그는 혈색이 좋은 폭넓은 얼굴을 하고 있는 남자였다. 또다른 한 사람은 연대부관이었는데 잘 생긴 얼굴에 차가운 표정을 띠고 허리를 꼿꼿이 펴고 앉아 있었다.

부인 마리야 바실리예브나 공작 부인은 몸집이 크고 눈이 큰검은 눈썹의 미인이었다. 그녀는 스커트가 다리에 닿을 만큼 가깝게 뽈또라쯔끼의 곁에 앉아서 그의 카드짝을 들여다보았다.

그녀는 말씨에도 그 시선에도 미소에도 일거일동의 움직임에도그 옷에서 발산하는 향수 냄새에도 뽈또라쯔끼를 열중시킬 만한그 무엇이 분명 있었다. 그는 부인이 바로 옆에 앉아 있다는 것이외에는 일체의 것을 잊고 있었다. 그래서 연거푸 실수를 해서자기편을 초조하게 만들었다.

"안 되겠어! 이 지경이면 견딜 수가 없지. 또 점수를 놓치고말았어!"

뽈또라쯔끼가 점수 카드를 내놓자 부관은 새빨개진 얼굴로 그렇게 말했다.

뽈또라쯔끼는 마치 꿈에서 깨어난 것처럼 알 수가 없다는 얼굴로 그 선량해 보이는 눈을 휘둥그렇게 뜨고 불만에 가득차 있는부관을 바라보았다.

"무얼…… 좀 용서해 주세요."

마리야 바실리예브나가 미소를 지으며 두둔해 주었다.

"그것 보세요. 제가 그렇게 말하지 않았어요?"

그녀는 뽈또라쯔끼 쪽을 바라보며 덧붙였다.

"그렇지만 부인께서 말씀하신 건 전연 다른 카드가 아니었습니까?"

뽈또라쯔끼는 생글생글 웃으면서 대답했다.

"뭐요? 다른 것이었다고요?"

그녀는 대답하면서 똑같이 생긋 웃었다. 이 미소어린 대답에 뽈또라쯔끼는 흥분되고 또한 만족되어 얼굴을 홍당무처럼 붉히면서 카드를 치기 시작했다.

"자네 차례가 아냐."

부관은 좀 퉁명스럽게 말하고 반지를 낀 하얀 손으로 패를 나누기 시작했다. 그 모습은 조금이라도 빨리 액땜을 하고 싶다는 듯한 태도였다.

공작의 종복(從僕)이 객실로 들어와서 당번 장교가 연대장에게 면회를 요구하고 있다는 뜻을 보고했다.

"그럼, 여러분 잠깐 실례합니다."

러시아 말을 영어식 악센트로 발음하면서 공작은 이렇게 말했다.

"마리아, 당신이 내 대신 해주지."

"그렇게 해도 괜찮겠죠?"

공작 부인은 재빨리 일어나면서 행복한 부인에게서 흔히 볼 수 있는 빛나는 웃음을 띠며 남자들에게 물었다.

"저는 언제나 무엇이든 찬성합니다."

카드 놀이를 잘 할 줄 모르는 공작 부인이 이제부터 자기 상대가 된다고 생각하니까 매우 좋아서 부관은 이렇게 말했다. 뽈또라쯔끼는 미소를 지으면서 두 손을 벌리고 어깨를 으쓱해 보였을 뿐이다.

카드 놀이 승부가 끝나갈 무렵에 공작이 객실로 되돌아왔다.
그는 각별히 흥분되고 유쾌해진 듯한 얼굴이었다.

"어떨까? 내가 좋은 제의를 하나 하지."

"무엇입니까?"

"샴페인을 마시자고."

"그런 일이라면 언제나 이의가 없습니다."

뽈또라쯔끼가 말했다.

"그야 정말 유쾌한 일이죠."

"바실리, 가져오게."

공작은 명했다.

"무슨 일로 당신을 불렀죠?"

"당번 장교 외에 또 한 사람, 다른 사람이 온 거야."

"누군데요? 무슨 일로?"

그녀는 성급하게 물었다.

"그건 말할 수 없어."

"말할 수 없다고요?"

그녀는 앵무새처럼 되받아 물었다.

샴페인이 들어왔다. 손님들은 컵으로 한 잔씩 마시고 승부를
끝낸 다음 계산을 하고 작별인사를 하기 시작했다.

"자네 중대는 내일 숲으로 갈 명령을 받고 있지?"

공작이 뽈또라쯔끼에게 물었다.

"그렇습니다. 그런데 그게 어떻게 되었습니까?"

"그렇다면 내일 다시 만나세."

공작은 가볍게 미소지으면서 말했다.

"예."

보론쪼프가 말하는 뜻을 잘 모르는 채로 뽈또라쯔끼는 이렇게
대답했다. 그는 지금 마리야 바실리예브나의 손을 잡을 수 있다

는 생각에서 그 일에만 마음을 빼앗기고 있었다.

마리야 바실리예브나는 언제나처럼 뽈또라쯔끼의 손을 굳게 잡았을 뿐만 아니라 덤으로 열렬히 잡아 흔들어 주기까지 했다. 그리고 그가 다이아 패를 잘못 내놓았을 때의 실수를 다시 한번 가볍게 나무란 뒤 부드럽고 다정한 듯한 뜻있는 미소를 그에게 던졌다. 적어도 그에게는 그렇게 생각된 것이었다.

뽈또라쯔끼는 환희에 넘친 마음으로 집으로 돌아가고 있었다. 이 기분은 그처럼 사교계에서 성장하고 교육받은 사람이 몇 달씩이나 고독한 군대 생활을 보낸 후 또다시 자기와 똑같은 계급에 속하는 부인(특히 보론쪼프 공작 부인과 같은)을 만났을 때가 아니면 도저히 이해할 수 없는 그러한 것이었다.

동료들과 함께 사는 집으로 돌아오자 그는 문을 쾅하고 발길로 찼다. 그러나 문은 잠겨져 있었다. 그는 또 한 번 힘껏 밀어 보았다. 그러나 여전히 문은 열리지 않았다. 그는 화가 나서 문을 마구 칼로 찌르곤 발로 차기 시작했다. 얼마 후 문 안쪽에서 발소리가 들리더니 그의 종복인 농노출신의 바빌로가 자물쇠를 열어 주었다.

"어떻게 생각하고 잠그는 거야? 바보녀석 같으니!"

"그럼 잠그지 않고 있어도 좋다는 것입니까?"

"이녀석, 또 취했구먼! 어디 좋은가 나쁜가 알려 줄까!"

뽈또라쯔끼는 바빌로를 때려 주려다가 그만두었다.

"좋아, 너 같은 놈은 아무래도 좋아. 촛불이나 켜."

"예, 곧……"

바빌로는 정말 얼큰히 취해 있었다.

그는 병참하사(兵站下士)의 명명(命名) 축하연에 나가서 한잔 마시고 온 것이다. 집으로 돌아온 그는 병참하사인 이반 마께이치의 생활과 비교해 보고 자기 생활의 비참함을 뼈저리게 느끼고 있었다. 마께이치는 어엿한 수입이 있고 아내도 거느리고 있었다. 1년이 지나면 제대를 한다고 기뻐하고 있었다. 그러나 자기는 아주 어릴 때부터 종으로 끌려와 주인에게 봉사하게 된 것이다. 그 후 벌써 마흔이 넘은 지금에 이르기까지 아직 계집 하나 거느리지 못하고 있다. 그리고 주인을 따라 질서없는 행군 생활을 계속하고 있다. 주인은 착한 사람이어서 너무 거친 짓은 하지 않지만 그러나 이것이 어찌 보통 사람과 같은 생활이라 할 수 있겠는가? 까프까즈로부터 돌아가면 자유롭게 해주겠다고 약속은 되어 있지만 자유롭게 해준다 한들 어디든 갈 곳이 있는 것도 아니다. 마치 개와 같은 팔자라고 그는 생각했다. 그러다가 졸려서 더 견딜 수가 없어 누가 들어와서 아무 거라도 집어가면 어쩔까 해서 자물쇠로 잠그고 자고 만 것이었다.

뽈또라쯔끼는 방으로 들어섰다. 그는 여기서 동료인 찌호노프와 함께 기거하고 있었다.

"이봐 어땠어? 졌지?"

찌호노프는 깨어나서 물었다.

"아니, 그렇지 않아…… 17루블리나 땄을 뿐만 아니라 끌리꼬(샴페인의 일종)를 한 병 마시고 왔거든."

"그리고 마리야 바실리예브나도 구경하고 말이지?"

"그야, 그 여자 구경도 했지."

그는 되받아 대답했다.

"이제 그만 일어나 봐야지."

찌호노프는 말했다.

"여섯 시면 출발을 해야 하니까!"

"바빌로!"

뽈또라쯔끼는 소리를 질렀다.

"알지? 새벽 다섯 시가 되면 꼭 깨워 줘야 해."

"깨우면 화를 막 내시니까 어디 깨울 수가 있어야죠."

"어쨌든 내가 깨우라면 깨우는 거야. 알겠지?"

바빌로는 구두와 옷을 갖고 나갔다. 뽈또라쯔끼는 침대에 몸을 눕히고 벙긋벙긋 웃으면서 담배를 입에 물고 촛불을 입으로 불어서 껐다. 그는 어둠 속에서 마리야 바실리예브나의 미소어린 얼굴을 그려 보고 있었다. 보론쪼프의 집에서는 이내 잠을 자지 않았다. 손님들이 돌아가자 마리야 바실리예브나는 남편의 곁으로 가서 그 앞에 버티고 서서 엄격한 말투로 물었다.

"여보, 도대체 아까는 무슨 일이예요? 알려 주시겠죠?"

"하지만 여보……"

"하지만 여보가 아니에요! 첩자가 온 거죠?"

"아무튼 당신한테 말할 수 없어."

"말할 수가 없다고요? 그렇다면 제가 말해 볼까요?"

"말해 보구료."

"하지 무라뜨죠? 그렇죠?"

공작 부인은 말했다. 그녀는 벌써 4, 5일 전부터 하지 무라뜨와의 교섭을 듣고 있었기 때문에 남편을 찾아온 것은 바로 하지 무라뜨임에 틀림없을 거라고 상상한 것이다.

보론쪼프는 그것을 부정할 수는 없었지만 그래도 찾아온 사람은 하지 무라뜨가 아닌 일개 첩자에 지나지 않으며 내일 벌목을 하기로 한 장소에 하지 무라뜨가 오기로 되어 있다는 것을 알리러 온 것이라고 설명해 주어 부인을 실망시켰다.

요새의 단조로운 생활 속에서 이 사건은 젊은 보론쪼프 부부에게는 하나의 즐거움이었다. 이 보고가 얼마나 보론쪼프의 아버지(당시의 까프까즈 총독)를 기쁘게 해줄 것인가, 그런저런 이야기를 나눈 끝에 부부는 두 시가 지나서야 잠자리에 들어갔다.

4

하지 무라뜨를 체포하려고 샤밀이 풀어 놓은 무사(武士)들을 피하면서 사흘 밤이나 자지 않고 지낸 다음이라 하지 무라뜨는 싸도가 '편히 쉬십쇼' 하고 나가자마자 이내 잠이 들고 말았다. 그는 옷도 벗지 않고 주인이 내준 빨간 털베개를 옆에 끼고 팔베개를 벤 채 잠을 잤다. 엘다르는 그 곁에서 그다지 멀지 않은 벽 앞에서 자고 있었다. 그는 싱싱하고 건장한 팔다리를 내던지듯 하고 천장을 바라보며 자고 있었다. 그래서 하얀 윗도리 위에 약 주머니가 불룩한 쫙 편 앞가슴이 오히려 베개를 베고 있지 않은 면도자국이 푸릇푸릇한 얼굴보다도 높이 솟아 있었다.

솜털로 거의 덮인 아이처럼 쑥 내민 윗입술은 마치 무엇인가를 씹고 있는 것처럼 다물렸다가 열리곤 했다. 그도 역시 하지 무라 뜨처럼 옷도 벗지 않고 권총과 단검을 혁대에 찬 채 자고 있었다. 페치카에서는 장작이 거의 다 타들어가서 벽쪽의 움푹 패인 곳에 타다 남은 불씨가 남아 있었다.

밤중에 객실의 문이 끽 하고 열렸다.

하지 무라뜨는 이내 깨어나서 권총에 손을 가져갔다. 조용히 안으로 들어서는 것은 싸도였다.

"무슨 일이야?"

하지 무라뜨는 물었다. 그 목소리는 마치 조금도 자지 않고 있었던 것만 같았다.

"좀 생각하지 않으면 안 되겠습니다."

싸도는 하지 무라뜨 앞에 앉으면서 이렇게 말했다.

"어떤 여자가 지붕 위에서 당신이 지나가는 것을 보고 그것을 자기 남편에게 말해 버렸기 때문에 지금 마을 사람들이 모두 알게 되었습니다. 지금 안사람에게 이웃집 여자가 달려와서 알려

주었습니다만 그 늙은이들이 절에 모여서 당신을 붙들려고 상의
를 하고 있다고 합니다."

"그렇다면 떠나야겠군!"

하지 무라뜨는 말했다.

"말은 준비되어 있습니다."

싸도는 말하며 빠른 걸음으로 나갔다.

"엘다르!"

하지 무라뜨는 속삭였다. 엘다르는 자기의 이름, 아니 이름이
라기보다도 오히려 주인의 목소리를 듣자 모피 모자를 고쳐 쓰면
서 건강한 다리로 튀어일어났다. 하지 무라뜨는 무기를 차고 외
투를 걸쳤다. 엘다르도 똑같이 하고 두 사람은 말없이 집 밖 처마
밑으로 나왔다. 검은 눈의 소년이 말을 끌고 왔다. 굳게 다져진
길 위를 걸어온 말굽소리를 듣고 옆집의 창문으로부터 누군가가
머리를 내밀었다. 잠시 후 나무신 소리를 딸각딸각 울리면서 한
남자가 사원쪽을 향해 언덕 길로 뛰어갔다.

달은 없었다. 오직 별빛만이 새카만 하늘에 반짝반짝 빛나며
어둠 속의 지붕을 비추어 그 윤곽을 분명하게 드러내 주고 있다.
그리고 높은 첨탑이 있는 회회교(回回敎) 사원의 건물이 마을의
위쪽에 특히 높이 우뚝 솟아 있었다. 사원쪽에서 떠들썩한 사람
들의 목소리가 들려왔다.

하지 무라뜨는 재빨리 총을 쥐고 한 발을 좁은 등자에 올려놓
자 어느결에 소리도 없이 몸을 날려 말안장 위에 씌운 두꺼운 깔
개 위에 올라 앉았다.

"너의 깊은 은혜는 하나님이 보답해 줄 것이다."

익숙한 솜씨로 또다른 한 쪽 등자를 찾으면서 그는 주인을 보
고 이렇게 말했다. 그리고 말고삐를 잡고 있는 소년을 말채찍으
로 가볍게 툭 쳤다. 그것은 옆으로 비키라는 뜻이었다. 소년은 몸

을 뒤로 물렸다. 그러자 말은 자기가 해야 할 일을 벌써 잘 알고
있다는 듯이 성큼성큼 옆길에서 한길을 향해 걷기 시작했다.
엘다르는 뒤쪽에서 말을 타고 따라왔다. 싸도는 외투를 입고 양
손을 재빨리 흔들면서 좁은 길을 저쪽으로 넘어갔다가 이쪽으로
달려오곤 하며 두 사람 뒤를 따라 뛰어왔다.

마을을 벗어나려는 지점에서 길을 가로막듯이 움직이고 있는
사람의 그림자가 나타났다. 뒤이어 또 한 사람.

"기다려! 누구냐! 서라!"

한 사람이 외쳤다. 그러자 몇 사람인가의 다른 사람들이 길을
가로막았다.

하지 무라뜨는 멈추어 서지 않고 허리에서 권총을 꺼내 들고
말의 발놀림을 재촉하면서 길을 막고 있는 사람쪽을 향해 똑바로
말을 내달렸다. 길 위에 서 있던 사람들이 왁 하니 좌우로 흩어
졌다. 하지 무라뜨는 뒤도 돌아보지 않고 똑바로 비탈길을 달려
내려갔다. 엘다르도 크게 채찍질을 하며 그 뒤를 따랐다. 등 뒤에
서 두 발의 총소리가 들렸고 탄환이 둘, 씽씽 소리를 내며 귓가를
스치고 날아갔다. 그러나 두 사람을 건드리지 않고 그냥 지나
갔다. 하지 무라뜨는 똑같은 보조로 말을 달렸다. 3백 보쯤 떨어
졌을 무렵, 숨이 차서 헐떡이는 말을 세우고 그는 귀를 기울여 보
았다. 앞쪽에서도 아래쪽에서도 술렁거리는 급류의 물소리가 들
렸다. 뒷마을 쪽에서는 닭 우는 소리가 들려 왔다. 그러한 소리
속으로부터 하지 무라뜨의 뒤를 뒤쫓아오는 말굽 소리와 사람들
의 떠드는 왁자지껄한 소리가 차츰 가깝게 들려 오는 것이었다.
하지 무라뜨는 말에 박차를 가하면서 여전히 침착한 태도로 달리
기 시작했다.

마을 사람들은 전속력으로 뒤따라와 어느덧 하지 무라뜨에게
가까이 다다랐다. 근 스무 명이나 되는 기마(騎馬)의 사람들이

었다. 그들 마을의 주민들은 방금 하지 무라뜨의 체포를 결의(決
議)한 것이었다. 적어도 샤밀에 대한 체면을 핑계삼아 잡는 시늉
이라도 하자고 결정한 것이다. 그들의 모습이 어둠 속에서도 볼
수 있을 정도의 거리로 가까워졌을 때 하지 무라뜨는 말을 세우
고 말고삐를 놓고 익숙한 솜씨로 왼손으로 총집의 단추를 끄르고
는 오른손으로 총을 빼들었다. 엘다르도 똑같은 동작을 했다.

"도대체 무슨 일이냐?"

그는 소리쳤다.

"나를 붙들려고 하는 거냐? 그렇다면 어디 붙들어 봐라!"

그는 총을 쳐들었다.

촌민들은 말을 세웠다. 하지 무라뜨는 총을 겨냥한 채로 움푹
패인 골짝으로 내려가기 시작했다. 기마의 사람들은 가깝게 다가
오지는 않으면서 그의 뒤를 따라왔다. 하지 무라뜨가 골짜기 건
너편으로 넘어섰을 때 뒤따라 온 사람들이 자기들의 말을 들어달
라고 소리쳤다. 하지 무라뜨는 대답 대신 총을 쏘아 붙이고는 똑
바로 달렸다. 그가 말을 세웠을 때에는 이미 뒤따라오는 말굽 소
리도 들리지 않았다. 이제는 닭이 우는 소리조차도 들리지 않
았다. 오직 숲 속에서 졸졸거리는 물소리가 아까보다도 더 분명
히 들려 오는 것이다. 그리고 때때로 부엉이의 울음 소리가 들릴
뿐이었다. 숲이 가까와 오자 하지 무라뜨는 말을 세우고 가슴 가
득히 숨을 몰아쉬고 휘파람을 불었다. 그리고 소리를 내지 않고
귀를 기울였다. 얼마쯤 지나니까 똑같은 휘파람 소리가 숲 속에
서 들려왔다.

하지 무라뜨는 길에서 옆으로 벗어나서 숲 쪽으로 향했다. 백
보쯤 갔을 때, 그는 나무줄기 사이로 빨간 모닥불과 그 옆에 앉아
있는 사람들과 안장을 그대로 맨 채 등을 반쯤 모닥불에 돌리고
있는 말의 모습을 보았다. 모닥불 곁에는 너댓 명의 사람들이 있

었다.

한 사람이 당황해서 일어나자 조심조심 하지 무라뜨의 곁으로 와서 말고삐와 등자를 잡았다. 그는 하지 무라뜨의 의형제이며 그의 재정(財政)을 관리하고 있는 사내였다.

"불을 꺼라!"

그는 말에서 내리면서 말했다.

사람들은 장작을 던져 흩뜨리고 타고 있는 조그만 가지들을 밟기 시작했다.

"바따가 여길 왔던가?"

땅바닥에 깔린 외투 옆으로 다가서면서 그는 물었다.

"왔었습니다. 벌써 전에 한 마고마와 함께 떠났습니다."

"어느 길로 떠났지?"

"저 길입니다."

하지 무라뜨가 온 반대쪽 길을 가리키면서 하네피가 대답하였다.

"음!"

"좋아!"

그는 어깨에서 총을 내리고 총알을 재기 시작했다.

"주의하지 않으면 안 돼! 내 뒤를 쫓고 있는 놈들이 있으니까……"

모닥불을 끄고 있는 사내를 향하여 그는 말했다.

그는 체첸 인인 감잘로였다.

감잘로는 땅바닥에 편 외투 쪽으로 다가와서 그 위에 놓인 덮개가 덮여 있는 총을 들고 말없이 숲 속의 빈터를 향해 갔다. 그리고 방금 하지 무라뜨가 온 쪽을 내려갔다. 엘다르는 말에서 내려 하지 무라뜨의 말고삐를 잡아 두 마리의 말머리를 높이 추켜들면서 나무 밑동에 똑같이 붙들어 매었다. 그리고 감잘로처럼 총을 어깨에 메고 공터의 반대쪽으로 갔다. 모닥불은 꺼졌다. 그러자 숲 속은 전보다 더 어두워서 아무것도 보이지 않게 되었다. 하늘에는 별이 희미하게 반짝이고 있었다.

하지 무라뜨는 별을 쳐다보며 묘성(卯星)이 중천까지 떠오른 것을 보고는 벌써 자정이 지난 것을 알았다. 그리고 밤 기도 시간이 다가온 것을 상기했다. 그는 하네피를 시켜 물통을 꺼내도록 했다. 그것은 언제나 자루에 넣어서 가지고 다니는 것이었다. 그는 외투를 입고 물을 길러 갔다.

구두를 씻고 발을 깨끗이 씻어내자 하지 무라뜨는 맨발인 채로 깔아 놓은 외투 위로 올라섰다. 그리고 단정히 무릎을 꿇고 앉아 손가락으로 귀를 틀어막고 눈을 감은 후 동녘 하늘을 향해 언제나처럼 기도를 하기 시작했다.

기도가 끝나자 그는 안낭(鞍囊)이 놓여 있는 자기 자리로 가서 외투 위에 널찍하게 앉아서 무릎 위에 두 팔을 세우고 목을 늘어뜨리고 생각에 잠겼다.

하지 무라뜨는 언제나 자기의 행운을 믿고 있었다. 운명이 언제나 그에게 미소를 보였다. 그것은 그의 파란많은 전투생활의 전후를 통해서 조그만 예외를 제외하고는 거의 한결같았다. 그래서 그는 이번에도 그것을 기대하고 있었다.

그는 보론쪼프가 준 군대를 거느리고 샤밀 토벌에 나서 그를 포로로 하고 연래(年來)의 원수를 갚은 뒤 러시아의 황제로부터 훈장을 받고, 비단 아바리아뿐만 아니라, 그의 무위(武威)에 굴복한 체첸 전체를 지배한다는 그런 일들을 꿈꾸고 있었다. 이런 일을 생각하는 동안에 그는 자기도 모르는 사이에 잠들어 버리는 것이다.

그는 이런 꿈을 꾸었다----부하인 용사들과 함께 군가를 부르면서 '하지 무라뜨의 출전이다!' 하고 소리를 치며 샤밀을 습격

하여 그를 그의 처첩과 함께 생포한다. 그러면 여자들의 울부짖
는 소리가 뚜렷하게 들린다----그러다가 꿈에서 깨어났다.

'리야 일랴흐'의 노래도 '하지 무라뜨의 출전이다'라는 함성도
샤밀의 처첩들의 울부짖는 소리도 모두가 산개들이 으르렁거리며
울부짖는 소리로 바뀌었다. 그는 그 소리로 하여 꿈에서 깨어난
것이다. 그는 머리를 들어 벌써 나무등걸 사이로 보이는 동녘 하
늘을 바라보며 조금 떨어져서 지키고 있는 부하 하나에게 아직
마고마가 돌아오지 않았다는 대답을 듣자 고개를 떨어뜨리고 이
내 또다시 졸기 시작했다.

바따와 함께 심부름을 하고 돌아온 한 마고마의 밝은 목소리로
하여 그는 다시 잠에서 깨어났다. 한 마고마는 즉시 하지 무라뜨
의 곁에 앉더니 러시아 병사들이 자기들을 맞으며 공작에게 안내
해 준 일이며 공작이 친히 만나 주어 얘기를 한 일이며 공작이 매
우 기뻐하며 내일 아침 일찍 러시아 인이 벌목을 하기로 되어 있
는 미춰끄의 저쪽편 샬린의 들판에서 만나기로 약속한 일이며를
보고했다. 바따는 때때로 그의 보고를 가로채어 자기가 관찰한
것을 보태어서 말하는 것이었다.

하지 무라뜨는 러시아 군에 편들고자 한다는 자기의 희망에 대
해서 보론쪼프가 어떠한 말로 대답을 했는가, 그것을 자세히 꼬
치꼬치 물었다.

한 마고마와 바따는 입을 모아 공작이 하지 무라뜨를 빈객으로
대우하고 만사를 그가 만족할 수 있도록 하겠노라고 약속했다고
대답했다.

그 다음 무라뜨는 거기까지 가는 길에 대해서 여러 가지로 물
었다. 한 마고마는 길은 자기가 잘 알고 있으니까 문제없이 거기
까지 안내하겠다고 나섰다. 그래서 하지 무라뜨는 돈을 꺼내어서
약속한 3루블리를 바따에게 주었다. 그리고 부하들에게 황금제의

무기와 두건이 달린 모피 모자를 안낭으로부터 꺼내게 한 다음 부하들에게도 몸차림을 하도록 하여 러시아 인한테 가는 데 있어 보기 흉한 꼴을 보이지 않도록 명했다. 사람들이 무기며 마구를 말끔히 닦는 사이에 별그림자는 어느덧 스러지고 주위는 완전히 밝아졌다. 그리고 동이 트기 전의 미풍이 조용히 흐르기 시작했다.

5

이른 새벽, 아직 다 밝지 않은 시각에 뽈도라쯔끼에게 인솔된 2개 중대는 손에 손에 도끼를 들고 챠흐기린 문 밖 백 리 지점으로 왔다. 그리고 저격병의 산병선(散兵線)을 편 후 동이 트는 것과 함께 일제히 나무를 베기 시작했다. 여덟 시가 가까와지자 모닥불 속에서 탁탁 튀는 소리와 함께 생나무 타는 냄새 짙은 연기와 뒤엉킨 안개가 하늘 높이 치솟기 시작했다. 그리고 다섯 발짝만 떨어져도 보이지 않던 곳에서 서로 목소리만 들으며 나무를 자르고 있던 병사들도, 모닥불도 쓰러진 나무에 덮인 숲 속의 길도 이제는 분명히 볼 수 있게 되었다. 태양은 안개 속에서 밝은 반점(斑點)처럼 나타났다간 사라지곤 했다. 길에서 조금 떨어진 초원에서는 다섯 명의 병사들이 큰북에 걸터앉아 있었다. 그들은 뽈또라쯔끼와 찌호노프 하사와 제 3중대의 장교 둘과 결투를 하였기 때문에 병사로 강등되어 온 친위대 기병인 프레제 남작이었다. 남작은 뽈또라쯔끼와 유년학교 시절부터의 친구였다.

북 주위에는 음식을 쌌던 종이며, 담배꽁초며, 빈병들이 뒹굴고 있었다. 장교들은 보드카를 마시고 자꾸스까를 먹어 치우고는 흑맥주를 마셨다. 북치기는 세 병째의 마개를 뜯었다. 뽈또라쯔끼는 간밤에 잠이 부족했음에도 불구하고 일종의 특별한 정신력의 앙양과 뱃속 편한 쾌활한 흥분을 느끼고 있었다. 그것은 위험한 가능성이 있는 곳에서 병사나 동료들에게 둘러싸여 있을 때 언제나 그가 느끼는 기분인 것이다.

장교들 사이에서는 최근에 일어난 일에 대해 화제가 꽃피고 있었다----그것은 슬레쁘쪼프 장군의 전사였다. 그들은 누구 하나 이 죽음 속에 인생에 있어서의 가장 중대한 순간----생명의 종말과 탄생의 근본에의 복귀----을 보는 자가 없었다. 단지 칼을 휘두르며 촌민에게 덤벼들어 닥치는 대로 쓰러뜨렸던 용감한 장교의 호걸다움, 단지 그것밖에는 그들의 눈에 비쳐 오는 것이 없었다.

당시의 까프까즈 전쟁에 있어서도, 또 일반적으로 언제 어느 때의 전쟁에 있어서도 사람들이 상상하거나 묘사해 왔던 것 같은 백병전은 결코 존재하지 않는 것이다.

가령 칼이나 총에 의한 백병전이 있을 수 있다고 해도 그것은 언제나 패잔병을 찌르거나 목 베는 것에 지나지 않는다. 그것은 모든 군인, 특히 실전에 참가한 장교들이 잘 알고 있는 일이며, 또 알고 있지 않으면 안 될 성질의 것이다. 그럼에도 불구하고 이 백병전의 가설(假說)은 모든 장교에 의해서 승인되고, 그들에게 자랑스럽고 유쾌한 표정을 던져 주었다. 그들 중의 어떤 사람은 호걸이 된 듯싶은 기분으로, 어떤 사람은 그와 반대로 엄숙해진 자세로 북 위에 걸터앉은 채 담배를 피우며 술을 마시며 농담을 주고받는 등 슬레쁘쪼프 장군처럼 언제 그들 자신에게 닥쳐올지 모르는 죽음에 대해선 생각하려 하지도 않았다. 그러자 마치 그들의 기대를 어긋나게 하려는 것처럼 이야기의 도중에 길 왼편에서 사람의 기분을 죄기라도 하려는 듯이 한 발의 총소리가 날카롭게 울려 퍼지는 것이었다. 그러면서 탄환이 즐거운 휘파람을 불면서 어딘가 안개 낀 하늘 속을 꿰뚫고 어느 나무의 밑동에 맞는 듯한 소리를 냈다. 병사들이 발사하는 몇 개의 묵직한 총소리가 적의 총성에 대답했다.

"야!"

뽈또라쯔끼의 유쾌한 듯한 목소리가 소리쳤다.

"여기는 전초선 속이야. 야, 너 꼬스짜."

그는 프레제 쪽을 바라보았다.

"너는 운이 좋은 거야. 빨리 너의 중대로 가 봐. 이제부터 멋진 전쟁을 하는 거다. 내 곧 승진을 상신할 테니."

강등병인 남작은 별안간 튀어올라서 빠른 걸음으로 연기에 싸인 지점으로 갔다. 거기에는 그의 중대가 있었다. 뽈또라쯔끼 쪽으로 검은색이 섞인 밤색 털의 조그만 고바라챠 말이 끌려왔다. 전초선은 헐벗은 비탈을 앞에 둔 숲기슭에 퍼져 있었다. 바람은 숲쪽을 향해서 불고 있었기 때문에 계곡의 사면(斜面)뿐만 아니라 저쪽편까지도 분명하게 건너다 보였다.

뽈또라쯔끼가 전초선에 말을 대었을 때 안개 속에서 태양이 얼굴을 내밀었다. 그리고 계곡 저편에 자라고 있는 관목 숲 기슭에서 말을 타고 있는 몇 사람이 보였다. 그들은 다름아닌 하지 무라뜨의 뒤를 쫓아온 체첸 인들이 그가 러시아 군 속으로 들어가는 것을 확인하려고 하는 것이었다. 그들의 하나가 전초선을 향해 발포했다. 전초선쪽에서도 몇 사람의 병사가 이에 응해 발사했다. 체첸 인은 도망을 쳤다. 그것으로 사격은 끝나 버렸다.

뽈또라쯔끼가 중대를 인솔하고 여기까지 이르자 갑자기 발사 명령을 내렸기 때문에 호령이 내려지자마자 전초선 전체에서 즐거운 듯한, 사람의 마음을 격려하는 듯한 소총 소리가 끊임없이 울려퍼지고, 아름답게 퍼지는 연기 덩어리가 그 반주(伴奏)를 하고 있었다. 병사들은 후련하게 마음을 푼 것을 기뻐하면서 바쁜 듯 장전(裝塡)을 하고는 연거푸 쏘아대고 있었다.

체첸 인은 '질 게 뭐냐!'란 생각이 들기라도 한 것처럼 말을 달려 전진하면서 병사들을 겨냥하고, 계속해서 몇 발의 총을 쏘아 왔다.

그 중의 한 발이 한 병사에게 명중했다. 그 병사는 비밀정찰로 나와 있던 바로 그 아브제예프였다. 전우들이 그의 곁으로 왔을 때 그는 두 손으로 복부의 상처를 누르며 엎어져서 규칙적으로 몸을 좌우로 흔들고 얕은 목소리로 신음했다.

아브제예프는 뽈또라쯔끼의 중대에 속해 있었다. 병사들이 모여 있는 것을 보자 뽈또라쯔끼는 그들의 곁으로 다가갔다.

"어떻게 됐어? 너, 맞았구나!"

그는 말했다.

"어디를?"

아브제예프는 대답하지 않았다.

"제가 총에 장전을 하고 있을 때 별안간 풍하는 소리가 들려서 보니까 이 놈이 덜컥 총을 떨어뜨리더군요."

그의 전우인 한 병사가 대답했다.

"쯔, 쯧!"

뽈또라쯔끼는 혀를 찼다.

"어때? 아프냐, 아브제예프?"

"아프지는 않지만 걸을 수가 없습니다. 술이라도 좀 마시고 싶은데…… 중위님!"

빠노프가 보드카----보드카라기보다도 까프까즈 병사들이 마시는 것은 바로 알콜이었다----병을 찾아내서 엄숙한 표정으로 눈썹을 찡그리며 수통의 뚜껑을 아브제예프의 입으로 가져갔다. 아브제예프는 조금 마시다 말고 이내 그 뚜껑을 손으로 밀어냈다.

"아무래도 배가 받아들이지 않는 걸? 너나 마셔라."

빠노프는 알콜을 다 마셔 버렸다. 아브제예프는 또다시 일어나려고 했지만 이내 털썩 쓰러지고 말았다. 병사들은 외투를 깔고 그 위에 그를 올려놓았다.

"중대장님! 연대장님이 오셨습니다."

중대 상사가 뽈또라쯔끼에게 보고를 했다.

"음, 알았어! 네가 여기 일을 맡아라."

뽈또라쯔끼는 상사에게 지시하며 채찍을 추켜올리자 말을 때리며 크고 빠른 걸음으로 보론쪼프에게 달려갔다.

보론쪼프는 순 영국산인 밤색 털의 암말을 타고 부연대장과 까자끄 병과 체첸 인의 통역을 거느리고 이쪽을 향해 오고 있었다.

"무슨 일이 일어났나?"

연대장이 뽈또라쯔끼에게 물었다.

"뭐 대단한 일은 아니고, 적의 일대(一隊)가 나타나서 전초선을 습득해 왔습니다."

뽈또라쯔끼는 대답했다.

"저런, 저런! 그건 자네가 그렇게 만든 일이지?"

"제가 만든 일은 아닙니다. 자기들이 멋대로 한 것입니다."

뽈또라쯔끼는 미소를 지으면서 대답했다.

"병사가 하나 부상을 입었다는 얘기를 들었는데……"

"네, 참으로 가엾은 일이 되고 말았습니다. 좋은 병사였는데……"

"중상인가?"

"중상인 것 같습니다. 복부를 맞았습니다."

"그건 그렇고, 내가 어디로 가고 있는지 알고 있나?"

보론쪼프가 물었다.

"모릅니다."

"도대체 상상도 되지 않는가 보지?"

"네."

"하지 무라뜨가 투항을 온대서 지금 만나러 가는 거야."

"설마."

"어제 그의 연락병이 찾아 왔었거든."

기쁨의 미소를 간신히 억누르면서 그가 말했다.

"지금 샬린의 초원에서 하지 무라뜨가 나를 기다리고 있을 테니까 자네는 그 초원까지 산병(散兵)을 깔고 나중에 나를 마중나와 주게."

"알았습니다."

뽈또라쯔끼는 모자에 손을 올리고 이렇게 대답하고 나서 자기중대 쪽으로 되돌아갔다. 그는 자신이 오른쪽 전초선을 담당하고 왼쪽 전초선을 상사에게 맡도록 명령했다. 그동안 부상한 아브제예프는 병사들의 손으로 보루(堡壘)에 운반되었다.

뽈또라쯔끼가 보론쪼프에게서 되돌아오고 있을 때, 뒤쪽에서 그를 쫓아오고 있는 말을 탄 몇 사람이 눈에 들어왔다. 그는 서서 기다렸다.

선두에 서 있는 남자는 말갈기가 흰 말을 타고, 하얀 체르께스 외투를 입고, 두건을 두른 모피 모자를 쓰고, 황금제의 무장을 한 위엄있는 풍모를 보여 주고 있었다. 다름아닌 하지 무라뜨였다. 그는 뽈또라쯔끼에게 가까이 오자 무엇인가 따따르 어로 말했다. 뽈또라쯔끼는 눈썹을 추켜올리며 모르겠다는 뜻으로 양손을 벌리고 싱긋이 웃었다. 하지 무라뜨는 그 미소에 미소로 대답했는데, 이 미소에는 어린애 같은 선량함이 있어 뽈또라쯔끼를 놀라게 했다. 뽈또라쯔끼는 그 무서운 비족(匪族)의 괴수가 이런 사내일 줄은 꿈에도 예기하지 못했다. 그가 상상하고 있었던 것은 인정도, 친근미도 없는 음흉한 사람이었는데 지금 그의 눈앞에 서 있는 것은 지극히 단순한 인간이며, 마치 백 년의 지기처럼 생글

생글 선량한 미소를 띠고 있는 것이다. 단지 하나 다른 점이 있었다면 그것은 양미간이 멀리 떨어져 있는 눈으로 날카롭고 주의 깊게 그리고 침착하게 상대방의 눈을 쏘아보는 것이었다.

하지 무라뜨의 부하는 넷이었다. 그 가운데는 어젯밤 보론쪼프에게 왔던 한 마고마도 끼여 있었다. 그는 눈썹이 없는 새까맣고 빛나는 눈을 가진 혈색 좋은 둥근 얼굴로서, 전체적으로 낙천적인 표정이 넘치고 있었다. 그 밖에 눈썹과 눈썹 사이가 맞붙을 정도로 털이 많은 탄탄해 보이는 사내가 있었다. 그는 하지 무라뜨의 재산을 관리하고 있는 따블리아인 하네피였다. 그는 꽉 들어차 있는 안낭을 지고 순혈종(純血種)의 말을 끌고 있었다. 그렇지만 부하들 가운데 가장 눈에 띄는 것은 다른 두 사내였다. 하나는 여자처럼 허리가 가늘고, 어깨가 넓고, 턱에 엷은색 수염이 간신히 돋은 양을 닮은 눈초리의 미소년이었고----그는 엘다르였다----다른 하나는 한쪽 눈이 찌부러지고 눈썹도, 속눈썹도 없는 빨갛게 그을린 듯한 턱수염을 짧게 깎은, 코에서부터 볼에 걸쳐 상처가 있는 체첸 인 감잘로였다.

뽈또라쯔끼는 하지 무라뜨에게 노상에 모습을 나타낸 보론쪼프를 손가락으로 가리켜 보였다. 하지 무라뜨는 그쪽으로 말을 몰고 가서 가까이 다가서자 오른손을 가슴에 갖다 대고 무엇인가 따따르 어로 말하면서 멈춰 섰다.

체첸 인 통역이 그것을 통역했다.

"나는 러시아 황제의 뜻에 이 몸을 바쳐 봉사하고 싶다고 생각하고 있습니다. 전부터 그렇게 하고 싶었지만 샤밀이 용서하지 않았던 것입니다----이렇게 말하고 있습니다."

통역의 말을 듣고 나자 보론쪼프는 사슴 가죽장갑을 낀 손을 하지 무라뜨에게 내밀었다. 하지 무라뜨는 그 손을 잠깐 보고 1초쯤 주저했지만, 곧 그 손을 굳게 잡고는 통역과 보론쪼프를 번갈아 쳐다보면서 또다시 무엇인가 말했다.

"나는 누구에게도 굽히지 않으려 했었습니다. 그렇지만 당신은 총독의 아드님이시니까, 기꺼이 찾아왔습니다. 나는 마음속으로부터 당신을 존경하고 있습니다----이렇게 말하고 있습니다."

통역이 말을 옮겼다.

보론쪼프는 감사의 뜻으로 고개를 끄덕여 보였다.

속눈썹이 없는 검은 눈을 한 쾌활한 체첸 인 한 마고마는 따라서 고개를 끄덕거리면서 무엇인가 보론쪼프에게 말했는데, 그것이 우스운 얘기였던 듯 털보 따블리아 인은 선명하도록 흰 이를 드러내며 싱긋 웃었다. 빨간 털의 감잘로는 빨간 외눈을 보론쪼프를 향해 번쩍 빛냈을 뿐, 다시 자기가 끌고 있는 말의 귀를 들여다보았다.

보론쪼프와 하지 무라뜨가 부하들을 이끌고 요새 쪽으로 되돌아가자 산병선에 있는 병사들은 한덩어리가 되어서 그들 생각 나름대로의 비평을 하고 있었다.

"저새끼, 얼마나 사람의 목숨을 빼앗았는지 모를 일이야. 그런데도 이번에는 애지중지 귀염을 받을 것에 틀림없지!"

누군가가 말했다.

"그야, 그렇지! 샤밀의 총대장이었으니까. 하지만 이제부터는 글렀어!"

"좌우간 용한 놈이야. 뭐니뭐니해도 용사인 것만은 틀림없어."

"그런데, 그 빨간 털은 어때? 빨간 털은 마치 짐승처럼 곁눈질로 흘끔거리면서 노리고 있었어……"

"후훗, 십중 팔구 늑대 같은 자식에 틀림없겠지."

빨간 털은 유달리 그들의 눈을 끌었던 모양이다.

벌목을 하고 있던 곳에서는 도로에 가까이 있었던 병사들이 우하고 구경을 하기 위해 튀어나왔다. 장교가 그들에게 소리쳤지만 보론쪼프는 그것을 말렸다.

"뭐, 마음대로 자기의 옛 친구들을 구경시켜 주지. 자넨 저자가 누군지 알고 있는가?"

보론쪼프는 예의 영국식 발음으로 천천히 말하면서 가까이 병사에게 물었다.

"아뇨, 모르겠습니다. 각하."

"하지 무라뜨야. 들은 일이 있겠지?"

"있고말고요. 몇 번씩 그놈을 골탕먹여 주었습니다."

"흐흠, 그러나 저놈한테도 꽤 많이 혼이 났을 거야."

"그렇습니다. 각하."

연대장과 얘기를 나눌 수 있다는 사실에 만족하며 병사는 대답했다. 하지 무라뜨는 자기의 얘기를 하고 있는 것이라고 깨닫고 유쾌한 듯한 미소로 눈을 번쩍거렸다. 보론쪼프는 이보다 더한 만족이 없다는 듯 유쾌해서 보루로 돌아왔다.

6

보론쪼프는 샤밀 다음가는 러시아 군의 강적을 항복시키고 자기 손아귀에 넣는 것이 다름아닌 자기 자신이라고 생각하자 의기양양하지 않을 수 없었다. 단지 하나, 불유쾌하게 생각되는 것이 있다면 보즈드뷔젠스끄 지방의 군사령관이 멜레르 자꼬멜리스끼 장군이라는 사실로, 원래 같으면 이 사람을 통하여 사건을 처리하지 않으면 안 되는 것이었다. 그러나 보론쪼프는 그에게 보고하지 않고 모두 독단으로 처리해 버렸으므로 귀찮은 일이 일어날 우려가 있었다. 이 걱정이 보론쪼프의 만족감을 다소 손상시켰다. 집앞에까지 오자 보론쪼프는 연대부관에게 하지 무라뜨의 부하들을 맡기고 자기는 하지 무라뜨를 집 안으로 안내했다.

공작 부인 마리야 바실리예브나는 아름다운 의상을 몸에 감고, 머리카락이 풍성한 여섯 살짜리 귀여운 사내아이와 함께 생글생글 웃으며 하지 무라뜨를 객실로 맞아들였다. 하지 무라뜨는 두 손을 가슴에 대면서 좀 거창한 말투로 자기는 공작댁에 초대를 받고 온 것이니까 공작을 자기의 친구로 인정한다, 따라서 친구의 가족 전체도 그 주인하고 마찬가지로 자기에게 있어서는 신성한 것이라고, 함께 들어온 통역을 통해 말했다.

하지 무라뜨의 용모나 태도는 마리야 바실리예브나의 마음에 들었다. 그녀가 커다랗고 하얀 손을 내밀었을 때 하지 무라뜨가 살짝 얼굴을 붉힌 것도 한층 그녀에게 호감을 갖게 하는 데 도움이 되었다.

그녀는 앉기를 권하고 커피를 마시겠느냐고 물은 후에 그것을 가져오도록 일렀다. 그러나 하지 무라뜨는 커피가 나왔을 때 사양하고 마시지 않았다.

그는 조금 러시아 어를 알고는 있었지만, 자기 자신이 말할 수는 없었다. 그래서 말하는 것을 모르겠다고 생글생글 웃는 얼굴을 해보였다. 이 웃는 얼굴은 그의 남편이 생각했던 것처럼 그 여자의 마음에도 들었다. 머리카락이 풍성하고 눈이 날카로운 아들은(어머니는 이 소년을 불리까라고 부르고 있었다) 어머니의 곁에 선 채, 오래 전부터 훌륭한 용자라고 들어 왔던 하지 무라뜨에게서 조금도 눈을 떼려 하지 않았다.

하지 무라뜨를 아내에게 맡겨 놓고 보론쪼프는 그의 항복을 상관에게 보고하기 위한 필요한 명령을 내리고 올 생각으로 사무실 쪽으로 갔다. 그로즈나야에 있는 좌측 지휘관 꼬즐로프스끼 장군에 대한 보고와 자기 부친에게 보낼 편지를 쓰고 난 다음 보론쪼프는 다급하게 집으로 돌아왔다. 노하게 만들어도 안 되지만 너

무 달갑게만 대접해도 안 될, 만사에 있어 취급하기 어려운 떨떠
름한 외국인을 맡겨 놓은 것으로 하여 아내가 불만을 느끼고 있
지나 않을까 해서 보론쬬프는 근심을 하며 집으로 돌아왔을 때
곧 자기가 부질없는 기우에 빠져 있었던 것을 알 수 있었다. 하지
무라뜨는 보론쬬프의 아들 불리까를 무릎에 앉히고 안락의자에
걸터앉아 있었다. 그리고 고개를 갸우뚱 돌리고 미소를 지으며
이 집 주부가 이야기하는 것을 일일이 통역을 통해서 주의깊게
듣고 있었다. 마리야 바실리예브나는 이러한 얘기를 하고 있었다
----만약 자기 친구가 좋다고 하는 물건을 죄다 그 친구에게 주어
버린다면 머지않아 아담과 같은 모습으로 살지 않으면 안 되는
게 아니냐고----하지 무라뜨는 공작이 들어왔을 때 황급히 불리
까를 무릎에서 내려놓고, 소년이 놀라서 화를 내는데도 불구하고
이내 이제까지의 장난기 섞인 표정을 가다듬으며 엄숙한 얼굴이
되었다. 보론쬬프가 자리에 앉자 그도 비로소 자리에 앉았다. 그
는 이제까지의 대화를 계속하며 마리야 바실리예브나의 말에 대
답했다. 그것은 자기들 사이에 있어서의 율법(律法)으로서, 친구
가 마음에 드는 것이라면 무엇이든지 그 친구에게 주지 않으면
안 된다는 것이었다.

"애, 꼬마친구."

그는 다시 무릎에 올려 앉힌 불리까의 탐스러운 머리를 쓰다듬
으면서 러시아 어로 말했다.

"이 사람, 참 멋쟁이군요. 당신이 데려온 산적은."

마리야 바실리예브나는 남편을 향하여 프랑스 어로 그렇게 말
했다.

"불리까가 저 단도(短刀)를 부러운 듯 바라보니까 그것을 준다
고 하는 거예요."

불리까는 그의 의붓아비에게 단도를 보였다.

"이건 값나가는 물건일 거예요."

마리야 바실리예브나가 말했다.

"무엇이든 답례를 하는 기회를 만들지 않으면 안 되겠는 걸."

보론쪼프는 대답했다.

하지 무라뜨는 눈을 아래로 내리깔고 앉아 있었다. 그리고 소년의 탐스러운 머리를 매만지면서, '오, 착하다! 착하다'하고 거듭 말했다.

"훌륭한 단도야, 훌륭한 단도야!"

가운데 홈이 파져 있는 잘 갈아 놓은 강철의 칼을 반쯤 칼집에서 뽑으면서 보론쪼프는 말했다.

"정말 고맙소. 무엇이든 도움이 될 일은 없는가 물어 봐 주게."

보론쪼프는 통역에게 말하였다. 통역은 그 말을 옮겼다. 하지 무라뜨는 즉석에서, 아무것도 필요한 것은 없지만 다만 이제부터 기도를 할 수 있는 장소에 데려다 주었으면 좋겠다고 대답했다. 보론쪼프는 하인을 불러 하지 무라뜨의 희망을 받아들이도록 명령을 했다.

안내된 방에 혼자 남겨졌을 때 하지 무라뜨의 얼굴은 순식간에 변했다. 때로는 상냥도 하고, 때로는 정말 만족해 있었던 것 같은 표정이 사라지고 근심스러운 얼굴이 되어 있었다.

보론쪼프의 대우는 예상했던 것보다도 훨씬 좋았다. 그렇지만 대우가 좋으면 좋을수록, 그는 보론쪼프와 그의 부하들을 믿지 않았다. 그는 일체의 것을 두려워했다. 갑자기 붙잡혀 수갑이며 쇠사슬에 묶여 시베리아에 유형이 될지도 모르는 일이며, 혹은 갑자기 죽음을 당할는지도 모르는 것이다. 그래서 그는 조금도 경계심을 풀지 않는 것이었다.

그는 방에 들어온 엘다르에게 어디에 부하를 맞아들였는가, 어디에 말을 매어 두었는가, 그리고 무기를 빼앗지나 않았는가 하고 여러 가지를 물었다.

엘다르는 이에 대답하여, 말은 공작의 마굿간에다 매어 두었고 일행은 창고에 있으며, 무기는 그대로 지니고 있다고 말했다. 그리고 통역이 먹을 것이며 차를 대접하고 있다고 보고했다. 하지 무라뜨는 이상하다는 듯 고개를 갸웃거렸지만, 이내 윗도리를 벗고 기도를 하기 시작했다. 기도가 끝나자 그는 은제 단도를 가져오라고 명령했다. 그리고 윗도리를 입고, 허리를 졸라매고, 긴 의자 위에 앉아서 어찌될 것인가 기다리고 있었다.

네 시가 지나자 공작으로부터 식사를 함께 하자는 초대를 받았다.

식사중 하지 무라뜨는 양고기와 함께 찐 쌀 외에는 아무것도 먹지 않았다. 그것도 공작 부인이 덜어 간 쪽을 골라 그것을 자기의 접시에 덜어 놓은 것이다.

"이 사람은 우리들이 독이라도 섞지 않았나 겁을 내고 있는가 봐요."

마리야 바실리예브나는 남편에게 말했다.

"내가 덜어 온 부분 이외의 딴 부분에서는 결코 덜어 먹지 않잖아요."

그녀는 말했다.

보론쪼프는 곧 통역을 통해서, 이제 다시 기도를 드리는 것은 언제쯤이냐고 하지 무라뜨에게 물었다. 하지 무라뜨는 다섯 개의 손가락을 가리키며 태양을 가리켰다.

"그렇다면, 이제 금방이군."

보론쪼프는 시계의 태엽을 감았다----시계는 4시 15분을 가리키고 있었다. 하지 무라뜨는 그 소리에 놀란 듯했으며, 다시 한번 그 소리를 나게 해 달라고 부탁하고 또 그 시계를 보여 달라고 했다.

"이 때야말로 좋은 기회군요. 그 시계를 저 사람에게 주어 버려요."

마리야 바실리예브나는 남편에게 말했다.

보론쪼프는 이내 그 시계를 하지 무라뜨에게 주었다. 하지 무라뜨는 한 손을 가슴에 대고 시계를 받았다. 그는 몇 번씩 태엽을 감아 보며, 귀를 기울이고 탄복하듯이 고개를 갸웃거렸다.

식사 후에 멜레르 자꼬멜리스끼의 부관이 내방했다는 보고를 받았다. 부관이 공작에 전한 바에 의하면, 장군이 하지 무라뜨의 투항의 소식을 듣고, 그 건에 대해서 보고가 없는 것을 불만스럽게 생각하고 있으며, 즉시 하지 무라뜨를 자기에게 보내 달라고 요구하고 있다는 것이었다.

보론쪼프는 장군의 명령대로 하겠다고 대답하고 통역을 통해서 하지 무라뜨에게 자아군의 요구를 전하고, 함께 멜레르에게 가 달라고 부탁했다.

마리야 바실리예브나는 부관이 찾아 온 용무를 알자 이내 남편과 장군 사이에 어떤 마찰이 있을지도 모른다고 깨닫고 남편이 열심히 말리는데도 불구하고 남편과 하지 무라뜨와 함께 장군에게로 가기로 했다.

"당신은 여기에 남아 있는 편이 훨씬 좋을 것 같군. 이건 나 자신의 문제이지 당신이 참견할 일이 아냐."

"그렇지만 제가 장군 부인을 만나러 가는데 그걸 당신이 막을 이유는 없지 않아요?"

"그렇지만 그건 다른 때라도 좋지 않아?"

"전 지금 가고 싶은 걸요."

아무래도 방도가 없었다. 보론쪼프는 이에 동의했다. 그들은 셋이서 가기로 했다.

세 사람이 들어섰을 때, 멜레르는 불쾌한 듯한 거만한 태도로 마리야 바실리예브나를 자기 아내에게로 먼저 데리고 들어갔다.

그리고 부관에게는 하지 무라뜨를 응접실에서 기다리게 하고, 자기가 명령할 때까지 아무 곳에도 나가지 못하도록 하라고 주의를 주었다.

"이쪽으로."

그는 서재의 문을 열고, 자기보다도 먼저 공작을 들어가게 했다.

서재에 들어서자, 그는 공작 앞에 멈추어 서며 그에게 앉도록 권하지도 않고 입을 열었다.

"나는 이 곳의 군사령관이니까 적군과의 교섭은 나를 통해서 해야만 마땅할 것이오. 그런데 도대체 어째서 귀하는 하지 무라뜨의 투항을 내게 보고하지 않았소?"

"실은 저한테 밀사가 와서 저한테 투항을 하고 싶다는 하지 무라뜨의 희망이 있었기 때문에……"

분노에 차서 장군이 거친 언행으로 얘기했으므로 흥분으로 하여 새파래진 얼굴이 된 그는 동시에 상대방의 노여움에 전염되어 대들듯이 대답했다.

"나는 왜 보고를 하지 않았느냐고 물었소."

"저는 보고를 하려고 하던 참이었습니다…… 그러나, 남작……"

"난 당신에게 남작이라고 불려질 사람이 아니오. 사령관이란 말이오."

오랫동안 억누르고 있었던 분격이 갑자기 둑을 넘고 넘쳐 흐른 것이다. 그는 이전부터 가슴 속에서 들끓고 있던 일들을 한꺼번에 씻어낼 것처럼 죄다 쏟아놓는 것이었다.

"내가 27년간이나 황제 폐하에게 충성을 하고 있는 것은, 겨우 어제 오늘 군문에 들어선 사람이 친척 관계를 이용해서 자기에게

관계없는 일까지 멋대로 결정하는 그런 것들을 용서하기 위해서
는 아닌 것이요."

"각하, 제발 그런 오해는 하시지 말아 주십시오."

보론쪼프는 말을 가로챘다.

"나는 사실을 말하고 있는 거요. 그렇기 때문에 결코 용서할 수
가 없단 말이요."

장군은 더욱 성난 어조로 소리를 질렀다.

이 순간, 마리야 바실리예브나가 살살 치맛자락 소리를 내며
그 방으로 들어왔다. 그다지 키가 크지 않은 얌전한 멜레르 자꼬
멜리스끼의 부인도 뒤를 따랐다.

"그만 진정하세요, 남작, 저이는 당신의 기분을 나쁘게 해 드
리려는 그런 생각은 없었으니까요."

마리야 바실리예브나는 부드럽게 말을 건넸다.

"아니, 공작부인. 저는 그런 말을 하고 있는 게 아닙니다."

"하지만요. 이 얘기는 그만하시는 편이 좋지 않을까요? 속담
에도 그런 말이 있지 않아요? '나쁜 평화는 좋은 전쟁보다 낫다'
고요. 어머나, 내가 무슨 말을 하고 있어?"

그녀는 웃기 시작했다. ('좋은 전쟁은 나쁜 평화보다 낫다'는
말을 잘못해버린 것이다.)

노하기 쉬운 성격의 장군도 이 미인의 매력이 넘치는 미소에
포로가 되고 말았다. 그의 수염 사이로 미소가 흘렀다.

"솔직히 말해서 제가 잘못한 것입니다. 그러나……"

보론쪼프가 말했다.

"아니, 내가 좀 발끈해서……"

멜레르도 수그러지며 공작에게 손을 내밀었다.

평화가 이루어졌다. 하지 무라뜨는 잠시 메레르의 곁에 놓아
두었다가 그 후 좌측 지휘관에게 송치하기로 결정되었다.

하지 무라뜨는 옆방에 앉아 있었다. 그리고 옆방에서 사람들이 이야기하는 것을 이해할 수는 없지만, 이해해야 할 필요가 있는 사실이라는 것만은 눈치채고 있었다.

결국 그들이 말다툼하고 있는 것은 자기에 관한 일이라는 것을 깨달았다. 그리고 자기가 샤밀로부터 도망쳐 왔다는 것이 러시아 군으로서는 얼마나 중대한 사건이냐는 것도 아울러 짐작했다.

따라서, 만일 유형이나 사형에 처해지지만 않는다면 자기는 러시아 군에게 많은 것을 요구할 수가 있는 것임을 믿을 수가 있었다. 그뿐만 아니라, 멜레르 자꼬멜리스끼는 상관이긴 하지만 부하인 보론쬬프만큼의 세력도 갖고 있지 못하다는 것도 알았다.

그렇기 때문에 멜레르 자꼬멜리스끼가 하지 무라뜨를 불러 여러 가지 심문을 할 때, 하지 무라뜨는 오만하고 거만한 태도를 그에게 보여 주었다. 그리고 자기는 러시아 황제에게 봉사하기 위해서 산에서 내려온 것이니까, 일체의 답변은 찌플리스의 총독인 총지휘관 보론쬬프 노공작에게만 할 작정이라고 언명을 했다.

7

부상을 당한 아브제예프는 요새 입구에 있는 판자 지붕의 조그만 병원에 운반되어 비어 있는 침대의 한 자리에 눕혀졌다.

병실에는 네 명의 병상자가 누워 있었다. 하나는 고열에 신음하고 있는 티푸스 환자이고 또 하나는 눈 밑에 푸른 멍이 든 창백한 얼굴의 학질 환자로서 이제라도 발작이 일어날 것을 각오하면서 끊임없이 하품만 하고 있었다. 다른 두 사람은 삼 주일 전의 전투에서 부상당한 병사로서, 하나는 손목을 맞고(그는 일어나 있었다), 다른 하나는 어깨를 부상당하였다(그는 침대에 걸터앉아 있었다).

티푸스 환자를 제외한 모든 환자들은 새로 온 환자를 둘러싸면서 들것을 메고 온 병사에게 이것저것을 꼬치꼬치 캐물었다.

"때로는 마치 비가 쏟아지듯이 마구 총알이 날아와도 아무 사고도 일어나지 않을 때가 있는데, 이번 같은 경우는 다섯 발쯤밖에 총알이 날아오지 않았었는데……"

위생병 하나가 말했다.

"무엇이든지 다 운명이지."

"아아."

사람들이 아브제예프를 내려놓으려 했을 때, 그는 아픔을 못이겨 커다랗게 신음소리를 냈다. 그러나 침대 위에 내려지자 그는 이맛살을 찌푸렸을 뿐 다시는 신음소리를 내지 않았다. 다만 발목만을 끊임없이 움직거리고 있었다. 그는 양손으로 상처를 누르고 가만히 눈앞을 바라보고 있었다. 군의관이 와서 탄환이 등을 관통하지 않았는가를 조사하기 위해서 몸을 돌리도록 명령을 했다.

"이게 도대체 어떻게 된 일이야?"

등이며 엉덩이에 몇 개씩이나 교차되어 있는 흰 상처자국을 가리키며 군의관이 물었다.

"이건 옛 상처입니다. 군의관님!"

아브제예프는 신음하면서 대답했다.

그 상처는 그가 군대 돈을 횡령하여 술을 마셨기 때문에 매를 맞은 흔적인 것이다.

아브제예프는 다시 아까처럼 몸을 돌려 눕혀졌다. 오랫동안 깊은 바늘로 뱃속을 마구 휘저어 탄환을 찾아 보았지만 끄집어낼 수가 없었다. 상처에 끈끈한 고약을 붙여 주고 붕대를 감은 다음 군의관은 나가 버렸다. 상처를 마구 만지고 붕대를 감는 동안 아브제예프는 이를 악물고 눈을 감은 채로 가만히 옆으로 누워있었다.

　군의관이 나가자 그는 눈을 뜨고 깜짝 놀란 것처럼 주위를 둘러보았다. 그의 눈은 병상병이나 간호병 쪽으로 향해 있었지만, 그러나 그들을 볼 수가 없는 것 같았다. 그의 눈은 뭔가 다른 것을 보고 이에 놀라고 있는 것 같았다.……아브제예프의 전우 빠노프와 세료긴이 찾아왔다. 아브제예프는 변함없이 놀란 듯한 눈으로 앞을 바라보면서 가만히 모로 누워 있었다. 그의 시선은 똑바로 그들 쪽으로 향해 있었음에도 불구하고 오랫동안 전우의 모습을 가려 낼 줄을 모르고 있었다."

　"이봐, 아브제예프. 무엇인가 집에다 전하고 싶은 말은 없나?"
　빠노프가 물었다.

　아브제예프는 빠노프의 얼굴을 바라보면서도 한참 동안 아무 대답도 하지 않았다. 친구의 차갑고도 뼈가 굵은 손을 만지면서 빠노프는 다시 물었다.

　"무엇이든 집에 전하고 싶은 말은 없는가, 묻고 있는 거야."
　아브제예프는 갑자기 자기로 돌아온 듯 말했다.

　"아아! 빠노프!"

　"아아, 나야! 찾아왔어. 무엇이든 집에 전할 말은 없는가? 세료긴이 몇 자 적어 줄 테니……"

　"세료긴!"

　간신히 시선을 세료긴 쪽으로 돌리면서 그는 말했다.

　"써 줄 테야! 그럼, 이렇게 써 주게. 아들인 나는 아버지의 장수를 기도하고 있다고…… 나는 형을 원망하고 있었다고…… 이 이야기는 오늘 아침 바로 나에게 얘기해 주었지? 그러나 지금은 나도 기쁘게 생각한다고. 그리고 건강하게 살아 가라고. 하나님의 덕택으로 행복하게 살아간다면 나는 그것이 기쁘다고 써 주게.”

그렇게 말한 후, 그는 빠노프 쪽으로 눈을 돌려 놓고 오랫동안 잠자코 있었다.

“그런데 파이프는 찾았나?”

그는 갑자기 빠노프에게 물었다. 빠노프는 대답하지 않았다.

“파이프, 파이프를 찾았느냐고 묻고 있는 거야.”

아브제예프는 되풀이했다.

“자루 속에 있었어.”

“그거 참 잘 됐군…… 자아, 그럼 자주자주 촛불을 밝혀 주게. 나는 이제부터 죽는 거니까……”

아브제예프는 말했다.

이 때 뽈또라쯔끼가 부하를 위문하러 왔다.

“좀 어때? 이봐…… 기분이 좋지 않은가?”

그는 물었다.

아브제예프는 눈을 감고 고개를 옆으로 저었다. 광대뼈가 나온 그의 얼굴은 창백해지고 엄숙했다. 그는 아무 대답도 하지 않고 또다시 빠노프 쪽을 바라보면서 같은 말을 되풀이했다.

“촛불을 줘. 나는 곧 죽는 거니까.”

초를 한 자루 쥐어 주었다. 그러나 손가락이 구부러지지가 않아 손가락과 손가락 사이에 끼워 곁에서 붙들어 주었다. 뽈또라쯔끼가 나갔다. 그가 나간 지 5분쯤 지났을 때 간호병은 아브제예프의 심장에 귀를 대고 벌써 숨이 졌노라고 말했다.

아브제예프의 죽음은 찌플리스에게 보내진 보고서에 다음과 같이 적혀 있었다.

‘11월 23일, 꾸린 연대의 2개 중대는 벌목을 위해 요새 밖으로 나갔었음. 정오, 산적의 일단이 갑자기 벌목대를 습격함으로써 산병선은 퇴각을 개시했음. 그러나 그 사이, 제 2중대는 총검 돌

격으로써 산적들을 패주시켰음. 이 전투에서 병사 2명이 경상을
입고, 1명이 전사했음. 적은 약 1백 명의 사상자를 냈음.'

8

빼뜨루하 아브제예프가 보즈드뷔젠스끄 병원에서 전사한 바로
그 날, 나이 든 아버지와 빼뜨루하가 병역을 대신해 준 형의 아내
와 이미 시집 갈 나이가 꽉 찬 그의 누이동생은 굳게 얼어붙은 탈
곡장에서 쌀보리의 탈곡을 하고 있었다. 이 날은 전날 밤에 눈이
많이 내려 새벽부터 추위가 심하였다. 노인은 세 번째 닭이 울었
을 때 벌써 눈을 떴다. 그리고 하얗게 얼어붙은 창의 선명한 햇빛
을 보자 침대 위에서 기어 내려와 구두를 신고, 외투를 입고 모자
를 쓰고는 탈곡장으로 나왔다.

거기서 두 시간쯤 일한 다음, 노인은 집으로 돌아와서 아들과
딸들을 깨웠다. 아낙네며 딸들이 탈곡장에 나와 보니까 땅은 벌
써 깨끗이 쓸려 있었고, 뽀송뽀송한 하얀 눈더미에 나무 부삽이
꽂혀 있었고, 그 곁에 빗자루가 거꾸로 서 있었다. 쌀, 보리의 묶
음이 깨끗하게 쓸어 놓은 탈곡장에 이삭쪽을 서로 맞대고 두 줄
로 가지런히 놓여 있었다.

사람들은 손에 손에 도리깨를 들고 세 사람이 박자를 맞추어
가며 보릿단을 치기 시작했다.

노인은 보릿짚이 부서질 정도로 무거운 도리깨로 힘차게 두들
겼다. 딸은 오른쪽을 규칙적으로 때리고, 며느리는 그 묶음 다발
을 뒤집고 있었다.

달이 지고 동녘 하늘이 벗어지기 시작했다. 이미 거기에 널려
있던 보릿단이 거의 없어져 갈 무렵, 장남인 아낌이 반외투와 모

자를 쓴 차림으로 일을 하고 있는 사람들의 곁으로 다가왔다.

"넌 뭔데 빈들빈들하고 있는 거냐?"

아버지는 손을 멈추고, 도리깨를 짚고 서서 소리를 질렀다.

"하지만 말을 돌봐야 하지 않아요."

"말을 돌본다?"

아버지는 아들의 입 흉내를 내고 다시 소리를 질렀다.

"그건 할멈이(자기 처를 말함) 하는 거야. 도리깨를 들어. 보기 싫게 통통 살이 쩌 가지고는…… 이 술주정뱅이야……"

"도대체 아버지가 술을 마시게 해주었단 말이에요?"

아들은 입 속에서 툴툴거렸다.

"뭐라고?"

노인은 눈썹을 찌푸리고 도리깨질을 멈추더니 위압하듯이 물었다. 아들은 잠자코 도리깨를 들었다. 그리고 이번에는 네 개의 도리깨가 털썩 터덜썩 털썩 터덜썩 울리기 시작했다. 세 개의 도리깨가 내려진 후 노인의 무게있는 도리깨가 터덜썩 내려쳐진다.

"봐라, 그 목덜미를. 마치 잘 처먹은 암염소 같은. 나를 좀 봐. 아랫바지가 흘러내릴 것처럼 말라 있는데……"

노인은 내려치는 것을 멈추었으나 박자가 틀리지 않게, 공중에서 도리깨를 한 바퀴 헛돌리면서 말했다. 그 곳에 늘어 놓은 보릿단을 다 치고 난 다음, 여자들은 쇠갈퀴로 보릿짚을 긁어 모으기 시작했다.

"뻬뜨루하 녀석이 네놈의 대신으로 병정으로 나가다니, 못난 짓을 하고 말았지…… 네놈이야말로 군대에 갔었더라면 그 못된 버릇을 뜯어 고칠 수 있었을 것을…… 뻬뜨루하가 집에 있어 주었으면 네놈보다는 다섯 배는 더 도움이 되었을 게다……"

"그만하세요, 아버지!"

끊겨진 보릿짚을 끄집어내며 며느리가 말했다.

"아냐, 너희 같은 것들은 다섯 여섯 길러도, 하나도 똑똑히 벌어들이는 놈이 없어. 그런데 뻬뜨루하 녀석은 혼자서 두 사람 몫을 했지. 네놈들하고는 전혀 달랐어."

집쪽에서 오솔길을 따라 늙은 아내가 걸어오고 있었다. 다리에 꼭 잡아맨 모직 각반을 두르고 나무창의 새 가죽신을 신고 눈 위를 빠드득빠드득 소리를 내면서 오고 있었다. 남자 둘이 아직 키질하지 않은 보리이삭을 긁어 모으자 여자들은 그 뒤를 쓸기 시작했다.

"지금 감독이 집에 와서 나으리댁의 일에 나오라고 말하고 갔어요. 모두들 서서 벽돌을 나르는 거래요. 나는 아침상을 봐 놓았어요. 가서 식사들 않겠어요?"

늙은 아내가 말했다.

"음, 알았어. 밤털말이 마차를 끌도록 해. 하지만 주의해. 지난번처럼 하면 안 돼. 네놈의 뒤치닥꺼리를 다시 하게 되면 견딜 수 없는 일이야. 뻬뜨루하의 일을 생각해 보려무나."

"그 애가 집에 있었을 때는 밤낮 그 애에게 잔소리를 하시더니만, 이제 그 애가 없으니까 나를 눈의 가시처럼 여기시거든요."

아낌이 아버지에게 덤벼들었다.

그러자 어머니도 화가 난 듯 말했다.

"그건 네 탓이니까 할 수가 없어. 네녀석과 뻬뜨루하는 비교도 되지 않는다."

"아, 좋아요."

아들은 말했다.

"좋다고? 지난번에도 밀가루 판 돈을 다 마셔 버리고서도 좋다고? 말 잘했다!"

"지난 일을 가지고 뭘 그러세요."

며느리가 역성을 들어 주었다.

얼마 후 일동은 도리깨를 놓고 집으로 돌아갔다.

이러한 부자의 불화는 벌써 오래 전부터의 일이었다. 아마도 뻬뜨루하의 입영 이래 그러했을 게다. 이미 그 때부터 노인은 독수리를 소리개로 바꾼 듯한 기분이 들었다. 물론 도리로 따지자면 자식이 없는 자가 아내와 자식을 갖고 있는 자에 대신해서 간다는 것이 당연한 일이다. 그건 노인도 잘 알고 있었다. 아낌에게는 아이가 넷이나 딸려 있었는데, 뻬뜨루하에게는 아직 하나도 없었다.

그렇지만 뻬뜨루하는 아버지를 닮은 일꾼이었다. 부지런하고 눈치가 빠르고 힘도 있으며, 인내력있고, 거기다가 무엇보다도 일을 좋아하는 놈이었다. 그는 언제나 일을 하는 사람의 곁을 지날 때면, 그는 전에 아버지가 흔히 그랬던 것처럼 곧 그를 도와주곤 했었다.

큰 낫을 들고 초원을 한번 왕복하고, 마차에 마른 풀을 실어 날라 주고, 나무를 찍어 쓰러뜨리고, 장작을 패 쪼개 주곤 하는 것이었다.

노인은 그를 내놓는 것이 아까왔지만 어찌할 도리가 없었다. 군대에 빼앗기는 것은 죽는 것과 마찬가지였다. 군대에 빼앗기면 최후다. 끊긴 국수가락과 같은 것이어서 그 당사자를 아무리 생각해 봤자 오직 가슴만이 아플 뿐 별도리가 없는 일이었다.

단지 때때로 장남을 타이르기 위해서 그 아들을 생각해 내는 것에 지나지 않았다. 그러나 어머니는 항상 그 아들을 생각하고 있었다. 그래서 벌써 작년 무렵부터 뻬뜨루하에게 돈을 보내 주자고 노인에게 시끄럽게 졸라댔다. 그러나 노인은 언제나 모른 체하고 있었다.

아브제예프의 집안은 풍족한 생활을 하고 있었고, 노인은 적지 않은 돈을 저축하고 있었지만 그는 아무래도 그 돈에 손을 대고 싶지가 않았다. 그래서 지금 늙은 아내는 남편이 둘째 아들의 이야기를 끄집어낸 이 기회에 쌀보리를 팔아서라도 그 중에서 단 1루블리만이라도 그에게 보내 주자고 조르리라 결심을 했다. 그리고 그녀는 그것을 실행했다.

젊은애들이 나으리 집으로 일을 하러 간 후 노인과 단둘이 마주섰을 때 그녀는 남편을 설득하여 쌀보리의 매상에서 1루블리만 뻬뜨루하에게 보내주자고 졸라 드디어 그의 허락을 얻어 내었다. 이리하여, 채로 까불러 놓은 쌀보리를 네 섬쯤 가마니에 넣고, 그걸 나무못으로 잘 여미고는 세 대의 썰매에 실어 놓았을 때 노파는 교회의 승려로부터 구술(口述)해서 써 받은 편지를 남편에게 내주었다. 노인은 이 편지에다 1루블리를 넣어 주소대로 보내겠다고 약속했다.

노인이 새 모피 외투에 까프딴(註 : 두루마기식의 겉옷)을 입고 산뜻한 백색 나사의 각반을 치고 출발 준비를 하였다. 그리고 늙은 아내로부터 아들에의 편지를 받자 그것을 지갑 속에 넣었다. 그리고 기도를 올린 다음 앞의 썰매에 올라타고 읍으로 향하여 출발했다. 뒤의 썰매에는 손자가 타고 있었다. 읍에 도착하자 노인은 여관 주인에게 아들에게 부칠 편지를 읽어 달라 하고, 그가 대신 읽어 주자 마음에 들었다는 듯 주의깊게 듣고 있었다.

뻬뜨루하에게 보내는 어머니의 편지에는 우선 먼저 어머니로서의 축복이 씌어 있었고, 다음은 그에게 이름을 지어 준 이의 죽음이 보고되어 있었다. 그리고 최후로 악시니야(뻬뜨루하의 아내)가 가족들과 함께 살기를 싫어하고, 벌이를 하러 나갔다는 소식이 적혀 있었다. 소문에 의하면 악시니야는 훌륭하고 좋은 일을 하고 있으니까 안심하라고 하고, 그 뒤에 예의 1루블리의 송금에 관한 일이 몇 글자 적혀 있었다. 더욱이 노파가 눈물로써 구술한 한 마디 한 마디가 승려가 쓴 문구로써 보태어져 있었다.

"그리고 내 귀여운 아들아, 나는 네가 그리워 자꾸 울어서 눈이 퉁퉁 부었다. 무엇과도 바꿀 수 없는 내 아들 뻬뜨루하야, 너는 나를 두고 누구를 의지하고 사느냐……?"

여기까지 말하고 노파는 왝 하고 울며 이렇게 말했다.

"이제 그만 해도 됩니다."

그런 것까지가 그대로 편지에 적혀 있었다.

그러나 뻬뜨루하는 아내가 집을 나갔다는 소식도, 1루블리의 송금도 어머니의 애처로운 최후의 말도 바꿀 수 없는 기정 사실로 이미 그 때 정해져 있었던 것이다.

뻬뜨루하는 황제의 조국과 정교(正敎)의 신앙을 지키기 위해서 전쟁터에서 전사한 것이다----이건 군대 서기가 쓴 편지의 구절이었다----이러한 보고와 함께 편지도 돈도 다시 집으로 환송되어 온 것이다.

노파는 이 소식을 받자 시간이 허용하는 대로 엉엉 울다가 얼마 후 일을 다시 시작했다. 다음 월요일에 그녀는 교회로 가서 예배를 본 다음 뻬뜨루하를 기록에 남겨 놓도록 부탁하고, 신의 종인 뻬뚜루하의 후세를 위해 성병(聖餠)의 한 조각씩을 선남선녀들에게 나누어 주었다.

아내인 악시니야도 사랑하는 남편의 죽음을 듣고 엉엉 소리내어 울었다. 그녀는 겨우 남편과 함께 1년밖에 살지를 못한 것이다. 그녀는 남편을 아쉬워하고, 자기 일생이 엉망이 된 것을 한탄했다. 그리고 슬피 울면서 남편의 탐스러운 엷은 색의 머리털이며, 그의 애정이며, 아비없는 자식이 된 뽠카를 안고----뻬뜨루하가 군대로 간 후 생긴 아이다----자기의 괴로운 생활을 울며 호소했다. 그리고 뻬뜨루하가 형의 일만 걱정하고, 형의 일로 방황하는 자기 자신에 대하여는 한탄하지 않았다는 사실을 비통한 말로써 나무라는 것이었다. 그렇지만 마음 깊은 곳에서의 악시니야는 그의 죽음을 오히려 기뻐하고 있었다. 지금 그녀는 고용주인 사내의 아이를 배 안에 간직하고 있었던 것이다. 이제 이렇게 되면 누구도 그녀를 나쁘게 말할 사람이 없을 것이며, 그뿐만 아니라 그 남자가 그녀를 설득시키고 덤벼들었을 때에 말한 대로 그녀를 아내로 맞을 수가 있기 때문이다.

9

러시아 공사의 아들로서 영국에서 교육받은 총독 미하일 세묘노비치 보론쪼프는 당시의 러시아 고관 사이에 있어서도 드문 교양있는 사람이었다.

그는 허영심이 강했지만 대체로 온화한 성질이었고, 아랫사람에게는 친절하고 윗사람에 대해서는 우아한 태도를 갖는 궁중식(宮中式) 인물이었다. 그는 권력과 복종이라는 것을 빼고는 인생을 이해할 수가 없었다. 그는 고위 고관의 자리를 모조리 차지해 보았고, 최고의 훈장을 수여받았으며 유능한 군지휘관으로 알려졌을 뿐만 아니라, 끄라스노예 전투에 있어서 나폴레옹의 정복자로서까지 인정되고 있었다.

1852년에 그는 나이 70이 넘어 있었지만, 아직도 건강해서 모든 동작에 원기가 넘쳐 흘렀다. 특히 감탄스러운 것은 세련된 미묘한 재능을 종횡으로 구사하면서 자기의 권력을 유지하고 명성을 확고히하고 확대하는 훌륭한 솜씨를 갖고 있었다. 그는 막대한 재산을 갖고 있을 뿐만 아니라----그건 자신뿐만 아니라 부라니치까야 백작의 딸인 아내의 재산까지도 포함해서----총독으로서의 거액의 봉급을 받고 있었기 때문에 끄라미아의 남해안에 있는 굉장한 저택의 정원과 그 설비에 수입의 대부분을 쓰고 있었다.

1852년 12월 4일 저녁, 한 대의 우편용 트로이카가 달려왔다. 꼬즐로프스끼 장군으로부터 하지 무라뜨 투항의 정보를 가져온 장교가 먼지로 온몸이 더러워져서 피로해진 다리를 뻗으면서 보초 곁을 지나 총독 저택의 넓은 현관으로 들어섰다. 도착이 저녁 여섯 시쯤, 보론쪼프가 저녁밥을 먹으러 나가려는 참이었다. 그때, 급사(急使)의 도착이 보고된 것이었다. 보론쪼프는 지체없이 급사를 접견하였다. 그 때문에 식사가 얼마 동안 늦어졌다. 그가 객실로 들어섰을 때 공작 부인 엘리자베따 끄사베리예브나의 주위에 걸터앉았거나 혹은 창가에 삼삼오오로 몰려서 있던 30명이나 되는 초대객들이 일제히 총독 쪽으로 얼굴을 돌렸다.

보론쪼프는 견장(肩章) 대신 약장(略章)을 달았고 언제나처럼 검은 군복을 입었으며, 목에 백색 십자장(十字章)을 걸고 있었다. 깨끗하게 면도질을 한 얼굴은 유쾌한 미소를 띠고 두 눈은 모여 있는 여러 사람의 얼굴을 둘러보면서 가늘게 뜨고 있었다.

바쁜 듯한 부드러운 걸음으로 방 안으로 들어서자 그는 안손님에게 우선 늦은 것을 사과하고, 오신 분들에게 인사를 하고는 그루지아의 공작부인 마나나 오르벨리야니의 곁으로 다가갔다. 그녀의 나이는 마흔 다섯쯤, 동양형의 살이 잘 붙은 홀쩍한 키의 미인이었다. 보론쪼프는 그녀를 식탁에 인도하기 위해서 손을 내밀었다. 엘리자베따 부인은 무서워 보이는 입수염을 하고 있는 붉은 머리의 장군에게 팔을 맡겼다.

그루지아의 공작은 주부의 친우인 슈아줄리 백작 부인의 손을 잡았다. 의사 안드레예프스끼와 부관, 그밖의 사람들은 부인들의 손을 잡거나 혹은 상대 없이 혼자서 이 두 쌍의 뒤를 따랐다.

똑같은 웃저고리를 입고, 긴 양말에 단화를 신은 하인들은 자리에 앉은 사람들의 의자를 물리거나 또 앉기를 권하곤 했다. 종복장(從僕長)은 장중한 솜씨로 김이 오르는 수프를 은제의 항아리로부터 각자의 접시에 따라 나누었다. 보론쪼프는 긴 탁자의 가운데 자리에 앉았다. 그 맞은편에는 그의 아내가 장군과 나란히 앉았다. 장군의 맞은편에는 보론쪼프와 짝을 지어온 그루지아 미인인 오르벨리야니, 그 왼쪽에는 혈색이 좋은 날씬한 검은 머리의 그루지아 공작 영애가 전신에 보석류를 빛내면서 줄곧 생글생글 미소를 띠고 있었다.

"굉장한 것이었소, 여보."

급사가 어떠한 보고를 가져왔느냐는 물음에 대해서 보론쪼프 총독은 이렇게 대답했다.

"세몬 녀석, 정말 잘했어!"

그는 식탁에 앉아 있는 일동의 귀에 들어가도록 커다란 목소리로 놀라운 보고를 피력했다. 물론 그것이 그 개인에 있어서는 별로 새로운 소식이 아니었다. 보고 내용이란 다름아니라, 샤밀의 한 팔이었던 고명한 용장 하지 무라뜨가 러시아 군에 투항해서 금명간 찌플리스로 연행되어 오리라는 것이었다. 식사를 하고 있던 모든 사람들----긴 탁자에 말석에 앉아서 여태까지 무엇인가 낮은 목소리로 웃고 있었던 젊은 패들이며, 부관이며, 관리들까지도 갑자기 조용해져서 귀를 귀울였다.

"저, 장군님. 당신은 그 하지 무라뜨를 만나 본 일이 있습니까?"

공작이 말을 맺자 부인이 붉은 머리의 장군에게 물었다.

"예. 한두 번이 아니지요, 공작 부인."

이렇게 대답한 다음, 장군은 1843년에 산적들이 게르게빌을 점령한 후, 하지 무라뜨가 빠쎄끄 장군의 지대(支隊)와 만나 모든 주민들이 보는 가운데서 쫄로뚜힌 대령을 반죽음시킨 사건의 전말을 얘기했다.

보론쪼프는 장군이 열심히 이야기하기 시작한 것을 만족스럽게 생각한듯 유쾌한 미소를 띠면서 그 얘기를 듣고 있었다. 그런데 보론쪼프의 얼굴이 갑자기 어수선하고 다정스러운 표정으로 바뀌었다.

이야기에 열중한 장군이 두 번째로 하지 무라뜨를 만났던 얘기를 하기 시작한 것이었다.

"각하, 기억하고 계십니까? 저 수하리 원정 때에 저의 구조대에 복병전(伏兵戰)을 걸어 온 것도 그놈이었지요."

장군은 말했다.

"어디서?"

보론쪼프는 불쾌한 듯 눈을 가늘게 뜨고 딴전을 부리며 물었다.

그것은 이러한 이유이다. 용감한 장군이 '구조(救助)'라고 말하고 있는 것은 그 유명한 불운의 다르고 원정을 두고 말하는 것이었다. 그 때 만일 새로 보내진 구원대가 때를 맞추지 못했더라면 지휘관인 보론쪼프 공작 이하 전지대(全支隊)는 틀림없이 전멸을 면치 못했을 것이었다. 보론쪼프를 지휘관으로 하고 있었던 다르고 원정은 러시아 군에 있어 철두철미 치욕의 연속이었던 것이다. 이것은 이미 주지의 사실이었다. 왜냐하면, 러시아 군은 이 때 다수의 사상자를 내고 몇 문의 대포까지 잃어버렸던 것이다. 따라서 누구든 보론쪼프가 있는 앞에서 이 원정 얘기를 끄집어낸다면, 그 때는 보론쪼프가 황제에게 봉정한 상소문과 똑같은 뜻으로만, 즉 이 전쟁에서 러시아 군은 혁혁한 공훈을 세웠다는 뜻으로만 이야기를 해야 할 성질의 것이었다.

그런데 '구조'란 말은 이 전투에서 혁혁한 공훈을 세우기는커녕 다수의 생명을 잃었다는 비참한 과실을 단적으로 인정하는 것이 된다. 일동은 그 사실을 잘 알고 있었기 때문에 어떤 사람은 장군의 말뜻을 못 알아들은 체했고, 또 어떤 사람은 어떻게 될 것인가 하고 겁을 먹고 있었다. 그리고 또 어떤 사람은 빙글빙글 웃으면서 재미있다는 듯이 서로 눈짓을 하고 있었다. 오직 무서운 수염을 단 붉은 머리의 장군만이 아무것도 알지 못하고 얘기에만 열중해서 도리어 침착한 태도로 다시 말을 계속하는 것이었다.

"그 구조대가 달려왔을 때였습니다, 각하. 그 하지 무라뜨가 참으로 멋지게 우리 지대를 두 개로 양단하고 완전히 포위하고 말았기 때문에 만일 구원대가 오지 않았던들……"

일단 득의에 찬 화제에 쏠린 장군은 '구원대'란 말에 특별한 애정이라도 갖고 있는 듯 되풀이하는 것이었다.

"그야말로 모두 그 전투에서 시체를 늘어놓았을 것에 틀림없었을 것입니다. 따라서……"

이러한 식으로 장군은 자상하게 자꾸 설명을 계속하는 것이었다.

그러나 장군은 끝까지 그 얘기를 마칠 수가 없었다. 당시의 상황을 잘 알고 있는 마나나 오르벨리아니가 그 좌석의 분위기를 깨닫고 장군의 말을 가로챘기 때문이었다. 그녀는 장군에게 찌플리스의 숙소에서 지내기가 불편하지 않느냐, 어떠냐 등등으로 여러 가지 질문을 계속하면서 장군의 얘기를 중단시켜 버린 것이었다. 그 때서야 장군은 매우 놀라서 좌중을 둘러보았다. 그리고 식탁 맨 끝쪽에서 자기의 부관이 가만히 그러나 집요하게 뜻있는 시선을 보내고 있는 것을 깨닫자 비로소 그는 납득이 갔다.

그는 당황해서 그루지아의 공작 부인에게 대답도 하지 못하며 눈썹을 찡그리고 입을 다물고 있다가 앞에 놓여 있는 접시의 요리를 제대로 씹지도 않고 급하게 집어 먹기 시작했다. 그 음식은 그에게 있어 정체를 모르는 형태의 것이어서 그 맛조차 불가사의하게 생각되었다.

모두 거북한 기분이 되어 버렸다. 그렇지만 당시의 거북한 분위기는 그루지아의 공작에 의해서 누그러졌다. 그는 매우 우둔한 사람이었지만 뛰어나게 교묘한 궁중식 아부법을 알고 있었다.

그는 보론쪼프 공작 부인의 맞은편에 앉아 있었는데 장군의 말에서 마치 아무것도 느끼지 못했다는 듯이 하지 무라뜨가 메흐뚤린의 아흐메뜨 한의 과부를 약탈한 전말을 커다란 소리로 말하기 시작한 것이다.

"밤에 마을에 들어서자 그는 필요한 것(그 과부)만을 낚아채고 그대로 부하를 이끌고 도망쳐 간 것입니다."

"왜 그 여자가 아니면 안 되었을까요?"

공작 부인이 물었다.

"그건 그 놈이 아흐메뜨 한과 원수지간이었는데, 한이 죽기까지 그와 마주치는 기회가 없었기 때문에 결국 그의 마누라에게 복수를 한 셈이지요."

공작 부인은 그루지아 공작 옆에 앉아 있는 친한 슈아줄리 백작 부인에게 프랑스 어로 통역을 해서 그 이야기를 들려 주었다.

"그런 무서운 일이 어디 있어요!"

백작 부인은 눈을 감고 머리를 휘저으면서 말했다. 그러자 보론쪼프가 웃으면서 참견을 했다.

"아니, 그렇지 않습니다. 내가 들은 바에 의하면 그는 무사적인 예의를 갖고 그 부인을 대했을 뿐만 아니라 나중에 석방해 주었다는 것입니다."

"그렇지만 몸값을 치르고 바꾼 게 아닙니까?"

"그야 물론이지만, 그래도 그의 행위는 고결한 것이었어요."

이러한 공작의 말은 지금부터 나중까지 하지 무라뜨에 관한 대화의 양상을 일정한 것으로 결정해 주었다. 궁중생활에 익숙한 사람들은 하지 무라뜨의 가치를 큰 것으로 평가하면 할수록 보론쪼프 공작의 기분을 좋게 만들어 주는 것이라고 깨달은 것이다.

"그 사나이의 용감성은 놀랄 만한 것입니다. 실로 훌륭한 인물이죠."

"그렇고말고요. 1849년에는 백주에 째미르 한 슈라에 뛰어들어 가게라는 가게는 전부 때려 부수었으니까요."

식탁 말석에 앉아 있던 아르메니아 인은 그 당시 바로 그 째미르 한 슈라에 살고 있었기 때문에 하지 무라뜨가 세운 그 공훈을 상세하게 말했다. 식사를 하는 화제는 대체로 하지 무라뜨에 관한 것으로 일관했다. 일동은 앞을 다투어 그의 용기며 지략이며 관용성을 칭찬했다.

누군가 그 가운데 하나가 하지 무라뜨가 26명이나 되는 포로를 죽이라고 명령했었다는 이야기를 끄집어내어 비난을 했다. 그렇지만 그 얘기에 대해서조차, '그게 어쨌다는 겁니까. 전쟁은 어디까지나 전쟁이니까요'라는 정해진 말로 짓밟아 버리고 말았다.

"그는 위대한 인물입니다."

"만일 그가 유럽에 태어났던들 제 2의 나폴레옹이 됐을지도 모르는 일이죠."

사람의 비위를 맞추는 데 천재적인 소질을 갖고 있는 못난 그루지아의 귀족이 이렇게 말했다.

그는 나폴레옹 격파의 수훈으로 하여 백십자 훈장을 목에 걸게 된 보론쪼프를 기쁘게 해주기 위해서라면 무엇이든지 나폴레옹의 얘기만 하면 된다고 생각했던 것이다.

"글쎄, 나폴레옹까지는 갈 수 없어도 훌륭한 기병의 장군쯤은 될 수 있었겠죠."

보론쪼프가 말했다.

"나폴레옹이 아니면 무라뜨쯤이겠죠."

"그러니까 그의 이름이 무라뜨가 아닙니까."

"하지 무라뜨가 떠난 이상 이제야말로 샤밀도 끝장이겠군요."

누군가가 말했다.

"그들도 이제야말로----이 이제야말로란 말은, 결국 보론쬬프가 출격을 한다면 하는 뜻이었다----도저히 버티어 낼 수 없겠다고 생각하고 있을 겁니다."

다른 한 사람이 맞장구를 치자 마나나 오르벨리야니가 말했다.

"이것도 다 당신의 덕분이에요."

보론쬬프 공작은 사방에서 들려오는 아부의 물결을 조절하느라고 꽤 애를 써야만 했다. 그렇지만 아부를 받는다는 것은 기분 좋은 일에 틀림없었기 때문에 그는 더없이 유쾌한 마음으로 일어나서 상대의 손을 잡고 식탁에서 객실로 안내를 했다. 식후 객실에 커피가 나왔을 때 공작은 일동에게 각별히 친절했다. 그는 무서운 수염을 단 붉은 머리의 장군에게도 가까이 다가가 상대방의 결례를 알아채지 못했다는 태도를 보였다. 한 바퀴 돌아 모든 손님에게 인사를 한 다음, 공작은 카드 놀이용 탁자 앞으로 가서 앉았다. 그는 옛날식 롬베르란 노름밖에는 할 줄 모르고 있었다. 공작의 상대는 그루지아의 공작과 공작이 종복으로부터 롬베르의 노는 법을 배운 아르메니아의 장군과 또 상류사회에 세력이 있는 유명한 의사 안드레예프스끼였다.

알렉산드르 1세의 초상이 달려 있는 금제 담배함을 곁에 놓고 보론쬬프는 최고급품인 카드의 봉을 뜯고 그 카드를 막 돌리려고 했다. 그런데 그 때 죠반니라는 이태리 인 종복이 은쟁반에 편지를 받쳐들고 들어왔다.

"또 급사(急使)가 왔습니다, 각하."

보론쬬프는 카드를 놓고 손님에게 실례를 사과하고 봉을 뜯어 읽기 시작했다.

편지는 아들로부터 온 것이었으며, 하지 무라뜨의 투항과 멜레르 자꼬멜리스끼와의 충돌을 보고했다.

공작 부인이 옆으로 다가와서 아들이 어떤 일을 적어 보냈느냐고 물었다.

"역시 그 얘기야. 새 장군과의 사이에 좀 좋지 않은 일이 있었던가 본데, 세몬이 나빴던 거야. 하지만 끝이 좋으면 전부 좋은 거니까……"

그는 편지를 아내에게 주며 말했다.

우선 카드 놀이의 최초의 일순(一巡)이 끝나자 보론쪼프는 담배함을 열고, 언제나 특별히 기분이 좋을 때에 그가 하는 버릇을 했다. 그것은 노인다운 주름이 잡힌 하얀 손으로 프랑스 엽초를 한 줌 꺼내서 그것을 코 끝에 갖다 댔다가 그대로 확 끼얹어 버리는 것이었다.

10

이튿날 하지 무라뜨가 보론쪼프 저택에 출두했을 때, 공작의 응접실에는 많은 사람으로 가득차 있었다. 거기에는 무서운 콧수염이 달린 어제의 장군이 대례복(大禮服)에 훈장을 있는 대로 달고 휴가의 청원을 하기 위해 와 있었다. 또 그 가운데는 병참부의 돈을 사용했다는 혐의를 받고 군사 재판에 회부되려는 연대장도 있었다. 의사 안드레예프스끼의 보호를 받아 보드카의 전매권을 쥐고 있으면서 이번에도 다시 재계약의 운동을 벌이고 있는 아르메니아 인 부호도 있었다. 연금의 지급과 유아의 관비 교육을 청원하러 온 전몰 장교의 미망인도 있었다. 폐지된 교회 영지를 손에 넣으려고 운동하고 있는 멋진 그루지아식 의상을 입고 있는 몰락한 그루지아 공작도 있었다. 까프까즈 정복의 새로운 방법을 건의한 중대한 비밀서류를 갖고 온 경찰 서장이 있는가 하면, 공작을 방문했다는 것을 고국에 돌아가서 자랑하고 싶어 찾아온 나머지 따따르 국의 '한'도 있었다.

일동은 차례를 기다리는 동안, 엷은 색 수염을 기른 미남 청년인 부관으로부터 안내를 받으며 한 사람씩 공작의 방에 들어갔다.

하지 무라뜨가 절뚝거리면서 원기좋은 발걸음으로 응접실에 들어섰을 때, 일동의 시선은 모두 그에게로 쏠렸다. 그는 자기 이름이 이곳저곳에서 속삭여지는 것을 들었다.

하지 무라뜨는 깃에다 가느다란 은실로 수를 놓은 회색 옷에 하얀 체르께스 외투를 입고 있었다. 다리에는 검은 가죽 각반을 메고, 장갑처럼 꽉 발등을 싸맨 같은 색의 부드러운 구두를 신고 있었다. 머리에는 터번을 두른 모피 모자를 쓰고 있었다. 그는 이 터번이 원인이 되어 아흐메뜨 한의 밀고를 받고 끌류계나 장군에게 포박되었던 것이다. 이 터번이야말로 그를 샤밀의 동지로 만든 원인이 된 것이다. 하지 무라뜨는 응접실 마루 위를 빠른 걸음으로 걸어갔다. 그리고 가볍게 절룩이는 발에 그의 날씬한 전신을 기울이고 있었다. 양미간의 넓은 두 눈은 너무나 침착하게 양쪽을 바라보고 있었고, 그 눈은 누구의 얼굴도 보고 있지 않은 듯이 보였다.

미남 부관은 하지 무라뜨에게 목례를 하고 자기가 공작에게 전갈을 할 동안 앉아서 기다려 달라고 말했다. 그러나 하지 무라뜨는 앉는 것을 사양하고 단도의 손잡이에 가볍게 손을 얹고서 한쪽 다리를 뺀 채 멸시하는 듯한 눈으로 방 안의 사람들을 둘러보면서 그대로 여전히 서 있었다.

통역인 따르하노프 공작이 하지 무라뜨의 곁으로 다가와서 말을 걸었다. 하지 무라뜨는 마음이 내키지 않는 듯 띄엄띄엄 대답했다. 잠시 후 서재로부터 경찰서장을 불평하기 위해서 찾아왔던 꾸므이끄 공작이 나왔다. 그를 뒤쫓아 다른 부관이 하지 무라뜨를 불러 서재 입구까지 안내하고는 그 혼자만을 안으로 들여보냈다.

보론쬬프는 탁자 곁에 선 채로 하지 무라뜨를 접견하였다. 총지휘관의 노인다운 새하얀 얼굴은 어제처럼 빙그레 웃고 있지 않았다. 오히려 엄격하고 장중해 보이기까지 했다.

녹색 차양이 달려 있는 커다란 창문이 몇 개씩이나 나란히 있고 훌륭하고 견고한 탁자가 있는 커다란 방이었다. 이 방 안으로 들어서자 하지 무라뜨는 하얀 체르께스 외투의 옷깃이 겹쳐 있는 근처에 볕에 그을린 손을 갖다 댔다. 그리고 눈을 아래로 깐 채 꾸므이끄 어를 유창하게 구사하며 명료하고 공손한 어조로 천천히 말하기 시작했다.

"나는 위대한 폐하 그리고 귀관의 관대한 비호 아래 몸을 맡기겠습니다. 최후의 피 한 방울까지 황제를 위해 충성을 다할 것을 맹세합니다. 그리고 귀관과 나의 공동적인 샤밀과의 싸움에 조금이라도 도움이 될 수 있으면 하고 희망하고 있습니다."

통역의 말을 듣고 난 다음, 보론쬬프는 흘끗 하지 무라뜨를 바라보았다. 하지 무라뜨도 역시 바라보았다.

이 두 사람의 눈은 양쪽으로부터 맞부딪혀 와서 말로 표현할 수 없는 보다 많은 것을 서로 이야기한 셈이었다. 그것은 또한 통역이 옮긴 말과는 전혀 비슷도 하지 않은 내용이었다. 그들은 언어를 사용하지 않고도 정직한 속마음을 깨끗이 털어놓은 것이다. 보론쬬프의 눈은 이렇게 말하고 있었다----나는 하지 무라뜨, 네가 말한 걸 한 마디도 신용하지 않는다. 나는 네가 전러시아 국민의 적이라는 것을 그리고 그것은 영원히 변할 수 없는 사실임을 알고 있다. 지금 네가 굴복하고 있는 것은 단지 사정에 쫓겨 있기 때문이다. 너는 내가 그걸 알고 있음을 눈치챘으면서도 나에게 충성을 맹세하고 있다----하고.

또 하지 무라뜨의 눈은 이렇게 말하고 있었다----이 노인은 전쟁과 같은 일보다도 저승의 일을 걱정하고 있는 것이 제격일 테지만, 그래도 나이는 많이 먹어 굉장한 능구렁이니까 주의하지 않으면 안 되겠구나----하고.

보론쪼프 역시 이 기분을 통찰하고서도 하지 무라뜨를 향해 전쟁의 성공에 필요하다고 생각했던 일을 들려 주었다.

"자네, 이렇게 말해 주게."

그는 통역에게 말하였다.

"우리 황제 폐하께선 슬기로우시고 더욱이 인자하신 분이시니까 내가 직접 청원을 드리면 아마도 과거의 죄과를 용서하시고 황제의 군대에 근무하도록 채용해 주실 것이 틀림없다고 통역해 주게."

그는 하지 무라뜨를 물끄러미 바라보면서 말했다.

하지 무라뜨는 다시 한번 가슴 한가운데에 손을 얹고 생생한 목소리로 무엇인가를 말하기 시작했다.

통역이 옮긴 바에 의하면, 그는 1839년에 아라비아 지방을 통치하고 있을 무렵에도 러시아에 충성을 다하고 있었으며, 만일 자신의 적인 아흐메뜨 한이 그를 파멸시키기 위해 러시아의 끌류계나 장군에 대해서 중상 같은 짓만 하지 않았던들 결코 러시아를 배반하지 않았을 것이라고.

"알고 있어, 알고 있어!"

보론쪼프는 말했다----설혹 그가 알고 있었다고 하더라도 그는 벌써 그런 것을 잊어버리고 있었음에 틀림없다. '알고 있어'하고 자리에 앉으면서, 그는 벽 옆에 놓여 있는 따흐따(註 : 둥글고 긴 걸상)를 손가락으로 가리켰다. 그러나 하지 무라뜨는 이렇게 고귀한 어른 앞에서 걸터앉을 용기가 없다는 듯이 벌어진 어깨를 추커세우면서 여전히 자리에 앉지 않았다.

"아흐메뜨 한이나 샤밀이나 어느 편도 나의 적입니다."

그는 통역을 통해 말을 계속했다.

"꼭 공작에게 그렇게 말해 주시오. 아흐메뜨 한은 죽어 버렸으니까 복수를 할 수 없지만 샤밀은 아직 살아 있으니까 그에게 원수를 갚지 않으면 결코 죽지 않겠노라고."

그는 눈썹을 찌푸리고 이를 굳게 악물면서 말했다.

"그래, 그래. 하지만 도대체 어떤 방법으로 샤밀에게 복수할 작정이지?"

보론쪼프는 침착한 말투로 말하며 통역에게 일렀다.

"그리고 자리에 앉아도 괜찮다고 말해 주게."

하지 무라뜨는 여전히 착석할 것을 사양했다. 그리고 통역을 통한 질문에 대해서 자기가 러시아 군에 항복한 것은 러시아 군을 돕고 샤밀을 멸망시키기 위해서라고 대답했다.

"알겠어! 알겠어! 하지만 결국 어떠한 방법으로 하려는 것인지? 자, 자리에 앉으라니까, 앉아요."

하지 무라뜨는 비로소 자리에 앉으며, 만일 자기를 레즈기야 방면의 전선으로 일지대(一支隊)를 주어 파견해 주면 맹세코 다게스딴의 전지방을 봉기하게 만들어 보이겠다. 그러면 샤밀도 더 이상 지탱하지 못할 것이 아니냐고 말했다.

"그건 좋은 일이군. 나도 생각해 보지."

보론쪼프는 이렇게 말하였고, 통역은 그 말을 하지 무라뜨에게 옮겼다. 하지 무라뜨는 생각에 잠겼다.

"총독에게 이렇게 말해 주시오. 나의 가족들은 적의 수중에 갇혀 있습니다. 그러니까 가족들이 산중에 있는 동안은 나의 수족은 결박을 당한 거나 마찬가지입니다. 그래서 일을 하기가 어려운 것입니다. 만일 내가 공공연히 그에게 적대를 하면 샤밀은 나의 아내를 죽이고, 어머니를 죽이고, 아이들을 죽일 것입니다. 그러니까 공작께서는 나의 가족을 구출해 주서야 합니다. 나의 가족을 적의 포로와 교환해 주시기를 바랍니다. 그래야 비로소 나는 생명을 걸고 샤밀과 싸울 수 있게 됩니다. 그 때는 반드시 샤밀을 멸망시켜 보여 드리겠습니다."

"좋아, 좋아. 그 일을 잘 생각해 보도록 하지. 그러니 이제부터 이 사람을 참모장에게 데리고 가서 자기의 입장이며, 의도며, 희망 등을 상세히 진술시키도록 해주게."

보론쪼프는 말했다. 이것으로 하지 무라뜨와 보론쪼프의 첫 번째 회견은 끝났다.

이날 밤, 동양식으로 장식된 새 극장에서는 이태리의 오페라가 상연되었다. 그 극장에서의 일이다. 보론쪼프는 자기 자리에 앉아 있었다. 그런데 예의 터번을 두르고 다리를 절룩거리면서 끄는 하지 무라뜨의 모습이 복도에 보였다. 그는 그의 안내인으로 정해져 있는 보론쪼프의 부관, 로리스 멜리꼬프와 함께 들어와서 제일 앞줄에 앉았다. 회교도다운 동양적인 위엄을 지닐 뿐 전혀 감탄의 표정을 나타내지 않을 뿐만 아니라, 지극히 무관심한 태도여서 제 1막을 보고 나자마자 그는 자리에서 일어났다. 그리고 유유히 주위를 둘러보면서 일동의 시선을 한 몸에 집중시킨 채 밖으로 나가 버렸다.

그 이튿날은 일요일이어서 보론쪼프 저택에서는 언제나처럼 야회(夜會)가 베풀어졌다. 넓은 광장에는 휘황한 불빛이 빛나고, 온실 속에 자리잡은 악대가 연주를 계속하고 있었다. 양팔로부터 목덜미며 앞가슴을 드러낸 야회복 차림의 부인들이(거기에는 젊은이뿐만 아니라 꽤 나이를 먹은 부인도 섞여 있었다) 화려한 군복을 입은 남자들과 껴안고 빙글빙글 돌고 있었다. 부페뜨(註 : 식기대의 일종) 곁에서는 빨간 예복을 입고 긴 양말에 단화를 신은 하인들이 샴페인을 따라주고 부인들에게 과자를 권하곤 했다.

총독 부인도 역시 그 나이에 어울리지 않게 같은 모양의 반나체 모습으로 상냥스러운 미소를 띠면서 손님 사이를 돌아다녔다. 그리고 어젯밤 극장에서도 그러했듯이 여전히 무관심한 태도로 손님들을 둘러보고 있는 하지 무라뜨에게 통역을 통해서 두세 마디 상냥스럽게 말을 건넸다. 공작 부인의 뒤를 이어 그밖의 나체 부인들도 하지 무라뜨의 곁으로 다가왔다. 그리고 부끄럼없이 그의 앞에 서서 생글생글 웃으면서 누구나 모두 똑같은 말만 물어보았다. 즉, 지금 보고 있는 것이 마음에 드느냐는 것이었다.

주인인 보론쪼프는 금테의 견장과 수(綏)를 달고 목에 백십자 훈장을 늘어뜨린 모습으로 그의 곁으로 다가왔다. 그리고 다른 모든 사람들과 똑같이 하지 무라뜨의 눈에 들어오는 일체의 것이 그의 마음에 들지 않을 리가 없다고 확신하는 듯 똑같은 질문을 했다. 그래서 하지 무라뜨는 보론쪼프에 대해서도 다른 사람에게 대답한 것과 똑같은 말로 자기네들은 이러한 일은 하지 않는다고 간단하게 말했을 뿐 그것이 좋으냐 나쁘냐의 의견은 표시하지 않았다.

하지 무라뜨는 이 무도회의 석상에서도 자기 가족을 구출하는 문제에 대해서 보론쪼프에게 말을 꺼냈지만, 보론쪼프는 듣지 못한 체하면서 옆으로 떠나 버렸다. 로리스 멜리꼬프가 나중에 하지 무라뜨에게 이런 자리에서는 그러한 용건을 말해서는 안 되는 것이라고 말해 주었다.

열 한 시의 종이 울리자 하지 무라뜨는 마리야 부인으로부터 받은 시계로 그 정확도를 살펴본 후, 이제 돌아가도 되느냐고 로리스 멜리꼬프에게 물었다. 그는 가도 괜찮기는 하지만, 그래도 남아 있는 편이 좋을 거라고 대답했다. 그럼에도 불구하고 하지 무라뜨는 그 장소에 남아 있지 않고 그가 자유로이 사용할 수 있도록 배당된 마차를 타고 자기 숙소로 지정된 집으로 돌아갔다.

11

하지 무라뜨가 찌플리스에 온 지 닷새째 되는 날, 총독의 부관인 로리스 멜리꼬프는 총지휘관의 명령으로 그를 방문했다.

"나는 머리도, 팔다리도 총독에게 봉사한다는 것을 기쁘게 생각합니다."

언제나 외교적인 표정으로 고개를 숙이고 흰 손을 가슴에 대고 하지 무라뜨는 말했다.

"제발 무엇이든 명령해 주십쇼."

그는 부드럽게 로리스 멜리꼬프의 얼굴을 바라보면서 말하였다. 로리스 멜리꼬프는 옆에 놓인 안락의자에 걸터앉았다. 하지 무라뜨는 그 맞은편에 있는 따뜻한 의자에 앉아 양팔꿈치를 무릎 위에다 대고 고개를 숙이고서 로리스 멜리꼬프가 말하는 것을 주의깊게 들었다. 따따르 어를 자유롭게 말할 줄 아는 로리스 멜리꼬프는 하지 무라뜨의 과거에 대해서 공작도 대체로 다 알고 있지만 그래도 자신이 말하는 생애의 역사를 남김없이 듣고 오라고 했다.

"당신 얘기를 좀 해주십시오. 난 그것을 기록했다가 다음에 러시아 어로 번역할 테니까요. 그러면 공작은 이것을 황제 폐하께서 직접 보시도록 할 것이니까요."

하지 무라뜨는 잠자코 있었다----그는 결코 사람의 말을 가로채는 일이 없을 뿐 아니라, 언제나 상대가 또다른 말을 하지나 않을까 하고 잠시 기다리는 버릇이 있었다----얼마 후 그는 고개를 들고 모피 모자를 뒤로 밀어떨어뜨리고는 예의 마리야 부인까지도 매혹시킨, 일종의 특별한 아이와 같은 미소를 띠었다.

"그야 문제없습니다."

자기의 생애의 역사가 황제에게 읽혀진다고 생각하니까 정말 기쁜 듯 말했다.

"아무쪼록 처음부터 전부 얘기해 주십시오. 서두르지 말고."

로리스 멜리꼬프는 호주머니 속에서 수첩을 꺼내면서 말하였다.

"좋습니다. 그러나 얘기할 것은 많습니다. 매우 많이 있습니다. 여러 가지 사건이 산처럼 쌓여 있으니까요."

"만일 하루로 끝이 나지 않으면 다시 날을 바꾸어 그 다음을 계속하면 되겠지요."

"처음부터 시작합니까?"

"예, 처음부터. 즉, 어디서 출생하였고 어디서 자랐는가부터……"

하지 무라뜨는 고개를 수그린 채 한참 동안 그대로의 자세로 있었다. 얼마 후, 의자 옆에 놓아 둔 막대기를 집어 들더니 상아 자루로 된 면도칼처럼 날카로운 주머니칼을 꺼내서 그것으로 막대기를 깎으면서 얘기하기 시작했다.

"이렇게 써 주십시오. 태생은 츠엘리메스…… 우리들 산민(山民)의 표현을 빌면, 당나귀 머리만큼의 조그만 마을입니다."

그는 말하기 시작했다.

"거기서부터 그다지 멀지 않은, 착탄거리(着彈距離) 두 배쯤 되는 곳에 한들이 살고 있는 훈자흐가 있습니다. 우리 집안은 한들과 친한 사이였습니다. 우리 어머니는 형인 오스만을 낳았을 때 한의 장남 아부눈츠알 한에게도 젖을 먹여 주고 있었습니다. 그리고 한의 차남 움마 한에게도 젖을 주어 무사히 길러 냈습니다. 그렇지만 그 이유로 둘째 형 아흐메뜨는 죽고 말았습니다.

자, 그런데 그 다음 내가 태어났습니다. 그리고 그 때 한 아내도 역시 불라치 한을 낳았습니다. 어머니는 다시는 유모로 가지 않겠다고 말했습니다. 아버지가 가라고 해도 어머니는 듣지 않은 것입니다. '또 내 아이를 죽이게 할 테니까 가는 것이 싫다'는 것이었습니다. 아버지는 원래 성미가 급해서 단도로 어머니를 찔렀습니다. 만일 옆에서 데리고 도망치지 않았더라면 어머니는 죽음을 당했을 것입니다. 이렇게 해서 어머니는 끝내 나를 놓지 않았습니다. 그리고 그 후 자기 자신이 노래를 지었습니다. 그러나 이런 얘기는 하지 않아도 좋겠죠?"

"아니, 그것도 역시 필요합니다. 모두 얘기해 주십쇼."

로리스 멜리꼬프는 말했다.

하지 무라뜨는 생각에 잠겼다. 그는 자기 어머니를 생각했다. 어머니가 오막살이 지붕에서 모피 외투에 싸서 그를 품에 안고 잠재우려 할 때 그는 곧잘 어머니에게 옆구리의 상처자국을 보여달라고 조르곤 했었다.

"그렇습니다. 이렇게 해서 어머니는 유모로 가지 않아도 되었습니다."

그는 머리를 한 번 젓고 말을 계속했다.

"한의 아내는 다른 여자를 유모로 고용했습니다만 그래도 역시 우리 어머니가 좋았던 모양입니다. 어머니는 우리들을 한의 저택에 데리고 갔었기 때문에 우리들은 한의 아이들과 함께 놀았습니다. 한의 아내도 우리들을 귀여워해 주었습니다. 한의 아이들은 셋이었습니다----형 오스만의 젖 형제가 되는 아부눈츠알 한과 나의 의형제가 된 움마 한과 막내인 불라치 한이었습니다. 이 불라치 한은 샤밀이 낭떠러지로 내던져 떨어뜨려 버렸습니다만, 그건 후의 일입니다. 내가 열 다섯쯤 되었을 무렵 마을에는 의사(義士)들이 드나들곤 했습니다. 그들은 목검(木劍)으로 돌멩이를

두드리면서, '회회교도들아! 하자바뜨[異敎徒]에 대한 정의의
싸움이다!'라고 절규하는 것이었습니다. 체첸 인은 모두 이 의
사들에게 가담했습니다. 아바리아 인도 점점 그 동지로서 들어가
기 시작했습니다. 나는 그 무렵 한의 저택에서 살고 있었으며 마
치 한의 형제나 된 듯이 하고 싶은 대로 멋대로 했으며 풍부하게
살고 있었습니다. 말도 있었고 돈에도 궁색하지 않았기 때문에
재미있는 나날을 보내었고 걱정스런 일이라고는 하나도 없었습
니다. 이렇게 살아가고 있는 사이에 까지 물라가 살해되고 감자
뜨가 그 뒤를 습격했습니다. 감자뜨는 한들에게 사자(使者)를 보
내어 만일 한들이 정의의 싸움에 가담하지 않으면 훈자흐를 폐허
로 만들겠노라고 위협을 했습니다.

　그래서 생각해 보지 않을 수 없게 되었습니다. 한들은 러시아
를 두려워하여 이 싸움에 가담하기를 주저했습니다. 한의 아내는
차남인 움마 한과 함께 나를 찌플리스에 보내서 감자뜨에 대항하
기 위하여 러시아의 대총독에게 원조를 청하도록 한 것입니다.
대총독은 로젠 남작이었습니다.

　남작은 내게도 움마 한에게도 면회를 시켜 주지 않고 단지 원
조만 해주겠다는 언질만을 주었습니다만, 결국 아무것도 해주지
않았습니다.

　단지 부하 장교들이 우리들에게로 놀러와서 움마 한과 카드 놀
이를 시작했습니다. 이놈들이 움마 한에게 술을 마시게 하여 나
쁜 곳을 드나들게 알려 주었고 마침내 갖고 있는 돈 전부를 카드
놀이의 내기로 걸어가 버렸습니다. 움마 한은 황소처럼 힘센 몸
을 갖고 있고 사자처럼 용감한 남자였지만 마음은 물처럼 무기력
했습니다. 만일 내가 데리고 오지 않았으면 마지막으로 칼이며
창까지를 술로 바꾸고 말았을 겁니다. 이 찌플리스 행 이래 나는
생각이 달라져서 한의 부인과 젊은 한들에게 이 정의의 싸움(하

자바뜨)에 참가하도록 권했습니다."

"어째서 생각이 변한 것입니까? 러시아 인이 마음에 들지 않았다는 것입니까?"

로리스 멜리꼬프가 물었다.

하지 무라뜨는 침묵을 지키고 있다가 이렇게 말했다.

"그렇습니다. 마음에 들지 않았던 것입니다."

그는 분명히 말하고는 눈을 감았다.

"거기에다가 또 어느 사건에 부딪혀 더욱 싸움에 가담하고 싶어진 겁니다."

"어떠한 사건입니까?"

"츠엘리메스 부근에서 나와 한은 세 사람의 의사와 맞부딪혔습니다. 두 사람은 도망을 쳤습니다만 하나는 내가 권총으로 쏴 죽였습니다. 내가 무기를 뺏으려고 그 곁으로 다가갔을 때 그 사나이는 아직 살아 있었습니다. 나의 얼굴을 가만히 쳐다보며 이렇게 말하는 것이었습니다. '너는 나를 죽였다. 나는 기분이 좋다. 너는 회회교도이며 나이도 젊고 힘도 세다. 제발 이 성전(聖戰)에 가담해 다오. 이건 하나님의 분부다'라고."

"그래서 어떻게 했습니까? 그 싸움에 가담했습니까?"

"아뇨, 가담하지 않았습니다. 단지 그 일을 생각하게 되었습니다."

하지 무라뜨는 이렇게 대답하고는 다시 자기 얘기를 계속했다.

"감자뜨가 훈자흐로 쳐들어왔을 때 우리들은 그에게로 노인을 보내서 이 성전에 가담하는 데에 이의는 없지만 어떻게 견디어낼 작정인가 학자를 보내어 설명해 주기를 바란다고 그렇게 말해 주었습니다. 감자뜨는 노인들의 수염을 깎아 버리고 콧구멍 사이에 구멍을 뚫고 거기에 과자를 매달아서 우리에게 돌려 보냈습니다. 감자뜨는 우리에게 성전을 치르는 방법을 알려 주기 위해서 성승

(聖僧)을 보내도 좋지만 그 대신에 한의 부인에게서 막내 아들을 인질로 데려가겠다는 것이었습니다. 한의 부인은 그것을 믿고 불라치 한을 감자뜨에게로 보냈습니다. 감자뜨는 불라치 한을 정중히 대접하고 형 둘도 자기 곁에 보내도록 하라고 사자를 시켜서 말해 왔습니다. 그는 자기 아버지가 한의 형제들의 아버지에게 부하로 봉사했던 것처럼 자기도 3형제에게 봉사하고 싶다고 그렇게 전해 온 것입니다. 한의 아내는 마음 약한 우매한 여자였습니다만 자기 멋대로 살아 온 모든 여자가 그런 것처럼 건방진 편이었습니다. 그녀는 두 아들을 손에서 놓는 것을 두려워하고 움마 한만을 보냈습니다. 나도 함께 따라갔습니다. 10리쯤 가까이 가자 무사들이 우리 두 사람을 맞아 노래를 부르고 사격을 하며 두 사람 둘레에서 말의 곡예 등으로 환영의 뜻을 표시했습니다. 그쪽에 도착하자 감자뜨는 천막에서 나오며 움마 한 말의 등자 곁으로 다가와서 그를 한으로서(대표로서) 맞았습니다. 감자뜨는 이렇게 말했습니다. '나는 당신의 집안에 결코 위험을 끼친 일이 없을 뿐만 아니라 또 끼치려고도 하지 않습니다. 그러니까 당신들도 나를 죽이지 않도록 사람들을 성전에 권유하는 데 방해를 하지 않도록 해주십쇼. 나는 전군을 거느리고 우리 아버지가 당신의 아버지에게 봉사한 것처럼 당신에게 봉사할 작정입니다. 제발 나를 당신 집에서 살게 해주십시오. 나는 고문격으로 당신들을 도울 테니까, 그러면 당신들은 자기가 하고 싶은 대로 되는 겁니다.' 움마 한은 입이 무거운 편이니까 어떻게 말하면 좋을지를 몰라 그저 잠자코만 있었습니다. 그래서 내가 그이 대신 만약 그런 뜻이라면 감자뜨가 훈자흐까지 와 주면 좋겠다, 한의 아내도 한들도 예의를 갖추고 그를 맞을 것이라고 말했습니다. 그러나 나는 끝까지 말을 맺지 못했습니다. 그 때 나는 처음으로 샤밀의 얼굴을 본 것입니다. 그는 역시 그 장소의 원수(元首) 곁에 있었

던 것입니다. '네가 아니다. 한에게 묻고 있는 거야.' 그는 내게
말했습니다. 나는 입을 다물고 말았습니다. 감자뜨는 움마한을
안으로 안내했습니다. 얼마 후 감자뜨는 나를 불러 자기쪽의 사
자와 함께 훈자흐에 가도록 명령했습니다. 그래서 나는 출발했습
니다.

　사자들은 한의 아내를 향하여 장남까지도 감자뜨에게로 가도록
설복하기 시작한 것입니다. 나는 배신을 하는 것이라고 깨닫고
그 설득에 응하면 안 된다고 한의 아내에게 권했습니다. 그러나
여자란 것은 계란에 머리털만큼의 지혜밖에는 없어 한의 아내는
감자뜨의 말을 믿고 아들의 출발을 명령했습니다. 장남은 응하지
않았습니다. 그 때 한의 아내는 '어째 너는 겁을 내고 있는 것 같
구나'하고 말했습니다. 마치 꿀벌과도 같이 어디를 찌르면 가장
아픈가를 잘 알고 있었던 것입니다. 그는 화가나서 더이상 어머
니에게 말도 하지 않고 말에 안장을 올리라고 말했습니다. 나도
함께 출발했습니다. 감자뜨는 움마 한 때보다도 더 우리들을 정
중하게 맞았습니다. 그는 산을 내려와서 착탄거리 두 배쯤의 곳
까지 말을 타고 나온 것입니다. 그의 뒤에는 조그만 기를 든 기마
의 병들이 따라와서 노래를 부르고 총을 쏘고 말의 곡예를 하곤
했습니다. 우리들이 진지(陣地)까지 가까이 왔을 때 감자뜨는 한
을 천막 안으로 안내하고 나는 말 옆에 남아 있었습니다. 내가 산
기슭에 있으려니까 돌연 감자뜨의 천막 안에서 총성이 울렸습
니다. 나는 천막 곁으로 달려갔습니다. 움마 한은 피바다 속에 엎
어져 있고 아부눈츠알 한은 무사들과 싸우고 있었습니다. 그의
얼굴은 반쯤 칼로 찢겨 뼈개어져서 매달려 있었습니다. 그는 그
것을 한 손으로 붙들고 한 손으로 단도를 들고 가까이 오는 놈들
을 종횡으로 찌르고 있었습니다. 그는 나의 눈 앞에서 감자뜨의
동생을 찔러 쓰러뜨리고 또다시 다른 하나에게 덤벼 들려고 했는

데 그 순간 무사들이 일제히 총을 쏘았기 때문에 그는 그 자리에
쓰러져 버리고 말았던 것입니다."

하지 무라뜨는 말을 그쳤다. 그날 햇빛에 탄 얼굴은 검붉어져
서 눈에 핏줄이 서 있었다.

"나는 갑자기 무서워져서 도망치고 말았습니다."

"예? 당신은 결코 무서워하는 사람이 아니라고 생각했었는
데?"

로리스 멜리꼬프는 말했다.

"그 후부터는 결코 무서워하지 않았습니다. 그 후 나는 언제나
이 치욕을 상기하곤 했습니다. 그것을 상기하면 더이상 아무것도
무섭지 않게 되었습니다."

12

"이제 얘기는 그만합시다. 기도를 하지 않으면 안 되니까."

하지 무라뜨는 말하면서 체르께스 외투의 안 호주머니에서 젊
은 보론쬬프가 준 시계를 꺼냈다. 그리고 소중한 듯 시계 태엽을
감고 고개를 옆으로 기울이고 아이 같은 미소를 띠면서 가만히
귀를 갖다 댔다. 시계는 12시 15분을 가리키고 있었다.

"친구 보론쬬프, 선물."

그는 생글생글 웃으며 서투른 러시아 어 단어를 늘어놓으며 말
했다.

"참 좋은 시계입니다. 그럼 기도를 하십시오. 나는 기다리겠습
니다."

로리스 멜리꼬프는 말했다.

"좋소."

하지 무라뜨는 말하면서 침실로 들어갔다.

혼자가 되자 로리스 멜리꼬프는 수첩을 꺼내어 하지 무라뜨의 얘기의 요점을 적어 놓았다. 그리고 담배에 불을 붙이고 방안을 이리저리 걸어 다녔다. 침실 반대쪽 출입구에 가까이 갔을 때 따따르 어로 빠르게 무엇인가 말하는 말소리가 들려 왔다. 그는 하지 무라뜨의 무사라고 깨닫고 문을 열고 들어섰다.

방안에서 산민 특유의 시큼한 가죽 냄새가 났다. 창가의 마루에 깐 큰 외투 위에는 찢어지고 기름투성이의 옷을 입은, 눈이 날카로운 빨간 머리 감잘로가 버티고 앉아 말 뱃대끈을 짜고 있었다. 그는 태어났을 때부터의 쉰 목소리로 무언가 열심히 떠들고 있었지만 로리스 멜리꼬프가 들어서자 동시에 입을 다물고 그에게 아무런 주의도 기울이지 않고 자기 일을 계속했다. 그의 앞에는 명랑한 한 마고마가 서서 하얀 이를 드러내 놓고 눈썹이 없는 눈을 빛내면서 계속해서 똑같은 일만 되풀이하고 있었다.

미남자인 엘다르는 소매를 걷어 올리고 남성적인 팔을 드러내놓고 못에 걸린 말안장의 배혁대를 닦고 있었다. 가장 중요한 일군이며 재정 감독의 임무를 띠고 있는 하네피는 방안에 없었다. 그는 부엌에서 식사 준비를 하고 있었던 것이다.

"도대체 무엇을 의논하고 있는 거지?"

로리스 멜리꼬프가 한 마고마에게 인사를 하며 물었다.

"저놈은 시종 샤밀을 칭찬하고 있는 겁니다. 샤밀은 훌륭한 사람이며 학자이며 성인이며 용자라고 하는 겁니다."

로리스를 손으로 가리키며 한 마고마가 말했다.

"어째서 자기가 쫓겨다니고 있으면서 그렇게 칭찬을 하는 것일까."

"쫓겨다니면서 칭찬을 하다니!"

이를 드러내 놓고 눈을 번쩍이면서 한 마고마는 말했다.

"글쎄, 정말 그 사람을 성인이라고 생각하는 건가?"

로리스는 물었다.

"만약 성인이 아니라면 인민들이 그 사람의 말을 들을 까닭이 없지 않습니까?"

감잘로는 빠른 말로 말했다.

"샤밀은 그렇지 않지만 만수르는 확실히 성인이었어요. 그야말로 진짜 성인이었어요. 그 사람이 수령이었을 때는 백성들이 전혀 달랐었지. 그 사람이 동네를 다니면 모두 집 밖으로 나와서 그 사람의 외투깃에 입을 맞추며 자기의 죄를 참회하고 나쁜 일을 하지 않겠다고 맹세했을 정도였으니까…… 노인들도 그렇게 말하고 있습니다. 그 당시는 사람들이 모두 성인 같은 생활을 해서 담배도 피지 않는가 하면 술도 안 마시고 기도를 게을리하는 일도 없었지요. 서로 미움을 잊고 흘린 피도 서로 용서하곤 했다 합니다. 또 물건이든 돈이든 주운 것이 있으면 막대기에 붙들어매어서 길가에 세워 두었다는 거예요. 그 때는 하나님도 사람에게 성공을 내려주서서 지금과 같은 형편이 아니었다고 합니다."

한 마고마는 말했다.

"지금도 깊은 산 속에서는 술도 마시지 않거니와 담배도 피우지 않아."

감잘로가 말했다.

"너의 샤밀은 라모로이야."

한 마고마는 로리스 멜리꼬프에게 눈짓을 하면서 말하였다. 라모로이란 산민에 대한 경멸의 말이다.

"라모로이는 산사람이지. 산 속에야말로 독수리가 살고 있지."

감잘로는 대답했다.

"훌륭한데? 잘도 갖다대는구나!"

한 마고마는 적의 교묘한 대답을 기뻐하면서 하얀 이를 드러냈다. 로리스 멜리꼬프가 손에 들고 있는 담뱃갑을 보자 그는 담배 한 대를 달라고 하였다. 로리스 멜리꼬프가 너희들에게는 담배가 금물이 아니냐고 하면서 그는 한쪽 눈을 찡긋해 보이고 하지 무라뜨의 침실쪽을 턱으로 가리키며 보지 않을 때는 상관없다고 대답했다. 그리고 이내 목구멍 깊숙이 들이마시지 않고 담배를 피우기 시작했다. 그는 연기를 내뿜을 때에 그 빨간 입술을 보기 흉하게 내밀었다.

"그건 좋지 않아."

감잘로는 엄격하게 말하고는 방을 나가 버렸다. 한 마고마는 그쪽에도 한번 찡긋하고 담배를 뻐끔뻐끔 내뿜으면서 비단옷과 햐얀 모피 모자를 사려면 어디가 좋으냐는 등 로리스 멜리꼬프에게 묻기 시작했다.

"어찌된 일이야? 너도 그렇게 많은 돈을 갖고 있나?"

"있고말고요. 그 정도의 돈은 있습니다."

그는 눈을 깜박거리면서 대답했다.

"도대체 어디서 그 돈을 손에 넣은 건지 그놈에게 물어 보십쇼."

엘다르는 미소를 머금은 아름다운 얼굴을 로리스 멜리꼬프 쪽으로 돌리면서 말했다.

"뭐, 도박을 해서 딴 겁니다."

한 마고마는 빠른 말로 말했다.

그는 어제 찌플리스의 거리를 산책하고 있다가 '그림이냐, 글자냐?'(註:돈을 던져 돈의 앞뒤를 알아맞히는 오락)를 하고 있는 일단의 러시아 인과 아르메니아 인을 만났다. 그것은 큰 내기여서 금화 석 장 외에도 은화가 많이 있었다. 한 마고마는 이내 그 방법을 익히고 호주머니 속에 있던 동화를 짤랑짤랑 소리를 내면서 그 군중 속으로 들어가서 있는 만큼의 돈을 걸겠다고 말하였다.

"어째서 있는 만큼의 돈이라고 했나? 도대체 거기에 있었던 만큼의 돈을 갖고 있었던 건가?"

"난 겨우 12 카페이카밖에는 없었습니다."

"흠…… 그래서 만일 진다면?"

"이것입니다."

한 마고마는 권총을 가리켰다.

"어떻게 하겠다는 거야. 지면 그걸 내놓을 작정이었다는 말인가?"

"무엇 때문에 내준단 말입니까? 도망가는 겁니다. 만일 붙드는 놈이 있으면 죽여 버리죠. 그뿐이에요."

"그래서 어떻게 됐어? 이겼나?"

"그야, 깨끗이 거둬들이고 돌아왔죠."

로리스 멜리꼬프는 한 마고마와 엘다르란 인물을 완전히 알 수가 있었다. 한 마고마라는 인물은 내부에서 넘치는 생명의 힘을 어떻게 처리하면 좋을지 모르는 명랑한 호탕아였다. 그는 언제나 들떠 있어 자기의 목숨도 가볍게 다루고 있었다. 이 목숨을 건 유희 때문에 또다시 샤밀의 손으로 넘어갈지도 모르는 성질의 사내인 것이다. 엘다르의 인품도 확실히 알 수 있었다. 그는 침착성있는 힘차고 확실한 사나이여서, 자기 주인에게 마음으로부터 심복하고 있었다. 로리스 멜리꼬프가 불가사의하게 생각한 것은 단지 빨간 머리의 감잘로뿐이었다. 이놈은 샤밀에게 심복하고 있을 뿐만 아니라 모든 러시아 인에 대해서 억누를 수 없는 혐오와 모멸과 증오를 느끼고 있었다. 그것은 로리스 멜리꼬프도 꿰뚫어보고 있었다. 따라서 그는 왜 감잘로가 러시아 군에 투항했는지 이해가 되지 않았다. 하지 무라뜨의 투항 내지는 샤밀과의 불화 운운의 이야기는 단순한 연극에 지나지 않으며, 기실은 그가 러시아 군에게 항복한 것은 러시아 군의 약점을 보고 난 다음 또다시 산으로 도망쳐 가서 러시아 군의 손이 덜 미친 방면에 주력을 집중시키려는 목적이 아닐까----이러한 생각이 로리스 멜리꼬프의 머리에 떠올랐으며, 두 세 사람의 장군들도 그와 의견을 같이하고 있었다. 더욱이 감잘로는 그 전의 행위를 보더라고 그 상상을 확실하게 만들어 주는 것이었다.

'저놈들, 하지 무라뜨 등은 자기의 계획을 감출 수가 있지만 이놈은 도저히 감출 수 없는 증오로 하여 자기의 본성을 폭로하고 있는 것이다.'

로리스 멜리꼬프는 그와 대화를 하고 싶은 생각에 따분하지 않느냐고 물어 보았다. 그렇지만 감잘로는 일손을 멈추지 않고 외눈으로 로리스 멜리꼬프를 바라보며 목쉰 소리로 짖어대는 것이었다.

"아니, 따분할 게 뭐야!"

그밖에 무엇을 물어 보아도 그의 대답은 똑같은 모양이었다.

로리스 멜리꼬프가 호위들의 방에 있을 동안에 또하나의 하지 무라뜨 부하가 들어왔다. 그는 얼굴에서부터 목까지 털이 무성해서 털가죽이라도 뒤집어쓴 듯한 털투성이의 가슴을 내민 아바리아 인의 히네피였다.

그는 언제나 무엇인가 일에 몰두해 있는 튼튼한 일꾼이며 엘다르와 함께 아무런 불평없이 주인에게 완전히 복종해 있는 것이었다.

그가 호위의 방으로 쌀을 가지러 들어왔을 때 로리스 멜리꼬프는 그를 불러세우고 어디서 왔으며 언제부터 하지 무라뜨와 함께 있었느냐고 꼬치꼬치 묻기 시작했다.

"5년 전부터입니다. 나는 그분과 같은 마을의 사람입니다. 아버지가 그분의 백부를 죽였기 때문에 그분의 일당이 나를 죽이려

고 한 것입니다. 그 때 나는 그분에게 의형제가 되어 달라고 부탁
한 것입니다."

양쪽이 거의 하나로 이어져 있는 두 눈썹 아래에서 태연한 눈
이 로리스 멜리꼬프의 얼굴을 바라보면서 하네피는 그의 물음에
대답했다.

"의형제가 된다는 건 어떻게 하는 거지?"

"나는 2개월 동안이나 얼굴의 수염도 깎지 않고 손발의 손톱,
발톱도 깎지 않고 있다가 그가 있는 곳으로 갔습니다. 그러자 나
를 빠찌마뜨…… 그분의 어머니한테 데려갔습니다. 나는 빠찌마
뜨의 젖을 받고 이리하여 그분의 의형제가 된 겁니다."

옆방에서 하지 무라뜨의 목소리가 들려 왔다. 엘다르는 곧 주
인이 부르는 것을 알고 손을 씻으면서 큰걸음으로 객실로 들어
갔다.

"저쪽에서 부르시고 계십니다."

곧 되돌아온 그는 그렇게 말했다.

13

로리스 멜리꼬프가 객실로 들어갔을 때 하지 무라뜨는 유쾌한
듯한 얼굴로 그를 맞았다.

"어떻습니까? 얘기를 계속할까요?"

그는 따흐따 의자에 걸터앉으면서 말했다.

"네, 좋아요. 나는 당신의 호위의 방에 가서 모든 부하들과 얘
기를 해 봤죠. 한 놈, 사귐성있는 재미있는 사나이가 있더군요."

그는 대답을 하고 이렇게 덧붙였다.

"그렇소. 한 마고마는 좀 경망한 놈이어서."

"그리고 그 젊은 미소년도 마음에 들었습니다."

"아아, 엘다르. 그는 젊지만 강철처럼 강한 놈입니다."

두 사람은 잠시 잠자코 있었다.

"그럼 다시 애기를 계속할까요?"

"그러죠."

"나는 한 형제가 피살된 데까지 애기를 했죠? 그건 그렇고, 그들을 죽인 후 감자뜨는 혼자흐로 달려가서 한의 궁전에 정착을 했습니다."

하지 무라뜨는 애기를 하기 시작했다.

"그러나 거기에는 한들의 어머니가 남아 있었기 때문에 감자뜨는 그를 자기 앞으로 불러냈습니다. 한의 모친은 그의 비겁한 처사를 책망하기 시작했습니다. 그러자 그는 부하인 아셀리제르에게 눈짓을 했습니다. 그 순간 그는 한의 모친의 뒤로 돌아가서 단숨에 때려 죽이고 말았습니다."

"왜, 한의 어머니까지 때려 죽였습니까?"

"달리 방법이 없지 않습니까? 앞발을 내디딘 이상 뒷발도 내밀지 않으면 안 되니까요. 한 가족을 전부 뿌리째 뽑아 버리지 않으면 안 되었던 거죠. 그러나 그것은 실패한 셈입니다. 샤밀은 맨 끝의 한도 낭떠러지로 내던져 버렸습니다. 이리하여 아라비아 전부가 감자뜨에 굴복하였습니다. 단지 우리들 형제만이 그것을 개운치 않게 생각하고 있었습니다. 우리들은 한 대신 그의 피를 보지 않으면 견딜 수 없는 기분이었습니다. 우리들은 귀순한 체하면서 어떻게든지 그의 피를 보고 말겠다고 오직 그것만을 생각하고 있었습니다. 우리들은 할아버지와 상의해서 그가 궁전으로부터 나갈 때를 기다렸다가 죽여 버리자는 계획을 세웠습니다. 그런데 누군가가 그것을 엿듣고서 감자뜨에게 알렸기 때문에 그는 할아버지를 불러 이렇게 말하는 것이었습니다. '알지? 주의하는

것이 좋을 거야. 만일 너의 손자들이 내게 나쁜 짓을 계획한다는
것이 정말이라면 너도 그들과 함께 한번 주리를 틀어 놓을 테니
까. 나는 하나님의 일을 하고 있는 것이니까 나를 방해할 수는 없
어. 이제 돌아가도 좋아. 그러나 내가 말한 것을 기억해 두어.'
할아버지는 집으로 돌아와서 우리에게 말했습니다. 그 때 우리들
은 이제 우물쭈물 기다리고만 있을 것이 아니라 축제일의 첫날!
사원에서 이 계획을 결행하기로 했습니다. 그렇지만 동료들은 모
두 꽁무니를 빼고 말았기 때문에 결국 우리 형제 둘만이 남았습
니다. 우리들은 각자 두 자루의 권총을 갖고 부르까(註 : 큰 외
투)를 입고 사원을 향하여 출발했습니다. 감자뜨는 30명의 부하
들을 데리고 들어왔습니다. 모두 칼을 뽑아들고 있는 것이었습
니다. 감자뜨의 곁에는 심복 부하 아셀리제르가 붙어 있었습니
다. 예의 한의 모친의 목을 쳐서 떨어뜨린 사나이입니다. 우리
들의 모습을 보자 그는 부르까를 벗으라고 소리치고 우리들의 곁
으로 다가왔습니다. 나는 손에 단도를 준비하고 있었기 때문에
느닷없이 그놈을 찔러 죽이고 감자뜨에게 덤벼들었습니다. 그러
나 형인 오스만이 벌써 그를 권총으로 쏘았습니다. 그런데도 아
직 감자뜨는 살아 있었으므로 그는 단도를 휘두르면서 형에게 덤
벼들었습니다. 형은 맞붙어서 그의 머리를 찌르고 그의 숨통을
멈추게 했습니다. 하지만 그의 부하는 30명이나 되는데 우리들은
겨우 두 명뿐이라서 형인 오스만은 죽고 말았습니다. 나는 혈로
를 열고 창으로부터 뛰어내려 그대로 용케 도망쳐 버렸습니다.
감자뜨가 피살되었다는 것이 알려지자 백성들은 일제히 봉기했습
니다. 부하들은 뿔뿔이 도망쳐 버리고 도망을 못 친 놈은 하나도
남김없이 죽여 버렸습니다."

　하지 무라뜨는 얘기를 중단하고 무거운 숨을 몰아쉬었다. 그는
다시 말을 계속했다.

"그 때까지는 만사가 다 잘되어 갔습니다만, 그 뒤에 완전히 망치고 말았습니다. 샤밀이 감자뜨의 뒤를 이어 습격을 해온 것입니다. 그는 나에게 사자(使者)를 보내어 함께 러시아 군 토벌에 나서라, 만일 거부하면 훈자흐를 폐허로 만들고 나를 죽여 버리겠다고 위협해 왔습니다. 나는 내쪽에서 그에게로 가지도 않겠거니와 그를 내 곁으로 가까이 오게 하지도 않겠다고 말해 주었습니다."

"왜 가지 않은 것입니까?"

로리스 멜리꼬프는 물었다.

"그것은 할 수 없는 일이었습니다. 샤밀에게는 형 오스만과 아부눈츠알 한의 피가 묻어 있었으니까요. 나는 그의 부름에 응하지 않았습니다. 그리고 로젠 장군은 내게 사관(士官)의 직위를 주고 아라비아의 장관으로 임명했습니다. 그뿐이었으면 좋았겠는데 로젠 장군은 아라비아의 통치자로 한 나라의 마호메뜨 미르자를 임명하고, 그 뒤 아흐메뜨 한으로 바꾸었습니다. 그런데 이 사나이가 나를 미워하게 된 것입니다. 그는 자기 아들의 아내로, 살해된 한들의 누이동생 살따네뜨를 소망했습니다만 그 혼담은 무르익지를 못했습니다. 그는 그것을 내 탓으로 돌리고 나를 심히 미워하게 된 것입니다. 그리고 자기 심복 부하를 보내어 나를 죽이려고 했습니다만 나는 교묘히 도망친 것입니다. 이 때 그는 나의 일을 끌류계나 장군에게 참소(讒訴)하여 내가 아라비아 인을 시켜 러시아 군 병사에게 장작을 주지 말랬다고 지시했다는 등 거짓말을 퍼뜨리기 시작한 것입니다. 그리고 또한 내가 터번을 두르게 된 것은……즉, 이것을 두고 하는 말입니다."

하지 무라뜨는 모피 모자 위에 두른 터번을 가리키면서 다시 말을 이었다.

"이것은 다름아닌 내가 샤밀과 내통하고 있는 증거라고 그런 것까지 불어댄 것입니다. 장군은 그것을 곧이듣지 않고 별달리 내게 손을 쓰려 하지 않았습니다. 그렇지만 장군이 찌플리스를 떠나자, 아흐메뜨 한은 끝내 나를 자기 뜻대로 하고 말았습니다. 일개 중대쯤의 병사를 끌고 와서 나를 체포하고 수갑을 채워 쇠 사슬로 나를 대포에 붙들어 매어 놓았습니다.

나는 엿새 동안 밤낮 꼬박 그런 상태로 지냈습니다. 7일만에 사 슬이 풀리고 쩨미르 한 슈라에게로 끌려 갔습니다. 장전한 총을 가진 마흔 명의 병사들이 나를 호송해 가는 것입니다. 나는 손이 묶인 채로였습니다. 만일 내가 도망치려 들면 아무 때고 죽여버 리라는 명령이었습니다. 나는 그것을 알고 있었습니다. 모끄소호 의 근처를 지나갈 때 길은 점점 좁아지고, 왼쪽은 50간(間)이나 되는 낭떠러지였습니다. 나는 병사의 곁을 떠나 왼쪽 낭떠러지 가로 옮겨 섰습니다. 병사들은 나를 말리려고 했습니다만 아래로 뛰어내렸습니다. 나를 붙들며 말리던 병사 한 명과 함께 낭떠러 지에서 떨어진 것입니다. 그 병사는 그 자리에서 죽었지만 나는 이처럼 살아 남았습니다. 그러나 늑골도 머리도 손도 발도 모두 부서지고 말았습니다. 엎드려서 기려고 해도 힘이 없어 그럴 수 가 없었습니다. 어찔어찔한 현기증과 함께 그대로 잠이 들고 말 았습니다. 문득 깨어나 보니 몸 전체가 피투성이가 되어 있었습 니다. 그런데 나를 소 몰던 목동이 발견하여 사람들을 불러 마을 로 지고 갔습니다. 시간이 지나자 늑골과 머리가 회복되었고, 다 리도 나았습니다. 단지 다리 한쪽이 이렇게 조금 짧아진 겁 니다."

하지 무라뜨는 구부러진 한쪽 다리를 펼쳐 보였다.

"그렇지만 그다지 불편하지 않으니 괜찮습니다."

그는 말하였다.

"많은 사람들이 이 이야기를 듣고 내게로 모여들게 되었습니다. 나는 완쾌돼서 츠엘리메스로 옮아 갔습니다. 그 때 아바리아 인이 또다시 내게 그 지방을 통치해 달라고 해서……"

하지 무라뜨는 침착하고 자신있게 자랑스러운 듯이 말을 했다. "……나는 그걸 승낙했습니다."

하지 무라뜨는 갑자기 일어나서 안낭 속에서 가방을 꺼내고 거기에서 두 장의 노랗게 퇴색된 편지를 다시 꺼내 그것을 로리스 멜리꼬프에게 넘겨 주었다. 그것은 끌류계나 장군으로부터의 편지였다. 로리스 멜리꼬프는 이것을 보았다. 첫번째 편지에는 이렇게 씌어 있었다.

'하지 무라뜨 소위보(少尉補), 귀관이 본관의 부하로 소속되어 있는 동안 본관은 귀관의 훌륭한 근무에 만족하고 귀관을 선량한 인물로 인정했었던 바, 최근 아흐메뜨 한 중장이 본관에게 보고한 바에 의하면 귀관은 배반자가 되어 터번을 착용하고 샤밀과 내통하여 러시아 장관에 대해 반항하라고 백성에게 교사했다고 되어 있음. 본관은 귀관을 체포하여 본관에게로 송치하라고 명령했던 바, 귀관은 도중에서 도망을 쳤음. 그러나 본관은 그 일의 선악을 모르고 있음. 왜냐하면, 귀관에게 죄가 있고 없음을 모르기 때문임. 원컨대 본관이 말하는 바를 들으시압. 만일 귀관이 황제 폐하에 대한 양심의 가책을 느끼지 않고 몸에 아무런 죄상이 없다고 자각하고 있다면 속히 본관에게로 직행하시압. 아무도 두려워할 필요가 없음. 본관은 귀관의 옹호자이기 때문임. 한도 귀관에게 아무런 위해도 가하지 못할 것임. 왜냐하면, 그 자신이 또한 본관의 휘하에 속해 있기 때문임. 고로 귀관은 아무것도 두려워할 필요가 없음.'

그리고 끌류계나는 자기가 언제나 약속을 중히 여기고 공명정대함을 기하고 있다는 사실을 설명하고 나서 거듭 하지 무라뜨에게 자기한테 오도록 권고하고 있었다.

로리스 멜리꼬프가 이 편지를 다 읽고 났을 때 하지 무라뜨는 다시 두 번째 편지를 꺼냈다. 로리스 멜리꼬프는 두 번째 편지를 받기 전에 그에게 첫번째 편지의 회답을 어떻게 했느냐고 물어 보았다.

"나는 이렇게 써 주었습니다. '내가 터번을 두르고 있는 것은 샤밀을 위한 것이 아니라 나 자신의 영혼을 구하기 위한 것이다. 나는 결코 샤밀의 편이 될 수는 없다. 또한 그렇게 되리라고 생각 하지도 않는다. 왜냐하면, 나의 아버지와 친척이 간접적으로 샤 밀에 피살되었기 때문이다. 그렇다고는 하지만 자기의 명예를 더 럽혀 준 러시아에도 굴복할 수는 없다. 훈자흐에서 내가 포박되 었을 때에 한 비겁자가 나에게……그러니까 이놈이 살아 있는 한 러시아 군에게 항복할 수는 없다' 하고 대답해 주었습니다. 거 기다가 무엇보다도 나는 거짓말쟁이인 아흐메뜨 한을 두려워한 것입니다. 이 때 장군은 내게 이러한 편지를 다시 주었습니다."

하지 무라뜨는 또 한 장의 노랗게 바랜 편지를 로리스 멜리꼬 프에게 넘겨 주었다.

'본관의 서한에 대한 귀관의 답장을 받았음. 감사. 귀관이 기 술한 바에 의하면 귀관은 귀순을 두려워하는 것이 아니라 한 사 람의 이교도가 귀순하여 가한 모욕 때문에 그것이 실행을 방해하 고 있다는 것인 바, 러시아의 국법은 공명하기 때문에 귀관을 대 담하게 모욕한 도배의 형벌을 귀관의 면전에서 목격할 수 있을 것임. 이는 본관이 단언하는 바임. 본관은 이미 이 조사를 명령했 음. 원컨대 하지 무라뜨, 잠시 귀를 열라. 귀관은 본관을 불신하 고 본관의 결백을 믿지 않은 까닭으로 본관은 귀관에게 불만을 가질 권리가 있는 것이지만 대체로 산민들이 지니고 있는 의심많 은 마음을 숙지하고 있는 고로 본관은 굳이 귀관의 과실을 용서 하는 바임. 만일 귀관의 양심에 꺼리는 바가 없고 또 귀관이 두르고 있는 터번이 진실로 영혼 구제만을 목적으로 하는 것이라면 귀관은 청천백일(靑天白日)한 몸으로서 떳떳이 러시아 정부 및 본관을 영주(領主)함을 얻을 수 있음. 그리하여 귀관을 모욕한 범인은 처벌되고 귀관의 재산은 반환된다는 것을 본관이 언명함을 서슴지 않는 바임. 이러므로 귀관은 러시아 국법이 어떤 것인가를 스스로 체험하게 될 뿐만 아니라 러시아 인은 일체의 사태를 다각적으로 관찰하는 것임. 보잘것없는 일개 비열한이 귀관을 모욕한 사실은 러시아 인이 보는 바에 의하면 귀관의 품위를 떨어뜨리기에는 지극히 사소한 것에 지나지 않음. 본관 자신도 힐리아 족에게 터번 착용을 허가하고 이것을 당연한 것으로 인정하고 있음. 따라서 귀관은 하등 두려워할 것이 없다는 뜻을 여기에 재언하는 바임. 지금 귀관에게 파견한 사자와 함께 본관 곁으로 오시압. 이자는 본관의 충실한 부하로서 귀관의 적인 노예가 아님. 정부의 특별한 은총을 받고 있는 친우임.'

그 다음으로 끌류계나는 하지 무라뜨의 귀순을 권했다.

로리스 멜리꼬프가 편지를 다 읽은 다음 하지 무라뜨는 말했다.

"나는 그것을 믿지 않았기 때문에 그에게로 가지 않았던 것입니다. 첫째 나는 아흐메뜨 한에게 복수하지 않으면 안 되었으며, 복수를 러시아 인의 손을 거쳐 하고 싶지는 않았기 때문입니다. 바로 그 때 아흐메뜨 한은 츠엘리메스를 포위하여 나를 붙들든가 죽이려는 계획을 세우고 있었습니다. 나의 부하들의 세력이 너무나 약했기 때문에 그것을 격퇴할 수가 없었던 것입니다. 그러자 그 때 샤밀의 사자가 내게 편지를 가지고 왔습니다. 그는 아흐메뜨 한의 격파에 조력하고 그를 없애 버리자고 약속했을 뿐만 아니라 나에게 아라비아 전체의 지배권을 준 것입니다. 나는 오랜 시간 생각한 끝에 드디어 샤밀과 손을 잡게 된 것입니다. 그이래

나는 끊임없이 러시아 군과 싸워 온 것입니다.”

그리고 하지 무라뜨는 자기의 군사 행동을 남김없이 얘기했다. 그것은 매우 많은 수에 이르렀지만 로리스 멜리꼬프도 대체로 그 얘기는 이미 듣고 있었던 것들이었다. 그의 원정이나 침입 작전에 있어서의 그의 행동은 보통 이상으로 민첩하고 공격의 방법은 대담하고 더구나 항상 성공을 거둔다는 점에 있어서 경탄할 만한 것이다.

“나와 샤밀과의 사이에 결코 우정과 같은 것은 없었습니다.”

하지 무라뜨는 자기 얘기의 끝을 마무렸다.

“그렇지만 그는 나를 두려워하고 있었습니다. 그리고 나는 그에게 있어 필요한 사람이었습니다. 그러던 중 어느 때이던가, 어떤 기회에 나는 ‘샤밀의 사후, 종주(宗主)가 되는 것은 누구일까’라는 질문을 당한 일이 있었습니다. 나는 이에 대답하여, 칼끝이 날카로운 자가 종주가 되는 것이라고 대답했었습니다. 그것이 샤밀의 귀에 들어갔으므로 그는 나를 멀리 하려고 일부러 따바사라니로 나를 파견했었습니다. 나는 그리로 가서 천 마리의 양과 삼백 마리의 말을 빼앗아 왔습니다. 그런데도 샤밀은 내가 일을 잘못 저질렀다고 나로부터 영주란 직위를 박탈하고 있는 대로의 돈을 내놓으라고 명령했습니다. 나는 금화(金貨) 천 냥을 보냈습니다만 그는 자기의 부하를 보내어 나의 전재산을 빼앗은 것입니다. 샤밀은 나 자신의 출두도 요구했습니다만 나를 죽이려고 하는 것을 알고 있었기 때문에 나는 명령에 복종하지 않았습니다. 그는 내게 포수(捕手)를 보냈으나, 나는 그를 죽이려고 바로 이렇게 보론쪼프 각하에게 투항해 온 것입니다. 그런데 가족을 데리고 올 수가 없었던 것입니다. 어머니도 아내도 자식도 그의 손 안에 있습니다. 제발 태수(太守)에게 이렇게 말해 주십시오. 가족들이 그쪽에 있는 동안은 아무것도 할 수가 없다고요.”

"그렇게 전해드리죠."

로리스 멜리꼬프는 대답했다.

"제발 수고해 주십시오. 내가 갖고 있는 것은 모두 당신에게 드리겠습니다. 오직 공작 어른께 잘 조언해 주십시오. 나는 포박된 몸이며 그 포승줄의 한 줄은 샤밀의 손이 쥐고 있는 것입니다."

이것으로 하지 무라뜨가 로리스 멜리꼬프에게 한 이야기는 끝을 맺었다.

14

12월 20일, 보론쪼프는 다음과 같은 서면을 육군 대신 체르느이쇼프에게 보냈다(그 편지는 프랑스 어로 씌어 있었다).

'친애하는 공작 각하, 소관이 앞서 각하에게 서면을 보내었음은 우선 하지 무라뜨에 대한 조치를 결정하고자 하는 데에 있사옵니다. 소관은 2, 3일 동안 건강이 심상치 않았사옵니다. 지난 편지에는 하지 무라뜨의 당지 도착을 보고드린 바 있습니다만, 동인은 8일 찌플리스에 도착 다음날 소관과 면회한 바 있습니다. 그 후 7, 8일간 소관과 그는 면담을 거듭하와, 금후 그가 아군을 위하여 여하한 일을 할 수가 있을 것인가 숙고한 바 있사옵니다. 특히 당면한 문제로서 러시아 측으로서 그에게 여하한 조처를 강구해야 할 것인가에 대해서 머리를 썩이고 있는 바이옵니다. 다름이 아니오라, 그는 가족의 운명에 대해서 염려하와 가족이 샤밀의 손 안에 있는 한 수족을 속박당함이나 다름없어, 러시아 측으로부터 표시된 호의있는 대우와 관대한 조처에 대해서 자신의 감사의 뜻을 증명하고 일사봉공하여 몸을 바쳐야 할 것이나 전기한 사실로 하여 어려운 처지에 있다 하니, 그는 그의 충심을 피력

한 것임에 틀림없는 것이라 믿사옵니다. 자기 입장의 불안정, 사
랑하는 혈연의 운명에 대한 배려는 그를 병적 상태로까지 이끌어
소관의 명령으로 그의 시중을 드는 사람들의 말로도 그가 밤마다
수면을 취하지 못하고 변변히 음식도 먹지 않고 끊임없이 기도만
올리고 있다고 소관에게 보고하고 있나이다.

그는 까자끄와 함께 교외로 멀리 말을 타고 나가고 싶다는 청
원을 해온 바, 이는 오랜 습관상 필요한 운동이며 또 동시에 그에
게 있어 유일하게 가능한 기분 전환으로 생각되옵니다. 그는 매
일 소관을 방문하여 그의 가족에 관한 어떠한 정보를 얻지 못했
느냐고 묻고 각 방면의 전선에서 얻은 소관 휘하의 포로를 모아
이를 그의 가족과 교환하도록 샤밀에게 제의해 달라고 끊임없이
탄원하고 있나이다. 또한 그는 다소의 금품까지 샤밀에게 제공하
도록 말하고 있사옵니다. 그를 위하여 금품의 기부를 거절하지
않을 사람들도 약간 있는 듯 하나이다. 그는 끊임없이 소관을 향
하여 '나의 가족을 ㅓ하고 그 연후에 러시아 군에 봉사할 가능성
을 달라(그의 의견에 의하면 레즈기야 방면의 전선이 가장 적당
하다 말하옵니다). 만일 그 후 1개월이 지나도 큼직한 공훈을 세
우지 못할 경우에는 여하한 처벌이라도 받겠습니다'라고 되풀이
하여 말하고 있사옵니다. 소관도 그가 말하는 바가 과연 지당
하다고 인정하는 터이옵니다. 만약 그의 가족을 인질로서 러시아
측으로 넘겨 오지 않는 한, 즉 여전히 그들을 산중에 머물러 있게
하는 한 그의 말을 믿지 않을 사람들도 러시아의 군중에는 적지
않으리라고 사려되는 바이옵니다.

이리하여 소관은 국경에서 포로를 잡기 위해서 될 수 있는 한
의 일을 할 수 있지만 가족의 몸값으로 그 자신이 조달한 액수에
보조를 해준다는 것은 국법상 소관에게 그 권한이 없는 것이라,
다른 방법으로써 조력을 하겠다고 그에게 약속을 한 바 있사옵

니다. 그것을 약속한 다음 소관은 그를 향하여, 직접적이며 솔직하게 소관의 소신을 피력한 바 있나이다. 즉, 샤밀이 여하한 일이 있더라도 하지 무라뜨의 가족들은 자기 손에서 놓지 않을 것이며 아마도 공공연히 그것을 그에게 명언해 올 것이라는 점을 말해 준 것이었습니다. 또한 샤밀이 그의 죄의 일체를 용서하고 종전의 지위를 돌려 준다는 것을 조건으로 그에게 복귀를 종용해 올 것이라는 것도 귀띔해 주었나이다. 만일 이에 복종하지 않을 경우 그의 노모, 처 및 여섯의 자녀들을 살해할 것이라고 위협해 올 것에 틀림없는즉, 만일의 이러한 성명을 들었을 경우 여하한 태도를 취할 각오인가 솔직이 말할 수 없겠느냐고 따졌던 바, 하지 무라뜨는 눈을 감고 손을 높게 하늘로 쳐들며 '모든 것은 신의 손에 있다고 할 것이지만 절대로 적에게 몸을 굴할 수는 없다. 왜냐하면, 샤밀은 나를 용서할 마음이 없으며 따라서 내 생명도 길지 않다는 것을 확신하기 때문이다'라고, 이렇게 답하는 것이었습니다. 또한 그는 그의 가족을 샤밀이 경솔하게 처치하리라고는 믿지 않는 모양이었나이다. 그 이유는 첫째, 그로 하여금 자포자기케 만들어 한층 더 위험한 적으로 만드는 것을 두려워하고, 둘째, 다게스딴에는 많은 유력자가 있어 샤밀의 이러한 행위를 간(諫)할 것임에 틀림없다는 이상의 두 가지 이유 때문입니다. 끝으로 하지 무라뜨는 몇 번씩 소관을 향해 장래에 대해 신의 뜻이 어디에 있건, 현재 그의 뇌리에는 가족을 구하겠다는 일념 이외에 아무것도 없다 함을 되풀이하고 아무쪼록 신의 이름으로 그에게 원조를 베풀어 체첸 부근으로의 귀환을 허용해 달라고 간절히 애원하는 거였습니다. 체첸 부근이라면 러시아 장관의 허가와 중재로 가족과의 연락 방법을 강구하고 그 현상에 관해 부단히 정보를 얻을 수 있고 구조 방법의 발견에도 편의가 많을 것이라고 사려되는 바입니다. 그 곳이 적지라고는 하지만 이 지방에 있어

서의 다수의 인민과 약간의 영주들은 다소간 그에게 경모의 마음
을 품고 있을 뿐더러, 이미 러시아에 정복되었거나 혹은 중립의
입장에 있기 때문에 이들 주민에게로 가면 그는 러시아 측의 원
조를 받아가면서 목적 관찰에 유리한 여러 가지 연락 방법을 용
이하게 강구할 수 있을 것이라고 사려되는 바이옵니다. 실로 이
목적이야말로 그가 밤낮을 통하여 잠시도 뇌리에서 잊고 있지 않
은 일이옵니다. 일단 이 목적이 달성되기만 한다면 그는 완전히
마음을 놓고 러시아를 위하여 활약하게 되고 우리들을 신뢰하게
될 것이라고 사려되는 바이옵니다. 그는 2천, 3천 명의 용감한 까
자끄의 호위와 함께 또다시 그로즈나야로 송환되도록 끈덕지게
탄원하고 있사옵니다. 이 호위는 그를 위해서는 적을 막는 방패
가 되고 우리들을 위해서는 그가 말하는 의도의 성질을 보장하는
것이 되리라고 믿나이다. 친애하는 공작 각하, 그의 이러한 요구
가 얼마나 소관을 당황케 만들었는가를 통찰해 주시옵기 바라나
이다. 또 어떤 사건이 발생하면 그 때마다 중대한 책임이 즉시 소
관의 어깨에 떨어진다는 사실을 참작해 주시옵소서. 물론 절대적
으로 그의 말을 신용한다는 것이 극히 위험한 부주의라는 것도
알고는 있사옵니다. 그러나 그렇다고 해서 그의 손에서 도주의
모든 수단을 빼앗으려고 한다면 그를 감금하는 길 외에는 없고
이것은 단지 공명을 결하는 일뿐 아니라 정책으로서도 졸렬함을
면치 못하는 우고(愚考)라 생각하나이다. 이러한 조치를 취한다
면 이 풍설은 즉시 다게스딴 전지방에 전해져서 동지에 있어서의
러시아 행정을 심히 저해할까 우려하는 바이옵니다. 왜냐하면,
공공연하게 샤밀을 적으로 하겠다는 의도를 가지고 러시아 군에
투항하지 않을 수 없게 된 용감 무쌍한 종수(宗首)의 부장(副將)
하지 무라뜨에 대한 러시아 군대에 있어서의 처우를 주시하고 있
는 사람들의 기대를 꺾어 놓는 결과가 되기 때문이옵니다. 만일

하지 무라뜨를 일단 포로로서 대우한다면 샤밀에 대한 그의 배반이 러시아 군에 미친 훌륭한 결과를 순시에 무산시킬 것에 틀림없나이다.

이러한 실정이오니, 소관으로서는 현재 취하고 있는 태도 이외에 따로 시책이 없다고 사려되는 바이옵니다. 단, 이 때 만일 하지 무라뜨가 또다시 도주를 획책하는 일이 있다면 그 중대한 과실에 대한 책임은 피할 수가 없는 것이라 각오하고 있나이다. 모든 임무에 있어서, 특히 이러한 복잡한 사태하에서는 과실을 두려워하지 않고 책임을 한몸에 지겠다는 각오없이 탄탄한 대로만을 걷겠다고 하는 것은, 설령 불가능한 일이라고까지는 할 수 없어도 매우 곤란한 일이라고 믿사옵니다. 따라서 옳은 태도라고 믿은 이상 이에 따라 정진하는 외에 다른 길이 없사오니 그 이상은 오직 천명에 달려 있사옵니다.

친애하는 공작 각하! 이 건을 황제 폐하께 상주해 주시기를 바라오며 만일 폐하께서 소관의 조치를 가상히 여겨 주신다면 소관의 기쁨은 이보다 더한 것이 없겠나이다. 이상 각하에게 보고 드린 일에 대해서는 모두 자와또프스끼, 꼬즐로프스끼 양 장군에게도 통보한 바 있사오며 특히 꼬즐로프스끼 장군에게는 하지 무라뜨와 교섭하도록 당부해 둔 바 있나이다. 또 하지 무라뜨에게도 동 장군의 허가 없이는 어떠한 일도 감행할 수 없으며 또 어디에라도 출발할 수 없다고 미리 주의해 둔 바 있나이다. 소관은 그를 향하여 만일 러시아의 호위병과 함께 멀리 말을 타고 나가더라도 그건 러시아 측에 오히려 좋은 결과가 된다고 설명해 주었나이다. 사실 샤밀은 러시아 측이 하지 무라뜨를 감금하고 있다는 근거없는 낭설을 퍼뜨릴 염려도 충분히 있나이다. 단, 소관은 그가 보즈드뷔젠스끄로는 결코 가지 못하도록 굳게 언질을 받아 두었나이다. 왜냐하면, 그가 최초로 투항하여 자기의 친우라고 생각하고 있는 소관의 우식(愚息)은 그 곳의 장관으로서 어떠한 오해가 생길 우려가 있다고 사려되기 때문이옵니다. 더군다나 보 즈드뷔젠스끄는 우리에게 적의를 품고 있는 대부락에 너무나 근 접하고 있는 데에 반하여 그로즈나야는 그의 심복과 연락을 갖기 위해서도 만사 편리한 지점이기 때문입니다.

그 자신의 희망에 의하여 한 발도 그의 곁을 떠나지 않을 20명 의 정예병(情銳兵)인 까자끄들 이외에 소관은 로리스 멜리꼬프 대위를 보냈나이다. 동 대위는 우수하고 총명한 모범 장교로서 따따르 말을 알고 하지 무라뜨도 잘 알고 있사옵니다. 또 하지 무 라뜨도 마음속 깊이 그를 신뢰하고 있는 듯하나이다. 하지 무라 뜨는 당지에 도착한 이래 10일간을 항상 공작 따르하노프 중령과 한 집에 기거하고 있나이다. 중령은 슈쉰 군(郡)의 장관으로 현 재 용무가 있어 당지에 체류중에 있사온데 그야말로 모범적인 인 물로서 소관도 절대 신뢰하고 있나이다. 중령도 똑같이 하지 무 라뜨의 신뢰를 얻고 있고 또한 따따르 말을 잘함으로써 가장 완 곡한 태도를 요하는 비밀 교섭은 모두 중령을 통하고 있나이다.

소관은 하지 무라뜨에 관하여 따르하노프의 의견도 물어 보았 습니다만 그도 역시 소관과 같은 의견이오며, 소관이 취하는 조 치대로 하든가 아니면 하지 무라뜨를 투옥하여 모든 엄격한 방법 으로써 감금하든가(일단 좋지 않은 대우를 표시하면 그의 감시는 용이한 일이 아닌 것이기 때문에), 아니면 그를 아주 국외로 추방 하든가, 그 방법의 어느 것을 선택하는 길밖에는 없다고 말하고 있나이다. 그렇다고는 하지만 끝의 두 방법은 하지 무라뜨와 샤 밀 사이의 알력에서 생긴 러시아 측의 이익을 무로 돌리게 하는 것뿐만 아니라, 오히려 샤밀의 권력에 대한 산민의 불평의 증진 및 그들의 반역의 가능성을 저해하는 것은 필연의 일인가 하옵 니다. 따르하노프 공작도 하지 무라뜨의 성의를 믿는다고 소관에게 말한 바가 있으며 또한 샤밀은 결코 그를 용서할 리가 없으며 사죄(赦罪)의 약속을 한다 해도 이에 불구하고 사형의 명령을 내릴 것이 틀림없으며 하지 무라뜨 자신도 이에 조금도 의심을 하지 않음은 오히려 지당한 일이라고 말하고 있사옵니다. 따르하노프 공작이 하지 무라뜨의 교섭에 있어 불안을 느낀 유일한 점은 종교에 대한 그의 집착이었나이다. 샤밀이 이 방면으로 하지 무라뜨를 움직이게 할 가능성이 있음은 공작도 감히 부정하지 않을 정도의 것이옵니다. 그러나 이미 말씀드린 바처럼 샤밀이 그의 귀환 후, 즉시든 아니면 다소의 시일을 두든 어차피 그의 생명을 빼앗을 것이라는 사실을 알고 있기 때문에 이는 결코 불가능한 일로써 사려되는 바이옵니다.

친애하는 공작 각하, 이 군중 삽화(軍中揷話)에 소관이 말씀드릴 일은 대강 이상과 같은 것이옵니다.'

15

이 보고는 3월 24일 찌플리스에서 발송되었다. 1852년의 새 아침을 내일로 두고 있는 그믐날, 급사는 열 마리나 되는 말을 지쳐 쓰러질듯 몰아대고 열 명에 이르는 마부는 피가 날 정도로 말을 때려가며 달린 끝에 당시의 육군 대신인 체르느이쇼프 공작에게 이 보고를 전달했다. 그리하여 정월 초하루, 체르느이쇼프는 다른 서류와 함께 이 보론쪼프의 보고를 황제 니꼴라이 2세에게 제출했다.

체르느이쇼프는 보론쪼프를 좋아하지 않고 있었다. 그것은 보론쪼프가 널리 세상으로부터 존경을 받고 있었기 때문이기도 했고, 막대한 부를 누리고 있을 뿐더러 특히 보론쪼프는 명문귀족

출신인 데 비하여 자기는 벼락 귀족에 지나지 않았기 때문이
었다. 그러나 그보다도 더한 이유는 황제가 보론쪼프에 대해서
특별한 은총을 베풀고 있었기 때문이었다. 이리하여 체르느이쇼
프는 보론쪼프를 헐뜯기 위해서 될 수 있는 대로 기회를 이용하
려고 노력하고 있었다.

이전에 까프까즈 전투에 관한 보고 때, 그는 보론쪼프에 대한
황제의 불만을 교묘하게 불러일으킬 수가 있었다. 그것은 장관의
부주의로 하여 러시아의 소지대(小支隊)가 산비(山匪)에게 거의
전멸한 사건에 관한 것이었다. 지금도 그는 하지 무라뜨에 관한
보론쪼프의 조치를 불리하게 황제에게 상주(上奏)하려고 생각하
고 있었다. 그는 다음과 같은 것을 황제의 귀에 불어 넣으려고 생
각한 것이었다. 다름이 아니다. 보론쪼프는 언제나 러시아 군의
이익을 희생하여 토민을 보호하고 때로는 그들의 비행을 뒤덮으
려는 듯한 행동을 취하고 있는데 이번에도 하지 무라뜨를 까프까
즈에 남겨두고 있는 것은 현명한 방법이라곤 할 수 없다.

살펴보건대, 하지 무라뜨가 아군의 방어 방법을 알기 위해서
일부러 러시아 군에게 투항해 왔다고 생각된다. 따라서 하지 무
라뜨를 러시아의 중앙부에 송치하고 그의 가족이 산중으로부터
구출된 연후 그의 충성을 신뢰할 수 있을 때 비로소 그를 이용하
는 편이 이치에 맞는다고 주장하는 방법이었다.

그러나 이 체르느이쇼프의 책략은 성공하지 못했다. 그것은 요
컨대, 정월 초하루 아침, 니꼴라이 황제가 특히 기분이 좋지 않아
가령 누구의 입에서 나온 여하한 헌책(獻策)일지라도 단순한 반
대 심리로 인해 받아들여지지 않을 것이었기 때문이다. 특히 체
르느이쇼프의 헌책은 더더군다나 받아들여질 기색이 없었다. 니
꼴라이는 그를 당분간 바꿀 수 없는 인물로서 불쾌감을 참고 중
용하고는 있지만, 그가 '3월 당원' 사건 당시 자하르 체르느이쇼

프를 모함하고 그 재산을 횡령하려던 것을 알고 있었기 때문
이다. 그래서 황제는 그를 더없이 비열한으로 보고 있었던 것
이다. 이렇게 돼서 니꼴라이의 기분 탓으로 하지 무라뜨는 그대
로 까프까즈에 머물러 있게 되었다. 그리고 만일 체르느이쇼프가
다른 때 상주했던들 가능했을지도 모른다고 상상할 수 있는 변화
가 마침내 그의 신변에는 일어나지 않게 된 것이다.

그것은 아침 아홉 시 반의 일이었다. 이날 아침 영하 12도라는
혹한의 안개 속을 하늘색 빌로드 모자를 쓴 수염투성이인 뚱뚱한
체르느이쇼프의 마부가 황제의 승용차와 똑같은 모양인 조그만
썰매의 마부대에 걸터앉고 동궁(冬宮)의 주차장으로 기세좋게 달
려들었다.

그 마부는 그와 사이가 좋은 돌고루끼 공작의 마부에게 매우
정답게 턱을 들썩이면서 인사를 하였다. 이편에서는 벌써 전에
주인을 내려놓고 솜이 두꺼운 외투의 엉덩이 밑에 말고삐 줄을
깔고 앉은 채, 언 손을 비비며 궁전의 주차장 곁에 서 있었다. 체
르느이쇼프는 풍성한 잿빛 해리 깃을 단 외투를 입고 새털이 달
린 삼각모를 단정히 쓰고 있었다. 곰가죽 무릎 덮개를 밀어 내고
그는 덧신이 없는 발을 주의깊게 썰매 밖으로 내뻗었다(그는 덧
신을 신지 않는다는 것을 자랑으로 여기고 있었다).

그리고 원기있게 박차를 가하면서 수위가 공손히 연 문으로부
터 융단 위를 따라 홀로 들어갔다. 대기실에서 그의 곁으로 다가
온 노종복의 손에 외투를 벗어 준 후, 그는 거울 앞에 다가가서
인두로 지진 머리가 헝크러지지 않도록 주의깊게 모자를 벗었다.
그는 거울에 비친 자기의 모습을 보면서 익숙한 노인다운 솜씨로
양 귀밑털이며 이마 위에 돌돌 말아 올린 머리칼을 만지면서 십
자장(十字章)이며 수장(綏章)이며 황제의 머릿자가 들어 있는
커다란 견장들을 살폈다.

그리고 말을 잘 듣지 않는 늙은 다리를 약하디 약하게 옮기면서 비탈진 계단의 양탄자를 따라 올라가기 시작하였다.

예복을 입고 입구에 서서 공손히 경례하는 종복의 곁을 지나 그는 알현실(謁見室)로 들어갔다. 새로 임명된 시종무관이 새로운 제복이며 견장이며 수장을 빛내면서 공손히 그를 맞았다. 아직 궁중에 익숙하지 않은, 혈색 좋은 얼굴에는 꺼먼 콧수염을 기르고 있었고 양 귀밑털은 니꼴라이 1세와 똑같게 눈꼬리를 향해 비벼붙이고 있었다. 육군차관인 바실리이 돌고루끼 공작은 황제 니꼴라이와 똑같은 구레나룻이며 콧수염이며 귀밑털의 머리카락으로 장식된 둔한 얼굴에 갑갑한 듯한 표정을 띠면서 그에게 인사를 했다.

"황제께서는?"

거실문쪽을 장눈으로 가리키면서 체르느이쇼프는 시종무관에게 물었다.

"폐하께서는 방금 돌아오셨습니다."

매우 좋은 기분인 듯 자기 목소리의 울림에 귀를 기울이면서 시종무관은 말했다. 그리고 물을 가득히 담은 컵을 머리에 얹어 놓아도 흘리지 않을 것 같은 부드러운 걸음을 조용히 옮기면서 소리 하나 내지 않고 그 앞으로 다가갔다. 그리고 이제부터 들어가려는 장소에 대한 존경을 전신에 나타내면서 문 안으로 들어갔다. 그 사이에 돌고루끼는 서류가방에서 안에 들어 있는 서류를 조사하기 시작했다. 체르느이쇼프는 눈살을 찌푸리고 다리를 밟아 뻗듯이 걸으면서 이제부터 황제에게 상주할 일들을 생각했다. 그가 막 거실의 입구에 섰을 때 문이 다시 열리면서 아까보다도 더한층 미소로 빛나는 공손한 부관의 모습이 안쪽으로부터 나타났다. 그는 손짓으로 장관하고 차관을 황제의 거실로 안내했다.

동궁(冬宮)은 화제 후 벌써 오래 전에 재건축이 끝나 있었지만 니꼴라이 1세는 아직 2층에 살고 있었다. 그가 장관이나 고관을 알현하고 보고를 듣기로 되어 있는 거실은 창문이 네 개 달려 있는 천장이 매우 높은 방이었다. 알렉산드르 1세의 커다란 초상이 정면 벽에 걸려 있고 창과 창 사이에는 두 개의 사무용 탁자가 놓여 있었다. 벽에는 몇 개의 의자가 나란히 놓여 있고 방 한가운데에는 커다란 서류 탁자가 놓여 있었다. 그 앞에는 니꼴라이 황제의 팔걸이의자며 알현이 허가된 사람이 앉을 의자가 놓여 있었다. 니꼴라이는 어깨에 문장(紋章)을 단 검은 빛 프록을 입고 살찐 배 위를 혁대로 졸라맨 커다란 체구를 의자 등받이에 기대면서 탁자 곁에 앉아 있었다. 그리고 생기없는 눈으로 들어오는 두 사람을 가만히 바라보고 있었다. 대머리를 감추기 위한 가발과 교묘하게 연결되도록 정성껏 빗어 넘긴 귀밑머리의 그늘에서 크고 험상스러운 이마를 드러내고 있는 길고 하얀 얼굴이 오늘따라 유달리 싸늘하게 보였다. 그 싸늘한 얼굴이 가만히 움직이지 않고 있었다. 언제나 흐릿한 그의 눈이 오늘은 더욱 몽롱하게 보여서 빳빳하게 위쪽으로 비틀어 올린 노인다운 콧수염과 눈은 옷깃에 밀려 올라간, 면도를 방금하고 난 기름이 도는 뺨과 규칙있게 밀어 넘겨진 수염과 옷에 눌려 있는 아래턱 등은 그의 얼굴에 불만이라기보다도 오히려 분노의 표정을 드러내 주고 있는 것이었다.

이러한 기분의 원인은 피로인 것이다. 또 그 피로의 원인은 그가 전날 밤에 가면무도회에 나갔기 때문이다.

바로 어제 황제는 언제나처럼 꼭대기에 새가 앉은 친위대 기병의 헬멧을 쓴 채로 그의 곁으로 밀려와서는 그의 자신에 넘치는 당당한 거구 앞에 쩔쩔매면서 길을 양보하는 군중 속을 걸어다니고 있었는데 문득 어느 하나의 가면이 눈에 띈 것이었다.

그것은 전날의 무도회에서, 흰 살결과 훌륭한 체격과 부드러운 목소리로 인하여 그의 노인다운 색정을 불러일으키게 해놓고서는 다음 무도회에서 만나자고 약속한 채로 사라진 여자였다. 어제의 무도회에서 그녀는 니꼴라이의 곁으로 다가왔었다. 그래서 그는 이제는 그 여자를 놓치지 않으려고 결심하였다. 그리고 그 목적을 위해서 특히 준비해 둔 음식점으로 데려갔다. 거기에서는 여자와 마주앉을 수 있는 것이다. 그 음식점의 입구까지 무언으로 오자 니꼴라이는 눈으로 안내인을 찾으면서 주위를 둘러보았으나 아무도 그 근처에는 없었다. 니꼴라이는 눈썹을 찌푸리고 자기 스스로 그 음식점의 문을 열면서 우선 여자를 안으로 들여보냈다.

"여기에 누가 있습니까?"

걸음을 멈추면서 말했다.

음식점은 벌써 만원이어서 모든 자리는 사람들에 의해 이미 점령되어 있었다. 빌로도의 긴 의자에는 한 창기병(槍騎兵) 장교가 젊은 여자와 찰싹 붙어서 걸터앉아 있었다. 여자는 하얀 머리를 늘어뜨린 미인이었고, 도미노를 입고 가면은 벗고 있었다. 기세 좋게 우뚝 선 니꼴라이의 엄청난 모습을 보자 하얀 머리털을 한 여자는 놀라서 허겁지겁 가면으로 얼굴을 가렸다. 창기병 장교는 겁에 질려 몸이 굳어져서 긴 의자로부터 일어나려고도 하지 않고 가만히 움직이지 않는 눈으로 니꼴라이를 바라보고 있었다.

자기에 대한 사람들의 공포의 표정은 니꼴라이에게 있어선 이미 익숙해 있었지만 이러한 사람들의 공포어린 표정을 본다는 것은 언제나 그를 유쾌하게 만들어 주었다. 그는 마음이 내키면 공포에 싸여 있는 사람들에게 예상치도 않은 부드러운 말을 건네어 그 콘트라스트(對照)로 하여 더욱 놀라게 하는 것이 재미있었다. 그래서 그는 이번에도 그것을 시도한 것이었다.

"야, 너, 너는 나보다도 젊으니까 그 장소를 양보해 줘도 좋지 않을까?"

공포로 하여 화석처럼 굳어져 있는 장교를 향하여 그는 말했다. 장교는 튀어일어났다. 그리고 붉어졌다가 푸르러졌다 하는 얼굴로 허리를 얕게 구부리고는 아무 말도 못하고 가면의 여인 뒤를 따라 음식점을 나가 버렸다.

니꼴라이는 자기의 상대와 마주앉았다. 가면은 가정교사로 고용한 스웨덴 부인의 딸로서 겨우 스무 살이 된 아름답고 순결한 처녀였다. 이 처녀는 니꼴라이에게 말했다. 소녀가 아직 어렸을 때부터 그의 초상화를 보고는 그를 신처럼 숭배하고 애모하여 어떻게 해서든지 그의 주의를 끌지 않으면 안 되겠다고 결심했었다. 그런데 지금 이러한 목적을 달성한 셈이니까 이제는 더 바랄 것이 없다는 등의 얘기를 하는 것이었다.

니꼴라이는 언제나 그가 여자와 밀회하는 장소로 그 소녀를 데려갔다. 니꼴라이는 그녀와 한 시간 이상을 그 곳에서 보냈다.

이날 밤, 그가 자기의 거실로 돌아와서 언제나 자랑으로 삼고 있는 좁고 딱딱한 침대에 몸을 누이고, 그의 말을 빌어 말하면 나폴레옹의 모자와 같을 만큼 유명한 망토 속에 파묻히면서 그는 오랫동안 잠을 이룰 수가 없었다. 소녀의 하얀 얼굴에 떠오른 두려워하는 듯하면서도 동시에 환희가 넘쳐 흐르던 표정이 눈앞에 아른거리는가 하면 오래 전부터 자기의 애인으로 정해져 있는 넬리도와의 탐스럽고 살이 잘 오른 어깨가 연상되었던 것이다.

그는 이 두 여자를 비교하여 보았다. 그러나 아내가 있는 남자의 방종은 좋지 않다는 따위의 생각은 전혀 그의 머리에 떠오르지 않았다. 만일 누군가가 그러한 것을 말하고 비난하는 자가 있다면 그는 놀라서 어처구니없어 했을 것이다. 하지만 당연한 행위를 했다고 믿고 있었음에도 불구하고 그의 마음에는 무엇이지 모를 불쾌한 뒷맛이 남아 있었다. 그래서 이 기분을 없애기 위해서 그는 언제나 자기의 마음을 가라앉게 하는 상념, 즉 자기는 위대한 인간이라는 그 상념을 완성하기 시작했다.

그는 늦게 잠을 잤음에도 불구하고 일곱 시 넘어서는 벌써 자리를 떠나 위대하게 풍만한 몸을 얼음으로 문지르고는 언제나 정해져 있는 몸 수신을 한 후 어렸을 때부터 외고 있는 '성모 마리아여' '나도 믿노라' '우리들의 아버지여' 하는 등의 언제나의 기도를 거의 아무런 의미도 없이 외고 나서 외투와 군모의 모습으로 소현관(小玄關)으로부터 강(江)가의 거리로 나왔다. 그 거리의 중간쯤에서 그 자신만큼이나 당당한 체구를 하고 있는 제복, 제모 모습의 법률학교 학생과 마주쳤다.

자유사상의 온상이라 해서 평소에도 싫어해 온 학교의 제복을 보자 니꼴라이는 얼굴을 찌푸렸지만 키가 큰 훌륭한 체격과 잠자리처럼 쫙 편 가슴과 팔을 휘두르면서 열심히 경례를 하는 태도에 그의 불만은 누그러졌다.

"성은 무어라고 하지?"

그는 물었다.

"뽈로사또프라고 합니다, 폐하."

"꽤 훌륭한 놈이군!"

학생은 모자의 차양에 손을 올린 채 가만히 서 있었다. 니꼴라이는 걸음을 멈추었다.

"넌 군무(軍務)에 종사하고 싶으냐?"

"아뇨, 폐하."

"바보."

니꼴라이는 놀란 듯 얼굴을 돌리면서 걷기 시작했다. 그리고 머리에 떠오른 최근의 말을 목소리를 높여 되풀이하기 시작했다.

"꼬뻬르웨인! 꼬뻬르웨인!"

그는 어젯밤의 소녀 이름을 몇 번씩 되풀이하는 것이었다.

"안 돼, 안 돼!"

그는 그 여자의 이름을 입에 올리게 된 것을 나무라고 있는 것이 아니라 목소리로 말하고 있는 사실에 주의를 환기시키며 내부의 감정을 억누르려고 하는 것이었다.

또다시 불만스러운 생각이 머리에 떠오르자 그는 혼자 중얼거렸다.

"아니, 내가 없으면 러시아뿐만 아니라 구라파가 어떻게 되었을지 알게 뭐야?"

그는 자신의 의동생이 되는 프러시아 왕의 일을 생각해냈다. 그리고 그의 유약함과 우매함을 생각하면서 머리를 휘젓는 것이었다. 뒤로 되돌아서 궁전 주차장에 가까이 왔을 때 문득 엘레나 빠블로브나의 마차가 눈에 띄었다. 마차는 빨간 철맞이옷(그러니까 겨울옷)을 입은 종복을 태우고 살뜨이 꼬프의 차고로 들어갔다.

엘레나 빠블로브나는 니꼴라이의 눈으로 보면 공허한 인간의 화신이라고 할 정도의 것이었다. 그것은 단지 과학이나 시학(詩學)뿐만 아니라 민중의 정치와 같은 문제조차 마구 떠들어대며 마치 그들이 자기 니꼴라이보다도 인민을 잘 다스려 나갈 수 있다고 믿고 있는 것이다. 이러한 것들은 아무리 억눌러도 뒤로 뒤로 자꾸 떠오르는 것임을 그는 알고 있었다. 최근 죽은 동생 미하일 빠블로비치가 생각났다. 그러나 쾌씸한 우울증이 그의 마음을 사로잡았다. 그는 어둡게 눈썹을 찌푸리며, 또 머리에 떠오르는 최초의 말 '꼬뻬르웨인'을 입 안에서 중얼거리기 시작했다. 그리고 궁전에 들어서자 비로소 혼잣말을 그만두었다.

거실로 들어와 거울 앞에 서면서 얼굴 수염이며 귓가의 머리며 이마에 붙인 가발 등을 만지고 콧수염을 빳빳하게 비틀어 올리고는 언제나 보고를 듣기로 되어 있는 서재로 곧장 걸어갔다.

그가 제일 먼저 만난 것은 체르느이쇼프였다. 그는 니꼴라이의 얼굴이라기보다도 주로 눈매로 하여 황제가 오늘 각별히 불쾌해 있는 것을 깨달았다. 그는 어제의 황제의 모험을 알고 있었기 때문에 그 불쾌해 있는 원인도 알고 있었다. 니꼴라이는 귀찮아하는 듯 인사를 받았다. 그리고 자리에 앉도록 권유하고 예의 기력 없는 눈으로 그를 물끄러미 쳐다보았다.

체르느이쇼프가 제일 먼저 보고한 것은 이번에 발견된 경리부원의 독직 사건이었다. 다음이 러시아 국경에 있어서의 러시아 군대의 이동의 건, 다음이 제1회의 발표에서 빠진 사람들의 신년의 행상(行賞), 그리고 그 다음이 하지 무라뜨의 투항에 관한 보론쪼프의 보고 그리고 최후로 교수의 암살을 기도한 의과 대학생에 관한 불쾌한 사건이었다.

니꼴라이는 말없이 입술을 깨물고 네째 손가락에 금반지를 낀 크고 하얀 손으로 서류를 뒤적이면서 체르느이쇼프의 이마의 앞 머리에서 눈을 떼지 않고 독직 사건의 보고를 들었다.

니꼴라이는 사람들은 누구나 도둑질을 하는 것이라고 믿고 있었다. 그는 지금 경리부원을 처벌할 필요가 있다고 인정하고 그들 일동을 파면하고 군대 복무를 시키도록 마음먹고 있었지만 그러나 그래도 후임자가 똑같은 짓을 막을 수는 없다고 생각하고 있었다. 관리의 본질도 도둑질을 하는 데 있으며 자기의 의무는 그것을 처벌하는 데에 있는 것이다. 따라서 아무리 이런 일에 진저리가 나도 그는 충실히 이 의무를 이행하지 않으면 안 되었다.

"아마도 이 나라에는 정직한 사람이 오직 하나밖에 없는가 보군!"

체르느이쇼프는 러시아에 하나밖에 없다는 정직한 사람이 바로 니꼴라이 자신을 두고 하는 말이라는 것을 바로 깨닫고 정말 그렇다는 듯이 미소를 지었다.

"정말 그런가 봅니다, 폐하."

그는 말했다.

"잠깐만 기다려 주게. 재가의 도장을 찍어 줄 테니까."

서류를 받아들고 탁자의 왼쪽에 놓아 두면서 니꼴라이는 말했다.

그 다음으로 체르느이쇼프는 행상(行商)과 프러시아 국경 이동의 건을 보고하기 시작했다. 니꼴라이는 행상자 명단을 보고 몇 사람의 이름을 지워 버리고 2개 사단의 프러시아 국경 이동의 건에 대해서 간단 명료한 지령을 내렸다.

니꼴라이는 프러시아 왕이 1848년 이후, 인민에게 헌법을 부여해 준 것을 아무래도 용서해 줄 수가 없었다. 따라서 이 의제에 대해서 편지나 입으로서는 매우 친밀한 감정을 피력하면서도 그는 만일의 준비로써 프러시아 국경에 군대를 배치할 필요를 인정했다.

그것은 프러시아 인민이 반역을 기도했을 경우(그는 도처에 반역의 가능성을 알고 있었다) 마치 헝가리 인 폭동으로부터 오스트리아를 구하기 위해서 러시아 군대를 파견했던 것과 똑같이 의동생의 왕위를 보호하기 위해서 필요한 것이었다. 또 이러한 군대는 프러시아 왕에 대한 니꼴라이의 충언에 보다 무서운 의의를 보태기 위해서도 필요한 것이었다.

'그렇다. 만일 내가 없었으면 지금 러시아가 어떻게 되었을는지 모른다.'

그는 그렇게 생각하면서 물었다.

"자, 그리고 그 다음은 무어야?"

"까프까즈로부터 급사가 왔습니다."

체르느이쇼프는 말하면서 하지 무라뜨의 투항에 관해 보론쪼프가 보낸 것을 상주하기 시작했다.

"허! 그건 참으로 운수좋은 징조인데?"

니꼴라이는 말하였다.

"폐하가 세우신 작전이 점점 명료한 성과를 나타내기 시작했습니다."

체르느이쇼프는 말했다.

그의 전술적 재능에 대한 이 찬사는 그의 마음을 각별히 유쾌하게 만들었다. 그는 자기의 전술적 재능을 자랑하고 있었지만 내심으론 그런 것이 자기에게 없음을 의식하고 있었기 때문이다. 그래서 지금 그는 좀더 상세한 찬사가 듣고 싶었던 것이다.

"그건 무슨 뜻이지?"

그는 물었다.

"이렇게 생각하는 것입니다. 만일 일찍부터 폐하의 작전에 따라서 숲의 나무를 베어 가고 식량을 탈취하면서 서서히 확실하게 전진을 계속했었더라면 까프까즈는 벌써 옛날에 정복되었을 것입니다. 하지 무라뜨의 투항도 실로 이에 기인하는 것이라고 생각합니다. 그는 더이상 버틸 수가 없다고 깨달은 것입니다."

"그렇지!"

니꼴라이는 말했다.

숲을 베고 식량을 탈취하면서 점차 적지에 침입하는 작전은 예르몰로프와 벨리아미노프의 안이었다. 단숨에 샤밀의 본거지를 공격하여 이 산비(山匪)의 소굴을 파괴하려고 하던 니꼴라이의 계획과는 정반대의 것이었다. 니꼴라이의 계획에 따라 1845년에 수행된 다르고 원정은 그처럼 많은 인명을 희생하지 않으면 안 되었던 것이다.

그럼에도 불구하고 니꼴라이는 삼림 벌목과 식량 탈취의 방법도 자기의 방법으로 돌리고 만 것이다. 삼림 벌목과 식량 탈취에

의한 침입이란 계획이 그 자신의 안이었다고 믿기 위해서는 그가
직접 계획한 정반대의 군사 행동의 주모자임을 감추어야 한다는
것이 당연하다고 생각됐지만 그는 그것을 감추려고도 하지 않고
45년의 원정 계획도, 점진적 침입의 계획도 동시에 자랑스럽게
떠벌리고 있었다. 그리고 이 두 계획이 명료한 자가당착임에도
불구하고 이를 느끼지 못하고 있는 체하고 있었다.

그를 둘러싸고 있는 사람들이 뚜렷하게 사리에 반하는, 너무
속이 들여다보이는 아부는 완전히 그의 머리를 어둡게 만들어 이
미 자기의 모순도 눈에 들어오지 않는가 하면, 자기의 언행이 사
실적인 논리나 단순한 상식에 일치하느냐 그렇지 못하느냐는 것
조차도 생각지 못하게 만들었다.

그는 자기의 명령이 아무리 무의미하고 부정하고 비논리적이라
할지라도 그것이 단지 자신이 발언했다는 이유 하나만으로 의미
가 있는 적당하고 논리적인 것이 된다고 마음속 깊이 믿고 있
었다.

까프까즈 방면의 상황을 보고받은 후 체르느이쇼프가 상주한
의과 대학생 사건에 관한 재결도 역시 그런 유의 것이었다.

그것은 다름이 아니었다. 두 번씩이나 시험에 실패한 청년이
세 번째의 시험을 치렀을 때, 시험관이 또다시 그를 불합격이라
고 선고하자 병적으로 신경이 긴장한 학생이 이를 시험관의 불공
평이라고 보는 책상 위에 있던 펜 나이프를 손에 쥐자마자 일
종의 발작을 일으키며 꿈 속에서처럼 교수에게 달려들어 몇 군데
상처를 내게 했다는 것이다.

"성(姓)은 무언데?"

"브쉐조프스끼라고 합니다."

"폴란드 인인가?"

"예, 폴란드 출신의 카톨릭 신자입니다."

니꼴라이는 눈썹을 찡그렸다.

그는 폴란드 인에게 많은 악을 저질렀다. 이 악을 변명하기 위해선 모든 폴란드 인이 비열한이라고 확신할 필요가 있었다. 그래서 니꼴라이는 그들은 비열한이라고 치고 미워하고 있었다. 자기가 행한 악의 정도에 비례하여 그들을 미워하고 있었던 것이다.

"잠깐, 기다려."

그는 말했다. 그리고 눈을 감고 고개를 숙였다.

체르느이쇼프는 니꼴라이로부터 이러한 말을 한두 번 들어 온 것이 아니기 때문에 황제가 무엇인가 중대한 문제를 결정하지 않으면 안 될 때에는 몇 초 동안 정신만 집중시킨다면 어떠한 영묘한 작용이 일어나서 마치 내부에서 그에게 해야 할 일을 알려 주기나 한 것처럼 더없이 정확한 결정이 자연히 우러나온다는 것을 알고 있었다.

그는 지금 의과 대학생의 사건으로 마음속에 불러일으켜진 폴란드 인에 대한 증오의 생각을 어떻게 하면 가장 완전하게 만족시킬 수 있을까 하고 생각하고 있는 것이다. 그러자 내부의 영감은 그에게 다음과 같은 결정을 암시했다. 그는 보고서를 받아 그 여백에 그의 버릇대로의 커다란 글씨로 이렇게 적었다.

'죽음에 상당하다. 그러나 다행히 러시아에는 사형 제도가 없다. 또 짐도 이를 창설하고 싶지 않다. 따라서 매를 들고 있는 1천 명의 대오 사이를 열 두 번 통과시키도록 하라.'

그는 언제나 부자연한 글씨로 서명을 했다.

니꼴라이는 1만 2천 대의 매질이 틀림없이 괴로운 죽음을 의미할 뿐만 아니라, 과도하고 잔인한 것임을 잘 알고 있었다. 실제로 아무리 강인한 인간을 죽이는 데도 매 5천 대이면 충분했기 때문이다. 그러나 그는 피도 눈물도 없는 참혹한 사람이 되는 것이 스스로 유쾌했던 것이다.

대학생에 대한 결정을 쓴 다음, 그는 그것을 체르느이쇼프에게 돌려주었다.

"자, 읽어 봐."

그가 말했다. 체르느이쇼프는 그것을 읽었다. 그리고 이 결정의 현명함에 대한 놀람의 공손한 표시로 낮게 머리를 숙였다.

"그리고 학생들을 전부 연병장으로 끌어내어 그 형벌을 구경시키는 게 좋아."

니꼴라이는 덧붙였다.

'모두를 위해 도움이 될 것이다. 나는 저 혁명적인 정신을 퇴치해 주는 거다. 뿌리부터 뽑아버리는 거다.'

그는 생각했다.

"잘 알았습니다."

체르느이쇼프는 대답했다. 그리고 잠시 후 아무 말 없이 닭의 벼슬처럼 생긴 앞머리를 잠깐 만지면서 다시 까프까즈로부터의 보고를 화제로 삼았다.

"그렇다면 보론쪼프 공작에게 어떻게 답장을 하면 좋겠습니까?"

"그야, 내 방침을 더욱 굳게 지키게 하는 거야. 체첸에 있는 인가를 파괴하고 식량을 끊고 진격으로 괴롭히는 거야."

"하지 무라뜨의 일은 어떻게 명령하시겠습니까?"

"무엇? 그건 보론쪼프가 까프까즈에서 쓸 작정이라고 편지에도 씌어 있지 않은가?"

"하지만, 그건 모험이 아닐까요? 보론쪼프는 너무 지나치게 사람을 신뢰하는 것이 아닌가 하고 생각됩니다만……"

체르느이쇼프는 니꼴라이의 시선을 피하면서 말했다.

"그렇다면 자넨 어떻게 하겠다는 건가?"

보론쪼프의 처사를 나쁘게 말하려는 그의 속셈을 알고 니꼴라이는 날카롭게 물었다.

"네. 저는 그를 러시아로 끌고 오는 것이 안전하다고 생각합니다."

"자네는 그렇게 생각하나?"

니꼴라이는 조소하듯이 말했다.

"그런데 나는 그렇게 생각하지 않거든. 나는 보론쪼프와 같은 의견이야. 그렇게 써 보내게."

"잘 알았습니다."

그는 대답하며 일어나서 절을 했다.

돌고루끼도 일어나서 절을 하고 나갔다. 그는 알현하는 동안 니꼴라이의 물음에 대한 군대 이동에 관해 두세 마디 대답했을 뿐이었다.

체르느이쇼프에 뒤이어 작별의 인사로 온 서부 지방의 총독 비비꼬프가 들어왔다.

러시아 정교(正敎)로 개종(改宗)하는 것을 거부하고 폭동을 일으킨 농민에 대해서 비비꼬프가 취한 조치를 재허(裁許)한 후, 그는 반민 일동을 군사 재판에 회부하도록 명령했다. 그 형벌은 결국 매를 들고 있는 병사들의 줄 밑을 엎드려 기게 하는 것과 같은 뜻의 것이었다. 이밖에 그는 어느 신문의 주필을 군대 근무에 보내도록 명령했다. 그건 수천의 국유 농민을 제실 소속(帝室所屬)으로 이관한 문제를 기사로 게재한 죄책 때문에 취해진 조치였다.

"나는 필요하다고 생각하니까 이렇게 하는 거야. 이에 대해서 이러쿵저러쿵 하는 것은 일체 용서하지 않는다."

그는 말했다.

비비꼬프는 우니아뜨 교도에 대한 형벌의 참혹함과 국유 농민,

즉 유일한 자유 인민을 제실 소속, 즉 황족의 노예로 만드는 행위의 부당함을 충분히 알고 있었다. 그렇지만 반대를 한다는 것은 불가능한 일이었다. 니꼴라이의 명령에 동의를 하지 않는다는 것은 그가 40년이란 긴 세월을 거쳐 획득한, 그리하여 이제 겨우 향락하기 시작한 빛나는 지위를 깨끗이 상실하는 것을 뜻하는 것이다. 그래서 그는 이 참혹하고 광기 서린 부정한 황제의 의지를 실행하겠다는 표시로써 흰 머리가 생기기 시작하는 검은 머리를 다소곳이 공손하게 숙였다.

비비꼬프를 내보낸 다음, 니꼴라이는 훌륭한 의무를 수행했다는 의식으로 하여 늘어지게 기지개를 켜며 시계를 보고는 외출을 하기 위해 옷을 갈아 입으러 갔다. 견장이며, 훈장이며 수장이 달린 제복을 입고 그는 알현을 위해 홀로 나갔다. 거기에는 백 명 이상의 제복을 입은 남자며 가슴과 어깨를 드러내 놓은 화려한 복장의 부인들이 일정한 장소에 줄지어 늘어서서 그의 출어(出御)를 전전긍긍하며 기다리고 있었다. 그는 가슴을 펴고는 힘껏 졸라맨 허리띠 아래위로 배를 내밀면서 생기없는 눈매로 사람들 앞으로 나타났다. 모든 시선이 전전긍긍하며 공손히 자기쪽을 바라보고 있다고 느끼자 그는 더한층 장엄한 태도를 취하였다. 기억이 나는 얼굴에 시선이 멎으면 누가 누구이던가를 상기해 내면서 걸음을 멈추었다. 그리고 때로는 러시아 어로, 때로는 프랑스 어로 두세 마디 말을 건네고 차갑고 생기없는 시선으로 상대방을 쏘아보며 그들이 말하는 것을 듣고 있었다.

일동으로부터 축하를 받은 다음 니꼴라이는 교회로 나아갔다.

신도 이 세상 사람들과 똑같이 신의 종복을 통하여 니꼴라이에게 인사를 하고 찬사를 올렸다. 그러한 찬사나 인사에 황제도 싫증이 났지만 그는 할 수 없다는 듯이 그것들을 받아들였다. 그것이 모두 당연히 그렇게 되어야만 하는 것이다. 왜냐하면, 전세계의 안녕과 행복은 그 혼자에 의해서 좌우되는 것이니까 말이다.
그는 그 때문에 피곤했지만 역시 세계에 도움의 손을 뻗치기 위
해서는 그 싫증나는 찬사를 거절할 수 없는 것이었다.

기도식이 끝나자 머리를 곱게 빗어붙인 화려한 의상의 보제(補
祭)가 '성수무강'을 외기 시작했고 합창대가 훌륭한 목소리를 맞
추면서 이 말을 받아 노래를 부르기 시작했다. 니꼴라이는 노래
를 들으면서 문득 뒤돌아보았다. 그 때 그는 창가에 서 있는 넬리
도와와 그녀의 풍만한 어깨를 보았다. 그리고 어제의 소녀와 비
교를 해 보고 결국 승리의 손을 이쪽 여자에게 들었다.

기도식이 끝난 후, 그는 황후에게로 가서 아이들이며 아내들과
희롱하면서 몇 분 동안 단란한 가정 속에서 지냈다. 그리고 나서
그는 에미르따쥐 미술관으로 빠져 궁내장관(宮內長官) 월꼰스끼
에게로 가서 어떤 얘기끝에 자기가 가지고 있는 예비비 가운데서
어제의 소녀의 모친에게 연금(年金)을 내려주도록 분부했다. 그
리고 곧 그는 언제나처럼 산책길로 나섰다.

이날 점심은 봉뻬이의 넓은 방에서 먹기로 되어 있었다. 니꼴
라이는 어린 두 왕자들 외에 리웬 남작, 르줴부스끼 백작, 돌고루
끼, 프러시아 공사, 거기에 프러시아 왕의 시종무관을 초대했
었다.

황제와 황후의 출어를 기다리고 있는 사이에 프러시아 공사와
리웬 남작은 최근 폴란드에서 친해진 불안한 정보에 관해서 흥미
있는 대화를 교환하고 있었다.

"폴란드와 까프까즈, 이건 러시아가 갖고 있는 두 가지 두통거
리입니다. 이 두 나라는 어느쪽도 10만에 이르는 병사를 필요로
합니다."

리웬이 말했다.

공사는 '허! 그렇습니까?' 하는 듯 일부러 놀란 듯한 표정을

해 보였다.

"폴란드라고 말씀하시는 겁니까?"

"네, 그렇습니다. 그건 메테르니히의 교묘한 책동이었던 것입니다. 우리를 난처하게 만든 것은."

그가 이렇게 말하고 있을 때 황후가 언제나처럼 머리를 흔들면서 얼어 붙은 듯한 미소를 띠며 들어왔다. 이에 뒤이어 니꼴라이도 나타났다. 식사중 니꼴라이는 하지 무라뜨의 투항을 말하고, 까프까즈 전란도 자기의 작전 계획인 삼림 벌채와 요새 건설의 수단에 의해서 이제 머지않아 종국을 고하게 될 것이라고 말했다.

공사와 프러시아 왕의 시종무관은 서로 흘끔 눈짓을 하고 난 다음(그들은 바로 오늘 아침 자기를 위대한 전술가라고 자만하고 있는 니꼴라이의 불행한 약점을 서로 얘기했던 것이다) 입을 다하여 이 계획을 칭찬하고 이것이야말로 니꼴라이의 전술적 재능을 완전히 증명하는 것이라고 말했다. 식사 후, 니꼴라이는 발레를 구경하러 갔다. 거기에서는 몸에 착 붙은 무용복을 입은 반나체의 여자가 몇 백 명씩이나 무대 위를 뛰어다니고 있었다. 한 여자가 특히 그의 눈에 들었기 때문에 니꼴라이는 무대감독을 불러 그에게 감사의 뜻을 표하고 다이아몬드가 박힌 반지를 선물하도록 명령했다.

이튿날 체르느이쇼프가 보고하러 왔을 때 니꼴라이는 다시 보론쪼프에 보낸 지령을 확인했다. 그것은 하지 무라뜨가 투항한 오늘, 특히 체첸을 공략해서 압박하라는 것이었다.

체르느이쇼프는 그런 뜻으로 보론쪼프에게 편지를 적었다. 얼마 후 다른 급사가 마부의 얼굴에서 피가 나도록 다그치면서 말을 마구 달리게 하여 썰매로 찌플리스를 향해 달려갔다.

16

이 니꼴라이 1세의 명령에 의해 1852년 1월, 허둥지둥 체첸의 침략이 시작되었다.

진격을 명령받은 지대는 네 개의 보병 대대와 2백의 까자끄 병과 8문의 대포로 편성되었다. 중대는 도로를 따라 진격했다. 중대의 양측에서 마치 매듭이 없는 쇠사슬처럼 엽병(獵兵)이 오르내리면서 따라왔다. 그들은 기다란 장화를 신고 모피의 반외투를 입고 모피 모자를 쓰고 어깨에 총을 메고 허리에는 약통을 차고 있었다. 적지로 진격할 때는 언제나 그러하듯이 정숙이 지켜졌었다. 단지 때때로 도랑을 넘어갈 때에 포가 덜컹덜컹 소리를 내고 침묵의 명령을 지킬 줄 모르는 포병의 말[馬]이 코를 벌름벌름 울리거나 소리높이 울리거나 하였다. 그렇지 않으면 신경질이 나는 장교들이 목쉰 듯한 목청을 죽인 목소리로 대열이 너무 길어졌다거나 중대로부터 너무 붙어 있다거나 하며 부하에게 소리칠 정도의 것이었다.

오직 한 번, 엽병의 대열과 중대 사이의 납가새풀 속에서 배가 희고 등이 잿빛인 암 산양(山羊)과 등에 맞붙을 정도로 구부러진 조그만 뿔이 나 있는 똑같은 모양의 숫산양이 튀어나왔기 때문에 잠깐 침묵이 깨졌을 뿐이다.

아름답지만 겁이 많은 이 동물은 앞다리를 오무리면서 크게 뛰어올라 중대의 바로 가까이까지 뛰어왔기 때문에 몇 사람의 병사들이 총검으로 찔러 죽일 작정으로 웃으며 소리치면서 그 뒤를 쫓아 뛰어갔지만 산양은 한 바퀴 빙 돌아가서 엽병대의 대열을 꿰뚫었다. 그리고 몇 사람의 기병과 중대의 개에 쫓기면서 새처럼 산중으로 도망쳐 버렸다.

아직 겨울이었지만 태양은 점점 높이 중천으로 가까이 왔다.

이른 아침 출발한 지대가 40리쯤 걸었으리라고 생각된 정오쯤에
는 조금 더울 정도로 포근했다. 더구나 그 햇빛은 너무나 빛나는
것이어서 총검에 반사되는 빛에 눈이 아플 정도였다. 대포에 달
려 있는 놋쇠는 마치 조그만 태양처럼 찬란하게 빛나고 있었다.

뒤에는 방금 넘어 온 급류(急流)가 있었고 앞쪽에는 그다지 깊
지 않은 계곡에 경작된 밭이며 풀밭이 전개되어 있었다. 그 앞으
로는 숲에 덮인 신비로운 검은 산이 솟아 있고 그 검은 산 뒤에는
하늘에 바위가 치솟아 있는 산정(山頂)이 바라보이고 그보다도
더한층 높은 지평선에는 영원히 아름답고 영원히 변화가 끊임없
는 보석처럼 번쩍이며 빛나는 설산(雪山)이 떠올라 있었다.

제 5중대의 선두에는 검은 군복을 입고 모피 모자를 쓰고 칼을
어깨에 멘 키가 큰 멋쟁이 장교가 걷고 있었다. 그는 요즈음 친위
대에서 전임되어 온 부뜰레르란 사나이였다. 그는 삶의 기쁨과
동시에 죽음의 공포를, 활동의 희망과 하나의 의지에 지배되어
위대한 집단에 소속되어 있다는 의식, 이러한 것들이 엇갈려 섞
여 있는 용감한 감정을 경험하고 있었다. 부뜨레르가 전투로 나
가는 것은 이것이 두 번째였다. 그래서 그는 이러한 것을 생각하
고 있었다---- 이제 곧 자기 쪽으로 탄환이 집중해 올 테지만 탄
이 날아오는데도 조금의 주의도 기울이지 않을 뿐만 아니라 지난
번처럼 똑같이 한층 높이 머리를 쳐들고 눈에는 미소를 담고 동
료나 병사들을 둘러보면서 짐짓 태평한 어조로 무언가 다른 얘기
를 끄집어내는 것이다.

지대는 탄탄한 대로에서 벗어나서 옥수수밭 가운데로 나 있는
아직 덜 굳혀진 사잇길로 접어들었다. 그리고 차츰 숲에 가까와
왔을 무렵, 별안간 어디에서인지도 모르게 기분 나쁜 음향을 내
며 포탄이 날아와서 치중대(輜重隊) 한가운데가 되는 길가의 옥
수수밭에 떨어져서 그 곳의 땅을 움푹하게 파 놓았다.

"드디어 시작되는군."

부뜰레르는 유쾌한 듯이 웃으면서 곁으로 다가온 전우에게 말했다. 과연 그러했다. 한 발의 포탄의 뒤를 이어 조그만 기를 든 체첸 기병의 밀집단(密集團)이 숲 속에서 나타났다. 그 한가운데는 커다란 녹색의 깃발이 나부끼고 있었는데 눈이 무척 밝은 상사가 근시안인 부뜰레르에게 이것이야말로 바로 샤밀에 틀림없을 거라고 알려 주었다. 밀집단은 언덕을 내려가 왼편에 있는 가장 가까운 언덕에 나타났다가, 얼마 후 다시 밑으로 내려가기 시작했다. 두툼한 천의 검은 외투에 꼭대기가 흰 모피 모자를 쓴 몸집 작은 장군이 자랑하는 명마를 타고 부뜰레르 중대에 가까이 와서 언덕을 내려오는 적의 기병대를 향해 왼쪽으로 진격을 하라고 명령했다. 부뜰레르는 명령받은 쪽으로 신속하게 자기 중대를 인솔하고 갔는데 아직 계곡까지도 내려서기 전에 계속해서 두 발의 포탄 발사음이 뒤쪽에서 들려 왔다.

그는 뒤돌아보았다. 비둘기 날개빛 연기 덩어리 두 개가 두 문의 포위에서 일어나 계곡을 따라 길게 뻗어가고 있었다. 적은 대포의 존재를 의식하고 있지 못했던듯 퇴각을 하기 시작했다.

부뜰레르 중대가 산비(山匪)를 향해 일제히 사격을 개시했기 때문에 얕은 땅에는 가득히 초연으로 덮여 갔다. 오직 저지(低地)의 좀 도톰한 곳에 산비들이 까자끄의 추격을 막아 가면서 급하게 도망치는 모습을 볼 수 있었다. 지대는 산비를 쫓아 전진을 계속했다. 그러자 두 번째 언덕 비탈의 산 속에 부락이 나타났다.

부뜰레르는 중대를 인솔하면서 까자끄의 뒤를 이어 구보(驅步)로 부락에 들어갔다. 병사들은 곡물도 마른 풀도 민가조차도 태워버리라는 명령을 받았다. 부락 전체에 칼칼하고 매운 연기가 퍼졌다. 그 연기 속을 병사들은 우왕좌왕하면서 닥치는 대로 집 안에서 끄집어냈다. 그러나 주로 산민들이 가지고 도망칠 수 없

었던 닭 같은 것뿐이었으며 그들은 그것을 손으로 잡거나 총으로
쏘아 죽이곤 했다. 장교들은 멀찍이 연기 속에서 떨어진 곳에 앉
아 도시락을 먹는 등 술을 마시는 등 했다. 상사가 얼마만큼의 벌
꿀을 벌통째 가져왔다. 체첸 인은 그림자 하나 보이지 않았다. 정
오가 조금 지났을 무렵, 다시 진격 명령이 내렸다.

중대는 부락에서 떨어진 곳에서 종대로 정렬했다. 부뜰레르는
그 후미에 따라가게 되었다. 지대가 움직이기 시작하자마자 체첸
인이 모습을 나타내어 지대의 뒤를 따라오면서 끊임없이 총을 쏘
아댔다.

지대가 좀 넓어진 곳으로 나오자 산비들은 더이상 쫓아오지 않
았다. 부뜰레르의 부하는 누구 하나 부상을 입지 않았다. 그래서
그는 더없이 기력있는 들뜬 기분이었다. 오늘 아침 건너온 개천
을 다시 넘어와서 지대가 옥수수밭이며 풀밭에 길게 늘어져 쉬고
있을 때 군가수(軍歌手)들이 각 중대 앞으로 나와서 커다랗게 노
래부르기 시작했다.

바람이 없고, 공기가 상쾌하게 밝고 산뜻하여 몇 백 리나 떨어
져 있는 눈 덮인 산봉우리들이 바로 코앞에 있는 것처럼 느껴
졌다. 군가수들이 노래를 그치자 규칙적인 발소리며 찰깍거리는
총소리가 들려 와 마치 그 소리는 노래 가 시작되거나 그칠 때,
그 사이사이에 꼭 필요한 효과음처럼 생각되었다. 부뜰레르의 제
5중대에서 부르는 노래는 견습사관이 연대를 찬미하는 뜻에서 작
사한 것인데 무도곡(舞蹈曲)의 곡조에 맞춰 불리어져서 각 절
마다 '이게 아니다! 저격병, 오오! 저격 병들아'라는 익살스러
운 후렴이 붙어 있었다.

부뜰레르는 자기의 직속 상관인 **뻬뜨로프** 소령과 나란히 말을
몰고 있었다. 그는 소령과 같은 숙소에서 살고 있었던 것이다. 그
는 친위대를 나와 까프까즈로 오기로 한 자기의 결단에 새삼 만

족을 느끼는 것이었다. 그가 친위대를 나온 가장 중요한 이유는 뻬제르부르그에서 카드놀이 내기에 져서 무일푼이 되었기 때문이었다. 그가 만약 친위대에 남아 있었다면 카드 놀이를 끊을 힘이 없었을 것이라고 그것을 걱정했다.

더구나 내기에 걸 돈이 하나도 없는 것이다. 그렇지만 지금은 그러한 것들을 말끔히 정리하고는 이제까지와는 전혀 다른 아름답고 씩씩한 생활을 시작한 것이다.

까프까즈, 전쟁, 병사, 장교, 술주정뱅이면서도 선량한 용사들, 뻬뜨로프 소령----이러한 모두가 너무나 아름답고 너무나 기분이 좋아서 때때로 공연히 현재의 생활이 거짓말 같은 생각이 들었다. 뻬제르부르그에서처럼 담배연기가 자욱한 방안에서 카드의 귀퉁이를 꺾거나(표를 내기 위해서) 전액을 거는 모험을 하면서 은행가인 아버지를 미워하고 찢어질 듯한 두통을 느끼고 있는 것이 아니라, 이 아름다운 지방에 살면서 용감한 까프까즈 인에 둘러싸여 있다는 것이 아무래도 현실이 아닌 것만 같은 생각이 드는 것이었다.

"이게 아니다. 저격병! 오오! 엽병들아!"

그의 중대 군가수들이 노래를 부르고 있었다. 말들은 이 노래에 발맞추어 즐거운 듯 걸음을 옮겼다. 중대에서 기르고 있는 뜨레조르까란 털투성이 잿빛 군견(軍犬)이 마치 장군처럼 꼬리를 돌돌 말고 자상한 얼굴을 하고는 중대의 선두에 서서 달리고 있었다. 부뜰레르의 마음은 용감하고 침착하며 들떠 있었다. 전쟁, 그의 눈에는 단지 자기를 위험 속에 드러내놓고 사지(死地)에 몸을 내던지게 함으로써 행상(行賞)을 받을 수 있게 하고, 그밖의 동료나 러시아에 남아 있는 친구들로부터 존경을 받을 수 있게 해주는 것에 지나지 않았던 것이다.

전쟁의 다른 일면---- 장병들이나 산민들의 전사와 부상은 이

렇게 말하면 이상하게 들리지만 마치 그의 상상에는 떠오르지도
않는 것이었다. 그는 자기의 시적 전쟁관(詩的戰爭觀)을 손상받
지 않으려고 의식적으로 전사자나 부상자를 보지 않기로 한 것이
었다. 그래서 오늘도 아군에 3명의 전사자하고 12명의 부상자가
있었지만 그는 똑바로 자빠져 있는 시체의 곁을 지나면서도 단지
납과 같은 손의 기묘한 모양과 머리에 생긴 빨간 반점(班點)을 흘
끗 곁눈질로 보았을 뿐 멈추어 서서 자세히 보려 하지 않았다.

산병(山兵)은 그에게 있어서 말을 타고 있는 용사로밖에는 보
이지 않았다. 그는 산병에 대하여 자위(自衛)를 하지 않으면 안
되는 것이었다.

"대체로 우리들은 이렇게 살아가는 것이지. 자네들이 뻬제르부
르그에서 하고 있는 것처럼 '우향우 좌향좌' 하는 따위와는 다른
것이지. 이렇게 한바탕 하고 나서 그대로 집으로 돌아가면 마주
르까와 맛좋은 고기만두며 맛있는 야채 스튜를 전해 주게 마련이
지? 재미없는 생활은 아니지. 그렇지 않아?"

노래가 끊긴 사이에 소령은 이렇게 말했다.

"자, 그럼 이번에는 '동녘 하늘이 밝아 온다'를 불러라!"

그는 자기가 좋아하는 노래를 부르도록 명령했다.

소령은 어느 간호병과 부부처럼 살고 있었다. 그녀는 처음 마
쉬까(註 : 마리아의 애칭)라고 불리워졌었지만 지금은 마리야 드
미뜨리예브나라는 존칭으로 불리게 되었다. 그녀는 금발에 가까
운 흰 머리를 가지고 있었고 얼굴 전체에 주근깨가 있는 아름다
운 여자로서 서른 살쯤 되었는데도 아이가 없었다. 과거는 어찌
되었든간에 지금의 그녀는 소령의 정숙한 생활의 반려이며 마치
보모처럼 그의 시중을 들어 주고 있었다. 그것은 때때로 형편없
이 곯아 떨어지는 소령에게 있어서는 필요한 것이었다.

요새로 돌아와 보니 무엇이나 소령이 말한 대로였다. 마리야

드미뜨리예브나는 소령과 부뜰레르에게 그리고 지대에서 초대된 두 장교에게도 자기가 만든 맛있는 요리를 푸짐하게 대접하는 것이었다. 소령은 실컷 마시고 먹어서 말조차 할 수 없게 되어 자기 방으로 돌아가서 쓰러지고 말았다.

부뜰레르도 역시 피곤했지만 약간 술이 올라 기분이 좋은 상태가 되어 자기 방으로 돌아갔다. 그리고 옷도 벗는 둥 마는 둥하며 탐스러운 머리카락 밑으로 손을 찌르고는 꿈도 꾸지 않고 깊이 잠들어 버렸다.

17

러시아 군의 진격에 의해서 파괴된 따따르 부락은 하지 무라뜨가 러시아 군에 투항하기 전에 하룻밤을 지낸 마을이었다.

하지 무라뜨를 재웠던 싸도는 러시아 군이 부락에 밀려들자 가족을 이끌고 산 속으로 도망쳤다. 얼마 후 마을로 되돌아와 보니 자기의 오막살이가 무참하게 파괴된 것을 보았다. 지붕은 떨어지고 외곽의 문이며 기둥은 불태워지고 집 속은 진흙투성이가 되어 있었다. 나의 아들---- 그 때 그 감격에 넘치는 표정으로 하지 무라뜨를 지켜보고 있던 빛나는 눈망울의 아름다운 소년은 외투를 뒤집어쓴 말등에 태워진 채 시체로 되어 회교 사원으로 운반되어 왔다. 소년은 총검으로 등이 꿰뚫려 있었다.

하지 무라뜨가 찾아왔을 때 공손하고 부지런하게 그의 시중을 들어 주던 얌전한 얼굴의 소년의 어머니는 지금 가슴이 찢겨진 속옷을 입은 채 찌그러진 젖을 건덩건덩 내놓고 머리카락을 풀어 헤치고 아들의 시체 옆에 서서 피가 나도록 자기 얼굴을 할퀴면서 끝없이 울부짖고 있었다.

싸도는 곡괭이와 삽을 들고 자기 아들의 무덤을 파기 위해서
친척 사람들과 함께 어딘가로 나가 버렸다. 나이 많은 할아버지
는 망가진 집의 벽 옆에 앉아서 지팡이를 깎으며 둔한 눈으로 앞
쪽을 바라보고 있었다. 그는 방금 자기의 양봉장으로부터 돌아온
것이다. 거기에 있었던 두 무더기의 건초더미는 불태워지고 그가
손수 심고 열심히 가꾸어 온 은행나무며 벚꽃나무는 부러지고 불
태워지고 말았다. 하지만 가장 무정하게 느껴졌던 것은 꿀벌이
전부 불태워진 것이었다. 여자들의 울부짖는 소리가 들려 왔다.
조그만 아이들도 어머니와 함께 엉엉 울고 있었다. 먹이가 없어
허기가 진 가축들도 시끄럽게 울어대고 있었다. 조금 철이 든 아
이들은 놀려고도 하지 않고 두려워하는 듯한 눈으로 어른들을 바
라보고 있었다.

우물도 일부러 더럽혀 놓았기 때문에 물을 길을 수가 없었다.
사원도 똑같이 더럽혀져 있었기 때문에 승려들은 애송이 승려들
과 함께 그것을 쓸어내고 있었다.

러시아 인에 대한 증오를 누구 하나 입밖에 내는 사람이 없
었다. 남녀노소를 불문하고 체첸 인 모두가 경험한 감정은 증오
보다도 더 강한 것이었다. 그것은 증오가 아니라 러시아의 개들
을 인간이라고도 생각지 않은 기분이었다. 이 동물들의 우둔한
잔인성에 대한 본능적인 혐오뿐이었다. 따라서 쥐나 거위나 늑대
등과 똑같이 그들을 섬멸해야겠다는 갈구는 자위의 감동처럼 매
우 자연스럽게 우러나는 것이었다. 마을 주민들은 둘 중의 하나
를 할 수밖에 없었다. 이대로 여기에 머무르면서 오랜 고심끝에
이룩한 무의미하게 파괴된 일체의 것을 또다시 노력을 기울여 이
룩할 것인가----한편으로는 똑같은 재난이 언제 어느 때 닥쳐올
지 모른다는 것을 각오하면서, 즉 자기들의 살림을 먼저의 모습
대로 부흥시킬 것인가 아니면 종교적인 율법이나 러시아 인에 대

한 혐오와 모멸의 생각에 거역하면서 그들에게 굴복한 것인가, 하는 두 가지뿐이었다.

노인들은 잠시 기도를 올린 후 샤밀에게 사자를 보내어 원조를 바라기로 입을 모아 의결했다.

그리고 곧 파괴된 것들의 부흥에 착수한 것이다.

18

진격이 있은 이튿날 아침, 부뜰레르는 그다지 이르지도 않은 시간인데도 뒷문으로 빠져서 밖으로 나왔다. 그는 언제나 뻬뜨로프와 함께 아침 차를 마시기로 되어 있었는데 그 때까지 잠깐 산책을 하여 신성한 공기를 마시고 싶었던 것이다. 태양은 벌써 산위에서 솟아오르고 길 왼쪽으로 늘어서 있는 집집의 흰 벽은 아프도록 그 광선을 반사하고 있었지만 그 대신 그 반대쪽을 바라보면 언제나처럼 높아지면서 멀어져 가는 나무가 많은 검은 산과 언제나 구름에 보이려고 노력하고 있는 듯한 설산의 산맥들이 있었다.

부뜰레르는 이 산맥을 바라보면서 자기가 살아 있다는 것을 기뻐했다. 이 아름다운 땅에 살고 있는 것이 다름아닌 자기라는 것을 기쁘게 생각한 것이다. 그리고 자기가 어제의 전투에서 훌륭한 태도를 가졌다는 것도 그를 다소 기쁘게 만들어 주었다. 공격을 할 때는 물론이었지만 격전상태가 되어 퇴각을 했을 때는 정말 훌륭한 태도를 취했던 것이다.

어제 행운에서 돌아왔을 때 뻬뜨로프의 동거인인 마샤 아니, 마리야 드미뜨리예브나는 여러 가지 맛있는 음식을 대접하고 그들 일동에게 허물없는 친절로 접대를 했었는데 자기에게는 각별한 친절을 베풀었던 것처럼 생각되었다. 이 추억도 기분좋은 것이었다. 풍성한 머리칼을 커다랗게 말아올린 어깨가 넓고 가슴이 높게 부풀어 있는 주근깨 투성이의 선량한 얼굴에 미소를 넘실거리는 마리야 드미뜨리예브나는 젊고 건강한 청년인 부뜰레르를 자기도 모르게 매혹시키는 것이었다. 그렇지만 그것은 선량하고 단순한 전우에 대해서 미안한 일이라고 생각했기 때문에 그는 그녀에 대해서 매우 단순하고 공손한 태도를 취하고 있었다. 이 일도 스스로 만족을 느낄 만큼 그를 기분좋게 만들어 주었다. 지금도 그는 바로 이 일을 생각하고 있었던 것이다.

그의 이러한 명상은 갑자기 앞쪽에서 들려 오는 굉장한 말굽소리로 하여 깨졌다. 그것은 몇 사람의 기병이 먼지투성이의 길을 질주해 오고 있는 것만 같은 소리였다. 그러나 그가 고개를 들어 보니까 길 모퉁이에서 일단의 기병이 구보로 달려오고 있는 것이었다. 스무 명쯤의 까자끄의 선두에는 두 사람이 앞장서서 다가오고 있었다. 한 사람은 하얀 체르께스 외투를 입고 터번을 두른, 높은 가죽모를 쓰고 있었다. 또 한 사람은 검은 머리의 매부리코를 한 러시아 장교로, 군복에도 무기에도 잔뜩 은을 바르고 있었다. 터번을 두른 기수가 타고 있는 말은 머리가 조그맣고 눈이 예쁜 금빛이 감도는 털빛을 가진 훌륭한 말이었다. 러시아 장교가 타고 있는 것은 키가 큰, 멋쟁이 가라바후 산(産)의 말이었다. 말을 좋아하는 부뜰레르는 이내 먼저 말의 용맹한 힘을 알아 볼 수 있었기 때문에 도대체 이 말을 탄 사람이 누구일까 하고 멈추어 섰다. 장교는 부뜰레르에게 물었다.

"여기가 지휘관 집입니까?"

어미(語尾)가 변하지 않는 악센트로 러시아 인이 아니라는 것을 스스로 폭로하면서 그는 묻는 것이었다. 부뜰레르는 바로 이 집이 그렇다고 대답했다.

"이 사람은 누굽니까?"

부뜰레르는 장교에게 다가서며 터번을 두른 사내를 눈으로 가리키며 물었다.

"하지 무라뜨입니다. 이 사람이 여기 왔습니다. 군장관집에 있습니다."

장교는 대답했다.

부뜰레르는 하지 무라뜨에 대해서도, 그가 러시아 군에 투항해 왔다는 것에 대해서도 잘 알고 있었지만 이런 조그만 요새에서 그를 만나리라고는 생각하지 않았던 일이었다. 하지 무라뜨는 정다운 눈으로 그를 바라보고 있었다.

"안녕하셨소? 꼬쉬꼴리드이."

그는 배워 두었던 따따르 말로 인사를 했다.

"사우불(안녕하시오)?"

하지 무라뜨는 끄덕거리면서 대답했다.

장교는 부뜰레르의 곁으로 와서 손을 내밀었다. 그의 집게손가락에는 채찍이 매달려 있었다.

"당신이 지휘관입니까?"

"아뇨, 아닙니다. 지휘관은 여기 있으니까 제가 불러들이죠."

그는 장교에게 대답하면서 현관으로 오르는 계단을 올라가 문을 밀어 보았다. 그러나 마리야 드미뜨리예브나의 정면 현관은 자물쇠로 잠겨져 있었다. 몇 번 두드려 보았으나 대답이 없어 한 바퀴 돌아 뒷문 쪽으로 갔다. 자기가 데리고 있는 당번병을 불러 보았으나 역시 대답이 없었다. 둘이나 있는 졸병이 한 놈도 보이지 않았으므로 그는 부엌문 쪽으로 갔다.

마리야 드미뜨리예브나는 머리를 수건으로 동여매고 양소매를 걷어 올리고 만두를 빚고 있었다. 살찐 하얀 팔뚝을 드러내놓고 얼굴을 빨갛게 물들이면서, 그녀는 자기 손처럼 새하얀 그리고 편편하게 밀어놓은 밀가루 반죽을 만두를 만들기 위해 잘게 자르고 있었다.

"졸병들은 어디로 갔습니까?"

"마시러 간 게죠. 그런데 무슨 일이라도 일어났나요?"

그녀는 물었다.

"문을 열어 주었으면 하고요. 집 앞에 산비의 대군이 밀어닥쳤어요. 하지 무라뜨가 왔단 말이에요."

"아아이, 그런 엉터리 말만 하시고"

그녀는 미소지으면서 말했다.

"농담이 아닙니다. 정말이에요. 현관 앞에 서 있습니다."

"정말이에요?"

"당신을 속여서 무슨 소용이 있겠습니까? 현관 계단 옆에 서 있습니다."

"그렇다면 야단이군요."

마리야 드미뜨리예브나는 소매를 걷어내리고 굵직하게 땋은 머리에 꽂혀 있는 핀을 만지면서 말했다.

"제가 가서 이반 마뜨베예비치를 깨워 오죠."

"아뇨, 제가 가죠."

"그러시다면, 그래도 좋고요."

그녀는 다시 자기 일을 하기 시작했다.

이반 마뜨베예비치는 하지 무라뜨가 찾아왔다는 말을 듣고서도 조금도 놀라지 않았다. 하지 무라뜨가 그로즈나야에 와 있다는 것을 잘 알고 있었기 때문이다.

그는 몸을 반쯤 일으키고 우선 종이를 꺼내서 담배를 말고 그것을 뻐끔뻐끔 피우면서 커다란 소리로 기침을 하다가 그런 귀찮은 놈을 보낸 장관에게 욕지거리를 하곤 했다. 그러다가 한참만에야 옷을 갈아입기 시작했다. 옷을 갈아입자 그는 졸병에게 약을 가져오라고 했다. 약이란 보드카 술을 의미한다는 것을 잘 알고 있는 졸병이 그것을 가져왔다.

"이런 혼합주만도 못한 술이 어디 있담!"

그는 보드카를 단숨에 마셔 버리고 입가심으로 검은 빵을 씹으면서 툴툴거렸다.

"어제는 츄히리를 마셨기 때문에 아직까지도 골치가 아프군. 자, 이제는 됐어."

그는 준비를 끝내고 객실로 갔다. 하지 무라뜨와 동행해 온 장교는 좌측 장관의 명령을 이반 마뜨베예비치에게 전달했다. 그 명령은 하지 무라뜨를 인수하고, 척후병을 통하여 산민과의 교섭을 허용하는 한편 까자끄의 호위없이는 절대 요새 밖으로 내보내지 말라는 것이었다.

이 서류를 읽고 난 이반 마뜨베예비치는 가만히 하지 무라뜨의 얼굴을 들여다보고는 다시 자세히 서류를 점검했다. 서류와 하지 무라뜨의 얼굴을 몇 번씩 번갈아 바라보다가, 그는 마침내 하지 무라뜨의 시선에 못박으면서 말하기 시작했다.

"야끄쉬, 베끄, 야끄쉬! (잘 알았어, 대인, 잘 알았어!) 당분간 여기서 살도록 해. 나는 이 사나이를 밖으로 내보내지 말라는 명령을 받고 있으니까. 그 사실을 본인에게 말해 주게. 명령은 신성한 것이니까! 자, 그런데 어디다 둔다? 자넨 어떻게 생각하나 부뜰레르? 사무실 쪽으로 할까?"

부뜰레르가 대답할 사이도 없이 부엌에서 나와 입구쪽에 서 있던 마리야 드미뜨리예브나가 이반 마뜨베예비치에게 말을 건네었다.

"왜 그래요? 여기에 두면 좋을 텐데요. 객실과 창고방을 터놓으면 되지 않아요? 그럼 눈이 자랄 수가 있으니까요(감시할 수 있으니까요)."

그녀는 이렇게 말하면서 힐끔 하지 무라뜨 쪽을 바라보다가, 두 사람의 시선이 마주치자 황급히 얼굴을 돌렸다.

"그렇습니다. 부인의 말씀이 그럴 듯하다고 생각합니다."

부뜰레르는 말했다.

"좋아. 저쪽으로 가 있어요. 여기는 여자가 나설 곳이 못 되니까."

이반 마뜨볘예비치는 미간을 찌푸리면서 말하였다. 이렇게 말하는 동안 하지 무라뜨는 단검 손잡이를 쥐고 조금쯤 경멸하는 듯한 미소를 띠면서 가만히 앉아 있었다. 그는 어디에 있건 상관없다고 말했다. 오직 문제는 자기의 희망이며 총독으로부터 허가된, 다름아닌 산민과 연락을 할 수 있는 것뿐이라고 말했다. 그러니까 그들을 자기에게로 데려와 주도록 말했으며, 이반 마뜨볘예비치는 그렇게 하마고 대답했다.

그리고 이반 마뜨볘예비치는 손님에게 먹을 것을 날라 오고 방의 준비를 하는 동안 부뜰레르에게 대신 대접을 해 달라고 부탁을 하고 자기는 사무실로 가서 필요한 서류를 작성하고, 필요한 명령을 내리고 오겠다며 나가 버렸다.

새로 인사한 사람들에 대해서 하지 무라뜨는 이내 명료한 인식을 갖게 되었다.

이반 마뜨볘예비치에 대해서는 처음 그가 홀낏 본 순간부터 혐오와 경멸을 느끼게 했기 때문에 하지 무라뜨는 언제나 그에 대해서 거만한 태도를 취했다.

하지 무라뜨를 위해서 식사를 준비하고 객실까지 날라다 주는 마리야 드미뜨리예브나는 각별히 그의 마음에 들었다. 그의 마음에 들게 한 것은 이 부인의 순박한 성질과 그에게 이국적인 느낌을 갖게 하는 특이한 아름다움과 무의식으로 그에게 반응해 오는 이 부인이 갖고 있는 호감 때문이었다. 그는 그녀를 아무쪼록 처다보지 않고 되도록 말을 주고 받지도 않으려고 노력했지만 그 눈길은 자기도 모르는 사이에 그녀에게로 쏠리고 그녀의 동작을 주시하는 것이었다.

부뜰레르와는 알게 되자마자 거북하지 않은 친근미를 가지게 되었다. 그는 즐거이 이 청년 장교와 이야기하고 그의 경력을 묻기도 하고 자기의 생애를 말해 주기도 하는가 하면, 정찰병이 가져다 일러 준 가족에 관한 정보를 말해 줄 뿐만 아니라, 장래 자기가 취할 행동에 대해서도 그와 상의를 할 만큼 되었다.

정찰병이 가져다 준 정보는 향기롭지 못한 것이었다. 그가 요새에서 보낸 4일간, 두 번 정찰병이 찾아와 주었는데 그건 두 번 다 좋지 않은 소식이었다.

19

하지 무라뜨의 가족은 그가 러시아 군에 투항한 후 얼마 안 있다가 베제노 촌으로 옮겨져 샤밀의 판결을 기다리면서 감시를 받고 있었다.

여자들----노모(老母) 빠지마뜨와 두 아내와 다섯의 조그만 아이들은 촌장 아브라김 라쉬드의 집에서 감시를 받으며 살고 있었던 것이다. 하지 무라뜨의 아들인 열 여덟 살짜리 청년 유수프는 그와 똑같은 운명을 기다리고 있는 일곱 명의 죄수와 함께 감옥 안에 갇혀 있는 것이다. 감옥이란 깊이 7척 이상이나 되는 구멍 속이었다.

판결은 쉽게 내려지지 않았다. 그것은 샤밀이 영내(領內)에 없었기 때문이었다. 그는 러시아 군과의 싸움에 출정하고 있었던 것이다.

1852년 1월 6일에 샤밀은 러시아 군과의 회전 후 베제노에 개선해 왔다. 러시아 군의 말에 의하면, 그는 대패해서 베제노로 도망쳐 갔다는 것이었지만, 그 자신과 그의 부하의 말에 따르면 그들은 대승리를 거두어 러시아 군을 격퇴했다는 것이었다. 이 전투에서 그는 전에 없이 그 자신이 총을 쏘고 칼을 빼들었고, 별안간 러시아 군의 한가운데로 뛰어들려 하였지만 그를 따르고 있던 부하들이 말려서 그것을 그만두었다. 그 가운데 두 명은 그 자에서, 즉 샤밀의 말 앞에서 전사하였다.

정오쯤 샤밀은 부하의 일대에 둘러싸여 자기의 거성(居城)으로 돌아왔다. 도중에 부하들은 그의 주위에서 말의 곡예를 하고, 소총이나 권총을 쏘아 대고, 줄기차게 '알라의 신에 영광있으라'를 부르곤 했다.

이 대부락, 베제노의 촌민들은 모두들 길가와 지붕 위에 서서 자기들의 군주를 맞아들였다. 그리고 개선을 축하하는 뜻으로 역시 소총이며 권총을 쏘아 댔다. 샤밀은 하얀 아라비아 말을 타고 있었다. 말은 주택지에 다가오자 신이 나는 듯 머리를 들먹거리곤 했다. 마구(馬具)는 지극히 단순한 것이어서 금이나 은의 장식이 하나도 없었다. 가운데에 가느다란 줄이 들어 있는 빨간 가죽의 말가슴걸이와 컵 모양의 금속성의 등자와 안장 밑에 깔려 있는 안장 방석뿐이었다.

샤밀은 목과 소매에 검은 털가죽이 엿보이는 쥐색의 나사 외투를 입었고, 가느다랗게 미끈한 허리 근처를 검은 혁대로 꼭 잡아매고 거기에 단도를 차고 있었다. 머리에는 위가 편편한 높은 끄덩이가 달린 모피 모자를 쓰고, 거기에 하얀 터번을 두르고 한쪽 자락을 목덜미까지 내리고 있었다. 녹색의 부드러운 구두를 신은 발목과 종아리는 각반에 싸여 있었고 그 위에는 흔해빠진 끈으로 매여 있었다.

대체적으로 그는 금은의 빛나는 장식을 몸에 붙이지 않고 있었다. 기실 부하들은 옷에도, 무기에도 금은의 장식을 달고 있었다. 아무런 장식이 없는 복장을 한 군주가 화려한 복장의 부하에 둘러싸여 있는, 키가 크고 용맹스러워 보이는 그의 모습은 그가 예기하고 있었던 대로 군중에게 장중한 인상을 주었다. 그는 언제나 이러한 인상을 주는 데에 솜씨가 있었다. 짧게 깎은 수염에 언제나 조그만 눈을 가느다랗게 뜨고 있는 그의 창백한 얼굴은 마치 화석과 같았으며 조금도 움직이지 않았다.

그는 부락을 통과하면서 수천의 시선을 느꼈지만 그의 눈은 아무도 바라보려 하지 않았다. 하지 무라뜨의 아내들도 집안의 사람들과 함께 회랑으로 나와 그의 입성을 구경했다. 오직 그의 어머니 빠지마뜨만은 그것을 나가 보지도 않고 언제나처럼 백발을 헝클어 늘어뜨리고 긴 손을 말라빠진 무릎 위에 올려 놓은 채 가만히 앉아서 타는 듯한 검은 눈을 깜박거리면서, 난로 안에서 타다 남은 나뭇가지를 들여다보고 있었다.

그녀는 자기 아들과 똑같이 언제나 샤밀을 미워하고 있었는데, 지금은 더한층 맹렬한 증오를 그에게 느끼고 있었기 때문에 그를 구경거리로 보고 싶은 생각이 없었던 것이다.

하지 무라뜨의 아들도 역시 샤밀의 화려한 개선을 보지 않았다. 그는 악취가 분분한 어두운 구멍 속에서 총 소리며 노랫소리를 들으면서 생명력이 충만해 있으면서도 자유를 빼앗기고 있는 젊은이가 아니면 느낄 수 없는 고통을 느끼고 있었다.

냄새나는 구덩이 속에 앉아서 자기와 함께 유폐되어 있는, 그러면서도 서로 미워하고 있는 위태롭고 불행하며 의지 박약한 죄수들을 바라보면서 그는 공기와 햇빛과 자유를 향락하면서 좋은 말을 타고 샤밀의 주위를 재주있게 맴돌면서 총도 쏘고 노래도 부르고 하는 사람들을 마음속으로부터 부러워하고 있었다.

부락을 지나가자 샤밀은 넓은 마당이 있는 곳으로 들어섰다. 이 곳은 샤밀의 궁전이 있는 뒷마당과 통하는 곳이었다. 무장을 한 두 사람의 레즈기아 인이 열어젖힌 대문 양쪽에 서 있었다. 바깥 마당은 사람으로 가득차 있었다. 그 가운데는 자기 일로 하여 먼 곳에서 온 사람도 있고, 청원(請願)하기 위해 온 사람이며, 재판의 판결을 받기 위해 샤밀 자신이 불러서 온 사람도 있었다.

샤밀이 문 안쪽으로 들어서자 그 곳에 모여 있던 사람들은 일제히 일어나서 양손을 가슴에 얹고 공손히 그를 환영했다. 그 가운데는 무릎을 꿇고 샤밀이 바깥문에서 안문으로 들어갈 때까지 그대로 앉아 있는 사람들도 있었다. 샤밀은 자기를 기다리고 있는 사람들 가운데서 불쾌한 많은 얼굴을 보았고, 귀찮은 청원자의 얼굴이 적지 않다는 것을 알았지만, 그는 여전히 화석이 된 듯한 굳은 얼굴을 하고 그 옆을 지나쳤다.

그리고 안문 안으로 들어서자 출입문 옆에 있는 회랑 앞에서 말을 내렸다. 행군에는 으레 따르게 마련인 긴장으로 인하여 그는 매우 피곤해 있었다. 그러나 그것은 육체적인 피로라기보다 정신적인 피로였다. 왜냐하면 이번 전쟁이 자기 편의 승리라고 공포는 했지만 이 싸움이 결국은 실패로 끝나고 많은 체첸 부락이 불태워져 버려 황폐되었고 경박한 체첸 인들 사이에 벌써 동요가 일어나서 러시아 영(領)에 가까이 살고 있는 자들이 러시아 군에 항복하려 생각하고 있다는 것을 잘 알고 있었기 때문이었다.

이러한 것은 모두 괴로운 일이었다. 이에 대해서 무엇인가 방도를 강구하지 않으면 안 되었다. 지금 그가 바라고 있는 것은 오직 하나의 생각뿐이었다. 많은 마누라 가운데에서도 가장 마음에 드는, 눈이 검고 발이 빠른 열 여덟 살되는 끼스쩐의 여인, 아미네뜨를 애무해 주고 싶은 생각인 것이다.

그렇지만 지금은 남자의 주거와 여자의 주거를 따로따로 분리해 놓고 있는 것이다. 자기라고 해서 담 저쪽에 있는 아미네뜨를 만난다는 것은 생각도 할 수 없었다(아미네뜨는 그가 말에서 내리는 것을 다른 처첩들과 함께 울타리 틈으로 지켜보고 있었던 것이다. 그는 그것을 믿어 의심치 않았다). 그녀의 곁으로 갈 수 없을 뿐만 아니라 푹신한 이부자리에 몸을 눕혀 피곤한 몸을 쉴 수조차도 없었다. 지금은 무엇보다도 먼저 정오의 예배를 보지 않으면 안 되었다. 그러한 것을 할 마음은 조금도 없었지만 그것을 게을리한다는 것은 전국민의 종교적 지도자의 위치에 있는 그로서는 용서할 수 없는 일이었으며 또 그 자신으로서는 그것은 나날의 식사처럼 필요불가결의 것이었다.

그래서 그는 깨끗이 목욕을 하고 기도를 올렸다. 기도가 끝나자 그는 자기를 기다리고 있는 사람들을 불러들였다. 제일 먼저 들어온 것은 그의 장인이며 교사인 제말 에진이란 키가 크고 기품이 있는 노인이었다. 그는 백설과 같은 하얀 턱수염을 기르고 혈색 좋은 붉은 얼굴을 하고 있었다. 그는 하나님에게 기도를 올린 다음, 샤밀이 출정중에 있었던 일들을 묻고 그가 없는 동안 산중에서 일어났던 일들을 이야기하기 시작했다.

혈육간의 원수다툼, 가축의 도난, 끽연, 음주 등 회회교도의 계율에 위배되어 처벌받은 많은 사람들, 그 많은 사건 가운데에서도 제말 에진은 다음과 같은 것을 보고했다. 그것은 하지 무라뜨가 그의 가족들을 러시아로 데려가기 위해서 사람을 보냈었는데, 그 계획이 폭로되어 그 가족은 베제노 마을로 이송되어 샤밀의 재결을 받기 위해 감금되어 있다는 것이었다.

바로 옆방인 객실에는 바로 이 사건을 논의하기 위해서 노인들이 모여 있었다. 그들은 벌써 3일째 샤밀이 돌아오기를 기다리고 있었다. 제말 에진은 이 사실을 샤밀에게 말하고, 오늘이라도 곧

회의를 끝마친 다음 그들을 돌려보내도록 권했다.

자이제뜨라는 이름을 가진, 코가 날카롭고 검은 낯빛의 불쾌한 얼굴을 하고 있는 아내 하나가 그에게 식사를 가져왔다.

그는 이 여자가 싫었지만 그러나 이 여자는 많은 처첩 가운데에서도 가장 나이가 많고 권력이 있었다. 샤밀은 식사가 끝나자 바로 객실로 갔다.

고문역의 여섯 노인이 그를 맞아 일제히 일어났다. 잿빛, 붉은 빛, 희고 검은 빛이 뒤섞인 것 등, 갖가지 빛깔의 턱수염을 기르고 있는 노인들이 터번을 두르기도 하고 안 두르기도 한 제멋대로의 모피 모자를 쓰고, 깨끗한 옷이며 체르께스 외투를 입고, 그위에 단도를 찬 혁대를 매고 있었다.

샤밀은 그들 일동보다 목 하나가 빠져나온 것만큼이나 키가 컸다.

노인들은 샤밀을 흉내내어 손바닥을 위로 하고 손을 쳐들어 눈을 감고 기도를 하였다. 그리고 두 손으로 얼굴을 위로부터 아래로 한번 쑥 문지르고 나서 두 손을 모았다. 그것이 끝나자 일동은 자리에 앉았다.

샤밀은 방 한가운데에 놓여 있는 가장 높은 방석에 앉았다. 얼마 후 당면 문제에 관한 의논이 시작됐다.

갖가지 죄를 범한 사람들의 사건은 회회교 법령에 의해서 판결되었다. 두 절도범은 한쪽 손을 자르기로 하고, 한 살인범은 목을 치기로 하고, 다른 세 사람은 석방한다는 판결이 내려졌다.

그리고 최후로 가장 중대한 문제를 논의했다. 그것은 체첸 인이 러시아 군에게 투항한 데 대한 조치의 강구였다. 이들 변절자에 대한 대책으로써 제말 에진은 다음과 같은 선언을 기초했다.

'나는 전능하신 신과 함께 영원한 평화를 바라는 바이다. 들리는 바에 의하면, 러시아 인은 그대들을 책동하여 귀순을 권유하고 있는 듯하다. 그대들은 러시아 인을 믿고 귀순하는 일이 없이 모름지기 은인자중할지어다. 만일 이승에서 그 보답을 받지 못한다면 내생에서라도 그 보답을 받을 것이다. 그대들은 전에 러시아 군에게 무기를 탈취당했던 일을 상기하라. 만일 당시 1840년에 신이 그대들에게 은총을 베풀지 않으셨더라면 그대들은 이미 러시아 군의 일개 병졸이 되고 그대들의 아내는 샤로와르(註 : 폭이 넓은 바지의 일종)도 입지 못한 채 외출을 하고 능욕의 창피한 꼴을 당했을 것이로다. 과거를 미루어 미래를 판단하라. 이교도와 함께 생활할 바에야 차라리 이와 투쟁하여 죽는 편이 나을지어다. 얼마 동안 참으라. 나는 코란과 총을 갖고 그대들에게로 가서 그대들을 이끌고 러시아 군을 무찌를 것이로다. 사태가 위급하다고 해서 러시아 군에게 투항하겠다고 기도함은 물론, 이러한 가상을 하는 것조차 엄하게 금하는 바다. '

샤밀은 이 선언에 서명하여 재가하고 그 반포(頒布)를 허가했다.

이러한 문제 다음으로, 하지 무라뜨 사건을 논의하기 시작하였다. 이것은 샤밀에게는 매우 커다란 문제였다. 그는 스스로 말하고 싶지는 않았지만, 만일 지금 그 민첩하고 대담하고 용감한 하지 무라뜨가 자기편에 있었더라면 체첸에서 일어나고 있는 것과 같은 사건은 없었으리라는 것을 잘 알고 있었다. 하지 무라뜨와 다시 화해해서 그의 공로를 이용할 수 있다면 그보다 좋은 일은 없겠지만, 만일 그것이 불가능 할지라도 그가 러시아 군을 원조하게 된다면 그건 도저히 용납할 수 없는 일이었다. 따라서 어찌되었건간에 그를 불러들이지 않으면 안 되는 것이다. 불러들여서 죽여 버리지 않으면 안 되는 것이다. 그 방법으로써, 그를 암살시킬 수 있는 사람을 찌플리스에 보내든가, 그렇지 않으면 무슨 방법으로든지 그를 불러들여 여기서 처치하는 것이다. 둘째 방안에 대한 유일한 수단으로써는 그의 가족, 특히 그의 아들이 있는 것이다. 하지 무라뜨가 자기의 장남을 얼마나 사랑하고 있는가를 샤밀도 알고 있었다. 그러니까 이 아들을 이용하여 속이는 수밖에 없었다.

고문인 노인들이 이 일의 논의를 끝마쳤을 때 샤밀은 눈을 감고 입을 다물었다. 그것은 다름아니라, 그가 이제부터 자신이 해야 할 일을 제시해 주는 예언자의 목소리에 귀를 기울이고 있는 것이었다.

고문인 노인들도 그것을 알고 있었다. 장중한 5분간의 침묵 후 샤밀은 눈을 떴다. 그리고 아까보다도 더욱 두 눈을 가늘게 뜨고 말했다.

"하지 무라뜨의 아들을 이리 데리고 와."

"그놈은 바로 여기 있습니다."

제말 에진이 대답을 했다.

과연 하지 무라뜨의 아들 유수프는 이미 호출될 것을 각오하고 바깥 마당 대문 옆에 서 있었다.

그는 마르고 창백한 얼굴을 하고 있었고 옷은 너덜너덜한 데다 고약한 냄새를 풍기고 있었지만, 그래도 그의 모습이며 얼굴은 아름다왔고 검은 눈은 할머니 빠찌마뜨를 닮아 타는 듯이 빛나고 있었다.

유수프는 샤밀에 대해서 자기 아버지가 갖고 있는 것과 같은 감정을 갖고 있지 않았다. 그는 과거의 사정을 전부 알고 있지 못했을 뿐더러, 알고 있었다고 한들 자기 스스로 그것을 경험한 것이 아니었기 때문에 왜 아버지가 그처럼 집요하게 샤밀하고 반목하고 질시하고 있는가 그 까닭을 모르고 있었다. 그는 오직 하나의 희망밖에는 가지고 있지 않았다. 그것은 태수의 아들답게, 훈자흐에서 보냈던 것과 같은 경쾌하고 안일한 생활을 계속하는 것이었다. 그래서 샤밀에게 항쟁한다는 것은 전혀 불필요한 것이라고 생각하고 있었다.

지금도 그는 샤밀에 대해서 전전긍긍하면서 경건한 마음을 갖고 객실로 들어선 것이다. 입구에 멈추어 섰을 때 눈을 가느다랗게 뜬 샤밀의 집요한 시선과 맞부딪혔다. 그는 잠시 동안 멈추어 섰다가, 얼마 후 샤밀에게로 다가가서 손가락이 길고 커다란 그의 하얀 손에 입을 맞추었다.

"네가 하지 무라뜨의 아들이냐?"

"네, 그렇습니다. 종주님."

"넌 무엇을 했는지 알고 있지?"

"네, 알고 있습니다, 종주님. 그리고 유감스럽게 생각합니다."

"글은 쓸 줄 아느냐?"

"저는 승려가 되기 위해서 준비를 하고 있습니다."

"그렇다면, 아버지에게 이렇게 써 보내는 것이 좋겠다. 만일, 오는 대제(大祭)까지 돌아오면 나는 그의 죄를 용서하고 이전처럼 대우해 주겠다. 그러나 만일 러시아 군에 그대로 머물러 있겠다고 한다면……"

그는 또한번 양미간을 가느다랗게 찌푸렸다.

"……나는 너의 할머니와 어머니를 마을 사람들에게 인도하고, 너는 교수형에 처할 테다."

유수프는 얼굴빛 하나 까딱하지 않았다. 그리고 그의 말을 잘 알았다는 듯이 고개를 숙여 절을 했다.

"그대로 써서 나의 사자에게 넘겨 주도록 해라."

샤밀은 입을 다문 채로 오랫동안 유수프의 얼굴을 바라보았다.

"애비에게 그렇게 써 줘라! 나는 가엾게 생각하기 때문에 차마 죽일 수는 없겠지만, 모든 반역자에게 그러하듯이 양쪽 눈을 후벼 놓고 말 테니까. 이렇게 말이야, 알았지? 그럼 가 봐."

유수프는 샤밀의 면전에서는 평온하게 보였지만, 객실에서 끌려나오자 별안간 경호원에게 덤벼들어 경호원의 칼집에서 단도를 뽑아들어 단숨에 자살을 하려 들었다. 그러나 경호원들이 그의 두 손을 붙들어 묶은 다음 다시 구덩이 속으로 끌고 들어갔다.

그날 저녁, 밤기도가 끝나고 완전히 황혼이 깃들었을 무렵에 샤밀은 하얀 모피 외투를 걸치고 처첩들이 있는 집을 향하여 밖으로 나왔다. 그의 발걸음은 아미네뜨의 방으로 옮겨졌다. 그러나 아미네뜨는 거기에 없었다. 그녀는 나이 많은 처첩들이 있는 곳에 있었던 것이다. 샤밀은 사람들의 눈에 띄지 않게 문 뒤에 숨어 그 여자를 기다리고 있었다. 그러나 아미네뜨는 샤밀이 지난 번에 비단 조각을 자기에게 주지 않고 자이제뜨에게 준 것을 못마땅해하고 있었기 때문에 샤밀이 마당으로 나와 자기 방으로 들어갔고 또 지금 자기를 기다리고 있다는 것을 알고 있으면서도 일부러 자기 방으로 돌아가지 않았다.

그녀는 오랫동안 자이제뜨의 문 앞에 서서 자기 방을 나갔다 들어왔다하는 샤밀의 하얀 모습을 보면서 얕은 목소리로 웃고 있었다. 허무하게 그녀가 돌아오기를 기다리고 있었던 샤밀은 야반의 기도 시간이 다가와서 할 수 없이 자기 거실로 돌아왔다.

20

하지 무라뜨는 요새 안에 있는 이반 마뜨베예비치의 집에서 일주일쯤 지냈다. 마리야 드미뜨리예브나는 털보 하네피----하지 무라뜨는 하네피와 엘다르의 두 사람밖엔 데리고 오지 않았었다 ----가 위험하게도 자기를 찔러 죽이려 했다고 그를 부엌에서 떠

밀어낸 일이 있었음에도 불구하고 하지 무라뜨에 대해서 특이한 존경과 동정을 품고 있는 듯싶었다.

그녀는 식사의 시중을 엘다르에게 맡겨 놓고 있었지만, 그럴 듯한 구실을 붙여 그의 얼굴을 보고 그의 마음에 들도록 노력했다. 그녀는 또 하지 무라뜨의 가족에 관한 상담에도 참견하여 굉장한 흥미를 표시하여, 그가 몇 사람의 아내와 아이들을 갖고 있으며 나이가 몇인가까지도 알고 있었다. 그리고 언제나 정찰병이 올 때마다 그 교섭의 결과를 누구에게라 할 것 없이 꼬치꼬치 물어 대는 것이었다.

부뜰레르는 이 일 주일 동안에 완전히 하지 무라뜨와 친해 졌다. 때때로 하지 무라뜨가 부뜰레르의 방으로 찾아올 때도 있었지만, 부뜰레르가 그의 방을 찾아갈 때도 있었다. 두 사람은 통역자를 사이에 두고 말을 했지만, 때로는 자기 자신들의 방법에 의해서 대화를 나누는 때도 있었다. 그것은 손짓을 하는 것이라기보다도 주로 미소를 짓는 것이었다. 하지 무라뜨는 부뜰레르가 마음에 드는 모양이었다. 그것은 부뜰레르에 대한 엘다르의 태도로서도 알 수 있었다. 부뜨레르가 하지 무라뜨의 방에 들어오면 엘다르는 정말 기쁘다는 듯 하얀 이를 드러내면서 그를 맞고, 재빨리 의자를 권하고, 칼을 차고 있을 때는 그것을 받아 걸곤 했다.

부뜰레르는 하지 무라뜨의 의형제인 털보 하네피하고도 서로 친밀하게 되었다. 하네피는 산민의 노래들을 정말 많이 알고 있었고 또 노래도 잘 불렀다. 하지 무라뜨는 부뜰레르를 기쁘게 하기 위해서 하네피를 불러 자기가 좋다고 생각하는 노래를 그에게 부르도록 시켰다. 그의 노래는 소리가 높은 중음이었고, 노래를 부르는 그 폼은 매우 명료하고 표정이 풍부하였다. 그 노래 가운데 하나는 특히 하지 무라뜨의 마음에 드는 것이었지만, 부뜰레르도 그 장중하고 우울한 선율에 감동을 느꼈다. 부뜰레르는 통역자에게 부탁하여 그 가사를 번역해 받았다.

그 노래는 하네피와 하지 무라뜨 사이에 있었던 복수사건을 주제로 한 것이었다. 가사는 다음과 같은 것이었다.

----내 묘 위의 흙은 말라 버릴 테지.
그리고 나를 낳아 주신 어머니
어머니도 나를 잊어버릴 테지.
묘 위에는 이름없는 잡초가 우거지고
아아, 늙으신 아버지,
당신의 슬픔도 풀에 덮여 사라질 테지.
내 누이의 눈에 눈물이 마르고
슬픔도 그 가슴에서 날아가 버릴 테지.
그러나 내 형이여, 내 죽음의 원한을 갚아 주지 않는 한
당신은 나를 잊지 않을 테지.
그리고 내 아우야
내 곁에 네 시체가 눕지 않는 한
너도 나를 잊지는 않을 테지.
아아! 탄환이여, 그대는 불처럼 뜨겁고 사람에게 죽음을
가져오지만 내게 충성했던 노예는 바로 네가 아니었더냐? 검
은 흙이여, 너는 지금 나를 덮고 있지만 내가 말굽으로 짓
밟아 준 것은 바로 네가 아니었더냐.

죽음이여, 그대는 싸늘하지만
나는 너의 주인이었던 것을……
대지는 나의 시체를 안고
하늘은 내 영혼을 얼싸안고 있도다.

하지 무라뜨는 언제까지나 눈을 감고 노래를 듣고 있었다. 그리고 노랫소리가 조용히 꼬리를 끌면서 사라져갈 때, 그는 언제나 러시아 어로 말하는 것이었다.

"좋은 노래야. 훌륭한 노래야."

무엇인가 일종의 특별한 힘에 넘치는 산사람들의 생활에 젖은 시의 취흥이 부뜰레르를 더욱 매혹시켜 주었다. 부뜰레르는 자기도 그들이 입는 옷이며, 체르께스 외투며, 부드러운 가죽 장화 들을 만들었다. 그는 자기도 산민의 한 사람이며, 하지 무라뜨 등과 함께 생활하고 있는 것과 같은 느낌이 들었다.

하지 무라뜨가 출발하는 날, 이반 마뜨베예비치는 몇 사람의 장교를 모아 그를 위한 송별연을 가졌다.

장교들은 마리야 드미뜨리예브나가 차를 따르는 테이블 옆에 앉기도 하고 보드카, 츄히리 등의 술병과 안주로 내놓은 자꾸스까가 놓여 있는 테이블 쪽으로 가 앉는 사람도 있었다. 그 때 여장을 갖춘 하지 무라뜨가 재빠르고 부드러운 발걸음으로 조금 다리를 절뚝거리면서 방 안으로 들어왔다. 일동은 일어나서 차례차례 그와 악수를 했다.

이반 마뜨베예비치는 그를 커다란 따흐따 의자로 안내하려 했지만, 그는 목례를 하고서는 창가의 조그만 의자에 앉았다. 그가 들어섰을 때 일동이 갑자기 취한 침묵도 그를 조금도 당황하게 만들지는 않은 것 같았다. 그는 주의깊게 일동의 얼굴을 둘러보면서 사모바아르며 자꾸스까의 술병 등이 놓여 있는 테이블에 무관심한 시선을 보냈다.

뻬뜨로프스끼란 원기있는 장교가 찌플리스가 마음에 들었느냐고 통역자를 통해 그에게 물었다.

"그렇소."

"마음에 들었다고 말하는 겁니다."

통역자가 설명했다.

"어떠한 점이 마음에 들었습니까?"

하지 무라뜨는 무엇인가 대답했다.

"무엇보다도 연극이 마음에 들었다고 합니다."

"호오! 그렇다면 군사령관의 무도회는 마음에 안 들었습니까?"

하지 무라뜨는 얼굴을 찌푸렸다.

"어떠한 국민에게도 저마다의 습관이 있는 법이니까요. 우리들에겐 여자들이 그런 몸차림을 할 때는 없습니다."

마리야 드미뜨리예브나 쪽을 홀끗 쳐다보며 그는 말했다.

"어떻습니까? 마음에 들지 않았다는 겁니까?"

"우리들에겐 이런 속담이 있습니다. '개가 말에게 고기를 먹이고, 말이 개에게 말먹이를 먹여 양쪽이 다 굶어 죽었다'는……"

그리고 그는 씽긋 웃으면서 다시 말을 이었다.

"어떠한 국민에게도 자기네들의 습관이 좋아 보이는 겁니다."

회화는 더이상 계속되지 않았다.

장교들은 제각기 차 또는 술을 마시기 시작했다. 하지 무라뜨는 권하는 찻잔을 받아 그것을 자기 앞에 놓았다.

"어떻습니까? 크림은? 프랑스 빵은?"

마리야 드미뜨리예브나가 권했다. 하지 무라뜨는 목례를 했다.

"이제는 작별을 해야겠군요. 이번에는 또 언제 만날 수 있을까?"

부뜰레르가 그의 무릎에 손을 얹고 말했다.

"안녕, 안녕."

하지 무라뜨는 미소지으면서 러시아 어로 말했다.

"친구! 부뜰레르! 언제까지나 당신의 친구다. 자! 이젠 떠나야지."

이제부터 타고 갈 방향을 가리키는 것처럼 그는 고개를 한번 휘저으면서 말했다.

무엇인가 크고 흰 것을 어깨에 메고 칼을 손에 쥔 엘다르가 방의 입구에 나타났다. 하지 무라뜨가 그를 부르니까, 그는 성큼성큼 큰 걸음으로 다가와서 하얀 외투와 칼을 넘겨주었다. 하지 무라뜨는 일어나서 외투를 받고 그것을 팔에 걸치고 무엇인가 통역자에게 말하면서 마리야 드미뜨리예브나에게 그것을 주었다.

통역자가 설명했다.

"당신이 이 외투를 칭찬했으니까, 그것을 증정한다는 겁니다."

"무엇하러 그런 일을?"

그녀는 얼굴이 새빨개졌다.

"그렇게 하지 않으면 안 되는 것입니다. 그렇게 하기로 되어 있는 겁니다."

"그러시다면 고맙게 받아 두겠습니다."

마리야 드미뜨리예브나는 외투를 받아 들면서,

"아무쪼록 아드님을 잘 만나 볼 수 있으시기를."

그리고 그녀는 또 한 마디 덧붙였다.

"울란 야끄쉬(훌륭한 용사)!"

소리치고는 통역자에게 말했다.

"꼭 가족 여러분을 무사히 구출할 수 있도록 하나님에게 빌겠다고 말해 주세요."

하지 무라뜨는 한번 그녀를 바라보고는 득의에 찬 얼굴로 크게 한번 고개를 끄덕거렸다. 그리고 그는 엘다르로부터 칼을 받아 이반 마뜨베예비치에게 내놓았다. 이반 마뜨베예비치는 칼을 받아들고 통역자에게 말했다.

"꼭 내 밤털말을 타고 가도록 말해 주게. 달리 답례를 할 방법이 없으니까……"

하지 무라뜨는 얼굴 앞에 손을 내저으면서 자기는 아무것도 필요없으니까 결코 그런 것을 받지 않겠다는 뜻을 표시하였다. 얼마 후 그는 산맥을 가리키고는 자기 가슴에 손을 얹으며 출구 쪽으로 걸어갔다. 일동은 그 뒤를 따랐다. 방에 남아 있는 장교들은 하지 무라뜨가 준 칼을 뽑아들고 한참 동안 감상하다가, 이건 진짜 구르다(註 : 古刀의 一種)라고 의견을 같이했다.

부뜰레르는 하지 무라뜨와 함께 출입구의 계단까지 나왔다. 그런데 그 때 누구도 생각하지 않았던 일이 일어나고 말았다. 만약 하지 무라뜨의 예리한 눈과 결단과 민첩함이 없었던들 그는 죽음으로써 종막을 고하지 않으면 안 될 뻔했다.

따쉬 끼쵸라고 하는 꾸므이끄 촌의 사람들은 하지 무라뜨에 대해 깊은 경모의 뜻을 품고 있었다. 그래서 이 유명한 수령의 얼굴을 보기 위해 몇 번씩 요새로 찾아왔었다. 그리고 사흘 전인 금요일에 자기들의 사원으로 와 달라는 사자를 보내 왔다.

그런데 같은 마을에 살고 있으며, 전부터 하지 무라뜨를 미워하고 불구대천의 원수로 노리고 있던 꾸므이끄의 왕들이 이 사실을 냄새맡고는 결코 그를 사원에 들여보내지 말라고 주민 일동에게 포고를 내렸다.

주민들 사이에는 동요가 일어나서 왕의 일당과의 사이에 투쟁이 일어났다.

러시아 관헌은 산민들의 싸움을 진압하고 하지 무라뜨에게 사원에 가지 말도록 일러 주었다. 그래서 그는 사원으로 가지 않았다. 사람들은 그것으로써 일은 끝났다고 생각했던 것이다.

그런데 하지 무라뜨가 출발하려고 말이 기다리고 있는 마굿간으로 나왔을 무렵, 아르슬란 한이라는 꾸므이끄의 왕이 달려온 것이다.

그는 부뜰레르도, 이반 마뜨베예비치도 잘 알고 있는 사람이었다.

하지 무라뜨를 보자 그는 허리에 찬 권총을 뽑아들고 그에게 총구를 겨냥한 것이다. 아르슬란 한이 방아쇠를 막 당기자마자 하지 무라뜨는 절름발이이면서도 고양이처럼 날쌔게 입구의 계단으로부터 아르슬란 한에게 덤벼들었다.

하지 무라뜨는 그 곁으로 달려가자 한 손으론 고삐줄을 잡고 다른 한 손으론 단검을 뽑아들고 무엇인가 따따르 말로 소리를 질렀다.

부뜰레르와 엘다르가 동시에 두 사람에게로 달려와서 그 손을 붙들었다. 이반 마뜨볘예비치도 총성을 듣고는 뛰어나왔다.

"아르슬란! 어째서 넌 나의 집 안에서 이런 점잖치 못한 짓을 하지? 좋지 않아! 들판에서라면 무슨 짓을 하든 멋대로겠지만 내 집 안에서 이런 피투성이 소동을 일으키려 하다니 괘씸한 일이 아니냐!"

그는 소리를 질렀다.

아르슬란 한은 검은 콧수염을 기른 몸집이 작은 사나이였는데, 새파래진 얼굴로 떨면서 말에서 내리고는 미움이 가득찬 눈으로 하지 무라뜨를 노려보고는 이반 마뜨볘예비치와 함께 집 안으로 들어가 버렸다.

하지 무라뜨는 무거운 숨을 몰아쉬면서도 미소를 띠며 말이 있는 쪽으로 돌아왔다.

"저 사람은 왜 하지 무라뜨를 죽이려 했을까?"

부뜰레르는 통역에게 물었다.

"그건 저 사람들의 율법이라는 겁니다. 아르슬란 한은 이 사람이 흘린 피로 하여 복수하지 않으면 안 된다는 겁니다. 그래서 결국 죽이려 했던 것입니다."

통역자는 하지 무라뜨의 말을 전했다.

"흠! 그럼 만일 도중에서 뒤쫓는다면?"

부뜰레르가 물었다.

하지 무라뜨는 씽긋 웃었다.

"뭐, 만일 피살된다면……그것도 결국 알라 신의 뜻이겠지요. 그럼, 안녕."

그는 또 러시아 어로 말하고는 말의 말갈기를 만지면서 전송하는 사람들을 향하여 빙글 한 바퀴 돌아보았다. 그러자 문득 그의 눈이 마리야 드미뜨리예브나의 시선과 부드럽게 마주쳤다.

"부인, 안녕. 고맙습니다."

그는 그녀쪽을 바라보면서 말했다.

"제발 가족들을 구하시길."

마리야 드미뜨리예브나는 거듭 되풀이했다.

그는 그녀의 말을 이해할 수는 없었지만 자기에 대한 그녀의 동정을 직감하고 한 번 고개를 끄덕였다.

부뜰레르가 말했다.

"꼭 말해 주게. 난 저 사람의 영원한 친구니까 결코 잊지는 않겠다고."

그는 통역자를 통해 대답했다. 그리고 한쪽 다리가 짧은데도 조금도 거북하지 않게 말등자를 잠깐 건드리는가 했더니 가볍게 자기 몸을 말안장 위에 올려 놓았다. 그리고는 익숙한 솜씨로 권총을 만져 보고 칼의 위치를 고치고는, 까프까즈의 산민이 아니고서는 도저히 볼 수 없는 일종의 독특하고 오만한 태도로 말을 모는 것이었다.

하네피와 엘다르도 똑같이 말 위에 오르면서 정답게 주인 부부며, 장교들에게 인사를 하고는 하지 무라뜨의 뒤를 따라 달리기 시작했다.

언제나 이런 경우에 있어 그러하듯이 나간 사람에 대한 화제가 입에 올랐다.

"대단한 놈이야! 저 아르슬란 한에게 달려들었을 때의 모습은 어때? 꼭 늑대 같더군! 얼굴 표정이 홱 변하더군!"

"그렇지만 저놈은 우리들을 속일지도 모르지. 커다란 산적 같은 놈이니까."

뻬뜨로프스끼가 말했다.

"제발 저런 산적이 러시아 안에도 많이 있었으면 좋겠어요."

마리야 드미뜨리예브나는 이내 쾌씸한 듯 말참견을 했다. 그리고 다시 말을 이었다.

"저 사람은 일 주일 동안 우리에게서 묵다가 갔지만, 장점 이외에는 아무것도 발견할 수가 없었어요. 예의 바르고, 영리하고, 비뚤어진 것을 싫어하는 사람이에요."

"어떻게 당신은 그렇게 무엇이든지 다 알게 되었습니까?"

"알게 되었으니까 알게 됐죠."

"반해 버린 거야. 틀림없어!"

이반 마뜨베예비치가 그 자리에 들어서면서 말했다.

"예. 반해 버렸어요. 그것이 어쨌단 말이에요? 글쎄, 좋은 사람을 갖고 왜 나쁘게 말하는 거예요? 그 사람은 따따르 인이지만 훌륭한 사람이에요."

"정말입니다, 마리야 드미뜨리예브나. 저 사람의 편을 들어 주시는 것은 정말 훌륭한 일입니다."

부뜰레르가 말했다.

21

체첸 전선에 있어서의 전초 보루 내의 생활은 여전히 변함없이 흐르고 있었다. 그 후 두 번씩이나 적군 내습의 경보가 전해져서 중대가 출동하고 민병들이 달려가곤 했지만, 두 번 다 산비들을 잡아 올 수는 없었다. 그들은 무사히 되돌아가곤 했다. 더군다나 한 번은 보즈드뷔젠스끄에서 물을 마시게 하기 위해서 끌고 간 까자끄의 말 여덟 필을 약탈하고, 까자끄 병 하나를 죽이고 가기까지 했다. 부락이 황폐된 이래 적의 공격은 거의 없었다. 단지, 좌측장관으로 바랴젠스끼 공작이 새로 임명되어 왔기 때문에 체첸을 향해 대규모적인 원정이 있을 것이라고 했다.

바랴젠스끼 공작은 총통의 친구로서 전에 까바르지아 연대의 연대장을 맡고 있었는데, 이번 전좌측군의 장관으로 온 것이다. 그는 그로즈나야에 도착하자마자 체르느이쇼프가 보론쪼프에게 서면으로 알려 준 황제의 계획을 실행하기 위해서 일개 지대를 동원했다.

보즈드뷔젠스끄로 동원된 지대는 꾸린 방면의 진지를 향하여 출발했다. 군대는 이 진지에 주둔하여 숲에서 벌목 같은 일을 하고 있었다. 젊은 보론쪼프 공작 2세는 훌륭한 나사의 천막에서 살고 있었다. 아내인 마리야 바실리예브나는 가끔 진지에 찾아와서는 곧잘 진지에서 자고 갔다. 따라서 궁중 근무 같은 일을 해 본 일이 없는 장교이며 병사들을 그녀가 야영지로 올 때마다 야간 비밀 정찰에 내보내지기 때문에 이를 싫어하고, 그들은 입사납게 그녀에게 욕질을 하는 것이었다.

산비들은 가끔 대포를 끌고 와서 진중을 향하여 쏘아 댔다. 이 포탄은 대개 명중하지는 않았기 때문에 언제나 이 포탄에 대해서 별다른 방법을 강구하려 들지 않았다. 그렇지만 마리야 바실리예브나가 이 곳에 있을 때만은 산비들이 대포를 끌고 와서 그녀를 놀라게 하지 않기 위해서 비밀 정찰이 이곳저곳으로 파견되는 것이었다. 한 사람의 귀부인을 놀라게 해주지 않기 위해서 야간의

비밀 정찰로 쏘다녀야 한다는 것은 괘씸하고 화가 나는 일이
었다. 그래서 병사들을 비롯해서 상류 사교계에 끼지 못하는 장
교들이 뒤에서 마리야 바실리예브나에게 험구와 폭언을 마구 퍼
붓는 것이었다.

부뜰레르도 이 지대에 모여 있는 사관학교 시절의 동창이며,
장관의 전속 부관이나 전령(傳令)으로 근무하고 있는 꾸린 연대
의 동료를 만나 보기 위해서 보루로부터 휴가를 받고 찾아왔다.

이 곳으로 온 후 얼마 동안은 그도 매우 유쾌했다. 그는 뽈또라
쯔끼의 천막에 자리를 잡고, 거기서 자기를 마음으로부터 환영해
주는 많은 낯익은 사람을 만났다. 그는 보론쪼프에게도 갔다.

그는 한때 이 사람과 같은 연대에 근무한 일이 있었기 때문에
다소 안면이 있었던 것이다. 보론쪼프는 매우 상냥하게 그를 맞
아 주었고, 바랴찐스끼 공작에게도 소개를 해주었고, 송별 연회
에도 그를 초대해 주었다. 이 송별 연회는 바랴찐스끼의 전임 꼬
즐로프스끼 공작을 위해 베풀어진 것이었다.

연회는 굉장했다. 많은 천막을 이곳저곳으로부터 모아 와서 몇
줄이건 한량없이 쳐놓고 있었다. 그리고 천막의 길이만큼 식탁이
배치되어 그 위에는 식기며 술병이 가득히 놓여 있었다. 무엇이
든지 뻬제르부르그의 친위대의 생활을 연상시키는 것뿐이었다.
오후 두 시에 일동은 식탁으로 향했다. 한가운데에는 꼬즐로프스
끼와 바랴찐스끼가 양쪽에서 마주앉았다. 꼬즐로프스끼의 좌우에
는 보론쪼프 부처가 자리를 잡았다. 식탁의 양쪽에는 까바르지아
연대와 꾸린 연대의 장교들이 기라성처럼 앉아 있었다.

부뜰레르는 뽈또라쯔끼와 나란히 앉았다. 두 사람이 다 밝은
표정으로 지껄이면서 이웃 자리의 장교들과 술잔을 바꾸고 있
었다. 드디어 불고기가 나올 차례가 되자 종졸(從卒)들은 각자의
술잔에 샴페인을 따르기 시작했다. 뽈또라쯔끼는 마음 속으로부

터 근심스러운, 동정을 하지 않을 수 없다는 얼굴로 부뜰레르에게 말했다.

"우리 장군 꼬즐로프스끼는 보기 좋게 창피를 당할 거야."

"왜?"

"이제 연설을 하지 않으면 안 되거든. 그런데, 저 양반, 그런 걸 할 줄 알 게 뭐야?"

"그렇지. 이건 탄환이 비처럼 쏟아지는 밑에서 진지를 점령하는 것하고는 사정이 다르니까…… 더군다나 옆에는 귀부인이 앉아 있고, 궁중의식에 익숙한 귀족들이 버티고 있으니까…… 정말 마주 쳐다볼 수 없을 지경이군……"

장교들은 서로 이런 이야기를 주고 받았다.

그렇지만 드디어 장중한 순간이 찾아왔다. 바랴찐스끼가 일어나서 술잔을 높이 들고 꼬즐로프스끼 쪽을 바라보며 간단한 인사를 했다. 그의 인사가 끝나자 꼬즐로프스끼도 일어나서 제법 분명한 목소리로 연설을 시작했다.

"이번 폐하의 배려에 따라서 아무리 본관이 제군의 곁을 떠난다 하더라도…… 제군과 이별을 하지 않으면 안 되게 되었는데 …… 그러나 본관은 항상 제군과 함께 있는 것이라고 생각해 주기를 바라는 바입니다. '전장(戰場)의 병사는 혼자가 아니다'라는 말이 얼마나 진리인가는 제군이 잘 알고 있을 것이며, 따라서 아무리 본관이 근무상 많은 포상을 받았다 하더라도, 폐하의 홍은에 의해 아무리 많은 인자(仁慈)를 입었다 하더라도, 아무리 높은 지위, 아무리 화려한 명성, 아무리 많은 지위를 향유하고 있다 하더라도, 아무리……"

여기에서 그의 목소리는 떨리기 시작했다.

"……이 모든 것들을 오직 제군들에 의해 힘입은 것으로써 깊이, 가슴 깊이 새겨 두는 바입니다."

그의 주름 깊은 얼굴이 더욱 주름투성이가 되었다. 그는 흐느껴 울기 시작했다. 눈물이 글썽거렸다.

"본관은 마음 속으로부터 거짓없는 열렬한 감사의 뜻을 제군에게 바치려고 생각하고 있습니다……"

꼬즐로프스끼는 더이상 말이 나오지 않았다. 그는 일어나서 장교들을 포옹하기 시작했다. 공작 부인은 손수건으로 얼굴을 감추었다. 세몬 미하일로비치는 입을 쫑긋거리고 눈을 끔벅거렸다. 많은 장교들도 역시 눈물을 글썽거렸다. 꼬즐로프스끼를 잘 모르고 있었던 부뜨레르도 똑같이 눈물을 억누를 수가 없었다. 이 장소의 광경이 완전히 마음에 든 것이다.

그 다음 바랴쩬스끼, 보론쪼프를 비롯한 그밖의 장병들의 건강을 위해 축배가 올려졌다. 그리고 군인들은 다 마셔 버린 술과 언제나 감수성이 빠른 군인다운 열정에 취해서 연회의 석상에서 일어나 나가기 시작했다.

그 날은 더할나위없이 조용하고 화창한 날씨여서 공기는 맑고 산뜻했다. 이곳저곳에서 모닥불이 탁탁 튀는 소리가 들리고, 노랫소리가 들려왔다. 마치 모든 사람들이 무엇인가를 축복하고 있는 것만 같았다. 부뜰레르는 더없이 행복한 감격으로 충만된 기분으로 뽈또라쯔끼에게로 갔다. 그의 집에서는 장교들이 모여서 카드 놀이를 시작하였다. 그리고 부관이 1백 루블리를 내놓고 물주가 되었다. 부뜰레르는 바지 주머니 속의 지갑을 움켜쥔 채, 두 번이나 천막 밖으로 나갔지만 드디어 참을 수가 없어 결코 노름을 하지 않겠다고 자기 자신과 형제에게 맹세했으면서도 그만 노름에 돈을 걸고 말았다.

그로부터 한 시간도 되지 않는 동안 부뜰레르는 새빨개진 얼굴을 하고 땀투성이가 되어 몸 전체가 백묵(白墨)으로 하얗게 더럽혀진 채로 탁자 위에다 팔꿈치를 짚고는 모퉁이가 쭈글쭈글해진 카드에 자기가 거는 돈의 액수를 숫자로 적고 있었다.

이미 그는 형편없이 지고 있었기 때문에 거기에 기입되어 있는 자기의 부채를 계산하는 것이 겁이 날 지경이었다. 물론 계산을 해 보지 않더라도 얼마나 되는가를 알고 있었다. 그건 봉급을 전부 미리 타내고 말을 팔아치워도 이 얼굴도 모르는 부관에게 진 부채의 전액을 지불할 수 없는 액수였다. 그는 아직도 승부를 계속하고 있었는데, 부관은 난처한 얼굴을 하더니 새하얀 예쁜 손에 들고 있던 카드를 놓으면서 백묵으로 적어 놓은 부뜰레르의 부채를 계산하기 시작했다.

부뜰레르는 무안한 듯 지금 당장 돈을 갚을 수가 없으니 나중에 집으로 돌아가서 보내 주겠다고 변명을 하였다. 그가 그렇게 말했을 때 모든 사람들은 동정하는 듯한 얼굴을 했다. 뽈또라쯔끼조차 그의 시선을 피하려고 하는 것을 깨달을 수 있었다. 그 날은 그에게 있어 그 곳에서의 마지막 밤이었다. 이런 노름을 시작하지 않고 초대를 받은 보론쪼프에게라도 갔었더라면 이것도 저것도 무사했을 것을…… 하고 그는 생각했다. 그러나 지금은 무사하기는커녕 참혹한 지경에 이르고 만 것이다.

동료며 지인에게 인사를 하고 그는 숙소로 돌아왔다. 돌아오자마자 그는 자리에 들어가 누웠다. 그리고 보통 노름에 진 사람이 하듯이 열 여덟 시간이나 계속해서 잠을 잤다.

마리야 드미뜨리예브나는, 그가 50카페이카를 꾸어 갔던 일이며, 그의 침울한 표정이며, 묻는 말에 신경질적으로 대답하는 것 등으로 미루어 보아 그가 노름에 진 것이라고 눈치챘다. 그리고 그녀는 부뜰레르에게 왜 휴가를 주었느냐고 이반 마뜨베예비치에게 덤벼들었다.

이튿날, 부뜰레르는 한 시가 넘어서 눈을 떴다. 그는 자기의 입장을 생각하고 또다시 이제까지의 망각의 심연 속으로 파고들어 가고 싶었지만 이제 그것은 할 수 없었다. 그 얼굴도 모르는 부관에게 꾼 돈 470루블리를 갚기 위해서 무엇인가 방법을 강구하지 않으면 안 되었다. 그 방법의 하나로써 형에게 편지를 써, 자기의 실수를 참회의 뜻과 함께 표하고, 형제의 공동 재산인 물방앗간을 팔아 거기에서 5백 루블리만 급히 보내 달라고 졸랐다.

편지를 쓴 다음 그는 이반 마뜨베예비치에게로 가서 소령 자신이기보다도 오히려 마리야 드미뜨리예브나에게 그만한 돈이 있으리라고 생각하고, 5백 루블리만 융통해 달라고 부탁했다.

"나라면 금방 꾸어 주겠지만 말이야……"

이반 마뜨베예비치는 말했다.

"……그러나, 마샤가 내놓지 않을 거야. 아무래도 여자란 것은 어쩔 수 없는 구두쇠니까. 움켜쥐면 놓질 않거든…… 참 곤란해…… 그러나 어떻게 해서든지 이 급한 구멍을 메워야겠는데…… 난처한데. 그 주보(酒保)의 개자식, 안 가지고 왔을까?"

그렇지만 주보에게 꿀 수 있다고는 생각도 못한 일이었다. 이래서 부뜰레르의 구원은 오직 형이나 그렇지 않으면 그 인색한 친척 부인밖에는 기대할 도리가 없었다.

22

체첸에서 자기의 목적을 달성할 수 없었던 하지 무라뜨는 찌플리스로 되돌아왔다. 그리고 매일처럼 보론쪼프에게로 가서 면회가 허용될 때마다 제발 산비의 포로들을 모아 그들을 자기 가족과 교환하도록 해달라고 부탁했다. 그렇게 하지 않으면 자기의 손발은 묶여진 것이나 마찬가지여서 마음먹은 대로 러시아 군에 봉사할 수도 없고, 샤밀을 멸망시킬 수도 없다고 말했다.

보론쪼프는 가능한 한도의 일은 하겠다고 막연한 약속만을 할 뿐이었다. 아르구쩬스끼 장군이 이 곳으로 오면 그 사람과 잘 의논하여 분명한 결정을 하겠다면서 하루하루 미루고만 있는 것이었다.

하지 무라뜨는 다시 누흐라는 까프까즈의 조그만 마을로 가서 거기서 잠시 살게 해 달라고 보론쪼프에게 부탁했다. 그 곳에 있는 편이 샤밀을 비롯하여 그 부하들과 자기 가족에 관한 교섭을 하기가 편리하다고 생각한 것이다. 그뿐만이 아니라, 그 누흐라는 회회교의 마을에는 회회교의 사원이 있어 회회도가 요구하는 율법에 맞는 기도를 올리기 위해서도 훨씬 편리한 것이었다. 보론쪼프는 이 일을 서면으로 뻬제르부르그에 상신했지만, 우선 답장이 오기 전에 좌우간 그의 누흐 행을 허가해 주었다.

보론쪼프나 뻬제르부르그 당국 그리고 일반적으로 하지 무라뜨의 사건을 알고 있는 러시아 인 전부의 눈으로 보면, 이 사건(하지 무라뜨의 투항 사건)은 까프까즈 전쟁에 있어서의 기뻐해야 할 전기(轉機)로서 혹은 단순히 흥미있는 하나의 우발 사건으로 비추어졌는지 모르지만, 하지 무라뜨에게 있어선 일생 일대의 전환이었다(특히 최근에 있어서는 그런 느낌이 더했다).

그는 일면에 있어서는 자기 자신을 구하기 위해서, 다른 일면으로는 샤밀에 대한 증오로 하여 산지로부터 도망쳐 온 것이다. 이 투쟁은 매우 어려운 것이었는데도 좌우간 그의 목적은 달성했기 때문에 처음에는 이 성공이 그를 기쁘게 만들어 주었다.

그는 진지하게 샤밀 공격의 작전을 숙고했다. 그러나 쉽게 실현시킬 수 있다고 생각하고 있었던 가족의 구출이 예상 이상으로 곤란하다는 것을 알았다. 샤밀은 가족을 붙들어 포로로 하고, 여자들을 각 부락에 인도하고, 아들을 장님으로 만들든가 죽여 버리겠다고 위협해 왔다. 그래서 이번에 하지 무라뜨는 누흐로 가서 다게스딴에 있는 자기편을 통하여 힘으로든지 계략으로든지간에 가족들을 샤밀의 손으로부터 구출해 오려고 계획했다. 누흐에서 그에게로 온 마지막 정찰병은 다음과 같은 정보를 가져왔다. 그에게 신복하고 있는 아바르 인들이 그의 가족을 구출하고 함께 러시아에 투항해 오려고 모의하고 있는데, 그것을 계획하고 있는 사람이 너무 소수인이기 때문에 가족이 감금되어 있는 베제노에서는 그것을 실현시키기가 어렵다. 따라서 가족이 베제노로부터 다른 곳으로 옮겨질 때 습격하여 구출하겠다는 것이었다.

하지 무라뜨는 가족을 구출해 주는 자에게 3천 루블리의 상금을 주겠다고 자기편 사람들에게 널리 알렸다.

누흐에서는 방이 다섯 개쯤 있는 아담한 집이 하지 무라뜨의 주거로 지정되었다. 그 곳은 회회교 사원과 한의 궁전에서 그다지 멀지 않은 곳이었다. 그에게 배속된 장교들도, 통역자도, 호위자도 모두 한 집에서 살게 되었다.

하지 무라뜨의 생활은 산지로부터 오는 정찰에의 기대와 그 접대 그리고 당국의 허가를 받은 교외로의 승마 산책 등으로 보내어졌다. 4월 8일, 승마 산책에서 돌아온 하지 무라뜨는 집을 비운 사이에 보론쪼프의 부하가 찌플리스에서 왔다는 소식을 받았다. 이 관리가 갖고 온 소식을 듣고 싶은 마음은 간절했지만, 그는 경찰 간부와 관리 등이 기다리고 있는 방으로 가기 전에 우선 자기 방으로 가서 정오의 기도를 드렸다. 기도가 끝나자 그는 객실과 응접실로 되어 있는 옆방으로 갔다.

찌플리스에서 온 관리는 사등관(四等官)인 끼릴로프란 사나이었는데, 그는 하지 무라뜨에게 아르구찐스끼와 회견하기 위해서 3일까지 찌플리스로 돌아와 달라는 보론쪼프의 서신 전달이었다.

"알았소."

그는 화가 난 듯이 말했다. 관리인 끼릴로프가 마음에 들지 않았던 것이다.

"그런데 돈을 가져왔소?"

"가져왔습니다."

끼릴로프는 대답했다.

"오늘까지 2주일분이요."

하지 무라뜨는 열 개의 손가락을 보이고 다시 네 개의 손가락을 내었다.

"자, 내놓으시오!"

"곧 내놓죠."

여행용 가방에서 돈지갑을 꺼내면서 관리는 말했다.

"도대체 무엇에 돈이 필요한 걸까?"

그는 하지 무라뜨가 모를 줄 알고 러시아 어로 중얼거렸는데 하지 무라뜨는 잘 알고 있었기 때문에 화가 나는 듯 끼릴로프를 노려보았다.

끼릴로프는 돈을 꺼내면서 찌플리스에 돌아가서 공작에게 보고할 재료를 만들기 위하여 하지 무라뜨와 얘기하고 싶어졌다. 그는 통역을 통해서 이 곳은 따분하지 않느냐고 물어 보았다.

하지 무라뜨는 문관복을 입은 이 키가 작은 뚱뚱한 사나이를 경멸하는 듯 흘끗 곁눈질로 바라보며 아무런 대답도 하지 않았다. 통역자는 질문을 거듭 되풀이했다.

"나는 이 사나이와 이야기하고 싶지 않으니까 그렇게 말해 주게. 빨리 돈이나 내주었으면 좋겠군."

그는 탁자 앞에 앉아 계산을 할 태세를 갖추고 있었다. 끼릴로프는 금화를 꺼내 열 장씩 꾸러미로 만든 것을 일곱 개 늘어놓고 (하지 무라뜨는 하루에 은화 다섯 장씩을 지급받고 있었다) 그것을 하지 무라뜨 쪽으로 밀어 놓았다.

하지 무라뜨는 체르께스 외투 소매에 금화를 쓸어 넣더니 갑자기 뜻밖에도 사등관의 대머리를 가볍게 찰싹 때리고는 훌쩍 방을 나가려고 하였다.

사등관은 튀어일어나며 '저자는 내게 이런 짓을 할 권리를 갖고 있지 않다. 자기는 대령에 상당하는 관리니까'하고 통역자를 통하여 항의를 했다. 경찰 간부도 여기에 동조했다.

그러나 하지 무라뜨는 만사 다 알고 있다는 듯이 고개를 한 번 끄덕이고는 방에서 나가 버렸다.

"아무래도 저런 사람은 별수가 없어."

경찰 간부가 말했다.

"결국 단도로 푹 쑤시는 짓을 하는 것이 고작인 자들이니까요. 저런 자를 상대로 얘기를 해 봐야 소용없습니다. 아무래도 점점 정신 이상이 되어 가는가 보죠."

해가 지자마자 두건으로 눈 근처까지 얼굴을 감춘 척후병이 산에서 찾아왔다. 경감은 그를 하지 무라뜨의 방으로 데려갔다. 척후병 중의 하나는 얼굴빛이 검고 근육이 좋은 따블리아 인이고 또 하나는 깡마른 노인이었다. 이 두 사람이 갖고 온 정보는 하지 무라뜨에게 있어 그다지 반가운 것이 아니었다. 그의 가족을 구해 내려고 하던 그의 편들도 지금은 완전히 손을 빼고 말았다는 것이다. 그것은 하지 무라뜨에게 힘을 빌려 주는 자는 예외없이 극형에 처하겠다는 샤밀의 위협을 두려워했기 때문이다.

척후병의 얘기를 듣자 하지 무라뜨는 꼬고 앉은 다리 위에 두 팔꿈치를 올려 놓고, 모피 모자를 쓴 머리를 숙인 채 오랫동안 침묵을 지키고 있었다.

하지 무라뜨는 생각에 잠겼다. 그는 지금 이것이 척후의 생각이며, 어떠한 결심이 필요하다는 것을 스스로 알고 있었다. 그는 얼굴을 들었다. 그리고 금화 두 장을 꺼내 그것을 한 장씩 척후병에게 주며 말했다.

"가라."

"대답은 무엇이라고 할까요?"

"대답은 신의 뜻대로 되는 것뿐이다. 가거라!"

척후병은 일어나서 나가 버렸다. 하지 무라뜨는 무릎 위에 팔꿈치를 올려 놓은 채 담요 위에 앉아 있었다. 그는 오랜 시간 이렇게 앉은 채로 가만히 생각에 잠겨 있었다.

'어떻게 하면 좋을 것인가? 샤밀을 믿고 그에게로 돌아갈 것인가?'

그는 생각했다.

'그놈은 여우 같은 놈이니까…… 나를 속일 것에 틀림없다. 가령, 속이지 않는다고 치더라고 그 빨간 털의 늙은 여우에게 굴복하다니, 그건 절대 안 될 말이다. 왜냐고? 일단 내가 러시아 군에게 투항한 지금에 와서는 이미 나를 신용하지 않는다는 것은 뻔한 것이니까……'

그리고 따블리아의 우화를 하나 생각했다.

한 마리의 매가 사냥꾼에게 잡혀 얼마 동안 사람들 틈에서 살다가 얼마 후 산 속의 동료들에게 돌아왔다. 그는 돌아왔지만 다리는 끈으로 동여매인 채였고, 방울이 달려 있었다. 동료 매들은 그를 받아들이지 않았다.

"날아가 버려. 이 방울을 달아 준 사람에게 돌아가란 말이야. 우리들 사이에는 방울도 없고 끈도 없으니까……"

하지만 그 매는 고향을 버릴 수가 없어 그대로 그 곳에 버티고 있어야만 했다. 그러나 다른 매들이 그를 끝내 받아들이지 않고 드디어 쪼아 죽여버리고 만 것이었다.

'나도 그 매처럼 쪼여 죽을 것이다.'

그는 생각했다.

'그렇다면 여기에 그냥 남아 있어야 할까? 러시아 황제를 위해 까프까즈를 정복하고 명예와 지위와 부귀를 오래도록 붙잡도록 할까?'

'그것은 할 수 있는 일이지!'

보론쪼프와의 회견이며 그의 친절한 말들을 상기하면서 그는 이렇게 생각했다.

'그러나 당장 결심하지 않으면 안 된다. 그렇지 않으면 그놈이 가족들을 몰살하고 말 텐데……'

그는 밤새껏 잠도 자지 않고 생각에 잠겼다.

23

한밤중이 되어서야 드디어 그는 결심하게 되었다. 그는 산중으로 도망가서 자기에게 심복하고 있는 아바리아 인들과 함께 베제노에 난입하여 거기서 자결을 해 버리든가, 가족을 구출해 내든가, 운명을 신에게 맡기기로 결심한 것이다. 그러나 가족을 데리고 다시 러시아 군에 투항할 것인가, 혼자흐로 도망쳐서 거기서 샤밀과 싸울 것인가, 이 점에 대해서는 결심이 서지 않았다.

단지 우선 당면한 문제로써 러시아 군을 떠나 산중으로 도망치지 않으면 안 된다고 생각했다. 그래서 그는 재빨리 그 결심을 실행에 옮겼다.

그는 베개 밑에서 솜이 들어 있는 아랫바지를 꺼내 들고 부하들이 자고 있는 방으로 갔다. 그들은 현관을 사이에 두고 맞은편에 있었다. 그가 현관문을 나서자 이슬을 머금은 달밤의 공기가 그의 몸을 싸고, 집에 붙어 있는 정원에서 울고 있는 꾀꼬리의 맑은 소리가 귀에 울려 왔다.

하지 무라뜨는 현관을 빠져나와 부하들이 자고 있는 방의 문을 열었다. 방 안에는 불빛이 없었고, 단지 창문으로 가느다란 초승달빛이 희미하게 비쳐들고 있었다. 탁자와 두 개의 의자가 한편에 놓여 있었고, 네 사람의 부하들은 모두 담요며 외투 위에 딩굴며 자고 있었다.

하네피는 말과 함께 마당에서 자고 있었다. 감잘로는 문이 열리는 소리를 듣고 일어나서 하지 무라뜨 쪽을 보았다. 그리고 주인의 얼굴임을 알자 다시 모로 누웠다. 그 옆에 자고 있던 엘다르는 별안간 튀어일어나서 바지를 주워 입으면서 그의 명령을 기다렸다. 한 마고마는 자고 있었다. 하지 무라뜨는 들고 온 바지를 탁자 위에 놓았다. 그러자 바지에서 무엇인가 탁자의 판자에 부딪치는 딱딱한 소리가 들렸다. 그 안에 꿰매어 둔 금화였다.

"이것도 꿰매 넣어 둬."

오늘밤은 금화를 엘다르에게 주면서 하지 무라뜨는 말했다. 엘다르는 그것을 받아들자 곧 밝은 장소로 가서 단도를 꺼내 바지를 꿰맨 실을 끄르기 시작했다. 감잘로는 일어나서 다리를 꼬고 앉아 있었다.

"감잘로, 너는 젊은 놈들에게 총이며 권총을 점검하고, 탄약 준비를 해 두라고 일러 놓아라. 내일은 먼 데로 떠나는 거니까……"

그는 말했다.

"탄환도 있습니다. 화약도 있습니다. 준비는 금방 됩니다."

그리고 감잘로는 무엇인지 모를 말을 주절거렸다. 감잘로는 왜 하지 무라뜨가 총의 장전을 하라는 것인지 그 이유를 깨달았다. 그는 처음부터 희망은 하나밖에 없었다. 그리고 그 희망은 시일이 흐름에 따라 점점 갈망으로 변해 가는 것이었다. 그 갈망은 다름이 아니라 러시아의 개 같은 놈들을 한 마리라도 더 많이 죽이고 산 속으로 도망쳐 달아나는 것이었다. 지금 하지 무라뜨도 그와 똑같은 생각을 하고 있는 것이라 생각하고, 이제는 됐다는 듯한 얼굴을 하고 있었다.

하지 무라뜨가 나가자 감잘로는 동료들을 두드려 깨웠다. 그리고 네 사람이 밤새워 소총이며 권총을 점검하고 방아쇠며 부싯돌을 살펴 보고, 약주머니에 새 화약을 집어넣기도 하고, 화약을 기름종이에 싸놓고 탄환을 챙기기도 하며, 긴 칼이며 단도를 갈며 칼날에 기름을 바르기도 했다. 밤이 밝기 전에 하지 무라뜨는 목욕재계를 위한 물을 떠 오려고 다시 현관문을 나왔다. 현관에는 어젯밤보다도 더욱 명랑하고 맑은 목소리로 새벽을 다투어 노래부르는 꾀꼬리의 노랫소리가 들렸다. 부하들의 방에서는 단검을 숫돌에 가는 규칙적인 소리가 서걱서걱 바람을 끊는 소리처럼 들려 왔다. 하지 무라뜨가 물통에서 물을 떠 가지고 자기 방문 앞에 이르렀을 때, 부하들의 방에서는 칼을 가는 소리와 함께 그의 귀에 익은 하네피의 나직한 노랫소리가 들려 왔다. 하지 무라뜨는 멈추어 서서 귀를 기울였다. 노래의 뜻은 대강 다음과 같은 것이었다.

용사 감자뜨가 젊은 부하들과 함께 몇 마리의 백마를 러시아군으로부터 약탈해서 산으로 도망쳐 오는데, 쩨레끄 강 저쪽에서 러시아의 공작이 이끄는 장병들이 뒤쫓아와서는 대군을 갖고 숲처럼 감자뜨를 포위했다. 그러자 감자뜨는 말의 목을 전부 쳐서 죽이고, 그 말 시체를 높이 쌓아 올려 방패로 삼고 그 피투성이의 보루 그늘에 부하 용사들과 함께 버티어 서서 소총의 탄환이 남아 있는 한, 허리에 단도가 걸려 있는 한, 혈관에 피가 흐르고 있는 러시아 인과 싸웠다. 그러나 드디어 자결을 하려는 찰나, 감자뜨는 하늘을 날아가는 일군(一群)의 새를 보고 이렇게 불러

댔다.

"아아, 철새들아, 너희들은 우리 집으로 날아가다오. 그리고 우리들의 어머니, 우리들의 누이들, 그리고 하얀 얼굴빛의 처녀들에게 우리들의 일동이 이교도와의 싸움에서 자결했다고 전해다오. 우리들의 시체는 검은 흙 속에 편안히 잠드는 것이 아니라, 탐욕한 늑대떼에게 살을 뜯기고, 뼈가 깨물리고, 까만 까마귀가 우리의 눈을 후벼 갈 것이라고 말해다오."

이러한 말로 노래는 그쳤다. 가라앉은 곡조로 불리는 이 마지막 일절에 쾌활한 마고마의 용감스런 목소리가 한 마디 보태여졌다.

"알라의 신에 영광있으라!"

그는 소리치며, 찢어지는 듯한 목소리로 의미가 없는 소리를 질러 댔다. 얼마 후, 주위는 죽은 듯이 고요해졌다. 또다시 마당에서 들려오는 꾀꼬리 울음 소리와 숫돌에 가는 칼의 규칙적인 울림이 문틈 사이로 들려 올 뿐이었다. 하지 무라뜨는 너무나 깊이 생각에 잠겨 있었기 때문에 들고 있는 물주걱의 물이 엎질러지려는 것조차 깨닫지 못했다. 그는 자기를 비웃듯이 고개를 흔들고는 거실로 들어갔다.

아침의 재계(齋戒)를 끝내고 그는 무기를 점검한 후 요 위에 앉았다. 이제 아무것도 할 일은 없었다. 말을 타고 나가려면 러시아의 배속 장교의 허가를 얻지 않으면 안 되었다. 그러나 장교는 아직 자고 있었다.

하네피의 노래는 또하나의 노래를 그에게 연상시켰다. 그 노래는 하지 무라뜨의 어머니가 지은 것이며, 실제로 있었던 노래를 부른 것이었다. 그것은 그가 난 지 얼마 안 있다가 일어난 일이었다. 그는 어머니로부터 자주 그 이야기를 들어 왔었다.

노래는 다음과 같은 것이었다.

----당신의 칼은 나의 흰 살결을 찢었네.

 그러나 나는 사랑스런 아들을

 그 상처에 꼭 갖다 대고

 나의 뜨거운 핏줄기로써,

 내 아들을 흠뻑 적시었네.

 얼마 후 상처는 풀뿌리의 힘도 빌지 않았는데 아물었고

 내 아들은 슬기롭게 자라

 용사가 되었네.

 이 가사는 하지 무라뜨의 아버지에 대해서 지어진 것이다. 노
래의 뜻은 다름이 아니다. 하지 무라뜨가 태어났을 때 한의 아내
도 아이를 낳았다. 하지 무라뜨의 어머니는 그 유모로 부름을 받
았다. 그러나 어머니는 자기 아들을 떼어 놓기 싫어 가지 않았다.
하지 무라뜨의 아버지는 화가 나서 그녀를 단도로 찔렀다. 그랬
지만 어머니는 아들을 떼어 놓지 않고 길러 냈다. 바로 이 이야기
를 노래로 부른 것이었다.

 하지 무라뜨는 어머니를 생각했다. 어머니는 오막살이 지붕 위
에서 모피 외투를 뒤집어쓰고서 아들을 잠재우려고 이 노래를 곧
잘 불렀었다. 그는 가끔 어머니에게 보챘었다. 그는 지금 어머니
의 생생한 모습을 눈 앞에 보는 듯한 기분이 들었다. 그것은 이번
에 산에 남겨 두고 온 주름살투성이의, 이가 다 빠진 백발 노파의
모습이 아니라 젊고 아름다운, 그러면서도 믿음직스러운 한창 시
절의 어머니 모습이었다. 그 때 그는 다섯 살이었는데 어머니는
꽤 무거운 아들을 대바구니에 넣어 등에 붙들어 매고 산을 넘어
서 할머니에게로 가곤 했었다. 그리고 또 그는 하얀 수염을 기르
고 있던 주름이 많은 할아버지도 생각해 냈다. 그는 힘줄이 돋은
손으로 종을 울리면서 손자에게 기도를 하게 하곤 했었다. 산 밑

에는 샘물이 있었는데, 그는 어머니의 바지 가랑이를 붙들고 함께 물을 길러 갔었다. 그리고 곧잘 그의 얼굴을 핥아 준 말라빠진 개의 일도 기억에 떠올랐다. 특히 어머니와 함께 창고에 갔었을 때 거기에 꽉차 있던 연기와 꾸므이스의 냄새가 뚜렷하게 기억에 떠올랐다. 어머니는 그 곳에서 소의 젖을 짜서 그것을 데우고 있었던 것이다. 또 처음으로 머리를 깎였을 때의 기억도 떠올랐다. 벽에 걸려 있는 반짝반짝 빛나는 놋쟁반에 푸릇푸릇한 자기의 둥근 머리가 비친 것을 보고 그는 깜짝 놀랐었다.

자기의 어린 시절을 회상하다 보니 그는 자기의 사랑하는 아들, 유수프의 일이 연상되었다. 아들의 머리를 처음으로 면도로 밀어냈던 것은 바로 자기였다. 그 유수프는 젊고 아름다운 용사가 되었다.

그는 마지막으로 자기 아들을 만났을 때의 모습을 눈앞에 그렸다. 그것은 그가 츠엘리메스를 출발하던 당일의 일이었다. 아들은 그의 말을 끌고와서 전송을 허가해 주도록 간청했다. 아들은 단정하게 옷을 갈아 입고 우장을 하고는 말고삐를 붙들고 있었다. 유수프의 장미빛 도는 젊디젊은 아름다운 얼굴에도, 훌쩍한 키의 날씬한 모습에도(그의 아버지보다 키가 컸다) 용기와 청춘과 생의 기쁨이 넘쳐 흐르고 있었다. 나이가 어리면서도 어울리지 않게 넓은 어깨며, 청년다운 힘있는 허리, 늘씬하게 긴 다리, 길고 힘찬 손, 일거일동에 나타나는 힘과 강인성과 민첩함은 언제나 아버지를 기쁘게 해주었었다. 그는 언제나 아들에게 반하곤 했었다.

"너는 남아 있는 편이 좋겠다. 지금 집에는 너밖에는 아무도 없으니까, 어머니와 할머니를 지켜다오."

하지 무라뜨는 말했다.

유수프는 자기가 살아 있는 한, 어머니나 할머니에게 아무도 손가락 하나 까딱하지 못하게 하겠노라고, 만족에 겨워 얼굴을 붉히면서 말했었다. 그 때에 젊디젊은 자랑스러운 표정을 하지 무라뜨는 지금도 기억하고 있었다. 그래도 유수프는 역시 말을 타고 개천까지 아버지를 전송했었다. 거기서 그는 되돌아갔는데, 그 후 하지 무라뜨는 아들도, 어머니도, 아내도 보지 못하고 있는 것이다.

아아! 그 아들을 샤밀은 장님으로 만들려고 하는 것이다. 그리고 아내가 받아야 할 모욕, 그것은 생각하기만 해도 견딜 수 없는 일이었다. 생각들이 완전히 그를 흥분시켰기 때문에 그는 가만히 앉아 있을 수가 없었다. 그는 벌떡 일어나서 다리를 절뚝거리며 입구 쪽으로 가서 창을 열고 엘다르를 불렀다. 태양은 아직 솟아오르지 않았지만 주위는 완전히 밝아 있었다. 꾀꼬리도 아직 노래를 멈추지 않고 있었다.

"배속 장교한테 가서 산책이 하고 싶다고 그래주게. 그리고 말에 안장을 올려 놓고."

24

최근 부뜰레르에게 있어서의 유일한 위로가 되어 있는 것은 군인적 취미였다. 그는 군대 근무 때만 아니라 사생활에 있어서도 이에 몰두했다. 그는 체르께스 외투를 입고 까프까즈 식 말의 곡예를 하고, 두 번씩이나 보그다노비치와 함께 복병(伏兵)으로 나가곤 했다. 그러나 두 번 다 어느 누구도 죽여 보지도 못하고 무엇 하나 발견할 수도 없었지만, 이 유명한 용사 보그다노비치와 접근하여 그와 관계를 맺는다는 것이 부뜰레르는 왜 그런지 유쾌하고 더구나 중요한 일인 것처럼 생각되었다. 예의 빚진 돈은 유태인으로부터 무서운 고리채로 돈을 꾸어 깨끗하게 갚아 버렸다. 그러나 그것은 좀처럼 해결지을 수가 없는 난관을 일시 연기했다는 것에 지나지 않는다.

그는 자신의 처지를 생각지 않으려고 노력하고 군인적인 취미 이외에 또한 술로 현실을 잊어버리려고 하였다. 그는 점점 주량이 많아지고 강해져서 하루하루 도덕적으로 약해져 갔다. 이제 그는 마리야 드미뜨리예브나에 대해서도 아름다운 요시프가 아니라, 오히려 몰염치하게도 그녀의 뒤를 쫓아다니게 되었다. 그런데 놀랍게도 그녀로부터 단호하고도 무서운 거절을 당하는 완전한 창피를 당하고 말았던 것이다.

4월이 끝날 무렵, 하나의 지대(支隊)가 요새에 도착했다. 그것은 종래 불가능하다고 간주되어 왔던 체첸의 횡단을 수행하기 위해서 새로 바랴찐스끼가 파견한 것이다. 이 중대는 당시 까프까즈에서 행해지고 있는 습관에 따라 꾸린 연대에 속하고 중대로부터 빈객으로서의 대우를 받았다. 병사들은 각 병영에 모여 야식이며 쇠고기를 대접했을 뿐만 아니라 보드카 술까지 내놓은 것이다. 또 장교들은 그들대로 장교 숙사에 각각 배치되었다. 그리고 일반적으로 습관에 따라 이 곳의 장교들은 새로 도착한 장교들을 대접한 것이다.

향연은 군가대가 배치된 주연으로 끝났다. 이반 마뜨베예비치는 완전히 취해 버려서 빨개진 얼굴이 아니라 이미 창백해진 잿빛 얼굴을 하고는 의자에 말탄 듯 걸터앉아서 칼을 뽑아들고 상상의 적을 마구 찔러대며 욕지거리를 하는가 하면, 커다랗게 웃어 대며 동료들을 껴안고 자기가 좋아하는 노래인 '샤밀이 모반을 일으킨 지 몇 해가 됐던고? 라라라라, 라, 라, 라, 그로부터 몇 해가 됐던고?'를 부르며 춤을 추곤 했다.

부뜰레르도 그 자리에 있었다. 그는 이러한 속에서 군인적인 취미를 발견해 보려고 노력했지만 마음 속으로는 이반 마뜨베예비치가 가여웠다. 그러나 그렇다고 해서 그를 말린다는 것은 도저히 불가능한 일이었기 때문에 그는 머리가 띵해 오는 취기를 느끼면서 슬며시 자리를 빠져나와 기도의 길에 올랐다.

보름달이 집집의 지붕과 길바닥의 돌을 비춰 주고 있었다. 주위는 환하게 밝아서 길바닥에 딩굴고 있는 돌멩이나 지푸라기, 말똥까지도 하나하나 분간할 수 있을 정도였다. 부뜰레르는 집 근처에서 수건을 머리로부터 목덜미까지 뒤집어쓴 마리야 드미뜨리예브나와 마주쳤다. 그녀로부터 호되게 딱지를 맞은 후 그는 약간 쑥스러워져서 되도록 그녀하고 얼굴을 마주치지 않으려고 애써 왔다. 그렇지만 지금은 달밤이며, 더구나 한잔 마셨기 때문에 부뜰레르는 이렇게 만난 것이 기뻤다. 그래서 또다시 그녀에게 추근거려 보고 싶은 생각이 들었다.

"아니, 어디로……?"

그는 물었다.

"괜찮겠죠? 우리 집 영감의 모습을 보러 가려는 길인데요."

그녀는 조금도 어색함이 없다는 듯 대답하였다. 그녀는 진지하게 그리고 분명하게 부뜰레르의 사랑을 물리쳤지만, 최근 그가 언제나 피하는 것이 아무래도 재미없게 느껴졌다.

"가 보면 무엇합니까? 곧 돌아올 텐데……"

"돌아올까요?"

"걸어오지 못하면 누가 업어 오기라도 하겠죠."

"바로 그것 말이에요. 난 그것이 싫거든요. 그럼, 가지 않는 편이 좋을까요?"

"그렇고말고요. 그보다 집으로 돌아갑시다."

마리야 드미뜨리예브나는 발길을 돌려 부뜰레르와 함께 걷기 시작했다.

달빛은 교교하게 두 사람을 비추어 길을 따라 움직이는 그림자의 머리 주위에 후광과 같은 빛이 보일 정도였다. 부뜰레르는 그 그림자를 바라보면서 그녀에게, 자기는 여전히 그녀를 좋아한다는 말을 하고 싶었지만 어떻게 말을 꺼내야 좋을지 몰랐다. 그녀는 그가 무슨 말을 건네 주기를 기다리고 있었다. 이렇게 두 사람은 아무 말도 하지 않은 채 거의 집 앞까지 가까이 왔다. 그 때, 갑자기 집 모퉁이로부터 말을 탄 사람이 나타났다. 그는 호위병을 데리고 온 장교였다.

"지금 이 시간에 저건 누구일까요?"

마리야 드미뜨리예브나는 옆으로 피하면서 말했다. 달빛은 말을 타고 있는 사람의 뒤로부터 비치고 있었기 때문에 그녀는 거의 바로 앞에까지 그가 왔을 때도 누구인가를 분간할 수가 없었다. 그는 전에 이반 마뜨베예비치와 함께 근무하고 있었던 까메네프라는 장교였다. 그녀도 이 사나이를 알고 있었다.

"아아, 까메네프 씨군요?"

그녀는 말을 걸었다.

"네, 그렇습니다."

그는 대답하면서 부뜰레르에게 말을 건네 왔다.

"오오! 부뜰레르, 안녕하셨소? 아직 주무시지 않았소? 마리야 드미뜨리예브나와 산책을 하시는군요. 조심하셔야지, 이반 마뜨베예비치한테 혼이 납니다. 도대체 그 사람은 지금 어디에 있습니까?"

"저 소리 들리지 않아요?"

마리야 드미뜨리예브나는 북소리며 노랫소리가 들리는 쪽을 가리키면서 말했다.

"떠들어 대고 있는 거예요."

"무슨 일인데요? 여기 친구들이 놀고 있는 겁니까?"

"아니, 하사프 유르뜨로부터 새로 지대가 왔기 때문에……."

"아, 그거 잘 됐군! 그렇다면 나도 어울릴 수 있지. 실은 이반 마뜨베예비치한테는 그저 잠깐 들러 보려고 했을 뿐이니까……."

"뭡니까? 무슨 일이라도 있습니까?"

부뜰레르가 물었다.

"아니, 대수롭지 않은 일로."

"좋은 일입니까, 나쁜 일입니까?"

"그야, 사람에 따라 다르죠. 우리들에게 있어서는 좋은 일이지만 또 그 가운데는 나쁜 일이라고 말할 사람도 있겠죠."

까메네프는 웃었다.

어느덧 세 사람은 이반 마뜨베예비치의 집 앞에까지 와 있었다.

"치히료프! 이리 와."

그는 호위병인 까자끄를 불렀다.

돈 지방 출신의 까자끄 하나가 세 사람 앞으로 다가왔다. 그는 보통 돈 지방의 병사들이 입는 제복을 입고, 장화를 신고, 망토를 걸치고 안장 뒤에 자루를 매달고 있었다.

"자, 그걸 내놓아 보지."

말에서 내리면서 까메네프는 말했다.

까자끄도 역시 말에서 내리면서 자루를 안낭 속에서 끄집어 냈다. 까메네프는 까자끄로부터 그 자루를 받아들고 그 속에 손을 집어넣었다.

"그럼 당신에게 진귀한 것을 보여드리죠. 너무 놀라면 안 됩니다."

그는 마리야 드미뜨리예브나 쪽을 돌아보면서 말하였다.

"자, 이겁니다."

그는 말하고 사람의 목을 꺼내면서 그것을 달빛에 비쳐 보였다.

"무엇인지 알아 볼 수 있겠습니까?"

그것은 이마가 튀어나온, 머리가 둥그렇게 깎인 생머리였다. 검은 턱수염도, 콧수염도 짧게 깎여지고 한쪽 눈은 반쯤 뜨여 있었다. 목은 피투성이의 수건으로 싸매여져 있었다. 머리에는 무수한 상처를 받고 있는데도 불구하고 보랏빛이 된 입술에는 어린애 같은 선량한 표정이 떠오르고 있었다.

마리야 드미뜨리예브나는 잠깐 그것을 바라본 후, 아무 말도 하지 않고 빙그르르 돌아서서 빠른 걸음으로 집 안으로 들어가 버렸다.

부뜰레르는 이 무서운 생머리에서 눈을 뗄 수가 없었다. 그것은 바로 얼마 전까지도 다정하게 이야기하며 몇 밤을 지냈던, 바로 하지 무라뜨의 목이었던 것이다.

"이게 어찌된 일입니까? 누가 죽인 겁니까? 어디서?"

그는 물었다.

"도망치려고 했기 때문에 붙든 거죠."

까메네프는 말하고는 그 목을 까자끄에게 넘겨주면서 부뜰레르와 함께 집 안으로 들어갔다.

"그러나 최후는 참 훌륭한 것이었습니다."

까메네프는 말했다.

"도대체 어떻게 돼서 이런 일이 벌어졌습니까?"

"아, 잠깐 기다리십쇼. 이반 마뜨볘예비치가 돌아오면 전부 자세히 얘기해 드리죠. 실은 그 때문에 일부러 파견되어 왔으니까요. 요새란 요새, 마을이란 마을로 돌아다니면서 보여주고 있는 겁니다."

이반 마뜨볘예비치에게 사람을 보냈다. 얼마 후 엉망으로 취한

그는 똑같은 모양으로 취해 있는 두 장교와 함께 집으로 돌아
왔다. 그리고 갑자기 까메네프를 포옹하려 했다.

"그런데, 나는 하지 무라뜨의 목을 갖고 온 거예요."

까메네프는 말했다.

"거짓말 말아! 죽였어?"

"그렇습니다. 도망치려고 했기 때문에……"

"저런! 그런 것 같더라니! 그래, 그건 어디 있지? 모가지를
보여 주게."

그래서 다시 까자끄가 불려 왔다. 그의 생머리가 들어 있는 자
루를 가져왔다. 생머리가 꺼내어졌다. 이반 마뜨베예비치는 취안
을 뜨고 한참 동안 그것을 노려보았다.

"그렇다고는 하지만, 그는 훌륭한 놈이었어! 자, 내가 한번
키스를 해주지."

"그렇습니다. 정말, 아무렇게나 할 수 없는 인간이었죠."

한 장교가 말했다. 모두가 목을 보고 나자 다시 까자끄의 손에
넘겨졌다. 까자끄는 되도록 소리가 나지 않게 마룻바닥에 놓으려
고 애쓰면서 목을 자루 안에 넣었다.

"한데 이봐, 까메네프, 이놈을 사람들에게 보이면서 무어라고
그럴 듯한 연설이라도 했는가? 아, 아냐! 내게 키스를 시켜 주
게. 그놈은 내게 칼을 선사했었거든."

이반 마뜨베예비치는 소리쳤다.

부뜰레르는 입구의 계단으로 나왔다. 마리야 드미뜨리예브나는
두 번째 계단에 걸터앉아 있었다. 그녀는 부뜰레르를 돌아보고는
금방 화가 난 듯 고개를 돌렸다. 그는 물었다.

"왜 그러십니까? 마리야 드미뜨리예브나."

"당신들은 모두 살인자예요! 난 그런 사람 제일 싫어요! 살
인자!"

그녀는 일어나면서 내뱉었다.

"누구든지 저렇게 될지 모르는 거예요."

"그것이 전쟁입니다."

부뜰레르는 어떻게 대답해야 좋을지를 몰라 이렇게 중얼거렸다.

"전쟁? 무엇이 전쟁이란 말이에요! 살인자지! 그뿐인 거예요. 죽은 사람의 시체는 흙 속에 잘 파묻어 줘야 하는데도 그걸 끌고 다니고, 재미있다는 듯 낄낄거리고 웃고 있다니! 정말, 살인자야! 정말……"

그녀는 되풀이하며 계단을 내려서자 그대로 뒷문으로 해서 안으로 들어가 버렸다. 부뜰레르가 객실로 되돌아와서 사건의 전말을 자세히 이야기해 달라고 까메네프에게 부탁했다. 그래서 그는 자초지종을 얘기하기 시작했다. 사건의 전말은 이러했다.

25

하지 무라뜨는 거리의 부근을 말을 타고 돌아다니는 것은 허가받고 있었는데, 그러나 반드시 까자끄가 함께 다녀야만 했다. 누흐에 있는 까자끄는 전부 50명밖에 없었는데, 그 가운데 10명은 상관들의 종졸로서 채용되어 있었기 때문에 만약 명령대로 하지 무라뜨에게 10명씩 배치를 하게 되면 다른 자들은 하루 건너씩 그에게로 다니지 않으면 안 되게 되는 것이었다. 그래서 첫날만은 다섯 명으로 줄이고, 하지 무라뜨에게는 자기의 부하들을 전부 데리고 나가지는 못하게 하도록 일러 두었다.

그런데 4월 25일에 하지 무라뜨는 다섯 명의 부하 전부를 이끌고 산책을 나가려 했다.

하지 무라뜨가 말을 타려 할 때, 다섯 명의 부하를 전부 데리고 나가는 것은 금지하고 있다고 사령관이 말렸는데도 그는 못들은 체하고 그대로 말을 모는 것이었다. 사령관도 더 말리지는 않았다.

까자끄 가운데는 한 사람의 하사가 있었다. 게오르기 십자 훈장을 단 용사로서, 엷은 색깔의 머리를 길게 늘어뜨린 보기만 해도 늠름해 보이는 건강한 나자로프란 청년이었다. 그는 가난한 구교도 가정의 장남으로 태어났는데 어려서 아버지를 잃고 연로하신 어머니 외에 세 누이동생과 두 사내동생을 거느리고 있었다.

"알았지? 나자로프! 멀리까지 나가면 안 돼!"

사령관은 소리쳤다.

"네, 대장님!"

그는 대답했다.

그리고 어깨에 총을 메고 말등자에 두 다리를 올려놓고, 훌륭한 체구를 가진 얌전한 밤색의 거세마를 빠른 걸음으로 달리게 했다. 네 명의 까자끄가 그 뒤를 따랐다. 하나는 마르고 물색없이 키가 큰 페라뽄또프란 사나이로 어찌할 수도 없는 도둑놈이었다. 감잘로에게 화약을 팔아먹은 놈이다.

또 하나는 이제 불원 퇴역을 하게 될 중년 남자로서 제법 힘자랑을 하는 농민 출신이었다.

또 하나 미쉬깐이란 놈은 언제나 사람들의 웃음거리가 되고 있는 겁쟁이 애송이였다. 그리고 또 하나는 하얀 머리를 한 뻬뜨라꼬프라는 젊은이로서, 홀어머니의 외아들이어서 언제나 귀염둥이처럼 정답고 밝은 성격의 젊은이였다.

아침녘에는 안개가 깊었었는데, 낮 무렵에는 날씨가 들어 나무들의 새싹이며, 처녀처럼 싱싱한 풀이며, 싹이 돋기 시작한 보리며, 길 왼쪽편에 보이는 구릉의 봉우리에는 햇빛이 반짝반짝 빛나고 있었다. 하지 무라뜨는 조금 빨리 말을 몰았다. 까자끄도, 그의 부하도 그에게 뒤지지 않으려고 그의 뒤를 따랐다.

이렇게 달리면서 길을 따라 요새 밖으로 나왔다. 광주리를 머리에 인 여자며, 말마차에 타고 있는 병사며, 찔그럭 찔그럭 바퀴 소리를 내는 우마차 같은 것을 만났다. 한 20리쯤 떨어졌을 때 하지 무라뜨는 까바르지아 산의 백마에 채찍질을 했다. 그가 별안간 속력을 냈기 때문에 그의 부하들도 속력을 내며 그 뒤를 따랐다. 까자끄들도 그대로 하지 않으면 안 되었다.

"저놈이 타고 있는 말은 그야말로 일품(逸品)인데…… 만일 이것이 저 사나이가 귀순하기 전이라면, 저런 말을 탈 수도 없었겠지."

페라뽄또프가 말했다.

"그야, 찌플리스에서 무려 3백 루블리나 주고 사들인 말이니까."

"뭐, 난 이 말로 따라가 앞서 보고 말 테다."

나자로프가 말했다.

"그야 따라잡을 수는 있지."

페라뽄또프가 말했다.

하지 무라뜨는 점점 속력을 더해 갔다.

"이봐, 친구, 이런 짓을 하면 난처한데? 좀 천천히 부탁해."

나자로프가 하지 무라뜨를 뒤쫓아와서 소리쳤다. 하지 무라뜨는 뒤를 돌아보았는데 아무 말도 하지 않고, 여전히 속도를 늦추려고도 하지 않고 더욱더 말에 채찍질을 가하였다.

"주의를 하지 않으면 안 되겠는데? 흉계를 꾸민 모양이지."

"봐! 저 달리는 것 좀……"

이리하여 10리쯤 산 쪽으로 달렸다.

"안 된다니까!"

나자로프가 또다시 소리쳤다.

하지 무라뜨는 대답도 하지 않았고 뒤돌아보려 하지도 않았다. 오히려 더욱 박차와 채찍질을 가해 마구 달리는 것이었다.

"안 된다니까! 놓칠 게 뭐야!"

나자로프는 갑자기 아뿔싸 깨닫고 이렇게 소리쳤다.

그는 씩씩한 빨간 털의 거세마에 마구 채찍질을 하며 말등자에 일어서듯 하고 앞쪽으로 허리를 구부리고, 전속력으로 하지 무라뜨를 뒤따르기 시작했다.

하늘은 씻은 듯이 맑게 개고, 공기는 무어라고 할 수 없을 정도로 상쾌하였다. 게다가 씩씩하고 선량한 말과 일심동체가 되어 탄탄한 도로를 따라서 하지 무라뜨를 뒤쫓아갈 때, 나자로프의 마음에는 생명력이 약동하고 있었기 때문에 이제부터 무엇인가 슬픈 일이라든가 무서운 일이 일어나리라고는 꿈에도 생각할 수 없었다. 그는 한 발짝씩 하지 무라뜨에 가까이 와서 그 간격이 차츰 좁혀지자 그는 그것을 기뻐했다. 하지 무라뜨는 차츰 가까이 오는 까자끄의 씩씩한 말굽 소리를 들으며 이제 별수 없이 뒤따르리라는 것을 깨닫고 바른손으로 권총을 꺼내들고 뒤에서 바짝 다가오는 말굽소리로 하여 흥분하기 시작한 자기의 까바르지아 말의 고삐를 가볍게 잡아당겼다.

"안 된다니까!"

나자로프는 거의 하지 무라뜨와 나란히 서서 그의 말고삐 줄을 나꾸어채려고 손을 내밀면서 소리를 질렀다. 그러나, 그가 고삐 줄을 잡는 것보다 먼저 요란한 총성이 울렸다.

"무슨 짓을 하는 거야?"

나자로프는 소리치며 가슴을 부여잡았다.

"다들 이놈을 처치해!"

그는 동료 까자끄에게 소리쳤지만 그대로 비틀비틀하며 안장 앞쪽으로 고꾸라지고 말았다.

그러나 산병들쪽이 까자끄보다 먼저 무기에 손을 댔다. 그리고 까자끄들을 총으로 쏘아 자빠뜨리고, 칼로 찌르고, 베곤 하였다.

나자로프는 전우들의 주위를 뛰어다니는 말의 목에 매달려 있었다. 이그나또프는 타고 있던 말이 쓰러지는 바람에 그 순간 발이 깔렸다. 두 사람의 산병이 칼을 뽑아들고 말에서 내리려고도 하지 않고 그의 머리며 팔을 칼로 마구 치곤 했다. 뻬뜨라꼬프는 전우에게로 달려가려고 했지만 그 순간, 두 발의 탄환이 하나는 옆구리를 꿰뚫었기 때문에 그는 마치 자루가 굴러떨어지듯이 말 위에서 굴러떨어졌다.

미쉬깐은 말머리를 돌려 보루를 향하여 질풍처럼 달렸다. 하네피와 한 마고마가 그 뒤를 쫓았지만 그는 벌써 훨씬 멀리 떨어졌기 때문에 그들은 뒤따라갈 수가 없었다.

이제 붙잡을 수 없겠다고 단념한 하네피와 한 마고마는 자기편에게로 되돌아왔다. 감잘로는 단검으로 이그나또프에게 최후의 일격을 가하고, 나자로프도 말에서 끌어내려 한 칼을 더 먹였다. 한 마고마는 시체에서 탄약을 넣는 자루를 끌어냈다. 하네피는 나자로프의 말을 잡으려고 했지만 하지 무라뜨는 그대로 두라고 소리치고, 도로를 따라 말을 몰았다. 부하들은 뒤에서 따라오고 있는 나자로프의 말을 쫓아내면서 그의 뒤를 따랐다. 그들이 누흐에서 벌써 30리쯤 떨어져서 논도랑을 달리고 있을 때, 망루(望樓)에서 경보의 총성이 울려 왔다.

뻬뜨라꼬프는 배가 파헤쳐진 채 반듯하게 쓰러져 있었다. 그의 앳된 얼굴은 하늘을 바라보고 있었다. 그는 물고기처럼 헐떡이면서 죽어 갔다.

"아아, 이 일을 어쩐담!"

하지 무라뜨가 도망쳤다는 말을 듣고 요새의 사령관은 두 손으로 얼굴을 감싸며 소리쳤다.

"내 목이 날아가겠구나! 놓치다니! 개새끼."

미쉬깐의 보고를 들으면서 그는 소리쳤다. 경보는 도처로 전달되었다. 있는 대로의 까자끄가 수색에 나섰을 뿐만 아니라, 귀순해 온 산촌으로부터도 가능한 만큼의 민경대가 소집되었다. 살아 있건 죽어 있건 좌우간 하지 무라뜨를 끌고 오는 자에게는 1천 루블리의 상금을 주겠다고 포고되었다. 하지 무라뜨가 부하들과 함께 까자끄의 손으로부터 도망친 지 두 시간쯤 된 후에야 그들의 수색 체포를 위해 2백 명 이상의 기마병들이 경찰 장관을 선두로 달리고 있었다.

가도를 따라 10리쯤 달렸을 때 하지 무라뜨는 땀으로 하여 검푸러지고 무거운 숨을 몰아쉬고 있는 백마를 세우고 걸음을 멈추었다. 가도의 오른쪽에는 벨라르쥐끄 촌의 집이며 탑이 보였다. 왼쪽은 밭이며, 그 끝에 강이 보였다. 산으로 가는 길은 왼쪽에 있음에도 불구하고 하지 무라뜨는 반대쪽인 오른쪽으로 말머리를 돌렸다. 그것은 추격자들이 반드시 왼쪽으로 가리라는 것을 계산했기 때문이었다. 그는 길이 없는 곳을 지나 알라잔 강을 건너, 아무도 생각할 수 없는 길로 빠져나와 숲으로 가서 다시 강을 건너 산 속으로 들어갈 작정이었다. 그는 그렇게 결심을 하자 방향을 좌로 꺾었다. 그러나 강까지 간다는 것은 불가능하다는 것을 곧 깨달았다. 그들이 넘어가지 않으면 안 되는 논두렁은 바로 봄 날씨 때문에 온통 물이 차 있었고, 말의 발목보다도 위까지 빠져 들어가는 진흙밭이 되어 있었기 때문이다.

하지 무라뜨와 부하들은 조금쯤 마른 곳이 있으리라고 생각하고 이쪽저쪽으로 더듬어 가 보았다. 그러나 그들이 들어선 밭은 전부 물에 잠겼었던 곳이어서 아직까지도 물기를 빨아들인 채로 있었다. 그래서 말들은 병에서 코르크 병마개를 뺄 때와 같은 소리를 내면서 끈끈한 진흙밭에서 다리를 뽑아내는 것이었다. 그리고 대여섯 걸음쯤 가다가는 괴로운 듯한 숨을 몰아쉬면서 멈추어 서는 것이었다.

이리하여 그들은 오랜 시간을 고생하며 허비했다. 그러다가 벌써 어두워졌고, 그래서 그들은 강까지 갈 수가 없었다. 왼쪽에 섬과 같은 신록의 숲이 있었다.

하지 무라뜨는 이 숲으로 들어가 밤을 보내며 피로한 말을 쉬게 하기로 했다. 하지 무라뜨와 부하들은 말에서 내려 말의 뒷발 하나를 가볍게 붙들어 매놓고는 마음대로 풀을 뜯어 먹게 하고 자기들은 준비해 온 빵과 치즈로 요기를 했다.

처음에는 초승달이 근처를 비춰 주고 있었지만, 그것도 산 너머로 사라져 버리고 형태도 분별할 수 없는 어둠이 되었다.

누흐에는 특히 꾀꼬리가 많았다. 이 숲 속에도 두 마리가 있었는데, 하지 무라뜨와 부하들이 왁자지껄 떠들고 들어올 때는 꾀꼬리도 울지 않고 잠잠했으나 사람들이 조용해지자 또다시 서로 불러대며 요란하게 울어댔다. 하지 무라뜨는 밤소리에 귀를 기울이면서 자기도 모르는 사이에 이 새 우는 소리를 듣고 있었다. 꾀꼬리가 지저귀는 소리는 오늘 새벽 물을 길러 나갔을 때 들었던 감자뜨의 노래를 연상시켰다. 그는 지금 언제 어느 때 감자뜨가 노래 부른 것----그 내용과 똑같은 경우에 놓여질지 모른다----그는 꼭 그렇게 될 것만 같은 생각이 들어서 갑자기 엄숙한 기분이 되었다. 그는 외투를 벗고 목욕재계를 하였다. 그리고 기도를 올렸다. 겨우 기도가 끝날 무렵, 숲 속으로 다가오고 있는 소리가 들렸다. 그것은 진흙을 반죽하는 듯한 굉장히 많은 발자국 소리였다. 눈이 빠른 한 마고마는 숲가로 뛰어나가서 기마병이며 도

보의 사람들의 검은 그림자를 어둠 속에서 확인했다. 하네피도 똑같은 만큼의 군중들을 그 반대편에서 보았다. 그것은 민경대를 끌고 온 군 기병장관 까르가노프였다.

"할 수 없다. 우리들도 감자뜨처럼 싸울 뿐이다."

하지 무라뜨는 생각했다.

경보가 전해진 후 까르가노프는 100명 정도의 민경과 까자끄를 이끌고 하지 무라뜨의 추적에 나섰으나, 장본인인 하지 무라뜨는 고사하고 그 발자국조차 발견할 수가 없었다. 까르가노프는 이미 절망해서 되돌아가려고 하고 있었는데, 저녁 무렵 우연히 한 노인을 만났다. 까르가노프는 그 노인에게 말탄 사람을 보지 못했느냐고 물었다. 노인은 보았다고 대답했다. 그는 여섯 사람의 기사들이 논두렁 속을 헤매다가 숲 속으로 들어갔다고 일러 주었다. 노인은 그 곳에서 나무를 하고 있었던 것이다. 까르가노프는 노인을 이끌고 뒤로 물러났다. 그리고 뒷다리를 붙들어맨 몇 마리의 말을 발견하고 하지 무라뜨가 그 안에 있을 것임을 확인했다. 밤이 되자 숲을 포위하고 날이 새기를 기다려 하지 무라뜨를 생포하든지 목을 베든지 하리라고 결심했다.

포위되었다고 깨닫자 하지 무라뜨는 재빨리 숲의 한가운데에 있는 오래된 도랑을 발견하고는 그 안에서 농성하며 탄환과 힘이 있는 한 싸우리라고 결심했다. 그는 이를 부하들에게 전달하고, 도랑 가에 토루(土壘)를 구축하도록 명령했다. 부하들은 재빨리 나뭇가지를 꺾고 단도로 흙을 파면서 토루를 만들기 시작했다. 하지 무라뜨도 그들과 함께 일을 했다.

드디어 동녘이 밝아 왔다. 민경대의 대장이 숲 속 가까이 말을 타고 와서 목청을 돋구어 소리쳤다.

"야앗! 하지 무라뜨! 적당히 항복하라! 이쪽은 사람들이 많으며, 너희들은 수가 적지 않느냐?"

여기에 대한 대답으로 도랑 안에서 둥근 연기 덩어리가 나타났고, 총소리가 울렸다. 탄환은 민경의 말에 명중했다. 말은 한 번 껑충 뛰어올랐다가 그대로 쓰러져 버렸다. 뒤이어서 숲을 둘러싸고 있던 민경들의 소총 소리가 콩을 볶듯이 터졌다. 탄환은 휘파람 소리를 내면서 나뭇잎이라든가 나뭇가지를 상하게 하고 토루에 맞곤 했지만, 그 뒤에 숨어 있는 사람은 맞지 않았다. 다만 주인의 곁을 떠나 뛰어나온 감잘로의 말이 상처를 입었다. 머리통이 꿰뚫린 것이다. 그래도 말은 쓰러지지 않고 다리를 묶어 놓은 고삐끈을 잡아 끊고는 숲을 우지끈 밟아 헤치면서 다른 말이 있는 쪽으로 뛰어갔다. 그리고 피로 물들이면서 자기 동료에게 몸을 기댔다.

하지 무라뜨와 그 부하들은 민경대의 누군가가 앞으로 나섰을 때 이외에는 총을 쏘지 않았다. 그리고 그 겨냥은 빗나가지 않았다. 세 사람의 민경이 부상을 입었다. 그래서 다른 자들도 마음 놓고 떠들지 못했을 뿐만 아니라 오히려 멀리서 아무렇게나 총을 쏘아 댈 뿐이었다.

이렇게 해서 한 시간 이상을 끌었다. 태양은 나무의 반쯤 정도의 높이로 떠올랐다. 하지 무라뜨는 말을 타고 강쪽으로 협로를 뚫고 도망치려고 생각했는데, 그 때 다시 다수의 새 병력이 밀려드는 함성이 들렸다. 그것은 메흐뚤린의 하지 아가가 부하를 거느리고 온 것이었다. 거의 2백 명이나 되었다. 하지 아가는 전에 하지 무라뜨의 친우였으며, 함께 산에서 살고 있었는데 그 후 러시아 군으로 넘어간 것이었다. 그들 가운데에는 하지 무라뜨의 원수의 아들 아흐메뜨도 섞여 있었다. 하지 아가도 까르가노프와 똑같이 우선 하지 무라뜨에게 항복하라고 소리쳤지만, 하지 무라뜨는 아까처럼 사격으로 대답했다.

"칼을 빼라!"

하지 아가는 소리치며 자기도 칼을 **빼**들었다. 그러자 숲 속으로
돌진하는 수백 명의 환성이 일시에 와 하고 일어났다.

민병들은 숲 속으로 뛰어들어갔는데, 토루 뒤에서 몇 발의 총
성이 울렸다. 세 놈이 나가떨어졌다. 그래서 공격하던 쪽에서 멈
추어서서 나무 그늘에 숨으며 똑같이 사격을 시작했다. 그들은
사격을 계속하면서, 동시에 휘추리에서 휘추리나무의 그늘로 숨
으면서 바짝바짝 토루 쪽으로 다가갔다. 용케 잘 빠져나가는 놈
도 있었지만 하지 무라뜨가 쏘는 총은 한 발도 빗나가는 일이 없
었다. 감잘로도 똑같이 거의 빗나가는 총을 쏘지 않았다. 그리고
탄환이 적에게 명중할 때마다 기쁜 듯 소리를 지르는 것이었다.

한 마고마는 도랑 가에 걸터앉아서 '알라의 신에 영광있으라'
를 부르며, 서두르지 않고 유유히 사격을 했는데 그다지 잘 맞지
는 않았다.

엘다르는 단검을 들고 적진에 뛰어들고 싶어 견딜 수 없어 전
신을 넘치는 패기로 하여 덜덜 떨면서 하지 무라뜨 쪽을 돌아보
고는 연거푸 총을 쏘고 있었다. 그리고 토루 위로 자꾸 몸을 내솟
곤 하는 것이었다.

털보 하네피는 양소매를 걷어올리고 여기서도 충실한 종복의
역할을 하고 있었다. 그는 하지 무라뜨와 한 마고마가 넘겨 주는
총을 받아들고 총알을 장전하고 화약을 넣곤 했다.

한 마고마는 다른 사람들처럼 호 속에 가만히 있지를 못하고
자꾸 말이 있는 쪽으로 뛰어가서는, 비교적 안전한 곳으로 쫓아
내곤 했다. 그리고 끊임없이 커다란 목소리로 소리치면서 총가
(銃架)도 없이 맨손으로 사격하고 있었다. 그는 맨 먼저 부상당
했다. 그는 입에서 피를 토하면서 욕지거리를 하며 털버덕 주저
앉았다. 뒤이어 하지 무라뜨도 상처를 입었다. 탄환이 어깨를 맞
힌 것이다. 그는 바지에서 솜을 움켜 뜯어서 그것을 상처에 찔러

넣고는 다시 사격을 계속했다.

"칼을 뽑아 들고 돌격합시다."

엘다르가 말했다. 벌써 세 번째의 재촉이었다.

그는 적진으로 돌격할 결심으로 상반신을 토루 위로 치올렸다. 그 순간 총알이 명중하여 그는 비틀거리더니 그대로 하지 무라뜨의 발 위에 나동그라졌다. 하지 무라뜨는 힐끔 그를 바라보았다. 양처럼 아름다운 엘다르의 눈이 가만히, 진지하게 하지 무라뜨를 바라보고 있었다. 아이처럼 내민 윗입술이 열리지도 않고 뻥긋뻥긋 움직거렸다.

하지 무라뜨는 그의 몸 밑에서 발을 뽑아내고 계속해서 쏘아 대고 있었다. 하네피는 엘다르의 시체 앞에 쭈그리고 앉아 아직 쓰지 않은 총알을 그의 체르께스 외투에서 뽑아냈다. 한 마고마는 그동안 시종 노래를 부르며 천천히 쏘아 대고 있었다. 적은 나무줄기 사이로 몸을 감추며 함성과 함께 점점 가까이 공격해 왔다.

또 한 발의 총알이 하지 무라뜨의 왼쪽 옆구리에 명중했다. 그는 호 안에 모로 누우며 또다시 바지에서 한 덩어리의 솜을 찢어내서 상처를 틀어막았다. 그 상처는 치명적인 것이었다. 그는 자기의 죽음을 직감했다. 갖가지 추억과 환상이 굉장한 속도로 차례차례 그의 눈앞에 떠올랐다. 그의 눈앞에 힘센 아부눈츠알 한의 얼굴이 지나갔다. 한은 잘려져서 매달려 있는 자기 머리를 한쪽 손으로 누르면서, 다른 한 손에 단검을 쥐고 적과 싸우고 있었다. 그런가 하면 하얀 얼굴을 한, 핏기없는 연약한 보론쪼프 노인을 보았고, 그 부드러운 목소리를 들었다. 그리고 또한 자기 아들 유수프와 아내 소피아뜨를 보았고 또한 빨간 턱수염을 기르고 눈을 가느다랗게 뜬 원수 샤밀의 얼굴도 보았다. 이러한 추억이 미련도, 증오도, 희망도, 아무런 감정도 불러일으키는 일 없이 그의 상상 속을 흘러내려갔다. 이러한 모든 것들은 그의 내부에 일어나기 시작한 것과 비교해 보면 참으로 값어치가 없는 것처럼 생각되었다.

그렇다고 하지만, 그의 완강한 육체는 일단 시작한 일을 다시 계속하였다.

그는 최후의 기력을 다해서 토루의 그늘에서 몸을 일으키고 자기에게 달려드는 놈을 향하여 권총을 쏘았다. 총알은 명중했다. 놈은 쓰러졌다. 얼마 후, 그는 완전히 호 바깥으로 나와 무겁게 다리를 끌면서 단검을 손에 쥐고 똑바로 적에게 달려들었다. 몇 발의 총성이 울리자마자 그는 비틀거리며 쓰러졌다. 너댓 명의 민경이 함성을 울리면서 쓰러진 그에게로 몰려들었다.

그러나 그들의 눈에는 시체로밖에 보이지 않던 그의 몸이 별안간 꿈틀꿈틀 움직였다. 맨 먼저 모자가 없는 피투성이의 중머리가 일어났다. 그리고 계속해서 몸체가 일어났다. 최후로 그는 나무를 붙들고 벌떡 일어섰다. 그 현상이 너무나도 험상스러워서 달려들었던 사람들이 자기도 모르게 멈추어섰다. 그러자 갑자기 그의 몸이 축 늘어지는가 싶더니 휘청휘청 나무에서 떨어지며 마치 낫질을 당한 삽주풀처럼 얼굴을 위로 쳐다보며 나무토막이 쓰러지듯이 쿵 쓰러졌다. 그리고 더이상 움직이지 않았다.

그는 움직이지는 않았지만 그러나 아직도 느낌은 있었다. 우선 제일 먼저 달려온 하지 아가가 커다란 단도로 그의 머리를 찔렀다. 하지 무라뜨는 마치 장도리로 머리를 얻어맞은 듯한 생각이 들어 누가 무엇 때문에 이런 짓을 하는 것인가 납득이 가지 않았다. 이것이 하지 무라뜨가 그의 몸에 느낄 수 있었던 최후의 의식이었다. 그 이상 이제 아무것도 느낄 수가 없었다.

그리고 적은 이제 그들 자신과 아무런 공통점도 갖고 있지 않은 것을(죽은 것을) 가지고 밟아 짓이기며 칼로 찔러 베곤 했다.

하지 아가는 시체의 등에 한 발을 올려놓고, 두 번 칼질을 해서 목을 잘라 냈다. 그리고 신발에 피가 묻지 않도록 살그머니 발로 목을 굴렸다.

목의 동맥으로부터 솟구쳐오르는 시뻘건 피와 머리에서 흘러내리는 검은 피로 하여 금시에 근처의 풀이 물들어 버렸다.

까르가노프도, 하지 아가도, 아흐메뜨 한도 그리고 모든 민병들도 쏘아 잡은 짐승 곁으로 모여드는 사냥꾼처럼 하지 무라뜨와 그 부하의 시체를 둘러쌌다---- 하네피와 한 마고마와 감잘로는 붙들려 포박되었다.

그리고 초연(硝煙)이 덮여 가는 숲 속에 서서 즐거운 듯 이야기를 나누면서 자기들의 승리를 축복했다.

사격이 계속되는 동안 조용하게 있던 꾀꼬리가 다시 기세좋게 노래 부르기 시작했다. 처음에 가까이서 한 마리가 울기 시작하자, 곧 먼 곳에서 몇 마리가 소리를 모아 이에 호응하기 시작했다.

이 밭갈이가 잘 된 들판 한가운데서 무참하게 깔려 죽어 가고 있는 삽주풀이 내게 불러일으킨 연상은, 결국 다름아닌 바로 이 죽음이었던 것이다.

사람은 무엇으로 사는가

　우리가 형제를 사랑하므로 죽음에서 옮겨 생명으로 들어간 줄 알거니와 사랑하지 아니하는 자는 죽음에 거하느니라(요한 1서 제 3장 제 14절).

　누가 이 세상 재물을 가지고 형제의 궁핍함을 보고도 도와줄 마음을 막으면 하나님의 사랑이 어찌 그 속에 거할까 보냐(제 3장 제 17절).

　자녀들아, 우리가 말과 혀로만 사랑하지 말고 오직 행함과 진실함으로 하자(제 3장 제 18절).

　사랑하는 자들아, 우리가 서로 사랑하자. 사랑은 하나님께 속한 것이니 사랑하는 자마다 하나님께로 나서 하나님을 알고(제 4장 제 7절).

　사랑하지 아니하는 자는 하나님을 알지 못하나니 이는 하나님은 사랑이심이라(제 4장 제 8절).

　어느 때나 하나님을 본 사람이 없으되 만일 우리가 서로 사랑하면 하나님이 우리 안에 거하시고 그의 사랑이 우리 안에 온전히 이루어지느니라(제 4장 제 12절).

　하나님은 사랑이시라. 사랑 안에 거하는 자는 하나님 안에 거하고 하나님도 그 안에 거하시느니라(제 4장 제 16절).

　누구든지 '하나님을 사랑하노라' 하고 그 형제를 미워하면 이는 거짓말 하는 자니 보는바 그 형제를 사랑하지 아니하는 자가 보지 못하는바 하나님을 사랑할 수가 없느니라(제 4장 제 20절).

1

　한 구두장이가 마누라와 자식을 거느리고 어느 농가에 세들어 살고 있었습니다. 자기 집도 없고 가진 토지도 없이 다만 구두 짓

는 일만으로 가족을 부양하고 있었습니다. 빵값은 비싸고 삯전은
헐하기 때문에 버는 것은 모조리 먹어치우는 형편이었습니다. 구
두장이는 마누라와 어울려 입는 모피 외투를 가지고 있었는데,
그것도 다 낡아서 누더기가 되어 버렸습니다. 그래서 벌써 2년째
나 새 모피 외투를 만들기 위해 양털 가죽을 사야겠다고 벼르고
있었습니다. 가을이 되자 구두장이는 약간의 여축이 생겼습니다.
3루불리 지폐가 마누라의 장롱 속에 있었고, 또 마을 농부들에게
꾸어 준 5루블리 20카페이카 가량이 있었습니다. 그리하여 구두
장이는 아침부터 양피를 사려고 마을에 갈 채비를 했습니다.

루바시까 위에다가 솜을 넣은 마누라의 무명 내의를 껴입고 그
위에 긴 나사(羅紗) 외투를 걸친 다음 3루블리 지폐를 호주머니
에 넣고 지팡이를 만들어 가지고 아침 식사를 끝낸 뒤에 마을을
향해 떠났습니다. 그는 마음 속으로 생각했습니다.

'농부들에게서 5루블리를 받으면 3루블리하고 보태서 새 외투
를 만들 양피를 사야지.'

마을에 당도하여 어느 농부의 집을 찾아갔는데 출타중이었습
니다. 마누라는 일 주일 안으로 주인 편에 돈을 보내겠다고 약속
했을 뿐, 돈을 주지 않았습니다.

또다른 농부에게 갔는데 그도 마찬가지였습니다. 농부는 돈이
한 푼도 없다고 신께 맹세한 뒤 구두수선대라고 20카페이카를 줄
뿐이었습니다.

구두장이는 양피를 외상으로 사려고 했으나 가죽 장수는 외상
을 주려고 하지 않았습니다.

"돈을 가지고 와요. 그러면 마음에 드는 걸 줄 테니까. 외상이
얼마나 받아 먹기 어려운지 우리는 너무나 잘 알아."

이렇게 되어 구두장이는 겨우 수선비 20카페이카와 어느 농부
에게서 낡은 털장화를 가죽으로 바꾸는 일을 얻었을 뿐 그냥 돌

아오게 되었습니다.

구두장이는 속이 상해서 20카페이카를 몽땅 털어 보드카를 마셔 버린 다음 양피도 사지 못한 채 집을 향해 걸었습니다. 아침에는 좀 추운 것 같이 생각되었는데 한잔 마시니 모피 외투 없이도 꽤 몸이 따스했습니다. 구두장이는 길을 걸으면서 한쪽 손에는 지팡이를 짚어 언 땅을 토닥거렸고, 한쪽 손에는 털장화를 들고 휘두르며 혼잣말을 하는 것이었습니다.

"젠장, 외투 같은 거 없어도 따스하기만 하네. 작은 병 하나 마셨더니 온 몸뚱이의 피가 달음박질을 치는군. 가죽옷도 필요없을 정도다. 이런 사나이라고! 아암, 아무렇지도 않아. 난 모피 외투 따윈 없어도 살 수 있어! 그런 건 한평생 필요없어. 다만 마누라가 가만있지 않을 거란 말이야. 그게 개운찮은데. 나는 죽어라 일하는데 저쪽에선 날 아주 깔본단 말씀이야. 가만있자, 너 이번엔 돈을 갖고 오지 않으면 모자를 낚아채 버릴 테니. 아암, 내 그렇게 하고말고. 정말 이건 도대체 어떻게 된 거야? 20카페이카씩 쫄금쫄금 주다니! 홍, 20카페이카로 대체 뭘 한단 말인가? 술이나 마실 수밖에 없잖은가 말야. 넌 나더러 곤란하다고 하지만, 그래 나는 곤란하지 않은 줄 아나? 너는 집도 있고 말도 있지만 나는 알몸뚱이다. 넌 네 빵을 먹고 있지만 이쪽은 사서 먹는다고. 아무리 몸부림을 쳐 보아야 일 주일에 빵값만도 3루블리를 치러야 돼. 집에 돌아가면 빵도 없을 테니 또 1루블리 반은 내야 해. 그러니까 내 돈은 갚아줘야겠어."

이윽고 구두장이는 모퉁이의 교회 근처까지 왔습니다. 문득 교회 뒤에 무엇인가 허연 것이 보였습니다. 이미 땅거미가 지기 시작했으므로 구두장이는 눈을 부릅뜨고 보았지만 무엇인지 가려낼 수가 없었습니다.

'여기엔 돌 같은 건 없었지. 아마, 소인가? 그런데 짐승 같지

도 않아. 머리는 사람 비슷한데 어쩐지 너무 희군. 그리고 사람이
이런 데 있을 까닭이 없지.'

그는 생각했습니다.

좀더 다가가보니 똑똑히 보였습니다. 이게 웬일일까요. 바로
사람은 사람인데 살아 있는지 죽어 있는지 벌거숭이 알몸으로 교
회벽에 기댄 채 꼼짝도 않습니다. 구두장이는 무서운 생각이 들
었습니다.

'어떤 자가 이 사나이를 죽이고 옷가지를 벗겨 여기 내버린 모
양이지. 너무 바짝 다가갔다가는 나중에 무슨 변을 당할는지도
모르겠군.'

그는 생각했습니다.

그래서 구두장이는 그냥 지나쳐 갔습니다. 교회 뒤로 돌아가니
사나이의 모습은 보이지 않게 되었습니다. 교회를 지나 돌아보니
사나이는 벽에서 등을 떼고 움직이기 시작했습니다. 어쩐지 무슨
거동을 살피는 것 같았습니다. 구두장이는 겁이 더럭 나서 생각
했습니다.

'곁에 다가가서 볼까. 그냥 지나쳐 갈까? 혹시 다가갔다가 무
슨 봉변이라도 당하면 큰일이지. 저놈이 누군지 내가 모르잖아.
어차피 좋은 일을 하고서 이런 데 왔을 리가 없겠고. 곁에 가기가
무섭게 덤벼들어 날 목졸라 죽일는지도 몰라. 그렇게 되면 꼼짝
없이 죽는 날이지. 설령 목졸라 죽이지 않더라도 시끄러운 꼴을
당할 건 뻔해. 저 벌거숭이 사나일 어쩐다? 내가 입고 있는 것을
홀랑 벗어 줄 수도 없고. 제발 하나님, 무사히 지나가게 해주십시
오!'

그렇게 생각하면서 구두장이는 발걸음을 재촉했습니다. 거의
교회 앞을 다 지나치게 되자, 양심이 고개를 쳐들었습니다. 그리
하여 구두장이는 발길을 멈췄습니다.

'도대체 너는 뭘 하는 거냐, 세몬?'

그는 스스로 채찍질했습니다.

'사람 하나가 재난을 만나 죽어 있는데, 너는 겁을 집어먹고 슬쩍 도망치려고 한다. 네가 뭐 큰 부자라도 된단 말이냐? 가진 물건을 빼앗길까 봐 겁이 나는가? 세몬, 그건 좋지 않은 일이다!'

그리하여 세몬은 되돌아서서 사나이의 곁으로 다가갔습니다.

2

세몬이 바짝 다가가 자세히 살펴보니 아직 젊은 사나이로 힘도 있을 듯하고 몸에 얻어맞은 흔적도 없었습니다. 몸이 꽁꽁 얼어 말을 듣지 않는 모양입니다. 벽에 기대앉은 채 세몬 쪽을 보려고도 하지 않습니다. 지칠 대로 지친 눈을 뜰 수도 없는 형편인 것 같았습니다. 세몬이 더 바짝 다가가 보자, 사나이는 그제야 고개를 돌리고 눈을 부릅떠 세몬을 바라보았습니다. 세몬은 사나이의 그 눈초리가 마음에 들었습니다. 그래서 털장화를 땅바닥에 내동댕이치고 허리띠를 끌러 그 허리띠를 장화 위에 놓은 다음 긴 외투를 벗었습니다.

"이러고 있을 때가 아냐! 자아, 이걸 입어요! 자!"

세몬은 사나이의 팔을 부축하여 일으켰습니다. 사나이는 일어섰습니다. 보니, 날씬한 몸매도 손도, 발도 거칠지 않으며 귀여운 얼굴을 하고 있었습니다. 세몬은 그 어깨에 외투를 걸쳐 주려 했으나 팔이 소매 속으로 잘 들어가지 않았습니다. 세몬은 두 팔을 끼워 주고 이리저리 잡아 당겨 앞을 여미고 허리띠를 둘러 주었습니다.

세몬은 헌 모자도 벗어 벌거숭이 사나이에게 씌워 주려고 했으나 머리가 썰렁하여 '나는 민머리지만, 이자는 긴 머리칼이 있어'라고 생각하곤 다시 모자를 썼습니다.

'그보다도 이 젊은이에게 장화를 신겨 줘야지.'

그래서 사나이를 앉히고 털장화를 신겼습니다.

"이제 됐나. 자아, 이번엔 좀 움직여서 언 몸을 녹여야지. 뒷일은 내가 걱정하지 않더라도 다른 사람이 다 처리해 줄 거야. 자네 걸을 수 있나?"

사나이는 멀거니 서서 감격한 듯한 표정으로 세몬의 얼굴을 보고 있었으나 말은 전혀 하지 않았습니다.

"왜 말을 않는 거야? 이런 데서 동면할 셈인가? 집으로 돌아가야지. 자, 여기 내 지팡이가 있으니까 몸이 말을 안 듣거든 이걸 짚어요. 자, 자, 걸어요, 걸어!"

그러자 사나이는 걷기 시작했습니다. 조금도 뒤떨어지지 않고 잘 걸었습니다. 두 사람이 길을 걷기 시작했을 때, 세몬이 말했습니다.

"자네, 대체 어디서 왔나?"

"나는 이 고장 사람이 아닙니다."

"이 고장 사람이면 난 다 알아. 도대체 왜 이런 데까지 왔나? 교회 구석에 말이야."

"그건 말씀드릴 수 없습니다."

"틀림없이 어떤 나쁜 놈들이 이런 짓을 했겠지?"

"아무도 나를 혼내지 않았습니다. 나는 하나님의 벌을 받았지요."

"그야 물론 만사가 하나님의 뜻임은 틀림없어. 그렇더라도 어디 좀 들어가 쉬어야지. 자네 어딜 갈 건가?"

"어디든 마찬가집니다."

세몬은 깜짝 놀랐습니다. 불한당 같지도 않고 말씨도 공손한데 사정 이야기를 하려고 하지 않습니다. 세몬은 마음 속으로 '그야 물론 세상에는 말 못할 일도 많기는 하지'라고 생각하면서 사나이에게 말했습니다.

"어때, 우리 집에 가는 게? 좀 따스해지면 정신도 좀 나겠지."

세몬은 집을 향해 걸었습니다. 낯선 사나이는 한 발짝도 뒤떨어지지 않고 따라 걸었습니다. 찬 바람이 세몬의 루바시까 밑으로 스며들었습니다. 차차 술이 깨면서 추워져 왔던 것입니다. 세몬은 코를 찌르륵거리며 몸에 걸친 마누라의 속옷 앞섶을 여미면서 '아니, 이건 어떻게 된 모피 외투람. 모피 외투를 마련하러 갔다가 외투도 없이 돌아오다니. 게다가 벌거숭이 사나이까지 거느리고. 이거, 마뜨료나가 야단일 텐데!' 하고 생각했습니다. 마뜨료나를 생각해 내자, 세몬의 마음은 우울해졌습니다. 그러나 옆의 낯선 사나이를 쳐다보면 교회벽 그늘에서 이 사나이를 처음 발견했을 때의 일이 생각나서 마음이 유쾌해졌습니다.

3

세몬의 마누라는 일찌감치 집안 일을 마쳤습니다. 장작을 빠개고 물을 길어 오고 아이들과 같이 저녁 식사를 끝마치고서 궁리하기 시작했습니다. '빵을 가마에 넣는 일을 오늘 저녁에 할까, 내일로 미룰까' 하고 말입니다. 지금 둥근 빵의 큰 조각이 남아 있습니다. '세몬이 거기서 식사라도 마치고 온다면 밤참은 그리 많이 먹지 않겠지. 그렇게 되면 내일 아침 빵은 이것으로 충분하다' 하고 생각했습니다.

마뜨료나는 빵 조각을 만지작거리며 궁리하는 것이었습니다.

'오늘 저녁에는 빵을 굽지 말아야겠다. 밀가루도 얼마 남지 않

았으니까, 이걸로 금요일까지 먹도록 하자.'

마뜨료나는 빵 굽기를 그만두기로 하고 남편의 루바시까를 깁기 시작했습니다. 바느질을 하면서 마뜨료나는 '남편이 어떤 양피를 사올까' 하고 생각했습니다.

'모피 장수에게 속아넘어 가지는 않았겠지. 그래도 사람이 워낙 좋으니 알 수 없어. 그이는 꿈에라도 남을 속이지 못하지만 조그만 어린아이도 그이를 속이는 것쯤은 문제없으니 말야. 8루블리라면 함부로 볼 액수가 아니니까 좋은 모피 외투를 만들 수 있겠지. 특상 유피는 아니라도 어쨌든 모피임에는 틀림없어. 작년 겨울에는 모피 외투가 없어서 얼마나 고생했던가! 강엘 갈 수 있었나, 산엘 갈 수 있었나. 지금도 그렇지. 옷이란 옷은 모조리 입고 나가 버리니까 난 걸칠 것도 없어. 그리 일찍 떠난 건 아니지만 이제 올 때도 됐는데…… 아니, 이 양반이 또 술타령을 하고 있는 게 아닐까?'

마뜨료나가 그렇게 생각하기 바쁘게 소리가 났습니다. 마뜨료나가 바늘을 일감에 찌르고 입구 쪽으로 나가 보니 사나이 둘이 들어오는 것이 아니겠습니까. 세몬 옆에는 웬 낯선 사나이가 털장화를 신고 모자도 없이 서 있었습니다. 마뜨료나는 당장에 남편이 술을 마셨다는 것을 알았습니다. '역시 마시고 왔구나' 하고 생각했습니다. 보니, 남편은 긴 외투도 입지 않고 속옷바람에 게다가 손에는 아무것도 들지 않고 말없이 서 있습니다. 마뜨료나는 화가 치밀어 올랐습니다.

'그 돈으로 몽땅 마셔 버린 게 틀림없어. 알지도 못하는 건달하고 퍼 마시고 한술 더 떠 그 작자까지 끌고 왔군.'

마뜨료나는 그 뒤를 따라 들어가다가 생판 모르는 젊고 빼빼 마른 사나이가 입고 있는 외투가 바로 자기네 것임을 알았습니다. 외투 밑에는 샤쓰를 입은 것 같지도 않고 모자도 쓰고 있지 않았습니다. 안으로 들어온 젊은 사나이는 그냥 그 자리에 선 채 움직이지도 않고 눈도 쳐들지 않았습니다. 그래서 마뜨료나는 '필경 무슨 잘못을 저질렀기에 겁을 내고 있구나' 하고 생각했습니다.

마뜨료나는 얼굴을 찡그리고 페치카 쪽으로 떨어져 서서 두 사람의 거동을 살펴보았습니다. 세몬은 모자를 벗고 태연하게 걸상에 걸터앉았습니다.

"여보, 식사 준비를 해야지."

마뜨료나는 입 속으로 무엇이라고 중얼거릴 뿐 페치카 옆에 선 채 움직이려고도 하지 않고 두 사람을 번갈아 쳐다보며 고개를 갸웃거릴 뿐이었습니다. 세몬은 마누라가 화난 것을 보자 하는 수 없다는 듯이 낯선 사나이의 손을 잡고 서슴없이 말했습니다.

"자, 앉아요. 저녁을 먹어야지."

낯선 사나이는 걸상에 앉았습니다.

"그래, 아무것도 마련하지 않았는가?"

마뜨료나는 화가 나서 말했습니다.

"왜 안 해요. 하긴 했지만 당신을 위해서가 아니예요. 보아하니 당신은 염치마저 홀랑 마셔 버린 모양이군요. 모피 외투 마련하러 간다더니 외투도 없이 돌아오고, 게다가 건달까지 꿰어 차고 오다니. 당신네 주정뱅이에게 줄 저녁은 없어요."

"마뜨료나, 까닭도 모르면서 함부로 말하면 안 돼요. 먼저 어떻게 된 일인지 물어 보아야지."

세몬은 긴 외투 호주머니를 더듬어 돈을 꺼냈습니다.

"여기 돈 있잖아요. 도리포노프가 주질 않더군. 내일은 꼭 주겠다고 약속하긴 했지만."

마뜨료나는 더욱더 화가 치밀었습니다. 모피도 사지 않고 단 하나밖에 없는 긴 외투를 낯선 벌거숭이 사나이에게 입혀 가지고 집으로 끌고 오다니.

마뜨료나는 탁자 위의 돈을 집어 장롱 속에 간수하며 말했습니다.

"아뇨, 저녁은 없어요. 벌거숭이 술주정뱅이를 일일이 아랑곳 하다간······"

"여보, 마뜨료나, 말 좀 삼가요. 내 말 좀 들으라니까."

"당신 같은 주정뱅이에게 내가 무슨 말을 들어야 한다는 거예 요. 난 처음 당신 같은 술꾼하고 결혼하고 싶지 않았어요. 그런데 그만 어머니가 주신 피륙도 당신이 술값으로 없앴지요. 모피 사 러 간다더니 그것마저 다 마시고 오다니."

세몬은 아내에게 자기가 마신 것은 고작 20카페이카뿐이라는 것을 납득이 가도록 이야기하고 이 사나이를 데리고 온 경위도 밝히려 했으나 마뜨료나는 말할 기회를 주지 않았습니다.

어디서 쏟아져 나오는지 단번에 두 마디씩 지껄이니 세몬이 끼 여들 겨를이 없었습니다.

10년도 더 전의 일까지 들추어 내는 형편입니다. 마뜨료나는 마구 욕설을 퍼부으면서 세몬의 곁으로 달려가 옷소매를 붙잡는 것이었습니다.

"자, 내 옷을 돌려 줘요. 하나밖에 없는 내 옷을 빼앗아 입고 염치도 좋지. 썩 이리 벗어봐요. 못난 인간 같으니라고! 차라리 뒈지기나 하지!"

세몬은 마누라의 속옷을 벗으려고 하다가 한쪽 소매가 뒤집어 졌습니다. 그 때 마누라가 잡아당겼으므로 홑솔이 부드득 뜯어졌 습니다. 마뜨료나는 속옷을 빼앗아 입고 문께로 달려갔습니다. 그리고 나가 버리려고 하다가 문득 발을 멈췄습니다. 속상하지만 이 사나이가 누구인지 밝혀내야겠다고 생각했던 것입니다.

4

마뜨료나는 발길을 멈추고 말했습니다.

"온전한 사람이라면 벌거숭이로 있을 리가 없어. 그런데 이 사나이는 샤쓰도 입고 있지 않아. 당신이 나쁜 짓을 하지 않았으면, 어디서 이 사나이를 끌고 왔는지 왜 말을 못하는 거예요?"

"내 말하잖았소. 집으로 돌아오는 길에 교회담 밑에 이 사람이 알몸으로 거의 얼어붙은 채 기대어 앉았더란 말이요. 글쎄, 여름도 다 갔는데 벌거숭이가 아니겠소! 마침 하늘이 도와서 내가 그리로 지나오게 됐으니 망정이지 그렇지 않았더라면 죽고 말았을 거요. 살아 가는 동안에 언제 무슨 일을 당하는지 누가 알겠소! 그래, 외투를 입혀 데리고 왔지. 마뜨료나, 당신도 좀 생각하고 마음을 가라앉혀요. 누구든 한 번은 죽는 거니까."

마뜨료나는 다시 욕설을 퍼부으려고 하다가 문득 낯선 사나이를 쳐다보자 말이 막혔습니다. 사나이는 죽은 듯이 앉아 있었습니다. 걸상 끝에 앉은 채 꼼짝도 하지 않았습니다. 두 손을 무릎 위에 올려놓고 목을 가슴에 떨어뜨리고서 눈을 드는 일도 없이 무엇인가 목을 조르기라도 하는 듯 사뭇 얼굴을 일그러뜨리고 있었습니다. 마뜨료나가 입을 다물고 있으므로 세몬은 이렇게 말했습니다.

"마뜨료나, 당신에겐 하나님도 없소?"

이 말을 듣자, 마뜨료나는 다시 한번 낯선 사나이를 쳐다보았습니다. 차츰 마뜨료나의 기분이 가라앉았습니다. 그녀는 문께서 발길을 돌려 난로가 놓인 한쪽 구석으로 가서 저녁 준비를 하기 시작했습니다. 컵을 탁자 위에 놓고 크바스(註 : Kvass, 러시아인의 음료로 귀리와 엿기름으로 만든 맥주의 일종)를 따르고 남은 빵을 잘라 내놓았습니다. 그리고 나이프와 스푼을 놓으면서,

"식사를 하세요." 라고 말했습니다.

세몬은 낯선 사나이를 식탁으로 데리고 갔습니다.

"앉아요, 젊은이."

세몬은 빵을 잘게 잘라 둘이서 먹기 시작했습니다. 마뜨료나는 탁자 한쪽 끝에 앉아서 턱을 괴고 낯선 젊은이를 바라보았습니다.

그러자 이 젊은이가 가엾은 생각이 들어 돌보아 주고 싶은 마음이 일었습니다.

그 때 갑자기 낯선 사나이는 즐거운 듯한 표정이 되더니 찡그렸던 눈썹을 펴고 마뜨료나 쪽으로 눈길을 돌려 싱긋 웃었습니다. 식사가 끝났으므로 마뜨료나는 탁자를 치우고 낯선 사나이에게 물었습니다.

"도대체 당신은 어디 사람이죠?"

"나는 이 고장 사람이 아닙니다."

"왜 그런 길에 있었죠?"

"그건 말할 수 없습니다."

"노상 강도라도 만났나요?"

"나는 하나님의 벌을 받았습니다."

"그래서 벌거숭이가 되어 자고 있었단 말이에요?"

"예. 그래서 알몸뚱이로 자다가 얼어 죽을 뻔했던 겁니다. 그것을 세몬이 보고 가엾게 생각하여 입고 있던 긴 외투를 벗어 내게 입히고는 집으로 같이 가지고 했던 거죠. 또 여기 오니까, 아주머니가 나를 불쌍하게 생각하고 마시게 해주셨습니다. 당신들에게는 하나님이 은총을 내리실 겁니다!"

마뜨료나는 일어서서 아까 금방 기워 놓았던 세몬의 낡은 샤쓰를 창가에서 가져다가 낯선 사나이에게 건네 주었습니다.

"아니, 샤쓰도 없잖아. 자, 이걸 입고 어디든 마음에 드는 자리에 누워서 자요. 침대 위든 페치카 옆에서든."

낯선 사나이는 외투를 벗고 샤쓰를 입은 다음 침대 위에 몸을 뉘었습니다. 마뜨료나는 등불을 들고 외투를 집어 남편 있는 데로 갔습니다.

마뜨료나는 외투 자락을 덮고 누웠으나 통 잠이 오지 않았습니다. 언제까지나 낯선 사나이의 일이 머리에서 떠나지 않는 것이었습니다. 그 사나이가 조금 남았던 빵을 다 먹어 버려 내일 먹을 빵이 없다는 것과 샤쓰와 속바지를 주어 버린 일을 생각하니 여간 아쉬운 마음이 들지 않았으나, 젊은이가 싱긋 웃던 것을 생각하니 가슴이 밝아 오는 것 같았습니다.

오래도록 마뜨료나는 잠을 이루지 못했습니다. 세몬도 역시 잠들지 못하고 계속 외투자락을 잡아당기곤 했습니다.

"남은 빵을 다 먹여 버렸는데, 반죽을 해 두지도 않았으니 내일은 어떻게 한담. 이웃 마라냐네더러 좀 꾸어 달랄까?"

"산 입에 거미줄이야 치려고."

마뜨료나는 한참을 가만히 드러누워 있었습니다.

"그런데 저 사람 나쁜 사람은 아닌 모양인데 왜 신상 이야기를 하지 않을까요?"

"아마 말 못할 사정이 있겠지."

"세몬!"

"응?"

"우리는 남을 도와주는데, 왜 아무도 우리를 도와주지 않는지 몰라요."

세몬은 뭐라고 대답해야 할는지 몰랐습니다.

"뭘 자꾸만 그러는 거요."

라고 말했을 뿐, 휙 돌아누워 그냥 잠들어 버렸습니다.

5

이튿날 아침, 세몬은 잠에서 깨어났습니다. 아이들이 일어나기 전에 마뜨료나는 이웃집에 빵을 꾸러 갔습니다.

어제의 그 낯선 사나이는 낡은 샤쓰를 입고 속바지를 입은 채 걸상에 앉아 천장을 바라보고 있었습니다. 그 얼굴은 어제보다 밝았습니다.

"어때, 젊은이. 뱃속에서는 빵을 요구하고 알몸뚱이는 옷을 원하니 벌이를 해야 하지 않겠나. 자네 무슨 일을 할 줄 아나?"

"나는 아무것도 할 줄 모릅니다."

세몬은 깜짝 놀라서 말했습니다.

"할 마음만 있으면 되는 거야. 사람은 뭐든지 배워서 익히면 돼."

"모두 일하니까 그럼 나도 일을 하지요."

"자네 이름은 뭐라고 하는가?"

"미하일입니다."

"이봐요, 미하일. 자네는 신상 이야기를 하고 싶지 않은 모양인데 그건 아무래도 좋아. 굳이 듣고 싶은 것도 아니니까. 하지만 밥벌이는 해야 해. 내가 시키는 일을 하면 자네를 먹여 주지."

"고맙습니다. 저는 뭐든 배우고 익히겠습니다. 가르쳐만 주십시오."

세몬은 실을 집어 손가락에 감고 꼬기 시작했습니다.

"그다지 어려운 건 아냐. 자, 봐……"

미하일은 그것을 들여다보더니 금방 배워 마찬가지로 손가락에 실을 감아 꼬았습니다. 세몬은 이번에는 꼰 실을 찌는 법을 가르쳤는데, 미하일은 여간 잘 하지 않았습니다. 주인이 돼지털을 바늘에 꿰어 꿰매는 일을 해 보이자, 미하일은 이것도 금방 배웠습니다. 세몬이 어떤 일을 가르쳐도 금방 터득하여 사흘이 지나자 일을 매우 능숙하게 잘하게 되었는데, 마치 이제까지 쭉 구두를 꿰매어 온 사람 같았습니다. 허리를 펼 사이도 없이 부지런히 일만 하고 식사는 조금밖에 하지 않았습니다. 한가할 때면 잠자코 천장만 쳐다보았습니다. 밖으로 나가지도 않고, 농담도 하지 않고, 웃지도 않았습니다.

미하일이 싱긋 웃은 것은 처음 왔던 날, 마뜨료나가 저녁 준비를 했을 때뿐이었습니다.

6

하루하루가 지나고 또 일 주일이 지나서 1년이라는 세월이 흘렀습니다. 미하일은 여전히 세몬의 집에 살면서 일했는데, 세몬의 보조공으로서 소문이 자자하게 퍼졌습니다. 세몬의 보조공 미하일만큼 모양좋고 튼튼한 구두를 짓는 사람은 없다고 하여 이웃 마을에서까지 세몬에게로 구두 주문이 밀려들어 세몬의 수입은 점점 많아져 갔습니다.

어느 겨울날의 일입니다. 세몬은 미하일과 마주앉아서 일을 하고 있는데, 방울을 잔뜩 단 삼두마차가 집 앞에 멈췄습니다. 창문으로 내다보니 마차가 바로 가게 앞에 서면서 젊은 사람이 마부석에서 뛰어내려 마차 문을 열었습니다. 그러자 마차 안에서 모피 외투를 입은 신사가 나왔습니다. 마차에서 나오자, 세몬의 집을 향해 입구 층계를 올라왔습니다. 마뜨료나는 뛰어나가 문을 활짝 열었습니다. 신사는 몸을 굽히고 안으로 들어와 허리를 쭉 폈는데, 머리는 거의 천장에 닿을 지경이고 온 방 안은 신사의 몸뚱이로 꽉 들어찬 것 같았습니다.

세몬은 일어서서 인사했으나 신사의 큰 몸집을 보고 벌린 입이 다물어지지 않았습니다. 이런 사람은 이제까지 본 일이 없었습니다. 세몬도 살집이 없는 편이고, 미하일도 깡마른 편이며, 마뜨료나에 이르러서는 마치 마른 나무 잎사귀처럼 살이 없는데, 이 신사는 별천지에서 왔는지 얼굴은 벌겋고 윤이 나고, 목은 황소처럼 굵은 것이 마치 몸뚱이 전체가 무쇠로 된 것 같았습니다.

신사는 후욱 하고 숨을 크게 내쉬더니 모피 외투를 벗으며 걸상에 앉아 말했습니다.

"이 구두 가게 주인은 누군가?"

세몬이 나서며 말했습니다.

"제가 주인인뎁쇼, 나으리."

그러자 신사는 자기가 데리고 온 젊은이에게 커다란 소리로 분부했습니다.

"페치까, 그걸 이리 가져와!"

젊은이가 달려가더니 무슨 꾸러미를 가지고 왔습니다. 신사는 꾸러미를 받아 탁자 위에 놓더니 '끌러라' 하고, 그 젊은이에게 명령했습니다. 젊은이가 보퉁이를 끌렀습니다.

신사는 거기서 나온 가죽을 손가락으로 가볍게 찌르며 세몬에게 말했습니다.

"주인, 이 가죽이 무슨 가죽인지 알겠나?"

"예. 알겠습니다, 나으리."

"여봐, 이 가죽이 무슨 가죽인지 안단 말인가?"

세몬은 가죽을 만져보고서 대답했습니다.

"썩 좋은 가죽입니다."

"그야 물론 좋은 가죽임에 틀림없지. 바보 같으니라고. 너는 이제까지 이런 가죽은 보지도 못했을 거다. 도이칠란트 산이야. 20루블이나 주었다고."

세몬은 겁을 집어먹고 말했습니다.

"저 같은 것이 어찌 구경인들 했겠습니까."

"그거야 당연하지. 너는 이 가죽으로 내 발에 꼭 맞는 구두를 지을 수 있겠나?"

"지을 수 있고말고요. 나으리."

신사는 느닷없이 소리쳤습니다.

"지을 수 있고말고요? 너는 누구의 구두를 짓는지, 무슨 가죽으로 짓는지 명심해야 한다. 나는 1년을 신어도 찢어지지 않는, 모양이 그대로 지탱되는 구두를 원해. 그렇게 만들 수 있으면 일에 착수하여 가죽을 재단해. 하지만 안 될 것 같으면 아예 손도 대지 마라. 나는 미리 말해 두지만, 만약 구두가 1년이 채 되지 않아 찢어지거나 일그러지거나 하면 네놈을 감옥에 처넣을 테다. 만약 1년이 넘도록 일그러지지도 않고 찢어지지도 않으면 삯을 10루블리 주마."

세몬은 겁이 더럭 나서 대답할 말을 잃고 미하일 쪽을 돌아다보았습니다. 그리고는 팔꿈치로 미하일을 쿡 찌르면서 '이봐, 어떻게 하지?' 하고 작은 목소리로 물었습니다. 미하일은 '그 일을 맡으십시오' 하는 듯이 고개를 약간 끄덕였습니다. 세몬은 미하일의 고갯짓을 보고 1년 동안 일그러지지도 않고 찢어지지도 않는 구두를 주문받았습니다. 신사는 젊은이를 불러 왼쪽 구두를 벗기게 하고 다리를 쭉 폈습니다.

"치수를 재라!"

세몬은 한 자 이상이나 되는 종이를 꿰매 붙여 자리를 펴고 두 무릎을 꿇고서 나으리의 양말을 더럽힐세라 앞치마에 손을 잘 닦은 다음 치수를 재기 시작했습니다. 세몬은 바닥을 재고, 종아리를 잴 차례가 되었는데 종이 양끝이 마주닿지 않았습니다. 나으리의 종아리는 통나무 만큼이나 굵었던 것입니다.

"정신 차려서 해. 거길 좁게 해서는 안 된다."

세몬은 다시 종이를 덧붙였습니다. 나으리는 의젓하게 앉아 양말 속의 발가락을 꼼질꼼질 놀리면서 방 안의 사람들을 둘러보고 있었는데, 미하일을 보더니 '저건 누구야?' 하고 물었습니다.

"이 가게 직공으로 그가 꿰매게 됩니다."

"똑똑히 알아 두라고. 1년간은 끄떡도 하지 않도록 꿰매야 한다."

하고 신사는 미하일에게 말했습니다.

세몬도 미하일을 돌아다보았습니다. 그런데 미하일은 나으리의 얼굴은 보지 않고 그 뒤의 구석을 응시하고 있었습니다. 마치 누구인지를 알아 내려고 하는 듯한 표정이었습니다. 물끄러미 응시하고 있던 미하일은 갑자기 싱긋 웃더니 얼굴이 활짝 밝아졌습니다.

"너 뭘 싱글거리고 있는 게야? 바보 같으니. 정신차려서 기한 안에 만들어 낼 생각이나 않고서."

그러자 미하일이 말했습니다.

"예, 그렇게 하겠습니다."

"좋아, 좋아."

신사는 구두를 신고 모피 외투를 입자 문간 쪽으로 걸음을 옮겼습니다. 그런데 허리 굽힐 것을 잊었기 때문에 이마를 문에 세게 부딪혔습니다.

신사는 욕설을 퍼붓고 이마를 문지르며 마차를 타고 가 버렸습니다.

신사가 나가자 세몬은 말했습니다.

"아니, 정말 어마어마한 나으리야. 그 어른은 큰 도끼로도 죽이지는 못할 걸. 이마를 방이 흔들리도록 부딪혔는데도 별로 아프지도 않은 모양이던데."

그러자 마뜨료나가 말했습니다.

"저렇게 부유한 생활을 하는데 체격인들 왜 좋지 않겠수. 저런 튼튼한 사람에게는 염라대왕도 감히 접근 못할 걸요."

7

세몬이 미하일에게 말했습니다.

"일을 맡기는 했으나 이거 까딱 잘못하는 날엔 감옥살이야. 가죽은 비싸겠다, 나으리는 성깔이 대단하시겠다, 실수를 말아야 할 텐데. 자, 자네가 눈도 밝고 솜씨도 나보다 나으니 여기 이 치수본을 주겠네. 나는 겉가죽을 꿰맬 테니까."

미하일은 선선히 이르는 대로 신사의 가죽을 탁자 위에 펼쳐 놓은 다음 칼을 들어 재단하기 시작했습니다. 마뜨료나는 미하일의 곁으로 다가가 미하일이 재단하는 것을 보고는 깜짝 놀랐습니다.

이제 마뜨료나도 구두 만드는 일에는 익숙한 터인데 가만히 보니 미하일은 장화 모양과는 전혀 다르게 가죽을 둥글게 자르는 것이 아니겠습니까? 마뜨료나는 주의를 줄까 하다가 '아마도 내가 그 나으리의 장화를 어떻게 지을 것인지 잘 듣지 못했는지도 몰라. 미하일이 더 잘 알고 있을 테니 참견하지 말아야지' 하고 생각했습니다. 미하일은 가죽 재단을 마치고 실을 바늘에 꿰어 꿰매기 시작했는데, 장화를 꿰매는 두 겹 실이 아닌 슬리퍼를 꿰매는 한 겹 실로 꿰매는 것이었습니다.

마뜨료나는 그것을 보고 또 크게 놀랐으나 역시 참견하지 않았습니다. 미하일은 열심히 꿰매고 있었습니다. 점심 때가 되었으므로, 세몬이 일어나서 보니 미하일은 나으리의 가죽으로 슬리퍼를 꿰매 놓고 있었습니다. 세몬은 '앗!' 하고 크게 소리쳤습니다.

'이게 대체 웬일일까.'

그는 마음 속으로 생각했습니다.

'미하일은 이제 1년이나 우리하고 같이 지내 오면서 한 번도 실수한 일이 없는데, 하필이면 지금 와서 이런 잘못을 저지르다니. 나으리는 굽이 있는 장화를 주문했는데, 미하일은 밋밋한 슬리퍼 따위를 만들어 버렸으니 가죽을 영 버리지 않았나. 나으리에게 뭐라고 변명을 해야 한단 말인가? 이런 가죽은 구하려고 해도 구하지 못할 텐데'

그래서 미하일에게 말했습니다.

"아니 여보게, 이 무슨 짓인가? 자넨 나를 죽이려는 것과 마찬가지야! 나으리는 장화를 주문했는데, 자네 도대체 뭘 만들었나?"

세몬이 미하일에게 말하기 시작하는데, 바깥문의 고리쇠가 덜컹거리더니 누군가가 문을 두드렸습니다. 창문으로 내다보니 누가 말을 타고 와서 말을 비끄러매고 있는 참이었습니다. 나가 보니, 그 나으리의 하인이 아니겠습니까?

"안녕하십니까?"

"어서 와요. 무슨 볼일이라도?"

"구두 일로 마님의 심부름을 왔지요."

"구두 일로?"

"구두인지 뭔지 하여간 장화는 이제 필요없게 되었지요. 나으리는 돌아가셨어요."

"아니, 뭐라고요!"

"여기서 저택으로 돌아가시는 길에 마차 안에서 돌아가셨어요. 마차가 저택에 닿아 내려 드리려고 하니까 나으리가 짐짝처럼 뒹

굴고 있지 않겠습니까? 돌아가신 거예요. 간신히 마차에서 끌어 내릴 형편이었죠. 그래서 마님께서 저에게 말씀하셨죠. '너 구둣 방에 가서 이렇게 말하거라. 아까 나으리께서 주문하신 장화는 필요없게 되었으니, 그대신 그 가죽으로 죽은 사람에게 신기는 슬리퍼를 지어 달라고 말이야. 그리고 다 꿰매기를 기다려서 그 슬리퍼를 가지고 오너라.' 그래서 이렇게 왔지요."

미하일은 테이블 위에서 마름질하고 남은 가죽을 집어 둘둘 뭉치고 나서 다 된 슬리퍼를 꺼내어 탁탁 소리내어 털고는 앞치마로 곱게 닦아 하인에게 내밀었습니다.

젊은이는 슬리퍼를 받자,

"안녕히 계십시오. 여러분, 그럼 가겠습니다!"

하고 돌아갔습니다.

8

그리고 다시 1년이 지나고 2년이 지나서 미하일이 세몬의 집에 온 지도 어느덧 6년이란 세월이 흘렀습니다. 여전히 처음이나 마찬가지로 아무데도 가지 않고 무엇 한 마디 공연한 말을 지껄이지도 않았습니다. 그동안 싱긋 웃은 것은 단 두 번뿐이었습니다. 한 번은 마뜨료나가 저녁 식사를 준비했을 때와 구두 맞추러 온 나으리를 보았을 때입니다. 세몬은 자기 제자가 대견해서 견딜 수 없었습니다. 이제는 '대체 어디서 왔는가' 하고 묻지도 않고, 다만 미하일이 나가면 어쩌나 하고 걱정하는 형편이 되었습니다.

하루는 온 식구가 모여 앉아 있었는데, 마뜨료나는 화덕에 냄비를 올려놓고 아이들은 걸상에서 걸상으로 뛰어다니며 창 밖을 내다보고 있었습니다. 세몬은 창가에서 구두를 꿰매고 있었고,

미하일은 다른 창가에서 구두 뒤꿈치를 붙이고 있었습니다.

그러자 사내아이 하나가 걸상을 타고 미하일 곁으로 다가오더니 그의 어깨를 흔들면서 물끄러미 창 밖을 내다보며 말했습니다.

"미하일 아저씨, 저것 좀 봐요. 모르는 아주머니가 계집애 둘을 데리고 우리 집으로 오는 것 같아요. 계집아이 하나는 절름발이데요?"

사내아이의 말이 떨어지기가 무섭게 미하일은 하던 일을 멈추고 창 밖으로 고개를 돌려 물끄러미 바라보았습니다. 세몬도 놀랐습니다. 이제까지 미하일이 밖을 내다본다든지 하는 일은 한 번도 없었는데, 밖으로 눈길을 쏟고 있었기 때문입니다. 그래서 세몬도 일을 멈추고 창 밖을 내다보니 정말 깨끗한 옷차림의 한 부인이 자기 집쪽을 향해 오는 중이었습니다. 모피 외투를 입고 긴 목도리를 목에 두른 두 계집아이의 손을 이끌고 있었습니다. 계집아이들은 얼굴이 서로 닮아 누가 누군지 모를 지경이었습니다. 다만 한 아이는 다리를 가볍게 절룩거리며 걷고 있었습니다.

여인은 바깥 층계를 올라와 입구로 들어와서는 문을 열더니 먼저 두 계집아이를 안에 밀어넣은 다음 자기도 방 안으로 들어왔습니다.

"안녕하십니까!"

"어서 오십시오. 무슨 볼일이신지?"

여인은 테이블 곁에 앉았습니다. 두 계집아이는 그 무릎에 안기듯이 기댔는데 낯설어하는 것 같았습니다.

"저어, 이 아이들이 봄에 신을 가죽 구두를 맞출까 해서요."

"아, 그렇습니까? 우리는 그런 작은 구두를 지어 본 적은 없지만…… 뭐, 할 수 있습니다. 가장자리에 장식이 달린 것으로 할까요. 안에 천을 대어 접은 것으로 할까요? 이 미하일이 여간 솜씨가 좋지 않습니다."

세몬이 미하일을 돌아보니, 미하일은 우두커니 앉아 두 계집아이에게서 눈길을 떼지 않고 있었습니다. 세몬은 그의 그런 모양을 보고 깜짝 놀랐습니다. 하기는 두 아이가 모두 귀여워 보였습니다. 눈이 까맣고, 뺨이 통통하고 불그레하며, 입고 있는 모피 외투도, 목에 두른 목도리도 질이 좋은 것이었습니다. 그러나 그렇더라도 무슨 까닭으로 미하일이 저렇게 열중하여 눈길을 쏟고 있는지 납득이 가지 않았습니다. 마치 두 ·계집아이를 알고 있기라도 하는 듯 눈을 떼지 않았습니다.

세몬은 의아스럽게 여기면서도 여인에게로 돌아앉아 흥정했습니다. 금방 가격을 정하고 치수를 잴 차례가 되었습니다. 여자는 절름발이 계집아이를 안아 올려 무릎에 앉혔습니다.

"어렵지만, 이 아이의 치수는 두 가지로 재셔야겠어요. 불편한 발 쪽은 한 켤레만 하고 성한 발에 맞춰선 세 켤레를 지어 주세요. 두 명 모두 발 치수는 똑같지요. 쌍둥이지요."

세몬은 치수를 재고 절름발이쪽을 가리키며 말했습니다.

"이 아이는 어쩌다가 이렇게 됐습니까? 이렇게 귀여운 아이가. 날 때부터인가요?"

"아니에요. 그 애 어머니가 그렇게 했어요."

부인이 대답했습니다. 거기에 마뜨료나가 말참견을 하고 나섰습니다. 어디의 누구 애인지 알고 싶어 이렇게 묻는 것이었습니다.

"그럼 부인은 이 아이들의 친엄마가 아니신가요?"

"나는 어머니도 아니고 친척도 아니지요. 아무 상관없는 남인데 그냥 맡아서 기를 뿐이에요."

"자기가 낳은 아이가 아니라도 키우노라면 자연히 정이 들게 마련이지요!"

"그야 물론 정이 들고말고요. 나는 두 아일 다 내 젖으로 키웠어요. 내 아이들도 있었지만, 하나님께서 데려가셨어요. 그 아이는 그다지 불쌍한 마음이 들지 않았는데, 이 둘은 정말 애처로와서……"

"그런데 대관절 누구의 아이들인가요?"

9

여인은 다음과 같은 이야기를 했습니다.

"벌써 6년 전의 일입니다. 이 두 아이는 일 주일도 못 되어 천애 고아가 되어 버렸던 것입니다. 아버지는 이 아이들이 태어나기 사흘 전에 죽고, 어머니는 아기를 낳고는 하루도 살지 못했으니까요. 나는 그 당시 저희 남편과 농사를 지으며 살았는데, 아이들의 부모와는 이웃간이었지요. 우린 늘 뒷문으로 서로 오갔지요.

이 애들의 아버지는 거들어 주는 사람도 없이 혼자 쓸쓸히 숲에서 일하고 있었는데, 어느 날 큰 나무가 쓰러지면서 허리를 세게 맞아 쓰러지지 않았겠어요. 집에까지 간신히 옮겨다 놓았지만, 곧 저 세상으로 가 버렸지요. 그런데 그 아내되는 사람은 며칠 후에 쌍둥이를 낳았던 거예요. 이 아이들이 바로 그 애들이죠. 가난한 데다가 일가 친척도 없고, 일을 보아 줄 만한 늙은이나 아주머니도 없이 그야말로 외톨이여서 홀로 해산을 하고, 홀로 죽어 간 거죠."

"내가 그 이튿날 아침, 궁금해서 뒷문으로 그 집에 들어가 보았더니 가엾게도 벌써 숨이 끊어졌더군요. 게다가 숨이 넘어가는

순간 바로 이 아이에게 엎드러져 있었기 때문에 몸의 무게로 이
아이의 다리를 못 쓰게 만들었죠. 그래서 마을 사람들이 모여 시
체를 목욕시키고 수의를 입히고 관을 짜서 장례식을 마쳤지요.
모두들 친절한 사람들이거든요. 이제 갓난아기 둘만이 남았는데,
정말 야단이었지요. 거기 모인 여자 중에 젖먹이를 가진 사람은
나뿐이었어요. 난 지 겨우 8주밖에 안 되는 첫아들에게 젖을 주고
있었죠. 그래서 내가 임시로 두 계집아이를 맡기로 했지요. 마을
사람들이 모여 이 아기들을 어떻게 해야 하는가 하고 여러 가지
로 의논한 끝에 '마리아 아줌마가 이 아기들을 한동안 맡아 주지
않겠어요? 조금만 돌보아 주면, 우리가 곧 다른 방법을 찾을 테
니까요'라고 말했습니다. 저는 다리가 완전한 아기에게만 젖을
빨렸습니다. 이쪽 절름발이 애에게는 줄 생각도 안 했죠. 도저히
살지 못하리라고 생각했기 때문이었어요. 그러다가 어느 날 갑자
기 어찌나 측은한지 그 뒤부터는 똑같이 젖을 물려 주기 시작했
지요. 그래서 내 아이와 두 계집아이, 말하자면 세 아이에게 한꺼
번에 젖을 먹였던 것입니다! 그나마 내 나이가 젊어 기운도 있
고 먹성이 좋았으니까 그것이 가능했죠. 두 아이에게 젖을 물리
고 있으면 나머지 애가 기다리고 있어 하나가 젖꼭지를 놓으면
기다리는 애에게 젖을 주곤 했었죠. 그런데 하나님의 뜻으로 이
두 아이는 잘 키워 갔으나, 내가 낳은 애는 2년째 되던 해에 죽고
말았죠. 한편 살림살이는 차차 나아져서 지금은 이 거리 상인들
의 소유인 수차장을 맡아 보고 있답니다. 급료도 넉넉해서 유복
한 살림을 꾸려 가기는 합니다만 아이가 생기지 않는군요. 정말
이 두 아이가 없었더라면 혼자 쓸쓸해서 어떻게 살았겠어요! 내
가 이 아이들을 귀여워하는 것은 당연하지요. 이 아이들은 내게
있어서 촛불과도 같아요."

여인은 한쪽 손으로 절름발이 계집아이를 끌어당기고, 한쪽 손

으로는 뺨에 흐르는 눈물을 닦았습니다. 마뜨료나도 길게 한숨지으며 말하는 것이었습니다.

"부모 없이는 살아 갈 수 있지만, 하나님 없이는 살아 가지 못한다고 흔히들 말하는데 어쩐지 그렇지도 않은 것 같군요!"

세 사람은 이런 말들을 주거니받거니하고 있었는데, 갑자기 미하일이 앉아 있는 쪽에서 섬광이 비치더니 온 방 안이 환하게 밝아졌습니다. 모두들 놀라 그쪽을 돌아보니, 미하일은 두 손을 무릎 위에 얹고 위를 쳐다보면서 빙그레 웃고 있는 것이었습니다.

10

여인이 두 계집아이를 데리고 나가자, 미하일은 걸상에서 일어나 일감을 테이블 위에 올려놓고 앞치마를 벗으며 주인 내외에게 허리를 굽혀 인사했습니다.

"안녕히 계십시오, 주인 아저씨, 아주머님. 하나님께서 용서해 주셨으니 당신들도 제발 저를 용서해 주십시오."

주인 내외가 그를 바라보니 미하일에게서 후광이 비치고 있지 않겠습니까? 세몬은 미하일에게 고맙다고 인삿말을 했습니다.

"미하일, 자네는 보통 인간은 아닌 모양이니 자네를 붙잡을 수도 없고 꼬치꼬치 캐물을 수도 없네. 꼭 한 가지만 알고 싶은 것이 있네. 자네를 이끌고 집으로 돌아왔을 때, 자네는 싱긋 웃으며 밝은 표정을 지었는데 어찌된 까닭인가? 또 나으리가 장화를 주문했을 때 그 때도 자네는 웃으면서 표정이 밝아졌고, 이제 또 부인이 아이들 둘을 데리고 왔을 때 자네는 세 번째로 빙그레 웃었네. 그리고 몸에서 후광이 비쳤네. 미하일, 어찌하여 자네 몸에서 그런 빛이 비치는지 그리고 왜 세 번 빙그레 웃었는지 그 까닭을 말해 주게나."

그러자 미하일이 말했습니다.

"제 몸에서 빛이 나는 것은 다름이 아닙니다. 저는 하나님의 벌을 받고 있는 중이었는데, 지금 용서받았기 때문입니다. 또 제가 세 번 싱긋 웃은 것은 하나님의 세 가지 말씀을 알아 냈기 때문입니다. 한 가지 말씀은 아주머니가 나를 가엾다고 생각하셨을 때에 깨달아서 웃었고, 또 한 가지 말씀은 부자 나으리가 장화를 주문했을 때에 알게 되어 두 번째로 웃었습니다. 그런데 지금 두 계집아이를 보았을 때, 마지막 세 번째 말씀을 알게 되어 또다시 웃은 것입니다."

그러자 세몬이 말했습니다.

"그럼, 내게 들려 주지 않겠나, 미하일? 어찌하여 하나님께서 자네에게 벌을 내리셨는지? 그리고 자네가 알지 않으면 안 되었던 세 가지 말씀이란 대체 무엇인지."

그러자 미하일이 대답했습니다.

"내가 벌을 받은 것은 하나님의 말씀을 거역했기 때문입니다. 나는 천사였었죠. 어느 날, 하나님은 한 여자에게서 영혼을 빼앗도록 내게 명령하셨습니다. 내가 인간 세계에 내려와 보니 그 여인은 몹시 쇠약한 몸으로 누워 있었습니다. 쌍둥이 딸을 낳았던 것입니다. 갓난아기는 어머니 곁에서 꼼지락거리고 있었으나 어머니는 아기를 끌어안고 젖을 줄 기운도 없었던 것입니다. 여인은 내 모습을 발견하자 하나님이 보내신 줄 짐작하고 흐느끼기 시작했습니다. '아아, 천사님! 집주인은 숲 속에서 나무에 깔려 죽어 바로 며칠 전에 장례식을 치른 참입니다. 내게는 형제자매도, 큰어머니, 작은어머니, 할머니도 없기 때문에 이 갓난애들을 거두어 줄 사람도 없습니다. 제발 제 영혼을 가져가지 마시고 이 아이들을 내 손으로 키우게 해주세요! 어린아이는 부모 없이는

살지 못합니다!'라고 말했습니다. 나는 그녀가 하는 말을 듣고
한 아이를 안아 젖꼭지를 물려 주고 다른 한 아이를 어머니의 팔
에 안겨 준 다음 하늘 나라로 돌아갔습니다. 하나님 곁으로 다가
가서 '저는 산모의 혼을 빼낼 수가 없었습니다. 남편은 나무에 깔
려 죽고, 아내는 쌍둥이를 낳고서 제발 혼을 거두지 말라고 애원
하는 것이었습니다. 제발 자기 손으로 아이들을 키우게 해 달라
면서 어린아이는 부모 없이 살지 못한다고 하는 것이었습니다.
그래서 저는 산모의 혼을 빼내지 못했습니다'하고 말씀드렸습니
다. 그러자 하나님께서는 '다시 내려가 산모의 혼을 거두어라.
그러면 세 가지 일을 알게 되리라. 즉, 인간의 내부에는 무엇이
있는가, 인간에게 허락되지 않은 것은 무엇인가, 사람은 무엇으
로 사는가를. 그것을 알게 되는 날 하늘나라로 돌아올 수 있으리
라'하고 말씀하셨습니다. 그래서 나는 다시 지상으로 내려와 산
모의 혼을 데려갔습니다. 두 아기는 어머니의 가슴에서 떨어져
있었으나, 시신이 침상 위에서 쓰러지는 바람에 한 아이를 덮쳐
눌러 한쪽 다리를 못 쓰게 된 것입니다. 나는 마을에서 하늘로 날
아 올라가 여자의 혼을 하나님께 바치려고 했는데, 갑자기 거센
바람이 휘몰아치면서 내 두 날개를 부러뜨렸습니다. 그래서 그
여자의 혼만 하나님에게로 가고, 나는 지상에 떨어져 길바닥에
떨어졌던 것입니다."

11

그 때 세몬과 마뜨료나는 자기들이 먹이고 입혔던 사람이 누구
인지, 자기들과 같이 살면서 일해 온 사람이 누구인지를 깨닫고
두려움과 기쁨으로 눈물을 흘렸습니다. 그러자 천사는 말했습

니다.

"나는 다만 홀로 알몸인 채 들판에 버려졌습니다. 나는 인간의 부자유라는 것도 모르고, 추위도, 배고픔도 극도에 달하고, 몸은 얼어 어떻게 해야 좋을지 몰랐습니다. 문득 들 가운데에 하나님을 모시는 교회가 눈에 띄길래 거기에 몸을 의지하려고 그 곁으로 다가갔으나 문이 잠겨 있어 안으로 들어갈 수가 없었습니다. 나는 바람을 피하려고 교회 뒤로 돌아가 앉았습니다. 이윽고 날이 저물자 배고픔은 더욱 심해지고 몸은 얼대로 얼어 나는 완전히 병들어 버렸습니다. 문득 어떤 사람이 장화를 들고 길을 걸어오면서 혼잣말을 하는 소리가 귀에 들렸습니다. 나는 인간이 되어서 처음으로 언젠가는 죽을 인간의 얼굴을 보았습니다. 나는 그 얼굴이 무서워 홱 돌아앉았습니다. 그런데 자세히 들으니, 그 사나이는 '어떻게 이 추운 겨울에 몸을 감쌀 옷을 마련해야 할 것인가. 어떻게 처자를 먹여 살려야 할 것인가' 하고 중얼거리고 있었습니다. 거기서 나는 생각했습니다.

'나는 추위와 배고픔에 거의 죽어 가고 있다. 마침 저기 사람이 오고 있지만, 그는 어떤 방도로 자기들 내외의 모피 외투를 마련하나, 어떻게 살아 가야 하는지만을 생각하고 있다. 그러니까 이 사나이에게는 나를 도와줄 만한 힘이 없다.'

그는 나를 발견하자, 얼굴을 찡그리고 먼저보다 더 무서운 몰골이 되어 터덜터덜 곁을 지나갔습니다. 나는 한 줄기 희망이 사라져 버린 느낌이었는데, 갑자기 사나이가 되돌아오는 발소리가 들렸습니다. 내가 그 얼굴을 쳐다보았을 때 '방금 지나간 사나이가 아니구나' 하고 생각했을 정도였습니다. 아까는 그 얼굴에 죽음의 기운이 서리고 있었습니다만 그 때는 생기가 돌고 그 얼굴에 신의 그림자가 어리고 있었습니다. 사나이는 내 곁에 다가와서 옷을 입혀 주고 나를 데리고 집으로 돌아갔습니다. 집에 당도

하니 한 여자가 마중나와 말을 늘어놓기 시작했는데, 그 여자는
사나이보다 더 무서웠습니다. 그 입에서는 죽음의 입김이 뿜어나
와 나는 그 독기 때문에 숨을 쉴 수도 없었습니다. 여자는 나를
추운 밖으로 몰아내려고 했습니다. 만약 그대로 나를 내쫓았더라
면 여자는 죽고 말았을 겁니다. 그것을 나는 잘 알고 있었으니까
요. 그러나 그 때 남편이 갑자기 하나님의 얘기를 꺼내자 여자의
태도가 금방 누그러졌습니다.

여자가 내게 저녁 밥을 권하면서 내 얼굴을 흘끗 쳐다보았을
때, 이미 그 얼굴에서 죽음의 그림자는 자취도 없이 사라지고 싱
싱하기만 했습니다. 나는 거기서 신의 얼굴을 발견한 것입니다.

그 때 나는 '인간 안에는 무엇이 있는지 그것을 알게 되리라'라
는 하나님의 첫 번째 말씀을 생각해 냈습니다. 나는 인간 안에 있
는 것은 사랑이라는 것을 깨달았습니다. '하나님께서는 약속하
신 일을 이렇게 내게 계시해 주시는구나' 하고 생각하니, 나는 그
만 기뻐서 싱긋 웃고 말았습니다. 그러나 아직 전부를 알 수는 없
었습니다. '무엇이 인간에게 허락되고 있지 않은가, 사람은 무엇
으로 사는가'라는 것을 몰랐던 것입니다.

당신들과 살면서 1년이 지났습니다. 그러던 어느 날, 한 사나
이가 찾아와서 1년 동안 닳지도, 찢어지지도, 일그러지지도 않는
장화를 주문했습니다. 내가 문득 그 사나이를 쳐다보니 뜻밖에도
그 사나이의 등뒤에 나의 동료였던 천사가 서 있는 것을 발견했
습니다. 나 이외에는 아무도 그 천사를 보지 못했으나 나는 알고
있었죠. 그리고 채 날이 저물기 전에 그의 영혼은 그에게서 떠나
버린다는 것을 알았습니다. 나는 생각했습니다. '이 사나이는 1
년 신어도 끄떡없는 구두를 만들라고 하지만, 자기가 오늘 저녁
안으로 죽는다는 것을 모른다.' 그래서 '인간에게 허락되지 않은
것은 무엇인가?'라는 하나님의 두 번째 말씀을 생각해 냈습

니다. 인간 안에 무엇이 있었는가는 이미 알아냈습니다. 그런데
이번에는 인간에게 주어지지 않은 것이 무엇인가를 알아냈습니다. 그것은 '자기 몸에 무엇이 필요한가' 하는 지식입니다. 그
래서 나는 두 번째로 싱긋 웃었습니다. 친구였던 천사를 만난 일
도 기뻤으며, 하나님께서 두 번째의 말씀을 계시해 주신 일도 기
뻤던 거죠.

그렇지만 아직 전부는 깨닫지 못했습니다. 나는 아직 '사람은
무엇으로 사는지'를 몰랐던 것입니다. 그래서 나는 언제까지나
여기 있으면서 하나님께서 최후의 말씀을 계시해 주실 때를 기다
렸습니다. 6년째 되는 오늘, 쌍둥이 계집아이를 키우는 부인이
찾아와 그 아이들을 보게 되었을 때, 나는 엄마가 죽은 두 쌍둥이
가 잘 자라고 있다는 것을 알았습니다. '어머니가 자식을 봐서 살
려 달라고 부탁했을 때, 나는 그 말을 정말로 믿고 아이들은 부모
없이는 살아 가지 못한다고 생각했으나 엄연한 타인이 두 아이를
잘 기르고 있지 않은가.' 그래서 그 부인이 타인의 아이로 인해
감동하여 눈물을 흘렸을 때, 거기에 살아 계신 그림자를 발견했
고 사람은 무엇으로 사는가를 깨달았습니다. 하나님께서 최후의
말씀을 계시하여 나를 용서해 주셨다는 것을 알았으므로 나는 세
번째로 싱긋 웃었던 거죠."

12

그러자 천사가 나타났는데, 전신에 빛의 천의를 둘러 똑바로
볼 수 없을 정도였습니다. 그 때 천사는 커다란 목소리로 이야기
하기 시작했습니다. 그것은 스스로 말하는 것이 아니라, 하늘에
서 목소리가 울려 오는 듯했습니다. 천사는 이렇게 말했던 것입

니다.

"나는 이런 일을 깨달았다. 모든 사람은 자신을 보살피는 마음에 의하여 살아 가는 것이 아니라, 사랑으로써 살아 가는 것이다. 어머니는 자기 아이들의 생명을 위해서 무엇이 필요한지 아는 것이 허락되지 않았었다. 또 부자는 자기에게 무엇이 필요한지 알지 못했다. 저녁 때까지 무엇이 필요한지, 산 자가 신는 장화인지, 죽은 자에게 신기는 슬리퍼인지를 아는 것이 어떤 사람에게도 허락되지 않았다. 내가 인간이 되고 나서 무사히 살아 갈 수 있었던 것은 내가 자신의 일을 여러 가지로 걱정했기 때문이 아니라 지나가던 사람과 그 아내에게 사랑이 있어 나를 불쌍하게 여기고 나를 사랑해 주었기 때문이다. 고아가 잘 자라고 있는 것은 모두가 두 아이의 생계를 걱정해 주었기 때문이 아니라, 한 여인에게 사랑의 마음이 있어 그 애들을 가엾게 생각하고 사랑해 주었기 때문이다. 모든 인간이 살아 가고 있는 것도 모두가 각기 자신의 일을 걱정하기 때문이 아니라, 그들 가운데에 사랑이 있기 때문이다. 나는 이전에 하나님께서 인간에게 생명을 내려 주시고 모두가 살아 가도록 바라고 계시다는 것을 알았지만, 이번에는 다시 한 가지를 더 깨달았다. 내가 깨달은 것은 다름이 아니라, 하나님께서는 인간 뿔뿔이 떨어져 사는 것을 원하지 않으신다는 것이다. 그렇기 때문에 인간 각자에게 무엇이 필요한가를 계시하시지 않았던 것이다. 인간이 하나로 뭉쳐 사는 것을 원하시기 때문에 모든 인간은 자신을 위해서 또 만인을 위해서 무엇이 필요한가를 계시하신 것이다. 이제야말로 나는 깨달았다. 각자 자신을 걱정함으로써 살아 갈 수 있다고 생각하는 것은 다만 인간에게 그렇게 생각되는 것일 뿐, 정말은 사랑에 의해 살아 가는 것이다. 사랑 속에 사는 자는 하나님 안에 살고 있다. 하나님은 그 사람 안에 계신다. 왜냐하면, 하나님은 사랑이시므로."

그렇게 말하고 천사는 하나님께 찬송을 드렸습니다. 그러자 그 목소리로 인하여 집이 울리는 듯했습니다. 그리고 천장이 두 쪽으로 갈라지면서 땅에서 하늘까지 불기둥이 뻗쳤습니다. 세몬 내외도, 아이들도 모두 땅바닥에 엎드렸습니다. 미하일의 등에서 날개가 활짝 펼쳐지더니 천사는 하늘로 날아 올랐습니다. 세몬이 이윽고 정신을 차렸을 때는 집은 예전 그대로였고, 이제 방에는 가족 외엔 아무도 없었습니다.

바보 이반의 이야기

바보 이반, 그의 두 형인 무관 세몬과 배불뚝이 따라스 그리고
벙어리 누이 말라니야의 큰 도깨비, 작은 세 도깨비의 이야기----

1

옛날 옛날 그 옛날, 어느 나라의 어느 곳에 부유한 농부가 있
었다. 이 부유한 농부에게는 세 아들----무관인 세몬, 배불뚝이
따라스, 바보 이반과 귀머거리이자 벙어리인 딸 말라니야가 있
었다. 무관인 세몬은 임금님을 섬겨 전쟁에 나갔고, 배불뚝이 따
라스는 문안의 장사치한테로 장사를 배우러 갔고, 바보 이반은
누이와 함께 집에 남아 땀흘려 일하고 있었다. 무관인 세몬은 높
은 벼슬과 사전(私田)을 얻어 어느 귀족의 딸한테 장가들었다.
그런데 전답이 많았는데도 매양 수지가 들어맞지 않았다. 남편이
긁어들이기가 바쁘게 귀족 행세를 하는 여편네가 물쓰듯 써 버려
언제나 돈이 붙어 있을 날이 없었다. 그래서 무관인 세몬은 도조
(賭租)를 거두러 농장에 들이닥쳤다. 그러나 마름은 그에게 이렇
게 말하는 것이었다.

"도조가 들어올 수가 없읍죠. 저희들에겐 가축이든 농구든 말
이든 소든 쟁기든지간에 하나도 없으니 말이에요. 먼저 이런 것
들을 갖추어야 합죠. 그래야만 비로소 수익이라는 것이 생기는
겁니다."

그래서 무관인 세몬은 아버지에게 갔다.

"아버지, 아버지는 부자이면서도 저에게는 아무것도 주시지 않
았습니다. 저에게 땅을 3분의 1만 나눠 주십쇼. 제 땅으로 이전하
겠습니다."

그러자 영감이 말했다.

"너는 뭐 집에다 보태 준 것이 하나라도 있냐? 뭣 때문에 너에게 땅을 3분의 1이나 준단 말이냐? 그러는 날엔 이반과 그 애 누이가 못마땅해할 것이다."

그러자 세몬은 말했다.

"그렇지만 그 애는 바보잖아요. 그리고 누이란 애도 귀머거리에다 벙어리이고 말이에요. 그런 것들한테 뭐가 필요하겠어요."

이 말에 대해서 영감은 이렇게 말했다.

"이반이 뭐라고 말하는지 어디 그 애한테 한번 물어 보자."

그런데 이반은 '뭘요' 하고 말했다.

"주시죠."

무관인 세몬은 집에서 3분의 1의 땅을 얻어 그것을 제 땅으로 이전하고 나서 다시 임금님을 섬기러 떠났다.

배불뚝이 따라스도 돈을 많이 모아 장사치의 딸한테 장가들었다. 그래도 그는 불만이었다. 그래서 아버지에게 찾아와 이렇게 말했다.

"저에게도 제 땅을 주십쇼."

그러나 영감은 따라스에게도 나누어 주고 싶지 않았다.

"너는 우리들에게 보태 준 게 아무것도 없다. 그리고 지금 집에 있는 것은 모두 이반이 번 것뿐이다. 나는 그 애하고 딸년을 섭섭하게 할 수는 없다."

그러자 따라스는 말했다.

"저런 녀석에게 뭐가 필요합니까. 저 녀석은 바보 아니에요? 저 녀석은 장가도 갈 수 없습니다. 아무도 올 사람이 없습니다. 벙어리인 누이도 그렇죠. 역시 필요한 것이라곤 아무것도 없읍죠. 그렇잖아, 이반? 나한테 곡식을 절반만 다오. 그리고 난 연장 따윈 갖지 않을 테니까 가축 중에서 저 잿빛의 수말이나 한 마리 갖겠다──── 너에겐 밭을 가는데 도움이 되는 것도 아닐 테고,

저건."

이반은 웃음을 터뜨렸다.

"뭘요."

그는 말했다.

"가지세요. 난 또 가서 잡아 오겠습니다."

이렇게 해서 따라스도 제 몫을 탔다. 따라스는 곡식을 저자로 실어냈다. 수말도 데리고 갔다. 그리고 이반은 예나 다름없이 늙어빠진 암말 한 마리로 농사를 지어 아버지와 어머니를 봉양하게 되었다.

2

큰 도깨비는 이 형제들이 재산을 분배함에 있어 말다툼을 하지 않고 의좋게 헤어진 것이 뇌꼴스러웠다. 그래서 그는 세 작은 도깨비들을 큰 소리로 불렀다.

"자, 봐. 저 세상의 저기에 세 형제가 살고 있지---- 세몬이란 무관과 따라스란 배불뚝이 그리고 이반이란 바보 녀석이 말이야. 나는 말이야, 저 녀석들에게 꼭 싸움을 시켜야겠는데, 아 저 녀석들이 의좋게 살고 있지 않겠나----서로 너 먹어라 하고 지내고 있거든. 저 이반이란 바보 녀석이 아주 그냥 내 일을 깡그리 망가뜨려 놓았지 뭔가. 이제부터 너희 셋에서 모두 나가 저 세 녀석들에게 눌어붙어 서로 싸움을 시작하도록 저 녀석들의 의를 끊어놓아라. 어때, 그 짓을 할 수 있겠나?"

"할 수 있다마다요."

그들은 말했다.

"너희들은 어떻게 그 짓을 할 작정이냐?"

"그건 이렇게 할 작정이죠……"

그들은 말했다.

"먼저 저 녀석들을 먹을 게 하나도 없도록 홀랑 발가벗긴 다음, 세 녀석을 한 곳에다 모으죠. 그러면 저 녀석들도 필시 서로 치고 패고 하게 될 겁니다."

"거 됐다."

큰 도깨비가 말했다.

"너희들은 제가 할 일들을 알고 있는 것 같다. 가거라. 그리고 말이다. 저 세 녀석들의 사이를 떼어놓기 전에는 나한테 돌아와서는 안 돼. 그렇지 않으면 너희 세 놈의 가죽을 벗기고 말 테니까 그리 알아라."

작은 도깨비들은 어느 늪 속으로 들어가 어떻게 일에 착수할 것인지를 상의하기 시작했다. 그리고 저마다 조금이라도 더 수월한 일을 맡으려고 오랫동안 궁리한 끝에 겨우 심지를 뽑아서 누가 누구를 맡을 것인지를 정하기로 결정했다. 그리고 다른 자들보다 조금이라도 일찍 일을 마친 자는 다른 자를 도우러 와야 한다는 것이었다. 작은 도깨비들은 심지를 뽑고 나서 언제 다시 이 늪에 모일 것인지 날짜를 정하고 그날 누구의 일이 끝나고 누구를 도우러 가야 할 것인지를 알아 보기로 했다. 작은 도깨비들은 저마다 제 심지대로 행동하기로 하고 헤어졌다.

드디어 그 날이 닥치자 작은 도깨비들은 약속대로 늪에 모였다. 그리고 누구한테서는 일이 어떻게 되었는지를 설명하기 시작했다. 세몬이란 무관한테서 돌아온 첫째 도깨비가 입을 열었다.

"내 일은 말이야."

그는 말했다.

"잘 돼 나가고 있어. 내가 맡은 그 세몬은 틀림없이 내일 아버지한테 갈 거야."

그의 동료들이 묻기 시작했다.

"그래, 너는 어떻게 했지?"

하고 그들은 입을 모아 물었다.

"나는 말이야."

그는 말했다.

"나는 우선 먼저 세몬에게 잔뜩 용기를 불어넣어 주었지. 그랬더니 그 녀석은 제 임금님에게 온 세계를 정복해 보이겠다고 약속하지 않겠나. 그러자 임금님은 세몬을 대장으로 만들어서 말이야, 인디아의 임금을 치러 보낸 거야. 모두들 치러 가려고 모였어. 그런데 나는 바로 그날 밤 세몬의 군사들의 화약을 모조리 적셔 놓고는 또 인디아의 임금에게로 가서 짚으로 군사들을 무수히 만들어 놓았지. 세몬의 군사는 자기네 쪽으로 사방팔방에서 지푸라기 군사들이 몰려오는 것을 보고는 잔뜩 오그라든 거야. 세몬은 '쏘앗!' 하고 명령을 내렸지만 대포든 총이든지간에 나가야 말이지. 세몬의 군사들은 사색이 다 되어 줄행랑을 놓을 수밖에. 마치 양떼처럼 말이야. 그러자 인디아의 임금은 그들을 쳐부수었지. 세몬은 톡톡히 망신을 당하고 사전을 몽땅 몰수당했어. 마침내 내일은 사형이 집행되는 날이야. 나에겐 이제 꼭 하루 일감이 남아 있을 따름이야. 말하자면, 집으로 내빼도록 그 녀석을 옥에서 내놓는 그 일이 남아 있을 뿐이란 말이야. 내일이면 완전히 끝장이 나니까 너희 둘 중에서 누가 도움이 필요한지 말해 봐."

따라스에게서 돌아온 다른 작은 도깨비는 제 일에 대해서 이렇게 얘기하기 시작했다.

"나는 말이야."

그는 말했다.

"도움따윈 필요없어. 내 일도 잘 돼 나가고 있으니까. 따라스란 녀석도 이제 일 주일 이상을 부지하지 못할 거야. 나는……"
　그는 말을 이었다.
　"우선 먼저 그 녀석의 배를 잔뜩 불려 욕심꾸러기가 되게 했지.
그랬더니 그 녀석은 남의 재산을 턱없이 탐내어 보지도 못한 것
까지 모두 사고 싶어졌지 뭐야. 돈을 있는 대로 탈탈 털어 무진장
으로 사버렸지. 그래도 모자라서 여전히 또 사고 있는 거야. 지금
에 와선 빚까지 져가면서 사들이고 있는 형편이야. 이제는 너무
긁어 모으다 보니까 어떻게 처치해야 할는지 몰라 안절부절못하
고 있어. 일 주일 뒤 빚을 갚아야 할 기한이 닥치는데 그 안에 나
는 그 녀석의 물건들을 모두 거름으로 만들어 놓을 작정이지. 그
러면 그 녀석은 필시 갚지 못하고 이내 제 애비한테 달려가게 될
거야."
　그러고는 그들은 이반에게서 돌아온 세째 도깨비에게 물어
댔다.
　"그런데 네 일은 어떻게 됐지?"
　"그런데 말이야. 실은, 내 일은 어쩐지 잘 돼 나가질 않아."
하고 그는 말했다.
　"우선 먼저 배탈을 나게 할 모양으로 말이야, 그 녀석의 끄바스
를 담는 질병 속에다 침을 잔뜩 뱉어 놓고서는 그 녀석의 밭으로
가서 땅바닥을 돌처럼 굳혀 놓았지. 그 녀석이 꼼짝 못하게 말이
야. 그리고는 이쯤되면 녀석도 밭을 갈진 못하려니 생각하고 있
었는데 어딜, 아, 바보 녀석은 말없이 쟁기를 가지고 와서는 갈아
젖히지 않겠나. 배가 아파 끙끙 앓으면서도 여전히 갈아대는 거
야. 그래서 나는 그 녀석의 쟁기를 부숴 놓았지. 그랬더니 그 녀
석은 집으로 돌아가 딴 보습으로 갈아 끼우고는 새 성에를 몇 갠
가 대어 또다시 갈기 시작하지 뭐야. 그래서 나는 땅 밑으로 기어
들어가 보습을 붙들어 보려고 했는데, 어딜, 도무지 붙잡아져야

말이지. 그 녀석은 쟁기를 누르고, 보습은 날카롭고, 결국 내 손
만 마구 베이고 말았어. 이래서 그 녀석은 거의 다 갈아 버리고
이제는 겨우 한 두둑밖에 남지 않았어. 그러니까, 여보게들."
하고 말을 이었다.

"와서 도와주게나. 우리가 그 녀석 하나를 때려 잡지 못하는 날
엔 우리들의 일은 모두 허사가 되고 말 테니 말이야. 만약 그 바
보가 남아 농사를 짓게 되면 그들은 별로 곤란을 받지 않게 될 거
야. 그 녀석이 두 형들을 부양하게 될 테니 말이야."

무관인 세몬을 맡고 있는 작은 도깨비가 내일 도우러 가겠다고
약속했다. 작은 도깨비들은 그것으로 일단 헤어졌다.

3

이반은 묵혀 두었던 밭을 다 갈고 이제는 그저 한 두둑만 남겨
놓았을 뿐이었다. 그는 밭을 마저 다 갈아 버리려고 말을 타고
왔다. 배가 아파 견딜 수가 없었으나 갈지 않으면 안 되었다. 그
래서 고삐의 줄을 툭 치고는 쟁기를 돌려 갈기 시작했다. 막 한
번 갔다 되돌아서 다시 되짚어 오려고 하는데---- 마치 나무뿌리
에 걸리기라도 한 것처럼---- 어쩐 일인지 쟁기가 나가지 않았다.
그것은 작은 도깨비가 두 발로 쟁기술에 매달려 꽉 누르고 있기
때문이었다. '별 이상한 일도 다 있다!' 하고 이반은 생각했다.
'이런데 나무뿌리 같은 건 없었는데. 그래도 역시 나무뿌리인지
도 모른다.'

이반은 두둑 속에다 손을 집어 넣었다. 그러자 무엇인가 부드
러운 것이 뭉클 손에 닿았다. 그는 그것을 움켜잡아 밖으로 끌어
냈다. 나무뿌리 같은 새까만 것이었는데 그 위에서 무엇인가 꿈

틀거렸다. 보니까, 살아 있는 작은 도깨비가 아닌가.

"아니, 이게 뭐야. 이따위 빌어먹을 것이 있어!"

그는 말했다. 이반은 작은 도깨비를 번쩍 치켜들고 한마루에
다 내리쳐 박살을 내버리려고 했다. 그러자 작은 도깨비가 소리
를 지르면서 말했다.

"제발 죽이지 말아 주십쇼. 그 대신 무엇이든 원하는 대로 해드
리겠습니다."

"그래, 무슨 짓을 해주겠다는 거냐?"

"그저 무엇을 원하시는지 말씀만 해 주십쇼."

이반은 머리를 긁었다.

"나는 배가 아픈데 말이야, 낫게 할 수 있겠나?"

하고 그는 말했다.

"할 수 있고말고요."

작은 도깨비는 말했다.

"어디, 그럼 낫게 해 보렴."

작은 도깨비는 두둑 위에 몸을 구부리고 여기저기 손톱으로 뒤
져가며 무엇인가를 찾았다. 이윽고 가지가 셋인 조그만 뿌리를
쏙 뽑아 그것을 이반에게 건넸다.

"여기 있습니다. 이 뿌리를 한 뿌리만 삼키시면 천하에 없는 아
픔도 이내 가셔집니다."

이반은 뿌리를 받아 찢어서 한 가지 삼켰다. 그러자 금방 복통
이 가셨다. 작은 도깨비는 다시 사정하기 시작했다.

"이제 놔 주십쇼. 나는 땅 속으로 기어 들어가 이제 다시는 나
오지 않으렵니다."

"자, 그럼." 하고 이반은 말했다.

"잘 가거라!"

그런데 이반이 '잘……' 하고 말하기가 바쁘게 작은 도깨비는

물 속에 던진 돌처럼 땅 속으로 금방 모습을 감추어 버리고 그저
구멍만이 하나 남을 뿐이었다. 이반은 나머지 두 가지의 뿌리를
모자 속에다 쑤셔 넣고 그대로 마저 갈기 시작했다. 그리고 마지
막 이랑을 다 갈고 나자 쟁기를 뒤집어 엎고 집으로 돌아왔다. 말
을 풀어 놓고 오두막 안으로 들어가자 맏형인 무관 세몬이 아내
와 함께 앉아 저녁을 먹고 있었다. 그는 전답을 몰수당한 것이
었다. 그리고 가까스로 옥에서 도망쳐 나와 아버지한테서 살 양
으로 여기에 달려온 것이었다. 세몬은 이반을 보자 이렇게 말
했다.

"난 너한테서 살려고 왔다. 나하고 집사람을 먹여다오. 새 일
자리가 나설 때까지."

"아, 그럭하시죠."

이반은 말했다.

"여기서 사세요."

그리고 이반은 막 걸상에 앉았는데 이반에게서 나는 냄새가 귀
부인의 마음에 들지 않았다. 그리하여 그녀는 남편에게 말했다.

"난 정말로 못견디겠어요."

그녀는 말했다.

"고약한 냄새가 나는 흙투성이하고 밥상을 함께 하는 게 말이
에요."

그러자 무관인 세몬은 말했다.

"마나님이 너에게서 나는 냄새가 싫다고 말씀하시니까 너는 문
간에서 먹었으면 좋겠는데."

"아, 그렇게 하죠."

이반은 말했다.

"그렇잖아도 난 바로 밤 감시를 나갈 시간이 되었으니까요. 말
에게도 먹이를 주어야 하고."

이반은 빵과 웃도리를 들고 밤 감시를 하러 나갔다.

4

무관인 세몬을 맡은 작은 도깨비는 그날 밤 안에 일을 마치고 약속대로 바보를 굻려 주려고 이반을 맡은 도깨비를 찾으러 왔다. 밭에 와서 여기저기 한참 동료를 찾아 헤맸으나 어디에도 없고, 그저 구멍이 하나 뚫려 있는 것만을 발견했을 뿐이었다. '그렇다면' 하고 그는 생각했다. '이거 아무래도 동료 신상에 무슨 불행한 일이라도 일어난 모양이다. 그 녀석을 대신할 수밖에 없지. 밭은 이제 다 갈아 젖혔으니까---- 이번에는 풀밭에서 어디 한번 그 바보를 굻려 주어야지.'

작은 도깨비는 목장으로 이반의 풀밭에 큰물이 지게 했다. 풀밭은 온통 진흙바닥이 되었다. 이반은 새벽녘에 가축의 밤 감시에서 돌아와 큰 낫을 들고 풀밭으로 풀을 베러 나갔다. 이반은 도착하자 이내 베기 시작했다. 그러나 한 번이나 두 번 내두르기만 했는데도 낫의 날이 무뎌져 들지 않게 되어 갈아야 했다. '안 되겠다' 하고 그는 생각했다.

"집에 가서 숫돌을 가져와야겠다. 그 김에 빵도 가져와야지. 비록 일 주일이 걸리는 한이 있더라도 다 베기 전에는 여기에서 떠나지 않겠다."

작은 도깨비는 이 소리를 듣고 생각하기 시작했다.

"제기랄." 하고 그는 말했다.

"이 녀석은 바보로군. 이 녀석은 이래서는 안 되겠다. 무슨 딴 수단을 쓰든지 해야지."

이반은 돌아와서 낫을 갈아 베기 시작했다. 작은 도깨비는 풀

속에 몰래 기어들어가 낫공치를 붙잡고 그 날을 흙 속에 처박기 시작했다. 이반은 힘이 들었다. 그러나 가까스로 베고 이제 늪의 한 다랑이만이 남았을 뿐이었다. 작은 도깨비는 늪 속으로 기어 들어가 이렇게 생각했다.

'이번에는 비록 손가락이 잘리는 한이 있더라도 베지 못하게 해주어야지.'

이반은 늪으로 왔다. 보기에는 물이 그렇게 칙칙하지도 않은데 어쩐지 낫이 말을 잘 듣지 않는다. 이반은 약이 바짝 올라 힘껏 낫을 내두르기 시작했다. 작은 도깨비는 베겨 내지 못하게 됐다. 뒤로 뛰어서 물러날 겨를이 없는 것이다. 일이 틀렸구나 생각하고 작은 도깨비는 덤불 속으로 몸을 숨겼다.

이반은 큰 낫을 마구 휘둘러 덤불을 치면서 작은 도깨비의 꼬리를 절반이나 잘라 버렸다. 이반은 풀을 다 베고 나서 누이에게 이것을 걷어 모으라고 일러 두고 이번에는 라이 보리를 베러 갔다.

갈고랑 낫을 가지고 갔을 때는 꼬리를 잘린 작은 도깨비가 어느 틈에 거기에 와서 라이 보리를 마구 흩어 놓았기 때문에 갈고랑 낫으로는 베어질 것 같지가 않았다. 그래서 이반은 집으로 되돌아와 다시 보통 낫을 가지고 와 베기 시작했다. 그리하여 다 베어 버렸다.

"자, 이번에는 귀리를 베어야지." 하고 그는 말했다.

꼬리를 잘린 작은 도깨비는 이 말을 듣자 이렇게 생각했다.

'이번에야말로 저 녀석을 곯려 주어야겠다. 어디 내일 아침까지만 두고 보아라.'

그 이튿날 아침, 작은 도깨비가 귀리밭에 달려가 보았더니 귀리는 벌써 다 베어져 있었다.

이반이 그것을 밤 사이에 귀리의 낱알이 보다 적게 떨어지게

할 양으로 말끔히 베어 놓았던 것이다. 작은 도깨비는 약이 바짝
올랐다.

"그 바보 녀석은 내 꼬리를 잘라 놓은데다 또 나를 괴롭히고
있다. 전쟁에서도 이처럼 경을 치는 일은 없다. 그 빌어먹을 놈은
밤에도 잠을 자지 않으니 도무지 당해 낼 도리가 없다. 그러나 이
번에는 라이 보리 가리 속으로 기어들어가 모조리 썩혀 버리고
말 테다." 하고 혼잣말을 했다.

작은 도깨비는 라이 보리 가리가 있는 데로 가자 그 다발 사이
로 기어들어가 썩히기 시작했다. 그런데 라이 보릿단을 띄우고
있는 사이에 저도 뜨뜻해져 그만 꾸벅꾸벅 졸기 시작했다.

한편 이반은 암말을 수레에 채워 누이를 데리고 라이 보릿단을
나르러 왔다. 라이 보리 가리 옆으로 다가와 라이 보릿단을 짐수
레에 싣기 시작했다. 두어 단 가량 던져 올려 처넣는데 정면으로
작은 도깨비의 등짝을 밀치게 되었다. 치켜들어서 보았더니 갈퀴
손가락 끝에 꼬리가 짧은 작은 도깨비가 걸려 버둥거리고 움츠리
고 하면서 한창 도망치려고 애쓰고 있었다.

"아니, 요놈 보게."

이반은 말했다.

"뭐가 이렇게 못된 게 있어! 너 또 나온 게로구나?"

"아니에요. 내가 아닙니다."

작은 도깨비는 말했다.

"먼저 번에는 내 형제였어요. 나는 당신의 형님이신 세몬한테
있었던 놈입니다." 하고 말을 이었다.

이반은 말했다.

"네가 어떤 놈이든 똑같이 혼을 내줘야겠다!"

이반이 밭두덩에다 내리쳐 박살을 내려 하자 작은 도깨비가 이
렇게 사정하기 시작했다.

"한 번만 놓아 주세요. 이제 다시는 나오지 않겠습니다. 놓아 주시기만 하면 당신이 원하시는 것은 뭐든 해드리겠습니다."

"그래 뭣을 할 수 있다는 거냐?"

"나는 원하신다면 무엇이라도 군사를 만들어 낼 수 있습니다."

작은 도깨비는 말했다.

"노래를 부를 수도 있단 말이지?"

"그렇고말고요."

"어디, 그럼."

이반은 말했다.

"한번 만들어 보렴."

그러자 작은 도깨비는 이렇게 말했다.

"이 라이 보릿단을 한 단 들어 땅바닥에다 반듯이 세우고 흔들면서 그저 이렇게 말하기만 하면 됩니다---- 내 종이 이르는 말이노라. 다발이 아니라 보릿짚 수 만큼의 군사가 되어라!"

이반은 라이 보릿단을 들고 그것을 땅바닥에다 세우고 흔들면서 작은 도깨비가 일러준 대로 말했다. 그러자 라이 보릿단이 산산이 흩어져 많은 군사가 되고 고수와 나팔수가 선두에서 둥당거리는 것이었다.

"핫핫핫핫……" 하고 이반은 웃음을 터뜨렸다.

"그것참, 네놈은 여간 솜씨가 아니다! 이걸 계집애들이 보면 정말 기뻐하겠는 걸." 하고 말을 이었다.

"그럼."

작은 도깨비는 말했다.

"이제 놓아 주세요."

"아니야."

이반은 말했다.

"라이 보릿단으로 군사를 만들게 되면 낱알은 허실하게 되고

말잖니. 그러니 어떻게 해야 다시 라이 보릿단으로 되돌려 놓는
지를 가르쳐 주어야 그 낱알을 떨지 않겠니?"

그러자 작은 도깨비는 말했다.

"이렇게 말하시면 됩니다━━ 군사의 수 만큼 보릿짚이 되어
라. 또 다발이 되어라. 내 종이 이르는 말이노라!"

이반이 그대로 말하자 다시 다발이 되었다. 작은 도깨비는
또다시 사정하기 시작했다.

"이제."

작은 도깨비는 말했다.

"놔 주세요."

이반은 작은 도깨비를 논두렁에다 걸쳐 놓고 한쪽 손으로 누르
면서 그를 갈퀴에서 빼주었다.

"잘 가거라."

그는 말했다.

그런데 그가 '잘……' 하고 말하기가 바쁘게 작은 도깨비는 물
속에 던져진 돌처럼 금방 땅 속으로 뛰어들어가 버렸다. 그리고
는 그저 퀭하니 구멍이 하나 남을 뿐이었다.

이반은 집으로 돌아왔다. 그랬더니 둘째 형인 따라스가 아내와
함께 와 있어 한창 저녁을 먹고 있는 중이었다. 배불뚝이 따라스
는 돈을 치르지 못하자 빚 때문에 아버지한테 온 것이었다. 그는
이반을 보자 말했다.

"얘, 이반. 내가 다시 장사를 시작할 때까지 집사람하고 나를
좀 먹여 살려 주어야겠다."

"아, 그렇게 하세요."

이반은 말했다.

"계세요."

이반은 웃도리를 벗고 식탁 앞에 앉았다. 그러자 장사치의 아

내가 입을 열었다.

"나는 바보따위 하고 같이 밥을 먹을 수가 없어요! 저 사람한 테서 땀내가 고약하게 나서 말이에요."

그러자 따라스는 이렇게 말했다.

"이반, 너에게서 나는 냄새가 좋지 않다. 저기 저 문간에 가서 먹어라."

"그럼 그렇게 하죠."

이반은 말했다. 그리고 제 몫의 빵을 들고 바깥으로 나갔다.

"그렇지 않아도 마침 밤 감시를 나갈 시간이에요. 말에게도 먹 이를 주어야 하고 말이에요."

5

세 번째의 작은 도깨비는 그날 밤 일이 끝나 약속대로 동료를 거들러 그러니까 바보 이반을 곯려 주러 따라스한테서 왔다. 밭 에 와서 여기저기 동료들을 찾아 헤맸으나 아무도 없고, 그저 구 멍을 발견했을 뿐이었다. 그래서 풀밭으로 가 보았더니 그 곳의 늪에서 잘린 꼬리가 눈에 띄었다. 그리고 라이 보리를 베어 낸 밭 에서도 또 하나의 구멍을 발견했다. '아무래도 이거'하고 그는 생각했다.

'동료들의 신상에 무엇인가 화가 미친 모양이다. 이거, 그들을 대신해서 그 바보 녀석을 혼내줘야겠구나.'

작은 도깨비는 이반을 찾으러 타작 마당으로 갔다. 그랬더니 이반은 벌써 들일을 마치고 숲 속에서 나무를 치고 있었다.

두 형제는 이반과 같이 사는 것이 옹색하게 느껴지기 시작 했다. 그래서 자기네가 살 집을 지어 달라고 이반에게 말을 하였다. 그래서 이반은 집을 지을 나무를 베러 간 것이다. 작은 도깨비는 숲으로 달려가서 나뭇가지로 기어 올라갔다. 그리고 이반이 나무를 베어 눕히는 것을 훼방놓기 시작했다. 이반은 방해를 받지 않을 데로 쓰러 넘어뜨리기 위해 우선 나무 밑둥을 쳐놓고 쓰러뜨리려 했으나 이상하게도 나무는 굽으면서 쓰러져서는 안 될 데로 쓰러져 저기의 나뭇가지에 걸려 버렸다. 이반은 지렛대를 하나 만들어 여기저기로 그 방향을 틀어 가면서 겨우 나무를 쓰러뜨렸다. 이반은 다른 나무를 베기 시작했다. 그런데 역시 아까와 마찬가지였다. 이반은 있는 힘을 다하여 가까스로 쓰러뜨렸다. 그리고 세 번째 나무에 달려들었다. 그러나 세 번째 나무도 마찬가지였다. 이반은 50그루쯤 베어 눕힐 것으로 생각했었는데 채 열 그루도 베어 눕히기 전에 벌써 해가 뉘엿뉘엿거렸다. 그리고 이반은 지칠 대로 지쳐 버렸다.

그의 몸뚱이에서는 김이 무럭무럭 나고 숲 속에는 안개가 끼었는데도 그는 일손을 멈추지 않았다. 그는 또 한 그루 베어 눕혔다. 그랬더니 등짝이 지끈지끈 쑤시기 시작하여 맥이 탁 풀리고 말았다. 그리고 도끼를 나무에다 내리쳐 박아 놓고 조금 쉴 양으로 앉았다. 작은 도깨비는 이반이 잠잠해진 것을 알고 기뻐했다. 속으로 쾌재를 불렀다.

'녹초가 되어 내동댕이친 거로군. 어디 그럼 나도 이제 좀 쉬어 볼까.'

작은 도깨비는 나뭇가지에 올라타고 앉아 속으로 고소해하고 있었다. 그런데 이반은 다시 벌떡 일어나 도끼를 쳐들어 그것을 반대쪽에서 냅다 내리쳤으므로 나무는 별안간 뿌지직 하고 빠개지면서 쓰러졌다. 작은 도깨비는 워낙 갑작스럽게 일을 당하여 미처 발을 비킬 겨를도 없이 우지끈 하고 꺾인 가지 틈에 발이 끼고 말았다. 이반은 깜짝 놀랐다.

"아니, 요 망할 것같으니."

이반은 말했다.

"너 이놈! 너 또 나왔구나?"

"나는 다릅니다."

작은 도깨비는 말했다.

"당신의 형님이신 따라스한테 있었던 놈이에요, 나는."

"아니, 네가 어떤 놈이든 네가 하는 짓은 마찬가지다."

이반은 도끼를 번쩍 치켜들어 도끼등으로 작은 도깨비를 내리쳐 죽이려고 했다. 작은 도깨비는 정신없이 싹싹 빌어 댔다.

"제발 치지 마세요."

그는 말했다.

"원하시는 것이 있으면 무엇이든 해드릴 테니!"

"그래, 도대체 네가 무엇을 할 수 있길래?"

"나는."

작은 도깨비는 말했다.

"당신에게 당신이 원하시는 만큼의 돈을 만들어 드릴 수 있습니다."

"그렇다면 어디 한번 만들어 보렴!"

이반은 말했다. 그리하여 작은 도깨비는 이반에게 이렇게 가르쳐 주었다.

"이 떡갈나무 나뭇잎을 들고 두 손으로 비비세요. 그러면 금화가 땅바닥에 떨어질 테니."

이반은 나뭇잎을 들고 비벼 보았다. 그랬더니 아니나 다를까, 누런 금화가 우수수 쏟아졌다.

"거 좋겠는 걸."

그는 말했다.

"어린 애들이 가지고 놀기엔."

"자, 그럼 놔 주세요."

작은 도깨비가 말했다.

"그래, 그렇하지!"

이반은 지렛대를 들고 작은 도깨비를 빼내 주었다. 그리고 '잘 가거라'하고 말했다. 그런데 그가 '잘……'하고 말하기가 무섭게 작은 도깨비는 물 속에 던져진 돌처럼 금방 땅 속으로 기어 들어가 버리고 말았다. 그저 그 곳에는 구멍만이 하나 퀭하니 남을 뿐이었다.

6

형제들은 집을 지어 따로따로 살기 시작했다. 이반은 들일을 마치고는 형들은 잔치에 초대했다. 그러나 형들은 이반의 초대에 응하지 않았다.

"우리들은 농부들 투성이의 잔치를 본 일이 없다."

그들은 이렇게 말하는 것이었다.

이반은 농부와 아낙네들에게 잔치를 베풀고 또 자신도 즐거운 시간을 보냈다. 조금 후 취기가 오르자 춤놀이가 벌어진 한길로 걸어나갔다. 이반은 춤놀이판으로 다가가 아낙네들에게 자기를 칭찬해 달라고 말했다.

"그러면, 나는."

그는 이렇게 말했다.

"여러분에게 아직 한 번도 구경해 보지 못한 그런 것을 줄 테니까."

아낙네들은 웃음을 터뜨리며 그를 칭찬했다. 그리고 나서 이렇게 말했다.

"자, 그럼 주어요."

"금방 가져올게."

이렇게 말하고 그는 씨앗 상자를 안고 숲 쪽으로 뛰어갔다. 아낙네들은,

"어머, 저 바보 좀 보게!"

하고 비웃었다. 그리고 그냥 그에 대해서는 잊어버렸다. 그런데 얼마 후 이반이 무엇인가를 가득 채워 넣은 씨앗 상자를 들고 되돌아오는 것이 아닌가.

"어때, 나누어 줄까?"

"어디 나누어 줘 봐요."

이반은 금화를 한 주먹 쥐어 아낙네들에게 던져 주었다. 그러자 갑자기 소란이 일어났다. 아낙네들은 그것을 주으려고 마구 몰려들었다. 서로 금화를 잡아챘다. 어떤 한 노파는 하마터면 짓눌려 죽을 뻔했다. 이반은 껄껄 웃어 댔다.

"그런데 서로들 밀치지는 말아요."

그는 말했다.

"여러분들에게 더 줄 테니까."

이렇게 말하고 그는 다시 흩뿌리기 시작했다. 많은 사람들이 잇달아 떼지어 왔다. 이반은 상자에 있는 것을 다 흩뿌려 버렸다. 그런데도 군중은,

"더 달라, 달라."

하고 졸라 댔다. 그래서 이반은 이렇게 말했다.

"이제 다 털어 버렸어. 다음번에 또 주지. 자, 이젠 춤을 추어 볼까. 좋은 노래를 불러 봐."

아낙네들은 노래를 부르기 시작했다.

"당신네 노래는 재미없는데."

그는 말했다.

"그렇다면, 내가."

그는 말했다.

"금방 당신들에게 보여 드리지."

그리고 그는 헛간으로 가 보릿단을 한 움큼 뽑아 내어 낱알을 떨어내고 그것을 반듯이 세워 놓더니 툭 쳤다. 그리고 그는 말했다.

"내 종이 이르는 말이노라. 다발로 있을 게 아니라 보릿짚의 수만큼 군사가 되어라."

그러자 보릿단은 산산이 흩어져 군사가 되더니 북과 나팔을 내어 박자를 맞추기 시작했다. 이반은 군사들에게 노래를 부르라고 이르고 그들과 함께 한길로 나갔다. 군중들은 깜짝 놀랐다. 군사들은 잠시 노래를 부르고 있었는데 이윽고 이반은 아무도 뒤밟아와서는 안 된다고 일러 놓고 그들을 도로 헛간으로 데리고 가 다시 본래대로 다발을 지어 밑자리가 되어 있는 마른 풀 더미 위에 내던졌다. 그리고 집으로 돌아와 마굿간에 들어가서 자 버렸다.

7

이튿날 아침, 맏형인 무관 세몬이 이 소식을 듣고 이반을 찾아왔다.

"너 나한테 모두 말하렴."

그는 말했다.

"도대체 너는 그 군사를 어디서 데려왔다, 어디로 데려갔지?"

"그걸 물어 뭘 하시려고요?"

이반은 말했다.

"뭘 하려느냐고? 군사만 있으면 뭐든지 다할 수 있단 말이야.

나라를 얻을 수도 있어."

이반은 깜짝 놀랐다.

"그럼 어찌 진작 말씀하지 않으셨죠? 얼마든지 원하시는 대로 만들어 드리겠습니다. 마침 누이와 둘이서 보릿단을 잔뜩 장만해 놓았으니까요."

이반을 형을 헛간으로 데리고 가서 이렇게 말했다.

"알겠어요. 그럼 군사를 만들어 드릴 테니까 말씀이에요. 그 대신 꼭 데리고 가셔야 해요. 그렇지 않고 만일 그냥 가시는 날엔 군사들이 그야말로 하루에 온 동네를 몽땅 털어 먹게 될 테니까요."

무관인 세몬이 군사를 데리고 가겠노라고 약속하자 이반은 군사를 만들어 내기 시작했다. 그는 보릿단으로 타작 마당을 내리쳤다. 그러자 그와 동시에 1개 중대의 군사가 되었다. 또 한 번 내리치자 2개 중대의 군사가 되었다. 이리하여 그는 온 들판을 가득 메울 만큼의 무수한 군사를 만들어냈다.

"어떻습니까. 이제 됐어요?"

세몬은 크게 기뻐하며 이렇게 말했다.

"이제 그만 됐어. 고맙다, 이반."

"뭘요."

이반은 말했다.

"만일 더 필요하시거든 언제든지 오세요. 얼마든지 더 만들어 드릴 테니. 요새는 보릿짚이 잔뜩 있으니까요."

무관인 세몬은 곧 군대를 지휘하여 대오를 바르게 갖추게 한 다음 싸움을 하러 나갔다.

무관인 세몬이 떠나자 이번에는 배불뚝이 따라스가 끄덕끄덕 찾아왔다. 그도 또한 어제의 일을 알고 있었던 것이다. 그는 아우에게 이렇게 간청하기 시작했다.

"숨기지 말고 말해 보렴. 그래, 너는 어디서 금화를 얻었지? 만일 내가 그렇게 내 마음대로 돈을 만들 수 있다면 나는 그 돈으로 온 세계의 돈을 긁어 모아 볼 텐데 말이야."

이반은 깜짝 놀랐다.

"그래요? 아, 그렇다면 그렇다고 진작 말씀하실 일이지."

그는 말했다.

"형님께서 원하시는 대로 만들어 드리죠."

형님은 크게 기뻐했다.

"나는 씨앗 상자로 세 상자만 있으면 된다만."

"그럼 그럭하세요."

이반은 말했다.

"숲 속으로 갑시다. 그런데 말을 챙겨 가지고 가셔야죠. 날라 오기가 힘들 테니까요."

둘이는 숲 속으로 말을 타고 갔다. 그리하여 이반은 떡갈나무에서 잎을 훑어 비비기 시작했다. 그러자 금화가 쏟아져 산더미처럼 쌓였다.

"어때요, 이만하면?"

따라스는 기뻐서 어쩔 줄 몰랐다.

"당장은 이만큼만 있으면 충분하다."

그는 말했다.

"고맙다, 이반."

"뭘요."

이반은 말했다.

"더 필요하시거든 언제든지 오세요. 더 만들어 드릴 테니까. 얼마든지 만들어 드리겠어요. 잎사귀는 얼마든지 있으니까 말이에요."

배불뚝이 따라스가 달구지에다 금화를 가득 싣고 장사를 하러 떠났다. 이리하여 두 형들은 떠났다. 세몬은 싸움을 시작하고, 따라스는 장사를 시작했다. 무관인 세몬은 두 나라를 정복하고 배불뚝이 따라스는 큰 돈을 벌었다.

그런 후 어느 날, 이 형제들은 한 자리에 만나게 되어 서로 숨김없는 말을 주고받게 되었다. 세몬은 어디서 군대를 얻었는지에 대해서 그리고 또 따라스는 어디서 돈이 났는지에 대해서 서로 말을 하였다. 무관인 세몬은 아우에게 말했다.

"나는 말이야."

그는 말했다.

"나라를 쳐 잘 지내고 있기는 한데, 그저 돈만 넉넉지 못할 뿐이야. 군대를 먹여 살려야 할 돈이 말이야."

그러자 배불뚝이 따라스가 말했다.

"그런데, 나는 말이에요."

그는 말했다.

"돈은 어지간히 모았는데 그저 한 가지, 그것을 지키게 할 사람이 한 명도 없는 게 골칫거리에요."

그래 무관인 세몬이 말했다.

"이반에게 찾아가 보자구나. 나는 그 녀석에게 군대를 더 만들게 하고 그것을 너에게 주어 네 돈을 지키게 할 테니까 말이야. 그 대신 너는 그 군대를 먹여 살릴 만큼의 돈을 나에게 만들어 주도록 그 녀석에게 말하란 말이야."

이리하여 둘은 이반한테로 갔다. 이반의 집에 오자 세몬이 이렇게 말문을 열었다.

"여보게, 아우. 나에겐 아무래도 군사가 좀 모자라. 그러니까 군사를 좀더 만들어다오."

그는 말했다.

"비록 한두어 짚가리만이라도 좋으니 말이야."

이반은 고개를 살래살래 내저었다.

"안 돼요."

그는 말했다.

"형님에게는 이제 더이상 군사를 만들어 드리지 않겠습니다."

"아니, 왜 그러지?"

그는 말했다.

"그렇지만 너는 그렇게 하겠노라고 약속했었잖아?"

"그야 약속하기는 했었죠."

이반은 말했다.

"그러나 이제 더는 만들지 않겠습니다."

"아니, 그래 어째서 만들지 않겠다는 거야, 바보 녀석아?"

"왜냐하면, 형님의 군사가 사람을 죽였기 때문이에요. 이즈막의 일이에요. 내가 길가의 밭을 갈고 있다가 본 것인데 말씀이에요. 한 아낙네가 그 길로 널을 지고 가면서 엉엉 통곡하고 있잖겠어요. 그래서 나는 물어 봤죠. '누가 돌아가셨어요?' 하고, 그러자 그 아낙네가 이렇게 말하는 것이었어요. '세몬의 군사가 전쟁에서 내 남편을 죽였다오.' 하고 말이에요. 군대란 건 노래를 부르는 것으로만 알고 있었는데 사람을 죽였다잖아요. 그러니까 나는 이제 더는 군사를 만들지 않기로 했어요."

이렇게 우겨 대며 이반은 이제 더는 군사를 만들어 내지 않았다. 한편 배불뚝이 따라스도 이반에게 금화를 더 만들어 달라고 사정하기 시작했다. 이반은 고개를 살래살래 내저었다.

"안 돼요."

그는 말했다.

"이제 더는 금화를 만들지 않기로 했습니다."

"어째서 그러지?" 하고 그는 말했다.

"너는 그렇게 하겠다고 약속했었잖아?"

"그야 약속하긴 했었죠."

"하지만 이제 더는 만들지 않겠어요."

"어째서 만들지 않겠다는 거냐. 이 바보 녀석아?"

"어째서가 아니라 당신의 금화가 미하일로브나에게서 암소를 빼앗아 갔기 때문이죠."

"어째서 빼앗겼다든?"

"미하일로브나한테 암소가 한 마리 있어서 어린애들이 우유를 마시고 있었대요. 그런데 이즈막에 그 어린애들이 나한테 찾아와서 우유를 달라고 졸라대는 거에요. 그래서 나는 그 어린애들한테 물어 봤죠. '너희네 암소는 어디 있지?' 하고요. 그랬더니 끌려가 버렸다는 거예요. '어떤 놈이 끌고 갔는데?' '배불뚝이 따라스네 마름이 찾아와 엄마에게 금화를 세 닢 주니까 엄마가 그 사람에게 암소를 주어 버렸어요. 우리들은 이제 하나도 마실 것이 없어요.' 나는 당신이 금화를 노리개로 삼고 있는 줄로만 알고 있었는데 어린애들한테서 암소를 빼앗아가 버렸어요. 나는 이제 형님에게는 금화따위는 만들어 드리지 않겠습니다!"

바보 이반은 고집을 세워 더이상 만들어 주지 않았다. 그래서 두 형들은 허탕을 친 채 떠났다. 형들은 귀로에 올랐다. 그리고 그 도중에 어떠한 수단으로 그 곤경을 서로 도와 나갈 것인지에 대해 상의했다. 세몬이 말했다.

"그럼 이렇게 하자구나. 그러니까 네가 나에게 군대를 기를 돈을 주고 내가 너에게 군대를 절반 준다. 네 돈을 지키도록 말이지."

따라스는 동의했다. 두 형제는 가지고 있는 것을 서로 나누어 갖고 둘 다 임금이 되었으며 둘 다 부자가 되었다.

8

그러나 이반은 내내 집에서 살고 있었고 부모를 공경하면서 벙어리인 누이와 함께 뜰에서 일을 하고 있었다.

한 번은 이런 일이 있었다. 이반네 집의 늙은 개가 병이 나고 옴이 생겨 죽게 됐다.

이반은 그것을 가엾게 여기고 벙어리인 누이에게서 빵을 얻어 모자 속에 그것을 담아 개에게로 가서 던져 주었다. 그런데 모자에 구멍이 뚫려 있어 빵과 함께 조그만 뿌리가 한 가지 굴러 떨어졌다. 늙은 개는 빵과 같이 그것을 날름 주워 먹어 버렸다. 그리고 그 뿌리를 먹기가 무섭게 개는 갑자기 뛰어오르기도 하고 짖기도 하고 꼬리를 흔들기도 했다. 병이 말끔히 나은 것이었다.

그의 부모는 그것을 보고 깜짝 놀랐다.

"너는 뭣으로 개를 낫게 했지?" 하고 부모는 말했다.

그러자 이반은 이렇게 말했다.

"나는 어떤 병이든 낫는다는 풀뿌리를 두 가닥 가지고 있었는데 그 가닥 하나를 이 개가 먹은 거예요."

마침 이 무렵, 다음과 같은 일이 있었다.

임금님의 딸이 병을 앓고 있었으므로 임금은 방방곡곡의 도시와 촌락에 방을 써 붙이게 하여 누구라고 좋으니 공주의 병을 낫게 해준 자에게는 크게 포상을 내릴 것이며, 만일 그자가 원한다면 공주를 아내로 맞게 하겠다는 것이었다. 이반네 마을에도 물론 이 방이 나붙었다.

아버지와 어머니는 이반을 불러 놓고 그에게 이렇게 말했다.

"너도 임금님이 써붙인 방의 내용이 어떤 것이라는 걸 들었겠지? 너는 만병통치의 풀뿌리를 가지고 있지 않느냐. 한번 가서 공주님의 병을 낫게 해 보지 않겠니? 그러면 너는 한평생 행복을 누리게 될 게 아니냐."

"그럼 그렇게 하죠."

이반은 말했다. 그리고 냉큼 떠날 채비를 했다. 어버이가 나들
이옷으로 차려 입혀 주었다. 이반은 문간으로 나가다가 손이 굽
은 여자 거지가 거기에 서 있는 것을 보았다.

"듣자니까 당신은 무슨 병이든 다 낫게 한다면서요? 어디 내
손도 낫게 해주시구료. 이 손으로는 나혼자서 신발을 신을 수도
없다오." 하고 그 여자 거지가 말했다.

"그럼 그렇게 하지!"

이반은 말했다.

그리고 풀뿌리를 꺼내어 여자 거지에게 주고는 그것을 삼키라
고 일렀다. 여자 거지는 그것을 삼켰다. 그러자 갑자기 여자 거지
의 병이 나아 그자리에서 손을 내두르게 됐다. 아버지와 어머니
는 이반을 임금에게 데리고 가려고 나왔다가 이반이 하나밖에 남
지 않은 풀뿌리를 여자 거지에게 주어 이제 공주를 낫게 할 방도
가 없게 되었음을 알고 이반에게 호되게 야단을 치기 시작했다.

"거지따윈 가엾어하면서도 공주를 가엾게 여기지는 않는다 그
말이렸다, 네놈은!"

그러자 이반은 공주가 가엾어졌다. 그는 말을 수레에 채우자
부랴부랴 짚을 쌓고 그 위에 앉아 떠나려고 했다.

"도대체 너는 어디로 가려는 거냐, 이 바보 녀석아?"

"공주님을 낫게 해드리려고 가는 겁니다."

"하지만 너에겐 낫게 해드릴 게 아무것도 없잖아?"

"뭐, 일 없어요."

이렇게 말하고 그는 말을 몰았다. 이반이 궁궐에 닿아 막 궐문
에 내려서자마자 어느 틈에 공주의 병이 나아 버렸다. 임금은 크
게 기뻐하여 신하에게 이반을 자기에게로 불러들이라고 이르고

그에게 훌륭한 옷을 차려 입혔다.

"이제부터 그대는 짐의 부마로다." 하고 임금은 말했다.

"황공합니다."

이반이 대답했다.

그리하여 그는 공주와 결혼했다. 임금은 오래지 않아 죽었다. 그래서 이반은 임금이 되었다. 이리하여 세 형제가 다같이 임금 이 되었다.

9

세 형제는 건재하였고 저마다 나라를 다스리고 있었다. 맏형인 무관 세몬은 참으로 잘 살고 있었다. 그는 짚으로 만든 군사를 바 탕삼아 진짜 군사를 모집했다. 그는 온 나라에다 열 호(戶)에 한 명씩 군사를 내되 그 군사는 키가 크고 살갗이 희며 얼굴이 깨끗 해야 한다고 명령했다. 그는 이런 군사를 잔뜩 모집하여 모두 훈 련시켰다. 그리고 누군가 그를 거스르는 자가 있으면 이내 이 군 사를 풀어 그가 생각하는 대로의 어떠한 짓이든 하도록 내버려 두었다. 그리하여 모든 사람이 그를 두려워하게 되었다.

그의 생활은 훌륭했다. 그의 머리에 떠오르는 것, 그의 눈에 띄 는 것은 그 즉시 모두 그의 것이 되었다. 군대만 풀어놓으면 그가 필요로 하는 것은 무엇이든 빼앗아오거나 데려왔기 때문이다.

배불뚝이 따라스의 생활도 호화로왔다. 그는 이반에게서 얻은 돈을 낭비하지 않고 그것을 밑천삼아 거액의 돈을 모았다. 그도 제 나라에서 그럴 듯한 제도를 펴 놓았다. 그는 제 돈을 금고 속 에 딱 집어넣어 둔 채 백성에게서 돈을 우려냈다. 그는 인두세, 통행세, 거마세, 짚신세, 감발세, 옷끈세로 돈을 짜냈다. 그리하여 그에게는 부족한 것이 없었다. 무엇이나 돈이 필요했기 때문에 모두들 돈이 아쉬워 무엇이든 그에게 날라 왔고 일을 하려 몰려들었다.

바보 이반의 생활도 또한 그리 나쁘지는 않았다. 장인의 장례를 치르자마자 그는 임금의 의대를 다 벗어던지고 그것을 왕비의 옷장에 치워 놓게 했다. 그리고는 다시 삼베 속옷에 잠방이를 걸쳤다. 그리고 짚신을 신고 일을 했다. 그는 말했다.

"도무지 답답해 못견디겠어---- 배만 자꾸 나올 뿐 나는 먹을 수도, 잠을 잘 수도 없으니 말이야."

그리하여 그는 어버이와 벙어리인 누이를 불러와 또다시 일을 하기 시작했다.

사람들은 그에게 이렇게 말하는 것이었다.

"하지만 당신은 임금님이 아니십니까?"

"아니, 상관없어."

그는 대답했다.

"임금도 먹어야 하니까."

대신이 들어와 이렇게 진언했다.

"녹봉을 치를 국고금이 없사옵니다."

"뭐 상관없어."

그는 대답했다.

"없으면 치르지 않으면 되니까."

"그러면 그들은……"

그는 말했다.

"근무를 하지 않게 될 것이옵니다."

"그럼 그렇게 하라지."

그는 대답했다.

"내버려 둬. 근무하지 않아도 좋아. 오히려 자유롭게 일들을 하게 될 테니까. 모두들 거름이나 내게 해. 그자들이 거름을 많이 만들어 놓았을 테니까."

사람들이 이반에게로 재판을 받으로 찾아왔다. 한 사람이 말했다.

"저 사람이 소인의 돈을 훔쳤사옵니다."

그러자 이반이 말했다.

"아, 좋아! 그러니까 저 사람이 돈이 필요했다 그 말이지?"

모든 사람은 이반이 바보라는 것을 알게 되었다. 그래서 왕비가 그에게 말했다.

"상감을 모두들 바보라 말하고 있다 하옵니다."

"아, 상관없어."

그는 말했다. 이반의 아내는 생각하고 또 생각했다. 그러나 그녀 또한 바보였다.

"제가 어찌 감히 남편의 뜻을 거스를 수 있겠나이까? 실은 바늘 가는 데로 따라가야 하는 것이거늘."

이렇게 말하고 그녀도 왕비의 옷을 벗어 옷장 속에 집어넣고 벙어리 처녀에게로 농사일을 배우러 갔다. 그리하여 일을 익히고 나서 남편을 거들기 시작했다.

이반의 나라에서 현자는 모두 떠나 버렸고 어느 누구에게도 남은 것은 없었다. 모두 일들을 하여 살아감과 동시에 착한 이웃사람들도 도우며 살아갔다.

10

큰 도깨비는 작은 도깨비들에게서 세 형제를 어떻게 파멸시켰는가에 대한 소식이 날아오기를 학수고대하며 기다리고 있었다.

그러나 아무런 소식이 없었다. 그래서 사정을 살펴볼 양으로 자기가 직접 나가 여기저기 돌아다녔지만 찾아낸 것이라곤 그저 세 구멍뿐이었다. '음' 하고 그는 생각했다.

'아무래도 진 모양이로군. 그렇다면 내가 직접 손을 쓸 수밖에 도리가 없지.'

그는 형제들을 찾으러 나갔으나 그들은 이미 이전 장소에 없었다. 그리고 그는 바보 이반의 형제들을 각각 다른 나라에서 발견했다. 셋 다 건재한 모습으로 나라를 다스리고 있었다.

"이렇게 되고 보면."

그는 혼잣말을 했다.

"내가 손수 나서야겠다."

그는 먼저 무관인 세몬의 나라로 갔다. 그리고 제 모습이 아닌 장수로 둔갑하여 세몬 왕에게로 찾아갔다.

"듣자온즉, 세몬 임금님 전하께서는 위대한 무인이라고 알고 있습니다. 그러나 신도 그 일에 있어서는 확고히 익히고 있는 바가 있사와 전하를 섬기고자 하옵니다만."

하고 그는 입을 열었다.

세몬 왕은 그에게 여러 가지를 물어 보고 나서 그가 매우 현명한 사람이라고 판단하여 기용하기로 했다.

새로 기용된 장수는 강력한 군대를 모으는 방법을 세몬 왕에게 진언했다.

"우선 첫째로……"

그는 말했다.

"더 많은 군사를 모아야 할 줄로 아뢰옵니다. 그렇지 않으면."

그는 말을 이었다.

"이 나라에서는 안일을 일삼는 백성이 너무 많아지게 되옵니다. 젊은 사람들은 가릴 것 없이 모조리 징집하셔야 하옵니다.

둘째로, 신식 소총과 대포를 만들지 않으면 안 되옵니다. 신이 흡사 콩이라도 흩뿌리듯이 단번에 백 번의 총알이 나가는 소총을 만들어 올리겠사옵니다. 그리고 또 대포도 어떠한 것이든 불로 태워 버릴 수 있는 무서운 성능의 것을 만들어 올리겠사옵니다. 이것은 사람이든 말이든 성벽이든 모든 것을 태워 없애 버리고 말 것입니다.”

세몬 왕은 새로 기용한 장수의 진언을 받아들였다. 그리하여 젊은이란 젊은이를 모조리 군대에 징집할 것을 명령하고 또 새로운 공장을 지어 신식 소총과 대포를 만들어내자 이웃 나라의 임금에게 싸움을 걸었다. 그리하여 싸움이 벌어지자마자 세몬 왕은 자기의 군사들에게 적군에게 총포화를 마구 퍼부으라고 명령하여 단숨에 이것을 쳐부수고 그 절반을 불태워 버렸다. 이웃 나라의 임금은 질겁을 하여 금방 항복하고 자기의 나라를 바쳤다. 세몬 왕은 크게 기뻐했다.

“이번에는 인디아 왕도 정복하고 말아야지.”

하고 그는 혼잣말을 했다.

그런데 인디아 왕은 세몬 왕의 소문을 듣고 그의 전략을 완전히 가로챈 데다 그것에 제 생각을 덧붙였다. 인디아 왕은 그저 젊은이들을 군대에 징집할 뿐만 아니라 독신의 여자들까지도 모조리 군사로 뽑았다. 그리하여 그의 군세는 세몬의 그것보다도 훨씬 많아졌다. 게다가 또 그는 소총이며 대포를 만드는 법을 세몬 왕에게서 따낸 데다 공중을 날아 적군의 머리 위에서 폭탄을 던지는 것까지 생각해 냈다. 세몬 왕은 인디아 왕에게 싸움을 걸었다.

그의 생각으로는 지난번의 전쟁과 마찬가지로 일거에 칠 것 같았지만 그러나 날카로운 낫도 언제까지나 잘 드는 것은 아니었다. 인디아 왕은 세몬의 군대를 착탄거리까지 들어오게 하지

않고 여자 군사들을 공중으로 보내어 적군의 머리 위에다 폭탄을
터뜨리기도 했다. 여자 군사들은 공중에서 마치 진딧물 위에다
붕사를 뿌리기라도 하듯 세몬의 군대에 폭탄을 퍼붓기 시작했다.
세몬의 군대는 모두 혼비백산하여 여기저기로 어지럽게 달아나고
세몬 왕 혼자만이 남았을 뿐이었다. 인디아 왕은 세몬의 나라를
몰수하고 무관인 세몬은 발 가는 대로 아무렇게나 도망쳐 다
녔다.

큰 도깨비는 이 맏형을 결단내 놓고 이번에는 따라스 왕에게로
갔다. 그는 장사치로 둔갑하여 따라스의 나라에 자리를 잡아 선
심을 베풀기도 하고 돈을 마구 쏟기 시작하였다. 이 장사치는 온
갖 물건에 많은 값의 돈을 치러 주었으므로 백성은 모두 돈을 벌
기 위해 이 장사치에게로 너도 나도 몰려들었다. 이리하여 백성
의 호주머니가 아주 두둑해졌으므로 채납금은 별다른 힘을 들이
지 않아도 쉽게 낼 수 있게 되었으며 어떤 세금이든 기한 안에 바
치게 되었다.

따라스 왕은 크게 기뻤다. 그리고 '그 장사치는 참으로 고
맙다'고 생각했다.

'나는 자꾸자꾸 돈이 불어나고 살림살이는 더욱 나아져 가고
있다.'

그리하여 따라스 왕은 새로운 계획을 세우고 자기의 새 궁전을
짓기 시작했다.

'재목이며 돌을 날라라. 일을 하러 나오라'하고 그는 백성에
게 영을 내리고 모든 일에 비싼 품삯을 매겼다. 따라스 왕은 전과
마찬가지로 그의 돈을 노리고 백성이 자기에게로 일을 하러 몰려
오겠지 하고 생각했다. 그런데 재목이며 돌은 모두 그 장사치에
게로 실려가고 있는데다 일꾼도 모두 그리로 몰려가고 있는 것이
아닌가. 따라스 왕은 품삯을 올렸다. 그러나 장사치는 더 많은 돈

을 제시했다. 따라스 왕은 많은 돈을 가지고 있었다. 그러나 장사치는 따라스보다도 더 많은 돈을 가지고 있었던 것이다. 그래서 장사치는 임금이 주는 품삯보다 더 많이 주었다. 궁전은 착공된 채 좀처럼 준공되지 않고 있었다. 따라스 왕은 정원을 만들려고 계획했다. 가을이 닥쳤으므로 따라스 왕은 정원을 만들러 오라고 백성들에게 알렸다. 그러나 아무도 나오지 않았고 모두 장사치네 연못을 파러 가 버렸다.

겨울이 닥쳤다. 따라스는 새 털외투를 짓기 위해서 검은 담비의 가죽을 사야겠다고 생각하고 사신을 보냈더니 그자는 돌아와 임금께 이렇게 아뢰었다.

"검은 담비는 없사옵니다. 그 장사치가 모두 사들였다고 합니다. 그자는 한결 비싼 값을 주었고 그것으로 방석을 만들었다 하옵니다."

따라스 왕은 종마를 사들여야 했다. 그래서 사신에게 그것을 사들이라고 명했다. 그러나 사신들은 종마는 모두 그 장사치의 못을 채울 물을 나르고 있다고 아뢰었다. 모두 임금의 일이라면 아무것도 해주지 않으면서 그 장사치를 위해서는 어떤 일도 했고 그리하여 장사치에게서 번 돈을 그에게로 가지고 와서 조세로 내밀 뿐이었다.

이리하여 임금에게는 돈이 너무 많이 남아 돌아 그것을 어디다 두어야 할지도 모를 정도였지만 생활은 차츰 나빠졌다. 임금도 이제는 모든 계획을 중단하고 어떻게든지 살아나갈 길만 생각하게 되었으나 이윽고 그것마저도 위태로와졌다. 모든 것이 옹색해졌다. 숙수도 여자도 종들도 모두 그에게서 장사치 쪽으로 눈을 돌리기 시작했다.

어느새 식료품까지 모자라기 시작했다. 저자로 물건을 사러 사람을 내보내도 아무것도 살 수 없었다. 그것은 장사치가 모든 물

건을 사들였기 때문이며 임금은 다만 조세로 돈을 받아들일 따름
이었다.

따라스 왕은 잔뜩 화가 나 장사치를 국외로 내쫓았다. 그러나
장사치는 국경에 도사리고 앉아 역시 똑같은 짓을 했다. 그래서
여전히 장사치의 돈을 보고 모든 것이 임금에게서 장사치에게로
몰려 갔다. 임금의 사정은 더욱 악화되고 말았다. 며칠씩 먹지 못
하는 날이 있는가 하면, '임금에게서 왕비를 사려 하고 있다'라
고 장사치가 큰소리를 치고 있다는 풍문까지 들려 왔다. 따라스
왕은 어떻게 해야 할지 심한 고민을 하는 처지가 되었다.

어느 날 무관인 세몬이 그에게로 찾아와 이렇게 말했다.

"좀 도와달라, 나는 인디아 왕에게 패망했다."

그러나 배불뚝이 따라스 자신도 지금은 뱃가죽이 등뼈까지 붙
어 있는 지경이었다.

"나도 벌써 꼬박 이틀이나 아무것도 먹지 못하고 있단 말이에
요." 하고 그는 말했다.

11

큰 도깨비는 두 형제를 거덜나게 하고 이반에게로 갔다. 큰 도
깨비는 장수로 둔갑하고 이반에게도 찾아가 군대를 만들 것을 그
에게 권했다.

"상감께서 군대 없이 지내신다는 것은 체통이 서지 않는 일이
라고 생각합니다. 어명을 내리시기만 한다면 신은 상감의 백성
가운데서 군사를 모아 훌륭한 군대를 만들어 올리겠사옵니다."

"그럼 어디 만들어 보오. 그리고 그들이 노래를 잘 부르도록 가
르치시오. 나는 그것을 좋아하니까."

큰 도깨비는 이반의 나라를 돌아다니면서 지원병을 모집하기 시작했다. 군사를 지원하는 자는 누구나 보드카 한 병과 빨간 모자를 타게 될거라고 설명했다.

바보들은 코웃음을 쳤다. '술따윈' 하고 그들은 말했다.

"우리들에겐 얼마든지 있단 말이야. 우리들은 이제 술정도는 손으로 빚고 있으니까 말이야. 그리고 모자도 아낙네들이 어떤 것이든 갖고 싶은 걸 만들어 준단 말이야. 알록달록한 것은 물론 술이 너슬너슬 달린 것까지도."

이리하여 어느 누구 한 사람 군대를 지원하는 자가 없었다. 큰 도깨비는 이반을 찾아왔다.

"상감의 나라 바보들은 자진해서 군사가 되려고는 하지 않사옵니다. 그러므로 그들은 권력으로써 몰아내야 할 줄로 아외오." 하고 그는 말했다.

"음, 그것도 좋겠는 걸. 그럼 권력으로써 몰아내오."

그리하여 큰 도깨비는 말했다.

"바보들은 모두 군사가 되어야 하며, 만일 거역하는 자가 있으면 이반께서 참형을 내릴 것이다."

바보들은 장수에게로 찾아와 이렇게 말했다.

"당신은 우리들이 만일 군사가 되지 않으면 임금께서 참형을 내리실 것이라고 말씀하시고 계시는데 군사가 되면 어떻게 된다는 건 말씀하고 있지 않습니다. 군대에 나가면 목숨을 잃는다는 말이 있던데."

"그렇지, 그런 일이 없는 것도 아니지."

그 말을 듣고 바보들은 옹고집이 되었다.

"그럼 우리들은 나가지 않겠습니다. 아, 그렇다면 차라리 집에서 죽는 것이 더 낫지 뭡니까? 어차피 죽어야 하는 거라면."

"너희들은 바보로군. 이 바보들아!"

큰 도깨비는 말했다.

"군사가 됐다고 해서 꼭 죽는 것이 아니야. 그렇지만 군사가 되지 않으면 그건 영락없이 이반 왕에게 죽음을 당하게 될 것이다."

바보들은 곰곰 생각하다가 임금인 바보 이반에게 물어 보러 갔다.

"장수께서……"

그들은 말했다

"모두 군사가 되라고 소신들에게 명령하고 계시옵니다. 군대에 나가면 죽음을 당할는지 죽음을 당하지 않을는지 모르지만 나가지 않으면 이반 상감께서 소신들에게 꼭 참형을 내리실 것이라고 말씀하고 계시는데 정말이옵니까, 그건?"

이반은 껄껄 웃었다.

"어떻게 짐이 혼자서 그대들을 참형할 수 있으리오? 짐이 바보가 아니었던들 그대들에게 잘 알아듣도록 설명했으련만, 짐 자신도 뭐가 뭔지 도통 모르겠으니 말이오."

하고 그는 말했다.

"그러하오시다면 소신들은 군대에 나가지 않겠사옵니다."

하고 그들은 말했다.

"거 그렇게들 하지."

이반은 말했다.

"나가지 않아도 좋아."

바보들은 장수에게로 가서 군사가 되기를 거절했다.

큰 도깨비는 이 일이 잘 되지 않음을 보고 따라간 왕에게 가서 비위를 맞추고 부추겼다.

"싸움을 걸어서 한번 이반 왕의 나라를 치십시다. 그 나라에는 비록 돈은 없을지라도 곡식이며 가축이며 그밖의 진귀한 물건들을 풍부히 갖고 있으니까요."

따라간 왕은 싸움을 걸기로 했다. 먼저 대군을 모으고 총과 대포를 갖추자 국경으로 나가 이반의 나라에 침입하기 시작했다. 사람들은 이반에게로 달려와 이렇게 아뢰었다.

"따라간 왕이 우리들에게 싸움을 걸어 왔사옵니다."

"뭐, 큰 일이야 있을라고."

이반은 말했다.

"싸움을 걸어 오면 걸어 오라지."

따라간 왕은 국경을 넘자 먼저 척후병을 보내어 이반 군대의 동정을 살피게 했다. 척후병은 여기저기 찾아 돌아다니며 군대가 어디서 불쑥 나타날지 모른다고 생각하여 오래오래 기다리고 또 기다렸지만 군대에 대해서는 뜬소문도 들을 수 없었다. 누구와 싸울래야 싸울 상대가 없었다. 따라간 왕은 군사를 보내어 마을을 점령하게 했다.

군사들이 한 마을에 들이닥쳤다. 그러자 남녀 바보들이 뛰어나와 군사들을 바라보더니 미심쩍어하며 놀라는 눈치였다. 군사들은 바보들에게서 곡식이며 가축을 약탈했다. 바보들은 무엇이든 선선히 내주었고 어느 누구도 자기를 지키려고 하기는커녕 여기와서 살라고 권유하는 것이었다. 군사들은 딴 마을로 가 보았으나 거기도 역시 마찬가지였다. 군사들은 그날도 그 이튿날도 여기저기 진종일 돌아다니고 또 돌아다녀 보았지만 이르는 곳마다 어디나 마찬가지인 것이다. 있는 대로 다 탈탈 털다시피하여 내주었고 어느 한 사람 자기를 지키려고 하지 않았다.

"저, 혹……" 하고 그들은 말했다.

"이거 보세요. 당신네 나라에서 살기가 어려우시거든 모두 우리 나라에 와서 사세요."

군사들은 사방팔방으로 헤매고 돌아다니면서 알아보았으나 아무데도 군대 같은 건 없었고, 백성들은 모두 일을 하면서 자기도 먹여 살리고 있는가 하면 남들도 먹여 살리고 있는데다 꼭 제 한 몸만을 지키려고 버둥거리기는커녕 오히려 여기 와서 살라고 권유할 따름이었다.

군사들은 지루해졌다. 그리하여 따라간 왕에게로 돌아왔다.

"소신들은 전쟁을 할 수 없사옵니다."

그들은 말했다.

"소신들을 다른 나라로 보내 주시옵소서. 전쟁이 있으면 좀 좋겠사옵니까만, 이건 무엇이옵니까---- 흡사 유약한 사람을 참살하는 것같아 이 나라에서는 이제 더이상 싸울 수 없게 되었사옵니다."

따라간 왕은 화가 머리끝까지 치밀었다. 그리하여 온 나라를 돌아다니며 마을을 어질러놓고 집과 곡식을 불사르며 가축을 죽여 버리라고 군사들에게 명령했다.

"만일 어명에 따르지 않는 자가 있으면 누구나 모두 가차없이 처벌하리라."

군사들은 깜짝 놀라 임금의 명령대로 실행하기 시작했다. 그들은 집이며 곡식을 불태우고 가축을 죽이기 시작했다. 그런데도 바보들은 모두 자기를 지키려고 하지 않고 그저 울 뿐이었다. 영감도 할머니도 조그만 어린애도 울었다.

"어쩌자고 너희들은 우리를 괴롭히는 거냐?"

그들은 말했다.

"너희들은 어째서 우리 재산을 결단내 놓는 거냐? 필요하거든 차라리 가져가는 게 더 나을 것 아니냐?"

군사들은 어쩐지 침울해졌다.

그래서 그 이상 돌아다니기를 그만두었다. 이윽고 군대는 뿔뿔이 흩어지고 말았다.

12

이리하여 큰 도깨비는 떠나버렸다. 군대의 힘으로 이반을 꿇리지 못했던 것이다.

큰 도깨비는 다시 말쑥한 신사로 둔갑하여 이반의 나라로 살러 왔다. 배불뚝이 따라스와 마찬가지로 그도 돈으로 꿇려 주고 싶었던 것이다.

"나는 훌륭한 지식을 전달함으로써 당신에게 착한 일을 해 보고자 합니다. 나는 먼저."

그는 말했다.

이렇게 그는 말을 이었다.

"당신네 나라에 집을 짓고 장사를 시작하겠습니다."

"거 좋은 일이요."

사람들은 말했다.

"그러시다면 여기서 사시죠."

한 벼슬아치가 신사에게 숙소를 빌려 주었다. 이윽고 이 신사는 잠자리에 들었다. 하룻밤을 새고 난 이튿날 아침, 그는 금화가 들어 있는 커다란 자루와 종이조각을 가지고 공청 마당으로 나가 이렇게 말했다.

"당신네는 모두."

그는 말했다.

"당신네는 모두 마치 돼지처럼 지내고 있습니다. 그래서 나는 당신들에게 어떻게 살아야 하는지를 가르쳐 주고자 합니다. 먼저 이 도면처럼 집을 지어 주시오. 당신들은 일을 하고, 지시는 내가 하겠습니다. 그리고 그 답례로 이 금화를 드리겠습니다."

이렇게 말하고, 그는 그들에게 금화를 보여 주었다. 바보들은 깜짝 놀랐다.

그 이유는 그들의 관습에 돈이라는 것이 없고 그 대신 서로 물
건과 물건을 바꾸기도 하고 품앗이를 하기도 하였기 때문이었다.
그들은 한결같이 금화에 놀랐다.

"놀이갯감이 썩 좋은데."

그들은 말했다. 그리고 그들은 온갖 물건이며 품을 신사의 금
화와 바꾸려고 그에게 드나들게 되었다. 큰 도깨비는 따라스의
나라에서 했듯이 싯누런 금화를 마구 뿌려 대기 시작했다. 그러
자 사람들은 금화와 물건을 바꾸기도 하고 또 온갖 일을 하여 금
화를 품삯으로 얻으러 그에게 드나들기 시작했다. 큰 도깨비는
속으로 고소해하면서 이렇게 생각했다.

'이거 이쯤되고 보면 일이 순조롭게 돼 나가는 것이렷다! 이
번에야말로 그 바보 녀석을 따라스처럼 엉망진창으로 만들어 버
리리라. 그 녀석을 다시는 일어나지 못하게 해주어야지.'

그런데 바보들은 금화를 손에 넣자마자 목걸잇감으로 아낙네들
에게 나누어 주기도 하고 처자들의 댕기에 달아 주기도 했다. 이
제는 어린애까지도 한길에서 금화를 놀이갯감으로 가지고 놀게
됐다. 모든 사람들에게 금화가 많이 생기자 이제는 더 얻으려고
하지 않았다. 그런데 말쑥한 신사는 대궐 같은 집을 아직 절반도
짓지 못한데다 곡식이며 가축도 아직 많이 비축하지 못했다. 그
래서 신사는 이렇게 알렸다.

"나한테로 일들을 하러 오라. 곡식이며 가축을 가지고 오라.
어떤 물건이든 그 값으로 많은 금화를 주겠다."

그러나 어느 누구 한 사람 일하러 오는 자가 없었으며, 무엇 하
나 가지고 오는 자가 없었다. 이따금 사내아이와 계집애가 뛰어
와서 달걀과 금화를 바꾸거나 혹은 금화를 받고 물건을 날라다
주는 정도가 고작일 뿐 찾아오는 사람이라곤 아무도 없었다.

그래서 말쑥한 신사에게는 차츰 먹을 것이 달리게 되었다. 시

장기가 들어 무엇이나 먹을 것을 사보려고 마을 안을 서성거
렸다. 그러다 그는 어느 한 집에 쑥 들어가 암탉을 사려고 금화를
내밀었다. 그랬더니 안주인은 그것을 받지 않았다.

"우리 집에는 아주 많이 있어요, 그런 건."

하고 그녀는 말했다.

이번에는 어느 날품팔이꾼 집에 들러 비웃을 살 양으로 금화를
내밀었다.

"우리 집엔 그런 거 필요없어요."

그는 말했다.

"어린애들이 없어서 아무도 가지고 놀 사람이 없읍죠. 게다가
또 하도 귀물이어서 나도 세 닢 가져다 놨읍죠."

큰 도깨비는 다음엔 빵을 사러 어느 농사꾼 집에 들렀다. 그러
나 이 농사꾼도 금화를 받지 않았다.

"우리 집엔 필요없어요."

그는 말했다.

"적선을 하는 거라면 그건 또 몰라도. 그럼 좀 기다리시구려.
금방 여편네보고 빵을 썰어 오라고 이를 테니까."

도깨비는 툇! 하고 침을 뱉고 냅다 농사꾼 집에서 줄행랑을
놓았다. 적선을 받고 어쩌고 할 문제가 아니었다. 그는 이래서 빵
도 얻지 못하고 말았다. 사람들은 모두 금화를 충분히 손에 넣었
던 것이다. 그리하여 큰 도깨비가 어디를 가든 누구 하나 돈을 보
고 물건을 주려하지 않았다. 그 대신 모두들 이렇게 말하는 것이
었다.

"무엇인가 딴 것을 가지고 오거나 일을 하러 오거나 그렇지 않
으면 적선을 바라고 동냥을 하러 오구려."

그러나 도깨비가 가진 것이라고는 돈밖에 없었으며 그렇다고
또 적선을 바라고 동냥을 할 수도 없었다. 큰 도깨비는 화가 잔뜩

났다.

"어떻게 된 거야."

그는 말했다.

"당신네는 돈이 더 필요할 텐데 말이야. 언제 당신네들에게 돈을 주어야 하나? 돈만 가지고 있으면 무엇이든지 살 수 있고 어떤 일꾼이든지 들여놓을 수 있을 텐데 말이야."

그러나 바보들은 다음과 같이 말했다.

"아니죠."

그들은 말했다.

"그런 건 필요없읍죠---- 여기선 지불이라든지 세금이라든지 하는 건 하나도 없으니까요. 그런데 그까짓 돈을 무엇에다 쓰겠어요?"

큰 도깨비는 저녁도 먹지 못하고 잠자리에 들었다.

이 일이 바보 이반의 귀에 들어갔다. 백성들이 그에게로 찾아와 이렇게 물었기 때문이었다.

"도대체 소신들은 어찌해야 하오리까? 소신들한테 한 말쑥한 샌님이 나타났사옵니다---- 그리하여 맛있는 것을 먹고, 좋은 술을 마시기를 좋아하고, 깨끗한 옷을 입기를 좋아하면서도 아예 일을 하려고 들지도 않는가 하면 동냥을 하지도 않고 그저 금화라는 것만 내밀 뿐이니 말이옵니다. 전에 금화가 모이기 전에는 모두 이 샌님에게 무엇이나 다 주었었는데 이제는 그 어떤 것도 주는 사람이 없사옵니다. 이 샌님을 어떻게 해야 하오리까? 굶어 죽지나 말아야 할 텐데 말이옵니다."

이반은 다 듣고 나서 이렇게 말했다.

"아무렴, 그렇고말고. 먹여 살려야 하느니라. 목자(牧者)처럼 집집마다 돌아다니게 하라."

할 수 없이 큰 도깨비는 이집 저집 돌아다니게 되었다.

그러는 동안 차례가 이반의 궁궐까지 돌아왔다. 큰 도깨비가 점심을 먹으러 갔더니 이반네서는 벙어리 여동생이 점심을 차리고 있었다. 그녀는 지금까지 자주 게으름뱅이에게 속아 왔다. 게으름뱅이는 일을 하지도 않는 주제에 맨 먼저 밥을 먹으러 와서는 장만해 놓은 음식을 싹싹 먹어 치우는 것이었다. 그래서 벙어리 처녀는 그들의 손을 보고 게으름뱅이를 곧잘 분간했다. 손에 공이가 박힌 사람은 식탁에 앉히지만 공이가 박히지 않은 사람에게는 먹다 남은 찌꺼기를 주도록 하고 있었다. 큰 도깨비가 식탁 머리에 앉자 벙어리 처녀는 얼른 그 손을 살짝 들여다보았다. 공이가 박히지 않았다. 손은 깨끗하고 매끈하며 손톱이 길게 자라 있었다. 벙어리 처녀는 무엇이라고 외쳐대더니 도깨비를 식탁에서 끌어냈다.

그러자 이반의 아내가 그에게 이렇게 말했다.

"나무라지 마세요. 우리 시누이는 손에 공이가 박히지 않은 사람은 식탁에 앉히지 않으니까요. 자, 잠깐 기다리세요. 곧 다들 자실 테니까, 그러거든 남은 것을 잡수세요."

'임금의 궁궐에서는 나에게 돼지와 똑같은 것을 먹이려 하는구나' 하고 생각하자 큰 도깨비는 은근히 화가 났다. 그리하여 이반에게 말을 했다.

"상감의 나라에는."

그는 말했다.

"모든 사람에게 손으로 일을 하도록 하는 어리석은 법률이 있는가 봅니다. 그러나 그것은 여러분이 어리석기 때문에 생긴 일입니다. 영리한 사람은 무엇으로 일을 하는지 아십니까?"

그러자 이반은 말했다.

"바보인 우리가 어찌 그런 걸 다 알겠는가. 우리들은 무엇이나 손과 등으로 한다네."

"그것은 말하자면 여러분이 바보이기 때문이옵니다. 그럼 소신
이......"

그는 말했다.

"어떻게 머리로 일을 하는 것인지 그 요령을 가르쳐 드릴까 하
옵니다. 그러면 여러분들도 아시게 될 것이옵니다. 손보다 머리
로 일을 하는 편이 이롭다는 것을."

이반은 놀랐다.

"음."

그는 말했다.

"그러고 보니 그게 바로 우리가 바보로 불리는 이유렷다."

그러자 큰 도깨비가 말하기 시작했다.

"그러나 결코 수월하지는 않사옵니다."

그는 말했다.

"머리로 일을 한다는 것도. 소신의 손에 공이가 박히지 않았다
고 하여 여러분들은 소신에게 먹을 것을 주시지 않사오나 그것은
말이옵니다. 그것은 말하옵자면 이런 것을 모르고 계시기 때문이
옵니다. 즉, 머리로 일을 하는 것이 백 배나 더 어렵다는 것을.
음, 때로는 머리가 빠개지는 수도 있으니까 말이옵니다."

이반은 생각에 잠겼다.

"그런데 어찌 그대는."

그는 말했다.

"그렇게 자기 자신을 괴롭히는 거지? 머리가 빠개지는 수도
있다니 과연 수월한 일은 아니도다! 그보다는 차라리 그대로 손
과 등을 써 더 수월한 일을 하면 될 게 아닌가."

그러자 도깨비는 말했다.

"소신이 소신 자신을 괴롭히는 것은 바보인 여러분들을 불쌍히
여기기 때문이옵니다. 만일 소신이 소신 자신을 괴롭히지 않는다

면 여러분들은 영구히 바보가 되고 말 것이옵니다. 그러나 소신은 머리로 일을 해온바, 이제부터 여러분들에게도 가르쳐 드릴까 하옵니다."

이반은 놀랐다.

"어디 가르쳐 주게."

이렇게 그는 말했다.

"손이 지쳤을 때 머리로 대신 일할 수 있는 방법을."

도깨비는 그것을 가르쳐 주겠다고 약속했다.

이반은 온 나라에 방을 붙였다.

'훌륭한 신사가 나타나 여러분들에게 머리로 일하는 법을 가르쳐 준다. 머리로는 손보다도 훨씬 더 많은 벌이를 할 수 있다. 모두들 배우러 나오라.'

이반의 나라에서는 높은 망대가 세워지고 그것에 사닥다리가 반듯이 걸쳐지고 그 위에 단이 마련되었다. 그 모습이 잘 보이도록 이반은 신사를 그리로 안내했다.

신사는 망대 위에 서서 지껄이기 시작했다. 바보 백성들은 구경을 하러 꾸역꾸역 모여들었다. 바보들은 손을 쓰지 않고 머리로 일을 하려면 어떻게 해야 하는지를 신사가 실지로 보여 주려니 하고 생각했던 것이다.

그러나 큰 도깨비는 그저 말로만 어떻게 하면 손을 쓰지 않고 일을 할 수 있는지에 대해 떠들 뿐이었다.

바보들에게는 뭐가 뭔지 도통 납득이 가지 않았다. 그래서 잠시 바라보다가, 이윽고 저마다 제 일을 하러 뿔뿔이 흩어져 가 버렸다.

큰 도깨비는 진종일 망대 위에 서 있었다. 다음날도 내내 서 있었다. 그는 줄곧 지껄여 댔다.

그는 몹시 배가 고팠으므로 무엇이든 좀 먹었으면 좋겠다고 생각했다. 그러나 바보들은 만일 저 사람이 손보다 머리로 일을 하는 사람이라면 그까짓 빵쯤은 실컷 만들 수 있으려니 생각했다. 그래서 아무도 망대 위의 그에게 빵을 가져다 주는 이가 없었다.

큰 도깨비는 그 이튿날도 단 위에 서서 줄곧 지껄여댔다. 그러나 사람들은 가까이 다가와 잠시 바라보다가는 이내 또 이리저리 흩어져 갈 뿐이었다.

이반은 이따금 물었다.

"그래, 어떤가. 그 신사는 머리로 일을 하기 시작했나?"

"아니옵니다, 아직은."

사람들은 대답했다.

"여전히 지껄여 대고 있기만 할 뿐이옵니다."

큰 도깨비는 며칠째 단 위에 서 있었고 몸은 점점 쇠약해져 어느새 비틀거리곤 하였다. 어느 날 큰 도깨비는 비틀거리다가 그만 머리를 기둥에 부딪치고 말았다.

한 바보가 이것을 보고 이반의 아내에게 알려주자 이반의 아내는 들에 나가 있는 남편에게로 달려갔다.

"자, 가시죠."

그녀는 말했다.

"구경을 하러 어서 갑시다. 신사가 드디어 머리로 일을 하기 시작한 모양입니다."

"그게 정말이요?"

이렇게 말하고 이반은 말을 돌려 망대로 갔다. 망대에 도착하자 도깨비는 굶주리다 못해 이제 완전히 쇠약해질 대로 쇠약해져 비틀거리더니 머리를 기둥에 박는 것이었다. 그러더니 이반이 막 다가간 순간, 도깨비는 쿡 거꾸러졌다.

우당탕하고 요란스러운 소리를 내면서 큰 도깨비는 사닥다리와 함께 거꾸로 떨어졌다. 한층 한층 발판을 세듯이 하면서.

"하하……"

이반은 말했다.

"언젠가 머리가 빠개지는 수도 있다고 훌륭한 신사가 말하더니만 아닌게 아니라 정말인 걸. 이건 정말 손에 박히는 공이는 아무것도 아닌걸. 저렇게 일을 하다가는 머리에 혹이 붙겠는데."

큰 도깨비는 사닥다리 밑으로 굴러떨어지자 땅 속에 머리를 쳐박고 말았다. 신사가 얼마나 많은 일을 했는지를 볼 양으로 이반이 가까이 다가가려고 하는데 별안간 땅바닥이 쫙 갈라지더니 큰 도깨비는 땅 사이로 떨어져 들어가고 나중에는 그저 구멍이 하나 남을 뿐이었다.

이반은 머리를 긁적긁적 긁었다.

"아, 요게."

그는 말했다.

"이런 빌어먹을 게 다 있나! 아니 또 그놈이었단 말인가! 그놈들의 애비가 틀림없으렸다---- 별 멀쩡한 놈도 다 있구나!"

이반은 오늘날까지 살아 있고 많은 사람이 그의 나라로 몰려오고 있다. 두 형들이 그에게로 찾아오자 이반은 그들도 받아들였다.

누군가가 찾아와서,

"우리들을 좀 먹여 살려주시구려."

하고 말하면,

"거, 그럭하지."

하고 말한다.

"와서 살게나. 여기엔 없는 것 없이 얼마든지 있으니까."

그러나 이 나라에는 오직 하나의 습관이 있다. 손에 공이가 박힌 자는 식탁에 앉게 되지만, 공이가 박히지 않은 자는 먹다 남은 찌꺼기를 먹어야 하는 것이다.

사랑이 있는 곳에 신(神)이 있다

어떤 거리에 마르틴 아부제이치라는 구두장이가 살고 있었습니다. 창문이 하나밖에 없는 지하실의 작은 방이 그의 거처였습니다. 창문은 한길 쪽으로 뚫려 있었습니다. 그 창 너머로 사람들이 오가는 것이 보였습니다. 그나마 사람들의 발밖에 보이지 않지만 마르틴은 구두로 그 주인을 알아냈습니다. 마르틴은 한 군데에서 오래 살았기 때문에 친지가 많았습니다. 이 근방에서 구두로 한두 번 가량 마르틴의 신세를 지지 않은 사람은 거의 없다고 해도 틀린 말이 아닙니다. 구두창을 갈아 댄 것도 있고, 터진 데를 기운 것도 있고 둘레를 다시 꿰맨 것도 있습니다. 그래서 종종 창 너머로 자기가 수리해준 구두를 보는 일이 많았습니다. 또한 주문도 많았습니다.

그것은 마르틴이 친절하며 좋은 재료를 사용하고 삯전이 싼 데다가 약속을 꼬박꼬박 지켰기 때문입니다. 손님이 원하는 기한 내에 일을 끝냈으며 만약 원하는 기한 내에 일을 마무리짓지 못할 것 같으면 미리부터 절대로 일을 받지 않았습니다.

이런 마르틴의 성질을 모두가 알고 있었기 때문에 일감이 끊일 사이가 없었습니다.

마르틴 아부제이치는 원래부터 착한 사람이었는데 나이를 먹으면서부터는 더욱 맑은 영혼을 가지려 신(神)께로 다가가곤 했습니다. 아직 마르틴이 주인 밑에서 일하고 있을 때 아내가 죽었습니다. 세 살된 어린 아들이 남았을 뿐입니다. 그들 부부에겐 어쩐 일인지 위로부터 큰 아이들은 모두 죽어 버린 것입니다. 처음에 마르틴은 아들을 시골 누님에게 맡기려고 생각했으나 측은한 마음이 들었습니다. '우리 아기 까피또시까를 남의 집에 맡기다니 얼마나 가엾은 일이냐. 차라리 내가 데리고 고생하자'라고 마르틴은 생각을 고쳐먹었습니다.

마르틴은 주인 밑에서 나와 아이와 둘이서 셋방살이를 했는데

마르틴의 운명이랄까, 그 어린 까피또시까도 아버지의 심부름을
할 만한 나이가 되자 병으로 앓아 눕더니 일 주일 가량 고열로 신
음한 끝에 죽어 버렸습니다. 마르틴은 아들의 장례를 마치고 나
자 완전히 실의에 빠졌습니다. 그런 나머지 하나님을 원망하게
되었습니다. 마르틴은 비참한 마음이 들어 제발 자기를 죽게 해
달라고 하나님께 빈 적도 한두 번이 아니었습니다. 그리고 늙은
자기보다 어린 외동 아들을 데려가신 하나님께 원망의 말을 늘어
놓는 형편이었습니다. 마르틴은 교회에도 나가지 않게 되었습
니다.

그런데 어느 날, 뜨로이쯔아에서 같은 고향의 노인이 마르틴을
찾아 왔습니다. 이 사람은 벌써 8년째나 성지(聖地)순례를 하고
있는 중이었습니다. 마르틴은 이 노인과 세상 이야기를 주고받다
가 자기 신상에 대한 푸념을 늘어놓기 시작했습니다.

"영감, 난 이제 산다는 게 싫어졌어. 그저 죽고 싶은 마음뿐이
어서 오로지 그 한 가지만을 하나님께 비는 형편이라네. 이제 아
무런 소망도 없는 인간이 돼 버렸으니……"

그러자 노인은 말했습니다.

"그것은 잘못된 생각이야. 우리는 하나님께서 하시는 일을 이
러쿵저러쿵 비판할 수 없어. 무슨 일이든지 우리의 지혜로써가
아니라 하나님의 재량으로 결정되는 것이니까. 자네 아들은 죽고
자네는 살아야 한다는 것이 하나님의 뜻이네. 그것을 낙심 천만
하게 생각하는 것은 자네가 자신의 즐거움을 위해 살려고 하기
때문이야."

"그럼 뭣 때문에 산다는 건가?"

그러자 노인은 이렇게 말했습니다.

"하나님을 위해 살아야 해. 마르틴, 하나님께서 허락해 주신
목숨이니까 하나님을 위해 사는 것이 도리가 아니겠나? 하나님

을 위해서 살게 되면 아무 걱정이 없고 모든 일이 편안하게 생각
되네."

마르틴은 한참을 잠자코 있다가 이윽고 입을 열었습니다.

"하나님을 위해 살다니 도대체 어떻게 하는 건가?"

그러자 노인이 말했습니다.

"어떻게 하면 하나님을 위해 살 수 있느냐는 것은 그리스도께
서 다 가르쳐 주시네. 자네, 글을 읽을 줄 알지? 성경을 사서 읽
으라고. 그렇게 하면 하나님을 위해 산다는 일이 어떤 것인지 납
득이 갈 거야. 거기엔 뭣이든 다 씌어 있으니까."

이 말이 마르틴의 마음을 사로잡아 그 즉시 마르틴은 신약 성
서를 사다가 읽기 시작했습니다.

처음에 마르틴은 일요일이나 축제일에만 읽을 셈이었으나 한번
읽기 시작하자 성서 속에 완전히 끌려들어가 날마다 읽게 되었습
니다. 어떤 때는 너무나 골똘하게 읽다가 램프의 석유가 죄다 닳
은 줄도 모르곤 했습니다. 마르틴은 책에서 눈을 떼지 못할 정도
였습니다. 이리하여 마르틴은 저녁마다 읽게끔 되었습니다.

읽으면 읽을수록 하나님께서 무엇을 말씀하시는지, 신을 위해
서 산다는 게 어떤 것인지를 분명히 알 수 있었고 마음은 더욱더
가벼워지는 것이었습니다. 전에는 잠자리에 누워도 꺼질 듯이 한
숨지며 줄곧 까페또시까의 일만을 생각했으나 지금은 오로지
'하나님이시여!'라고 기도드릴 뿐이었습니다.

그런 뒤로 마르틴의 생활은 완전히 달라졌습니다. 전에는 축제
일 같은 때면 빈둥빈둥 놀러다니고 음식점에 들어가 차를 마시거
나 아니면 보드카를 즐기곤 했습니다. 아는 사람과 한 잔 들이키
고 나면 별로 취하지 않았는데도 공연히 쓸데없는 잔소리를 늘어
놓거나 호통을 치곤 했던 것입니다. 그런데 이제는 그런 일이 전
혀 없어졌습니다. 조용하고 만족스런 나날이 계속되었습니다.

아침부터 작업을 시작하여 작정한 시간만큼 일하면 램프를 걸쇠에서 벗겨 테이블 위에 놓고 벽장에서 성경을 꺼내어 읽기 시작하는 것이었습니다. 그리하여 읽으면 읽을수록 깊은 뜻을 알게 되어 마음 속은 더욱 밝아지고 즐거워져 갔습니다.

여느날처럼 마르틴은 그날도 밤 늦게까지 골똘히 책을 읽고 있었습니다. 마침 '누가 복음'을 읽는 참이었습니다. 제 6장을 읽고 '이 뺨을 치는 자에게 저 뺨도 돌려 대며 네 겉옷을 빼앗는 자에게 속옷도 금하지 말라. 무릇 네것을 구하는 자에게 주며 네것을 가져가는 자에게 다시 달라지 말며 남에게 대접을 받고자 하는 대로 너희도 남을 대접하라'라는 1절을 읽은 다음, 다시 다음 구절을 읽었습니다. 거기서 그리스도는 이렇게 말하고 있습니다.

"너희는 나를 불러 '주여!' 하면서도 어찌하여 말하는 것을 행하지 아니하느냐. 내게 나와 내 말을 듣고 행하는 자마다 누구와 같은 것을 너희에게 보이리라. 집을 짓되 깊이 파고 주추를 반석 위에 놓은 사람과 같으니 큰물이 나서 탁류가 그 집에 부딪히되 잘 지은 연고로 능히 요동하게 못하였거니와 듣고 행치 아니하는 자는 주추없이 흙 위에 집 지은 사람과 같으니 탁류가 부딪히매 집이 곧 무너져 파괴됨이 심하리라."

이 말씀을 읽은 마르틴은 마음 속에 더욱 큰 즐거움을 느꼈습니다. 안경을 벗어 책 위에 놓고 테이블 위에 팔꿈치를 괴고 생각에 잠겼습니다. 그리고 자기가 이제까지 해 온 일들을 이 말씀에 견주면서 혼자 이렇게 생각하는 것이었습니다.

'내 집은 어떤가? 반석 위에 서 있는가, 모래 위에 서 있는가? 반석 위에 서 있으면 얼마나 좋을까. 실로 홀가분한 마음으로 이렇게 혼자 앉아 있으면 모든 일을 하나님의 지시대로 할 것 같은 마음이 들지만, 어쩌다 그만 죄를 짓게 되니…… 참, 그래도 더욱 열심히 하자. 아아, 참으로 유쾌하다! 원하옵건대 하나님

이시여, 제게 힘을 주시옵소서!'

마르틴은 그렇게 생각하고 그만 자려고 했으나 그래도 쉽사리 책을 놓을 수 없어 다시 제 7장을 읽었습니다. 백부장(百夫長)의 이야기를 읽고, 과부 아들의 이야기를 읽고, 요한이 제자에게 대답한 대목을 읽고 그리고 마침내 부자 바리새인이 그리스도를 자기 집에 초대한 데까지 읽었습니다. 그리고 다시 죄많은 여자가 그리스도의 발에 기름을 칠하고 그 위에 눈물을 뿌리니 그리스도가 그 죄를 용서했다는 이야기도 읽었습니다. 이렇게 제 44절까지 읽어 나가고 다시 다음 절을 읽기 시작했습니다.

'여자를 돌아보시며 시몬에게 이르시되 이 여자를 보느냐. 내가 네 집에 들어오매 너는 내게 발 씻을 물도 주지 아니하였으되 이 여자는 눈물로 내 발을 적시고 그 머리털로 씻었으며, 너는 내게 입맞추지 아니하였으되 저는 내가 들어올 때로부터 내 발에 입맞추기를 그치지 아니하였으며, 너는 내 머리에 감람유도 붓지 아니하였으되 저는 향유를 내 발에 부었느니라.'

이 한 절을 읽고 마르틴은 생각했습니다.

'발 씻을 물도 주지 않고 입맞추지 않고 머리에 감람유도 붓지 않고……'

마르틴은 다시 안경을 벗어 책 위에 놓고 생각에 잠기는 것이었습니다.

'아무래도 내가 그 바리새인과 같았던 모양이야. 오로지 나 자신만 생각해 왔다. 차를 마시고 싶다든지 따스하고 깨끗한 옷을 걸치고 싶다는 따위의 일만 생각하고 손님을 위한 생각은 별로 하지 않았어. 오직 나 위주로 생각했고 손님의 일 따위는 아무래도 좋았었지. 그런데 손님은 누군가? 다름아닌 하나님이시다. 만약 하나님께서 나를 찾아오시면 나는 대체 어떻게 할 것인가?'

마르틴은 턱을 괴고 생각에 잠겨 있다가 어느 사이엔가 깜박 잠들어 버렸습니다.

"마르틴!"

문득 누군가가 등 뒤에서 부르는 소리가 들렸습니다.

마르틴은 놀라며 '누굴까, 저기 있는 사람은?' 하고 생각했습니다.

고개를 돌려 문쪽을 보았으나 아무도 없습니다. 다시 몸을 굽혀 드러눕자 갑자기 또렷하게 이렇게 말하는 소리가 들려 옵니다.

"마르틴, 마르틴아! 내일 한길을 보아라, 내가 갈 테니."

마르틴은 의자에서 일어나 눈을 비비기 시작했습니다. 그 말소리를 꿈 속에서 들었는지 깨어서 들었는지 갈피를 잡을 수 없었던 것입니다. 그래서 등불을 끄고 잠자리에 들었습니다.

이튿날 아침, 마르틴은 아직 날이 새기도 전에 일어나 하나님께 기도 드리고 난로에 불을 지펴 국과 보리죽을 끓이고 사모바르(註 : 구리나 은으로 만든 러시아 특유의 물 끓이는 주전자)를 준비하고 앞치마를 두르고 창가에 앉아 일을 시작했습니다. 마르틴은 일을 하면서도 마음 속으로는 어젯밤 일만을 생각하고 있었습니다. 그냥 그런 마음이 들었을 뿐이라고 생각되기도 했고, 한편으로는 정말로 그런 목소리를 들은 것처럼 여겨지기도 했습니다.

'뭐, 이런 일은 흔히 있는 일이니까' 하고 생각했습니다.

창가에 앉은 마르틴은 일을 한다기보다 창 너머로 한길을 내다 보는 편이 많았습니다.

낯선 구두를 신고 지나가는 사람이 있으면 몸을 구부려 밖을 내다보면서 구두뿐만 아니라 얼굴도 보려고 애썼습니다. 새로 지은 가죽 장화를 신은 정원지기가 지나가는가 하면, 지게를 진 일꾼도 지나갔습니다. 그 뒤로 여기저기를 땜질한 낡은 장화를 신은 니꼴라이 1세 시대의 늙은 병사가 삽을 손에 들고 창 앞으로 다가왔습니다. 마르틴은 그 장화를 보는 순간, 곧 그라는 것을 알았습니다. 이 늙은 병사는 보통 스쩨빠느이치라고 불렸는데 옆집 상인이 인정상 데리고 있었습니다. 정원지기의 일을 도와주는 것이 그의 일이었습니다. 스쩨빠느이치는 마르틴의 바로 눈앞에서 길의 눈을 치우기 시작했습니다. 한참 동안 그 모양을 바라보고 있다가 마르틴은 다시 일을 하기 시작했습니다.

"아무래도 나도 이젠 늙어서 노망이 든 모양이다."

마르틴은 혼자 웃으며 말했습니다.

"스쩨빠느이치가 눈을 치고 있는데 나는 그리스도가 내게 오신 게 아닌가하고 생각하니 말이야. 아주 정신이 나갔지 뭐야."

그러나 몇 바늘 꿰맸다고 생각하자, 마르틴의 마음은 다시 창밖으로 끌리는 것이었습니다. 창 너머로 바라보니 스쩨빠느이치는 삽을 벽에 기대놓고 볕을 쪼이는 것 같기도 하고, 쉬는 것 같기도 했습니다.

이제 늙어서 눈을 치울 만한 기력도 없는 모양입니다. 마르틴은 '저 사람에게 차라도 대접할까? 마침 사모바르의 물도 끓었으니'하고 생각하고 바늘을 일감에 찌르고 일어나서 사모바르를 테이블 위에 올려 놓고 차를 준비한 다음 손가락으로 창문 유리를 똑똑 두드렸습니다. 스쩨빠느이치는 돌아다보더니 창가로 다가왔습니다. 마르틴은 손짓을 하면서 문을 열러 갔습니다.

"들어와 몸 좀 녹이지그래."

마르틴이 말했습니다.

"몸이 꽤 얼었네."

"아이구 고맙네. 온몸의 뼈다귀가 쑤시는구먼."

스쩨빠느이치는 대답했습니다. 스쩨빠느이치는 들어오자 눈을

털고 마룻바닥에 자국이 나지 않도록 장화에 묻은 눈을 닦아 내
고 있었는데 그 몸은 떨고 있었습니다.

"닦지 않아도 돼요. 이리 줘요. 내가 털 테니. 나야 늘 하는 일
이니까. 자 어서 이쪽으로 와서 앉게나."

마르틴은 말했습니다.

"자, 차나 마시게."

마르틴은 차를 두 잔 준비하여 하나를 그에게 권하고 나머지
한 잔은 자기가 마셨습니다.

스쩨빠느이치는 다 마셔버리자 컵을 옆에 놓고 그 위에 먹던
설탕을 올려놓고는 잘 마셨다고 고마와했습니다. 그런데 어쩐지
더 마시고 싶은 듯한 얼굴입니다.

"한 잔 더 합시다."

마르틴은 자기 컵에도 다시 차를 가득히 따랐습니다. 그런데
차를 마시면서도 눈길은 자꾸 한길로 돌리기가 일쑤입니다.

"자네, 기다리는 사람이라도 있나?"

그가 물었습니다.

"누굴 기다리느냐고? 누굴 기다리는지는 부끄러워서 말을 못
하겠구먼. 기다리는 것도 아니고 기다리지 않는 것도 아니지만
얼핏 들은 한마디가 기억에 남아서 말이지. 꿈인지 생시인지 잘
모르겠는데, 어제 저녁에 나는 성서를 읽었는데, 그리스도가 이
세상 여러 곳을 다니며 고생한 이야기를 말이야. 자네도 물론 읽
거나 들었거나 했겠지만."

"듣기는 들었어."

스쩨빠느이치가 대답했습니다.

"원래 나야 배우지 못해서 글을 읽을 줄 모르잖나."

"그런데 거기서 나는 그리스도가 이 세상을 두루 다니신 이야
기를 읽었지. 그리스도가 말이야, 잘 들어 봐. '바리새인에게 오

셨는데 바리새인이 변변히 대접도 하지 않았다'라는 대목을 읽었거든. 그런데 나는 엊저녁에 그 구절을 읽고 생각하지 않을 수 없었지. 그리스도를 대접하지 않다니 될 말인가! 그렇지만 혹시 만에 하나라도 내게든가 또다른 누구에게 그리스도가 오신 일이 있다면 어떤 대접을 했을지 알게 뭐야. 하지만 그 바리새인은 대접다운 대접을 전혀 하지 않았어! 이런 일을 생각하는 동안 나는 가물가물 잠이 들었지. 그렇게 졸고 있는데 나를 부르는 소리가 들리지 않겠나. 일어나 귀를 기울이니 분명히 누군가가 조그만 목소리로 '기다려라, 내일 갈 테니' 하지 않겠나. 그것도 두 번이나 되풀이해서 말야. 그래 그 말이 생생히 되살아나서 아무리 자신을 타일러도 방문이 기다려지네 그려."

스째바느이치는 머리를 저을 뿐 아무 말도 하지 않고 컵에 남아있는 차를 마저 마시고 잔을 놓았습니다. 마르틴은 다시 그 컵에 가득 차를 따랐습니다.

"자, 기운차게 한 잔 더 마시게나! 내가 생각하건대, 그리스도도 이 세상을 두루 돌아다니셨을 때는 이런 사람 저런 사람 가리지 않고 신분이 낮은 인간을 오히려 더 보살펴 주셨을 것이 틀림없어. 언제나 가난한 사람들을 상대하시고 제자도 우리네 같은 사람, 우리네와 같이 죄많은 기술자 중에서 택하셨지. 마음이 교만한 자는 오히려 아래로 떨어지며 마음이 가난한 자는 오히려 위로 올라간다고 말씀하셨으니까. '너희들은 나를 주님이시여, 하고 부르지만 나는 너희들의 발을 씻어 주겠다.' '우두머리가 되고 싶은 자는 모든 사람의 하인이 되라'라고도 말씀하셨네. 왜냐하면 '마음이 가난하고 겸손하며 인정있는 자는 행복할지니'라고 말씀하고 계시네."

스째빠느이치는 차 마시는 것도 잊었습니다. 가만히 앉아 듣고 있는 그의 볼에는 눈물이 흐르고 있었습니다.

"한 잔 더 들고 가게나."

마르틴은 말했습니다.

그러나 스쩨빠느이치는 가슴에 성호를 긋고 인사말을 한 다음 컵을 밀어 놓으며 일어섰습니다.

"고맙네, 마르틴 아부제이치. 정말 잘 마셨네. 덕분에 몸도 마음도 훈훈하게 녹았구려."

"종종 들려 주게나. 나는 손님이 찾아오는 걸 좋아하니까."

마르틴은 말했습니다.

스쩨바느이치는 나갔습니다. 마르틴은 남은 차를 따라 마시고 찻그릇을 치운 다음 창가의 일터로 돌아가 구두 뒤꿈치를 꿰매기 시작했습니다. 꿰매면서도 역시 창 밖을 바라보며 연신 그리스도의 왕림을 고대하고 그리스도의 일, 그리스도의 행적만을 생각하는 것이었습니다. 머릿속에는 그리스도가 말씀하신 여러 가지 일들이 꽉 들어차 사라지지 않았습니다.

창 밖으로 두 병사가 지나갔습니다. 한 사람은 군화를 또 한 사람은 자기 개인의 구두를 신고 있었습니다. 그 뒤로 이웃집에 살고 있는 주인이 반짝반짝 윤이 나는 방한용 덧신을 신고 지나가고 또 바구니를 옆에 낀 빵가게 사람이 지나갔습니다. 모두가 지나가 버리는데 이 때 털실로 짠 긴 양말에 낡은 신발을 신은 여자가 창 앞으로 다가왔습니다. 그리고 창 바로 옆 벽 근처에서 발을 멈췄습니다. 마르틴이 창 너머로 내다보니 다른 마을 사람인 듯이 보였고 허술한 차림새로 아기까지 데리고 있었습니다. 그녀는 바람을 등지고 벽과 마주서서 아기가 춥지 않도록 감싸 주려고 하는 모양이었으나 감싸줄 아무것도 없었습니다. 여자가 입고 있는 옷은 얇은 여름 옷이었습니다. 마르틴이 방 안에서 듣고 있으려니 아기는 울고 여자는 그것을 달래려고 애쓰는 모양이었으나 아기는 울음을 그치지 않습니다. 마르틴은 일어서서 밖으로 나가 돌층계 위에서 '아주머니! 아주머니!' 하고 커다란 소리로 불렀습니다. 여자는 그 소리를 듣고 뒤를 돌아보았습니다.

"여보시오, 이런 추위에 왜 거기서 아기를 울리고 있소? 방으로 들어오시오. 따뜻한 방 안이 어린애 달래기에는 좋다오. 어서 이리 들어오시오!"

여자는 깜짝 놀라는 눈치였습니다. 쳐다보니 앞치마를 두르고 안경을 쓴 늙은이가 자기더러 방 안으로 들어오라고 부르지 않겠습니까? 여자는 그를 따라갔습니다.

돌층계를 올라가 방 안으로 들어가자 노인은 여자를 침상으로 안내했습니다.

"자, 아주머니, 여기 앉아요. 난로 가까운 쪽에. 몸을 녹이면서 아기에게 젖을 주도록 해요."

"젖이 나오지를 않아요. 아침부터 아무것도 먹지를 않아서요."

여자는 이렇게 말하면서 아기에게 젖을 물렸습니다.

마르틴은 딱한 듯 혀를 차며 테이블로 가서 빵과 그릇을 꺼내더니 난로 뚜껑을 열어 수프를 그릇에 따랐습니다. 보리죽이 든 항아리를 꺼내 보았으나 아직 덜 물렀습니다. 그래서 수프만 따라 식탁 위에 놓았습니다. 그리고 빵을 놓은 다음 못에 걸린 수건을 들어 식탁 위에 놓았습니다.

"아주머니, 여기 앉아서 어서 먹어요. 아기는 내가 안고 있을 테니까. 나도 예전에는 아기가 있어서 아기는 볼 줄 안답니다."

여자는 식탁에 앉아 가슴에 성호를 긋고는 먹기 시작했습니다. 마르틴은 아기가 있는 침상에 걸터앉았습니다. 열심히 입술을 오무려 소리를 내려고 했으나 잘 되지 않습니다. 이가 없기 때문이지요. 아기는 자꾸만 울어 댑니다. 그래서 마르틴은 입가에 손가락을 갖다 대고 이리저리 함께 놀아주며 달랬습니다. 입 속에 손가락을 넣지는 않았습니다. 송진 등이 묻어서 손이 꺼멓게 되었기 때문입니다. 아기는 손가락을 바라보는 동안 울음을 그치고, 이윽고 방긋방긋 웃었습니다. 마르틴도 좋아서 웃었습니다. 여자는 식사를 하면서 자기의 신세에 대해 말하기 시작했습니다.

"저의 남편은 병사로 여덟 달 전에 어디론가 멀리 전속되었는데, 그 뒤로 통 소식이 없습니다. 저는 남의 집 하녀로 들어가서 얼마 안돼 이 아이를 낳았지요. 그러자 아이를 데리고는 일을 하지 못한다고 하여 일자리를 구하지 못했습니다. 벌써 석 달째 일 없이 지내고 있답니다. 입고 있던 옷가지도 다 팔았고 이젠 유모로라도 들어갔으면 싶지만, 그런 자리도 없군요. 젖이 말라서 잘 나오지 않으니까요. 지금은 어느 장사하는 주인 아주머니에게 갔다오는 길이에요. 그 집에 저의 마을 여자가 들어가 사는데 저를 써 주겠다는 약속이 있었거든요. 그래서 저는 이야기가 다된 줄 알고 갔더니 다음 주에 다시 오라는군요. 그런데 그 집이 어찌나 먼지 저도 지쳐서 쓰러질 지경이지만 갓난아이도 여간 혼이 나지 않았어요. 고맙고 다행스럽게도 지금 있는 집의 주인 아주머니가 하나님을 믿고 우리 모자를 불쌍하게 여겨 주시기에망정이지 그렇지 않았더라면 어떻게 살아갈 뻔했는지."

마르틴은 긴 한숨을 쉬면서 말했습니다.

"따뜻한 옷은 없소?"

"이제 따뜻한 옷을 입어야 할 때가 되었는데 바로 어제도 하나밖에 없는 목도리를 20카페이카 받고 저당잡힌 형편이지요."

그녀는 침상으로 돌아와 아기를 안았습니다. 마르틴은 일어나 벽께로 가더니 한참을 무엇인가 부스럭거리며 찾는 모양입니다. 이윽고 소매없는 낡은 외투를 들고 옵니다.

"이걸로 어떻게 안 되겠소? 다 낡았지만 그래도 아기를 감쌀수는 있을 거요."

여자는 소매 없는 외투와 노인을 번갈아보다가 그만 울음을 터뜨렸습니다. 마르틴도 얼굴을 돌렸습니다. 그리고 침상 밑으로 들어가 옷궤를 꺼내어 놓고 그 속을 뒤졌습니다.

그녀는 말했습니다.

"할아버지, 고맙습니다. 하나님께서 복을 내려주실 겁니다. 아무래도 주님께서 저를 할아버지의 창 앞으로 보내신 모양입니다. 정말 하마터면 이 아이를 얼려 죽일 뻔했어요. 집을 나섰을 때는 따스했는데 갑자기 추워지더군요. 이것은 필시 주님께서 할아버지를 창가에 앉게 하셔서 저의 가엾은 모습을 보게 하여 측은히 여기도록 만드신 것이 틀림없어요."

마르틴은 빙그레 웃으며 말했습니다.

"과연 그리스도가 나를 저기 앉아 있게 하셨소. 사실 내가 창 밖을 내다보고 있었던 것은 공연히 그랬던 것이 아니였지요."

마르틴은 병사의 아내에게도 주님께서 오늘 자기에게로 오시겠다고 약속한 일을 들려 주었습니다.

"그런 일이야 얼마든지 있을 수 있는 일이지요."

여자는 일어나 소매 없는 외투를 입고 그 속에 아기를 감싸안고 다시 허리를 굽혀 마르틴에게 인사했습니다.

"자, 그리스도의 이름으로 이것을 받으시오."

마르틴은 여자에게 20카페이카를 주었습니다.

"이것으로 목도리를 찾아 두르도록 해요."

여자는 성호를 그었습니다. 마르틴도 성호를 그으며 여자를 배웅했습니다. 여자가 가 버리자 마르틴은 스튜를 먹고 뒤치다꺼리를 한 다음 다시 일감을 붙잡았습니다. 일을 하면서도 창 밖을 내다보는 일을 잊지는 않았습니다. 창문이 그늘지면 얼른 고개를 들어 누가 지나가나 하고 보는 것입니다.

아는 사람도 지나가고 모르는 사람도 지나갔으나 별달리 이렇다 할 일은 없었습니다.

문득 바라보니 마르틴의 창문 바로 앞에 멈춰선 할머니가 있었습니다. 사과가 담긴 바구니를 들고 있습니다. 거의 다 판 모양으로 나머지는 얼마 되지 않습니다. 그 대신 나무 부스러기가 든 자루를 어깨에 메고 있었습니다. 아마 어딘가의 공사장에서 주워 집으로 가지고 돌아가는 모양입니다.

그런데 어깨가 아파서 다른쪽 어깨에 바꿔 메려고 자루를 한길 위에 내려놓고 사과 바구니를 말뚝에 걸어 놓은 채 자루 속의 나무 부스러기를 추스리는 참입니다.

할머니가 자루를 들어 올리려는 사이에 어디서 나타났는지 찢어진 모자를 쓴 사내아이가 불쑥 튀어나와 바구니에서 사과 한 개를 훔쳐 가지고 그대로 내빼려고 했습니다. 그런데 할머니는 재빨리 눈치를 채고 곧 돌아서자 개구쟁이의 옷소매를 움켜잡았습니다. 개구쟁이는 마구 발버둥질치며 할머니의 손을 뿌리치려고 했으나 할머니는 두 손을 꽉 잡고 사내아이의 모자를 벗기더니 머리칼을 움켜잡았습니다. 사내아이는 소리지르며 할머니를 욕합니다. 마르틴은 바늘을 어디다 찔러 놓을 겨를도 없이 마룻 바닥에 내동댕이치고 문 밖으로 뛰어나갔습니다. 층계에 발이 걸려 안경을 떨어뜨렸을 정도였습니다.

마르틴이 한길로 뛰어나갔을 때 할머니는 사내아이의 머리칼을 잡고 욕을 하면서 경찰에 가자고 하는 참이었습니다. 사내아이는 죽을 힘을 다하여 발버둥질치면서,

"난 훔치지 않았어요. 왜 때려요. 이거 봐요!"
라고 합니다. 마르틴은 말렸습니다. 사내아이의 손을 잡고,

"할머님, 놓아 주십시오. 그리스도의 이름으로 용서해 주십시오!"
라고 했습니다.

"놓아 주긴 하겠지만 앞으로 다신 이런 짓 못하게 경찰에 끌고

가서 혼 좀 내야지!"

마르틴은 할머니를 달랬습니다.

"그만 놓아 주시구려. 다시는 그러지 않겠죠. 그리스도의 이름으로 놓아 주십시오!"

할머니는 손을 놓았습니다. 사내아이가 도망치려고 하는 것을 마르틴은 얼른 붙잡아 세우고 말했습니다.

"할머니에게 잘못했다고 빌어라. 이제 다시 나쁜 짓을 해선 안돼! 네가 사과를 꺼내는 걸 나는 다 보았으니까."

사내아이는 훌쩍훌쩍 울면서 사과했습니다.

"음, 이제 됐다. 자, 이 사과 가지고 가거라."

마르틴은 바구니에서 사과 하나를 집어 사내아이에게 주었습니다.

"할머니, 값은 제가 치르지요."

할머니에게 말했습니다.

"공연한 짓을 해서, 아이들은 한 일 주일쯤 잊어버리지 않도록 혼을 내줘야 하는데."

할머니는 말했습니다.

"아니에요, 할머니. 그거야 물론 우리네들의 생각이지만 주님의 뜻은 그게 아니거든요. 사과 한 개 때문에 이 아이를 때려야 한다면 이 죄많은 우리는 도대체 어떤 벌을 받아야 하나요?"

노파는 잠자코 아무 대답이 없습니다.

"주님께서는 죄를 용서하라고 말씀하셨지요. 그렇지 않으면 우리도 죄를 용서받을 수 없잖겠소? 어떤 사람이라도 용서해 주어야 하거늘 하물며 철없는 어린아이는 더욱 그렇지요."

마르틴은 말했습니다.

할머니는 고개를 갸우뚱거리며 긴 한숨을 내쉬었습니다.

"그야 그렇지만 이 아이는 너무나 버릇이 없어서……"

할머니는 말했습니다.

"그러니까 우리들 늙은이가 가르쳐야 하지 않겠소."

"그래요."

할머니는 대꾸했습니다.

"나도 아이들을 일곱이나 낳았지만 지금은 딸 하나밖에 남지 않았지요."

할머니는 어느 마을에서 그 딸과 같이 살고 있는지, 외손자가 몇 인지 등을 이야기하기 시작했습니다.

"나도 이제 기운이 없지만 그래도 일을 하지요. 어린 손자들이 가여워서 그러지요. 그것들이 모두 어찌나 착한지 내가 돌아가면 죽 나와서 마중해 준답니다. 글쎄, 아크슈뜨 그놈은 내곁을 떠나지 않으려고 졸졸 따라다니지 뭡니까? '할머니, 우리 할머니가 난 제일 좋아' 하면서 말이에요……"

할머니는 완전히 마음이 풀어졌습니다.

"너도 물론 철없는 생각에 그런 짓을 했겠지."

할머니는 사내아이를 보며 말했습니다.

노파가 자루를 들어 올리려고 하자 사내 아이가 재빨리 나서며 말했습니다.

"제가 갖다 드릴까요, 할머니? 가는 길이니까요."

노파는 무엇인가를 중얼거리면서 자루를 사내 아이의 어깨에 올려 주었습니다.

이렇게 하여 두 사람은 어깨를 나란히하고 한길을 걷기 시작했습니다. 노파는 마르틴에게 사과 값을 받는 것을 잊어버렸을 정도입니다. 마르틴은 우두커니 서서 두 사람의 뒷모습을 바라보며 둘이서 연방 무엇인가 이야기하는 것에 귀를 기울였습니다. 두 사람이 가 버리자 마르틴은 집안으로 되돌아왔습니다. 층계에 떨어져 있는 안경을 주웠는데 하나도 깨진 곳이 없었습니다. 바늘을 찾아들고 다시 일감을 붙잡았습니다. 골똘히 일을 하는 사이에 어느덧 날이 저물어 바늘구멍이 잘 보이지 않았습니다. 벌써 점등부(點燈夫)가 가스등에 불을 켜느라고 돌아다닙니다.

'아무래도 불을 켜야겠군' 하고 생각했습니다. 램프에 불을 당겨 고리에 걸고 다시 일을 시작했습니다. 한쪽 장화 일을 끝내고 이리저리 살펴보니 상당히 잘 꿰매졌습니다.

도구를 치우고 가죽 부스러기를 쓸어낸 다음, 실이랑 바늘을 간수하고 램프를 떼어 테이블 위에 놓고는 벽장에서 성서를 꺼냈습니다. 어제 저녁에 가죽조각을 끼워 놓은 데를 펼치려고 했는데 다른 페이지가 펼쳐졌습니다. 마르틴은 성서를 펼치자 어제저녁의 꿈이 생각났습니다. 꿈이 되살아나는 동시에 무엇인가 부스럭거리는 소리가 귀에 들려 왔습니다. 마르틴이 뒤를 돌아다보니 어두컴컴한 구석에 사람이 서 있습니다. 확실히 사람은 사람인데 누군지 알 수 없었습니다. 다만 마르틴의 귀 밑에서 소곤거리는 것이었습니다.

"마르틴, 마르틴, 너는 나를 알아보지 못했지?"

"누구를요?"

마르틴은 말했습니다.

"나를 말이다."

목소리가 말했습니다.

"아까는 나였어."

그러자 어두운 한구석에서 스째빠느이치가 앞으로 나오더니 빙그레 웃으면서 형체도 그림자도 없이 사라져 버렸습니다.

"그것도 나였어."

목소리가 말했습니다. 그러자 어두운 한구석에서 아기를 안은 여자가 나타났습니다. 여자가 미소를 짓고 아기가 빙그레 웃었다고 생각하자 이내 사라져 버렸습니다.

"그것도 나였어."

목소리가 말했습니다.

그러자 할머니와 사과를 가진 사내아이가 나와서 둘이 같이 빙그레 웃으며 마찬가지로 사라져 버렸습니다.

마르틴이 마음이 몹시 즐거워졌습니다. 성호를 긋고 안경을 끼고 성서의 펼쳐진 페이지를 읽기 시작했습니다. 페이지의 첫머리에 이렇게 씌어져 있었습니다.

'내가 주릴 때에 너희가 먹을 것을 주었고 목마를 때에 마시게 하였고 나그네 되었을 때에 영접하였고 벗었을 때에 옷을 입혔으니……'

그리고 같은 페이지 아래쪽에는 또한 이렇게 씌어 있었습니다.

'내 형제 중에 지극히 작은 자 하나에게 한 것이 곧 내게 한 것이니라.'(마태복음 제 25장)

그리하여 마르틴은 깨달았습니다. 꿈은 헛되지 않아 이날 어김없이 그리스도가 마르틴에게로 왔고 마르틴은 그를 대접했다는 것을.

사람은 얼마 만큼의 땅을 필요로 하는가

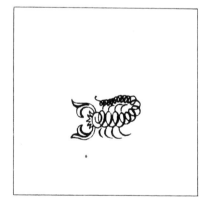

1

도시에서 사는 한 여인이 시골에 사는 자기 여동생을 방문하러 왔다. 언니는 도시 상인의 아내였고 동생은 시골 농부의 아내였다. 그 두 자매는 함께 차를 마시며 이야기꽃을 피웠다.

언니가 자랑하기 시작했다. 그녀는 도시의 생활을 뽐냈다. 자기의 도시생활이 얼마나 안락하고 우아한지에 대해서 그녀는 자랑을 계속했다. 자기 아이들에게 어떤 옷을 입히고 자기가 먹고 마시는 것이 얼마나 호화스러운가를, 또 무슨 마차를 타고 어떤 거리를 지나다니며 어떤 연극들을 보러 다니는지를.

동생은 분한 생각이 들어 상인의 삶을 깎아내리기 시작했다. 즉 자신의 생활이 상인의 생활보다 유리한 점을 늘어놓았다.

"난 언니의 생활과 내 생활을 바꾸고 싶지 않아요."

그녀가 말했다.

"물론 우리 생활이란 천하지요. 하지만 우리는 지금까지 근심이라는 것을 몰라요. 언니네는 우리보다 화려한 생활을 하겠지만 도시에서 살다보면 많은 것을 희생시켜야 해요. 그리고 마침내는 언니네 자신까지 완전히 팔아야 한다는 것을 알게 될 거예요. 이런 속담도 있잖아요? '들어오는 것이 아무리 많더라도 나가는 것은 감당 못한다'라는. 오늘은 부자일지 모르지만 언제 알거지가 될는지 모르는 일이에요. 하지만 우리 농부들의 일은 도시생활보다는 믿을 만하지요. 농부의 생활은 빈약하지만 길어요. 우리는 부자가 아닐는지는 모르지만 배고픈 일은 없어요."

언니가 다시 말을 꺼냈다.

"배가 안 고프다고? 애, 넌 어쩜 그런 생각을 할 수 있니? 돼지나 송아지도 배는 고프지 않게 살 수 있어! 너는 좋은 옷 한 벌 입어 보지 못하고 사교회에 한 번 나가보지도 못하잖니? 네

남편이 얼마나 많은 일을 하고 있니? 너희는 거름더미 속에서
살고 있으며 너희가 죽은 뒤면 너희 아이들도 똑같은 생활을 하
게 되지 않겠니?"

"그것은 그래요."

동생이 말했다.

"그러나 우리네 생활은 모두가 옳아요. 우린 그런대로 잘 살고
있거든요. 우리들은 누구에게 굽실거릴 일도 없으며 누구도 두려
워하지도 않아요. 하지만 도시생활이란 많은 유혹 속에서 살아야
하잖아요. 오늘은 잘 지냈는지 모르지만 내일이 되면 어떤 일이
일어날지 모르잖아요. 나는 그것이 두려워요. 언니가 언제 어
떤 유혹에 휩쓸리게 되는지, 형부가 노름과 술 그리고 여자들에
게 언제 한눈을 팔게 되는지 모르잖아요. 모든 게 파멸의 구렁텅
이뿐이잖아요? 안 그래요?"

동생의 남편 바흠이 벽난로 곁에서 이들 자매가 하는 이야기를
듣고 있었다.

"그건 사실입니다."

그가 끼여들었다.

"옳은 이야기죠. 우리 농부들은 어릴 때부터 어머니 품과 같은
땅을 가꾸고 살아 왔으니 우리 머릿속은 어리석다고 해도 땅을
배신하지는 않아요. 우리들에게 한 가지 근심이 있다면 땅이 너
무 적다는 것뿐이죠. 만일 내게 원하는 만큼의 땅이 있다면 난 그
어느 누구를 부러워하지도, 두려워하지도 않을 겁니다. 악마까지
도."

두 자매는 차를 마시며 이야기를 잠시 나눈 후 접시를 치우고
잠자리에 들었다.

그러나 악마는 벽난로 뒤에 앉아서 이들의 이야기를 빠짐없이
듣고 있었다. 왜냐하면 농부의 아내뿐만 아니라 남편까지도 우쭐

거렸기 때문이다. 그는 자기에게 충분한 땅만 있으면 악마라도 자기를 어쩔 수 없을 것이라고 큰소리쳤다.

'어디 두고 보자.'

악마는 생각했다.

'너랑 나랑 한판 겨루어 보자. 내가 너에게 많은 땅을 주마. 그리고 그 땅을 통해 너를 차지하리라.'

2

그 마을에 한 여지주---- 본명은 바렌냐이나 바렌카라는 애칭을 가진 품위있는 숙녀----가 살고 있었다. 그녀는 120데샤티나(324에이커)의 땅을 소유하고 있었다. 그러나 한 퇴역 군인이 그녀의 관리인으로 고용되자 그는 농부들을 벌금으로 괴롭히기 시작했다. 바훔이 아무리 신경을 써도 그의 말이 귀리밭을 짓밟고 다닌다든지 어미소가 정원에 들어가 어슬렁거린다든지 송아지들이 목초지에 들어간다든지 하는 일이 일어나곤 했다. 그러면 그것에 대해 벌금이 뒤따르곤 했다.

바훔은 이 벌금을 꼬박꼬박 물어주었다. 그래서 여름 동안 바훔은 이 관리인 때문에 무척 많은 죄를 저질렀다. 그러나 그는 우리 안에 가축이 있다는 것 때문에 즐거웠다. 사료는 부족했지만 별로 염려하지는 않았다.

겨울 동안 그 여지주가 땅을 팔려고 한다는 소문이 퍼졌다. 국도변에 사는 여관 주인이 그 땅을 사려고 한다는 소문도 있었다. 농부들은 그 말을 듣고 한탄했다.

그들은 생각했다.

'이제 그 땅이 여관 주인의 손에 들어간다면 그는 여지주보다 훨씬 악독하게 벌금을 물릴 것이 틀림없어. 하지만 우리가 그 땅 없이 산다는 것은 불가능하지. 이 주변에 사는 우리 모두는 그 땅 위에서 살고 있으니까.'

농부들은 합심하여 그 여지주에게 가서 그 땅을 여관 주인에게 팔지 말고 자기들에게 팔기를 애걸했다. 그들은 여관 주인보다 더 많은 값을 지불하겠다고 약속했다.

그녀는 승낙했다. 농부들은 조합을 결성하여 그 땅을 사들일 방법을 강구했다. 그들은 한번 두번 모임을 가졌다. 그러나 장애 가 생겼다. 악마가 갖은 수를 다 써서 이간하여 그들 사이를 여러 가지 견해로 갈라놓았기 때문이다. 그리하여 그들 사이에는 어떤 의견의 일치도 볼 수 없었다.

그래서 농부들은 개인적으로 땅을 사기로 결정했다. 각자의 능 력에 맞게 사자는 것이었다. 그리고 여지주도 여기에 동의했다.

바흠은 자기 이웃 한 사람이 20데샤티나(54에이커)의 땅을 샀 는데 그 여지주가 땅값의 반은 1년 내에 갚기만 하면 된다고 했다 는 소문을 들었다. 바흠은 그 이웃이 부러웠다.

'동네 사람들이 그 땅을 모두 사버릴 거야.'

그는 자신에게 말했다.

'그러면 나는 그들보다 뒤떨어지게 될 거야.'

그는 자기 아내와 의논했다.

"사람들이 땅을 사들이고 있소."

그가 말했다.

"우리도 10데샤티나쯤은 사야 되지 않겠소? 안 그러면 살아 갈 수 없소. 관리인이 벌금으로 우리를 먹어치우고 있으니까."

그들은 땅을 살 궁리를 했다. 그들에게는 저축해 둔 돈이 100루 블리 정도 있었다. 그래서 그들은 망아지 한 마리와 양봉의 반을 팔았으며, 아들을 일꾼으로 내보내고 처남으로부터 얼마를 꾸어 땅값의 반 정도를 마련했다.

바흠은 자기가 모은 돈으로 살 만한 15데샤티나 정도의 숲이 딸린 땅을 보아 놓고 그 땅을 사기 위해 여지주에게 갔다. 그는 그 15데샤티나의 땅을 사기 위해 흥정을 하고 마침내 계약이 성립되어 계약금을 치렀다. 그들은 도시로 나가 수속을 끝내고 땅값의 반을 지불했다. 나머지는 2년 내에 지불하기로 했다.

그래서 바흠은 이제 자기 땅을 소유하게 되었다. 그는 씨앗을 사다가 자기가 산 땅에 뿌렸다. 일 년만에 그는 여지주와 자기 처남에게 진 빚을 모두 갚았다. 그래서 바흠은 지주가 되었다. 그는 자기의 모든 토지를 일구어 거기에 씨를 뿌렸다. 그는 자기 땅에서 건초를 마련하고 자기 땅에서 땔감을 베어 냈으며 자기 땅에다 가축을 놓아길렀다. 바흠은 자기의 넓은 밭을 갈고 곡식이 자라는 것을 돌아보고 자기 목초를 관리하러 말을 타고 부지런히 돌아다녔다. 그럼에도 불구하고 그는 행복하지 않았다. 목초지가 황폐해지는 것같이 여겨졌기 때문이다. 이전에 그는 이 땅을 한낱 밟고 다니는 땅으로서 여겼지만 지금은 아니었다. 그러나 지금은 이 땅이 아주 특별한 것으로 보이기 시작했다.

3

이렇듯 바흠은 나날을 즐기며 살아갔다. 농부들이 그의 농작물이나 목초지를 해치기 시작한 일을 제외하고는 모두가 순탄했었다. 그는 농부들에게 애걸도 했지만 소용이 없었다. 이제는 소몰이 아이들이 소들을 그의 목초지에 놓아 먹였다. 어떤 때는 말들이 우리에서 뛰쳐나와 그의 경작지 안으로 침입하기도 했다.

바흠은 그것들을 몰아내고 그런 행위를 용서해 주며 결코 법에 호소하지는 않았다. 그러나 그도 결국은 지쳐 이 일들을 재판소에 호소했다. 그는 농부들이 부주의하기 때문에 이런 일이 일어난 것이지 악의로 그런 것이 아님을 알고 있었지만 자신에게 이렇게 말했다.

'이런 일을 묵과할 수는 없어. 안 그러면 그들은 내 땅에다 아예 자기들의 방목지를 만들고 말 거야. 우리는 그들에게 그렇게 할 수 없다는 본때를 보여 주어야 해.'그런 까닭에 한 번은 농부들을 법정으로 데려가 그것을 보여 주었다. 그리고 나서 또 두 번 그렇게 했는데 첫번째 경우도 벌금이었고 두 번째의 경우도 마찬가지였다. 그러자 바흠의 이웃 농부들은 그를 욕하기 시작했다. 그리고 이번에는 고의로 다시 한번 그의 땅을 짓밟기 시작했다. 어떤 사람은 야음을 틈타 그의 숲에 들어가 12그루나 되는 인피 섬유의 원료인 참피나무의 밑등을 잘라 버렸다. 바흠은 자신의 조그만 숲에 가서 일의 진상을 목격하고는 창백해졌다. 누군가 그 곳을 다녀간 것이 분명했다. 참피나무의 가지들은 이곳저곳에 흩어져 있고 그루터기만 덩그라니 남아 있었다. 나무는 마지막 한 그루만 빼놓고 모두 베어져 있었다. 바흠은 화가 머리끝까지 났다. '으악! 누군지 잡기만 해 봐라. 내 가만두지 않을 테다.'

그는 스스로에게 다짐했다. 그리고 이리저리 머리를 굴렸다.

'누가 이런 짓을 했을까?'

'쇼므까가 아니면 이런 짓을 할 사람이 없어.'

그는 혼잣말을 했다. 그리고 수색하기 위해서 쇼므까 집을 찾아갔다. 그러나 단서가 될 만한 아무런 것도 찾을 수 없었다. 서로 말다툼을 했을 뿐이었다. 그래서 바흠은 더욱 쇼므까가 그 짓을 했다는 심증을 굳히게 되었다. 그는 쇼므까를 고발했다. 그들은 법정 싸움에 돌입하여 오랫동안 재판을 했다. 아무런 증거가 없었기 때문에 그 농부는 무죄 판결을 받았다. 바흠은 더욱더 분한 생각이 들었다. 그래서 읍장과 재판관들에게 몹시 화를 냈다.

"당신네들은 도둑놈의 편을 들고 있소. 당신들이 훌륭하다면 도둑놈을 무죄로 석방하지는 않았을 거요."

바흠은 재판관들과도 다투었다. 그렇게 되자 이웃들은 그를 '붉은 수탉(註 : 큰 화재를 일컫는 러시아의 은유법)'으로 위협하기 시작했다.

바흠은 넓은 땅을 차지하고 있었지만 마을에서는 지난 날보다 더 압박을 받으며 살게 되었다.

이 무렵, 사람들이 새로운 곳으로 이주하려 한다는 소문이 퍼졌다. 이에 바흠은 혼자서 중얼거렸다.

'나야 내 땅을 떠날 이유가 없지. 그러나 만약 이웃 사람들이 이 곳을 떠난다면 우리에게 돌아올 빈 땅이 많아지겠지. 그렇게 되면 땅을 좀더 많이 차지할 수 있겠지. 나는 이 근방의 땅을 더 많이 내것으로 만들어야지. 그러면 생활이 지금보다 풍족해지겠지. 지금은 땅이 좁단 말이야.'

어느 날, 바흠이 집에 있을 때 한 떠돌이 농부가 그의 집에 들렀다. 바흠과 그의 아내는 농부가 하룻밤 묵어 가는 것을 허락했다. 그리고 그에게 먹을 것을 갖다주고 이야기를 나누었다.

"어디로 가시는 길입니까?"

농부는 그저 볼가 강을 따라 내려오는 길이라고 하며 자신은 거기에서 일을 했었다고 했다. 그리고 사람들이 그 곳에 이주해 와 어떻게 살고 있는지를 띄엄띄엄 이야기했다. 사람들은 그 곳에서 공동체를 이루어 한 사람당 10데샤티나 만큼의 땅을 가졌다고 했다.

"그런데 말입니다."

그는 말을 이었다.

"땅이 아주 비옥하여 호밀 농사가 그렇게 잘 될 수가 없읍죠.

밀대가 어찌나 쑥쑥 잘 자라고 굵은지 그토록 잘 여문 것은 아무도 보지 못했을 겁니다. 호밀들은 다섯 움큼으로 한 다발이 될 정도이지요. 어떤 농부는 완전히 알거지 상태로 빈 주먹만 쥐고 왔었는데 지금은 말 여섯 필에 암소를 두 마리나 가지고 있읍죠."

바흠의 가슴은 활활 타올랐다. 그는 자기 자신에게 말했다.

'그렇게 잘 살 수 있다면 내가 왜 이 좁은 곳에 남아 있겠는가? 이 곳의 땅과 말들을 팔자. 돈을 거둬들여 새 출발을 하자. 그래서 완벽한 생활을 해 보아야지. 이런 좁은 땅덩어리에서 산다는 것은 죄악이야. 내가 할 일이란 직접 그 곳에 가서 조사해 보는 것뿐이다.'

그는 여름 한철을 모두 그 곳에 가 사전 조사를 할 계획을 세우고 그 곳으로 출발했다. 사마라부터는 증기선을 타고 볼가 강을 따라 올라갔다. 그리고 다시 4백 베르스타를 도보로 여행하여 드디어 그 곳에 도착했다. 상황은 듣던 그대로였다. 농민들은 각자 10데샤티나 규모의 농장에서 풍족하게 살고 있었다. 그리고 자신들이 공동체에 가맹되어 있음을 즐거워했다.

"누구든지 약간의 돈만 가지고 있다면 자기에게 배당된 토지 말고도 사고 싶은 가장 좋은 땅을 3루블리씩만 주면 살 수 있읍니다. 당신도 당신이 원하는 대로 땅을 구입할 수 있답니다."

바흠은 그 곳을 철저히 조사한 연후에 가을이 되자 집으로 돌아왔다. 그리고 모든 것들을 팔기 시작했다. 그는 자기 토지를 유리한 조건으로 매각하였으며 집도 가축도 팔았다. 그리고 이 지역 사회에서 탈퇴하였고 봄이 오기를 기다려 자기 가족을 데리고 새로운 땅으로 이사를 했다.

4

바흠은 가족과 더불어 새로운 땅으로 이주해 왔다. 그리고 어느 큰 마을에 등록했다. 그는 마을 어른들에게 보드카를 대접하고 모든 서류들을 준비했다. 바흠은 마을에서 받아들여졌다. 그리고 5인 가족 앞으로 목장지 외에도 여기저기의 땅을 50데샤티나(135에이커) 만큼 배정받았다. 그는 정착을 하여 가축을 샀다. 그는 이전에 소유했던 것의 3배에 달하는 땅을 갖게 되었는데 그 땅들은 모두 비옥했다. 생활은 옛날보다 10배나 풍족했다. 그는 자기에게 필요한 만큼의 경작지와 가축의 사료를 소유하였고 자기가 원하는 만큼의 가축을 키울 수 있었다.

처음에 정착을 시작하고 집안 일들을 정리할 때에는 만족감으로 바흠은 어쩔 줄을 몰라했다. 그러나 그가 안정을 찾기 시작한 후부터는 이 땅이 협소하게 여겨졌다.

첫해에 바흠은 자기가 할당받은 농지에 밀을 갈았다. 그것은 잘 자랐다. 그는 밀을 더 갈고 싶었다. 그러나 그가 할당받은 농지는 그의 야심을 채우기에는 너무 작은 것 같았다.

여기에서는 밀을 목초지, 즉 놀리고 있는 땅에 파종한다. 1년이나 2년 거기에 파종을 하다가 잡초가 다시 자랄 때까지 휴경지로 묵혀 둔다.

이 지방에서는 이런 땅을 원하는 경쟁자들이 많기 때문에 모두에게 원하는 만큼의 땅을 줄 수는 없었다.

이런 이유 때문에 분쟁도 일어났다. 돈이 많은 사람도 있고 적은 사람도 있게 마련인데 그들 모두가 그 땅에 파종하기를 원했다. 그러나 가난한 자들은 으레 상인들에게 빚을 얻지 않으면 안 되었다.

바흠은 가능하면 많은 파종을 하고 싶어했다. 다음 해에 그는 상인을 찾아갔고 1년 기간으로 땅을 빌었다. 그리하여 더 많은 밀을 심었다. 그것은 잘 자랐다. 그러나 그가 이 땅에 가려면 마을에서부터 최소한 15베르스타를 걸어야 했다. 그는 인근에 사는 상업을 겸한 농민들이 훌륭한 집에 살며 치부하는 것을 목격했다.

'바로 그거다.'

바흠은 혼잣말을 했다.

'땅만 살 수 있다면 나도 훌륭한 집을 마련할 수 있을 텐데. 그렇다면 만사가 부족한 것이 없을 것이다.'

그래서 바흠은 어떻게 하면 그 토지의 소유권을 영구히 가질 수 있을 것인가를 궁리하기 시작했다.

이런 식으로 바흠은 3년을 보냈다. 그는 땅을 빌어 더 많은 밀을 심었다. 해마다 풍년이 들어 밀은 잘 자랐다. 여분의 돈은 저축했다.

세월이 지남에 따라 바흠은 다른 사람들과 더불어 땅을 사는 일에 시간을 낭비하는 것이 귀찮게 생각되었다. 쓸 만한 땅이 있다면 농부들은 즉각 거기에 달려들어 어느새 그 땅을 전부 나누어 가졌다. 그는 항상 다른 사람보다 너무 늦어 싼 값으로 땅을 살 기회를 잃곤 했다. 그래서 그는 씨앗을 뿌릴 아무것도 갖지 못했다.

그러나 3년째에 그는 한 상인과 공동으로 농부들의 목초지를 샀다. 그리고 그 목초지를 미리 개간해 놓았다. 농부들은 이것에 대해 재판중이었다. 그래서 그 노력은 모두 허사가 되었다.

'내가 그 땅을 소유한다면 어느 누구에게도 머리를 숙이지 않을 텐데. 그리고 그렇게 한다 하더라도 죄가 되지 않을 것이다.'

그는 생각했다.

그래서 바흠은 어디에서 영구적으로 소유할 수 있는 땅을 살 수 있는지를 수소문했다. 그러다 그는 어떤 농부를 생각해 냈다. 그 농부는 팔려고 내놓은 5백 데샤티나의 땅을 갖고 있었다. 그는 그 땅을 처분하기 위해 고심하고 있었기 때문에 싸게라도 팔고 싶어했다.

바흠은 그와 흥정하기 시작했다. 설득에 설득을 거듭한 끝에 그 농부는 땅을 1천 5백 루블리에 파는 데 동의하였는데, 그 반액은 저당을 잡히는 조건이었다. 그들은 이미 합의를 보았을 때 한 행상인이 우연히 그의 집앞을 지나치다가 바흠에게 먹을 것을 좀 줄 수 없느냐고 부탁했다.

그들은 함께 차를 마시는 동안 이런저런 이야기를 하게 되었다. 그 행상인은 빠시끼르로부터 오는 길이라며 자기의 여행 이야기를 했다.

"그 곳은 말씀입니다."

그는 말을 꺼냈다.

"저는 빠시끼르에서 1천 5백 데샤티나의 땅을 샀읍죠. 단 1천 루블리에 말입니다."

바흠은 호기심이 일어 이것저것 묻기 시작했다. 그 행상인은 자기의 이야기를 했다.

"내가 한 일이라곤 말씀입죠."

그의 이야기는 이러했다.

"노인네에게 잘 해준 것뿐입죠. 2백 루블리 정도 나가는 옷과 카핏과 차 한 상자를 나누어 주었읍죠. 그리고 술을 마실 줄 아는 사람에겐 술을 조금 대접했지요. 그리고 1데샤티나에 20코펙(1/100루블리)이라는 헐값으로 산 것입죠."

그러면서 그는 등기 서류를 보여 주었다.

"그 땅은 작은 강가에 있는데 온통 풀로 뒤덮여 있는 넓은 평원이랍니다."

바홈은 계속해서 몇 가지를 더 물어 보았다. 어떻게 그렇게 할 수 있었느냐, 누구와 거래를 하였느냐는 등.

"그 땅은 말씀입죠."

그 상인이 말했다.

"1년이 걸려도 당신은 다 돌아보지 못할 것입니다. 그 땅은 모두 빠시끼르 사람들의 땅입죠. 그런데 그 사람들은 양처럼 어리석기 때문에 거의 공짜나 다름없이 그 땅을 살 수 있읍죠."

"그렇다면……"

바홈은 자기 자신에게 말했다.

'내가 왜 고작 500데샤티나의 땅에 내 돈 1천 루블리를 소비해야 한단 말인가? 게다가 나는 빚이라는 멍에까지 걸머지고 있지 않은가. 그 곳에 가면 1루블리로 얼마든지 많은 땅을 살 수 있는데.'

5

바홈은 그 곳으로 가는 길을 물었다. 그리고 행상인이 떠나자마자 그는 그 곳으로 가기로 결심했다. 그는 아내에게 집안을 맡기고 하인을 데리고 길을 떠났다. 도시에 도착하자 그는 그 상인이 말한 것과 똑같이 차 한 상자와 선물들과 술을 샀다. 그들은 길을 재촉하여 5백 베르스타(330마일)를 여행했다. 7일만에 그들은 방랑 생활을 하는 빠시끼르 인들의 유목지에 도착했다. 모든 것이 그 상인의 말대로였다. 빠시끼르 인들은 작은 강을 따라 펼쳐진 대초원 위에 펠트 천으로 덮개를 씌운 마차 속에서 살았다. 그들은 땅을 일구지 않았고 빵을 먹지 않았다. 가축들은 널따란 초원을 따라 풀을 뜯고 있었으며 말들은 떼를 지어 이리저리 노닐고 있었다. 덮개 마차 뒤에는 망아지들이 매어 있었는데 하루에 두 번씩 암말들을 데려다 젖을 먹였다. 그들은 암말의 젖을 짜 쿠미스(註 : 말 또는 낙타의 젖으로 만든 따따르 사람의 음료로 젖술 또는 우유술이라고 함)를 만들었다.

또 아낙네들은 말젖을 휘저어 치즈를 만들었다. 그리고 모든 농부들이 하는 일이란 쿠미스 차를 마시며 양고기를 먹고 갈대 피리나 불 따름이었다. 그들 모두는 예의 바르고 유쾌했다. 그들은 여름 내내 축제 기분이었다. 사람들은 아주 무지몽매해서 러시아 말도 할 줄 몰랐으나 상냥했다.

빠시끼르 인들은 바흠을 보자 덮개 마차에서 몰려 나와 손님의 주위를 에워쌌다. 통역자가 인사를 했다. 바흠은 땅을 좀 구경하러 왔다고 말했다.

빠시끼르 인들은 즐거워하며 바흠을 데리고 바닥에 양탄자가 깔려 있는 좋은 덮개 마차로 인도했다. 그들은 그를 양털 방석 위에 앉게 하고 그의 주위에 둘러앉아 차와 쿠미스를 대접했다. 또 한 양을 잡아 양고기 요리를 대접했다.

바흠은 짐을 풀어 선물들을 꺼내서 그들에게 나누어 주었다. 빠시끼르 인들은 좋아 어쩔 줄을 몰라했다. 그들은 와자지껄 떠들다가 통역자를 시켜 통역을 하라고 했다.

"저 사람은 당신이 자기들 마음에 들었다는 말을 해 달라고 합니다."

그 통역인은 말했다.

"그리고 우리의 관습으로는 손님을 기쁘게 해주기 위해 무슨 일이라도 하며 손님의 선물에 대한 보답을 하지요. 당신은 우리에게 선물을 주셨습니다. 저, 이제 당신은 우리의 소유물 중에서 무엇을 원하시는지 말씀해 주십시오. 무엇이든지 드리겠습니다."

"당신네들이 가진 것 중에서 다른 무엇보다도 땅을 조금 얻었으면 합니다."

바홈이 말했다.

"우리 나라에는 땅이 부족하지요. 더군다나 너무나 많이 경작을 하여 척박해져 있답니다. 그러나 당신네는 땅이 아주 많군요. 그리고 땅도 아주 좋고요. 저는 이렇게 좋은 땅을 본 적이 없습니다."

통역자는 그의 말을 통역했다. 빠시끼르 인들은 서로 의논했다. 바홈은 그들이 뭐라고 하는지 전혀 이해할 수 없었다. 그러나 그들이 좋은 사람들이며 목소리를 높여 가며 이야기하고 왁자지껄 웃는 것을 알 수 있었다.

그러다가 그들은 조용해지더니 바홈을 바라보았다. 그리고 통역자가 말했다.

"이 사람들은 당신의 친절에 대한 답례로 당신이 원하는 만큼의 땅을 기꺼이 드리겠다고 하는군요. 당신의 생각을 말씀하십시오. 그러면 원하시는 땅을 드리겠습니다."

그들은 여전히 논의를 계속하다가 언성을 높여 논란을 벌이기 시작했다. 그래서 바홈은 그들이 무엇을 가지고 싸우는지를 물었다.

그러자, 그 통역자들은 다음과 같이 전했다.

"일부의 사람들이 촌장의 승낙 없이는 땅을 줄 수 없으며, 땅 문제는 촌장에게 문의를 해야 한다고 말하는군요. 그리고 또다른 사람들은 촌장의 승낙 없이도 땅을 줄 수 있다고 합니다."

6

빠시끼르 인들은 계속 다투고 있었다. 그 때 여우 가죽 모자를 쓴 사람이 불쑥 들어왔다.

떠들던 사람들은 조용해졌다. 통역자가 말했다.

"이분이 바로 촌장 어른이십니다."

바홈은 얼른 일어나 자기가 갖고 온 옷 중에서 제일 좋은 것을 꺼내어 5파운드와 함께 주었다.

촌장은 그것을 받아들고 상석에 앉았다. 빠시끼르 인들은 곧 그에게 지금 논의되고 있는 이야기를 전부 해주었다.

촌장은 유심히 듣고 있다가 사람들에게 조용히 하라는 뜻으로 고개를 끄덕이고는 러시아 어로 바홈에게 말했다.

"좋습니다. 그것은 가능합니다. 어느 곳이든 당신이 원하는 땅을 차지할 수 있습니다. 이 곳에는 땅이 얼마든지 있으니까요."

'내가 원하는 만큼의 땅을 가질 수 있게 된다. 이런 일일수록 즉시 결정해야 한다. 땅을 차지하라고 했으나 곧 다시 빼앗을지도 모르니까.'

바홈은 생각했다.

"감사합니다. 고마우신 말씀이군요. 저는 당신들의 넓은 땅을 구경했지만 저는 그렇게 넓은 땅을 원하지 않습니다. 어떤 땅이 제것인지만 가르쳐 주십시오. 하나님께서도 생명을 주셨다가 곧 거두어 가십니다. 당신들은 좋으신 분들이니까 이를 저에게 허락하셨지만 언젠가 당신들의 후손들이 도로 빼앗아갈는지도 모르니까요."

"옳은 말씀입니다."

촌장이 대답했다.

"그렇게 해드리지요."

바홈이 다시 말을 꺼냈다.

"저는 당신들이 지난 날 어떤 상인에게 땅을 주시고 계약을 맺으셨다는 것을 알고 있습니다. 저도 그와 같이 하고 싶습니다."

촌장은 바흠의 말뜻을 정확하게 알아 들었다.

"물론 그대로 될 수 있습니다. 여기에도 서기가 있으니 도시로 나가서 정식으로 수속을 밟도록 합시다."

"가격은 얼마나 하죠?"

바흠이 물었다.

"가격은 일정합니다. 하루당 1천 루블리죠."

바흠은 그 말이 무슨 뜻인지 이해할 수 없었다.

"하루당이라는 계산법은 무엇인가요? 하루당이란 대체 몇 데샤티나나 됩니까?"

촌장이 말했다.

"우리들은 데샤티나로는 잴 줄 모릅니다. 우리들은 하루치로 땅을 팔지요. 하루 동안에 당신이 돌아보는 곳 전부가 당신의 것입니다. 그 하루당 가격이 1천 루블리입니다."

바흠은 깜짝 놀라 말했다.

"하지만 제가 돌아보는 땅에다 어떻게 표시를 하지요?"

바흠이 묻자 촌장이 대답했다.

"간단합니다. 우리가 당신이 마음에 들어하는 땅 위에 서 있을 것입니다. 우리가 그 곳에 서 있을 테니 당신은 가면서 원을 그리십시오. 그리고 괭이를 가지고 가시면서 당신의 마음에 드는 곳에 표시를 하고 그 지점에 조그마한 구덩이를 파고 그 곳에 잔디를 넣어 두십시오. 우리는 그 구덩이를 따라가면서 쟁기질을 할 것입니다. 원은 당신이 좋은 만큼 크게 그리십시오. 단 한가지 해가 지기 전에 당신이 출발한 곳으로 돌아와야 한다는 것을 잊지 마십시오. 그러면 당신이 그린 원 안의 땅은 모두 당신의 것이 됩니다."

바흠은 뛸 듯이 기뻤다. 그들은 아침 일찍 나가기로 합의를 했다. 그들은 여전히 쿠미스를 마시고 양고기를 먹고 차도 마시면서 그 일에 대해 이야기를 더 나누었다. 그러는 중에 땅거미가 지기 시작했다. 그들은 바흠에게 잠자리를 마련해 주었다. 빠시 끼르 인들은 자리를 떴다. 그들은 다음날 해가 뜨면 일찍 나가자 고 의견의 일치를 보았다.

7

바흠은 자리에 누웠다. 그러나 온통 땅에 관한 생각 때문에 잠 을 이룰 수 없었다.

"아주 넓은 땅을 차지해야지."

그는 혼잣말로 중얼거렸다.

'하루에 50베르스타는 걸을 자신이 있지. 지금으로선 하루가 1 년 만큼의 가치가 있어. 50베르스타의 둘레라면 굉장히 넓은 면 적일 것이다. 그 중 나쁜 부분은 팔거나 농부들에게 빌려 주면 될 거야. 제일 좋은 땅을 선택하여 거기서 정착을 해야지. 소 두 필 이 끄는 쟁기를 사고 두 명의 일꾼을 두어야지. 50데샤타나 정도 만 경작을 하고 그 나머지는 가축을 방목해야지.'

바흠은 밤새도록 잠 한숨 못 자다가 새벽이 되기 바로 직전에 깜박 졸았다. 그리고 잠에 빠지자마자 꿈을 꾸었다. 그는 바로 이 덮개 마차에 누워 누군가가 마차 밖에서 낄낄거리는 소리를 듣고 있는 자신의 모습을 보고 있는 것처럼 생각되었다. 그리고 자신 이 누가 웃고 있는지 알고 싶어하는 것 같았다. 그는 자리에서 일 어나 마차 밖으로 나갔다. 아, 그런데 바로 그 빠시끼르 인들의 촌장이 마차 앞에 앉아서 무엇 때문인지 배를 움켜잡고 큰 소리 로 낄낄거리며 웃고 있었다. 그는 촌장에게 다가가 물었다.

"왜 그렇게 웃고 있습니까?"

그런데 바로 그 때, 그 촌장은 모습을 감추고 자기에게 이 곳의 땅 이야기를 해준 행상인이 거기에 있는 것처럼 보였다. 그 행상인의 모습을 보자 그는 물었다.

"당신은 여기에 오래 계셨나요?"

그러자 그의 모습은 행상인이 아니라 오래 전에 볼가 강을 따라 내려간 농부의 모습이었다. 그런데 그 농부 모습도 사라지고 이제는 뿔과 말굽을 가진 악마가 앉아 웃고 있었다. 그의 앞에는 맨발에 셔츠와 속바지 차림의 한 사나이가 누워 있었다. 그래서 바훔은 그 사나이가 누구인지 조심스럽게 살펴 보았다. 그는 그 죽은 사나이가 다름아닌 자기 자신임을 알았다. 바훔은 깜짝 놀라 눈을 번쩍 떴다. 그는 꿈에서 깨어났다.

"이게 무슨 꿈이람?"

혼자 중얼거렸다. 그리고 주위를 둘러보다가 닫혀 있는 문을 응시했다. 벌써 햇살이 비치기 시작하며 동이 트고 있었다.

'사람들이 일어나고 있을 거야.'

그는 생각했다.

'출발할 시간이거든.'

바훔은 자리에서 일어났다. 그리고 여행 마차에 있는 자기 하인을 깨웠다. 그는 하인에게 말에 마구를 채우라고 지시하고 빠시끼르 인들을 깨우러 갔다.

"시간이 됐습니다."

그가 말했다.

"초원에 나가 땅을 측량할 시간입니다."

빠시끼르 인들이 일어나 모여들었다. 촌장이 앞으로 나왔다. 빠시끼르 인들은 또 쿠미스를 마시는 일로 하루를 시작했다. 그들은 바훔이 자기들에게 차를 대접해 주기를 원했지만 바훔은 지체하고 싶지 않았다.

"갑시다. 떠날 시간이 됐습니다."

그는 말했다.

8

빠시끼르 인들은 준비를 끝냈다. 몇몇 사람은 말을 타고 또 몇 사람들은 마차를 타고서 출발했다. 바흠은 괭이를 가지고 자기 하인과 함께 자기들의 여행 마차를 탔다. 초원에 나가자 날이 새기 시작했다. 그들은 빠시끼르 인들의 말로 '시칸'이라고 불리는 작은 언덕에 도착했다. 그리고 마차와 말에서 내려 서로 모였다. 촌장이 바흠한테 다가와 손으로 가리켰다.

"눈에 보이는 이 모든 땅이 우리의 소유입니다. 당신이 원하는 곳을 가지십시오."

바흠의 두 눈은 활활 타올랐다. 전지역은 무성한 풀로 덮여 있고 손바닥처럼 평평했으며 굴뚝 속처럼 검었다. 우묵한 곳에는 사람의 가슴까지 올 정도로 큰 풀이 무성하게 자라나 있었다. 촌장은 여우 가죽 모자를 벗어서 땅 위에 놓았다.

"이 곳이 출발점입니다. 이 곳에서 출발하여 이 곳으로 돌아오십시오. 당신이 돌아온 땅은 모두 당신의 땅이 될 것입니다."

바흠은 돈을 꺼내어 그 모자 속에 넣었다. 카프턴(註 : 띠가 달린 긴 소매옷)을 벗고 조끼 바람으로 장식띠로 단단하게 배를 꼭 졸라 매고 빵이 든 작은 주머니는 목에 걸고 물병을 허리띠에 차고 각반(脚絆)을 단단하게 두르고 하인으로부터 괭이를 받아들음으로써 출발 준비가 다 되었다. 그는 어느쪽을 택하는지 깊이 생각했다. 어느 곳이든 다 좋은 땅이었다. 그는 생각했다.

'모두가 마찬가지의 토지다. 해 뜨는 쪽으로 가야지.' 그는 동쪽을 바라보며 앞뒤로 왔다갔다 하면서 해가 지평선 위로 떠오르기를 기다렸다. 햇살이 지평선 위로 솟아오르자마자 그는 괭이를 어깨에 매고 드넓은 초원 위로 발걸음을 힘차게 옮기기 시작했다.

바흠은 느리지도 빠르지도 않은 속도로 걸었다. 1베르스타(3, 500피트)쯤 가다가 걸음을 멈추고 작은 구덩이를 파고 그 속에다 뗏장을 채워 곧 눈에 띌 수 있게 표시를 했다.

그는 멀리까지 갔다. 발걸음은 점점 더 빨라졌다. 가다가 작은 구덩이를 파고 또 가다가 구덩이를 파고 하면서 계속 걸었다.

바흠은 주위를 둘러보았다. 햇빛 아래의 '시칸' 언덕이 여전히 그의 시야 속에 들어오는데, 사람들이 그 위에 서 있었다. 마차 바퀴가 반짝거리는 것도 보였다. 바흠은 자기가 5베르스타쯤 걸었을 것이라고 추측했다. 그는 덥게 느껴지기 시작했다. 그래서 조끼를 벗어 어깨에 둘러 메고 걸음을 재촉했다. 날이 점점 더 무더워지기 시작했다. 그는 태양을 쳐다보았다. 벌써 아침 때가 되었다.

'한 단계는 지났군.'

그는 생각했다.

'이런 식으로 네 단계가 넘어 가면 하루가 다 되지. 방향을 돌려 잡기에는 아직 시간이 이르군. 장화만 벗어야지.'

그는 앉아서 장화를 벗어 허리띠에 매달고 계속 걸었다. 걷기가 훨씬 수월했다. 그는 중얼거렸다.

"5베르스타만 더 나아가자. 그런 후에 왼쪽으로 돌아야지. 이곳은 땅이 아주 좋군. 이 땅을 포기한다는 건 유감스러운 일이야."

그래서 그는 더 나아갔다. 그러자 토질이 점점 더 좋아졌다. 그는 여전히 방향을 바꿀 생각을 않고 계속 똑바로 걸었다. 그는 돌아다보았다. 이제는 '시칸' 언덕이 거의 보이지 않았고 사람들이 조그마한 개미처럼 검은 점으로 보였다. 그리고 무엇인가 보일 듯 말 듯 반짝거렸다.

"좋아, 이 방향으로는 이만큼이면 충분하다. 이제 방향을 바꿔 야지. 땀을 너무 흘렸군. 물을 좀 마셔야지."

바흠은 이렇게 중얼거렸다. 그는 걸음을 멈추고 구덩이를 파 거기에 뗏장을 넣고 나서 물통 마개를 열어 물을 마시고는 왼쪽 으로 직각으로 돌았다. 그는 걷고 또 걸었다. 풀은 길고 무성했으 며, 날씨는 매우 더웠다. 바흠은 피곤함을 느끼기 시작했다. 그 는 해를 쳐다보았다. 점심 때였다.

"좋아, 조금 쉬자."

바흠은 걸음을 멈추고 앉아서 빵을 먹으며 물을 마셨다. 그러 나 누우려고 하지는 않았다. 그는 자신에게 말했다.

"누웠다가는 잠들어 버릴지도 몰라."

그는 잠깐 동안만 앉았다가 또다시 걷기 시작했다. 걷기가 조 금 쉽다는 것을 깨달았다. 그의 체력은 점심을 먹었기 때문에 다 시 회복되었던 것이다. 그러나 이제 날씨는 점점 더 더워지고 있 었다. 그렇다. 해가 기울기 시작했다. 그러나 그는 여전히 계속 해서 걸었다. 그는 말했다.

"한 시간만 더 견디자. 그러면 살아갈 한 해를 벌게 된다."

그는 여전히 그 방향으로 한참 계속해서 걸었다. 그러다가 그 가 왼쪽으로 돌려고 마음을 먹었는데, 이거 참! 눈앞의 땅은 촉 촉한 토양의 저지대가 아닌가. 이 땅을 버리자니 아까운데!

"오늘은 참 좋은 날이었어!"

그는 아직도 똑바로 걷고 있었다. 그는 저지대의 땅을 택해 그 분지의 먼 가장자리에다 구덩이를 파고 두 번째 모퉁이를 돌 았다.

바흠은 '시칸' 언덕쪽을 바라다보았다. 땅의 열기 때문에 아물아물한 대기 속으로 저 멀리 있는 '시칸' 언덕 위의 사람들은 거의 보이지 않았다.

"좋아."

바흠은 말했다.

"긴쪽을 취했으니 이번은 좀 짧게 잡아야지."

그는 세 번째 방향을 향해 출발했다. 그는 발걸음을 빨리 하려고 애썼다. 해를 바라다보았다. 해는 이미 저 멀리 서쪽으로 떨어지고 있었다. 세 번째 방향으로 단지 2베르스타밖에 걷지 못했다. 출발점까지는 15베르스타나 남아 있었다.

"안 되겠다. 토지가 평탄하지 않더라도 서둘러서 일직선으로 돌아가야지. 너무 많이 차지하려 해서는 안 되겠는 걸. 이 정도만이라도 이미 꽤 많은 땅을 가진 거야."

바흠은 급히 서둘러 작은 구덩이를 파고 '시칸' 언덕을 향하여 똑바로 걸었다.

9

바흠이 '시칸' 언덕을 향하여 걷고 있을 때 이제는 걷는 것이 힘겹기 시작했다. 그는 땀으로 멱을 감고 있었다. 그의 맨다리는 찢기우고 상처가 났고, 기력이 쇠퇴해지기 시작했다. 그는 몹시 쉬고 싶었다. 그러나 그건 불가능했다. 해가 질 때까지는 걸음을 멈출 수 없는 것이다. 해는 지체해 주지 않고 뉘엿뉘엿 지고 있었다.

"아아!"

그는 중얼거렸다.

"내가 큰 실수를 저질렀나? 너무 많은 땅을 차지하려고 한 것이 아닌가? 왜 더 빨리 서두르지 않는 것인가?"

그는 '시칸' 언덕을 바라보았다. 그 언덕은 햇빛 아래서 어렴풋하게 보였다. 도착 장소에 도달하려면 아직도 멀었다. 이제 해가 지평선 위에서 과히 멀지 않았다.

바흠은 더욱 서둘렀다. 힘든 일이었다. 그는 보조를 늦추지 않고 계속해서 발걸음을 재촉했다. 그는 걷고 또 걸었다. 그러나 그곳은 여전히 멀리 떨어져 있었다. 그는 조끼와 장화와 물통을 벗어던지고 괭이에 의지하며 걸었다.

"아아!"

그는 혼잣말을 했다.

"나는 욕심이 너무 많았어. 일을 전부 망치고 있었던 거야. 해지기 전에 저 곳까지 가지 못하겠는 걸."

일이 이렇게 매우 나빠진 것을 깨닫자 숨이 더욱 가빠왔다. 바흠은 달렸다. 땀에 젖은 셔츠와 바지는 몸에 찰싹 달라붙었다. 입안이 바싹 말랐다. 가슴은 대장간의 풀무처럼 할딱거렸고 심장은 방망이질하는 듯했다. 그리고 두 다리는 거의 부러질 것 같았다.

바흠은 점점 고통스러워졌다. 그는 중얼거렸다.

"만약 이런 과로로 말미암아 죽어 버리기라도 한다면……"

바흠은 이러다 갑자기 죽어 버리나 않을까 하여 두려웠지만 그렇다고 걸음을 멈출 수는 없었다.

'이렇게 달려왔는데 이제 와서 중단한다면 그들은 나를 바보라고 하겠지.'

그는 달리고 또 달렸다. 이제는 거의 목적지에 가까이 다가가고 있었다. 그는 빠시끼르 인들이 외치는 소리를 들을 수 있었다. 그것은 그를 향하여 외치는 소리였다. 그들이 외치는 고함 소리는 그의 심장의 고통을 더욱더 가중시켰다.

바흠은 젖먹던 힘까지 다하여 계속 달렸다. 해는 아직 지평선 바로 위에서 머뭇거리고 있었다. 그리고 그것은 이미 아지랑이 속으로 들어갔다. 그 곳에는 뼈빛같이 붉고 거대한 백열이 작열하고 있었다. 드디어, 드디어 지려는 찰나였다! 해는 거의 다 졌으나 바흠은 이제 출발점에서 과히 멀지 않은 곳까지 와 있었다. 그는 출발 지점을 볼 수 있었다. '시칸' 언덕 위의 사람들은 그를 향해 손을 흔들며 재촉했다. 그는 땅 위에 놓인 여우 가죽 모자와 그 속에 든 돈까지도 볼 수 있었다. 그리고 배를 움켜잡고 땅 위에 앉아 있는 촌장도 보았다.

바흠은 새벽녘의 꿈을 기억해 냈다.

"많은 땅을 차지했다."

그는 혼잣말을 했다.

'그러나 하나님은 나를 그 땅 위에서 살게 하시지 않을 거야. 아아! 나는 나 스스로를 망치고 만 것이다.'

그는 생각했다.

'난 이 땅을 차지하지 못할 것이다.'

바흠은 해를 바라보았다. 그러나 해는 이미 땅 속으로 들어가 버려 그 형체가 보이지 않았고 둥그스름한 마지막 한 부분마저 지평선 아래로 사라졌다.

바흠은 마지막 안간힘을 다했다. 몸은 앞으로 기울어지고 있었으나 두 다리가 겨우 쓰러지는 것을 지탱해 주었다. 바흠이 '시칸' 언덕에 도착한 바로 그 순간, 날이 갑자기 어두워졌다. 그는 해가 사라진 것을 보았다. 바흠은 신음 소리를 냈다.

'모든 것이 허사로구나.'

그는 생각했다. 그리고 더 가는 것을 포기하려는 순간, 그는 빠시끼르 인들이 모두 외치는 소리를 들었다. 그는 자기가 그들이 서 있는 바로 아래에 와 있음을 알았다. 그리고 그가 서 있는 곳에서는 해가 진 것 같지만 '시칸' 언덕 위에는 아직 햇살이 남아 있었던 것이다. 그는 한숨 돌리고 시칸 언덕 위로 치달려 올라 갔다. 그 작은 언덕 위에는 아직도 빛이 비치고 있었다. 바흠은 달렸다. 모자가 놓여 있는 곳으로. 모자 앞에서는 촌장이 배를 움켜잡고 웃으며 앉아 있었다.

바흠은 꿈을 기억해내며 신음을 했다.

"아……아!"

그의 다리는 더이상 그의 체중을 지탱하지 못하게 되었다. 그는 두 손을 모자쪽을 향해 뻗으며 땅 위에 쓰러졌다.

"오! 참으로 용감한 젊은이로고!"

촌장이 소리쳤다.

"당신은 참 좋은 땅을 차지했소."

바흠의 하인이 바흠에게 달려갔다. 그는 바흠을 부축해 일으키려 했다. 그러나 바흠의 입에서는 피가 쏟아졌다. 그리고 마침내 그는 숨을 거둔 것이다. 빠시끼르 인들은 애도의 표정으로 혀를 끌끌 찼다.

바흠의 하인은 괭이를 들고 바흠을 위해 구덩이를 팠다. 그 구덩이는 바흠의 머리에서 발 끝까지 단 3아르신(약 2m)의 길이밖에 되지 않았으며, 바흠은 그 곳에 묻혔다.

이반 일리이치의 죽음

1

미엘빈스키 소송 사건의 재판이 휴회되고 있는 동안 법원 큰 건물 안에서 판사단과 검사관들이 이반 예고로비치 셰베크의 전용 사무실에서 만났다. 대화는 그 유명한 크라소프스키 사건으로 돌아갔다. 표도르 바실예비치는 그 피고들의 무죄를 열을 내어 변론하였다. 이반 예고로비치가 그를 지지했다. 그러나 처음부터 이 토론에 개입하지 못했던 피오트르 이바노비치는 그 때까지 어느 편도 들지 않고 방금 자기에게 넘어 온 '브예도모스티' 지(紙)를 들여다보고 있었다.

"여러분!"

그가 말했다.

"이반 일리이치가 죽었습니다."

"설마 그럴 리가?"

"여기 있소. 당신이 직접 확인하십시오."

그는 표도르 바실예비치에게 말하며 신문을 그에게 넘겨주었다. 그 신문은 나온 지가 얼마 안되었는지 잉크 냄새를 풍기고 있었다.

'프라스코비아 표도로브나 골로비나는 슬픔을 참아 가며 사랑하는 남편인 이반 일리이치 골로빈의 사망을 친척들에게 발표했다. 그는 항소 재판소 판사였는데 1882년 2월 16일에 타계했다. 장례식은 금요일 오후 1시에 거행될 예정이다.'

이반 일리이치는 거기에 모여 있는 신사들의 동료였으며, 모두가 그를 좋아했다. 그는 수주일 동안 병상에 누워 있었는데, 불치의 병이었다는 소문이 있었다. 그의 자리는 아직 그를 위해 비워 둔 채 있었다. 그러나 그가 죽을 경우, 알렉셰예프가 그의 자리에 지명될 것이고, 알렉셰예프의 자리에는 빈니코프나 슈타벨이 임명되기로 이미 결정되어 있었다. 그래서 이반 일리이치가 죽었다는 소식을 접하자 그 방에 모여 있던 신사들은 맨 먼저 그의 죽음으로 인해 있게 될 법원 내 판사들과 친지들의 자리 이동, 승진에 관해 생각했다.

'이번에는 분명히 내가 슈타벨이나 빈니코프의 자리를 차지하게 되겠지'

표도르 바실예비치는 생각했다.

'그 자리는 오래 전부터 내게 약속된 자리였지. 이번에 승진을 하면 내 봉급은 8백 루블리가 오르고 그 외에 수당도 있겠지.'

'내 처남을 칼루 가에서 끌어오도록 즉시 제안을 해야지'라고 피오트르 이바노비치는 생각했다.

'아내가 기뻐하겠지. 이제 그녀는 나에게 자기의 친척들에게 해준 일이 무엇이 있느냐는 항의를 하지 못하겠지.'

"나는 그가 소생하리라고 생각하지는 않았죠."

피오트르 이바노비치는 큰 소리로 말했다.

"참 안 됐습니다."

"그런데 진짜 병명은 무엇이라고 하던가요?"

"의사들도 잘 모른다고 했답니다. 말하자면, 진찰을 해도 명확히 알 수가 없었던 거죠. 그러나 각자가 나름대로 판단한 것이지요. 내가 마지막 보았을 때는 상태가 꽤 호전된 것 같았는데요."

"그러나 나는 크리스마스날 이후로는 그를 찾아가 보지 못했어요. 늘 가 봐야지라고는 생각했지만."

"재산은 좀 있나요?"

"부인이 약간의 재산을 가지고 있을 겁니다. 하지만 그것도 그리 큰 액수는 아니지요."

"자, 부인을 만나 뵈러 갑시다. 그들이 사는 곳은 지독히 멀답니다."

"당신한테 멀다는 뜻이겠죠. 모든 것이 당신에게는 멀리있으니까요!"

"저, 제 말 좀 들어 보십시오."

"그는 나를 용서하지 못할 겁니다. 왜냐하면, 나는 그 강 건너편에 살고 있으니까요."

피오트르 이바노비치는 미소를 지으며 말했다. 그리고 신사들은 두 도시 사이의 먼 거리에 대해 이야기했다. 휴정 시간이 끝날 때까지.

이 사나이의 죽음에 의해 야기된 이러한 것들 말고도 죽음으로 말미암아 일어날는지도 모를 법원 내의 변화와 자리 이동들을 고려할 때, 친한 친구의 죽음이 바로 그 죽음의 사건을 들은 사람들에게 일반적으로 기쁨의 감정을 불러일으켰었다.

'죽은 사람은 그지, 나는 아니야.'

모든 사람이 그렇게 생각했다.

'암! 그가 죽었지. 난 이렇게 살아 있어.'

소위 이반 일리이치의 친구들이라고 하는 그의 친지들조차 이런 생각을 하지 않을 수 없었으며, 이제 자기들이 그 미망인을 문상하기 위해 장례식에 참여하여 예절을 차리는 아주 우울한 의무감이 남아있을 뿐이었다.

표도르 바실예비치와 피오트르 이바노비치는 그와 각별히 친한 친구였다.

피오트르 이바노비치는 법률학교 시절부터 그의 친구였으며, 늘 이반 일리이치에게 많은 신세를 지고 있다고 생각하곤 했다.

저녁 식사 시간에 이반 일리이치의 죽음을 자기 아내에게 전해 주고 처남을 자기네 서클로 끌어 올 수 있지 않을까 하는 자신의 견해를 말한 후, 피오트르 이바노비치는 쉴 사이도 없이 외투를 걸쳐 입고 이반 일리이치의 집으로 마차를 몰고 갔다.

이반 일리이치네 현관 앞에는 마차 한 대와 이쯔보쉬치크(합승 마차) 두 대가 서 있었다. 계단 밑, 모자걸이 옆 현관 벽쪽에 비단으로 된 덮개가 놓여 있었다. 그 관 덮개는 가루 장뇌(樟腦)가 듬뿍 묻은 술 장식과 레이스로 장식되어 있었다. 검은 의상의 두 숙녀들이 슈브카스(털외투)를 벗고 있었다. 한 숙녀는 이반 일리이치의 누이였으나, 다른 한 여자는 전혀 모르는 사람이었다. 피오트르 이바노비치의 동료 슈바르츠가 방금 아래층에 도착했다. 그러자 그는 그 새로운 문상객을 알아채고 윗 계단에서 걸음을 멈추고 말보다 더 많은 뜻이 전달되는 눈짓을 했다.

'이반 일리이치는 수완꾼이 못 되었지. 자네와 나는 뭘 좀 알고 있지.'

영국풍의 구레나룻을 기른 얼굴에 코트 속에는 야윈 몸매를 지닌 슈바르츠의 모습은 항상 우아한 엄숙미를 풍기고 있었다. 슈바르츠의 명랑한 성격과 영원한 대조를 이루는 이 엄숙한 분위기는 이 곳에서 독특한 통쾌함을 풍기고 있다고 피오트르 이바노비치는 생각했다.

피오트르 이바노비치는 숙녀들에게 길을 비켜 주고 천천히 그녀들을 따라 위층으로 올라갔다. 슈바르츠는 올라올 생각을 않고 층계참에 서 있었다. 피오트르 이바노비치는 그의 의중을 이해하고 있었다. 의심할 나위없이 오늘밤 카드 놀이 약속을 하려고 그러는 것이다. 두 숙녀들은 계단을 다 올라가 미망인의 방으로 갔다. 입술은 근엄하게 꼭 다물었으나, 두 눈에 장난기를 띤 슈바르츠는 눈썹을 움직여 망자(亡者)가 누워 있는 오른쪽 방을 피오트르 이바노비치에게 가리켰다.

피오트로 이바노비치는 이런 분위기 속에서 어떤 몸짓을 해야 할지 확실히 알지 못한 채 그 방에 들어갔다. 그러나 그는 이런 분위기 속에서 성호를 긋는 것이 어색하다는 것을 알고 있었다.

그는 절을 해야 할지, 말아야 할지 확실히 알 수 없었다. 그래서 그는 중용을 택했다. 방 안에 들어가자, 그는 성호를 긋기 시작했으며 동시에 한 것인지 안 한 것인지 모를 절을 꾸벅 했다. 그는 손으로 사람들을 밀쳐 고개를 기웃거리며 방 안의 모습을 살펴보았다. 이반 일리이치의 조카로 보이는 두 젊은이----한 청년은 중학교 학생이었다----가 성호를 그으며 막 방을 나가려는 참이었다. 한 늙은 부인이 꼼짝 않고 서 있었고, 흔히 볼 수 없는 아치 형 눈썹을 한 부인이 그녀에게 무엇인가를 귓속말로 속삭이고 있었다. 작업복을 입은, 친절하며 정력이 넘쳐 보이는 사제 다이어쵸크가 모든 반대를 엄금하는 듯한 표정으로 무엇인가를 큰 소리로 읽고 있었다. 집사로 일하는 농민 출신의 게라심이 피오트르 이바노비치의 앞을 지나가며 마루에 무엇인가를 뿌리고 있었다. 이것을 보자마자, 피오트르 이바노비치는 무엇인가 썩는 냄새를 느끼기 시작했다. 이반 일리이치를 마지막 방문했었을 때, 피오트르 이바노비치는 이 농부를 서재에서 본 적이 있었다. 그는 간호원 역할을 하고 있었고, 이반 일리이치는 그를 아주 좋아했었다.

피오트르 이바노비치는 계속 성호를 그으면서 시신(屍身)과 사제와 구석의 테이블 위에 놓여진 초상을 향해 절을 했다. 그런 후, 자기가 너무 오랜 시간 성호를 긋고 있었던 것 같다며 그는 잠시 멈추고 망자를 바라다보았다. 망자들은 항상 그렇듯이 관 속의 부드러운 천에 싸여 누워 있는 존재였다. 망자는 완전히 생명이 꺼지고 전혀 의식이 없는, 딱딱해진 사지와 영원히 베개 위에서 머리를 움직이지 않을 듯한 모습을 한 무거운 물체였다.

그러나 모든 죽은 자들과 마찬가지로 그의 얼굴은 살아 있을 때보다 더 아름답고 특별히 더 위엄 있어 보였다. 그의 얼굴에는 해야 할 일이 무엇이었고, 무엇을 했으며, 형식적으로 한 일이 무엇이었는가를 알려 주는 표정이 있었다. 그런 표정 말고도 그 얼굴에는 살아 있는 사람을 꾸짖는 듯한 표정도 담겨 있었다. 이런 경고는 피오트르 이바노비치에게는 소견머리 없는 것으로 여겨졌다. 아니면, 최소한 그 경고가 그에게는 적용되지 않는 것이라고 생각되었다. 거기에는 무엇인가 불유쾌한 것이 있었다. 그래서 피오트르 이바노비치는 서둘러 다시 성호를 긋기 시작했다. 그리고 나서 자기 행동이 예절에서 벗어난 것으로 생각되자 그는 등을 돌려 문 쪽으로 향했다.

슈바르츠는 옆방에서 그를 기다리고 있었다. 그는 다리를 넓게 벌리고 등 뒤로 돌린 두 손으로 원통형 모자를 빙글빙글 돌리며 서 있었다. 피오트르 이바노비치는 슈바르츠의 명랑하고 단정하며 우아한 모습을 보는 순간 다시 명랑해졌다.

피오트르 이바노비치는 슈바르츠가 이런 일들에 대해 초월해 있고, 감정의 흐트러짐이 없음을 깨달았다.

그의 겉모습은 이렇게 말하고 있었다.

"이반 일리이치의 장례라는 우연한 사건이 법원의 직무 질서를 깰 만큼 충분한 이유가 되지는 못한다. 다시 말하면, 그 어떤 일도 바로 이 밤에 저 일꾼이 네 개의 새 초에 불을 붙이고 있는 동안 카드 한 패를 섞어서 놀이를 시작하려는 우리를 방해하지는 못한다. 일반적으로 말해, 이 우연한 사건 때문에 우리가 다른 날과 마찬가지로 이 저녁에 즐겁게 놀지 못한다는 전제를 내걸 아무런 근거가 없다."

그는 피오트르 이바노비치가 자기에서 오자 이런 말을 속삭이기까지 했다. 그리고 그는 표도르 바실예비치의 집에 모여 카드 놀이를 하자고 제안했다. 그러나 피오트르 이바노비치는 그날 밤에 카드 놀이를 할 운이 못 되었던 것이 분명했다.

날씬해지려고 아무리 노력해도 갈수록 점점 살이 쪄가는 땅딸

막한 부인인 프라스코비아 표도로브나가 검은 상복을 입고 머리
에 레이스를 한 채, 관 옆에 서 있던 숙녀와 비슷한 아치 형 눈썹
을 하고 다른 부인과 함께 그녀의 방에서 나왔다. 그리고 그들에
앞서 관이 안치된 방의 문으로 들어가면서 말했다.

"미사가 곧 시작됩니다. 안으로 들어오세요."

우물쭈물 머리를 가볍게 숙이며 슈바르츠는 가만히 서 있었다.
분명히 그는 그 초대를 받아들여야 할는지 말아야 할는지를 정하
지 못하는 태도였다. 프라스코비아 표도르브나는 곧 피오트로 이
바노비치를 알아보고 한숨을 쉬며, 그한테 가까이 다가와 그의
손을 잡으며 말했다.

"전 당신이 제 남편의 진정한 친구라는 것을 알고 있어요."

그리고 그녀는 그의 반응을 기다리면서 그의 눈을 뚫어지게 바
라보았다.

피오트르 이바노비치는 다른 경우라면 성호를 그어야만 할 의
무가 자기에게 있지만, 이 경우에는 그녀의 손에 힘을 주고 한숨
을 쉬며 '그러면요'라고 말을 해야 할 의무가 있음을 알고 있
었다.

그래서 그는 그렇게 했다. 그러자, 그는 바라던 결과가 나타난
것임을 알았다. 즉, 그는 감동되었고, 그녀도 또한 감동되었다.

"이쪽으로 오세요."

그 미망인은 말했다.

"미사가 시작되기 전에 당신께 드릴 말씀이 있어요. 저에게 팔
좀 빌려 주세요."

피오트르 이바노비치는 그녀에게 자기 팔을 내밀었다. 그들은
내실을 따라 걷고 있었다. 슈바르츠 앞을 지나칠 때, 그는 피오트
르 이바노비치를 향해 동정의 눈짓을 했다.

그의 농기 어린 눈빛은 말하고 있었다.

'자네의 빈트 게임은 끝장이 났네. 그러나 우리 염려는 말게. 우리는 또 한 사람을 구할 테니까. 자네의 일이 끝나면 게임에 끼워 주지.'

피오트르 이바노비치는 한층 깊고 비장하게 한숨을 내쉬었다. 그러자 프라스코비아 표도로브나는 고맙다는 표시로 그의 팔을 꼭 쥐었다.

그들은 그녀의 응접실로 들어갔다. 그 응접실에는 장미빛 크레톤 사라사(註 : cretonne, 윤이 없고 질긴 사라사 무명천으로서 의자 덮개와 휘장 따위에 쓰임)로 휘장이 쳐져 있었고, 램프가 희미하게 빛을 발하고 있었다.

그들은 테이블 옆에 앉았다. 그녀는 디반(註 : divann, 잠잘 수 있는 긴 소파)에 앉았고, 그는 낮은 오토만(註 : ottoman, 보통 등받이가 없고 쿠션이 두툼한 긴 의자)에 앉았다. 그런데 그 오토만의 스프링들은 고장이 나서 그의 몸무게를 받자 찌그러들었다.

프라스코비아 표도로브나는 그에게 다른 의자를 사용하라고 권하고 싶었지만 그녀의 처지에 그런 말을 하는 것이 이상할 것 같아서 그러지 않았다. 피오트르 이바노비치는 오토만에 앉으며, 이반 일리이치가 이 응접실을 장식하면서 바로 저 장미빛 크레톤 사라사와 그 녹색 장식이 어떠하냐고 물었던 것을 기억해 냈다.

미망인이 디반 쪽으로 가려고 테이블 옆을 지나칠 때----그 방은 온통 장식품들과 가구들로 가득차 있었다----그녀의 검고 큰 베일의 검정 레이스가 목조물에 걸렸다. 피오트르 이바노비치는 그것을 풀어 주기 위해 자리에서 일어났다. 그의 체중에서 해방된 오토만은 흔들리며 그를 밀어내려 했다. 미망인은 의자에 걸린 레이스를 자신이 직접 풀기에 바빴다. 그래서 피오트르 이바노비치는 다시 주저앉아서 자기 밑에서 흔들거리고 있는 오토만을 평정시켰다. 그러나 미망인은 자유를 찾지 못하고 있었다. 그래서 피오트르 이바노비치는 다시 일어났다. 그러자, 또 그 오토만이 흔들렸고 삐걱거리기까지 했다.

이 모든 것이 정리되자 그녀는 깨끗한 모시 손수건을 꺼냈다. 그리곤 울기 시작했다. 레이스와 오토만과의 투쟁은 피오트르 이바노비치에게 냉기를 던져 주었다. 그래서 그는 불쾌한 표정으로 앉아 있었다. 이 어색한 상황을 깬 사람은 이반 일리이치의 집사 소콜로프였다. 그는 프라스코비아 표도로브나가 택한 장지(葬地)에 2백 루블리가 소요될 것이라는 보고를 하러 들어왔다. 그녀는 울음을 그치고 순교자적인 모습으로 피오트르 이바노비치를 바라다보며 자기는 몹시 괴롭다고 프랑스어로 말했다.

피오트르 이바노비치는 그것은 피치 못할 사정이 아니냐고 자신의 견해를 피력하며 침착한 몸짓을 해 보였다.

"죄송하지만 잠시 담배라도 피우고 계세요, 예!"

그녀는 우울하기도 하고 도량이 넓은 것 같기도 한 음성으로 말했다. 그리고 소콜로프와 더불어 장지의 가격을 논의했다.

피오트르 이바노비치는 담배를 피우기 시작하면서 그녀가 아주 신중하게 장지의 가격들을 물어 보고, 마침내 자기가 지불할 수 있는 정도의 선에서 장지를 결정하는 소리를 등 너머에서 들었다. 장지를 정한 후, 그녀는 곡(哭)하는 사람들에 대한 지시도 했다. 소콜로프는 물러갔다.

"저도 모든 것을 직접 신경써야 할 형편에 있어요."

그녀는 테이블 위에 놓인 앨범들을 한쪽으로 치우기 위해 발걸음을 옮기면서 피오트르 이바노비치에게 말했다. 그리고 담뱃재가 테이블에 떨어지려는 것을 보고 재떨이를 급히 피오트르 이바노비치에게 건네 주면서 말을 계속했다.

"벌여놓은 일들을 슬픔 때문에 신경쓸 수 없다고 한다면 제가 위선적으로 보일 거예요. 하지만 오히려 슬픔이 제 마을을 괴로

움들로부터 구해 줄는지도 모르겠어요. 비록 저를 위로해 주지는
못한다 할지라도 말이에요."

또다시 그녀는 손수건을 꺼냈다. 마치 울 준비를 하는 것처럼.
그러다 갑자기 자신을 억제하는 듯한 몸짓을 하더니 조용히 말을
꺼냈다.

"아무튼 당신께 드릴 말씀이 있어요."

피오트르 이바노비치는 몸을 숙였다. 그러나 이번에는 오토만
의 스프링들이 그에게 반항할 기회를 주지 않았다. 왜냐하면, 바
로 전에 그것들이 그의 밑에서 처신을 잘못했기 때문이다.

"임종 전의 며칠 동안 그분의 고통은 말로 표현할 수 정도였어
요."

"그토록 많은 고통을 겪었나요?"

피오트르 이바노비치가 물었다.

"아! 지독했어요! 눈을 감기 4시간 전까지 비명 소리가 계속
됐지요. 사흘을 밤낮으로 비명만 질렀죠. 그건 참으로 견디기 어
려웠어요. 전 제가 그걸 어떻게 견디었는지 알 수 없답니다. 아주
멀리에서도 그가 지르는 비명 소리를 들으실 수 있었을 거예요.
정말 얼마나 괴로왔는지!"

"그런데, 의식은 있었나요?"

피오트르 이바노비치가 물었다.

"그럼요. 마지막 순간까지 의식을 잃지 않았답니다. 임종하기
15분 전에도 저희에게 작별 인사를 하셨지요. 심지어는 볼로냐를
내보냈는지를 물을 정도였으니까요."

그녀는 속삭이듯 말했다.

명랑했던 어린 시절과 국민학교 시절의 죽마고우로서, 그리고
나중에 성인이 되어 한 동료로서 그토록 친밀했던 한 사나이가
당했던 고통에 대한 생각이, 이 여인과 자기 자신의 위선으로 말

미암은 불쾌감에도 불구하고 갑작스레 피오트르 이바노비치에게
공포심을 안겨 주었다. 다시 한번 그는 그 여자의 앞이마와 입술
위에 솟아오른 코를 바라다보며 괜히 두려움을 느꼈다.

'사흘 밤낮으로 엄습해 온 그 무서운 고통, 그리고 죽음! 그것
들은 어느 순간 나도 당하게 될 일들이 아닌가!' 그는 자신에게
말했다. 그리고 잠시 동안, 그는 공포에 사로잡힌 듯한 느낌을 가
졌다. 그러나 곧 그 자신도 어떻게 그런 생각이 떠올랐는지 모르
지만 아주 상식적인 생각이 그를 돕기 위해 머리에 떠올랐다.

'즉, 이 일은 이반 일리이치에게 일어난 일이다. 그것은 나의
일이 아니다. 그러므로 그러한 일은 나 자신과는 아무 상관이 없
는 일이다. 나에게는 그런 일이 일어날 수가 없다. 그렇게 생각하
자. 내가 우울한 생각에 빠지는 것은 정말 어리석은 일이다. 슈바
르츠의 우울한 얼굴을 나는 보지 않았던가!'

이런 사념들을 떠올리면서 피오트르 이바노비치는 냉정을 되찾
았다.

그리고 이반 일리이치의 병상에서의 세세한 일들을 흥미롭게
묻기 시작했다. 마치 죽음이란 것이 일리이치 혼자에게만 닥쳐
온 특수한 사건에 불과하며, 자기에게는 아주 멀고 먼 일인 듯이
행동했다.

이반 일리이치가 당했던, 정말 무서웠던 육체적 고통들에 관해
다소 장황하게 세세한 부분까지 이야기한 후----피오프트 이바노
비치는 프라스코비아 표도로브나의 신경이 그녀의 남편이 당한
고통들로 예민해졌을 것이라는 그 단순한 이유 때문에 그런 세세
한 이야기들을 듣고 있었다----그녀는 지금이야말로 핵심을 드러
낼 시간이라는 것을 분명히 감지했다.

"오! 피오트르 이바노비치 씨! 얼마나 고통스러웠는지! 아,
지긋지긋한 그 고통! 아, 정말 괴로웠답니다."

그리고 그녀는 또다시 눈물을 흘리기 시작했다. 피오트르 이바노비치는 한숨을 쉬었다. 그리고 그녀가 코를 풀기를 기다렸다. 그녀가 코를 풀자 그는 입을 열었다.

"저를 믿으십시오."

그러자 또다시 그녀는 말의 샘물을 펑펑 쏟아내기 시작했다. 그녀는 자기가 그를 보고 싶어한 주된 목적이 무엇인가를 분명하게 설명했다. 그것은 그녀 남편의 죽음으로 인하여 자기가 어떻게 하면 국고(國庫)로부터 연금을 확실히 확보할 수 있느냐는 문제였다.

그녀는 피오트르 이바노비치로부터 연금에 관한 조언을 듣고 싶은 체했다. 그러나 그는 그녀가 아주 세밀한 점들까지 이미 통달해 있음을 명백히 알 수 있었다. 심지어 그가 알지 못하는 부분까지 그녀는 알고 있었다. 그녀는 배우자가 사망했을 경우, 국고로부터 가능한 한 최고의 액수를 뽑아낼 수 있는 절차까지도 알고 있었다. 그러나 그녀가 알고 싶어하는 바는, 그보다 더 많은 액수를 뽑을 수 없는가에 있었다.

피오트르 이바노비치는 그 방법을 곰곰이 생각해 보았다. 그리고 그는 예의상 그녀 앞에서 정부의 인색함을 욕한 다음, 자기로서는 돈을 더 뽑아내는 일이 불가능하다고 말했다. 그녀는 한숨을 쉬며 자기의 방문자를 이내 떨쳐 버릴 수단을 강구하기 시작했다. 그는 눈치를 채고 궐련을 꺼내 물었다. 그리고 자리에서 일어나 그녀의 손을 꼭 쥐어 준 다음 대기실로 나왔다.

식당에는 이반 일리이치가 무척이나 좋아했던 시계가 놓여 있었다. 그는 이 시계를 장식 골동품상에서 구입했었다. 식당에서 피오트르 이바노비치는 사제와 장례식에 온 몇 사람의 친지를 더 만났다. 그는 이반 일리이치의 딸을 알아보고 인사를 했다. 아름다운 젊은 숙녀였다. 그녀는 온통 검은 상복에 싸여 있었는데,

연약한 몸매는 평소보다 더 가늘어 보였다. 그녀는 우울하고 단호하며 아주 초조해 보였다. 그녀는 피오트르 이바노비치에게 인사를 했다. 마치 그가 무언가 비난받을 인물인 것 같은 표정을 하며.

그녀의 뒤에는 마찬가지로 우울한 얼굴을 한 청년 부호가 서있었다. 그 청년은 피오트르 이바노비치도 안면이 있는 판사 시보로서, 소문에 의하면 그녀와 약혼한 사이라고 했다. 피오트르 이바노비치는 거기 있는 사람들에게 울적한 표정으로 인사를 하고 시신 안치실로 들어가려 했다. 그 때 그는 계단 위에 서 있는 이반 일리이치 아들의 호리호리한 모습을 보았다. 중학교 학생인데, 이반 일리이치의 모습 그대로였다. 그의 모습은 법률학교 시절의 젊은 이반 일리이치 모습을 판에 박아 놓은 듯했다. 소년의 두 눈은 눈물에 젖어 있었으며, 부유하지 못한 집안의 열 서너 살되는 사내아이들이 늘 그렇듯이 여윈 모습을 하고 있었다, 그 소년은 피오트르 이바노비치를 보자 무례하게 보일 정도로 수줍은 태도로 얼굴을 찡그렸다. 피오트르 이바노비치는 그를 향해 고개를 끄덕이고 안치실로 들어갔다.

미사가 시작되었다. 그 곳은 촛불과 신음 소리와 분 향내와 눈물과 흐느낌으로 가득차 있었다. 그는 한 번도 시신을 쳐다보지 않았다. 결국 그는 분위기를 참지 못하고 맨 먼저 그 곳을 떠났다. 대기실에는 아무도 없었다. 집사 게라심이 고인의 옛 방에서 달려나와 피오트르 이바노비치의 슈바를 찾기 위해 그 억센 손으로 털옷들을 모두 뒤집어 헤쳤다. 그리고 마침내 그것을 찾아 그에게 넘겨 주었다.

"저, 게라심 형제."

피오트르 이바노비치는 무엇인가 할 말이 있다는 듯 입을 열었다.

"마음이 너무 언짢겠소이다. 안 그렇소?"

"하나님의 뜻입죠. 우리 모두가 그의 품으로 돌아가는 것이죠."

게라심은 촘촘하고 하얀 농부의 치아를 내보이며 말했다. 무슨 위대한 일에 엄숙히 마음을 쏟고 있는 사람처럼 그는 민첩하게 문을 열어 마부를 불렀고, 피오트르 이바노비치가 마차에 타는 모습을 지켜보았다. 그리고는 무엇인가 할 일을 간절히 찾는 것처럼 현관 계단으로 돌아갔다. 피오트르 이바노비치로서는 분 향내, 시신의 냄새, 석탄산 냄새를 맡고 있다가 신선한 공기를 마시니 상쾌함을 느꼈다.

"어디로 모실깝쇼?"

마부가 물었다.

"별로 늦지 않았으니 표도르 바실예비치 씨 댁으로 가려 하네."

피오트르 이바노비치가 탄 마차는 드디어 이반 일리이치의 집에서 떠났다.

2

이반 일리이치의 일생은 단순하고 평온 무사했지만 아주 고된 생애였다.

이반 일리이치는 법원의 판사로서 마흔 다섯 살의 나이로 사망했다. 그는 페테르스부르크의 여러 관공 부서에서 오랫동안 관직 생활을 한 관리의 아들로 태어났다. 그의 부친은 실제적 유용성이 사라졌음에도 불구하고 오랜 봉직 횟수와 직위 때문에 실직할 염려가 없는 그런 관리들의 전철을 밟은 인물이었다. 그런 관리들은 상상적이고 가공적인 직위를 차지하고 있었으며, 그 직위로 노년을 걱정없이 보낼 수 있었다.

추밀 고문관인 일랴 에피모비치 골로빈 또한 그러하였다. 그는 여러 불필요한 위원회의 쓸데없는 위원 중 한 사람이었다.

그에게는 아들이 세 명 있었는데, 이반 일리이치는 그의 둘째 아들이었다.

큰 아들은 자기 아버지와 비슷한 생활을 했다. 그는 아버지와 부서가 달랐지만, 타성에 젖어 있는 것은 아버지와 같았다. 그는 대충 일하며 월급이나 받아 먹고 있었다.

세째 아들은 실패한 인물이었다. 그는 여러 자리를 옮겨다니다 완전히 만신창이가 되었다. 이 때 그는 철도 일에 관계하고 있었다. 그의 부친이나 형제들, 특히 형수들은 그를 만나기를 싫어할 뿐만 아니라 아주 필요한 때를 제외하고는 그가 살아 있는지 죽어 있는지조차 망각할 정도였다.

그의 누이 하나는 그레프 남작과 결혼했다. 그 남작은 자기의 장인처럼 페테르스부르크 치노브니크의 한 사람이었다.

이반 일리이치는 그들이 늘 말하듯이 le Phenix de la famille (註 : 가정의 불사조)였다. 그는 자기 형처럼 냉랭하지도 형식적이지도 않았으며, 자기 동생처럼 장래성이 없는 것도 아니었다. 그는 그 두 사람의 중간적 인물이었----똑똑하고 생기 발랄하며 명랑하고 품위있는 사내였다. 그는 자기 동생과 함께 법률학교에서 공부했다. 그러나 동생은 졸업하지 못하고 5학년 때 퇴학을 맞았다. 하지만 이반 일리이치는 전과정을 무리없이 마칠 수 있었다. 법률학교 시절에 이미 그는 생각이 정립되어 있었다.

그는 능력이 있었고, 친절하고, 쾌활하였으며 사교성도 있었다. 그리고 그는 자기의 의무라고 생각되는 것은 엄격히 해치웠다. 그의 견해에 따르면, 의무란 최고의 신분에 있는 사람들에

의해 성취되어야 하는 것으로 간주되고 있었다.

그는 어렸을 때나 어른이 되어서나 알랑거리는 인물은 아니었다. 아주 일찍부터 그는 사회의 고위층 사람들의 총애를 받았다. 마치 빛을 받은 나비와 같았다. 그는 그들의 방식과 그들의 인생관을 채택하였으며, 그들과 친분 관계를 맺었다. 어린 시절과 청년 시절의 열정은 모두 사라졌으며 심각한 흔적은 남기지 않았다. 그는 욕망과 허영을 이기지 못했으며, 그의 생의 마지막 시기에 이르러서는 고도의 자유주의에 빠졌었다. 그러나 이 모든 것들은 성격이 규정하는 바의 한도 내에서였다.

법률학교 시절에 그는 훗날 자기가 몹시 부끄럽게 생각할 만한 몇 가지 일들을 했었다. 그는 그 일들에 빠져 헤어나지 못했지만, 항상 그의 마음 속에는 자기 자신에 대한 신랄한 경멸감이 일었었다. 그러나 그 이후 그러한 일들이 높은 신분의 사람들에 의해서도 저질러지고, 그들은 그런 일들을 창피하게 생각하지도 않는다는 사실을 알고 그것이 아주 무가치하다는 것을 알았을 뿐만 아니라 철저히 자기 마음 속에서 제거해 버려야 한다고 생각했다. 그리고 그는 최소한 그것들을 생각함으로써 괴로워하지는 않게 되었다.

이반 일리이치는 10등관의 지위로 법률학교를 졸업했을 때 자기 아버지로부터 제복을 살 돈을 조금 받았다. 그는 '샤르머' 양복점 제품을 한 벌 주문하였고, 자질구레한 장신구들에 re-spicefinem이라고 씌어진 작은 메달을 더 달았고, 작별 인사를 고하고 급우들과 함께 '도논' 식당에서 식사를 하고 멋진 새 트렁크에 린넨 제복 면도기 세면 도구 망토 등을 아주 최고급 상점에서 구입하거나 주문한 것들로 채웠다. 그리고 그는 촉탁직인 지사의 개인 비서 자격으로 근무할 임지로 떠났다. 그 곳은 그의 부친이 그를 위해 주선해 둔 곳이었다.

그 임지에서 이반 일리이치는 곧 법률학교에서의 그의 위치와 비슷한 편하고 유쾌한 위치에 올랐다. 그는 자기의 의무에 충실하며 경력을 쌓아 갔다. 그리고 동시에 명랑하고 사려깊은 태도로 생을 즐겼다. 때때로 자기 상관의 대리로 행정 구역들을 방문했으며 상관들 뿐만 아니라, 부하 관리들에게도 점잖게 행동했다. 그는 결코 잘난 체하거나 거만을 떨지 않았고 충실히 의무를 이행하였으며, 특히 비국교도 문제를 잘 해결했다.

아직 젊다는 점과 명랑하고 일을 손쉽게 처리하려는 그의 성향(性向)에도 불구하고, 국사의 문제에 있어서 그는 철저히 신중한 자세를 취했고 준엄할 정도로 자신의 관리수습 기간을 보냈다. 그러나 다른 사람들을 사귐에 있어 그는 유쾌하고 해학적이었으며, 항상 사람 좋은 인상을 풍겼다. 그리고 예절바르고 Doen fant 였다. 상관과 상관 부인의 초대를 받을 때도 마찬가지였다. 그는 자기 상관의 집안과 아주 친밀하게 지낸 사이였다.

그는 그 임지에 있는 동안, 이 고상한 청년 법률가의 팔에 뛰어들 준비가 되어 있는 숙녀들 가운데 한 여자와 관계를 가지고 있었다. 거기에도 역시 의상실이 하나 있었고, 부관들을 방문하여 종종 흥청망청 즐기는 때도 있었으며, 저녁 식사 후 으슥한 거리를 방문하는 일도 있었다. 그는 또한 자기 상관과 그 부인의 총애도 얻었다. 그러나 이런 류의 모든 것들이 고도의 좋은 교육을 수반한 것이었기 때문에 그런 일들은 나쁘게 규정될 수가 없었다.

이것은 모두 프랑스 어 속담의 표현에 꼭 들어맞는다. 즉, '사내라면 젊을 때 방탕도 해야 한다. Il faut que jeunesse se passe.'

이 모든 것들이 깨끗한 손, 깨끗한 린넨, 프랑스 어 등으로 이루어졌으며 무엇보다도 최상류사회와 한 무리가 되어 이루어졌다. 그러므로 그 고위 계층들의 권장하에 이루어졌다고 해도 과언이 아니다.

이런 방식으로 이반 일리이치는 5년을 봉사했다. 그러는 중에 하나의 변화가 일어났다. 새로운 법원이 설립되었고, 새로운 인물들이 필요하게 된 것이다.

그에게 예심 판사의 직책이 주어졌다. 그리고 그는 그 직책을 받아들였다. 그 자리는 이제까지와는 다른 통치권에 속해 있었기 때문에 그로서는 이제까지 형성해 온 관계들을 포기하고 새로운 관계들을 형성해야만 했다. 이반 일리이치의 친구들은 그를 환송했다. 그들은 한데 어울려 기념 사진을 찍었으며 그에게 은제 담뱃갑을 선사했다.

그는 새로운 임지로 떠났다.

예심 판사의 자격을 가진 이반 일리이치는 특수 기능들을 지닌 옛날 촉탁 관리 시절에 그랬듯이 comme-il-faut(註 : 더할 나위없이 훌륭하게) 사려깊게 행동했으며, 일반인의 동경을 얻는 데 성공했다. 예심 판사직은 이전에 이반 일리이치가 있었던 위치보다 훨씬 더 흥미있고 매력적이었다.

확실히 그에게 있어서는 이전의 관리직이 유쾌했었을 것이다. 그 때, 그는 샤르메르제 제복을 입고 벌벌 떨면서 면담을 기다리는 청원자들과 하찮은 관리들 앞을 활달하고도 거리낌없이 지나쳐 다녔다. 그러면 그들은 상관의 개인 사무실을 망설임 없이 드나드는 이반 일리이치를, 상관과 함께 차를 마시고 담배를 피울 수 있는 이반 일리이치를 부러워했다. 그러나 그의 쾌감을 직접적으로 만족시켜 주는 이는 극히 드물었다. 그가 특별 지시 사항들을 가지고 파견되었을 경우, 경찰서장들이나 비국교도 Ispravniks 와 raskolniks들을 제외하고는. 그런데 그는 자기에게 의존하는 이런 사람들을 만나기를 좋아했다.

그는 그들을 예절바르게 대했을 뿐만 아니라 심지어 동지라고 생각했다. 그는 그들로 하여금 자기는 그들을 부술 만한 권력을 가졌지만 친구처럼 대한다는 사실을 느끼게 만들곤 했다. 그 당시에 그런 사람들은 극히 드물었다. 그러나 이 무렵, 예심 판사로서 이반 일리이치는 모든 사람, 즉 예외없이 중요한 사람들이나 유명한 사람들까지도 자기의 손아귀에 들어 있음을 느꼈으며, 자기가 해야 할 일은 제목을 붙여 서류에 이런저런 몇 마디 말만 쓰면 된다는 것을 알았다. 그러면 그 중요하고 유명한 사람들도 피고나 증인의 입장으로 그에게 불려 오곤 했다.

그리고 그가 그들에게 앉으라는 말을 하지 않으면 그들은 그 앞에서 그의 질문에 답을 하지 않으면 안 되었다. 이반 일리이치는 이 권한을 부당하게 사용하지는 않았다. 반대로 그는 그 권한의 표출을 억누르려고 노력했다. 그러나 이런 권한을 의식하고 그 권한을 억누를 가능성이 있다는 사실이 그에게 새 관직에 대한 흥미와 매력을 주었다. 이 관직의 임무를 수행함에 있어서, 특히 취소를 함에 있어서 이반 일리이치는 사건을 둘러싸고 있는 모든 전후 사정들을 제거하는 법과 아주 복잡한 세목들 가운데 핵심적인 사항만 서류에 기입하는 방법을 알았다. 그리고 자기 개인적인 의견은 절대적으로 배제시키고 최후로 필요한 형식 절차를 **빼**놓지 않는다는 식의 해결 방식에도 능통하게 되었다. 이러한 것들은 새로운 양식의 일처리 방식들이었다. 그리고 그는 1864년 법률을 시행한 최초의 인물들 가운데 한 사람이 되었다.

예심 판사로서 새로운 도시에 거주하였을 때, 이반 일리이치는 새로운 친지들과 유대 관계를 맺게 되었다. 그는 새로운 발판을 내디뎠고 조금 색다른 면이 있었다. 그리고 그 도시에 사는 판사들과 부유한 귀족들 가운데서 우수한 집단들과 사귀었다. 그는 정부에 대해 약간 비판적인 입장을 취했으며, 온건한 자유주의와 '문화시민'의 자세를 보여 주었다. 동시에 이반 일리이치는 고상한 몸단장을 결코 소홀히 하지 않았다. 하지만 그는 턱수염을 깎지 않고 구레나룻을 자연스럽게 길렀다.

이 새로운 도시에서의 이반 일리이치의 생활은 역시 아주 유쾌한 나날이었다. 정부에 반항하는 이 사회는 선량하고도 친절했다. 그의 봉급은 이전보다 많았다. 그는 삶에 열정을 기울이면서도 한편으로는 휘스트 게임에서 또다른 즐거움을 만끽했다. 그는 이 게임에서도 뛰어난 재간을 발휘하여 항상 이기곤 했다.

이 새로운 도시에서 2년간 봉직한 후, 이반 일리이치는 자기의 아내가 될 숙녀를 만났다. 프라스코비아 표도로브나 미헬은 이반 일리이치가 주동이 된 서클 안에서 가장 매혹적이며 위트가 풍부하고 영리한 처녀였다. 수많은 레크레이션이 행해질 때 그리고 일에 시달린 마음을 달래주는 위안으로써 이반 일리이치는 프라스코비아 표도로브나와 홍겹고 부담없는 관계를 맺었었다.

이반 일리이치는 특수 기능을 수행하던 촉탁 관리 시절 춤을 몹시 좋아했었다. 그러나 이 무렵에는 예심 판사인 까닭에 그에게 있어서 춤은 가끔 가다 한 번씩 즐기는 예외적인 오락이 되어갔다. 이 무렵, 그는 '난 새로운 일들을 꾸며 나가는 주창자의 한 사람이요. 제 5등관에 속해 있단 말이야. 그러나 댄스에 관한 문제에 있어서는 최소한 다른 사람보다 낫다는 것을 보여 줄 수 있지'라는 생각을 가지고 춤을 추었다.

따라서 파티가 끝날 무렵 프라스코비아 표도로브나와 춤을 추는 일이 흔히 있었다. 그리고 그가 프라스코비아 표도로브나를 차지하게 된 것은 주로 이 댄스 시간을 통해서였다. 그녀는 그에게 푹 빠졌다. 이반 일리이치는 결혼해야겠다는 뚜렷한 생각이 별로 없었다. 그러나 한 처녀가 자기와의 사랑에 빠지게 되자 그는 자문했다.

'사실 결혼하지 말란 법이 어디 있단 말인가?'

프라스코비아 표도로브나는 귀족 신분에 속한 양가 출신의 처녀였다. 그녀는 얼굴이 못생기지 않았으며 약간의 재산을 가지고 있었다. 이반 일리이치는 그녀보다 더 훌륭한 반려자를 열망했을는지도 모르지만 그만하면 부족함이 없는 여자였다.

이반 일리이치는 자기 봉급을 지녔었다. 그는 그녀가 이보다 더 많은 것을 소유하고 있기를 바랐다. 그녀는 진정 양가 출신이었으며, 상냥하고 어여쁘고 교육을 잘 받은 처녀였다. 이반 일리이치가 자기 약혼녀를 사랑하고 자기의 인생관에 공명하고 있음을 알았기 때문에 결혼했던 것도 아니요, 자기 부류의 사람들이 그 한 쌍을 인정했기 때문에 결혼한 것도 아니었다.

이반 일리이치는 두 가지 이유에서 아내를 택했다. 즉, 그러한 아내를 택함으로써 자기 자신이 만족을 얻고 동시에 최상계급의 그러한 행위를 당연한 것으로 여기기 때문이었다. 그래서 이반 일리이치는 결혼을 했다.

그들의 결혼식과 부부의 애무로 점철된 결혼 생활의 처음 며칠 간 그는 매우 행복했다. 새로운 가구들, 새로 구입한 식기류, 새로운 린넨 제품들 그리고 심지어 한 가정을 늘려 가겠다는 장래에 대한 전망까지도 부러울 것이 전혀 없었다. 그래서 이반 일리이치는 결혼이란 것이 전체적으로 보아 자기의 완벽하고 자연스러운 성격, 태평하고 유쾌하고 만족스럽고 항상 고상한 자신의 삶을 방해하지 않을 뿐만 아니라 오히려 그 삶에 더 도움이 된다고 생각하기 시작했다.

그러나 그의 아내가 임신을 하자 전혀 예기치 못한, 피할 수 없는 새롭고 불쾌하고 힘든 일들이 생겨났다. 그의 아내는 아무런 까닭도 없이 그의 즐겁고 점잖은 현재의 삶을 방해하기 시작했다. 그녀는 아무런 이유도 없이 질투가 늘어 갔고, 그의 시선을 끌고자 했으며, 사사건건 트집을 잡아 그로 하여금 불쾌하고 격분한 광경들을 연출하게 했다.

처음에 이반 일리이치는 이전에 그에게 위안이 되었던 바로 그 편안하고 고상한 지난 날의 생활을 지속시킴으로써 이 불쾌한 상태를 벗어나고 싶어했다. 그는 자기 아내의 성질을 무시하려고 노력했으며 옛날처럼 까다롭지 않고 유쾌한 방식으로 살아 가려고 애썼다. 그는 친구들을 초대했고, 카드 놀이 시간을 마련했으며, 클럽이나 친구들을 방문했다.

그러나 그의 아내는 거칠고 격정적인 말로 그에게 욕설을 퍼붓기 시작했으며, 그가 자기의 요구를 충족시켜 주지 못할 때는 언제나 바가지를 긁었으며, 그가 철저히 자신의 권위에 복종할 때까지----다른 말로 하자면 집에서 나가지 않고 자기와 똑같이 우울에 푹 잠기게 될 때까지----그를 들들 볶을 작정을 했음이 분명했다. 이런 일은 그가 무엇보다 두려워했던 것이었다.

그는 결혼 생활이 최소한 자기 아내와 관련된 한, 항상 실존의 쾌락과 고상함을 더해 주지 못할 뿐만 아니라 반대로 그 실존을 뒤흔들어 놓는다는 사실을 알게 되었고, 그렇기 때문에 자기 자신을 그런 방해로부터 보호해야 할 필요가 있음을 알게 되었다. 그래서 이반 일리이치는 이 목적을 성취할 수단을 강구하려고 노력했다. 그의 공적인 임무들은 프라스코비아 표도로브나에게 영향을 행사할 수 있는 유일한 것이었다. 그래서 이반 일리이치는 자기 관직을 수단으로 하여 그리고 그 관직에서 생겨나는 임무들을 수단으로 하여 자기 아내에 대항하여 자신의 독자적 생활을 옹호하기 위한 투쟁을 시작했다.

아이가 태어났다. 그 아이를 훌륭히 양육하려고 여러 가지로 노력했으나 마음대로 되지 않자, 그 결과 실제적이기도 하고 또한 상상적이기도 한 모자(母子) 모두의 병이 뒤따라왔다.

이반 일리이치는 거기에 관심을 보여야 했음에도 불구하고 그런 일들이 그에게는 아주 생소했다. 그리고 가정 밖에서의 삶을 즐기려는 욕구가 보다 더 긴요한 것이 되었다.

자기 아내가 점점 더 민감해지고 강요적이 되어 감에 따라 이반 일리이치는 자기 삶의 중심을 점점 더 자기의 관직으로 옮기기 시작했다. 그는 자기 관직을 점점 더 사랑하게 되었다.

결혼한 지 채 1년도 못 되어 이반 일리이치는 결혼 생활이란 어떤 이익도 주지만, 현실적으로는 매우 복잡하고 부담스러운 일이라고 생각되었다. 그리고 어떤 사람이 자기 의무를 완수하려면, 즉 고상하게 살고 사회의 안정을 받으려면 그는 결혼 생활과의 관련하에서도 관직에서와 마찬가지로 어떤 특정의 체제가 있어야 한다는 결론에 도달하게 되었다.

그리고 이반 일리이치는 이러한 체제를 자기의 결혼 생활에서 안전하게 확보했다. 그는 가정이라는 곳이 식사와 침실과 가정부가 있는 편리한 곳이요, 무엇보다도 사회의 여론에 따라 고상한 외적 형식들을 자기에게 제공해 주는 장소로 간주했다. 그 밖의 것들에 있어서도 그는 쾌적한 향락을 갈망했고 그것을 찾으면 그는 무척 즐거워했다. 반면에 반대의 불평 소리에 부딪히면 그는 즉시 그에게 유일학 낙을 줄 수 있는 공적 임무라는 세계로 도피했다.

이반 일리이치는 탁월한 법무 행정가로 간주되었고, 3년이 지나자 경찰관 대리에 지명되었다. 그의 새로운 직무들과 그것들의 중요성 그리고 그에게 부여된 사람들을 구속하고 구금할 수 있는 권력, 그의 발언의 공공성, 그 분야에서 성취한 그의 성공 등 모든 것들이 그로 하여금 더욱 자기 공무에 집착하게 만들었다.

아이들이 늘어 갔다. 그의 아내는 점점 더 신경질적이고 고약해져 갔다. 그러나 이반 일리이치가 가정 생활과 유지했던 관계들은 거의 그녀의 성질을 돋우는 그런 것들이었다.

한 도시에서 7년 봉직한 후, 이반 일리이치는 다른 지방의 검찰관으로 승진했다. 그의 가족은 이사를 했다. 그들에게는 돈이 많지 않았다. 그래서 그들이 이사한 곳은 그의 아내가 별로 좋아하지 않는 곳이었다. 그의 봉급은 이전보다 더 많았지만, 생활비는 그보다 더 지출되었다. 더욱이 두 아이가 죽었다. 따라서 점점 가정은 이반 일리이치에게 있어 진절머리나는 곳일 뿐이었다.

프라스코비아 표도로브나는 자기들의 새로운 거주지에서 자기들에게 닥쳐 온 모든 불운들을 자기 남편의 탓으로 돌렸다. 특히 자녀 교육에 있어서 남편과 아내 사이의 의견은 늘 달랐으며 그것이 이유가 되어 가정불화가 일어나곤 했다. 그래서 부부싸움이 벌어질 위험이 항상 주변에 내재해 있었다. 부부간에 애정을 느끼는 시기란 아주 드물게 찾아왔고, 그 기간은 또한 그리 길지 못했다. 그들이 잠시 휴식을 취할 수 있는 작은 섬들이 있었다. 그러나 곧 그들은 보이지 않는 증오의 바다 속으로 밀려 들어갔다. 그 증오는 그들 사이를 점점 멀리 떼어 놓음으로써 그 정체를 드러냈다.

만약 그가 이러한 부부간의 소원함이 불가피한 일이라고 생각하지 않았다면, 이것은 그를 화나게 했을지도 모른다. 그러나 그는 이런 상황을 정상적인 상태로 보기 시작했을 뿐만 아니라, 가정에서 자기가 행동할 목표로까지 생각하게 되었다. 그 목표는 이런 불쾌한 일들로부터 될 수 있는 한 멀리 도망치는 것이었다.

그래서 그는 가능하면 자기 가족들과 함께 지내지 않음으로써 그 목표를 성취했다. 그러나 그가 그렇게 해야만 했을 때, 그는 다른 사람들에게 접근함으로써 자기의 위치를 지키려고 노력했다.

그러나 이반 일리이치의 주요 방편은 자신의 공무였다. 그의 인생의 모든 관심은 자기 임무들을 수행하는 세계 속에 집중되어 있었다. 그리고 그 관심은 완전히 그를 흡수했다. 어느 한 사람을 파멸시키고 싶다면 파멸시킬 수도 있는 자신의 권한에 대한 의식, 법정에 나가거나 자기 부하 직원들을 만날 때 외적으로 드러나는 그의 직위의 중요성 그리고 무엇보다도 사건들을 처리하는 그의 능란함, 상관들과 부하 직원들과의 성공적인 관계 조성 등을 정확하게 의식하고 있었다. 이 모든 것이 그를 즐겁게 했으며 또한 그의 동료들과의 대화, 식사 그리고 휘스트 게임 등도 그를 유쾌하게 만들었다.

따라서 이반 일리이치 생활의 대부분은 평탄한 진로를 따라 끊임없이 흘러갔다. 명랑하고 고상하게.

이렇게 그는 7년을 보냈다. 그의 장녀는 이미 열 여섯 살이 되었다.

또 한 아이가 죽었다. 그래서 그들에게는 장녀 외에 사내 아이 하나만이 남게 되었다. 사내 아이는 학교에 다녔는데, 그들 부부의 언쟁 대상이었다.

이반 일리이치는 그 아이를 법률학교에 보내고 싶어했으나 프라스코비아는 그에 대한 화풀이로 그 아이를 중학교에 보냈다.

3

이런 식으로 이반 일리이치는 결혼 생활 17년을 보냈다. 그는 이미 중진 검찰관이 되었다. 그는 자기의 평화스러운 생활을 뒤흔들어놓는 아주 불유쾌한 일이 예기치 않게 발생했을 때보다 더 좋은 자리를 바라서 몇 차례의 전임을 거절하여 온 터였다.

이반 일리이치는 한 대학가 도시의 검찰장 자리를 희망했었다. 그러나 호폐가 선수를 쳐 그 자리를 차지했다. 이반 일리이치는 화가 치밀어 호폐를 비난하기 시작했고 호폐뿐만 아니라 자기의 상관들과도 싸움을 시작했다. 사람들은 그에 대해 냉담한 기색을 뚜렷이 드러냈다. 그리고 다음에 있는 임명에서도 그는 제외되었다.

1880년이었다. 이 해는 이반 일리이치의 생애 중 가장 힘든 한 해였다. 한편으로는 그의 봉급도 그의 지출에 충분치 못하게 되었으며, 다른 한편으로는 모든 사람들로부터 등한시되었다. 그것이 그에게는 심각하고 잔인하고 부당하게 보였지만, 다른 사람에게는 아주 당연한 것으로 간주되었다. 심지어 그의 부친마저 그를 돕는 것을 자기의 의무라고 생각하지 않았다. 그는 자기의 모든 친구들로부터 버림받았다고 느꼈다. 그들은 모두 그의 위치에서 1년에 3천 5백 루블리의 수입은 아주 정상적이고 운이 좋은 것이라고까지 생각했다. 그만이 자기가 당한 부당한 일과 자기 부인의 그칠 줄 모르는 바가지 긁는 소리, 늘어가는 부채를 알 뿐이었다. 그것들은 이제 그의 힘으로는 어쩔 도리가 없는 것들이었다. 그를 제외하고는 그의 사정이 결코 정상적이지 못함을 아는 사람은 없었다.

그 해 여름, 자기의 소비를 줄이기 위해 그는 모습을 감추고 자기 아내와 더불어 처남의 소유지인 시골로 하기 휴가를 보내러 떠났다. 그 시골에서 자기의 공무로부터 해방된 이반 일리이치는 처음으로 지루함과 견딜 수 없는 고뇌를 느꼈다. 그래서 그는 이런 식으로는 도저히 살 수 없다고 마음을 굳히고 어떤 식으로든 즉각적이고도 단호한 조치를 취해야겠다고 생각했다.

지루한 불면의 밤을 테라스를 거닐며 지새운 이반 일리이치는 다시 한번 분발하여 자신을 올바로 평가하지 못한 사람들을 처벌하는 의미로 다른 성(省)으로 전임할 방도를 취하기 위해 페테르스부르크로 가기로 결심했다. 다음날, 아내와 처남이 여러 가지로 말렸음에도 불구하고 그는 페테르스부르크로 떠났다.

그가 원하는 것은 한 가지밖에 없었다----연간 5천 루블리를 받을 수 있는 자리를 얻는 것이었다. 그는 어떤 특별한 성이든, 어떤 특수한 방면이든, 어떤 임무든 상관하지 않기로 했다. 그가 필요로 하는 것은 단 한 가지, 자리였다. 5천 루블리를 받을 수 있는 자리. 그 자리가 행정부의 자리이든, 은행이든, 철도국이든, 황후 마리아 재단이든 상관하지 않을 심사였다. 심지어 세관이라도 좋았다. 단 한 가지 조건은 5천 루블리의 봉급을 받는 것이었다. 그 조건은 자신을 정당하게 평가하지 못하는 그 검찰청으로부터 해방시켜 주는 것이었다.

그런데, 아! 이반 일리이치의 이 여행은 깜짝 놀랄 만한 예기치 않은 성공을 거두었다. 쿠르스크에서 그의 친구 S. 일리인이 1등 간으로 올라와 쿠르스크 지사로부터 방금 들은 소식을 그에게 전해 주었다. 그것은 법무성 내에 하나의 변화가 있을 것이라는 취지였다. 피오트르 이바노비치의 자리에 이반 세미요노비치가 임명될 예정이라는 것이었다.

그 무엇보다도 러시아에 있어서 중요한 의미를 지닌 앞으로 있을 이 변화는 이반 일리이치에게 있어서는 특별한 의미를 지닌 것이었다. 피오트르 페트로비치와 아마 그의 친구인 자하르 이바노비치는 이반 일리이치의 동료이자, 친구였다.

모스크바에서 그 소식이 확인되었다. 그리고 페테르스부르크에 도착했을 때, 이반 일리이치는 자하르 이바노비치를 찾아 냈으며 자기의 옛날 부서인 사법성에 확실한 자리를 약속받았다.

주말에 그는 자기 아내에게 전보를 쳤다. 이반 일리이치는 행정부 내의 이런 변화 때문에 갑작스럽게 자기 동료들보다 2등급이나 높은 자리----5천 루블리의 봉급에 3천 5백 루블리의 여행비를 받을 수 있는 자리를 약속받았다. 그는 자기의 옛 경쟁자들이나 법무성 전체에 대한 모든 원한들을 잊어버렸다. 이반 일리이

치는 행복할 뿐이었다. 얼마 전까지와는 달리 이반 일리이치는
명랑하고 만족스럽게 시골로 돌아왔다. 프라스코비아 표도로브나
도 역시 기분이 밝아졌다. 그들 사이에 평화가 다시 찾아왔다. 이
반 일리이치는 자기가 페테르스부르크에서 모든 사람들로부터 존
경받았던 이야기, 이제까지 자기의 적이었던 모든 사람들이 부끄
러워하고 자기에게 아부한다는 이야기, 그들 모두가 자신의 자리
를 부러워했다는 이야기 그리고 특히 페테르스부르크의 모든 사
람이 자기를 얼마나 사랑하는가 등을 장황하게 늘어놓았다. 프라
스코비아 표도로브나는 이 말을 잠자코 듣고 있었다. 그녀는 자
기가 그의 말을 믿고 있는 체하고 있었으며, 어느 한 가지에도 반
대를 하지 않았다. 그러나 실은 자기들이 옮겨 살게 될 새 도시에
서의 새로운 생활의 설계에만 골몰하고 있었다. 그리고 이반 일
리이치는 그러한 계획들이 자기의 계획들이며, 아내와 자신의 견
해가 일치하고 있다는 점 그리고 이제까지는 방해를 받아 왔지만
앞으로의 자기 생활은 축제 분위기의 쾌락과 고상한 원래의 특성
을 다시 찾을 수 있게 될 것이라는 점 등 때문에 희락을 느끼고
있었다.

　이반 일리이치는 곧 그곳을 떠났다. 9월 22일에 그는 자기 직무
를 맡지 않으면 안 되었다. 무엇보다도 그는 자기의 새로운 자리
를 익히고 전 임지로부터 이사짐들을 옮기고, 새로운 것들을 구
입하고 더 많은 것들을 주문할 시간이 필요했다. 한 마디로 말해
서 자기 마음에 들고 프라스코비아 표도로브나의 생각에 들어맞
을 수 있게 준비할 시간이 필요했었다.

　이 무렵에 이르러 모든 것이 아주 행복하게 준비되자 그와 그
의 아내는 뜻이 맞았고, 무엇보다도 아주 적은 시간밖에 함께 지
내지 못했던 그들이 결혼 후 처음 몇 달 동안 맛보았던 그 다정한
관계를 다시 한번 맛볼 수 있게 되었다.

　이반 일리이치는 애초의 계획으로는 가족들을 함께 데려가고자 했었다. 그러나 갑작스럽게 이반 일리이치와 그의 가족에게 이전에 볼 수 없었던 친절함과 우애를 보이는 처남과 처제들의 고집으로 혼자 출발할 수밖에 없었다.

　이반 일리이치는 임지로 떠났다. 자신의 성공과 아내와의 화해 등으로 기분은 아주 유쾌해 있었다.

　그는 마음에 꼭 드는 아파트를 발견했다. 남편과 아내의 꿈에 꼭 들어맞는 아파트였다----넓고 고상한 고풍의 응접실, 편리하고 우아한 서재, 아내와 딸의 방들, 아들을 위한 공부방, 이 모든 것들이 그들을 위하여 설계된 것같이 보였다. 이반 일리이치는 그 아파트를 꾸밀 책임을 맡았다. 그는 벽지를 추리고 아주 고풍스런 가구를 구입했다. 그것들은 특별히 comme-il-faut형이었다. 휘장 등 장식품들은 모두 그 나름대로 멋이 있었다. 그것들은 그가 이제까지 생각해 온 이상에 접근하는 멋을 지녔다.

　그의 정리 작업이 반쯤 끝났을 때, 그것들은 그의 기대치에 능가했다. 그는 모든 것이 완성되면 얼마나 comme-il-faut하고 우아할 것이며, 평범한 것과는 다른 모습을 할 것인지를 알고 있었다. 그는 누워 잠을 자다가도 자기의 홀을 어떻게 꾸밀 것인지를 그려 보았다. 그리고 아직 완성되지 않은 자기의 응접실을 둘러보고, 모든 것들이 제자리를 잡을 때 벽난로와 칸막이와 작은 골동품 진열장과 안락 의자 등은 어디에 배치할 것인지를 생각했다. 그는 이런 물건들에 일가견을 가지고 있는 파샤와 리잔카가 얼마나 놀라와할 것인가를 생각하고 즐거워했다.

　'그들은 이런 멋진 응접실을 본 적이 없을 거야. 특히 파샤는 이렇게 귀족티나는 골동품들을 이와같이 싼 값으로 살 수 있으리라고는 생각해 보지 못했을 거야.'

　그는 그들을 놀라게 해주기 위해 편지에 모든 것들이 생각대로

잘 되지 않는다고 거짓말을 했다. 이 모든 것이 그를 너무 사로잡
았기 때문에 그것들을 즐기고 있는 동안에는 그의 새로운 직무마
저도 그가 기대했던 것만큼 그의 마음을 끌지 못했다. 심지어 법
정에서 재판이 진행되고 있는 동안에도 그는 순간순간 넋을 잃고
앉아 있곤 했다. 그는 커튼에 어떤 종류의 고리를 달 것인지를 궁
리했다. 그는 이 일에 너무 흥미를 느껴 가구들을 다시 정리하기
도 하고, 심지어 그 자신이 직접 커튼을 다시 걸기까지 했다. 한
번은 우둔한 실내 장식가에게 자기가 휘장의 주름을 어떻게 하려
는지를 설명해 주려고 계단을 올라가다가 미끄러져 떨어졌다. 그
러나 그는 강인하고 기민했기 때문에 별로 다치지 않았다. 창틀
모서리에 옆구리를 약간 부딪혀 멍이 들었지만 그것도 곧 사라
졌다. 이 무렵 내내 이반 일리이치는 완전히 행복하고 만족하게
보냈다. 그는 '나는 15년이나 젊어진 것처럼 느껴지오'라고 아내
에게 편지를 썼다.

그는 9월에 일을 마치려 했지만 여의치 않아 10월 중순까지 연
기되었다. 그러나 이 모든 것이 훌륭했다. 그 자신뿐만 아니라 이
를 본 다른 모든 사람들도 똑같이 말했다. 실제 이런 일은 별로
부유하지는 못하나 부자들을 닮기 좋아하여 서로 닮은 생각을 하
는 사람들간에 흔히 볼 수 있는 바로 그런 것이다. 비단 피륙, 마
호가니, 갖가지 화초, 카펫, 청동 제품들 등은 모두가 특정 계급
의 모든 사람들과 어깨를 나란히하기 위해 특정 계급의 모든 사
람들이 즐겨 사용하는 것들이다. 그리고 그의 경우에는 유사한
면이 더 많았다. 그래서 어떤 주목할 만한 것을 추려내기란 가능
하지 않았다. 그러나 그렇다 하더라도 이런 것들은 그에게 있어
서 아주 특별한 것이었다.

기차역에서 가족을 만난 그는 그들을 위해 산뜻하게 정리된 아
파트로 인도했다. 하얀 넥타이를 맨 하인이 꽃으로 장식된 현관

문을 열었다. 그러자 그들은 응접실과 서재로 뛰어다니며 기쁨에
찬 기성을 발했다. 그는 아주 행복했다. 그는 그들에게 모든 것을
보여 주었고, 그들의 찬탄의 소리 속에서 술잔을 들었으며 만족
감에 뿌듯해 있었다.

그날 밤, 차를 마실 때 프라스코비아 표도로브나는 다른 것들
가운데서도 특히 그가 계단에서 떨어진 일에 대해 물었다. 그는
웃으면서 몸짓 발짓을 해 가며 자기가 곤두박질한 일과 실내장식
가를 깜짝 놀라게 한 일에 대해 설명했다.

"난 체육 선생은 아니야. 하지만 다른 사람들 같았으면 죽었을
테지만, 난 여기를 조금 다쳤을 뿐이지. 여길 만지면 좀 아프기는
하지만 벌써 많이 나았어. 멍이 들었을 뿐이야."

그리고 그들은 새로운 집에서 새로운 생활을 시작했다. 누구나
새로 집을 꾸미면 항상 부족한 것이 있게 마련이듯이 그들의 집
에서도 부족된 것이 발견되었다. 그리고 항상 그랬던 그처럼 그
들의 새로운 재력도 그렇게 충족하지는 못했지만, 5백 루블리 가
량이 남아 있었기 때문에 그것이면 잘 꾸려 나갈 수 있을 것 같
았다.

모든 것들이 처음에는 아주 잘 진행되었다. 하지만 아직도 그
들의 집안 정리가 완전히 끝나지 않았고 할 일이 여전히 많이 남
아 있었다----이 물건을 사고 저것을 주문하고, 다시 배열하고 수
선했다. 때때로 남편과 아내 사이에 의견 차이가 있기는 했지만
두 사람 모두 아주 만족했다. 그리고 그들에게 많은 일들이 쌓여
있었기 때문에 심각한 다툼 같은 것은 일어나지 않았다. 하지만
더이상 정리할 것이 없게 되자 그들은 따분해 지기 시작했으며,
무엇인가 부족한 감을 느꼈다. 그러나 그들은 새로운 사람들과
사귀기 시작했고, 새로운 관습을 배우기 시작하여 그들 생활은
충만해져 갔다.

이반 일리이치는 아침을 법정에서 보냈다. 그러나 식사는 집에 돌아와서 했다. 처음에 그는 탁월한 유머 솜씨를 발휘했었다. 물론 때때로 가사 일에 대해 불평한 적도 있었다.

그는 테이블이나 휘장에 얼룩이 하나라도 있거나 커튼 끈이 조금이라도 상해 있는 것을 결코 참지 못했다. 그는 물건들을 질서 있게 정리하는데 아주 많은 시간을 허비했었기 때문에 그것들이 조금이라도 흐트러져 있으면 고통스러워했다. 그러나 전체적으로 보아 이반 일리이치의 삶은 원활하고 쾌적하며 까다로움없이 진행되었다. 그의 견해에 의하면, 생은 그런 식으로 진행되어야 한다는 것이었다. 그는 9시에 일어나 커피를 마시고 조간 신문을 읽은 후 제제를 입고 법원으로 갔다. 거기에서 그는 자기가 오랫동안 익숙해져 왔던 집무----고등법원의 항소자들과 심문자들의 문제, 고등법원 자체의 사건, 대중적이고 행정적인 사건 등----에 꾸준히 정성을 기울였다. 이 모든 일을 처리하는 데는 항상 공적 임무들을 정확히 수행하는 데 방해가 되는 경향을 지니는 삶의 외부적 관심사들을 배제할 수단을 강구할 필요가 있었다. 그로서는 공적인 기반에서 만나는 사람들을 제외하고 다른 사람들과 관계를 맺어서는 안 된다는 것을 견뎌내야 할 필요가 있었다. 그러한 인간 관계들의 명분은 공식적인 일을 위한 것이어야 하며, 인간 관계 그 자체가 오직 공적인 것이어야만 한다.

예컨대, 한 사람이 찾아와 이것저것을 알고 싶어한다. 이반 일리이치는 자기의 집무를 떠난 자연인으로서는 그 사람과 어떤 관계도 맺을 수 없다. 그러나 그 사람과 이 판사와의 관계가 관제 서류에 표현되는 그러한 관계일 경우, 한계가 있는 그런 관계들 속에서 이반 일리이치 자신의 권한으로 모든 것을 철저히 처리하려 했으며 동시에 공손하고 다정한 관계들----다른 말로 하자면 예절바른 관계들----을 잃지 않는 자세를 취했다. 그의 공적인 생활과 사적인 생활이 만나는 점은 아주 엄격한 선으로 구분되어 있었다. 이반 일리이치는 혼돈없이 공적인 면과 다른 측면을 구분하는 고도의 수완을 지녔었다. 그의 오랜 경험과 재능은 아주 절묘했기 때문에 그 자신 때때로 장난기가 들면 자유자재로 인간다운 관계와 공적인 관계를 혼돈하기도 할 정도였다.

이반 일리이치의 이런 연기는 원활하고 유쾌하며 고상한 것이었다. 그리고 더 나아가 대가의 풍모까지 보였다. 휴식 시간이면 그는 담배를 피우고 차를 마시며 정치에 관한 이야기도 조금 하며, 카드 놀이에 관한 이야기도 조금 했다. 무엇보다도 그는 관직 임명에 관한 이야기를 많이 했다. 피곤할 때면, 물론 여전히 자기의 대가적(大家的) 수완을 의식하면서 오케스트라의 제 1 바이올린 주자의 한 사람처럼 자기의 역할을 훌륭히 해 낸 후 의기양양하게 집으로 돌아갔다.

집에서는 모녀가 이미 그와 통화를 끝내고 준비를 하고 있었다. 아들은 개인교사들과 함께 수업 준비를 하며 학교에 있었다. 그는 학교에서 가르쳐 주는 모든 것을 정확히 배워 알았다. 모든 것이 훌륭했다.

식사가 끝난 후 손님이 없을 경우, 이반 일리이치는 종종 많은 사람들의 입에 오르내리는 책을 읽곤 했다. 밤에는 서재에 앉아 자기 일을 했다. 즉, 신문을 읽고 법조문을 들춰보고, 조서를 비교하고 거기에 법을 적용했다.

이런 생활은 지루한 것도, 고무적인 것도 아니었다. 빈트 게임을 할 기회를 갖게 되자, 그는 그러한 생활을 지루하게 느꼈다. 그래서 빈트 게임이 없이 혼자 앉아 있거나 자기 아내와 있는 시간을 좋아하게 되었다.

이반 일리이치가 아주 유쾌하게 여기는 것은 사회의 높은 지위에 오른 신사와 숙녀들을 간단한 저녁 식사에 초대하는 것이

었다. 이러한 위안은 그와 같은 계급에 속한 모든 사람들의 위안
과 유사했다. 마치 그의 응접실이 다른 사람들의 응접실과 같은
것처럼.

심지어 어떤 밤에는 파티도 열었다. 그들은 춤을 추었고 이반
일리이치는 명랑해졌다. 모든 것이 순조로왔다. 남편과 아내 사
이에 있었던 단 한 번의 큰 싸움은 작은 파이와 사과 파이에 관한
것이었다. 프라스코비아 표도로브나는 그것들에 대한 자기 나름
대로의 생각이 있었다. 그러나 이반 일리이치는 비싼 제과점에서
그것들 모두를 구입하자고 주장했다. 그리고 그는 굉장히 많은
파이를 사왔다. 그 싸움은 파이의 양이 너무 많았다는 것과 제과
점의 계산서 금액이 무려 45루블리나 된다는 데에서 발생했다.

그 싸움은 신랄하고도 불쾌한 것이었다. 프라스코비아 표도로
브나는 그에게, '바보 같으니라고! 이 돌대가리야!' 하고 퍼부
었을 정도였다. 그래서 그는 화에 못이겨 두 손으로 머리를 움켜
쥐고 이혼하겠다고 중얼거렸다.

그러나 파티 그 자체는 유쾌했다. 최상류층 인사들이 참석했었
고, 이반 일리이치는 '내 슬픔을 가져 가라(Unesi tui mayogore)'
라는 명칭의 사교계의 창설자로 유명한 트루표노바 공주와 춤을
추었다.

이반 일리이치가 공무에서 느끼는 쾌락은 자기에의 쾌락이
었다. 사교계에서 느끼는 쾌락은 허영의 쾌락이었다. 그러나 그
의 진정한 쾌락은 빈트 게임을 할 때 느끼는 쾌락이었다. 그에게
어떤 불쾌한 사건이 일어난 후에 위안이 되는 것은----네 사람의
좋은 카드꾼, 즉 고함지르지 않는 짝들과 함께----빈트 게임을 하
기 위해 자리를 잡을 때인데, 게임에 참석할 수 있는 사람수는 항
상 네 사람뿐이다. 이 점이 바로 아무리 당신이, '저도 이 게임을
아주 좋아하지요'라고 할지라도 당신을 게임에 끼워 줄 수 없는

이유다----그는 진지하고 합리적인 게임을 시작한다----게임이 잘 풀리면 약간의 저녁 식사를 하고 포도주를 한 잔 마신다.

그리고는 이반 일리이치는 보통 잠자리에 들었다. 특히 빈트 게임이 끝나 얼마 정도 땄을 때----많은 액수는 유쾌하지 못하다 ----특별히 흡족한 마음으로 잠을 잤다.

이와같이 그들은 살아 갔다. 그들의 친구들은 최고급의 사교계를 형성했다.

고위층의 사람들이 그들을 방문했으며, 젊은 층도 찾아왔다.

자기들의 친지들에 관한 견해에 있어서는 남편과 아내와 딸이 완전한 견해의 일치를 보았다.

그리고 그들은 각기 같은 방법으로 특정의 친구들과 친척들 ----벽에 일본제 장식 접시들로 꾸며 놓은 자기들의 응접실에 들어와 아부하며 자기들 주위를 배회하는 꼴보기 싫은 종류의 사람들----을 넌지시 제쳐 놓았으며, 그들로부터 얼굴을 돌렸다. 곧 그 꼴보기 싫은 무리들은 그들의 주위를 맴돌며 아부하지 않게 되어 골로빈 가(家)는 오직 최고의 사교계 인사들만 접촉하게 되었다.

젊은이들은 리잔카에서 매혹되었다. 드미트리 이바노비치 페트리슈체프의 아들이요, 그의 유일한 재산 상속자인 페트리슈체프가 꾸준히 리잔카의 환심을 사려 애썼다.

그래서 이반 일리이치는 이미 그들을 삼두마차에 태워 산책을 보내거나 아마추어 연극을 마련해 보는 것이 좋은 계획이 아니겠는가를 프라스코비아 표도로브나에게 물어 본 바가 있었다.

이런 식으로 그들은 생활해 나갔다. 그리고 그에 따라 모든 것들이 순조롭게 진행되었으며, 모든 것이 아주 잘 되어 갔다.

4

모든 것이 순조로워졌다. 이반 일리이치는 때때로 입맛이 없다는 둥 왼쪽 배가 불편하다는 말을 하기는 했지만, 그 말에서 그의 건강이 좋지 않다는 어떤 증세를 찾을 수는 없었다.

그러나 그런 불쾌한 느낌이 점점 자주 나타났다. 그 느낌이 아직 고통에까지는 이르지 않았지만, 그는 늘 옆구리가 묵직한 것을 의식했으며 공연한 일에도 울화가 치밀어오르곤 했다. 끊임없이 치밀어 오르는 울화는 골로빈 가의 특징이었던 요즈음의 유쾌하고 태평하고 고상한 생활을 흔들어 놓기 시작했다. 남편과 아내는 자주 다투기 시작했다. 오래지 않아 그들의 여유있고 유쾌한 관계들이 깨졌으며, 심지어 고상한 품위마저도 지탱하기가 힘들었다.

사건들이 한층 더 자주 일어났다. 다시 한번, 그러나 어쩌다가 한번씩 부부가 폭발없이 만날 수 있는 섬들이 나타났다. 그래서 프라스코비아 표도로브나는 이 무렵 약간은 당당하게 자기 남편의 성격이 아주 못됐다고 말하게 되었다. 그녀는 특유의 과장스러운 어조로 그가 항상 이처럼 지긋지긋한 성격을 지녔으며, 자신의 성격이 좋지 못했다면 20년을 견딜 수 없었을 것이라고 단언했다.

실제 싸움을 시작한 사람이 항상 그였다. 그의 불평은 항상 식사 전에 시작되었다. 수프를 먹으려고 식탁에 앉는 바로 그 순간 싸움이 시작되는 경우도 종종 있었다. 어떤 때는 접시의 이가 빠졌다고 불평을 했고, 또 어떤 때는 음식이 자기 입에 맞지 않는다고 투덜거리기도 했다. 어떤 때는 아들이 식탁 위에 팔꿈치를 받치고 있다고 뭐라 했고, 딸의 머리 모양에도 화를 냈다. 그리고 그 모든 것을 프라스코비아 표도로브나의 잘못으로 돌렸다. 처음에는 프라스코비아도 그의 말에 대꾸를 하며 그에게 불유쾌한 말을 퍼부었다. 그러나 식사 시간에 또다시 그가 너무 격하게 화를 내자, 그녀는 그가 음식을 소화시키지 못해 생겨나는 좋지 않은 몸 상태 때문임을 깨달았다. 그래서 그녀는 입을 다물고 대답을 하지 않고 서둘러 식사를 계속했다.

프라스코비아 표도로브나는 자신의 유순함을 굉장한 장점으로 생각했다. 그녀는 자기 남편의 성격이 너무 고약하여 자기의 삶을 망쳐 놓고 있다고 확신하고 자기 자신을 동정하기 시작했다. 그래서 그녀는 자기자신을 불쌍하게 생각했고 자기 남편을 증오하게 되었다. 그녀는 남편이 죽었으면 좋겠다고 생각하기 시작했다. 그러나 그럴 수는 없었다. 왜냐하면, 그가 죽을 경우 그의 봉급을 더이상 받을 수 없기 때문이었다. 그리고 사실상 이 점 때문에 그녀는 더욱더 그에 대해 화가 났다. 그녀는 자기 자신을 몹시 불행한 여자라고 생각하였다. 왜냐하면, 그가 죽는다 해도 자신이 구원될 수 없다는 사실 때문이었다. 그녀는 더욱 지독해졌지만 이를 숨기고 있었다. 그리고 이 감추어진 잔인성이 그에 대한 증오심을 더욱 강하게 했다.

이반 일리이치가 특히 부당한 행위를 한 뒤, 자기가 화를 낸 까닭은 일들이 순조롭지 못한 결과 때문이었다고 설명을 한 일말의 사건이 있은 후에야 그녀는 그가 몸이 편치 않으니까 약을 먹어야 된다고 말하고는 그에게 유명한 의사에게 가 보라고 애원했다.

그는 그렇게 했다. 모든 것이 그가 얘기했던 그대로였고, 일반적인 방식에 따라 진료는 행해졌다. 꾸물거리고, 거만하고, 권위적인 자세로, 이것은 그가 익숙해져 있는 것이었다. 그가 법정에서 취한 자세가 꼭 그러했으니까. 의사는 두들겨 보고 청진기를 대어 보고 이미 정해진 질문을 하고는 그에 대한 대답은 분명히 듣지도 않았다. 그리고는 계속 '아시겠소? 선생님은 우리에게 모든 것을 맡기기만 하면 됩니다. 그렇게 하면 모든 것이 순조롭습니다. 우리는 어떻게 처리해야 할 것인지를 틀림없이 알고 있소. 모든 것이 다른 사람들에게 하듯이 그대로 되어 가고 있소.' 라는 말을 하고 있는 듯한, 무척이나 과장된 눈길이었다.

모든 것이 법정에서와 똑같이 되어졌다. 법정에서 그는 자기 앞으로 끌려온 사람들의 이익을 위해 자기가 무척 애쓰고 있는 체했다. 이와 똑같이 유명한 의사는 다음과 같이 그를 위해 애쓰고 있는 체했다.

"이러이러한 증상은 당신 몸 속에 이러이러한 병세가 있음을 보여 주고 있습니다. 그러나 그것이 이러이러한 사람의 조사에 따라 확증되지 않는다면, 당신은 이러이러한 일을 가정하지 않으면 안 됩니다. 그런데 우리가 이러이러한 일들을 가정하게 된다면……."

이반 일리이치에게 있어서는 단 한 가지 문제만이 중요한 것이었다. 그의 증상이 위험한가, 아닌가? 그러나 의사는 이 불편한 질문을 무시해 버렸다. 의사들의 관점에서 본다면, 그런 질문은 무익한 것으로 조금의 가치도 없는 질문이었다. 그들이 할 수 있는 것은 오로지 여러 가지 가능성들을 추적하는 것이었다. 신장염인가? 만성 카타르인가? 맹장염인가?

문제가 되는 것은 이반 일리이치의 생명이 아니고, 신장염인지 맹장염인지에 대한 의심뿐이었다. 이반 일리이치의 면전에서 그 의사는 아주 재치있게 그 의심을 맹장염 쪽으로 우세하게 확정지었다. 물론 소변 검사에 따라 새로운 결과들이 검출되는 경우를 남겨두고. 그런 경우에는 새로운 검사가 필요하다는 것이었다.

이 모든 방식은 정확하게 이반 일리이치가 법정에서 죄수의 이익을 위해 마찬가지의 재치로써 수천 번 행해 왔던 그런 식이

었다. 그런 식으로, 아니, 오히려 그보다 더 뛰어난 재치로 그 의
사는 진찰 결과를 요약해 주었다. 의사는 더욱 즐거운 승리감에
도취된 양 그가 재판석의 죄수를 내려다보는 식으로 안경 너머로
그를 내려다보았다. 의사의 진단 결과로부터 이반 일리이치는 한
결론에 도달했는데, 자신에 관한 한 그것은 나빴다. 그러나 의사
나 그를 제외한 이 세상 모든 사람에 관한 한 그것은 아무런 차이
도 없었다. 그러나 그를 위해서는 나빴다.

그리고 이 결론은 이반 일리이치에게 고통스러운 충격을 안겨
주었다. 그는 자기 자신에 대한 고통스러운 연민의 감정을 느꼈
으며, 이런 중대한 문제에 대해서 그토록 무관심해하는 그 의사
에 대해 분노의 감정을 느꼈다. 그러나 그는 아무 말도 하지 않고
일어났다. 테이블 위에 약간의 돈을 얹어 놓고 한숨을 쉬며 말
했다.

"아마도 우리 같은 환자는 당신에게 종종 어리석은 질문을 하
겠지요."

그는 말을 이었다.

"하지만 전반적으로 보아 제 병세는 심각한가요, 그렇지 않은
가요?"

그 의사는 안경을 통하여 한 눈으로 그를 엄하게 바라보았다.
그는 마치 이런 말을 하고 있는 것 같았다.

'법정에 나온 죄수인 당신이 이미 당신에게 주어진 질문의 범
위를 지키지 않는다면 나는 어쩔 수 없이 당신을 접견실 밖으로
내보내기 위한 조치를 취하지 않을 수 없소.'

"저는 이미 당신에게 필요한 것과 적절한 조치를 말씀드렸습
니다."

의사가 이어서 말했다.

"몇 가지 검사를 더 하면 진찰이 끝날 것입니다."

그리고 그는 이반 일리이치에게 인사를 하고 나갔다.

이반 일리이치는 천천히 병원을 나와 우울하게 썰매에 올라앉아 집으로 향했다. 그는 집으로 오는 도중 의사가 한 말을 반복하여 되뇌어 보며 그 말 속에 들어 있는 의미들을 해석해 보려고 노력했다. 그리고 그 말 속에서 '심각한 상태인가? 내 증상이 아주 심각한가? 아니면 별것 아닌가?'라는 질문에 대한 대답을 발견하려고 애썼다.

그런데 그 의사가 한 말들이 지닌 의미는 아주 심각한 증상을 지적하는 것이라는 생각이 들었다. 거리에 보이는 모든 것들이 음울하게 여겨졌다. 이쯔보쉬치크들도, 집들도, 보행자의 모습도, 상점들도 우울하게 보였다. 이 고통, 희미하면서도 무지근한 이 고통, 이 고통은 단 1초도 그를 떠나지 않는 것처럼 느껴졌다. 의사가 모호하게 말한 것들과 관련시켜 볼 때 그것은 보다 새롭고 심각한 의미를 내포한 것 같았다. 이반 일리이치는 새로운 억압감에 사로잡혀 그 통증에만 유의하게 되었다.

그는 집에 도착하여 자기 아내에게 얘기하기 시작했다. 아내는 그의 말에 귀를 기울였다. 그러나 이야기가 반쯤 진행되었을 때 그의 딸이 손에 모자를 들고 들어왔다. 그녀는 자기 어머니와 외출을 하려던 참이었다. 그녀는 분명하게 싫은 표정을 지으며 이 지루한 이야기를 듣기 위해 자리에 앉았다. 그러나 그녀는 오래 지체하지 않아도 되었다. 그녀의 어머니가 그의 말을 끝까지 듣지 않고 일어났기 때문이다.

"알겠어요."

그녀는 말했다.

"그 말을 들으니 매우 기뻐요. 이제 당신은 몸을 조심하고 알맞게 약을 드셔야 해요. 처방전을 제게 주세요. 게라심을 약제사에게 보낼게요."

그리고 그녀는 옷을 갈아 입으러 갔다.

그는 그녀와 한 방에 있는 동안 내내 심호흡을 할 수 없었다. 그녀가 나가자, 그는 무겁게 한숨을 내쉬었다. 그는 중얼거렸다. "그럴 거야. 아마도 결국 별게 아닐 거야."

그는 약을 먹기 시작했다. 그리고 의사의 처방에 따랐다. 그 처방은 소변 검사 후에 다소 수정되었다. 그러나 그 검사에 그리고 그 검사에 따라 취해야 할 조치 속에 어떤 이해할 수 없는 점이 있었다. 그 점을 추적하여 의사의 잘못이라고 꼬집어 말할 수는 없었다. 그러나 그 결과는 의사가 그에게 말했던 것이 일어나지 않았다는 것이었다. 그는 이반 일리이치에게 무엇인가 중요한 점을 잊어버리고 말을 안 했는지 혹은 그것을 무시했었든지, 아니면 그것을 그에게 숨기고 있었든지 중의 어느 한 경우일 것이다.

그러나, 그럼에도 불구하고 이반 일리이치는 의사의 처방에 충실히 따랐다. 그렇게 하는 동안 그는 처음으로 위안을 찾았다. 의사의 진찰을 받고 온 후, 이반 일리이치가 하게 된 주요한 일은 섭생법에 따라 의사의 처방을 조심스럽게 따르고, 약을 먹고, 자기 병의 징후들과 자기 내부기관의 모든 기능들을 관찰하는 것이었다. 이반 일리이치는 특히 인간의 질병과 건강에 관심을 두게 되었다. 사람들이 자기 앞에서 아픈 사람의 이야기를 하거나, 세상을 떠난 사람의 이야기를 하든가 혹은 회복한 사람의 이야기를 할 때, 특히 자기와 같은 병으로부터 회복한 사람의 이야기를 할 때 그는 흥분하곤 했다. 그는 다른 사람들의 말에 귀를 기울이고, 질문도 하고, 자기의 증상과 비교하기도 했다. 통증은 줄어들지 않았다. 그러나 이반 일리이치는 자기가 회복되어 가고 있음을 스스로에게 가장하지 않을 수 없었다. 그리고 자기를 화나게 하는 것이 없는 한 그렇게 자기를 기만할 수 있었다. 그러나 자기 아내와 불유쾌한 사건이 벌어질 때, 법정에서 잘못된 일이 생길 때, 빈트 게임에서 패가 잘 맞지 않을 때는 자기의 병이 기세를 부리고 있음을 느꼈다. 그는 이전에는 이런 불운들을 잘 견디면서 희망적인 말을 스스로에게 했었다.

'이 빌어먹을 일을 꼭 해 내고 말 거야. 틀림없이 이것을 정복하여 성공하고 말 걸. 다음 게임에서는 이기겠지.' 그러나 이 무렵의 그는 조그마한 실패가 있어도 낙망에 빠져들어 이렇게 혼잣말을 하게 되었다.

'이제 조금씩 나아 가고 있어. 약효가 이미 생겼을 거야. 하지만 이 저주스러운 불운, 이 불쾌한 일들은 견딜 수가 없단 말이야.'

그리고 그는 자신의 불운과 자기에게 불쾌감을 주는 사람들에게 분통을 터뜨리면서 자신을 죽여 가고 있었다. 그도 역시 이렇게 한번씩 화를 내는 것이 자기를 죽여 가는 것임을 깨달았지만 결코 화가 나는 것을 억제하지 못했다. 그는 자기의 주위환경이나 주변 사람들에게 화를 폭발시키면 자신의 병에 더욱 나쁜 영향을 준다는 사실을 분명히 알고 있었고, 그렇기 때문에 불쾌한 일들을 보지 말아야 했는데도 그는 정반대의 길을 걸었다. 그는 자신에게 평온이 필요하다고 말했다. 그러나 그는 이 평온을 해치는 모든 일들을 애써 찾았고, 그러다 조금만 혼란스러워도 화를 폭발시켰다.

그의 상태는 그가 의학 저술들을 읽고 이 의사, 저 의사에게 진찰함으로써 더욱 악화되었다. 그의 병 진행 속도는 아주 느렸기 때문에, 어느 날 저녁과 그 다음날 저녁의 증세를 비교하면 그 차이가 거의 없었으므로 자신을 기만할 수 있었다. 그러나 의사의 진찰을 받을 때는 증세가 악화되어 가고 있다고 느꼈다. 그것도 아주 급속히 악화되어 가고 있는 것처럼. 그러면서도 그는 끊임없이 이 의사, 저 의사에게 진찰을 받았다.

그 달에 그는 또다른 유명한 의사에게 갔었다. 그 의사는 먼젓 번의 의사가 한 말과 거의 똑같은 말을 했다. 그러나 그는 아주 다른 방식으로 질문을 했다. 그러나 이 의사에게 받은 진찰은 이 반 일리이치의 의심과 공포를 배가시켰을 따름이었다. 이반 일리 이치 친구의 친구----그도 아주 저명한 의사였다----는 그의 병에 대해 전혀 다른 진단을 내렸다. 그런데 그 의사가 회복을 예견했 음에도 불구하고 이반 일리이치는 혼란만 늘어갔으며, 의심만 더 깊어졌다. 이 동종요법 의사(註 : 병원체와 같은 성질을 가진 다 른 병원체, 예를 들면 왁진 등으로 병을 치료하는 의사)도 역시 전혀 다른 방식으로 진단하고 그에게 몇 가지 작은 알약들을 주 었다. 이반 일리이치는 누구도 의심하지 않고 일 주일 동안 그 알 약들을 먹었다. 하지만 일 주일이 지났을 때 약효가 없음을 알았 고, 이 알약뿐만 아니라 이전의 치료법에 대해서도 신뢰를 잃게 되어 더욱더 깊은 우울감에 사로잡혔다.

한번은 그의 친지인 한 숙녀가 성상(聖像)을 사용하여 효과를 본 치유법에 관해 그에게 이야기하고 있었다. 이반 일리이치는 그 이야기를 흥미있게 듣고 그 사실을 믿고 싶어하는 자기 자신 에 대해 경악을 금치 못했다. 이러한 자신의 처지가 그를 놀라게 했다.

'내가 정신적으로 이렇게 나약해질 수도 있단 말인가?' 그는 자문했다.

'당치도 않아! 모두가 어리석은 생각들이지! 그런 공상 같은 일에 속아서는 안 되지. 한 사람의 의사를 선택하여 그의 지시만 열심히 따르겠어. 내가 할 일은 바로 그것이야. 그러면 뭔가 끝이 나겠지. 더이상 골치를 썩이지 않을 거야. 여름까지는 그의 처방 을 엄격히 따르겠어. 그러면 결과가 나타날 거야. 이제는 모든 망 설임을 끝내야지.'

말은 쉬웠다. 그러나 그것은 실천 가능한 일이 못 되었다. 옆구리의 통증은 그를 계속 괴롭혔고, 뭐가 더 잘못되어 가는지 고통은 점점 더 심해졌으며 끊이질 않았다. 입맛은 더욱더 까다로와졌다. 또 그는 호흡이 불쾌한 것 같고, 점점 식욕과 기운을 잃어가고 있는 것처럼 느꼈다. 이제 더이상 자신을 기만하는 일은 불가능했다. 이반 일리이치에게 이제까지 일어났었던 것보다 더 무섭고, 이상하고, 중요하고 보다 더 의미있는 어떤 일이 생겨났다. 그런데 그것은 그 혼자만이 알 수 있었으며 그의 주위에 있는 사람들은 이해하지 못했다. 아니면, 이해하기를 원치 않았는지도 몰랐다. 그들은 세상만사가 하나도 변하지 않고 잘 진행되고 있다고 생각했다.

그 무엇보다도 이 점이 이반 일리이치를 더 고통스럽게 했다. 그의 가족----특히 사교계의 쾌락에 폭 빠져 있는 그의 아내와 딸----들은 그를 전혀 이해하지 못했고 그가 우울하고 착취적이라며 화를 냈다. 마치 그가 그러한 행동을 한 데 대한 책임을 져야 마땅하다고 생각하는 것처럼. 비록 그들은 이 점을 숨기려고 애썼지만, 그는 그들의 속을 꿰뚫어 보고 있었다. 그러나 그의 아내는 명백히 그를 존중해 주려고 마음을 정하였고, 그가 무슨 말을 하고 무슨 짓을 하든 참고 견뎌 내기도 했다.

그런 정신적 자세는 이런 식으로 표출되었다.

"아시겠어요?"

그녀는 친지들에게 이렇게 말하곤 했다.

"이반 일리이치는 다른 모든 태평한 사람들처럼 의사의 처방들을 엄격히 지키지 못해요. 물약을 먹고 그에게 지시된 것을 먹는 날은 아주 편히 잠자리에 들지요. 그런데 갑자기 내가 돌보아 주지 않으면 약 먹는 것도 잊고----금지된 것임에도 불구하고----철갑 상어를 먹으려고 해요. 그것뿐인 줄 아세요? 빈트 게임을 한다고 새벽 1시까지 앉아 있기가 일쑤인 걸요."

"그래, 내가 언제 그랬단 말이오?"

이반 일리이치는 무뚝뚝하게 물었다.

"꼭 한 번 피오트르 이바노비치 집에서 그랬을 뿐이잖소."

"그리고 어제 저녁은 셰베크 씨 집에서 하고요."

"좋아. 하지만 난 통증 때문에 잠을 이룰 수가 없단 말이오."

"알아요. 이유야 어떻든 그런 식으로는 건강을 회복할 수 없잖아요. 그리고 당신은 끊임없이 우리를 못살게 굴고 있어요."

그의 병에 관한 프라스코비아 표도로브나의 확고한 생각----그녀는 이 생각을 모든 사람들의 뇌리에 꽉 박아 주었으며, 이반 일리이치 자신에게도 그렇게 했다----은 그의 병이 오로지 그 자신 때문이며, 그의 병은 그가 그녀에게 가져다 준 새로운 고난이라는 것이었다. 이반 일리이치는 프라스코비아 표도로브나의 생각이 무의식적으로 생겨난 것임을 느꼈다. 그러나 그렇다고 해서 그녀의 그런 확신을 그가 쉽게 참아 낼 수는 없었다.

법정에서도 이반 일리이치는 자기에 대한 이와 똑같은 생소한 태도들을 보았다. 아니, 보았다고 생각했다. 이 무렵, 그는 자신이 곧 자리를 포기할 사람으로 여겨지고 있다고 생각했다. 더구나 그의 친구들이 갑자기 자기의 저급한 생각을 비웃고 있다는 생각이 들었다. 마치 그의 몸속에서 자라며 끊임없이 그의 생기를 깎아내고 있는 이 무섭고 이상한 전대미문의 병이, 저항할 수도 없게 그를 질질 끌고 가는 이 병이 마치 즐거운 야유의 대상이나 되는 것처럼! 슈바르츠가 특히 그 특유의 익살과 명랑과 품위로 이반 일리이치의 화를 돋구었다. 그런 것들은 바로 10년 전의 이반 일리이치의 자신에게서 볼 수 있었던 것들이었다.

친구들이 카드 놀이를 하러 왔다. 그들은 앉아서 트럼프 패를 도르고 새 패를 섞어 떼었다. 다이어몬드 위에 다이어몬드 일곱

장이 나왔다. 그의 짝이, '으뜸패 없는 승부!'라고 말하며 두 장의 다이어몬드패를 쳐들었다. 더이상 무엇을 바랄 것인가? 이 순간이야말로 즐겁고 자랑스러운 순간이었을 것이다. 깨끗한 전승이었으니까.

그런데 갑자기 이반 일리이치는 그 생생한 통증, 그 씁쓸한 입맛을 의식하였다. 그는 자신이 이와같은 장난에 즐거워하는 것이 조잡스럽다는 느낌이 들었다. 그는 자기 짝인 미카일 미카일로비치가 그 붉고 큰 손으로 탁자를 치는 소리를 듣고 그를 바라다보았다. 그는 공손하고도 정중하게 이긴 점수를 계산하는 것을 그만두고 그 패를 이반 일리이치에게 밀어 주어 그로 하여금 이긴 패를 세는 기쁨을 느끼게 해주려고 했다.

그에게 불편함을 주거나 그의 손을 내밀게 함이 없이. '도대체 그는 나 자신이 손을 내밀지도 못할 만큼 약하다고 생각한단 말인가?'

이반 일리이치는 자문했다. 그리고는 무엇이 으뜸패였는지를 잊어버려서 자기 짝이 딴 점수를 잃어버렸다. 3점 차이로 압승할 기회를 놓친 것이다.

그런데 무엇보다도 두려운 것은 미카일 미카일로비치가 고통스러워하는 것을 보는 일이었다. 그러나 미카일 미카일로비치는 여기에 대해 무관심했다.

그는 왜 미카일 미카일로비치가 무관심해하는지를 생각하고 있자니 무서워졌다.

모든 사람들은 그가 게임을 하는 것이 무리라고 생각했다. 그래서 그들은 그에게 말했다.

"자네가 피곤하다면 게임을 여기서 끝내세. 잠깐 쉬게나."

쉬어? 안 되지. 그는 전혀 피곤하지 않았다. 그들은 결승전을 끝까지 하고 싶어했다. 모두가 우울하고 말수가 적어졌다. 이반 일리이치는 그들을 우울하게 만든 장본인이 자기라는 것을 느꼈다. 그리고 자기로서는 그 분위기를 회복시킬 수 없음을 알았다. 그들은 저녁 식사를 하고 집으로 돌아갔다. 이반 일리이치는 홀로 남았다. 그 때 그는 자기의 생활이 자신을 망치고 있으며, 또한 자기 자신이 다른 사람들의 생활을 망치고 있다고 느꼈다. 그리고 이러한 그들의 생활을 망치는 독은 약해지기는커녕 끊임없이 자기 존재 속에 더욱더 깊이 작용하고 있음을 의식했다. 그리고 그는 이런 의식에서 헤어나지 못하고 어떤 때는 육체적 통증을 느끼며 또 어떤 때는 공포에 싸여 잠자리에 들지 않으면 안 되었다. 그럴 때는 흔히 밤시간의 대부분을 깊은 고뇌에 젖어 잠을 이루지 못했다. 그리고 아침이 되면 자리에서 일어나 옷을 입고 법정에 나가 말도 하고 글도 쓰곤 했다. 그리고 말을 타러 나가지 않으면 24시간을 집에서 보냈다.

그 어느 한 가지라도 고통스럽지 않은 것이 없었다. 이와같이 파면의 한 끝에서----홀로 그 어느 누구의 이해도, 동정도 받지 못하고----살지 않으면 안 되었다.

5

이런 식으로 한 달이 지나고 두 달이 지났다. 새해가 되기 전에 그의 처남이 이 도시에 와서 그들의 집에 머물렀다. 그 때 프라스코비아 표도로브나는 쇼핑하러 나가고 집에 없었으며, 이반 일리이치는 병원에 있었다. 이반 일리이치가 집에 와 자기 서재에 들어갔을 때, 거기에는 건강하고 혈색 좋은 그의 처남이 자신의 여행용 가방을 여는 데 열중하고 있었다. 그는 이반 일리이치의 발자국 소리를 듣고 고개를 들어 한순간 아무 말 없이 그를 쳐다보왔다. 이 시선은 모든 것을 이반 일리이치에게 폭로하고 있었다. 그의 처남은 그를 향해 외마디 소리를 지르려다 입을 다물었다. 이 행동은 모든 것을 확증해 주었다.

"왜 그러나? 내게 변한 것이라도 있나?"

"예, 좀 변하셨군요."

그리고 그 이후 이반 일리이치가 자기의 외모로 말의 주제를 돌리려 할 때마다 처남은 이를 회피했다. 잠시 후, 프라스코비아 표도로브나가 들어와서 처남은 누이의 방으로 들어갔다. 이반 일리이치는 방문을 잠그고 거울에 비친 자기 모습을 들여다보았다. 처음에는 앞모습을, 그 다음에는 옆모습을. 그리고 그는 자기 아내와 함께 있는 모습을 그린 자기 초상화를 가지고 와서 거울에 비친 자기 모습과 비교해 보았다. 그 차이는 경악할 정도였다. 그런 다음, 그는 소매를 팔꿈치까지 걷어올리고 팔목을 내려다보았다. 잠시 후, 그는 소매를 내리고 오토만 위에 앉았다. 온 세상이 밤보다 더 캄캄한 것 같았다.

"이럴 수가…… 이럴 수가 없어!"

그는 혼자 중얼거렸다. 그리고는 벌떡 일어나 테이블로 가서 기록 하나를 펼쳐 들었으나 읽혀지지가 않았다. 그는 문을 열고 홀로 나갔다. 거실 문은 잠겨 있었다. 그는 발꿈치를 들고 살며시 다가가서 안에서 들리는 소리를 엿듣기 시작했다.

"아니야, 넌 과장하고 있는 거야."

프라스코비아 표도로브나가 말하고 있었다.

"뭐가 과장이란 말입니까? 누님에게는 매형의 모습이 평상시와 같단 말입니까? 그는 죽은 사람 같습니다. 눈을 보세요. 총기가 없지 않습니까? 도대체 매형의 병명이 무엇이랍니까?"

"아무도 몰라. 니콜라예프 씨가 뭐라고 했지만, 난 잘 모르겠어. 또 레슈치티츠키 씨는 딴 말을 하고."

이반 일리이치는 그 자리를 떠나 자기 방으로 돌아와 침대에 누워 생각하기 시작했다.

'신장, 떠 있는 신장!'

그는 의사들이 자기에게 한 모든 말을 되새겨 보았다. 신장에 구멍이 났으며 늘어나 있다. 그는 상상력을 동원하여 이 신장을 잡으려고 노력했으며, 그것을 붙잡아 단단히 고정시키려고 애썼다.

'별로 큰 문제가 아닐 거야.'

그는 그렇게 생각했다.

'아니야, 피오트르 이바노비치를 다시 한번 찾아가 봐야지.'

피오트르 이바노비치는 의사를 친구로 둔 그의 친구 중 한 사람이었다. 그는 벨을 울려 말에 안장을 채우라고 지시하고 외출할 준비를 했다.

"어디 가시려고 그래요, 여보?"

그의 아내가 보기 드물게 우울하고 예전과 달리 부드러운 어투로 물었다. 예전에 들을 수 없었던 이 부드러운 말씨가 그를 화나게 했다. 그는 아내를 무섭게 노려보았다.

"피오트르 이바노비치 씨네 집에 가려고 하오."

그는 그 친구에게 가서 둘이 함께 의사라는 친구에게 갔다. 그는 이반 일리이치를 진찰하고 오랫동안 이야기를 나누었다. 그리고는 이반 일리이치에게 나타난 증상을 해부학적인 면과 생리학적인 면에서 세세하게 검사한 후에 그 증상을 정확히 알아 냈다.

그의 병은 아주 사소한 것이었다. 맹장에 아주 조그만 고장이 있다는 것이다. 그것은 모두 정상으로 회복될 수 있을 것이다. 한 기관의 힘이 강화되면 다른 기관의 활동이 약해진다. 그러므로 소화작용이 원활하게 되면 모든 것이 정상으로 회복될 것이다.

그는 식사 시간에 조금 늦었다. 그러나 마음껏 식사를 하고 명랑하게 이야기했다. 그렇지만 그는 오랫동안 일을 하러 가야겠다는 결심을 할 수 없었다.

결국 그는 서재로 들어가 즉시 일에 착수했다. 기록들을 읽고 처리해 나갔다. 그러나 그는 자기 앞에 곧 결론을 내려야 할 중요한 개인적인 임무가 있다는 생각을 떨쳐 버릴 수가 없었다.

기록들을 처리했을 때, 그는 자기가 해결해야 할 개인적인 일이 맹장에 관해 생각해 보는 것임을 기억해 냈다. 그러나 그는 그 생각을 떨쳐 버리고 차를 마시러 거실로 나갔다. 방문자들과 대화가 오갔고, 피아노 연주와 노래도 있었다. 자기 딸의 바람직한 배필인 판사 시보도 그 자리에 있었다. 프라스코비아 표도로브나가 관찰하기로는 그날 밤 이반 일리이치는 다른 때보다 유난히 쾌활하게 시간을 보냈다. 그러나 그는 자기에게 맹장에 대해 생각해야 할 중요한 일이 있다는 사실을 한순간도 잊지 않았다.

11시에 그는 친구들과 작별을 하고 자기 방으로 들어갔다. 병을 앓게 된 이래로 그는 내내 서재에 달려 있는 작은 방에서 홀로 잠을 자 왔다. 그는 방에 들어가 옷을 벗고 졸라의 소설을 집어들었다. 그러나 그는 그것을 읽지 않고 곧 생각에 빠져들었다. 그러자 그의 머릿속에는 맹장염에 대한 장기적인 치료법이 떠올랐다. 소화와 분비가 활발하게 되어 규칙적인 활동이 이루어지는 것이다.

"그렇다. 바로 그렇게 하는 것이다."

그는 자기 자신에게 말했다.

"그것이 체력을 돕는 데 필요한 것이다."

그는 약이 생각나서 자리에서 일어나 약을 먹고는 반듯이 누워 약의 효과가 나타나 자신의 통증이 서서히 줄어들기를 기다렸다.

"이 약을 규칙적으로 먹고 건강에 나쁜 일들을 피하기만 하면 된다. 벌써 몸이 조금씩 좋아지는 느낌이 드는군. 상당히 좋아진 것 같아."

그는 자신의 옆구리를 눌러 보았다.

손이 닿아도 아프지 않았다.

"아프지 않군. 벌써 상당히 좋아진 것을 느낄 수 있어."

그는 촛불을 끄고 옆으로 누웠다.

"맹장이 제대로 돌아가고 있는 거야."

그런데 갑자기 그는 늘 느껴오던 묵직하고 오래된 통증을 또다시 느꼈다. 고쳐지지 않고, 병명도 모르는 그 심한 통증이 그의 몸을 감쌌다. 그의 입에서는 그가 잘 알고 있는 냄새가 다시 나기 시작했다. 그는 가슴이 덜컹 내려앉았고 머리가 빙빙 돌기 시작했다.

"하나님, 오! 하나님!"

그는 소리를 질렀다.

"또! 이 통증은 영원히 멈추지 않을 거야!"

그리고 갑자기 근심이 전혀 다른 모습을 하고 그에게 다가왔다.

"맹장염! 신장염!"

그는 자기 자신에게 말했다.

"문제는 맹장이나 신장에 있는 게 아니야. 생명에 있지. 그리고 죽음! 그래, 내게도 한때 생명이 있었어. 그러나 지금은 그 생명이 사라지고 있어. 사라지고 있단 말이야. 난 그 생명을 회복할 수가 없어. 그래. 왜 나 자신을 속였을까? 나만을 제외한 모든 다른 사람들에게는 내가 죽어 가고 있음이 명백하지 않은가? 죽음은 오직 순간순간의 문제일 뿐이야. 빛이 있은 적도 있지만, 지금은 어둠이 깔려 있을 뿐이야. 지금의 나는 이곳에 있지만 곧 저곳으로 갈 거야! 그럼 내가 갈 곳이란?"

오한이 그를 엄습해 오며 호흡이 멈춰지는 듯했다. 그는 자기

심장이 팔딱거리는 소리밖에 들을 수 없었다.

"나는 존재하지 않게 될 것이다. 그렇다면 무엇이 존재할 것인가? 아무것도 존재하지 않게 될 것이다. 내가 이 세상에 존재하지 않게 될 때 나는 그 어느 곳에 존재하게 될 것인가? 그곳이 죽음이라는 곳인가? 싫어. 난 죽음 같은 것은 소유하지 않을 거야!"

그는 벌떡 일어났다. 촛불을 켜고 싶었다. 떨리는 손으로 더듬거리다 양초와 촛대를 바닥에 떨어뜨려 버렸다. 그는 다시 베개에 얼굴을 파묻었다.

"무엇 때문인가? 증세가 여전히 똑같지 않은가!"

그는 중얼거리며 두 눈을 크게 뜨고 어둠을 응시했다.

"죽음! 오, 죽음! 그러나 남들은 죽음에 대해 아무것도 모르고 있고 또 알려고도 하지 않아. 그들은 결코 나를 동정하지 않아. 그들은 지금 여유있게 삶을 향유하고 있으니까."

그는 문틈으로 들려 오는 희미한 목소리와 기악 간주곡의 선율을 들었다.

"그들에게도 나와 똑같은 운명이 다가갈 것이다. 그들도 또한 죽을 것이다. 바보 같은 사람들! 내가 먼저 죽지만 그들도 나를 따라오겠지. 차례차례로. 그러나 그들은 지금 향락을 누리고 있어! 짐승들 같으니라고!"

분노 때문에 그는 목이 메었다. 그는 견딜 수 없을 정도로 많은 고뇌를 느꼈다.

'그 어느 누구도 이 무시무시한 공포를 모를 거야.' 그는 또다시 자리에서 일어났다.

'아니야. 이래서는 안 되지. 진행해야지. 모든 것을 처음부터 다시 한번 생각해 보지 않으면 안 돼.'

여기에서 그는 옛 일을 더듬어 올라갔다.

'그래, 고통스러운 시작이었어. 처음에 옆구리가 쑤셨지. 그 당시는 아무렇지도 않았어. 하루 이틀 후에는 조금 아팠지. 그 후에는 좀더 심하게 아팠고, 그래서 의사에게 진찰을 받았었지. 그리고는 내내 저 깊은 골짜기로 점점 더 깊이 빠져들어갔지. 힘은 더욱 쇠잔해지고 자꾸, 자꾸! 아! 얼마나 내가 쇠약해 있는가! 내 눈은 빛을 잃었어. 죽음…… 그리고 나는 내장에 대해서 생각하고 있지! 오로지 나의 내장을 어떻게 치료해야 할까만을 생각하고 있는 중이라고. 하지만 이것이 죽음이다. 이것이 정말 죽음일까?'

그는 또다시 쓰러졌다. 그리고 헐떡거리며 성냥을 찾기 위해 애쓰다 테이블에 팔꿈치를 찧었다. 테이블이 그를 방해하고 다치게 한 것이다. 그는 자제력을 잃을 정도로 화가 나서 더욱 격렬하게 테이블을 밀어 넘어뜨렸다. 그리고 절망에 사로잡혀 숨이 거의 넘어가듯 뒤로 자빠졌다. 죽음이 닥쳐오고 있다고 생각하며. 바로 그때 방문자들이 나가는 소리가 들렸다. 프라스코비아 표도로브나가 그들을 배웅하고 있었다. 그녀는 테이블이 넘어지는 소리를 듣고 그의 방으로 들어왔다.

"무슨 일이에요?"

"아무 일도 아니오. 잘못 부딪혀서 넘어뜨린 것뿐이야."

그녀는 밖으로 나가 촛불을 가져왔다. 그는 누워서 힘겹고 가쁘게 숨을 쉬고 있었다. 마치 이제 막 1베르스타를 달려온 사람 같았다. 그의 눈은 그녀를 응시하고 있었다.

"정말 무슨 일이에요, 여보?"

"아……아무것도 아니야. 부……부딪혀……넘어뜨렸어……왜 자꾸 말을 시키지?"

'그녀는 이해하지 못할 거야.'

그는 생각했다.

그녀는 조금도 이해하지 못했다. 그녀는 테이블을 제대로 세워 놓고 그를 위해 '촛불을 켜두고는 바삐 나갔다. 친구들에게 작별 인사를 해야 했기 때문이다. 그녀가 다시 돌아왔을 때에도 그는 반듯이 누워 천장을 쳐다보고 있었다.

"무슨 일이에요? 상태가 더 나빠졌어요?"

"그래."

그녀는 머리를 흔들며 앉았다.

"아시겠어요, 여보? 레슈치티츠키 선생님을 모시러 보내는 것이 좋겠어요."

이 말은 치료비 따위는 개의치 않고 고명한 의사를 부르러 보내겠다는 것을 의미했다.

"그럴 필요는 없어."

그녀는 잠시 앉아 있다가 그에게 다가와 이마에 키스를 했다.

그는 몸서리쳐지도록 자기 넋의 온힘을 다하여 그녀를 싫어했다. 그녀가 자기에게 키스를 한 순간, 그녀가 그렇게 싫어졌던 것이다. 그는 그녀를 밀쳐 버리고 싶은 것을 참지 않으면 안 되었다.

"안녕히 주무세요! 하나님이 당신께 편안한 잠자리를 마련해 주실 거예요!"

6

이반 일리이치는 자신이 죽어 가고 있음을 알고 끝없는 절망에 빠졌다. 그의 영혼 저 깊은 곳에서 자신이 죽어 가고 있음을 알게 되었다. 그러나 그는 죽음이란 것에 익숙해질 수 없었을 뿐만 아니라 그 죽음의 단순한 의미조차 이해하지 못했다. 아니, 이해할 수 없었다.

키찌베테르의 〈논리학〉에서 공부했던 삼단논법----Kai(註 : 'A 는 B이다'처럼 논리학에 있어서의 전형적인 용어. Kai는 언어를 의미한다)는 인간이다. 인간은 죽는다. 그러므로 카이는 죽는다 ----의 형식은 그에게, 그의 전인생에 있어서는 그 논법이 카이에 적용될 때에만 타당하고 자기 자신에게는 적용되지 않는 것으로 여겨졌다. 그것은 인간, 즉 일반 인간으로서의 카이이며, 그럴 경우 이 삼단논법은 아주 정확하다. 그러나 그는 카이가 아니다. 일반적인 인간이 아니라, 그는 절대적인 하나의 실체일 뿐이며, 아주 전적으로 다른 모든 사람들과 구별되어 왔다. 그는 엄마와 아빠, 미쨔와 볼로댜, 그리고 장난감들과 마부와 유모, 그 후에 도 카텐카와 모든 기쁨과 슬픔, 유아 시절, 소년 시절, 청년 시절 의 열정 등을 가졌던 바냐(註 : 바냐는 이반, 미쨔는 드리트리, 볼로댜는 블라디미르의 약칭)였다.

바냐가 끔찍이 좋아했던 작은 가죽공 냄새를 풍겼던 사람이 카 이인가? 혹은 어머니의 손에 키스를 했던 사람이 카이였던가? 그리고 그토록 기분좋게 살랑거리던 어머니의 비단 치맛자락에 얼굴을 비비기를 좋아했던 아이가 카이였던가? 깊이 사랑에 빠 졌던 아이가 카이였던가? 법정의 재판 과정을 그토록 능란하게 운영해 갔던 자가 카이였던가?

'그런데 카이는 확실히 죽을 운명에 처해 있다. 그가 죽는 것은 당연하다. 그러나, 나 바냐, 이반 일리이치는 모든 감정과 사고 를 지닌 나에게 있어서는 죽음은 또다른 문제다. 내가 나의 죽을 차례가 되어 죽지 않으면 안 된다는 일은 있을 수 없다. 그것은 너무나 끔찍스러운 일일 것이다.'

이런 식으로 그는 죽음을 느끼고 있었다.

'만일 내가 카이처럼 죽어야만 한다면 반드시 나는 그 사실을 알고 있어야만 한다. 어떤 내면적인 음성이 내게 죽음에 대해 말을 했었을 것이다. 나 자신과 내 친구들, 우리 모두는 카이가 당했던 사정과 우리의 사정은 절대적으로 다르다고 인식해 왔다. 그런데 지금 어떻게 이럴 수가 있는가?'

그는 자기 자신에게 말했다.

'이럴 수가, 이럴 수는 없어. 그런데 죽음이 내게 현실로 다가와 있지 않은가! 이럴 수가 있는가? 어떻게 이런 사정을 이해할 수 있단 말인가?'

그는 죽음을 이해할 수가 없었다. 그리고 이런 생각은 잘못이며, 부당하고 불건전하다고 여겼다. 또한 그는 죽음에 대한 생각을 떨쳐버리고 그대신 건전한 생각을 하려고 노력했다. 그러나 단순한 어떤 생각이 아니라 말하자면 하나의 현실인 까닭에, 이 생각은 되풀이하여 뇌리에 떠오르고 그의 앞에서 구체적인 형태를 드러냈다.

그래서 그는 이 생각 대신에 다른 생각들을 잇달아 떠올렸다. 그 생각들 속에서 구원을 찾아 보려는 희망에서, 그는 이전에 그가 행하던 추론의 과정으로 되돌아가려고 노력했다. 그것은 죽음에 대한 낡은 생각으로부터 그를 숨겨 주었다. 그러나 이상하게도 이전에는 죽음의 영상을 숨기고, 감추고, 파괴할 수 있었지만 이제는 그 효과를 발휘할 수 없었다.

이반 일리이치는 죽음에 대한 공포가 없었던 이전의 감정들로 돌아가려고 노력했다. 그리고 그런 노력들로 대부분의 시간을 보냈다. 때때로 그는 자기 자신에게 이야기했다.

"나는 내 임무들을 다시 수행해야지. 그것은 분명히 내게 생기를 주었었어."

그는 모든 종류의 의심을 쫓아버리면서 법정으로 갔다. 동료들의 대화에 같이 참여했고 자신의 옛날 버릇처럼 같은 자리에 앉아 사람들에게 꿈꾸는 듯한 시선을 던지며 깊은 사념에 잠겼다. 그리고 쇠약한 두 손을 오크 나무로 만든 의자 팔걸이에 올려 놓고 평상시와 똑같이 의자에 몸을 기댄 채 동료들을 바라보고 있었다. 그리고 가끔 짤막하게 자기의 견해를 속삭이듯 던졌다. 그러다가 갑자기 두 눈을 크게 뜨고 반듯이 앉아 귀에 익은 말들을 내던지며 업무를 시작했다.

한참 일에 열중하고 있는데, 갑자기 옆구리의 통증이 공무 시간을 완전히 무시하고 그에게 엄습해왔다. 이반 일리이치는 통증을 느꼈고, 그것으로부터 벗어나려 애썼다. 그러나 통증은 이미 정해진 코스를 걷고 있었다. '죽음'이 그에게 다가와 마주보고 서서 그를 노려보았다. 그는 갑자기 온몸이 마비되었다. 그의 눈에서는 광채가 사라졌다. 그는 다시 한번 혼잣말을 했다.

"죽음을 모면할 길이 정말 없단 말인가?"

동료들과 부하 직원들이 놀라서 그를 바라보며, 이 명석하고 예리한 판사가 실수를 저지르고 있는 것을 염려했다. 그는 몸을 덜덜 떨면서 자기 생각들을 수습하려고 애썼고 재판이 휴정될 때까지 그럭저럭 진행했다. 그리고 나서는 자신에게 옛날처럼 판사로서의 행위와 개인적인 사념을 분리할 능력이 더이상 없다는 우울한 생각에 사로잡혀 집으로 돌아왔다. 심지어는 재판을 진행하는 도중에도 그는 '죽음'에 대한 사념에서 벗어날 수가 없었다. 그런데 무엇보다도 더 좋지 못한 것은 그 '죽음'은 비록 아무런 일도 하는 것이 없지만 그를 이루 말할 수 없는 고통에 빠뜨렸다.

그래서 이런 상태에서 벗어나려고 애쓰면서 이반 일리이치는 구원을 찾고자 했으며 다른 피난처를 찾고자 했다. 그리하여 구원을 얻어 잠시 위로를 받은 것 같았다. 그러나 즉시 그 구원은 명백해져서 마치 '죽음'이 모든 것을 간파하는 것처럼 아무것도 숨길 수 없게 되었다.

그는 마침내 자신이 손수 꾸민 거실로 들어갔다. 그가 살았던 바로 그 거실로. 그가 비통하고도 경멸에 싸여 생각하곤 했던 거실, 그는 이 방을 꾸미기 위해 자신의 생명을 희생했던 것이다.

왜냐하면, 그는 자기의 병이 이 거실에서 다친 타박상에서부터 시작되었음을 알았다. 그는 안으로 들어가 니스 칠한 테이블에 무엇인가 긁힌 자국이 있음을 발견했다. 어떻게 해서 그런 자국이 생겼는지를 생각해보니 앨범의 청동제 장식 때문임을 알아냈다. 장식은 끝이 구부러져 있었다. 그는 그 값비싼 앨범을 집어들었다. 앨범은 그가 소중히 다루어 오던 것이었다. 그래서 그는 자기 딸과 딸 친구들의 부주의함에 울화통이 터졌다. 그 아이들은 물건들을 이런 식으로 망가뜨리고 사진의 귀퉁이를 부러뜨려 놓는 것이다. 그는 앨범을 조심스럽게 제자리에 놓고 구부러진 장식의 끈을 펴 놓았다.

그 순간, 그는 이 배치를 바꾸어 놓자는 생각이 들었다. 앨범들과 그의 모든 것을 꽃들이 놓여 있는 다른 구석으로 옮기자는 생각이 든 것이었다. 그는 하인을 불렀다. 그의 아내와 딸이 그를 돕기 위해 왔지만 그에게 동의하지 않고 배치의 변경을 반대했다. 그는 자기 주장을 고집하다가 화를 버럭 냈다. 그러나 아무튼 잘 됐다. 왜냐하면, 그는 죽음을 생각하지 않았고 죽음도 나타나지 않았기 때문이다. 그러나 그가 물건들을 옮기자 아내가 말했다.

"기다리세요. 하인들이 와서 할 거예요. 또다시 과로하시면 어떡하려고 그러세요."

그러자 갑자기 '죽음'이 은신처로부터 어렴풋이 나타나기 시작했다.

그는 '그것'을 보았다. '그것'은 빛을 번득였다. 그는 지레 '그것'이 사라지기를 바라고 있었다. 그러나 무의식적으로 자기 옆구리의 통증에 생각이 미쳤다. 그 통증은 옆구리에서 내내 진전되고 있었다. 때문에 그것을 망각할 수가 없었다. '그것'은 분명히 꽃 속에서 그를 응시하고 있었다. 도대체 그것의 목적은 무엇이란 말인가?

'그런데 여기 이 커튼에서 나는 나의 생명을 잃어버렸다! 이런 일이 있을 수 있는가? 이 얼마나 무심코 이 얼마나 우스꽝스런 일인가! 이럴 수는 없다! 이럴 수는 없어! 그러나 이게 현실이 아닌가?'

그는 잠자기 위해서 그의 서재로 돌아왔다. 그리고는 자신이 또다시 죽음과 함께 있음을 발견했다. 그것과 얼굴을 마주대고. 그러나 '그것'과 무엇을 할 수 있단 말인가? 불가능하다! 오직 그것만을 바라보며 그는 점점 오한이 들기 시작했다.

7

이반 일리이치의 병고 석 달째 증상이 어떠했는지를 말하기는 어렵다. 왜냐하면, 증세가 눈으로 보이지 않을 정도로 점진적으로 진행되었기 때문이다. 그러나 그의 아내, 딸, 아들과 하인들 그리고 그의 친지들과 의사들 그리고 주로 그 자신은 그에 대해 다른 사람들이 느끼는 흥미는 단 한 가지, 언제 그가 자기 자리를 비울 것인가, 그가 있음으로써 야기되는 압박감이 언제 거실에서 사라질 것인가, 언제 그가 자신의 고통에서 해방될 것인가에 있음을 알게 되었다.

그는 점점 잠을 이루는 시간이 적어졌다. 그들은 그에게 아편을 주었고 모르핀 피하 주사를 놓아 주기 시작했다. 그러나 이런 조치가 그를 구해 주지는 못했다. 반쯤 졸리는 듯한 상태에서 느꺼지던 무딘 고통은 처음에는 증상이 조금 변화되었다는 의미에서 일종의 구원일 수 있었다. 그러나 곧 고통은 여전히 격심하게 되었고 겉으로 드러난 고통보다 훨씬 더 신랄했다.

그들은 의사의 지시에 따라 그에게 특별한 음식을 주었다. 그러나 이 음식은 더욱 맛이 없었고 그에게 혐오감을 주었다.

그가 대소변을 볼 수 있도록 특별한 조치가 마련되었다. 대소변을 볼 때마다 그는 견디기 어려웠다. 불결함과 추한 모습과 악취 그리고 자신이 다른 사람의 도움을 받아야 한다는 사실이 그를 고통스럽게 만들었다. 그러나 바로 이러한 불유쾌한 상황에서 이반 일리이치는 하나의 위안을 찾아냈다. 집사인 농부 게라심이 항상 모든 것들을 정리하러 왔다.

게라심은 깨끗하고 혈색이 좋은 젊은 농부로서 이 도시의 여러 가정의 식탁 시중을 들면서 성장한 사람이었다. 그는 항상 명랑하면서도 평온한 표정이었다. 맨 처음부터 항상 러시아 의복을 단정히 차려입고 이 불쾌한 일을 싫은 표정 하나 없이 성심껏 하는 이 사나이를 보고 있노라면 이반 일리이치는 부끄러움을 느꼈다.

한번은 잠자리에서 일어난 이반 일리이치는 바지도 들 힘이 없을 정도로 쇠약해졌음을 느꼈고, 안락 의자에 몸을 던지고 두려움에 싸여 생소해 보일 정도로 축 늘어져 있는 벗은 허벅다리의 근육을 응시하고 있었다.

게라심이 촛불을 들고 경쾌한 발걸음으로 들어왔다. 그는 두꺼운 장화를 신고 있었는데 그 장화에서 상쾌한 타르 냄새와 싱싱한 겨울 공기 내음이 풍겼다. 그는 깨끗한 삼베 앞치마를 두르고 깨끗한 면 셔츠를 입고 있었으며 소매 끝동을 걷어 올려 강하고 젊은 두 팔을 드러내고 있었다. 그리고는 이반 일리이치리를 쳐다보지 않고 자기 일을 시작하였다.

분명히 그는 이 아픈 사람의 기분을 상하게 하지 않기 위해 삶의 기쁨을 억제하고 있었다. 그러나 그 기쁨은 그의 얼굴에서 환하게 빛나고 있었다.

"게라심."

이반 일리이치는 쇠약한 음성으로 그를 불렀다.

게라심은 깜짝 놀랐다. 분명히 그는 자기가 무슨 잘못을 저지른 것이 아닌가 하여 두려운 표정으로 이 아픈 사나이에게 자기의 싱싱하고 선량한 얼굴을 돌렸다. 그 얼굴에는 턱수염이 막 파릇파릇 자라나기 시작하고 있었다.

"무엇을 도와드릴깝쇼?"

"내 생각에는 이 일이 자네에게 유쾌한 게 못된다고 생각하네. 용서하게. 하지만 내가 어떻게 할 도리가 없지 않은가?"

"그런 말씀 하지 마십쇼."

게라심은 두 눈을 반짝이며 희고 튼튼한 이를 씨익 드러내 보였다.

"왜 제가 나리께 이까짓 봉사를 못 해 드리겠습니까요? 아프신 분을 위한 것인뎁쇼."

그리고 그는 능숙하고 강한 손을 움직여 늘 하던 일을 끝마치고 경쾌한 발걸음으로 방을 나갔다. 5분 후에 그는 다시 돌아왔는데 여전히 그 발걸음은 경쾌했다. 그리고는 모든 것들을 깨끗하고 기분좋게 만들어 놓았다.

그러는 동안 이반 일리이치는 내내 자기 안락 의자에 앉아 있었다.

"게라심."

그가 말했다.

"자네는 나를 아주 잘 도와주고 있네. 이리로 오게."

게라심은 그에게로 다가갔다.

"날 좀 부축해 주게. 혼자 힘으로는 일어설 수가 없어서 그래. 내가 드미트리를 내보냈네."

게라심이 그에게 다가갔다. 그리고는 자신의 발걸음처럼 경쾌하게 강한 손으로 능숙하고 무리없이 그를 부축해 잡았다. 그리고 다른 손으로는 그의 옷을 단정히 해준 다음 그를 자리에 앉히려고 했다. 그러나 이반 일리이치는 소파에 앉혀 달라고 요청했다. 게라심은 그에게 조금도 압박감을 주지 않으며 힘들이지 않고 그를 부축하여 거의 들듯이 소파로 데려가 앉혔다.

"고맙네. 자넨 내게 아무런 부담도 주지 않고 잘 옮겨 주는군."

게라심은 다시 미소를 짓고 방을 나가려고 했다. 그러나 이반 일리이치는 그가 너무 마음에 들어 함께 있고 싶었다.

"좀 기다리게. 나를 저 의자로 데려가 주게. 아닐세, 저 의자를 들어다 내 발 밑에다 놓아 주게. 발을 괴어야 편안하니까."

게라심은 의자를 들어다가 조용히 그의 발 밑에 괴어 그의 몸이 수평을 이루도록 눕혀 주었다.

"다리가 좀더 위로 올라간 상태면 좋겠군."

이반 일리이치가 말했다.

"저 쿠션 좀 가져다 주지 않겠나?"

게라심은 그렇게 했다. 또다시 그의 다리를 들고 쿠션을 놓아 주었다. 이반 일리이치는 게라심이 자기 다리를 붙들고 있는 것이 기분좋게 느껴졌다. 게라심이 그의 다리를 놓자 그는 기분이 나빠지는 것을 느꼈다.

"게라심, 지금 자네 바쁜가?"

그가 말했다.

"전혀 그렇지 않습니다."

게라심이 말했다. 그는 이 도시의 사람들이 지체 높은 사람들과 이야기할 때 어떻게 해야 하는지를 배워 알고 있었다.

"자네가 더 해야 할 일이 있는가?"

"별로 할 일은 없습니다. 일을 다해 놨거든요. 단지 내일 쓸 장작을 패는 일밖에 없읍죠."

"그렇다면 내 다리를 좀더 높이 들어 줄 수 있겠는가?"

"물론 그렇게 해드립죠."

게라심은 그의 다리를 더 높이 쳐들었다. 이반 일리이치는 그런 상태라면 전혀 고통을 느끼지 않을 것같았다.

"그런데 장작은 어떻게 하려는가?"

"그건 염려 마십쇼. 저희는 시간이 많이 있으니까요."

이반 일리이치는 게라심이 앉아서 자기의 다리를 들고 있게 하고는 그와 이야기를 나누었다. 그런데 아주 이상스럽게도 그는 게라심이 자기의 다리를 들고 있는 동안 기분이 훨씬 좋아진 것을 알았다.

그런 일이 있은 후부터 이반 일리이치는 때때로 게라심을 불러 그에게 자기 다리를 어깨 위에 올려 놓게 하고 그와 이야기하는 것을 좋아하게 되었다. 게라심은 이 일을 싫어하지 않고 손쉽게 잘했다. 그의 비단결 같은 마음이 이반 일리이치에게 와 닿았다. 다른 모든 사람들의 건강과 넘치는 힘과 정력적인 삶은 이반 일리이치에게 모욕감을 주었다. 그러나 게라심의 힘과 정력적인 삶은 이반 일리이치에게 전혀 모욕감을 주지 않았고 오히려 평온하게 해주었다.

이반 일리이치를 가장 괴롭히는 것은 가식이었다. 그 가식은 어쩌면 모든 사람들이 용납하는 것이었다. 즉, 그는 아플 따름이지 죽어가고 있지는 않다. 그래서 그에게는 정양이 필요할 뿐이며 의사를 믿으면 회복될 것이었다. 그러나 그는 무슨 짓을 해도 효과가 없을 것이며 단지 더욱더 번민과 죽음을 재촉할 뿐임을 알고 있었다.

그 가식은 그를 괴롭혔다. 그들이 그가 알고 있다는 사실을 자기들도 알고 있음을 인정하기를 원치 않으며 그를 위해서는 그에게 거짓말을 하는 것이 더 좋다고 믿고 그도 역시 그 가식에 동참하게 하려 한다는 사실이 그를 괴롭혔다. 이 거짓말, 이 가식이 그에게 달라붙어 다녔다.

임종 전날 밤까지도 그러했다. 그 가식은 그의 생소하고 엄숙한 죽음을 방문(訪問)이나 커튼이나 정찬용 철갑상어와 같은 수준의 것으로 축소시키고 있는데 이는 이반 일리이치에게 있어서는 정말 고통스러운 일이었다. 그리고 정말 이상했다. 여러 번, 그들이 그를 위해 이런 어릿광대짓을 할 때마다 그는 그들에게 거의 고함을 치고 말 지경에까지 이르렀다.

'그 어리석은 가식들을 집어 치우시오! 나나 당신들이나 내가 죽어가는 것을 알고 있소. 그러니 제발 그 가식들을 그만두시오.'

그러나 그에게는 그렇게 고함칠 기운조차 없었다. 그가 죽어가고 있는 그 생소하고 무서운 행위는 그의 주위에 있는 모든 사람들에 의해 우연한 불쾌감의 수준으로 떨어뜨려졌으며 종종 꼴사나운 행위로 일축되어졌다.

그가 거실에 들어와 불쾌한 냄새나 풍기는 사람으로 취급되었을 때 그러했다. 그리고 그가 자신의 전생애를 통해 지켜온 '예의범절'의 원칙들에서 벗어난 것으로 간주되었다.

그는 자기를 동정하는 사람이 한 사람도 없음을 알았다. 왜냐하면, 어느 누구도 기꺼이 그가 처한 상황을 올바로 평가해 주려 하지 않았기 때문이다. 게라심만이 그의 처지를 이해하고 그를 동정했다. 그러므로 이반 일리이치는 게라심하고 있을 때에만 만족을 느꼈다.

그는 게라심이 어떤 때에는 잠자러 갈 생각도 하지 않고 저녁

내내 자기의 다리를 붙잡고서,

"나리, 걱정하지 마십쇼. 저는 곧 충분한 잠을 잘 수 있을 테니까요."

라고 말할 때 만족감을 느꼈다.

또는 게라심은 갑작스럽게 나리라는 말 대신 주인님이라고 부르며 이런 말을 덧붙이기도 했다.

"주인님이 편찮지 않으시다면…… 하지만 주인님이 편찮으신데 제가 왜 봉사하지 않겠습니까?"

게라심만이 거짓말을 하지 않았다. 모든 면에서 그만이 문제가 무엇인지 정확하게 이해했으며 그것을 숨길 필요없이 생각하고 점점 쇠약해져 가는 자기의 아픈 주인을 꾸밈없이 동정하였다.

그는 심지어 이반 일리이치가 가서 자라고 방에서 내보낼 때 이런 말까지 했다.

"우리는 모두 언제인가는 죽을 운명에 있습죠. 그렇다면 제가 나리께 봉사 못할 까닭이 어디 있겠습니까?"

그의 이 말은 원래 자신의 일이 아니지만 이 일을 괴롭게 생각하지 않는다는 것을 의미하고 있었다. 왜냐하면, 자기로서는 죽어 가는 사람을 위해 이 일을 하고 있으며 자기가 죽어 갈 때도 어느 누군가가 이와 똑같은 일을 해주기를 바란 까닭이었다.

게라심을 제외한 모든 사람들의 가식 외에도 아니, 바로 그 가식의 결과로 이반 일리이치는 자신은 그들이 자기를 동정해 주기를 바라고 있음에도 불구하고 그들 중 어느 누구도 자기를 동정하지 않는다는 사실 때문에 가장 큰 괴로움을 느꼈다. 오랜 고뇌 후, 어떤 순간에는 이반 일리이치는 아픈 아이가 동정을 받듯 자기도 그런 동정을 받고 싶다는 바람----물론 한 번도 이런 고백을 해 본 적은 없지만----과 그 이상의 바람을 갖기도 했다. 즉, 그

는 애무를 받고 싶어했고, 키스를 받고 싶어했고, 실컷 울고 싶기
도 했었다. 마치 어린애가 애무를 받고 키스를 받고 어리광을 피
우듯이, 그는 자기가 중요한 재판관임을 알았으며, 자기의 턱수
염이 희끗희끗해져 가는 것을 알았고, 따라서 그런 바람을 할 수
없음을 알았다.

그럼에도 불구하고 그는 그것을 바랐다. 그리고 게라심과의 관
계에서 이와 비슷한 그 어떤 것을 발견했다. 그렇기 때문에 이 관
계에서 그는 위로를 받았다.

이반 일리이치는 울고 싶었고, 애무받고 싶었다. 그래서 그는
자기 자신을 한탄하며 눈물지었다. 그 때 자기 동료이며 같은 부
서의 판사인 셰베크가 왔다. 그러자 이반 일리이치는 울고 애무
받고 싶어한 적이 언제 있었느냐는 듯이 진지하고 엄격하고 우울
한 얼굴 표정을 지었으며, 있는 힘을 다해 판결 파기(破棄)의 중
요성에 대해 자기의 견해를 말하고 끈질기게 그것을 지지했다.

그는 주변에 그리고 그의 내부에 존재하는 이 가식은 이반 일
리이치가 죽을 때 그 무엇보다도 해를 끼쳤다.

8

아침이었다.

게라심이 가고 하인 피오트르가 왔다는, 단지 그 이유만으로
아침인 것이다. 그는 촛불을 끄고 커튼을 젖히고 소리없이 방 안
을 정리했다.

아침이든, 저녁이든, 금요일이든, 일요일이든 모든 것이 이
반 일리이치에게는 무관심한 일이었고, 모든 것이 그대로
이고 모든 것이 똑같았다. 고통스럽고 쿡쿡 쑤시는 통증은 단 한

순간도 진정되지 않았다. 생명에 대한 의식은 어쩔 도리없이 사라져 가고 있었으나, 아직 그에게서 완전히 떠나지는 않았다. 저주스러운 죽음이 점점 가까이 다가온다는 그 변함없는 공포, 단 하나의 현실 그리고 언제나 마찬가지인 가식----언제, 어느 장소, 무슨 날, 무슨 요일, 하루의 그 어느 시간, 이런 것들이 무슨 상관이 있단 말인가?

"차를 드시겠습니까?"

'그는 형식을 차릴 뿐이다. 아침이면 가정의 주인은 차를 들어야만 한다는 형식.'

그는 이렇게 생각하고는 '아닐세'하고 대답했다.

"쇼파에 가서 쉬시겠습니까?"

'나는 방을 정리해야만 한다. 내가 그에게 방해가 된다. 나는 더럽고 무질서하다!'

그는 속으로 이렇게 생각하고, 단지 이렇게 말했다.

"아닐세. 나를 가만히 좀 놔두게."

그 하인은 여전히 부산을 떨고 있었다. 이반 일리이치는 손을 내밀었다. 피오트르는 의례적으로 서둘러 그한테로 왔다.

"무엇을 원하십니까?"

"내 시계를 주게나."

피오트르는 가까이에 놓여 있는 시계를 들어 그에게 주었다.

"8시 30분이로군. 식구들은 일어나지 않았나?"

"아직 안 일어났습니다. 바실리 이바노비치 도련님은----그의 아들이다----학교에 가셨습니다. 그리고 프라스코비아 표도로브나 마님은 주인님이 찾으시면 깨우라고 분부하셨습니다. 마님을 깨울까요?"

"아닐세. 그럴 필요는 없네."

"차를 한모금 마실까?"

그는 자문했다.

"그래……차……차 좀 가져다 주게나."

피오트르는 밖으로 나가려 했다. 이반 일리이치는 혼자 남게 되자 공포에 사로잡히는 것을 느꼈다.

'어떻게 하면 그를 붙들어 둘 수 있지? 그렇지, 내 약.'

"피오트르 군, 내 약을 주게나."

'아직은 약이 나를 돕는지도 모르지.'

그는 스푼을 들고 홀짝홀짝 마셨다.

"아니야, 나를 도와줄 것이란 없어. 이 모든 것이 허튼 짓이고 망상이야."

그는 언제나 느끼는 구역질나는 절망적인 맛을 느끼자마자 그렇게 말했다.

"아냐. 나는 여기서 어떠한 믿음도 가질 수 없어. 그러나 이 고통, 이 고통은? 이 고통이 단 1분만이라도 멈춰 주었으면 좋으련만!"

그리고 그는 신음소리를 끙끙 내기 시작했다. 피오트르가 되돌아왔다.

"아닐세……나가게! 나가서 차를 가져오게나."

피오트르는 밖으로 나갔다. 홀로 남은 이반 일리이치는 신음하기 시작했다. 육체적 고통도 무서운 것이었지만, 그것 때문이 아니라 오히려 정신적 고뇌 때문에 그랬다.

'모든 것이 항상 똑같다. 똑같아. 늘 끝없는 낮이고 끝없는 밤이다. 그것이 오려면 차라리 아주 빨리 왔으면! 무엇이 빨리 와야 한단 말인가! 죽음인가, 암흑인가? 아니야, 아니야! 무엇이든 와도 좋다. 죽음 말고는!'

피오트르가 차를 쟁반에 받쳐 들고 왔을 때 이반 일리이치는 그가 누구인지, 무엇을 하는 사람인지를 몰라 오랫동안 당황한 표정으로 그를 바라보았다. 피오트르는 그의 시선에 얼굴을 붉혔다. 피오트르가 당혹해하는 모습을 하자 이반 일리이치는 그에게 다가갔다.

그리고는 말했다.

"그래, 맞아. 차로군. 좋아, 아주 좋아. 차를 거기다 놓게. 세수하는 것을 도와주고 깨끗한 샤츠를 좀 입혀 주게나."

이반 일리이치는 몸단장을 하기 시작하였다. 남은 기억력을 다하여 그는 손과 얼굴을 썻고 이를 닦고 머리를 손질하기 시작했다. 그리고 거울을 들여다보았다. 파리한 이마에 맥빠진 형태로 늘어져 있는 자기의 머리카락을 보고 그는 깜짝 놀랐다. 그는 정말 놀란 것이다.

그는 셔츠를 갈아 입는 동안 자기 몸을 보게 되면 더욱더 놀라리라는 것을 잘 알고 있었다. 그래서 자기 몸을 내려다보지 않은 채 옷을 다 갈아 입었다. 할라트를 입고 어깨걸이 망토를 걸쳐 입고 안락의자에 앉아 그는 차를 들었다. 한순간 상쾌한 기분을 느꼈다. 그러나 차를 마시기 시작하자 똑같은 쓴맛, 그리고 똑같은 고통이 느껴졌다. 그는 억지로 차를 다 마시고 자리에 누워 두 다리를 쭉 뻗었다. 그리고는 피오트르에게 나가라고 했다.

항상 동일했다. 한 가닥 희망이 깜박거리다가 금방 절망 속으로 빠져들곤 했다. 통증이 느껴지고 우울하고 단조로운 생활 그것들은 늘 그의 주위를 맴돌았다. 그것은 이 외로운 사나이에게 몹시도 무서운 서글픔이었다. 그는 누군가를 부르고 싶었다. 그러나 다른 사람들이 있으면 더욱더 나쁘다는 것을 그는 이미 알고 있다.

'모로핀이라도 다시 맞는다면……잠 좀 이룰 수 있을 텐데……그에게 말해야지. 그 의사에게 모르핀 좀 더 구해 달라고. 아니야, 그건 불가능해. 불가능하다고.'한 시간, 두 시간 이런 식으로 흘러갔다. 그 때였다! 복도에서 초인종 소리가 들렸다. 아마 의사일 것이다.

그렇다. 바로 맞췄다!

'당신은 이것저것 염려가 되실 겁니다. 그러나 우리는 당신을 위해 곧 틀림없는 조치를 취할 것입니다'라는 표정을 짓는 생기 있고 마음씨 곱고 늠름하고 유쾌한 의사다.

그 의사는 그런 표정이 이 상황에서 알맞지 않음을 알고 있다. 그러나 그는 이미 표정을 지었다. 마치 아침에 연미복을 입고 친지의 집을 방문하러 간 사람처럼.

의사는 마음으로부터의 확신을 주는 분위기를 풍기며 두 손을 비벼댔다.

"몹시 추운데요. 서리가 많이 내렸어요. 몸 좀 녹입시다."

마치 그에게 필요한 것은 몸을 녹이는 것뿐이며 몸을 좀 녹이면 곧 좋은 조치를 취할 것이라는 듯한 표정을 지었다.

'자, 그럼, 요즘은 어떠십니까?'

이반 일리이치는 의사가 다음과 같은 말을 하고 싶어한다고 생각했다.

'하찮은 당신의 병은 좀 어떠십니까?'

그러나 그렇게 말할 수는 없을 테니까 '지난 밤은 어떠했나요'라고 말할 것이라 생각했다. 이반 일리이치는 '당신은 거짓말하는 것을 한 번도 부끄럽게 생각해 보지 않으셨나요?'라고 묻고 싶은 표정으로 그 의사를 바라보았다. 그러나 의사한테는 그의 질문을 이해하고자 하는 마음이 없었다. 그래서 이반 일리이치는 말했다.

"매우 심했습니다. 통증이 잠시도 멈추지 않고 사라지지도 않습니다. 만약 하실 수 있다면 무슨 조치를 내려 주시면 좋겠습니다!"

"당신처럼 아픈 분들이면 누구나 당하는 일이지요! 자, 이제 몸이 좀 녹는 것 같습니다. 아주 까다로운 프라스코비아 표도로브나 여사도 나의 체온에 대해서는 어떤 의의를 제기하지 않을 겁니다. 자, 그럼 당신의 상태는 정말 어떠한가요?"

의사는 그와 악수를 했다.

그리고 이제까지의 익살을 중단하고 아주 진지한 태도로 환자를 진찰하기 시작했다. 맥박과 체온을 재고 타진과 청진을 새로이 했다.

이반 일리이치는 이 모든 짓이 터무니없고 어리석은 속임수임을 확실하고 분명하게 알았다. 그러나 그 의사가 무릎을 꿇고 아주 슬기로운 태도로 여러 가지 몸짓들을 취하자 이반 일리이치는 그에게 압도되었다. 언젠가 변호사들의 변론에 압도당했던 바와 같이, 그는 그들이 자기를 속이는 것을 정확히 알고 있었고 왜 자기를 속이는지 알고 있으면서도 그들에게 압도당했던 것이다.

의사는 아직도 소파에 무릎을 꿇고 청진을 계속하고 있었다. 그 때 문간에서 프라스코비아 표도로브나의 비단 옷자락이 스치는 소리와 피오트르를 꾸짖는 목소리가 들렸다. 왜냐하면, 피오트르가 그녀에게 의사의 왕진을 알리지 않았기 때문이었다.

그녀는 방으로 들어와서 자기 남편에게 키스를 하자 곧 자기가 잠자리에서 오래 전에 일어나 '있었음을 설명하기 시작했다. 단지 의사가 온 줄 몰랐기 때문에 이렇게 늦게 아침 문안을 드린다고.

이반 일리이치는 그녀의 머리 끝에서 발 끝까지를 샅샅이 살펴보았다. 그리고 그녀의 우아하고 살이 토실토실 오른 몸, 깨끗한 손과 목, 풍성한 머리숱과 반짝거리는 두 눈, 이 모든 생기 넘치는 모습을 보고 내심 울화가 치밀어 올랐다. 그는 자신의 온 넋을 다하여 그녀를 증오했다.

그리고 그녀의 손길은 그에게 그녀에 대한 증오의 발작을 절실히 느끼게 했다.

그를 향한 그녀의 태도와 그의 병은 예전과 다름없었다. 이 의사가 자기 환자의 취급을 공식화하고 그런 태도를 변경할 수 없었듯이 그녀 역시 그에 대한 대우를 공식화하고 그로 하여금 자신이 자기가 해야 할 일을 하고 있지 못함을 느끼게 하고 잘못은 그 자신에게 있음을 느끼게 했다. 그리고 그녀는 이 점에 대해 그를 꾸짖기를 좋아하며 그에 대한 자신의 태도를 바꿀 수 없었다.

"자, 보세요. 이이는 전혀 주의를 하지 않아요. 약도 규칙적으로 들지 않죠. 그리고 무엇보다도 이이는 자신에게 분명히 해로운 자세로 눕는답니다. 다리를 높이 받쳐 들고 말이에요."

그녀는 그가 게라심을 시켜 다리를 들게 한다고 이야기했다.

의사는 무시하는 듯한, 그러나 온후에 보이기도 하는 듯한 미소를 지으며 마치 이런 말을 하고 싶어하는 표정을 지었다.

'그 이상 무엇을 해야 합니까? 기도를 해야 합니까? 아와 같은 환자들은 항상 그러한 어리석은 짓들을 생각하곤 하지요. 그러나 당신은 그가 하는 대로 놔두십시오.'진찰이 끝나자 의사는 자기 시계를 들여다보았다. 그러자 프라스코비아 표도로브나는 이반 일리이치에게 그가 좋아하든 말든 날마다 유명한 의사 선생님을 불러 진찰을 하개 하고는 미카일 다닐로비치----이 사람은 이반 일리이치의 주치의였다----와 협의를 하겠다고 선언했다.

"자, 이젠 제발 반대하지 마세요. 저는 이 일을 제 자신을 위해서 하고 있으니까요."

그녀는 자기가 이 모든 일을 그를 위하여 하고 있으며 그렇기 때문에 그가 그녀에게 반대할 권리를 허용하지 않겠다는 점을 이해시키려 반어법으로 말했다.

그는 아무 말도 하지 않고 얼굴을 찡그렸다. 그는 자기를 둘러싸고 있는 이 삶이 너무 복잡해서 그것으로부터 도피하기가 지금으로서는 매우 힘들다고 생각했다.

그녀는 이 모든 것을 단지 그녀 자신의 관심에 따라 그를 위해 한다고 했다. 그리고 그녀는 이 모든 일을 그를 위해 한다고 말했다. 하지만 실제로는 그 일을 그녀 자신을 위해 하고 있었다. 그래서 그는 오히려 이 일을 정반대로 생각하지 않을 수 없었다.

실제로 그 유명한 의사는 11시 30분경에 왔다. 다시 한번 그들은 청진을 하고 유식한 토론이 그 앞에서 시작되었다. 혹은 옆방에서 그의 신장과 맹장에 관해 이야기했다. 대화의 내용은 아주 박식한 말들로 이루어졌기 때문에 또다시 삶과 죽음에 관한 실제적인 문제 대신에 신장이나 맹장에 주제가 맞추어졌다. 이제 죽음과 삶의 문제는 이반 일리이치에게만 당면한 문제가 되었다. 다른 사람에게는 결코 중요한 것이 되지 못하였다. 미카일 다닐로비치와 이 명의는 당장 신장과 맹장의 문제에 뛰어들어 자기들의 의무를 수행하지 않을 수 없었다.

그 유명한 의사는 병세가 심각하지만 희망이 없는 것은 아니라는 말을 남기고 돌아갔다. 두려움과 희망이 섞인 눈빛으로 바라보는 이반 일리이치의 질문, 즉 자기가 회복할 수 있는가 하는 질문에 대하여 그 의사는 거기에 대한 확답을 할 수는 없지만 가능성이 있다는 말만 남겼다.

그 의사를 향한 이반 일리이치의 희망을 바라는 눈길이 너무나 애처로웠기 때문에 그를 바라보고 있던 프라스코비아 표도로브나까지도 눈물을 글썽이며 그 유명한 의사에게 사례금을 주기 위해 서재를 나갔다.

그러나 그 의사의 희망어린 말을 듣고 생기를 찾은 것도 잠시뿐이었다. 커튼들도 벽지도 유리병도 그의 통증과 고통에 찌부러든 육신도 다시 예전으로 돌아갔다.

이반 일리이치는 또다시 신음하기 시작했다. 그래서 그들은 그에게 피하 주사를 놓았고 그는 잠 속으로 빠져들어갔다.

그가 잠에서 깼을 때는 이미 땅거미가 지고 있었다. 그들이 그에게 저녁을 가져다 주었다. 그는 억지로 맑은 고기 수프를 조금 들었다. 그리고 다시 예의 그 지루함 속에서 똑같은 밤이 이슥해 갔다.

저녁 식사 후, 7시경에 프리스코비아 표도로브나가 그의 방으로 왔다. 그녀는 파티에 나가기 위해 정장을 하고 있었다. 그녀의 풍만한 가슴이 코르셋 속에서 부풀어올라 있었다. 그녀의 얼굴은 화장으로 예쁘게 치장을 하였다. 그녀는 가족 모두가 극장에 갈 것이라고 그 날 아침 미리 그에게 이야기해두었다. 사라 베른하르트가 이 도시에 왔기 때문에 그녀의 공연을 보기 위해 특등석을 예약해 두었었다. 그가 그들에게 특등석을 예약하라고 주장했던 것이다.

그런데 이 때, 그는 그 일을 완전히 잊어버리고 있었다. 그래서 그녀의 몸단장은 그의 기분을 상하게 했다. 그러나 다음 순간, 그는 자기 자신이 아이들에게 교유적이고 심미적으로 즐겨야 한다는 이유로 특등석을 구하라고 주장했음을 기억해 내고는 자신의 혼란된 심사를 숨겼다.

프라스코비아 표도로브나는 만족감에 차서 들어왔다. 그러나 언제나처럼 조금은 죄책감 같은 것을 느끼고 있었다. 그녀는 자리에 앉아 그의 건강에 대해 물었다. 그는 그녀를 바라다보았다. 그녀는 으레하듯이 버릇처럼 그의 건강에 관심을 보였다. 그녀는 자신이 새삼 알아야 할 만한 것이 없음을 알기 때문에 알고자 하지도 않고 말을 이었다. 그녀는 자기가 말해야 할 의무가 있는 것을 말하기 시작했다. 즉, 자기로서는 극장 같은 데 가고 싶지 않지만 이미 특등석을 예약해 두었고, 엘렌과 딸과 페트리 슈체프----판사 사보이자 딸의 약혼자----가 가기로 되어 있어서 자기로서는 그들만 보낼 수가 없다, 그렇지만 자기는 그와 함께 집에 있고 싶다, 자기가 없는 동안에는 의사의 처방을 지켜 달라는 등.

"됐어요. 그런데 표도로 페트로비치 군----딸의 약혼자----이 당신을 뵙고 싶어해요. 들어오라고 할까요? 그리고 리자도?"

"들어오라고 하시오."

"......"

딸이 이브닝 드레스 차림으로 아름답고 생기넘친 젊은 육체를 자랑하며 들어왔다. 그녀를 보자 그는 더욱 고통스러워졌다.

그러나 그녀는 생기있고 건강하고 사랑에 흠뻑 젖어 있는 발랄한 모습으로 그 앞에서 한껏 뽐을 내고 있었다. 그녀의 표정에는 '행복'이라는 것만이 있으며 질병이라든지 죽음 따위의 괴로움은 남의 일이라는 것이 담겨 있었다.

표도르 페트로비치도 들어왔다. 그도 역시 연미복을 입고 있었다. 곱수머리, 날이 선 흰 칼라 속에 꽉 조여진 길고 힘이 넘치는 목, 넓은 흰 가슴, 조이듯 꼭 맞는 검은 바지로 인해 드러나보이는 우람한 근육의 다리, 흰 장갑을 낀 손, 오페라 모자.

그의 바로 뒤로 눈에 띄지 않게 살며시 중학교 학생이 들어와 있었다. 새 교복을 입고 장갑을 낀 불쌍한 아이로 눈가에 짙은 푸른 색이 감돌고 있었다. 이반 일리이치는 그것이 무엇을 의미하는지를 알고 있었다.

그는 항상 자기 아들을 가엾게 여겼다. 그리고 그의 세심해 보이고 동정심어린 눈길은 무섭게 느껴질 정도였다. 게라심을 제외하고는 바샤만이 그를 이해하고 가여워하고 있는 것으로 이반 일리이치는 생각되었다.

모두가 앉았다. 그들은 그의 건강에 대해 물었다. 모녀 사이에 누가 그것을 어디에다 두었는지에 대해 입씨름이 오고갔다. 그것은 불쾌한 이야기거리였다.

표도르 페트로비치가 이반 일리이치에게 사라 베른하르트를 보았는지를 물었다. 이반 일리이치는 처음에는 그가 무엇을 물었는지 이해하지 못했다. 그러나 그는 곧 대답했다.

"아닐세. 그건 왜 묻지? 자넨 그녀의 공연을 본 적이 있는가?"

"그렇습니다. 저는 그녀의 공연을 '아드린느 르꾸브리르 (Adrienne Lecouvreur)'에서 보았죠."

프라스코비아 표도로브나는 사라가 그 공연에서 특히 멋있었다고 말했다. 그녀의 딸은 그녀의 견해를 반대했다. 그리고 사라의 연기의 우아함과 현실주의에 관한 대화가 오고갔다----변함없고 항상 영원히 하나이며 동일한 대화.

대화 도중 표도르 페트로비치는 이반 일리이치를 바라보고는 입을 다물었다. 다른 사람들도 그를 바라보고 입을 다물었다. 이반 일리이치는 번쩍거리는 눈으로 앞을 똑바로 쳐다보고 있었다. 그는 분명히 그들에 대해 분노하고 있었다. 누군가가 그들을 당혹감 속에서 구해 주어야만 했다. 그러나 그럴 방도가 없는 것 같았다. 아무도 입을 열지 않았다. 공포가 그들 모두를 사로잡았다. 이 의식적(儀式的)인 가식이 갑작스럽게 부서지지 않아야 하는데. 그러나 절대적인 진실이 그들 모두에게 분명히 드러났다.

리자가 그 침묵을 깼다. 그녀는 모두가 느끼고 있는 것을 감추고 싶었지만 그것을 폭로하고 말았다.

"한 가지 확실한 것은, 오페라에 갈 예정이라면 시간이 다 되었다는 거예요."

그녀는 자기 아버지가 선물로 준 손목시계를 들여다보며 말했다. 그리고 아무도 눈치채지 못할 정도로 그 청년에게 신호를 했다. 그가 눈치를 채자 그녀는 미소를 지으며 옷 스치는 소리를 낸 후 일어섰다.

모두 일어나 인사를 하고 방을 나갔다.

그들이 나가자 이반 일리이치는 오히려 편안함을 느꼈다. 가식은 끝이 났다. 그것은 그들과 함께 가 버렸다. 그러나 고통은 남아 있었다. 항상 똑같은 아픔, 항상 똑같은 공포는 더욱더 극심해졌다. 잠시의 쉴 틈도 없이 점점 최악의 상태로 돌입해 갔다.

또다시 1분, 1분이 흘러가고 1시간, 2시간이 흘러갔다. 그러나 이 똑같은, 끝없는 단조로움은 영원히 그칠 줄 몰랐고 영원히 끔찍스러운 것이 되어 갔다. 그 불가피한 종말은.

"그래, 게라심을 내게 보내 주게."

피오트르의 질문에 대한 그의 대답이었다.

9

밤늦게 그의 아내가 돌아왔다. 그녀는 발끝으로 살금살금 들어왔다. 그러나 그는 그녀의 발소리를 들었다. 그는 눈을 떴다.

"아니오. 여기 있을 필요는 없소."

"당신이 많이 편찮으신 걸요."

"당신이 있다고 해서 달라질 것은 없소."

"아편을 좀 드시지요."

그는 그 말에 동의하고 아편을 마셨다. 그녀는 나갔다.

3시까지 그는 고통스러운 잠 속에서 헤맸다. 그는 그들이 자기를 좁고 어둡고 깊은 자루 속에 억지로 처넣으려 한다고 생각했다. 그들은 그를 밀어넣으려 하지만 그는 억지로 집어 넣어지지 않았다. 그리고 그 뒤에는 심한 번민이 뒤따랐다. 이반 일리이치에게 그것은 무서운 일이었다. 그리고 두려운 일이기도 했다.

그럼에도 불구하고 그는 그 곳에 들어가서 싸우고 싶어했고 또 한편으로는 도움을 갈구했다.

그러나 여기에서 그는 갑자기 헤치고 나와 아래로 떨어졌다. 그리고는 잠에서 깨어났다.

방에는 게라심이 졸음을 참아가며 아직도 평온하게 침대 끝에 앉아 있었다.

그러나 그는 누워서 양말을 신은 가느다란 다리를 게라심의 어깨에 얹고 있었다. 그 곳에는 촛불이 그림자를 드리우고 있었고, 결코 끝나지 않을 고통이 존재하고 있었다.

"가서 자게, 게라심."

그가 작은 소리로 말했다.

"괜찮습니다. 여기 잠시 더 앉아 있겠습니다."

"그럴 필요 없네. 가서 자게."

그는 다리를 내리고 팔을 베고 옆으로 누워 자신을 불쌍히 여기기 시작했다. 그리고는 게라심이 옆방으로 나가길 기다렸다가 그가 나가자 자제력을 잃고 어린 아이처럼 흐느껴 울었다. 그는 자신에게 희망이 존재하지 않는다는 것, 자신의 무서운 고독, 인간들의 잔인함, 하나님의 잔인함, 하나님이 존재하지 않음에 대해 울었다.

"당신은 어째서 이렇게 하실 수 있으십니까? 어찌하여 당신은 나를 이런 곳으로 밀어넣으셨습니까? 어찌하여, 어찌하여 당신은 나를 이토록 괴롭히시나요?"

그는 응답을 기대하지 않았다. 그리고 응답이 없는 까닭에 또한 응답이 없을 수도 있다는 이유 때문에 그는 울었다. 고통이 또다시 그를 옭아매고 있었다. 그러나 그는 소란을 피우지도, 소리를 지르지도 않았다.

그는 혼잣말을 했다.

"또다시, 또다시 시작이군! 도대체 무슨 까닭입니까? 내가 당신에게 무슨 일을 하였습니까? 그 이유가 무엇입니까?"

그러다가 그는 어느 순간 조용해졌다. 울음만 그친 것이 아니라 숨소리도 들리지 않을 만큼 조용히 한 채 정신을 바짝 차렸다. 그는 분명히 들었다. 사람들의 떠드는 소리가 아니라, 말하자면 자신의 영혼의 목소리를 들었다. 그의 안에서 일어나는 생각의 조류(潮流)를 들었다.

'그대는 무엇을 필요로 하는가?'

이것은 그가 들은 말들 중에서 표현될 수 있는 가장 분명한 개념이었다.

"무엇을 원하는가? 그대는 무엇을 원하는가?"

그는 혼잣말을 했다.

"무엇을 원하느냐고? 고통에서 벗어나고 싶다. 살고 싶다."

그는 대답했다.

그리고 또다시 그는 주의를 집중했다. 이런 노력을 하는 동안 그는 이미 아픔도 잊고 있었다.

'살고 싶다고? 어떻게 살 수 있단 말인가?'

그의 영혼의 소리가 물었다.

"그렇다. 이제까지 내가 살아왔듯이 그렇게 편안하고 유쾌하게 살고 싶다."

'편안하고 유쾌하게 살았을 때는 어떤 식으로 살았는가?'

그 목소리가 물었다.

그래서 그는 상상 속에서 자신의 행복했던 과거 중 멋진 순간들을 상기하려 애쓰기 시작했다. 그런데 이상하게도 자기의 행복했던 과거의 멋진 순간들이 이전에 자기가 생각했던 것과는 전혀 다른 것들로 여겨졌다. 아주 옛날 소년 시절의 기억들을 제외하고는 모든 것들이 그러했다. 소년 시절에는 정말 즐거운 것이 있었다. 그것들을 다시 가질 수 있다면 새로운 삶의 향기를 얻을 수 있을 것 같았다. 그러나 그 즐거운 삶은 어쩌면 아주 오래 전에 끝나버린 것이다.

현재를 있게 한 몇 년 동안의 일들이 머릿속에 떠오르자 이반 일리이치는 과거에 그렇게 즐겁게 느껴졌던 그 모든 것들이 이제 그의 눈에서 점차 사라져감을 느꼈다. 그리고 그것들이 전혀 중요하지 않게 생각되었을 뿐만 아니라, 심지어는 혐오스럽게만 보였다.

그리고 회상의 흐름이 유아기로부터 점점 더 멀어져가면 갈수록 그는 더욱더 현재에 가까워졌다. 그리고 환락이란 존재가 점점 더 시시하고 꺼림칙한 것이 되어 갔다.

환락은 법률학교에서부터 시작되었다. 그 때까지만 해도 정말 좋은 것이 있었다. 쾌활함이 있었고 우정이 있었고 희망이 있었다. 그러나 학년이 올라갈수록 그런 좋은 순간들은 점점 적어졌다.

그 후 지사의 사무실에서 처음 공직을 시작할 때 또한번 좋은 순간들이 있었다. 그것은 한 여인의 사랑에 관한 회상이었다. 그 후에는 이 모든 것들이 혼란에 빠져들었다. 행복한 순간들이 점점 적어졌다. 현재에 가까이 올수록 상황은 더욱 나빠졌다. 생활은 점점 불행해졌다.

'나의 결혼……아! 전혀 예상하지 못한 것이었지. 그것은 환멸이었어. 내 아내의 숨결, 관능, 위선! 그리고 이 생동력없는 공무, 돈벌이를 위한 노동, 그렇게 1년, 2년, 10년, 20년이 항상 똑같이 흘러갔지. 공직에 몸담은 횟수가 늘어가면 갈수록 그것은 더욱더 죽어 가는 일이 되었지.'

'지금까지 내내 나는 산을 오르고 있다고 생각하면서 산을 내려가고 있는 형국이었어. 아니, 사실이 그랬어. 사람들의 눈에는 내가 산을 오르는 것으로 보였겠지. 그런데 내 삶은 항상 내 발아래로 미끄러져 내려가고 있었지……그리고 이 곳은 벌써……죽음이야!'

'이것이 도대체 어떻게 된 것인가? 무엇 때문인가? 이럴 수는 없어! 삶이 이처럼 불합리한 것일 수는 없어. 너무 역겨워. 하지만 삶이 이토록 역겹고 불합리한 것이라 할지라도, 왜 죽어야 하는가? 이러한 고뇌 속에서 죽어야 하는 이유가 무엇인가? 이유가 없어……'

'내가 현명한 태도로 세상을 살지 않아서일까?'

갑자기 이런 생각이 그의 머릿속에 떠올랐다.

'그렇지만 난 내가 해야 할 의무를 다해 왔는데, 어떻게 이럴 수가 있을까?'

그는 자문했다. 그리고 즉시 삶과 죽음의 문제란 절대 대답할 수 없는 것으로 밀쳐 놓았다.

'그대는 지금 무엇을 원하는가? 사는 것인가? 어떻게 사는 것인가? 정리(廷吏)가 '법정이 개정되겠습니다! 법정이 개정되겠습니다'라고 선언할 때의 법정 안에서 살던 것처럼 살겠다는 것인가?'

"법정이 개정되겠습니다, 법정이."

그는 혼자서 이 말을 반복했다.

"여기가 법정이다. 그렇다. 그러나 나는 죄가 없다."

그는 분노에 차서 소리쳤다.

"내가 무슨 죄가 있단 말인가?"

그는 울음을 그치고 얼굴을 벽 쪽으로 돌리고는 단 한 가지 것을 생각하기 시작했다.

'그렇다면, 왜 이다지도 두려운 것인가?'

그러나 아무리 생각해도 그는 어떤 대답을 얻어 내지 못했다.

그리고 자주 일어나는 생각이었지만 이 모든 일들이 자기가 올바로 살지 않았기 때문에 생겨난 것이라고 자책하기 시작했다. 그리고 그는 즉시 자기 삶 가운데 올바로 살았던 일들을 모두 기억해 냈다. 그래서 그나마 조금 위안을 삼았다.

10

이런 식으로 두 주일이 지났다. 이반 일리이치는 이제 소파에서 일어나지도 못하게 되었다. 그는 침대에 눕기 싫어했다. 그래서 소파에 누워 거의 모든 시간을 벽을 바라보고 있었다. 그는 홀로 누워 여전히 그 똑같은, 형언할 수 없는 고통에 시달렸다. 그리고 홀로 그 똑같고 형언할 수 없는 생각에 잠겨 있었다.

'이게 무엇인가? 이게 정말 죽음이라는 것인가?'

내부의 음성이 대답했다.

'그렇다, 이게 진정 죽음이다.'

'왜 이처럼 고통스러운가?'

그 음성이 또 대답했다.

'거기에 무슨 까닭은 없다. 단지 그럴 뿐이다.'

이 이상 더 깊이있는 그 무엇이 없었다.

그는 앓기 시작한 때부터, 그가 맨 처음 의사에게 찾아간 바로 그 때부터 그의 삶은 서로 모순되는 두 가지 경향으로 나누어져 있었다. 그것들은 서로 교대로 잇달아 그에게 나타났다. 때로 그것은 절망과 이해할 수 없는 두려운 죽음에 대한 예상이었고 또 때로는 희망과 그의 몸 기능의 활동에 대한 관찰이었다. 이것은 그에게 있어서 아주 큰 관심의 대상이었다. 어떤 때는 그의 눈앞에 신장이나 맹장이 떠올랐다.

그럴 때면 그것들은 종종 제 의무를 다하지 못할 때가 있었다. 그런 후면 이해할 수 없고 두려운 죽음이 떠올랐다. 그 죽음을 피해 갈 수 있는 자는 한 사람도 없는 것이다.

이런 두 가지 정신 상태가 몸이 아프기 시작한 바로 그 때부터 서로 교차되어 나타났다. 그러나 병이 진전되면 될수록 신장에 대한 그의 생각들은 더욱 모호해지고 이상하게 되어 갔으며 자신이 죽음에 다가가고 있다는 의식이 더욱 절실해졌다.

그는 지난 3개월 동안 어떠했으며 그리고 지금은 어떠한지를 상기하지 않을 수 없었으며 또한 얼마나 규칙적으로 산을 내려왔는지를 상기하지 않을 수 없었다. 그리고 그것만으로도 희망을 떨쳐버리기에 충분했다.

얼굴을 벽 쪽으로 돌리고 소파에 누워서 보내 왔던 이 고독한 마지막 기간----인구가 조밀한 도시 속에서의 고독, 친구와 가족 등 주위 사람들 사이에서 느끼는 고독, 땅 속이나 바다 밑 깊은 곳에서도 느끼기 어려운 심연한 고독----동안에, 이 무서운 고독과 함께 최후의 시간을 보낸 것이다. 이반 일리이치는 상상을 통해 과거에 파묻혀서 살았을 뿐이다.

지난 그의 생애의 영상들이 하나 둘 그 앞에 나타났다. 그 영상들은 현재로부터 시작되어 가장 먼 시기인 어린 시절로 되돌아갔으며 거기에 이르면 정지되었다.

이반 일리이치는 바로 그 날의 식사로 먹은 말린 자두 스튜를 기억하며 어린 시절에 먹었던 그 독특한 맛의 설익고 주름이 많은 프랑스 자두를 떠올렸다. 아! 그 씨앗을 씹으면 침이 줄줄 흘러나왔지. 그리고 이 맛을 생각하고 있노라면 그와 연관되어 어린 시절의 추억들----유모, 동생, 장난감들----이 잇달아 떠오르기 시작했다.

"이런 일들을 생각하지 말아야지. 이런 일들을 생각하고 있노라면 너무 고통스러워."

이반 일리이치는 혼자 중얼거렸다. 그리고는 또다시 현재로 되돌아왔다. 소파 등받이에 붙은 단추와 모로코 가죽의 주름이 보였다.

'모로코 가죽은 비싸지만 질기지가 않지. 한 번은 그것 때문에 말썽이 일어났었지. 그리고 또다른 모로코 가죽 때문에 또 말썽이 있었지. 우리가 아버지의 손가방을 찢어 벌을 받은 적이 있었지. 그래, 엄마는 우리에게 과일 넣은 파이를 가져다 주셨었는데……'

그래서 그는 또다시 어린 시절로 되돌아갔다. 그런데 그 추억은 또다시 이반 일리이치에게 고통을 주었다. 그래서 그는 과거를 회상하는 일을 피하려고 애썼으며 무엇인가 다른 것을 생각하려 했다.

그러나 또다시 이 추억의 흐름과 함께 자기 병의 진행과 발생에 관한 또다른 회상의 흐름이 그의 마음 속에 흐르고 있었다. 또한 거기에는 더욱 아름다운 것들이 존재하고 있었으며 절실한 삶그 자체가 존재하고 있었다. 이 두 가지 것이 복합되어 그의 추억의 흐름 속에 나타났다.

'이 고뇌가 점점 더 못견딜 것이 되어 가는 것처럼 나의 모든 생명도 점점 상태가 나빠져 가고 있다.'

그는 생각했다.

'생명이 시작되는 저 먼 곳에 하나의 빛나는 점이 있다. 점점더 빨리 죽음으로부터의 거리의 제곱으로 반비례하면서.'

이반 일리이치는 또 생각했다.

그리고 공중에는 가속도로 떨어지는 돌과 같은 것이 그의 마음속에서 나타났다. 점점 가중되는 고뇌의 연속인 삶이 끊임없이 더 빠른 속도를 내어 종말을 향해 달려가고 있었다. 아! 그 무시

무시한 고뇌.

'나는 떨어지고 있다……'

그는 공포로 몸서리를 치며 몸을 치닥거렸다. 그는 그것에 저항하고 싶었다. 그러나 저항이란 불가능한 것임을 그는 이미 알고 있었다. 그리고 또다시 피곤한 눈으로, 그러나 자기 앞에 있는 것을 보지 않을 수 없어 그는 소파의 등받이를 응시하며 기다렸다. 두려운 추락, 충격 그리고 파멸을 대기하고 있었다.

"항거할 수 없어."

그는 중얼거렸다.

"그러나 내가 저항할 수 없는 까닭을 알 수는 없을까? 그렇다. 그 까닭을 아는 것조차 불가능하다. 그것은 내가 올바로 살지 못했기 때문이라고 말하는 것으로 설명될는지 모르겠다. 그러나 그것은 인정할 수가 없다."

그는 혼잣말을 했다. 자기 생애의 철저한 합법성, 정당성, 규범성 등을 회상하면서.

"내가 올바로 살지 못했기 때문이라는 것은 인정할 수 없어."

그는 입술 위에 한 가닥 미소를 흘리며 또 중얼거렸다. 다른 누가 자기의 미소를 보고 있기나 한 것처럼. 그리고 그 미소에 누가 속기나 하는 것처럼.

'해답이 없다! 이 고뇌, 이 죽음……무엇 때문일까?'

11

이와 같이 또 두 주일이 흘렀다. 이 두 주일 동안 이반 일리이치와 그의 아내가 바라던 사건이 일어났다. 페트리 슈체프가 어느 날 저녁, 정식으로 약혼을 제의해 왔다. 그 다음날 프라스코비아 표도로브나는 표도르 페트로비치의 제안을 남편에게 어떻게 설명해 줄 것인지를 곰곰이 생각하며 그에게 갔다. 그러나 바로 그 날 밤에 이반 일리이치의 상태가 악화되었다. 프라스코비아 표도로브나는 그가 언제나처럼 소파에 누워 있는 것을 보았다. 그러나 그 날 밤은 누운 자세가 예전과 달랐다. 그는 똑바로 누워 신음을 하며 시선을 곧장 위로 향하고 있었다.

그녀는 약에 관해 이야기하기 시작했다. 그는 눈을 그녀에게로 돌렸다. 그녀는 시작한 말을 끝낼 줄을 몰랐다. 그러자 그의 시선은 그녀에 대한 증오감을 너무나 강렬히 나타내고 있었다.

"제발 나를 평화롭게 죽게 해주시오!"

그가 말했다.

그녀가 막 방을 나가려 할 때, 딸이 들어와 그에게 다가와 아침 인사를 하려 했다. 그는 자기 아내를 바라보았던 눈길로 자기 딸을 바라다보았다. 그리고 건강이 어떠냐는 그녀의 물음에 대한 대꾸로, 자기가 빨리 그들 모두에게서 사라져 그들을 구해 주고 싶다고 냉담하게 말했다.

그의 아내도 딸도 더이상 아무런 말을 하지 않았다. 그러나 그들은 잠시 더 그의 곁에 앉아 있다가 밖으로 나갔다.

"무엇 때문에 우리가 책망을 들어야 해요?"

리자가 자기 어머니에게 말했다.

"아빠는 마치 우리가 아빠를 그렇게 만들었다고 생각하는 것 같아요. 아빠가 불쌍하긴 해요. 하지만 왜 우리를 이토록 괴롭히죠?"

언제나처럼 똑같은 시간에 의사가 왔다. 이반 일리이치는 성난 눈길을 그에게서 돌리지 않고 '그렇소' '아니오'라는 말만 했다.

그리고 마침내 그는 이렇게 말했다.

"자, 보시오. 당신은 나를 조금도 도와 줄 수 없다는 사실을 알고 있지 않소. 그러니 제발 이제 내 곁을 떠나 주시오."

"우리는 선생의 고통을 덜어 줄 수 있습니다."

"당신은 그러질 못하오. 제발 나가 주시오!"

의사는 거실로 들어가서 프라스코비아 표도로브나에게 상태가 아주 심각하다고 일러주며 그의 고통을 덜어 줄 수 있는 단 한 가지 방법은 아편밖에 없음을 말하고 참으로 무서운 일이라고 했다.

의사는 그의 육체적 고통이 지독할 것이라고 말했다. 그러나 그의 육체적 고통보다 더 무서운 것은 도덕적 고통이었다. 여기에 그의 진정한 고뇌가 존재하는 것이다.

그의 도덕적 고통은 바로 그 날 밤, 광대뼈가 우뚝 솟은 착해 보이는 게라심의 즐거운 얼굴을 보고 있다가 갑자기 이런 생각이 그의 뇌리에 떠오르게 됨으로써 비롯됐다.

'실제로 나의 온 생애, 나의 의식적 삶이 잘못이었다면 그건 왜 그리했던가?'

그의 머리 속에는 방금까지도 그럴 리 없다고 여겨졌던 것---- 자기가 올바로 살지 못한 것이 아니라는 것----이 사실이 아닐지도 모른다는 생각이 떠올랐다. 또한 사회의 최상부 지위에 있는 사람들이 선하다고 생각했던 바에 저항하여 투쟁하고자 한, 거의 인식할 수도 없었던 욕망들, 즉 거기에 저항하려는 생각이 떠오를 때마다 그는 즉시 떨쳐 버리곤 했지만, 그 희미한 욕망들이 사실은 옳았으며 그 외의 것들이 틀렸을지도 모른다는 생각을 했다. 그리고 자신의 공직생활, 자신의 삶의 과정, 자기 가족, 사회와 공직상의 모든 관심들, 그 모든 것들이 잘못되었을지도 모른다는 생각이 들었다.

그는 자기 앞에 존재하는 이 모든 것들을 변호해 보려고 애썼다. 그러다 갑자기 자기가 변호하고 있는 것들이 지닌 약점들을 깨달았다. 즉, 그가 변호할 수 있는 것은 아무것도 없었다.

'그러나, 만약 그렇다면 그리고 나에게 주어진 모든 것을 내가 허비해 버렸다는 의식을 가지고 죽어 간다면 그리고 그것이 다시는 회복될 수 없는 것이라면 도대체 나는 어떻게 될 것인가?'

그는 반듯이 누워 자신의 전생애를 다시 한번 점검해 보기 시작했다. 아침이 되었을 때 그는 하인을 보았고 그리고 나서 자기 아내를 그리고 딸을, 그 뒤에 의사를 보았다. 그들의 일거수 일투족과 그들의 말 한 마디 한 마디가 전날 밤 자기에게 노출된 그 무서운 진실이 사실임을 확인시켜 주었다. 그는 그들 속에서 자기 자신을 보았으며 자기가 이제까지 살아왔던 모든 것을 보았으며 그 모든 것이 잘못되었고 그 모든 것이 무섭고 괴물과 같은 거짓들로서 삶과 죽음을 모두 감춘 것들임을 분명히 보았다.

이런 자각은 그의 육체적 고통들을 가중시켜 그 고통들을 열 배나 더해 주었다. 그는 신음을 하고 몸을 뒤척이며 걸치고 있던 옷들을 벗어 던졌다. 그에게는 그 고통들이 자신을 짓눌러 질식시키는 것처럼 여겨졌다.

그렇기 때문에 그는 그 고통들을 증오했다. 가족들은 또다시 다량의 아편을 그에게 주었다.

그는 의식을 잃어갔다. 그러나 저녁 식사 시간이 되자 고통이 다시 고개를 들었다. 그는 가족들을 뿌리치고 뒹굴기 시작했다.

그의 아내가 가까이 다가와서 말했다.

"여보, 저를 위해서……해주세요. 이건 아무런 해가 없어요. 그리고 때로는 이것이 도움을 주기도 한대요. 무엇 때문에 안 하려고 하세요? 이건 아무렇지도 않아요. 그리고 종종 건강한 사람도 이걸 해 보려고 하지 않아요?"

그는 두 눈을 크게 떴다.

"뭘 하라고? 성례를 하라고? 무엇 때문에 그걸 한단 말이오? 필요없소. 그러나 어떤 식으로……"

그녀가 눈물을 쏟았다.

"여보, 하시겠어요? 우리 신부님을 부르겠어요. 그 분은 아주
좋은 분이에요."

"좋소! 아주 좋소."

그는 되풀이했다.

신부가 오자 그는 고해성사를 했다. 그 결과, 평온을 찾았다.
말하자면 의혹이 좀 줄어들었으며 고통이 조금 사라지고 희망의
순간이 찾아왔다. 그는 또다시 맹장에 대해 생각했으며 그것이
치료될 가능성에 대해서도 생각해 보았다. 그는 눈물을 글썽이며
성사를 받았다.

성사를 마치고 가족들이 그를 침대에 데려가 눕히자 그는 잠시
편안함을 느꼈다. 그리고 또한번 생명에 대한 희망이 나타났다.
그는 그들이 제안한 수술에 대해 생각하기 시작했다.

'나는 살고 싶다. 살고 싶어.'

그는 자신에게 말했다.

그의 아내가 들어와 그를 축하해 주었다. 그녀는 판에 박은 말
을 하고 있었다.

"당신 좀 나아지셨죠, 그렇죠?"

그는 그녀를 쳐다보지 않은 채 말했다.

"그렇소."

그녀의 희망, 기질, 얼굴, 표정, 목소리, 이 모든 것들이 이구
동성으로 그에게 말했다.

'틀렸어요! 당신이 이제까지 바라고 살아 온 그 모든 것들은
어리석었으며 기만이었어요. 그것들은 삶과 죽음을 감추어 왔어
요.'

그가 이러한 생각을 하자마자 격한 분노가 치밀어올랐다. 그리

고 그 분노와 더불어 견딜 수 없는 육체적 고통이 뒤따랐다. 그리고 그 고통과 더불어 피할 수 없는 죽음이 가까이에 와 있다는 의식이 되살아났다. 무엇인가 새로운 변화가 나타났다. 나사못 한 개가 그의 몸 속을 돌아다니는 것 같았다. 쿡쿡 쑤시는 통증이 그의 온몸에 퍼졌고 그의 호흡을 압박했다.

'그렇소'라고 말할 때 그의 얼굴 표정은 무서웠다. 그가 말을 한 후 그는 그녀의 얼굴을 뚫어져라 쳐다보았다. 그리고 그토록 쇠약한 몸에서 어떻게 그런 힘이 나올까 할 정도로 빠른 속도로 얼굴을 파묻으며 소리쳤다.

"나가! 나가란 말이야! 날 혼자 내버려 두란 말이야!"

12

그 아침부터 사흘 동안은 고함 소리가 그치지 않았다. 그 소리는 너무 무시무시하여 두 칸 건너에 있는 방에서 들을 때도 공포에 사로잡히지 않을 수 없었다. 아내에게 대답하는 순간, 그는 모든 것이 끝장이며 돌이킬 수 없다는 사실을 알았고 최후가 가까이 왔음을 알았다. 절대적인 최후가. 그러나 여전히 문제는 풀리지 않은 채 남아 있었다.

"우! 우욱! 우!"

그의 고함 소리는 아주 여러 가지의 억양으로 들렸다. 그는 소리치기 시작했다.

"난 싫어. 우!"

그리고는 우……소리를 계속하는 것이었다.

그 후 사흘 내내 그에게는 시간이 존재하지 않는 기간이었다. 그는 검은 자루 속에서 허우적거렸다. 보이지 않고 항거할 수 없는 어떤 힘이 그를 그 자루 속으로 밀어넣었다. 그는 마치 사형 선고를 받은 죄수가 사형 집행인의 손에서 몸부림치는 것처럼 싸웠다. 아무리 버둥거려도 살아날 수 없음을 뻔히 알면서도 사형수가 희망을 버리지 않듯이 그도 그렇게 행동했다. 그러나 그는 아무리 몸부림쳐 보아도 점점 자신이 무서운 곳을 향하여 가고 있음을 느꼈다. 그는 이 고통들이 검은 구덩이 속에 처박혀 있다는 사실 때문에 생겨난 것임을 알았으며 더군다나 자기 자신이 그 구덩이를 벗어나지 못하리라는 것을 알았다. 그 구덩이를 빠져나가지 못하도록 하는 것은 자기의 생애가 훌륭하다는 고해 때문이었다. 자기 생애에 대한 이러한 정당화가 그를 붙잡고 앞으로 나가지 못하게 하였으며 오로지 그를 고문할 따름이었다.

갑자기 어떤 힘이 그의 가슴과 옆구리를 강타하고 그의 호흡을 압박했다. 그는 그 구덩이 속에 내동댕이쳐졌다. 그런데 그 구덩이 바닥에서 어떤 빛이 그를 비추는 것 같았다. 기차를 타고 여행할 때 그가 흔히 느끼는 것으로 기차가 앞으로 달리는 것 같았는데 사실은 후진하고 있었기 때문에 갑자기 옳은 방향을 깨닫게 되는 것 같은 일이 그에게 일어났다.

"그래, 모든 것이 옳지 못했어."

그는 혼잣말을 했다.

"하지만 그건 아무것도 아니다. 난 올바른 일들을 할 수 있었다. 그럼, 올바른 것이란 무엇인가?"

그는 자문했다. 그러다 갑자기 조용해졌다.

이것이 그 세째날의 마지막, 즉 그가 죽기 2시간 전의 일이었다.

바로 이 시간에 그 어린 중학생이 소리없이 자기 아버지 방에 들어와 그의 침대 곁으로 다가왔다. 죽음 가까이에 가 있는 그는 끊임없이 절망적인 소리를 지르며 두 팔을 내젓고 있었다. 그의 손이 어린 학생의 머리를 쳤다. 그 어린 학생은 그의 팔을 잡아 자기의 입술에 가져다 댔다. 어린 학생의 눈에서 눈물이 쏟아졌다.

바로 이 순간, 이반 일리이치는 그 구덩이 밑에 떨어져 쏟아지는 빛을 본 것이다. 그리고 그는 자기 생애가 올바르지 못했다는 사실을 깨달았고, 그럼에도 불구하고 여전히 자기의 잘못된 생을 바로잡을 수 있다고 느꼈다. '올바른 것이란 무엇인가?'라고 스스로에게 물었다. 그리고 그에게 대답을 듣기 위해 귀를 기울였다.

그러던 차에 누군가가 자기 손에 입맞추는 것을 느꼈다. 그는 눈을 떴다. 그의 눈에 자기 아들의 모습이 들어왔다. 자기 아들이 안 됐다는 생각이 들었다. 아내도 그에게 다가왔다. 그는 그녀를 쳐다보았다. 그녀는 입을 벌린 채 코와 두 뺨이 눈물 범벅이 되어 절망에 찬 표정으로 그를 내려다보았다. 그는 그녀가 안쓰럽게 생각되었다.

'그렇다. 나는 아들에게 하나의 고통거리다.'

그는 생각했다.

'아들에게 미안하다. 내가 죽으면 모두의 사정이 좀더 좋아지겠지.'

그는 이 생각을 말로 표현하고 싶었다. 그러나 그에게는 그럴 만한 기운이 없었다.

'하지만 내가 이 말을 할 필요가 있겠는가? 그저 실행에 옮기면 될 뿐이지.'

그는 눈짓으로 자기 아내에게 아들을 가리키며 말했다.

"저 애를 내보내도록 하오……미안하오……당신에게도."

그는 또한 '용서해 주오'라는 말을 하고 싶었다. 그러나 그는 그 말 대신에 '관대히 봐 주오'라고 말했다. 그리고 자기가 하고 싶어했던 말로 다시 고쳐 말할 기력이 없는, 그는 누가 옳았는지를 알았다는 뜻으로 손을 내저었다.

그리고 무엇이 그를 억누르고 무엇이 그에게 감추어져 있는가가 갑작스럽게 한꺼번에 분명히 밝혀지는 것을 느꼈다. 그것은 양쪽에서, 사방에서 그리고 모든 방향에서 밝혀져 왔다.

그는 가족들을 가엾다고 느꼈다. 그래서 그들의 고통을 덜어주기 위해서 자기가 무엇인가를 하지 않으면 안 된다고 생각했다. 이 고통들로부터 그들을 자유롭게 하고 자신을 자유롭게 하는.

'아! 얼마나 멋지고 단순한가!'

그는 생각했다.

'하지만 그 고통, 그것은 어디에 있는가? 자, 지금 그대는 어디에 있는가? 고통이여!'

그는 자문했다.

그는 귀를 기울이기 시작했다.

'그래, 여기 있다. 좋아, 그렇다면 고통스러울 대로 고통스러워 봐라!'

'그러면 죽음은? 그것은 어디에 있는가?'

그는 이전에 자신이 항상 느꼈던 죽음의 공포를 찾으려 했다. 그러나 찾을 수가 없었다.

공포는 없어졌다. 죽음이 없기 때문에. 죽음 대신에 광명이 있었다.

"여기 비슷한 것이 있다!"

그는 갑자기 크게 외쳤다.

"아, 얼마나 즐거운가!"

이 모든 것들이 단 한 순간에 그로부터 지나쳐 갔고, 이 순간의 의미는 변하지 않았다.

그의 옆에 서 있는 사람들에게는 그의 임종의 고뇌가 2시간이나 더 계속되는 것같이 여겨졌다. 그의 가슴 속에서는 으르렁거리는 소리가 들렸고 그의 쇠약한 몸은 부들부들 떨렸다. 그러다가 으르렁거리는 소리와 경련이 점점 약해졌다.

"모든 것이 끝났습니다."

그를 내려다보고 있던 사람들 가운데 누군가가 말했다.

그는 그 소리를 들었고 그 소리들을 자신의 영혼 속에서 되뇌였다.

'그래, 끝났다! 죽음이란 것은!'

그는 자신에게 말했다.

'죽음은 더이상 존재하지 않는다.'

그는 다시 한번 숨을 몰아쉬었다. 그리고 그러는 도중에 그의 호흡은 정지되었고 온몸이 쭉 뻗쳐졌다. 그는 죽은 것이다.

작품 후기

〈이반 일리이치의 죽음〉

톨스토이는 〈안나 까레니나〉를 완성한 후 인생의 근본적 문제에 관한 심각한 고민을 거쳐 종교적 소생을 체험했다. 그 사이 거의 10년 동안 예술적 창작에서 손을 뗐으나 새로운 신앙이 마음 속에 자리잡고 내부적인 평온을 되찾게 됨에 따라 타고난 그의 위대한 예술적 욕망이 다시금 솟아올랐다. 이렇게 해서 나타난 것이 바로 〈이반 일리이치의 죽음〉(1884-1886)이다.

이 작품은 제목 자체가 말해주듯이 인생의 영원한 문제인 죽음을 주제로 한 것이다. 죽음의 문제는 톨스토이에게 있어서는 모든 것의 근본이 되는 중대한 것이었다. 이전에도 그는 여러 작품 속에서 이 문제를 다루어 왔으나 이번에는 새로이 확립한 신앙의 입장에서 그 참된 의미를 제시하려고 했다.

톨스토이는 이 소설의 주인공으로 가장 평범한 한 사람의 '속물'을 택함으로써 작가 자신이 발견한 종교적 진리가 결코 자기와 같은 선택된 소수인만의 소유물이 아니라 누구나가 다 도달할 수 있는 필연적인 경지임을 예술의 형식을 빌어 증명하려 했다. 그 평범한 '속물'이란 종교도, 사상도, 이상조차도 거의 지니지 않은 충실한 관리로서 죽을 때까지 기계적 생활에 몰두하다가 죽기 직전에야 자기의 생활이 공허한 것이었음을 비로소 깨닫고 새삼스레 놀라는 그런 인간이다. 이런 의미에서 〈이반 일리이치의 죽음〉은 1880년대의 유럽 중류계급의 대표적 작품이라고 할 수 있겠다.

이반 일리이치는 오직 관계(官界)에서의 영달과 안일한 사생활
에서만 삶의 의미와 목적을 인정하고 그 방면에서의 자기의 성공
에 만족을 느끼고 있었다. 그러던 것이 우연한, 사소한 사고가 원
인이 되어 불치의 병을 얻었고 오랫동안 육체적 고통과 애써 이
루어 놓은 쾌적한 생활에 대한 집착 때문에 무서운 고민을 체험
한 후 마침내 과거의 자기 생활의 공허함을 깨닫게 된다.

특히 이 작품에서는 한 평범한 인간의 죽음을 에워싼 당시의
러시아 사회의 비인간성이 강하게 부각되고 있다.

〈하지 무라뜨〉

〈하지 무라뜨〉, 〈神父 세르게이〉, 〈악마〉 등과 더불어 톨스토이
만년의 걸작으로 작자의 생존시에는 출판되지 못하고 사후
(1911-1912) 〈톨스토이 遺作集〉 속에 포함되어 모스크바와 베를린
에서 동시에 출판된 작품이다.

이 작품에 묘사된 사건은 톨스토이 자신이 청년 시대에 직접
견문한 일들을 예술적으로 재현한 것이다. 뻬쩨르부르그에서의
방종한 생활을 청산하고 멀리 까프까즈 지방으로 은둔한 젊은 톨
스토이는 거기서 수년간 군인으로 까프까즈 전쟁에 참가했었다.
이 때 그는 제정 러시아에 반항하여 끝까지 투쟁한 산악지대의
영웅인 하지 무라뜨에 관한 얘기를 듣고 깊은 감명을 받았는데
그것은 그의 기억 속에 오래도록 남아 있었다.

그러나 하지 무라뜨를 주인공으로 한 작품을 구상하기 시작한
것은 그보다 훨씬 후의 일이었다. 1896년 톨스토이는 우연한 기회
에 따따르 인 반항분자의 처형 장면을 목격하게 되었는데 거기서
그는 문득 하지 무라뜨의 용감한 죽음을 연상하고 그것을 작품화
하기로 결심했던 것이다.

1896년 8월, 톨스토이는 샤르마지노 수도원에 기거하며 이 작품의 초고를 완성했는데, 동년 9월 14일의 일기에 의하면 '지극히 치졸하다'고 스스로 불만을 토로했다. 그 후 다시 제 2, 제 3의 초고를 마련하고 제목을 〈하자바뜨〉(回敎徒의 성직자란 뜻)라고 붙였으나 여전히 불만스러워 결국 〈하지 무라뜨〉로 고쳤다.

동년 12월부터 이듬해 봄까지 톨스토이는 하지 무라뜨에 관한 자료를 수집하기에 골몰했다. 그는, '나는 역사 소설을 쓸 때 아주 사소한 점에 이르기까지 실제적인 사실에 충실하려고 노력한다'고 말한 적이 있었지만 〈하지 무라뜨〉에 관한 자료수집을 위해서 그는 백방으로 생존한 사람들을 만나려고 노력했었다. 1897년 가을의 일기를 보면 톨스토이가 이 작품에 사용하려고 메모해 둔 단편적인 구절들 이를테면 '독수리의 그림자가 낭떠러지를 스치고 지나간다' '강가의 모래밭에 야수와 말과 사람의 발자국' '숲 속을 헤치고 들어가자 말이 소리높이 운다' '길가의 관목 숲에서 산양 한 마리가 느닷없이 달려나왔다' 등을 찾아볼 수 있다.

또 1897년 11월 11일의 일기에는 아침부터 〈하지 무리뜨〉를 쓰기 시작했으나, 불만스럽다. 그러나 머리속에는 점점 윤곽이 선명해지고 있다고 적혀 있었고, 1898년의 일기에는 〈하지 무리뜨〉 창작의 어려움을 나타내는 구절들이 많이 있었다.

그 후 톨스토이는 1902년에 완성된 〈하지 무라뜨〉를 처음부터 다시 고쳐 쓰는 과정을 거쳐 근 8년이라는 긴 세월을 소비하여 마침내 이 작품을 완성했다. 톨스토이는 자신이 그토록 이 작품에 대하여 관심을 기울였던 이유가 〈하지 무라뜨〉 개인의 신상 이야기보다는 그 당시의 주요한 두 적수였던 니꼴라이 1세와 샤밀의 태수----유럽과 아시아의 봉건적 전제 정치의 양극을 대표하는 이 두 사람의 대조적 성격 때문이라고 말하고 있다.

특히 톨스토이는 이 작품을 통해서 러시아의 상류사회의 타락상과 주인공의 야성적이고도 고귀한 성격을 대치시키면서 주인공에게 깊은 동정을 보내고 있다.

〈톨스토이의 民話〉

톨스토이는 1870년대 후반기에 〈참회〉에서 처절히 고백하고 있는 것과 같은 정신적 고뇌를 경험하고 난 뒤 홀연 '위대한 대지주에서 위대한 농부'로의 전환을 보여주었다. 그리고 이 전환의 풍문이 퍼짐에 따라 올바른 내일의 생활에 뜻을 두고 있던 사람들이 잇달아 그의 주위에 모여들었다. 이러한 사람들과의 생생한 교제가 새로운 길을 민중에게 봉사하려는 톨스토이의 계획을 더욱더 굳게 만들었다. 그것은 종교, 예술, 과학 등의 몇 세기에 걸친 풍부한 선인의 유산 가운데서 가장 유익하며 민중의 마음에 배어들기 쉬운 것, 인류의 결합과 행복에 이바지할 만한 것을 골라내서 누구에게나 쉽게 흡수될 수 있는 새로운 형식으로 옮겨 민중에게 널리 보급하려는 계획이었다. 1885년 체르뜨꼬프와 비류꼬프가 편집을 담당, 스이쩐 서점이 경영을 담당하여 '뽀스레드니끄'(중개자) 출판사가 세워졌다.

이렇게 톨스토이가 '뽀스레드니끄' 출판사를 창설한 목적은 더할 나위없이 민중에게 글을 통해 봉사하려는 데에 있었다. 그는 당초의 계획을 좇아 가장 좋은 사상과 감정을 가장 단순하고 저렴한 양식으로 공급하였다. 톨스토이는 작가 다닐레프스끼에게 다음과 같이 말했다.

읽을 줄 아는 몇 백만의 러시아 인들은 굶주린 갈가마귀처럼 입을 벌리고 우리들에게 '우리나라의 신사이신 작가 여러분, 당신들 자신과 우리들에게 합당한 문화적 양식을 주시오. 살아 있

는 말에 굶주리고 있는 우리들을 위해서 좋은 글을 써 주시오. 잡
스러운 글과 죽은 언어의 쓰레기 속에서 우리를 구원해 주시오'
하고 요구했다. 러시아 인들은 아주 단순하고 정직하니까 우리들
은 그들의 요구에 응해야 한다. 나는 이 일에 대해서 무척 생각
했다. 그리고 자신의 재능을 다해서 노력해야겠다고 마음먹었다.

이렇듯 톨스토이는 모든 지적 활동을 오로지 이 일에 기울여
여태까지 자기를 길러 주었던 민중에게 마음의 양식으로 보답하
려고 했다. 이렇게 해서 톨스토이의 민화가 탄생되었다.

톨스토이는 특히 복음서의 진리를 일반 대중에게 흡수하기 쉬
운 단순하고 간결하고 정확한 말로 표현한 주옥 같은 일련의 민
화를 많이 썼으며 그 가운데 대표적인 것이 여기에 수록된 것
이다. 즉 〈사람은 무엇으로 사는가〉(1881년)와 같은 역작을 비롯
하여 〈사랑이 있는 곳에 神이 있다〉(1885년), 〈사람은 얼마만큼의
땅을 필요로 하는가〉(1885년) 그리고 〈바보 이반의 이야기〉 등
이다. 특히 〈바보 이반의 이야기〉는 러시아에 옛날부터 전해 내
려오는 민간 전설을 줄거리로 하여 그 전설의 내용에다 여러 가
지 다른 이야기를 보충한 것이다. 결국 이반의 한량없는 선량함
에 의하여 행복을 얻는다는 것으로 매듭을 지었지만, 그러한 의
미에서 바보 이반은 러시아의 국민적 주인공이 되었다. 이 밖에
도 〈神은 진실을 놓치지 않는다〉(1872년), 〈불을 놓아두면 끄지
못한다〉(1885년), 〈두 노인〉(1885년), 〈양초〉(1885년), 〈달걀만한
씨앗〉(1885년), 〈회개한 죄인〉(1885년) 등 주옥 같은 작품들을 발
표했다.

이같은 순수한 예술 작품 이외에도 톨스토이는 다달이 농사와
농촌생활에 관한 훈화도 쓰고, 여러 성현과 철인의 전지적 훈화
도 발표했다.

이같은 작품들은 마치 마른 땅의 샘물처럼 민중의 가슴에 배어 들었다. '뽀스레드니끄' 출판사가 펴낸 톨스토이의 작품들로서 2만 4천 부 이하를 찍은 것은 드물었으며 더구나 그것이 일 년에 5판이나 거듭된 실정이라고 한다. 그래서 4년 뒤에는 모두 1,200만 부가 팔렸다고 한다. 그리고 저자쪽에서 뽀스레드니끄 출판사를 위해서 쓴 것은 일체 판권을 포기하고 있었기 때문에 다른 출판사들도 서로 앞을 다투어 번각했다고 한다.

톨스토이는 이른바 정신적인 전기 이후 1897년에 발표한 〈예술이란 무엇인가〉라는 글에서 자기의 새로운 예술관을 밝히고 있다. 거기서 그는 예술은 참다운 의미의 종교적 감정을 전달하는 것이어야 할 것, 세계적 우주적 보편성이 주어져 있는 것이어야 할 것, 어느 특수한 계급에만 그치지 않고 참다운 의미의 일반 대중에 흥미를 공급하는 것이어야 할 것, 그러기 위해서 형식은 단순하고, 간결하고, 정확한 것이어야 할 것 등을 요구했다.

그리고 이같은 예술관과 예술에 대한 요구와 더불어 그는 스스로 그같은 예술작품을 썼는데 그것이 민화, 우화, 동화, 전설 등의 형식으로 구현되었던 것이다.

연   보

1828년	8월 28일, 톨스토이 백작가의 4남으로 폴라냐에서 출생.
1829년	모친 마리야 사망.
1836년	부친 니콜라이 사망. 그후 숙모 집에서 성장.
1841년	숙모 사망. 카잔으로 이사.
1844년	카잔 대학 동양어학과 입학.
1847년	대학을 중퇴하고 고향에서 진보적 지주로 소작인 계몽에 힘씀.
1848년	페테르부르크대학 학사 시험에 합격하여 법학사 칭호를 받음.
1851년	《지나간 이야기》 저술.
1852년	6월, 《유년 시절》 탈고. 잡지 《현대인》에 기고하면서 작가로서의 첫발을 내딛음. 중편 《지주의 아침》 《카자흐》 기고. 12월에 《습격》 탈고.
1854년	《소년 시절》 발표.
1855년	《청년시절》 《5월의 세바스토폴리》 집필.
1856년	《눈보라》 《두 경기병》 《진중의 해후》 발표.
1857년	《알리베르트》 《청년 시절》 발표.

1859년   야스나야 폴랴나에 농민 자녀를 위해 학교를 설립.
          《세 죽음》《결혼의 행복》 출간.
1860년   교육에 관심을 가지고 〈국민 교육 초안〉을 기초.
          《플리크시카》 기고.
1861년   고향에 소학교 세움. 잡지 《야스나야 폴랴나》 발행.
1862년   9월, 궁정의(宮廷醫) 차녀 소피야 안드레예브나와
          결혼. 《꿈》《목가》 발간.
1863년   《어느 말의 역사》《카자흐》《플리크시카》 발표. 《전
          쟁과 평화》 집필을 위해서 나폴레옹 전쟁 연구.
1864년   《전쟁과 평화》 집필.
1869년   《전쟁과 평화》 완결.
1973년   《안나 카레니나》 기고, 《톨스토이 저작집》 1~8까지
          간행.
1977년   《안나 카레니나》 탈고.
1881년   민화 《사람은 무엇으로 사는가》 발간.
1882년   《참회》 완성.
1884년   《나의 신앙》《광인의 수기》 발간.
1886년   《바보 이반》《두 노인》《어두움의 힘》《이반 일리
          이치의 죽음》 발간.
1887년   《인생론》 등 발간.
1889년   작품 《크로이체르 소나타》 등 발간.
1893년   《무위》《종교와 국가》 저술. 노자(老子) 연구에 몰
          두. 《기독교와 애국심》《태형 반대론》 외 집필.
1898년   《종교와 도덕》《톨스토이즘》《두 개의 싸움》《신부
          세르기》 등 저술. 작품 《부활》 완성.
1900년   아카데미 예술 회원이 됨.
          《애국심과 정부》《자기 완성의 의의》 등 저술.

1902년	8월 1일, 문학 활동 50주년 기념 축하회. 《지옥의 부흥》,《종교론》 씀.
1903년	단편 《무도회의 밤》《셰익스피어론》《인생의 의의에 대하여》 등 저술.
1904년	《유년 시절의 추억》《하지 무라트》 발간.
1905년	폭동과 탄압을 보고 상심. 소설 《기도》《딸기》《위조 어음》, 논문 〈러시아의 사회〉 발간.
1906년	《꿈에서 본 것》《러시아 혁명의 의의》 등 저술.
1907년	《진정한 자유를 인정하라》《우리 인생관》 등 저술.
1908년	《나는 침묵할 수 없다》 발간.
1909년	수도 페테르부르크에서 톨스토이 80주년 기념 박람회 개최. 《사형과 그리스도》《유일한 규칙》《마을의 노래》 등 발간.
1910년	10월 30일, 아내에게 마지막 이별장을 써놓고 딸 알렉산드라와 의사를 데리고 집을 나옴. 여행중 《유효한 수다》를 씀. 발병하여 2월 7일, 역장(驛長) 관사에서 사망. 고향 아스나야 폴랴나에 묻힘.

사람은 무엇으로 사는가

2017년 10월 11일 인쇄

2017년 10월 15일 발행

지은이: 톨스토이

옮긴이: 이   철

발행인: 김 용 성

발행처: 지성문화사

등   록: 제5-14호(1976.10.21)

주   소: 서울 동대문구 신설동 117-8예일빌딩

전   화: 02)2236-0654, 2233-5554

팩   스: 02)2236-2953, 2236-0655